Tip des Monats

In derselben Reihe
erschienen außerdem als Heyne-Taschenbücher:

Victoria Holt · Band 23/6

Marie Louise Fischer · Band 23/33

Johanna Lindsey · Band 23/34

Robert Ludlum · Band 23/41

Johanna Lindsey · Band 23/43

Marie Louise Fischer · Band 23/45

John Saul · Band 23/50

Eric van Lustbader · Band 23/54

Barbara Cartland · Band 23/55

Mary Westmacott · Band 23/56

Pearl S. Buck · Band 23/58

Alistair MacLean · Band 23/59

Marie Louise Fischer · Band 23/63

Daphne Du Maurier · Band 23/64

Evelyn Sanders · Band 23/66

Philippa Carr · Band 23/67

Robert Ludlum · Band 23/68

Peter Straub · Band 23/70

Jackie Collins · Band 23/71

Marc Olden · Band 23/72

Mary Westmacott · Band 23/73

Alistair MacLean · Band 23/74

Dean Koontz · Band 23/76

Gwen Bristow · Band 23/77

Johanna Lindsey · Band 23/78

Marion Zimmer-Bradley ·
Band 23/79

Paul-Loup Sulitzer · Band 23/80

James Herbert · Band 23/81

Jackie Collins · Band 23/82

Philippa Carr · Band 23/83

Evelyn Sanders · Band 23/84

Dean Koontz · Band 23/85

Jacqueline Monsigny · Band 23/86

David Morell · Band 23/87

Marie Louise Fischer ·
Band 23/88

Eric van Lustbader · Band 23/89

Robert Ludlum · Band 23/90

Johanna Lindsey · Band 23/91

Ellis Peters · Band 23/92

Karen Robards · Band 23/93

Noel Barber · Band 23/94

Utta Danella · Band 23/95

Heinz G. Konsalik · Band 23/96

Ellen Tanner Marsh · Band 23/97

Marion Zimmer-Bradley ·
Band 23/98

Eric van Lustbader · Band 23/99

Catherine Coulter · Band 23/100

Dean Koontz · Band 23/101

Charlotte Link · Band 23/102

Johanna Lindsey · Band 23/103

Ellis Peters · Band 23/104

Philippa Carr
besser bekannt als
Victoria Holt
ZWEI UNGEKÜRZTE LIEBESROMANE

Im Sturmwind
Im Schatten des Zweifels

WILHELM HEYNE VERLAG
MÜNCHEN

HEYNE TIP DES MONATS
Nr. 23/105

IM STURMWIND/Zipporah's Daughter
Copyright © 1983 by Philippa Carr
Copyright © der deutschen Übersetzung 1984
by Wilhelm Heyne Verlag GmbH & Co. KG, München
Aus dem Englischen übersetzt von Hilde Linnert
(Der Titel erschien bereits in der Allgemeinen Reihe
mit der Band-Nr. 01/6803)

IM SCHATTEN DES ZWEIFELS/Voices in a Haunted Room
Copyright © 1984 by Philippa Carr
Copyright © der deutschen Ausgabe 1986
by Wilhelm Heyne Verlag GmbH & Co. KG, München
Aus dem Englischen übersetzt von Hilde Linnert
(Der Titel erschien bereits in der Allgemeinen Reihe
mit der Band-Nr. 01/7628)

Copyright © dieser Ausgabe 1994 by Wilhelm Heyne Verlag
GmbH & Co. KG, München
Printed in Germany 1994
Umschlaggestaltung: Atelier Ingrid Schütz, München
Umschlagillustration: David Barnes/ZEFA, Düsseldorf
Autorenfoto: Mark Gerson
Gesamtherstellung: Elsnerdruck, Berlin

ISBN 3-453-07607-9

Inhalt

Im Sturmwind
Seite 7

Im Schatten des Zweifels
Seite 297

Familien-Stammbaum

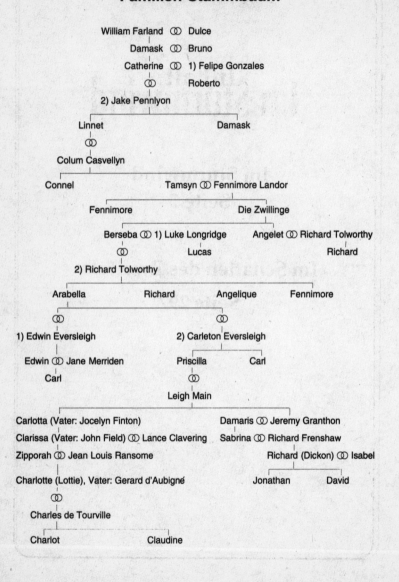

Im Sturmwind

Inhaltsübersicht

I	Die Verschmähte	9
II	Die Kupplerin	48
III	Eine Katastrophe auf einem Pariser Platz	87
IV	Lisettes Heimkehr	111
V	Griselda	137
VI	Die Wette	165
VII	Ein Erzieher kommt	196
VIII	Ein Besuch in Eversleigh	242
IX	Lebewohl, Frankreich	263

I

Die Verschmähte

An dem Tag, an dem der Comte d'Aubigné in Eversleigh eintraf, war ich ausgeritten, und als ich die Halle betrat, war er in ein Gespräch mit meiner Mutter vertieft. Mir war sofort klar, daß es sich bei ihm um einen angesehenen Besucher handelte. Er war nicht mehr jung – ungefähr so alt wie meine Mutter, vielleicht auch um ein paar Jahre älter und sehr elegant gekleidet, wenn auch nicht ganz nach englischer Art; sein verschnürter Rock aus dunkelgrünem Samt war etwas modischer, als es bei uns üblich war, die passepoilierte Weste etwas feiner, die gestreifte Hose weiter und die Schnallenschuhe glänzender. Er trug eine weiße Perücke, die seine blitzenden dunklen Augen gut zur Geltung brachte. Außerdem war er einer der bestaussehenden Gentlemen, die ich bisher kennengelernt hatte.

»Da bist du ja, Lottie«, begrüßte mich meine Mutter. »Ich möchte dir den Comte d'Aubigné vorstellen, der sich einige Tage bei uns aufhalten wird.« Sie hängte sich bei mir ein und stellte mich ihm vor. »Das ist Lottie.«

Er ergriff meine Hand und küßte sie. Es war nicht zu übersehen, daß es sich um keinen gewöhnlichen Besuch handelte und daß es um etwas sehr Wichtiges ging. Ich kannte meine Mutter sehr gut und erriet deshalb, daß sie es sehr gern sehen würde, wenn wir einander sympathisch fänden. Er gefiel mir auf den ersten Blick, vor allem, weil er mir die Hand küßte, als ob ich erwachsen wäre, ein Zustand, der mir damals höchst erstrebenswert erschien, denn die Tatsache, daß ich noch nicht einmal zwölf Jahre alt war, störte mich sehr. Wäre ich älter gewesen, wäre ich längst mit Dickon Frenshaw durchgegangen, um den meine Gedanken ununterbrochen kreisten. Dickon und ich waren entfernt verwandt. Er war der Sohn der Cousine meiner Großmutter, und ich kannte ihn, seit ich auf der Welt war. Er war zwar um elf Jahre älter als ich, aber das hatte mich nicht daran gehindert, mich in ihn zu verlieben, und ich war davon überzeugt, daß er meine Gefühle erwiderte.

Jetzt klang die Stimme meiner Mutter fröhlich. Dennoch sah sie mich forschend an, um herauszufinden, was ich von unserem Gast hielt. Auch er beobachtete mich aufmerksam.

Seine ersten Worte, die er auf englisch mit einem fremdländischen Akzent sprach, lauteten: »Sie ist ja schön!«

Ich lächelte ihn an. Bescheidenheit war nicht gerade meine Stärke, und ich wußte, daß ich mein gutes Aussehen einer längst dahingegangenen Vorfahrin verdankte, von deren Schönheit die Familie heute noch sprach. Ich hatte ein Porträt von ihr gesehen – die Ähnlichkeit war unheimlich. Wir hatten das gleiche rabenschwarze Haar und die gleichen tiefliegenden Augen, die violett schimmerten, meine Nase war vielleicht um eine Spur kürzer als die ihre, mein Mund vielleicht ein wenig breiter, aber sonst war es das gleiche Gesicht. Sie hatte Carlotta geheißen, und mir kam es geradezu schicksalhaft vor, daß ich Charlotte getauft worden war, bevor diese Ähnlichkeit sichtbar wurde.

»Gehen wir in den Wintersalon«, schlug meine Mutter vor. »Ich habe Erfrischungen für unseren Gast bereitstellen lassen.«

Wir gingen hinüber und plauderten bei einem Glas Wein angeregt. Er war offensichtlich entschlossen, uns zu bezaubern, und wußte sehr genau, wie er es anstellen mußte. Er erzählte uns innerhalb kurzer Zeit sehr viel über sich selbst, als wolle er sich mir vorstellen und einen guten Eindruck auf mich machen. Das gelang ihm meisterhaft. Er war ein blendender Erzähler, und sein Leben war reich an Abwechslungen und Erlebnissen.

Die Zeit verging wie im Flug, und schließlich mußten wir uns für das Abendessen umziehen. Seit meinem letzten Beisammensein mit Dickon hatte ich mich nicht mehr so großartig unterhalten.

Während der nächsten Tage verbrachte ich viel Zeit in seiner Gesellschaft. Wir ritten oft gemeinsam aus, denn er wollte, daß ich ihm die Umgebung zeigte.

Er schilderte mir sein Leben in Frankreich, wo er als eine Art Diplomat am Hof tätig war. Er besaß ein Château auf dem Land und ein Haus in Paris, hielt sich aber oft in Versailles auf, wo der Hof

10

hauptsächlich residierte, denn der König kam nur selten nach Paris ... nur wenn es sich gar nicht vermeiden ließ.

»Er ist wegen seines Lebensstils sehr unbeliebt«, erwähnte der Comte und erzählte von König Ludwig XV., von seinen Mätressen und darüber, wie tief ihn der Tod der Madame de Pompadour getroffen hatte, die nicht nur seine Geliebte, sondern die heimliche Herrscherin des Landes gewesen war.

Diese Einblicke in das Leben und Treiben in Frankreich faszinierten mich, und es freute mich besonders, daß der Comte so offen mit mir sprach, als wäre mein Alter unwesentlich – und dabei wies meine Mutter immer wieder darauf hin, seit sie wußte, was ich für Dickon empfand.

Der Comte beschrieb die rauschenden Feste in Versailles, an denen er regelmäßig teilnahm. Er schilderte alles so anschaulich, daß ich die eleganten Herren und vornehmen Damen genauso deutlich vor mir sah wie das Landleben, in das er sich gelegentlich flüchtete.

»Ich hoffe, daß Sie mir eines Tages die Freude machen werden, mich zu besuchen«, sagte er.

»Das würde ich nur zu gern tun«, antwortete ich begeistert, was ihn sichtlich freute.

Es war ungefähr drei Tage nach seiner Ankunft. Ich befand mich in meinem Schlafzimmer und zog mich zum Abendessen um, als jemand an die Tür klopfte.

»Herein«, rief ich, und zu meiner Überraschung kam meine Mutter ins Zimmer.

In letzter Zeit strahlte sie förmlich. Vermutlich war sie darüber froh, daß wir Besuch hatten, und ich freute mich für sie, denn wir hatten etliche Tragödien hinter uns, und sie war seit dem Tod meines Vaters sehr unglücklich gewesen. Sie hatte nachher noch einen sehr treuen Freund verloren, einen Arzt, der meinen Vater während seiner Krankheit behandelt hatte. Er war bei einem Brand in dem von ihm geleiteten Fürsorgeheim auf entsetzliche Weise ums Leben gekommen. Es war eine schreckliche Zeit gewesen, denn auch meine Gouvernante war bei dieser Katastrophe verbrannt. Und dann war natürlich die Sache mit Dickon, über die sie sich aufregte, was mir viel Kummer bereitete. Obwohl ich sie gern beruhigt hätte, war ich dazu nicht imstande, denn dann hätte ich

11

Dickon aufgeben müssen. Deshalb war es eine Erleichterung für mich, daß der Comte ihre trübe Stimmung aufhellte, auch wenn es nur für einige Zeit war.

»Ich möchte mit dir sprechen, Lottie«, begann sie.

»Ja, Mutter.«

»Was hältst du vom Comte?«

»Sehr vornehm. Sehr elegant. Sehr unterhaltsam. Ein wirklich sehr angenehmer Mann. Warum hat er uns eigentlich besucht? War er vielleicht schon früher einmal hier? Ich habe den Eindruck, daß er die Gegend kennt.«

»Das stimmt.«

»War er ein Freund von Onkel Carl?«

»Ein Freund von mir.«

Sie benahm sich wirklich merkwürdig, suchte nach Worten – sie, die für gewöhnlich so frei und offen sprach.

»Er gefällt dir also«, fuhr sie fort.

»Natürlich, wie könnte es auch anders sein. Er kann so interessant plaudern, erzählt so viel über den französischen Hof und über sein Château. All diese vornehmen Leute. Er muß eine bedeutende Persönlichkeit sein.«

»Er ist Diplomat und arbeitet in Hofkreisen. Lottie ... hm ... magst du ihn?«

»Versuchst du mir etwas beizubringen, Mutter?«

Sie schwieg einige Sekunden, dann sagte sie schnell: »Es war vor langer Zeit ... bevor du auf der Welt warst ... Ich hatte Jean-Louis sehr gern.«

Ich war erstaunt; warum nannte sie meinen Vater Jean-Louis? Warum sagte sie nicht ›dein Vater‹, und warum erzählte sie mir, daß sie ihn gern gehabt hatte? Ich hatte miterlebt, wie sie ihn während seiner Krankheit gepflegt hatte und wie betrübt sie bei seinem Tod gewesen war. Ich wußte am besten, was für eine liebevolle, ergebene Frau sie ihm gewesen war. Deshalb antwortete ich ein bißchen ungeduldig: »Natürlich.«

»Und er hat dich geliebt, du warst für ihn so wichtig. Er hat oft erwähnt, wieviel Freude du in sein Leben gebracht hast, daß du der Ausgleich für alle seine Leiden warst.«

Sie blickte starr vor sich hin; ihre Augen glänzten, und sie sah aus, als würde sie jeden Augenblick zu weinen beginnen.

Ich ergriff ihre Hand und küßte sie. »Erzähl mir doch, was du auf dem Herzen hast, Mutter.«

»Vor dreizehn Jahren kam ich nach langer Zeit nach Eversleigh zurück. Mein ... ich nenne ihn Onkel, aber die Verwandtschaft war komplizierter. Onkel Carl war sehr alt und wußte, daß er nicht mehr lang zu leben hatte. Er wollte, daß Eversleigh in der Familie blieb, und anscheinend war ich seine nächste Verwandte.«

»Ja, das weiß ich.«

»Dein Vater konnte mich nicht begleiten. Er hatte gerade einen schweren Unfall erlitten ... also reiste ich allein. Der Comte wohnte damals in Enderby, und wir lernten einander kennen. Ich weiß nicht, wie ich es dir erklären soll, Lottie. Wir lernten einander kennen ... und ... ich wurde seine Geliebte.«

Ich sah sie verblüfft an. Meine Mutter ... mit einem Liebhaber in Eversleigh, während mein Vater krank in Clavering Hall lag. Ich war wie vor den Kopf gestoßen, weil wir so wenig über unsere engsten Mitmenschen wissen. Sie war mir immer als sittenstrenge Frau erschienen, die unbeirrbar an den überlieferten Konventionen festhielt ... und sie hatte einen Geliebten gehabt!

Sie hatte meine Hände ergriffen. »Bitte, versuche mich zu verstehen.«

Trotz meiner Jugend konnte ich mich viel besser in sie einfühlen, als sie glaubte. Ich liebte Dickon, und ich wußte, wie leicht man sich von seinen Gefühlen hinreißen läßt.

»Aus unserer Verbindung entsprang ein Kind ... du.« Jetzt hatte das Geständnis eine Wendung ins Fantastische genommen. Ich war nicht die Tochter des Mannes, den ich immer für meinen Vater gehalten hatte, sondern die des einmaligen Comte. Es war kaum zu glauben.

»Ich weiß, was du von mir denkst, Lottie«, redete meine Mutter hastig weiter. »Du verachtest mich. Du bist zu jung, um das alles zu verstehen. Die ... Versuchung war stärker als ich. Und nachher war dein Vater ... ich meine Jean-Louis ... so glücklich. Ich konnte es ihm nicht sagen, ihm meine Schuld gestehen. Es wäre ein tödlicher Schlag für ihn gewesen. Er hatte soviel gelitten, war so froh, als du zur Welt kamst, und du weißt, wie er zu dir gestanden hat. Außerdem warst du so gut zu ihm ... so liebevoll, so sanft, so rücksichtsvoll. Er hatte sich immer Kinder gewünscht, anscheinend konnte er aber keine bekommen. Ich war sehr wohl dazu imstande, wie ich ja bewiesen habe, und jetzt weißt du alles, Lottie. Der Comte ist dein Vater.«

»Weiß er es?«

»Ja, das ist auch der Grund für seinen Besuch ... um dich kennenzulernen. Warum sprichst du nicht?«

»Ich weiß im Augenblick nicht, was ich sagen soll.«

»Bist du entsetzt?«

»Das weiß ich nicht.«

»Ich habe es dir zu plötzlich beigebracht. Er wollte, daß du es erfährst. Er hat dich in so kurzer Zeit sehr liebgewonnen. Warum schweigst du, Lottie?«

Ich sah sie nur stumm an; sie schloß mich in die Arme und drückte mich an sich.

»Du verachtest mich doch nicht ...«

Ich küßte sie. »O nein, Mutter, ich weiß nur nicht, was ich dazu sagen, was ich davon halten soll. Ich möchte allein sein und über alles in Ruhe nachdenken.«

»Vorerst möchte ich nur eines wissen. Hat sich an deiner Liebe zu mir etwas geändert?«

Ich schüttelte den Kopf. »Natürlich nicht. Warum denn auch?«

Ich küßte sie zärtlich; im Augenblick war sie eine Fremde, nicht meine Mutter, die ich mein Leben lang gekannt hatte.

Meine Gefühle waren so durcheinander geraten, daß ich nicht klar denken konnte. Es war eine bestürzende Enthüllung gewesen. Wahrscheinlich erlebt jeder Mensch einmal einen Schock, aber wenn man entdeckt, daß der Mann, den man bisher für seinen Vater gehalten hat, es gar nicht ist, und wenn jemand anderer an seine Stelle tritt, dann ist das zumindest äußerst verwirrend.

Der Comte war eine so blendende Erscheinung, daß ich stolz darauf war, seine Tochter zu sein. Dieses Gefühl wich aber sofort der Beschämung, wenn ich an den armen Jean-Louis dachte, der so freundlich, sanft und selbstlos gewesen war. Er hing so innig an mir; seine Augen leuchteten immer auf, wenn ich sein Zimmer betrat, und wenn ich mich zu ihm setzte, lag in ihnen herzerwärmende Zärtlichkeit. Als er starb, war ich verzweifelt gewesen – genau wie meine Mutter. Sie hatte auch ihn geliebt. Ich war damals zu jung, um die komplizierten Gefühle der Menschen zu verstehen, aber dennoch hatte mich die Enthüllung meiner Mutter tief erschüttert.

Merkwürdigerweise brachte ich das zufällige Auftauchen des Comte nicht mit meiner Beziehung zu Dickon in Verbindung. Aber selbst wenn ich es getan hätte, hätte ich mich auch damit abgefunden, daß er nach all den Jahren nicht zufällig nach England gekommen war.

Als ich zum Abendessen hinunterging, war ich gefaßt. Meine Mutter beobachtete mich ängstlich, und bei Tisch herrschte eine gespannte Atmosphäre. Der Comte tat sein Bestes, um sie zu zerstreuen, indem er von amüsanten Ereignissen am Hof von Frankreich erzählte.

Als wir uns vom Tisch erhoben, drückte mir meine Mutter die Hand und sah mich flehend an. Ich lächelte ihr zu, küßte ihr die Hand und nickte. Sie verstand mich: Ich hatte meinen neuen Vater akzeptiert.

Wir tranken im Nebenzimmer noch einen Schluck Wein, und meine Mutter sagte: »Ich habe es ihr erzählt, Gerard.«

Er kam auf mich zu und schloß mich in die Arme; dann hielt er mich von sich weg.

»Ich bin stolz auf dich, meine Tochter«, meinte er. »Das ist einer der glücklichsten Augenblicke meines Lebens.«

Und damit beseitigte er jede Befangenheit zwischen uns.

Ich verbrachte viel Zeit in seiner Gesellschaft. Heute weiß ich, daß meine Mutter es so einrichtete. Sie ließ uns viel allein und legte sichtlich Wert darauf, daß wir einander gut kennenlernten. Er sprach immerzu davon, daß ich ihn in Frankreich besuchen müsse, daß er erst zufrieden sein würde, wenn ich sein Château gesehen hätte, und ich erwiderte, daß ich mich erst zufriedengeben würde, wenn ich sein Château zu Gesicht bekommen hätte.

Er faszinierte mich – mir gefiel alles an ihm: sein lässiges Benehmen, seine Galanterie, sogar sein dandyhaftes Äußeres, wie wir es in England genannt hätten. Er bezauberte mich. Am glücklichsten war ich aber darüber, daß er mich als Erwachsene behandelte, und deshalb dauerte es nicht lange, bis ich ihm von Dickon erzählte.

Ich liebte Dickon. Ich wollte Dickon heiraten. Dickon war der am besten aussehende Mann, den ich kannte.

»Du mußt ihm früher einmal ähnlich gewesen sein«, meinte ich.

»Ach«, lachte er, »da siehst du, was die Jahre aus einem Menschen machen. Ich sehe nicht mehr so gut aus wie Dickon. Der einzige Trost ist, daß Dickon eines Tages dieser Tatsache ebenfalls ins Auge sehen wird.«

»Was für ein Unsinn. Du bist auf deine Art faszinierend. Dickon ist nur jünger ... obwohl er viel älter ist als ich. Um etwa elf Jahre älter.«

Mein Vater legte den Kopf schief. »Der arme alte Mann.«

Mit ihm konnte ich über Dickon sprechen, ganz anders als mit meiner Mutter.

»Sie haßt ihn nämlich«, erklärte ich dem Comte. »Es hat etwas mit Torheiten zu tun, die er als Junge begangen hat. Er war sehr mutwillig, wie Jungen eben sind. Ich nehme an, daß du auch nicht anders warst.«

»Und ob«, stimmte er zu.

»Es ist wirklich unvernünftig, wenn man Menschen gegenüber Vorurteile hat.«

»Erzähl mir von Dickon.«

Ich versuchte, Dickon zu beschreiben, was nicht leicht war. »Er hat sehr schönes blondes Haar, das in Locken um seinen Kopf liegt. Seine Augen sind blau ... nicht dunkelblau wie meine, sondern heller. Sein Gesicht wirkt, als hätte es ein großer Bildhauer geschaffen.«

»Apollo hat sich unter uns Irdische gemischt.«

»Er ist sehr charmant.«

»Den Eindruck habe ich allerdings.«

»Aber auf sehr ungewöhnliche Art. Er nimmt nie etwas ernst ... außer unserer Beziehung. Er ist sehr schlagfertig und kann manchmal grausam sein ... allerdings niemals mir gegenüber. Dadurch liebe ich ihn noch mehr. Ohne diesen Fehler wäre er zu vollkommen.«

»Ein bißchen Unvollkommenheit macht den Charme erst unwiderstehlich. Das verstehe ich.«

»Was ich dir jetzt sage, darfst du meiner Mutter auf keinen Fall verraten, versprichst du es mir?«

»Ich verspreche es.«

»Ich glaube, daß sie ein bißchen eifersüchtig auf ihn ist.«

»Wirklich?«

»Ja, daran ist ihre Mutter, meine liebe Großmutter Clarissa, schuld. Lange bevor sie den Vater meiner Mutter heiratete, hatte sie eine Romanze – sehr kurz, aber sehr tiefreichend – mit einem Jungen. Es war sehr –«

»Unschuldig?«

»Ja. Er wurde wegen der Rebellion im Jahr 1715 verbannt. Dann heiratete sie meinen Großvater, und meine Mutter kam zur Welt. Der junge Mann kehrte Jahre später zurück, als mein Großvater bereits gestorben war, doch statt meine Großmutter zu heiraten, heiratete er ihre Cousine Sabrina und fiel dann in der Schlacht von Culloden. Sabrina brachte sein Kind zur Welt und das war Dickon. Meine Großmutter und Sabrina erzogen ihn gemeinsam, und beide hingen sehr an ihm. Daran hat sich bis heute nichts geändert. Meine Mutter hat immer das Gefühl gehabt, daß ihre Mutter Dikkon mehr liebte als sie selbst. Es ist ein bißchen kompliziert, aber kannst du mich trotzdem verstehen?«

»O ja.«

»Deshalb haßt sie Dickon.«

»Hat sie keinen triftigeren Grund?«

»Ach, Gründe finden sich immer. Man muß nur jemanden nicht mögen, dann fallen einem alle möglichen Gründe ein, um die eigene Haltung zu rechtfertigen.«

»Du bist ja beinahe eine Philosophin.«

»Du lachst mich aus.«

»Ganz im Gegenteil, ich bewundere dich uneingeschränkt. Ich lächle nur deshalb, weil ich so glücklich über dein Vertrauen zu mir bin.«

»Vielleicht könntest du Mutter beeinflussen.«

»Erzähl mir mehr.«

»Dickon und ich lieben einander.«

»Er ist um viele Jahre älter als du.«

»Nur um elf. Und wir werden alle einmal erwachsen.«

»Das läßt sich nicht leugnen.«

»Wenn ich vierzig bin, wird er einundfünfzig sein. Dann sind wir beide alt … es spielt also keine Rolle.«

17

»Es stimmt, die Kluft wird im Lauf der Jahre kleiner, aber wir müssen leider auch an die Gegenwart denken. Sein Heiratsantrag war vielleicht ein wenig voreilig.«

»Das finde ich nicht. Königinnen werden schon verlobt, wenn sie noch in der Wiege liegen.«

»Auch das stimmt, aber diese Verlobungen führen oft zu nichts. Im Leben muß man abwarten können. Was willst du tun? Dickon jetzt heiraten … in deinem Alter?«

»Natürlich werden alle finden, daß ich nicht alt genug bin. Aber ich könnte warten, bis ich vierzehn bin.«

»Auch dann bist du noch sehr jung, und was machen zwei Jahre schon aus?«

Ich seufzte. »Wir müssen so lange warten, aber wenn ich vierzehn bin, wird mich nichts mehr aufhalten.«

»Vielleicht wird dich dann niemand mehr aufhalten wollen.«

»O doch, meine Mutter. Ich sage dir ja, sie haßt Dickon. Sie behauptet, daß er es auf Eversleigh abgesehen hat, nicht auf mich. Eversleigh gehört meiner Mutter, sie hat es geerbt, und ich bin ihr einziges Kind, deshalb wird es nach ihrem Tod vermutlich einmal an mich fallen. Ihrer Meinung nach will Dickon mich nur deshalb heiraten.«

»Und was glaubst du?«

»Ich weiß, daß er Eversleigh besitzen will. Im Augenblick verwaltet er Clavering, aber es ist nicht annähernd so groß wie unser Besitz. Wenn wir erst einmal verheiratet sind, will er nach Eversleigh übersiedeln. Das ist doch vollkommen natürlich, nicht wahr? Er ist ehrgeizig, und das gefällt mir an ihm.«

»Und deine Mutter glaubt, daß er dich nur wegen Eversleigh heiraten will?«

»Sie behauptet es jedenfalls.«

»Und es gibt keine Möglichkeit, die Wahrheit herauszubekommen?«

»Ich will sie nicht herausbekommen. Warum sollte er Eversleigh nicht haben wollen? Ich weiß, daß es mit ein Grund ist, warum er mich heiraten will. Es kann gar nicht anders sein. Wenn man jemanden mag, weil er ein Haus besitzt, ist das auch nicht anders, als wenn man jemanden mag, weil er schöne Haare oder ausdrucksvolle Augen hat.«

»Ich finde, daß es da noch einen Unterschied gibt. Augen und Haare gehören zu einem Menschen, ein Haus nicht.«

»Trotzdem, denk nicht darüber nach. Ich werde Dickon heiraten.«

»Ich stelle fest, daß du eine sehr willensstarke junge Dame bist.«

»Wenn du nur meine Mutter überreden könntest. Du bist doch jetzt ein Familienmitglied, nicht wahr? Als mein Vater hast du bei der Angelegenheit auch ein Wort mitzureden, obwohl ich dich gleich warnen muß: Nichts, was jemand gegen Dickon sagt, kann mich beeinflussen.«

»Das kann ich mir gut vorstellen, und als erst kürzlich anerkanntes Familienmitglied, dessen Anspruch auf die Achtung seiner Tochter noch auf sehr wackligen Beinen steht, würde ich nie den Versuch unternehmen, dich zu überreden. Ich kann dir nur meinen Rat anbieten, und bekanntlich nehmen wir gute Ratschläge nur dann an, wenn sie mit unseren eigenen Ansichten übereinstimmen. Deshalb werde ich dir nur das gleiche sagen, was ich jedem rate, der ein Problem hat: warte ab.«

»Wie lang?«

»Bis du alt genug bist, um zu heiraten.«

»Und wenn er wirklich Eversleigh will?«

»Du weißt ja, daß er es will.«

»Aber wenn ihm mehr daran liegt als an mir?«

»Die einzige Möglichkeit, das herauszufinden, wäre, daß deine Mutter Eversleigh jemand anderem vermacht und ihr abwartet, ob er dich trotzdem heiratet.«

»Sie müßte es jemandem aus der Familie hinterlassen.«

»Es wird sich bestimmt irgendein entfernter Verwandter finden.«

»Dickon gehört zur Familie. Mein Onkel Carl wollte ihm den Besitz nicht hinterlassen, weil sein Vater ein ›verdammter Jakobit‹ war, wie er ihn nannte. Onkel war ein bißchen inkonsequent, denn der Großvater meiner Mutter war auch einer. Aber vielleicht machte es ihm weniger aus, weil das eine Generation vorher war.«

»Damit sind wir wieder bei dem goldenen Grundsatz: abwarten. Schließlich kannst du derzeit kaum etwas anderes tun, Lottie, wenn du alles recht bedenkst.«

»Du findest nicht, daß ich zu jung bin, um zu wissen was ich will … Das behauptet jedenfalls meine Mutter.«

19

»Du bist reif genug, um genau zu wissen, was du vom Leben erwartest. Ich will dir noch eine goldene Lebensregel mitgeben: Nimm dir alles, was du unbedingt haben willst, aber wenn dir dann die Rechnung präsentiert wird, bezahle fröhlich. Das ist die einzige Art, wie man leben kann.«

Ich sah ihn ernsthaft an. »Ich bin froh, daß du wiedergekommen bist. Ich bin froh, daß ich jetzt die Wahrheit weiß. Ich bin froh, daß du mein Vater bist.«

Ein befriedigtes Lächeln huschte über sein Gesicht. Mein neuer Vater war überhaupt nicht sentimental. Jean-Louis' Augen hätten sich mit Tränen gefüllt, wenn ich ihm etwas Ähnliches gesagt hätte.

»Jetzt ist es an der Zeit, meine Einladung auszusprechen«, meinte mein Vater. »Ich werde bald abreisen. Willst du mich begleiten, zu einem kurzen Besuch? Ich möchte dir so gern etwas von meinem Land zeigen.«

Ich war stolz, weil ich mit ihm reisen durfte, und überall genauso ehrerbietig behandelt wurde wie er. Er war reich und in seinem Land angesehen, aber er hatte eine natürliche Vornehmheit an sich, die jeden beeindruckte, mit dem er es zu tun hatte. Er verlangte die beste Bedienung so natürlich, als hätte er ein Recht darauf, und die Menschen fügten sich ihm widerspruchslos.

Eine neue Welt eröffnete sich mir, und ich begriff, wie ruhig wir auf dem Land gelebt hatten. Wir hatten zwar gelegentlich Reisen nach London unternommen, aber nur selten, und ich war nie bei Hof gewesen, obwohl sich unser Hof, den der gute, aber einfache König Georg und seine hausbackene Gemahlin Charlotte führten, sicherlich wesentlich von dem des verschwenderischen König Ludwig XV. von Frankreich unterschied. Es war ein zynischer Streich der Geschichte, daß der tugendhafte Hof – und niemand konnte unseren König und unserer Königin diese Eigenschaft absprechen – verspottet wurde, während der unmoralische – und das traf zweifellos auf den Hof Ludwig XV. zu – vielleicht nicht gerade bewundert wurde, aber als amüsant und als angenehmer Aufenthaltsort galt.

Mein neuer Vater war entschlossen, mich zu bezaubern, mich dazu zu bringen, daß ich sein Land und seinen Lebensstil bewunderte. Und ich war nur zu bereit, mich bezaubern zu lassen.

Wir reisten gemächlich nach Aubigné und unterbrachen die Fahrt, um in entzückenden Gasthäusern zu nächtigen. Der Comte bezeichnete mich stolz als seine Tochter, und ich sonnte mich in seinem Glanz.

»Wir werden Paris und vielleicht auch Versailles später besuchen«, meinte er. »Ich lasse dich erst zurückfahren, wenn du einen großen Teil meines Landes gesehen hast.«

Ich lächelte glücklich, denn ich wünschte mir nichts sehnlicher.

Er war entzückt darüber, daß ich eine gute Reiterin war, denn es war seiner Ansicht nach eine viel bessere Art zu reisen als mit einer Kutsche. Es waren goldene Tage; ich ritt an seiner Seite, staunte immer noch darüber, daß er mein Vater war, war immer noch schuldbewußt, weil ich mich darüber freute, plauderte fröhlich und unbefangener mit ihm als mit meiner Mutter oder auch mit Jean-Louis. Das kam daher, daß der Comte ein Mann von Welt und davon überzeugt war, daß ich mit den Tatsachen des Lebens vertraut war. Er unternahm keinen Versuch, mich vor Dingen zu behüten, die ein Mensch mit meiner Intelligenz bereits wissen mußte. Dadurch fiel es mir leicht, mit ihm über Dickon zu sprechen. Er zeigte Verständnis für meine Gefühle und beleidigte mich nie durch die Feststellung, daß ich noch zu jung wäre, um wirklich tiefreichender Gefühle fähig zu sein. In seiner Gesellschaft fühlte ich mich nie als Kind.

Erst in Frankreich erwähnte er seine Familie und die Menschen, die ich kennenlernen würde. Merkwürdigerweise war mir bis dahin nie der Gedanke gekommen, daß er eine Familie besaß. Er hatte so viel von seinem Leben bei Hof erzählt, daß ich ihn mir nicht als häuslichen Menschen vorstellen konnte.

»Meine Tochter Sophie ist ungefähr um ein Jahr älter als du«, begann er. »Ich hoffe, daß ihr Freundinnen werdet.«

»Deine Tochter!« rief ich erstaunt. »Ich habe eine Schwester!«

»Halbschwester«, stellte er richtig. »Ihre Mutter ist vor fünf Jahren gestorben. Sie ist ein braves Mädchen, und ich bin davon überzeugt, daß ihr euch anfreunden werdet. Ich werde sogar darauf bestehen.«

»Eine Schwester ...«, murmelte ich. »Hoffentlich mag sie mich. Du kannst sie nämlich nicht dazu zwingen, mich zu mögen.«

»Sie ist dazu erzogen worden, zu gehorchen ... Ihre Erziehung war etwas strenger als die deine.«

»Sophie«, wiederholte ich. »Wie interessant. Ich freue mich auf sie.«

»Ich möchte dich auf unseren Haushalt vorbereiten, ich habe nämlich auch noch einen Sohn: Armand, Vicomte de Graffont. Graffont ist ein kleiner Besitz meiner Familie in der Dordogne. Wenn ich sterbe, wird natürlich Armand den Titel erben. Er ist um fünf Jahre älter als Sophie.«

»Ich habe also auch einen Bruder. Wie aufregend! Ob es viele Menschen gibt, die gar nicht wissen, daß sie Verwandte haben?«

»Tausende. Das Leben sorgt für die ungewöhnlichsten Überraschungen. Vermutlich trägt jeder Mensch sein kleines Geheimnis mit sich herum.«

»Halten sich deine Kinder im Château oder in Paris auf?«

»Sophie befindet sich mit ihrer Gouvernante im Château. Bei Armand weiß ich es nicht genau; er führt ein sehr eigenständiges Leben.«

»Ich bin so aufgeregt, mein Leben wird von Minute zu Minute interessanter. Zuerst ein neuer Vater ... und jetzt eine Schwester und ein Bruder. Gibt es noch weitere Verwandte?«

»Nur entfernte, die dich nicht betreffen.«

Ich war so verwirrt, daß ich die Landschaft kaum wahrnahm.

Wir waren in Le Havre an Land gegangen, von dort nach Elbôeuf geritten und hatten dann eine Nacht in Evreux, der Hauptstadt von Eure, verbracht, denn in dieser Provinz lag auch das Château d'Aubigné.

Als wir Evreux erreichten, sandte der Comte zwei Reitknechte zum Château voraus, damit sie unsere Ankunft ankündigten, und drängte dann darauf, daß wir bald aufbrachen, denn er konnte es kaum noch erwarten, nach Hause zu kommen.

Und dann erblickte ich das Schloß, das auf einem sanften Hang lag, zum erstenmal; es war aus grauen Steinen errichtet und wirkte mit seinen Strebepfeilern und den mit Kragsteinen versehenen Wachttürmen geradezu einschüchternd. Ich betrachtete staunend das mächtige Gebäude mit den Schildmauern zu beiden Seiten des Pförtnerhauses.

Der Comte sah, wie beeindruckt ich war. »Ich freue mich, daß dir mein Château gefällt. Natürlich sieht es nicht mehr so aus wie früher. Einmal war es ausschließlich eine Festung. Seine jetzige

Gestalt hat es im sechzehnten Jahrhundert erhalten, als sich die französische Architektur auf ihrem Höhepunkt befand.«

Die Dämmerung brach herein, und im Zwielicht sah das Château geheimnisvoll, beinahe bedrohlich aus. Als ich in den Hof ritt, überlief mich ein Schauder, wie eine Warnung vor einer lauernden Gefahr.

»Morgen früh werde ich dich selbst durch das Schloß führen«, meinte der Comte. »Du wirst feststellen, daß ich dabei ziemlich prahlerisch und überheblich sein werde.«

»Das wäre jeder in deiner Lage.«

»Nun, es ist jetzt auch deine Familie, Lottie.«

Ich stand in der Halle. Der Comte hatte mir die Hand auf die Schulter gelegt und beobachtete mich aufmerksam, um zu sehen, welchen Eindruck sein Haus auf mich machte. Natürlich war ich überwältigt. Es war so großartig, mahnte so sehr an die Vergangenheit. Ich hatte das Gefühl, daß ich in ein anderes Zeitalter geraten war; es erfüllte mich mit Stolz, daß ich zu den Menschen gehörte, die jahrhundertelang hier gelebt hatten. Dennoch hielt die leichte Beunruhigung an, die ich mir nicht erklären konnte.

An den alten Wänden hingen Wandteppiche, auf denen Schlachtenszenen dargestellt waren, und wo es keine Teppiche gab, hingen glänzende Waffen; einige Rüstungen standen in den dunklen Ecken wie Wächter, und es wäre mir nicht schwergefallen, mir einzureden, daß sie sich bewegten, und daß in der Halle jemand anwesend war, der mich genauso abschätzte wie ich das Haus. Auf dem langen Eichentisch standen zwei Kandelaber, und die Kerzen warfen ihren flackernden Lichtschein auf die gewölbte Decke.

Ein Mann kam in die Halle geeilt; in seiner blaugrünen Livree mit den Messingknöpfen sah er bedeutend aus. Er begrüßte den Comte unterwürfig.

»Alles steht bereit, Monsieur le Comte.«

»Gut. Weiß der Vicomte, daß ich hier bin?«

»Monsieur le Vicomte befand sich auf der Jagd, als Ihre Boten eintrafen. Er ist noch nicht zurückgekehrt.«

Der Comte nickte. »Mademoiselle Sophie …«

»Ich werde jemanden zu ihrem Apartment schicken, Monsieur le Comte.«

»Tun Sie das unverzüglich.«

Der Mann verschwand, und der Comte wandte sich mir zu.

»Es ist am besten, wenn du Sophie sofort kennenlernst. Sie kann dafür sorgen, daß alles seine Ordnung hat.«

»Was werden sie sagen, wenn sie es erfahren?«

Er sah mich fragend an, und ich fuhr fort: »Wenn sie erfahren, wer ich bin ... wie ich mit dir verwandt bin.« Er lächelte mild. »Mein liebes Kind, niemand hat das Recht, meine Handlungen zu kritisieren.«

In diesem Augenblick sah ich Sophie.

Sie kam die schöne Treppe am Ende der Halle herunter, und ich musterte sie sehr genau. Wir waren einander überhaupt nicht ähnlich. Sie war klein, hatte dunkelbraunes Haar und olivfarbene Haut. Sie war bestimmt nicht sehr hübsch – freundliche Menschen bezeichnen Leute wie sie als einfach, und die weniger freundlichen als reizlos. Sie war zu dick und zu plump, um anziehend zu wirken, und ihr blaues Kleid mit dem eng geschnürten Mieder und dem weiten Reifrock, der wie eine Glocke um sie stand, trug nicht zur Verbesserung ihres Aussehens bei.

»Sophie, mein Liebling«, begrüßte sie der Comte, »ich möchte dir Lottie vorstellen ...«

Sie trat zögernd näher. Wahrscheinlich hatte sie großen Respekt vor ihrem Vater.

»Ich möchte dir etwas erklären, was Lottie betrifft ...

Sie wird einige Zeit bei uns bleiben, und du sollst dafür sorgen, daß sie sich hier wohlfühlt. Und das Wichtigste: Sie ist deine Schwester.«

Sophies Mund klappte auf. Sie war erstaunt, was mich nicht überraschte.

»Wir haben einander erst kürzlich entdeckt. Was sagst du dazu, Sophie?«

Die arme Sophie! Sie stotterte und sah aus, als würde sie jeden Augenblick in Tränen ausbrechen.

Ich kam ihr zu Hilfe. »Ich freue mich sehr, eine Schwester zu haben. Ich wollte immer schon Geschwister haben – für mich ist es wie ein Wunder.«

»Ich bin davon überzeugt, daß du genauso empfindest, Sophie«, sagte der Comte. »Ihr werdet einander in den nächsten Tagen sicherlich näherkommen. Aber jetzt ist Lottie müde. Sie möchte sich umkleiden und waschen, nehme ich an. Sophie, du weißt ja, wo sich ihr Zimmer befindet. Bring sie hin und sorge dafür, daß sie alles bekommt, was sie benötigt.«

»Ja, Papa.«

»Ist ein Zimmer für sie hergerichtet worden?«

»Ja, Papa, die Reitknechte haben berichtet, daß du eine junge Dame mitbringst.«

»Dann ist ja alles in Ordnung, Lottie, geh mit Sophie mit. Sie wird dir den Weg zeigen.«

Ich bedauerte sie. »Ich werde lernen müssen, mich allein im Château zurechtzufinden. Es ist sehr groß, nicht wahr?«

»Allerdings«, stimmte sie zu.

»Führ sie jetzt hinauf«, wiederholte der Comte, »und wenn sie fertig ist, bring sie wieder herunter, denn dann werden wir essen. Reisen macht hungrig.«

»Ja, Papa.«

Er legte mir die Hand auf den Arm. »Du und Sophie, ihr müßt Freundinnen werden.« Ich sah zu Sophie hinüber und nahm an, daß sie das als Befehl empfand. Solche Befehle akzeptierte ich nicht. Ich wollte meine Schwester näher kennenlernen. Ich wollte ihre Freundin werden, aber nur, wenn es sich von selbst ergab.

»Bitte komm mit mir«, forderte mich Sophie auf.

»Danke«, antwortete ich und war froh, daß Jean-Louis mich Französisch gelehrt hatte. Seine Mutter war Französin gewesen, und obwohl er sehr jung gewesen war, als sie ihn verließ, hatte er seine Französischkenntnisse gepflegt, indem er weiterhin französische Bücher las; dann hatte er mich die Sprache in Wort und Schrift gelehrt. Meine Mutter hatte darauf bestanden. Ich begriff jetzt erst, daß sie es getan hatte, weil mein leiblicher Vater Franzose war. Und deshalb konnte ich mich jetzt mit Sophie unterhalten.

Ich folgte ihr die Treppe hinauf in mein Zimmer. Es war sehr groß und enthielt ein Himmelbett mit moosgrünen, golddurchwirkten Vorhängen; sie paßten zu den Fenstervorhängen und zu den Aubusson-Wandteppichen, durch die der Raum wirklich luxuriös wirkte.

»Ich hoffe, daß du dich wohlfühlen wirst«, meinte Sophie höflich. »Hier ist die Ruelle, in der du Toilette machen kannst.«

Es handelte sich um einen mit einem Vorhang abgeschlossenen Alkoven, in dem sich alles befand, was ich brauchte.

»Die Sattelpferde mit deinem Gepäck sind schon abgeladen. Dort drüben steht es.«

Vermutlich versuchte sie, sich so natürlich wie möglich zu benehmen, um ihre Verblüffung über unsere Verwandtschaft zu verbergen.

Ich konnte nicht anders, ich mußte sie fragen. »Was hast du gedacht, als dein Vater dir mitteilte, wer ich bin?«

Sie blickte zu Boden und suchte nach Worten, und sie tat mir plötzlich leid, denn sie schien Angst vor dem Leben zu haben und auch vor ihrem Vater, mit dem ich mich so rasch so gut verstanden hatte. Ich wollte ihr helfen. »Es muß ein Schock für dich gewesen sein.«

»Daß es dich gibt? Eigentlich nicht. Solche Dinge passieren. Daß er dich ins Schloß gebracht und einfach vorgestellt hat«, sie zuckte die Schultern, »ja, das hat mich ein wenig überrascht, weil …«

»Weil ich nur zu einem kurzen Besuch hier bin?«

»Das meinte ich. Wenn du für immer bei uns geblieben wärst …«

Sie hatte die störende Gewohnheit, ihre Sätze nicht zu beenden, aber vielleicht war das auf den Schock zurückzuführen. Sie hatte recht. Da ich nur zu einem kurzen Besuch da war, hätte mich der Comte zuerst als Gast vorstellen und erst später und nicht so unvermittelt erklären können, wie wir miteinander verwandt waren.

»Das alles ist so herrlich aufregend«, schwärmte ich. »Plötzlich zu entdecken, daß ich eine Schwester habe!«

Sie sah mich beinahe verschämt an. »Ja, damit hast du recht.«

In diesem Augenblick ging die Tür auf, und ein Gesicht schaute herein.

»Ach, du bist es, Lisette«, sagte Sophie. »Das hätte ich mir denken können.«

Ein Mädchen trat ins Zimmer. Sie konnte nicht viel älter sein als ich – höchstens ein bis zwei Jahre. Sie war sehr hübsch, hatte blondes, gelocktes Haar und funkelnde blaue Augen.

»Sie ist also gekommen.« Lisette musterte mich.

»Du bist ja schön«, stellte sie dann fest.

»Danke. Es freut mich, daß ich das Kompliment erwidern kann.«

»Du sprichst hübsch. Nicht wahr, Sophie? Kein ganz einwandfreies Französisch, aber nicht schlecht. Bist du zum erstenmal in Frankreich?«

»Ja. Wer bist du?«

»Lisette. Ich lebe hier. Ich bin die Nichte von Madame la Gouvernante, der Haushälterin. Tante Berthe ist eine sehr wichtige Dame, nicht wahr, Sophie?«

Sophie nickte.

»Ich lebe seit meinem sechsten Lebensjahr hier«, fuhr Lisette fort. »Jetzt bin ich vierzehn. Der Comte hat mich sehr gern. Ich werde gemeinsam mit Sophie unterrichtet, und obwohl ich nur die Nichte der Gouvernante bin, bin ich ein angesehenes Mitglied des Haushalts.«

»Ich freue mich, dich kennenzulernen.«

»Du bist zu jung, um eine Freundin des Comte zu sein. Aber angeblich gibt der König den Ton an, und wir alle wissen, wie es in Versailles zugeht.«

»Sei still, Lisette.« Sophie war rot geworden. »Papa hat mir gerade etwas erklärt. Lottie ist seine Tochter und somit meine Schwester.«

Lisette starrte mich an; in ihre Wangen stieg Farbe, und ihre Augen leuchteten wie Saphire.

»O nein, das glaube ich nicht.«

»Das ist deine Sache. Er hat es mir jedenfalls erzählt, und deshalb ist sie da.«

»Und deine Mutter?« Lisette sah mich fragend an.

»Meine Mutter lebt in England. Ich bin nur zu Besuch hier.«

Lisette betrachtete mich, als sähe sie mich in neuem Licht.

»Besucht der Comte sie oft?«

»Sie haben einander jahrelang nicht gesehen. Ich habe erst vor kurzer Zeit, als er bei uns zu Gast war, erfahren, daß er mein Vater ist.«

»Das ist alles so komisch«, bemerkte Lisette. »Ich meine nicht die Tatsache, daß du ein Bastard bist. Von denen gibt es weiß Gott genug auf der Welt. Aber da hat er dich all die Jahre nicht gesehen, und dann bringt er dich plötzlich her und macht kein Geheimnis daraus.«

»Mein Vater hält es eben nicht für nötig, Geheimnisse zu haben«, meinte Sophie.

»Das stimmt«, bestätigte Lisette. »Er tut, was er will, und die anderen müssen sich damit abfinden.«

»Lottie möchte sich waschen und umziehen. Wir sollten sie jetzt allein lassen.«

Damit ergriff sie Lisettes Arm und führte sie aus dem Zimmer. Lisette war durch die Neuigkeit so verblüfft, daß sie ihr widerspruchslos folgte.

»Danke, Sophie«, sagte ich.

In meinem Gepäck fand ich ein Kleid – es entsprach kaum dem großartigen Rahmen des Châteaus, aber es war tiefblau, paßte zu meiner Augenfarbe, und ich wußte, daß es mir stand. Nach einiger Zeit erschien Sophie, um mich hinunterzuführen. Sie hatte sich ebenfalls umgezogen, aber dieses Kleid stand ihr auch nicht besser als dasjenige, in dem ich sie kennengelernt hatte.

»Ich weiß nicht, was du von Lisette hältst«, sagte sie. »Sie hatte nicht das Recht, so hereinzuplatzen.«

»Ich finde sie recht interessant und sehr hübsch.«

»Ja.« Sophie schien zu bedauern, daß sie in dieser Beziehung nicht mithalten konnte. »Aber sie gibt an. Sie ist schließlich nur die Nichte der Haushälterin.«

»Offensichtlich ist die Haushälterin eine sehr wichtige Person im Château.«

»O ja. Sie kümmert sich um den ganzen Haushalt ... die Küche, die Dienstmädchen, einfach um alles. Sie und Jacques, unser Majordomus, wahren ihre Rechte eifersüchtig. Mein Vater war sehr gut zu Lisette und erlaubte ihr, hier unterrichtet zu werden. Das gehört wahrscheinlich zu dem Abkommen, das er mit Tante Berthe geschlossen hat. Ich nenne sie immer Tante Berthe, weil Lisette es auch tut. In Wirklichkeit heißt sie Madame Clavel. Ich glaube nicht, daß sie wirklich eine ›Madame‹ ist, aber sie bezeichnet sich so, weil sie dann mehr Ansehen genießt, als wenn sie nur eine Demoiselle wäre. Sie ist sehr streng und genau, und niemand könnte sich vorstellen, daß sie verheiratet ist. Sogar Lisette hat Respekt vor ihr.«

»Lisette legt sich überhaupt keine Zurückhaltung auf.«

»Das stimmt. Sie drängt sich immerzu in den Vordergrund. Sie würde gern mit uns bei Tisch essen, aber Armand würde das nie gestatten. Er hat sehr genaue Vorstellungen von der Stellung der

Dienerschaft, und Lisette gehört ja eigentlich dazu. Sie muß viel für Tante Berthe erledigen. Aber es hat ihr ähnlich gesehen, so hereinzuplatzen. Sie war verblüfft, als sie erfuhr ...

»Ja, das habe ich bemerkt. Doch die meisten Menschen würden so darauf reagieren.«

Sie war nachdenklich. »Mein Vater tut nur, was ihm gefällt; er ist offensichtlich stolz auf dich und will, daß alle erfahren, daß er dein Vater ist. Du siehst sehr gut aus.«

»Danke.«

»Dafür mußt du dich nicht bedanken. Ich achte immer auf das Äußere der anderen. Wahrscheinlich, weil ich selbst so häßlich bin.«

»Das bist du doch gar nicht«, log ich.

Sie lächelte nur.

Die erste Mahlzeit im Château verlief sehr zeremoniell. Ich weiß nicht mehr, was wir gegessen, haben, ich war zu aufgeregt, um es zu bemerken. Die Kerzen auf dem Tisch verliehen dem Raum ein geheimnisvolles Aussehen – auch hier hingen überall Wandteppiche –, und ich hatte das unheimliche Gefühl, daß mich Gespenster beobachteten. Alles war so elegant: das Besteck, die Silberbecher, die Diener in ihrer blaugrünen Livree, die geräuschlos hin und her huschten, Teller wegnahmen und mit einer Schnelligkeit, die an Zauberei grenzte, neue vor uns hinstellten. Welcher Gegensatz zu Eversleigh, wo die Diener mit den Suppenschüsseln und den Platten mit Rindfleisch, Hammelbraten und Pasteten herein- und hinausstampften.

Aber ich mußte meine Aufmerksamkeit der Gesellschaft widmen. Ich wurde meinem Halbbruder Armand, einem sehr weltklugen, etwa achtzehn Jahre alten jungen Mann vorgestellt, dem es offensichtlich Spaß machte zu entdecken, wer ich war.

Er sah sehr gut aus und hatte viel Ähnlichkeit mit dem Comte, obwohl sein Kinn noch nicht so kräftig entwickelt war. Doch das würde später kommen, denn ich war davon überzeugt, daß Armand genauso auf seiner Freiheit bestehen würde wie sein Vater. Jedenfalls gewann ich diesen Eindruck von ihm. Er war verwöhnt, das stand ebenfalls fest; seine stutzerhafte Art war ausgeprägter als bei seinem Vater. Sein Gesichtsausdruck war hochmütig und sein Benehmen darauf angelegt, jedermann deutlich zu machen, daß er ein Aristokrat war. Seine Augen musterten mich beifällig, was mich freute; das gute Aussehen, das ich von meiner Vorfahrin Carlotta geerbt hatte, öffnete mir alle Türen.

Der Comte saß an einem Ende des Tisches, und Sophie an dem anderen. Die Entfernung zwischen ihnen schien ihr recht zu sein. Ich saß rechts vom Comte und gegenüber von Armand, aber der Tisch war so groß, daß wir weit voneinander getrennt waren.

Armand stellte mir viele Fragen über Eversleigh, und ich erklärte, daß meine Mutter es erst kürzlich geerbt hatte und daß ich den größten Teil meines Lebens in Clavering, in einem anderen Teil des Landes, verbracht hatte.

Sophie sprach kein Wort, so daß die übrigen beinahe vergaßen, daß sie auch am Tisch saß, aber ich wurde ständig ins Gespräch einbezogen, bis sie sich über Angelegenheiten des Hofes verbreiteten, und ich nur noch interessiert zuhörte.

Armand war vor wenigen Tagen aus Paris zurückgekehrt und behauptete, daß sich die Haltung der Pariser dem König gegenüber geändert hatte.

»Solche Veränderungen werden immer zuerst in der Hauptstadt deutlich«, bestätigte der Comte, »obwohl Paris den König bereits seit langem haßt. Die Zeit, als man ihn ›Den Vielgeliebten‹ nannte, ist längst vorbei.«

»Er ist jetzt ›Der Vielgehaßte‹«, fügte Armand hinzu. »Er sucht die Hauptstadt nur dann auf, wenn es unbedingt erforderlich ist.«

»Er hätte nie die Straße von Versailles nach Compiègne bauen dürfen. Er hätte nie die Achtung der Pariser verlieren dürfen. Die Situation ist zweifellos gefährlich. Er müßte seinen Lebensstil sofort ändern, dann wäre es vielleicht ...«

»Das wird er niemals tun«, widersprach Armand. »Außerdem haben wir nicht das Recht, ihm deshalb Vorwürfe zu machen.« Er sah boshaft zu mir herüber, und ich begriff, was er meinte. Er warf meinem Vater vor, daß er ein genauso unmoralisches Leben führte wie der König, und ich hatte das Bedürfnis, den Comte gegen seinen zynischen Sohn zu verteidigen. »Aber ich glaube, daß der Hirschpark jetzt kaum mehr benützt wird«, fuhr Armand fort.

»Er wird eben alt. Dennoch wird die politische Lage immer gefährlicher.«

»Ludwig ist König, und daran kann niemand rütteln.«

»Hoffentlich versucht es niemand.«

»Das Volk wird immer unzufrieden sein, das ist nichts Ungewöhnliches.«

»In England hat es Unruhen gegeben«, warf ich ein. »Angeblich wegen der hohen Lebensmittelpreise. Die Regierung hat Soldaten eingesetzt, und mehrere Menschen wurden getötet.«

»Das ist das einzig Richtige«, bestätigte Armand. »Gleich das Militär einschalten.«

»Wir sollten die Wirtschaft fördern«, meinte der Comte. »Dann hätten wir nicht so viele Arme. Wenn das Volk sich einmal erhebt, stellt es eine ansehnliche Macht dar.«

»Nicht solange wir über die Armee verfügen, um es in Schach zu halten«, widersprach Armand.

»Dennoch ist es möglich, daß das Volk sich eines Tages gewaltsam sein Recht verschafft«, warnte der Comte.

»Das werden sie nie wagen«, behauptete Armand leichthin. »Und wir langweilen unsere neue Schwester Lottie mit diesem öden Gerede.« Er betonte meinen Namen auf der letzten Silbe, was bezaubernd klang.

Ich lächelte ihm zu. »Nein, ich langweile mich nicht im geringsten. Mich interessiert alles, was ihr erzählt, und ich möchte immer wissen, was vor sich geht.«

»Wir werden morgen gemeinsam ausreiten«, versprach Armand. »Ich werde dir die Umgebung zeigen, kleine Schwester. Und ich nehme an, daß du Lottie Paris zeigen wirst, Papa?«

»Sehr bald. Ich muß ohnehin in die Stadt.«

Die Mahlzeit nahm kein Ende, doch endlich erhoben wir uns und tranken in einem kleinen Salon noch ein Glas Wein. Ich war so müde, daß mir die Augen zufielen. Der Comte merkte es und befahl Sophie, mich in mein Zimmer zu bringen.

Die Tage waren voll neuer Eindrücke und vergingen wie im Flug. Das Château begeisterte mich, es war architektonisch ungemein reizvoll, um so mehr, als es Bauteile aus mehreren Jahrhunderten aufwies. Am besten erkannte man das aus einiger Entfernung, und während der ersten Tage genoß ich diesen Anblick bei jedem Ausritt: Die steilen Dächer, die alten Zinnen, die Schildmauern, die Brüstung mit den Kragsteinen, in die über zweihundert Pechnasen eingelassen waren, der zylindrische Bergfried oberhalb der Zugbrücke – ein Bild der Macht und der Unbezwingbarkeit.

Es berührte mich tief, daß dies das Heim meiner Vorfahren war, und dann bereute ich diese Gedanken wieder, weil ich mit meiner Mutter und Jean-Louis im geliebten, gemütlichen Clavering so glücklich gewesen war.

Doch ich konnte nicht anders, ich war stolz darauf, zur Familie d'Aubigné zu gehören.

Zuerst befürchtete ich, daß ich mich nie im Château zurechtfinden würde. Ich verirrte mich ständig und entdeckte dabei immer neue Räumlichkeiten. Es gab den ältesten Teil mit kurzen Wendeltreppen und den Verliesen, in dem die Luft kalt war und modrig roch. Es war mir unheimlich, denn hier waren die Feinde der Familie gefangengehalten worden. Der Comte selbst zeigte mir die Verliese … kleine dunkle Zellen mit großen Eisenringen an den Wänden, an die die Gefangenen gekettet worden waren. Als ich erschauerte legte er mir den Arm um die Schultern. »Vielleicht hätte ich dich nicht hierher bringen sollen. Aber man kann das Leben nur begreifen, wenn man alle seine Facetten kennenlernt.«

Dann führte er mich in die Gemächer, die seine Vorfahren dem König zur Verfügung gestellt hatten, wenn er auf Reisen war, und die mir mit ihrer eleganten Einrichtung eine ganz andere Seite des Châteaus zeigten.

Von den Zinnen aus überblickte man die liebliche Gegend bis zu der Stadt mit den Fachwerkhäusern und den engen Straßen. So viele Eindrücke stürmten in so kurzer Zeit auf mich ein, und ich dachte oft: Wenn ich Dickon wiedersehe, muß ich ihm von all dem berichten. Es wird ihn bestimmt interessieren, und er wäre sicherlich begeistert, wenn er einen solchen Besitz bewirtschaften könnte.

Doch am interessantesten waren die Menschen um mich. Ich war viel mit dem Comte beisammen, der von meiner Gesellschaft nicht genug bekommen konnte, was bemerkenswert war, weil er Sophie so gleichgültig behandelte. Offensichtlich hatte ich großen Eindruck auf ihn gemacht, oder aber er liebte meine Mutter wirklich, und ich erinnerte ihn an die Zeit, die er mit ihr verbracht hatte. Sie war wahrscheinlich ganz anders als die Menschen, mit denen er sonst verkehrte. Ich hatte ein Porträt seiner Frau gesehen, die genauso schüchtern aussah wie Sophie. Sie war sehr jung gewesen, als das Bild gemalt worden war.

Manchmal besuchte mich Sophie in meinem Zimmer, und Lisette leistete uns auch Gesellschaft. Ich hatte allerdings den Eindruck, daß Sophie dem Mädchen seine Aufdringlichkeit verbieten wollte, aber Angst vor ihm hatte, wie vor so vielem anderen.

Ich freute mich über Lisettes Anwesenheit, denn sie plauderte über alles mögliche, und obwohl ich Sophie allmählich lieb gewann, war sie keine sehr unterhaltsame Gesprächspartnerin.

Ich hatte auch schon die berüchtigte Tante Berthe erblickt, eine hochgewachsene Frau mit strengem Gesicht und schmalen Lippen, die aussahen, als würde es ihnen sehr schwer fallen zu lächeln. Ich hatte erfahren, daß sie sehr fromm war und die Dienstmädchen in strenger Zucht hielt, was Lisette zufolge gar nicht so leicht war, weil die Männer immer hinter den Mädchen her waren.

»Du weißt ja, wie die Männer sind«, lachte Lisette. »Sie schwanken zwischen dem Verlangen nach den Mädchen und der Angst vor Tante Berthe. Wenn sie einen von ihnen dabei erwischt, würde sie darauf bestehen, daß beide das Château verlassen müssen.«

»Der Comte würde sie sicherlich nicht so streng bestrafen.«

»Du meinst, weil er selbst kein reines Gewissen hat?« Lisette sprudelte ohne zu überlegen alles heraus, was ihr durch den Kopf ging. Sie führte bestimmt einen nicht ganz einwandfreien Lebenswandel. Wahrscheinlich verließ sie sich darauf, daß ihre Tante hinter ihr stand und nie zulassen würde, daß ihre Nichte aus dem Haus gewiesen wurde.

Lisette sprach gern über Liebhaber; meiner Meinung nach, um Sophie zu necken. Es machte ihr Spaß zu zeigen, wie weit sie der armen Sophie an Witz und gutem Aussehen überlegen war.

»Eines Tages wird sich ein Ehemann für mich finden«, erklärte sie einmal, »genau wie für dich, Sophie. Der einzige Unterschied wird darin bestehen, daß du einen Edelmann bekommen wirst und ich einen ehrenwerten Angehörigen der Bourgeoisie, der vor Tante Berthes strengen Augen Gnade findet.«

Sophie sah verschüchtert aus, wie immer, wenn die Rede auf ihre Heirat kam.

»Eine Ehe kann etwas sehr Angenehmes sein«, meinte ich, um sie zu trösten.

»Ich weiß, daß sie schrecklich sein wird«, antwortete sie.

Ich erzählte ihnen von Dickon, und sie lauschten begierig, besonders Lisette.

»Es wird nicht mehr lange dauern«, meinte Sophie bekümmert, »bis ich bei Hof zugelassen werde. Papa ist davon überzeugt, daß mir dort nichts geschehen wird. Der König liebt junge Mädchen, wird mir aber sicherlich keine besondere Aufmerksamkeit schenken.«

»Manchmal wünsche ich mir beinahe, daß mich der Kuppler des Königs auswählt, damit ich für das Vergnügen Seiner Majestät sorge«, erklärte Lisette.

»Lisette!«

»Es wäre jedenfalls besser, als mit einem langweiligen alten Herrn verkuppelt zu werden, der ein bißchen Geld besitzt, aber nicht zuviel, denn wenn man die Nichte einer Haushälterin ist, kann man nicht allzuviel erwarten.«

»Du hättest wirklich Lust, in den Hirschpark zu übersiedeln?« fragte Sophie ungläubig.

»Angeblich ist er sehr luxuriös eingerichtet, und wenn der König von einem Mädchen genug hat, schenkt er ihm eine schöne Mitgift, so daß es heiraten kann – was die Mädchen auch tun, denn die Mitgift macht sie begehrenswert. Sie macht angeblich mehr aus, als ein durchschnittlicher Ehemann in etlichen Jahren erwerben kann. Also haben die Mädchen und ihre Männer Glück, findest du nicht auch, Lottie?«

Ich überlegte. »Hier und in England hungern viele Menschen, aber ich habe den Eindruck, daß die Zustände in Frankreich schlimmer sind. Wenn die Mädchen aus freien Stücken dem König zu Willen sind und dafür königlich belohnt werden, ist es vielleicht besser, als wenn sie ihr Leben in bitterer Armut verbringen.«

»Du sprichst wie Armand«, stellte Sophie fest. »Er verhält sich dem König gegenüber sehr loyal und möchte am liebsten genauso leben wie er. Er verachtet die Armen – vor allem, wenn sie randalieren. Er behauptet, daß sie niemals zufrieden sein werden, ganz gleich, was man ihnen auch zugesteht, deshalb soll man sich gar nicht erst die Mühe machen, ihre Lebensbedingungen zu verbessern.«

»Es ist schwer, über diese Mädchen ein Urteil zu fällen«, kehrte ich zu dem Ausgangsthema zurück. »Man müßte selbst einmal in der gleichen bitteren Armut gelebt haben wie sie. Vielleicht sind wir zu selbstgefällig ... und haben außerdem Glück gehabt.«

Lisette hörte mir aufmerksam zu, ging aber nicht näher darauf ein, was bei ihr ungewöhnlich war.

»Sie können ihre Ehemänner wenigstens selbst aussuchen«, schloß Sophie.

Ich hielt mich seit einer Woche im Château auf, als der Comte verkündete, er werde mit mir nach Paris reisen und mich, wenn möglich, auch nach Versailles mitnehmen. Ich war sehr aufgeregt, aber als Sophie erfuhr, daß sie uns begleiten würde, war sie sofort besorgt, weil sie befürchtete, daß ihr Vater bei dieser Gelegenheit einen Mann für sie aussuchen würde.

Ein paar Tage später befanden wir uns in Paris. Ich war von dieser großen, wunderbaren Stadt so fasziniert, daß ich zwei volle Tage nicht an Dickon dachte und mich dann wegen meiner Herzlosigkeit tadelte.

Wir ritten direkt zum großartigen Stadthaus des Comte – einer der Wohnsitze in der Rue Saint-Germain, die als *hôtels* bezeichnet wurden und den reichsten Edelleuten des Landes gehörten. Die Ziergiebel dieser Häuser waren mit Wappenbildern geschmückt, und sie waren alle sehr groß und imponierend. Das Haus war genauso luxuriös eingerichtet wie das Château, aber in dem Stil, der unter Ludwig XV. so weite Verbreitung gefunden hatte – eine Kombination aus klassischer Strenge und verspieltem Rokoko. Damals kannte ich mich in Sachen Architektur noch nicht so gut aus und erfaßte nur, daß die Einrichtung von überwältigender Schönheit war. Ich konnte mich an den prachtvollen, mit Gobelinstickereien bespannten Stühlen, den seltsam geformten Sofas, den geschnitzten Schränken und den Tischen mit Einlegearbeiten nicht sattsehen. Die Teppiche und Brücken waren in zarten Farben gehalten und paßten zu den Gemälden an den Wänden. Der Comte zeigte mir stolz seinen Boucher und seinen Fragonard – zwei Maler, die gerade am Anfang ihrer Laufbahn gestanden hatten, als er ihre Bilder kaufte, die jetzt Hofmaler waren. Der König war wohl lasterhaft und beschäftigte sich lieber mit erotischen Abenteuern als mit Staatsgeschäften, aber er verstand etwas von Kunst. In dieser Beziehung hatte ihn Madame de Pompadour beeinflußt.

Dann lernte ich Paris kennen – die Stadt des Charmes, des Lärms, der Fröhlichkeit, des Schlamms und der sozialen Gegensätze. Vielleicht beeindruckte mich die letzte Tatsache am stärksten, die wenigen Blicke, die ich auf Schmutz und Elend erhaschte, die man dicht neben Eleganz und Reichtum finden konnte.

Der Comte wollte mich unbedingt dazu bringen, daß ich mich in die Stadt verliebte. Später wurde mir klar, daß hinter seinen Bemühungen ein Plan steckte, und daß er und meine Mutter versuchten, mich von Dickon abzulenken. Damals schob ich alles nur auf seinen ungeheuren Nationalstolz. Und in dieser Beziehung hatte er wirklich Grund, stolz zu sein.

Bevor er mir aber die Stadt zeigte, führte er Sophie und mich zu einer eleganten Schneiderin, die uns Kleider für unsere Vorstellung am Hof von Versailles anfertigen sollte.

»Ich möchte, daß du dem König auffällst«, erklärte er mir, »denn sonst kannst du nicht am Hof zugelassen werden. Wir müssen warten und hoffen, daß er sich zeigen wird. Du mußt nur einen tieferen Hofknicks machen als je zuvor in deinem Leben und ihm deutlich antworten, wenn er das Wort an dich richtet. Es handelt sich um ein paar Augenblicke, und wenn er mit dir spricht, werde ich erwähnen, daß du dich nur kurz in Frankreich aufhältst, falls er jemanden beauftragt, Pläne für dich zu machen. Es werden noch mehr Menschen anwesend sein, die alle hoffen, daß es ihnen gelingt, seine Aufmerksamkeit zu erregen, und das Ganze wird sich im Vorraum abspielen, den er auf dem Weg zu einer seiner Verpflichtungen durchquert.«

»Und dazu müssen wir neue Kleider haben?«

»Ich muß doch mit euch Ehre einlegen.«

»Das alles kommt mir sehr kompliziert vor.«

»So ist es nun einmal in Frankreich.«

Wir begaben uns also zur Schneiderin – einer sehr gepflegten Dame, die so stark gepudert war und so viele Schönheitspflästerchen aufgelegt hatte, daß man von ihrem Gesicht kaum noch etwas wahrnehmen konnte. Sie wirkte, als trüge sie eine Maske. Sie ließ Stoffballen bringen, die sie mit ihren langen weißen Fingern streichelte; sie holte ihre Schneiderinnen herbei, und sie machten sich an mir zu schaffen, lösten mein Haar und taten, als wäre ich eine Ware, während die durchdringenden Augen der Madame keinen Augenblick von mir wichen. »Sie ist noch ein Kind«, meinte sie, »aber wir werden etwas aus ihr machen.«

Dann wandte sie sich an mich. »Wenn du älter sein wirst... wenn du eine Frau sein wirst ... dann wird es ein Vergnügen sein, dich anzuziehen.«

Die Wahl fiel auf leuchtend pfauenblaue Seide. »Sehr einfach«, beschloß sie. »Wir zeigen das Kind ... aber auch die Frau, die es einmal sein wird.«

Mir widmete sie viel Zeit, Sophie weit weniger. Auch sie bekam ein blaues Kleid, eine helle Nuance von Türkis.

Als wir sie verließen, lachte ich. »Sie nimmt ihren Beruf sehr ernst.«

»Sie ist eine der berühmtesten Schneiderinnen von Paris«, wies mich Sophie zurecht. »Sie hat für Madame de Pompadour gearbeitet.«

Ich war beeindruckt, aber Paris interessierte mich mehr als der Besuch in Versailles.

Der Comte und ich waren oft allein unterwegs, denn er schloß die arme Sophie immer wieder von unseren Streifzügen aus. Wir fuhren nicht immer mit seiner Kutsche, sondern benützten spaßeshalber auch die kleinen Wagen, die wegen ihrer Form *pots des chambre* (Nachttöpfe) hießen, und obwohl wir in ihnen dem Wetter ausgesetzt waren, störte es uns nicht im geringsten. In ihnen durchstreiften wir Paris.

Der Comte wollte mir zeigen, wie Paris lebte. Am frühen Morgen kamen die Landleute durch die Schranken in die Stadt und brachten ihre landwirtschaftlichen Produkte, um sie auf dem Markt zu verkaufen. Paris erwachte zeitig, und obwohl um sieben Uhr morgens noch keine Kutschen unterwegs waren, begaben sich die Menschen schon zu ihren Geschäften. Am besten gefiel es mir, wenn die Kellner aus den Limonadeläden die Apartmenthäuser aufsuchten und den Leuten, die dort wohnten, Kaffee und Brötchen für ihr *petit déjeuner* brachten. Jedes Gewerbe hatte offensichtlich seine eigene Zeit, zu der es in Aktion trat. Um zehn Uhr begaben sich die Rechtsanwälte in Perücke und Robe ins Châtelet und unterhielten sich lautstark mit ihren Klienten, die neben ihren Kutschen herliefen. Gegen Mittag tauchten die Börsenmakler auf. Aber um zwei Uhr war alles ruhig, denn da war Essenszeit, und die Stadt erwachte erst wieder um fünf zum Leben. Dann war sie auch am lautesten, denn die Straßen waren mit Kutschen und Fußgängern verstopft.

»Am gefährlichsten ist es bei Einbruch der Dunkelheit«, warnte mich der Comte. »Um diese Zeit darf keine Dame allein unterwegs sein. Es gibt überall Diebe und schlimmeres Gesindel. Die Nachtwächter machen noch nicht ihre Runden, und niemand ist sicher. Später, wenn die Straßen voller Menschen sind, ist es nicht mehr so arg.«

Um neun begannen die Vorstellungen in den Theatern, und danach wurde es auf den Straßen etwas ruhiger, bis gegen Mitternacht die Kutschen durch die Straßen rumpelten und die Leute von den Soupers und den Kartenpartien nach Hause brachten.

Ich liebte jedes Detail. Ich stand zeitig auf, um die Bauern zu sehen, die Obst, Blumen und alle möglichen Nahrungsmittel in *Les Halles* brachten. Ich sah zu, wie die Bäcker von Gonesse Brot lieferten. Ich kaufte Kaffee bei den Kaffeefrauen, die mit Zinnkannen auf dem Rücken an den Straßenecken standen; die Tasse kostete zwei Sous, und der Kaffee wurde in irdenen Gefäßen ausgeschenkt, aber er schmeckte mir wie Nektar. Ich liebte auch die Straßensänger, manche waren auf geistliche Lieder spezialisiert, manche auf Frivolitäten.

Der Comte genoß diese Tage ebenfalls. Er war sehr einfach gekleidet, wenn er mit mir fortging, und hielt mich immer am Arm fest. Ich war gerührt, weil er mich vor den Kot verspritzenden Kutschen schützte, denn der Pariser Schlamm war berüchtigt, er enthielt Schwefel, der Löcher in die Kleider brannte, wenn man ihn nicht sofort entfernte. Er zeigte mir Notre Dame, das Wahrzeichen dieser großen Stadt. Die Kathedrale war herrlich, aber noch mehr beeindruckte mich ihr Alter. Er zeigte mir die prächtigen Fensterrosen im nördlichen Querschiff und über der Orgel, stieg mit mir die dreihundertsiebenundneunzig Stufen der Wendeltreppe in den Turm hinauf, damit ich Paris aus der Vogelschau sehen konnte, setzte sich dann mit mir in das Dämmerlicht des Kirchenschiffs und erzählte mir von den Ereignissen, die sich rund um Notre Dame abgespielt hatten. Nachher betrachteten wir noch die Wasserspeier an den Mauern der Kathedrale, und sie machten tiefen Eindruck auf mich, weil sie so seltsam, so teuflisch, so listig aussahen.

»Warum hat man sie angebracht?« fragte ich. »Sie stören die Schönheit der Kirche.«

Dennoch konnte ich nicht aufhören, die scheußlichen Fratzen zu betrachten; sie waren finster und böse, aber vor allem blickten sie lüstern und schienen sich an dem Unglück der Menschen zu weiden.

»Worüber freuen sie sich?« fragte ich.

»Meiner Meinung nach über die Narrheit des menschlichen Wesens«, antwortete der Comte.

Er war fest entschlossen, mir wirklich ganz Paris zu zeigen. Wir kamen auch an zahlreichen Gefängnissen vorbei. An zwei erinnere ich mich – die Conciergerie am Quai de l'Horloge, deren Rundtürme man von den Brücken aus erblickte, und die Bastille an der Porte St. Antoine mit ihren finsteren Basteien und Türmen.

»Hier sind nicht nur Verbrecher eingekerkert«, erklärte der Comte. »Einige der Insassen sind Opfer ihrer Feinde ... Männer, die die falsche Politik gemacht haben, oder die durch Intrigen am Hof in Ungnade fielen.«

Dann erzählte er mir von den berüchtigten *lettres de cachet*, den Haftbefehlen, die die Könige von Frankreich erließen. Sie mußten vom König persönlich unterschrieben und von einem Minister gegengezeichnet sein. »Es gibt keinen Einspruch dagegen. Jeder kann eines Tages einen *lettre de cachet* bekommen, und er wird nie den Grund dafür erfahren, denn wenn er erst einmal in der Bastille sitzt, hat er nicht viel Hoffnung, sie je wieder zu verlassen.«

»Aber das ist so unfair, so ungerecht«, protestierte ich. »So ist das Leben oft. Man muß immer vorsichtig sein und darauf achten, daß man keinen falschen Schritt macht, der zu einer Katastrophe führen könnte.«

»Aber man kann doch seiner Sache nie ganz sicher sein.«

»Natürlich nicht. Man muß eben Vorsicht walten lassen; im Lauf der Zeit lernt man es. Nur die Jugend ist vorschnell.«

Damit ich nicht zu deprimiert war, besuchten wir am gleichen Abend ein Theater, und ich bewunderte die eleganten Toiletten und die komplizierten Frisuren der Besucherinnen.

Sophie begleitete uns. Ihr gefiel die Vorstellung, und nachdem wir ins *hôtel* zurückgekehrt waren, blieb ich noch in ihrem Zimmer, und wir plauderten über das Stück und den unterhaltsamen

39

Abend. Allmählich lernte ich Sophie besser kennen und begriff, daß sie einsam gewesen war und sich wirklich darüber freute, nun eine Schwester zu haben.

Wir würden immer Freundinnen bleiben, beschloß ich. Doch dann fiel mir ein, daß ich bald nach England zurückkehren mußte, und fragte mich, wann wir einander wiedersehen würden. Wenn sie heiratet, werde ich sie besuchen, nahm ich mir vor, und dann wird sie einen Gegenbesuch bei mir machen.

Dann kam das große Ereignis: Versailles. Merkwürdigerweise beeindruckte es mich nach Paris nicht so sehr. Vielleicht war ich von soviel Glanz und Luxus übersättigt. Natürlich fand ich es wunderbar und die Gärten von Le Nôtre einmalig; die Terrassen und Statuen, die Bronzegruppen und Wasserbecken, in denen die Springbrunnen plätscherten, stammten aus einem Märchenreich. Die Orangerie war von Mansard errichtet worden, belehrte mich der Comte, und galt als das schönste Gebäude in Versailles, was ich gern glaubte. Es war unmöglich, von der großen zentralen Terrasse und dem Rasen, der *tapis vert* hieß (grüner Teppich), nicht beeindruckt zu sein. Am deutlichsten erinnere ich mich jedoch an den überfüllten Vorraum, der wegen seines ovalen Fensters *œil de bœuf* hieß, und in dem der Comte, Sophie und ich auf den König warteten.

Alle Anwesenden waren überaus elegant gekleidet, und der Comte hatte einen guten Platz an der Tür ausgewählt; rechts von ihm stand Sophie, links ich.

Im Zimmer herrschte unterdrückte Spannung; die Menschen waren so sehr darauf erpicht, daß der König sie bemerkte. Dann trat plötzlich Stille ein: Der König von Frankreich hatte den Raum betreten. Er war von mehreren Männern begleitet, aber ich hatte nur Augen für ihn. Er wirkte überaus vornehm und zurückhaltend. Das Gesicht war schön, zwar von den Ausschweifungen gezeichnet, aber immer noch attraktiv. Er bewegte sich graziös und war überaus prächtig gekleidet; an seinem Rock glitzerten Diamanten.

Jetzt näherte er sich uns, und es war dem Comte gelungen, seine Aufmerksamkeit zu erregen. Ich wurde nach vorn geschoben und knickste so tief ich konnte. Sophie tat das gleiche, und der Comte verbeugte sich tief.

»Ah, Aubigné«, sagte der König; seine Stimme klang leise und angenehm.

»Erlauben Sie mir, Ihnen meine Töchter vorzustellen, Sire«, sagte der Comte.

Die müden Augen betrachteten mich. Dann erhellte ein bezauberndes Lächeln das Gesicht des Königs, und er sah mich offen an.

»Sie haben eine sehr hübsche Tochter, Comte.«

»Sie ist aus England zu Besuch gekommen, Sire, und wird bald wieder zu ihrer Mutter zurückkehren.«

»Ich hoffe, daß wir sie vor ihrer Abreise noch bei Hof sehen.«

Der König war weitergegangen. Jemand anderer verbeugte sich untertänig.

Der Comte war glücklich. Als wir in der Kutsche nach Paris zurückfuhren, stellte er fest: »Es war ein großer Erfolg. Er hat tatsächlich von dir gesprochen. Deshalb habe ich ihm gesagt, daß du nur zu Besuch hier bist. Du hast ihm gefallen, schmeichelt dir das nicht?«

»Ich habe gehört, daß er eine Vorliebe für junge Mädchen hat.«

Der Comte lachte. »Nicht für alle.« Sophie drückte sich in ihre Ecke. Sie tat mir leid, weil der König kaum einen Blick auf sie geworfen hatte.

Als wir das *hôtel* erreichten, bat mich der Comte, in den *petit salon* zu kommen, weil er mit mir sprechen müsse. Ich zog ein einfacheres Kleid an und begab mich dann in das Zimmer, in dem er schon auf mich wartete.

»Der Erfolg hat dich berauscht, nicht wahr?« begrüßte er mich.

»Es war nur ein sehr kurzer Erfolg.«

»Was hast du erwartet? Eine Einladung zum Souper? Die war zum Glück angesichts meiner Stellung nicht möglich.«

»Ich habe nichts erwartet. Ich war nur überrascht, weil er mich überhaupt angesehen hat.«

»Du bist schön, Lottie, du fällst überall auf. Jetzt, nachdem der König dich bemerkt hat, bist du an den Hof zugelassen. Es ist immer gut, wenn man diese Möglichkeit besitzt.«

»Aber ich werde bald heimreisen, denn ich bin ja nur zu einem kurzen Besuch hierhergekommen.«

»Hat dir dein Aufenthalt hier gefallen?«

»Er war wunderbar aufregend und schöner als alles, was ich bisher erlebt habe.«

»Ich habe nicht die Absicht, dich wieder herzugeben, nachdem ich dich eben erst gefunden habe.«

»Das hoffe ich auch.«

»Wir verstehen einander gut, Lottie, und wir haben uns sofort als Vater und Tochter gefühlt, nicht wahr?«

»Ja, das finde ich auch.«

»Dann kann ich dir ja sagen, daß ich deiner Mutter geschrieben, und sie um ihre Hand gebeten habe. Sie hat sich bereit erklärt, mich zu heiraten.«

»Aber ...«, stammelte ich. »Sie ist ja in Eversleigh zu Hause.«

»Wenn eine Frau heiratet, verläßt sie ihr Heim und übersiedelt in das Haus ihres Mannes.«

»Heißt das, daß sie hier leben wird?«

Er nickte. »Und es ist zugleich auch dein Zuhause.« Das war äußerst verwirrend. Zuerst ein neuer Vater, dann die Erlebnisse der letzten Wochen, und jetzt würde meine Mutter den Comte heiraten.

»Aber ... ihr ... hm ... habt einander ... jahrelang nicht gesehen, bevor du wieder nach England gekommen bist.«

»Wir haben einander vor langer Zeit geliebt.«

»Und dann ... ist nichts mehr geschehen.«

»Nichts mehr geschehen! Du bist zur Welt gekommen. Außerdem sind wir jetzt beide frei, was damals nicht der Fall war.«

»Für mich kommt das alles zu plötzlich.«

»Manchmal überrumpeln einen die Ereignisse. Du scheinst dich jedoch nicht besonders zu freuen. Fragst du dich, was aus dir werden soll? Lottie, deine Mutter und ich bestehen darauf, daß du bei uns lebst. Das Château ist jetzt dein Zuhause.«

»Nein. Mein Zuhause ist in England. Dort lebt Dickon.«

»Du bist noch so jung, und du weißt, daß vorläufig von einer Heirat keine Rede sein kann.«

»Aber ich weiß, daß ich Dickon liebe, und daß er mich liebt.«

»Du mußt jedenfalls noch ein bißchen erwachsener werden, und warum sollte das nicht hier geschehen?«

Mir fiel keine Antwort mehr ein. Ich wollte allein sein, um diese neue Wendung in meinem Leben zu überdenken.

»Deine Mutter trifft drüben alle Vorbereitungen für ihre Übersiedlung nach Frankreich«, sagte der Comte.

»Sie kann Eversleigh doch nicht verlassen.«

»Sie wird eben gewisse Vorkehrungen treffen, das heißt, sie hat schon vor einiger Zeit damit begonnen. Wir sind uns vor zwei Wochen einig geworden – nachdem wir einander endlich wiedergefunden haben, wollen wir nicht Gefahr laufen, einander wieder zu verlieren. Ich kann dir wahrscheinlich nie begreiflich machen, Lottie, welche Freude es war, dich und deine Mutter zu finden. Ich habe während all dieser Jahre oft an sie gedacht, und ihr ist es genauso ergangen. Eine Liebe wie die unsere gibt es nur ganz selten.«

Ich nickte, und er lächelte mir zärtlich zu, weil ihm klar wurde, daß ich dabei an Dickon dachte.

»Jetzt haben wir die Möglichkeit, die verlorene Zeit nachzuholen, und wir werden uns durch nichts daran hindern lassen. Sobald deine Mutter hier eintrifft, werden wir heiraten. Ich wollte der erste sein, der es dir mitteilt. Wenn deine Mutter hier ist, wird sie dir erklären, welche Arrangements sie zu Hause getroffen hat. In der Zwischenzeit müssen wir uns mit den Hochzeitsvorbereitungen befassen.«

Er schloß mich in die Arme, zog mich an sich und küßte mich. Ich klammerte mich an ihn. Ich hatte ihn sehr gern und war stolz darauf, daß er mein Vater war. Aber wenn ich an meine Zukunft dachte, sah ich nur undurchdringlichen Nebel vor mir.

Die Mitglieder des Haushalts reagierten auf die Mitteilung, daß mein Vater wieder heiraten würde, mit einiger Bestürzung, obwohl niemand mir gegenüber eine Bemerkung fallen ließ. Armand zuckte zynisch amüsiert die Schultern, weil die Braut meine Mutter und das Ganze der Abschluß einer lange zurückliegenden Liebesaffäre war. »Damit bekommen wir mit einem Schlag eine Schwester und eine Stiefmutter«, meinte er, und ich war davon überzeugt, daß er sich mit seinen Freunden darüber lustig machte.

Sophie freute sich eigentlich. »Er wird mit seiner eigenen Hochzeit so beschäftigt sein«, vertraute sie mir an, »daß er nicht mehr daran denken wird, einen Ehemann für mich zu suchen.«

»Du machst dir zu viele Sorgen«, fand ich. »Wenn du den Mann nicht heiraten willst, den er für dich aussucht, dann sag es. Bleib fest. Sie können dich nicht schreiend zum Altar schleppen.«

Sie lachte mit mir – wir begannen, gut miteinander auszukommen.

Lisette geriet bei dem Gedanken an die Hochzeit ganz aus dem Häuschen.

»Er muß verliebt sein«, stellte sie fest, »denn es geht nicht darum, daß er einen Erben für den Besitz braucht.«

»Das ist bestimmt nicht der einzige Grund für eine Heirat«, widersprach ich.

»In Frankreich ist es meist der Hauptgrund, sonst würden die Männer nie heiraten. Sie halten sich viel lieber einen Haufen Mätressen.«

»Du bist wirklich eine Zynikerin. Glaubst du denn nicht an die Liebe?«

»Die Liebe ist sehr schön, wenn die Umstände so sind, daß sie blühen und gedeihen kann. Auf diesem Standpunkt stehen die meisten Menschen. Ich habe gelernt, die Tatsachen so zu nehmen, wie sie sind, und deshalb bin ich davon überzeugt, daß dein Vater verliebt ist.«

»Und das wundert dich?«

»Wahrscheinlich kann das jedem einmal passieren – sogar einem Mann wie dem Comte.«

Ich freute mich sehr, als meine Mutter endlich eintraf. Sie sah um Jahre verjüngt aus. Ich war von Zärtlichkeit für sie erfüllt, weil ich begriff, daß sie kein leichtes Leben gehabt hatte. Sie hatte zwar den Comte geliebt und ihren Mann betrogen, aber sie hatte diesen Fehltritt jahrelang bereut und unter ihrer sogenannten Sünde gelitten. Jetzt blühte sie auf; ihre Augen leuchteten, und ihre Wangen waren rosig angehaucht. Sie sah aus wie ein junges, verliebtes Mädchen.

Auch der Comte hatte sich verändert. Ich staunte darüber, daß zwei ältere Menschen – denn für mich waren sie älter – sich wie ein junges Liebespaar benahmen.

Sie schloß mich in die Arme, der Comte schloß mich in die Arme; jeder schloß jeden in die Arme. Dann kamen die Gefolgsleute in die Halle, um meine Mutter zu begrüßen. Sie verbeugten sich vor ihr, dann standen sie herum und unterhielten sich, und der Comte überblickte die Versammlung und lächelte wie ein wohlwollender Gott.

Armand und Sophie begrüßten meine Mutter, jeder auf seine Art. Armand lächelte herablassend, als wären sie zwei übermütige

44

Kinder, und Sophie war nervös, weil sie davon überzeugt war, daß meine Mutter etwas an ihr auszusetzen haben würde. Dabei hatte ich ihr versichert, daß meine Mutter der umgänglichste Mensch der Welt war.

Sie sollten in der darauffolgenden Woche in der Schloßkapelle getraut werden. Ich konnte es nicht erwarten zu erfahren, was es in Eversleigh Neues gab, aber erst viel später am Abend hatte ich Gelegenheit, mit meiner Mutter allein zu sprechen.

Wir hatten im Speisezimmer gegessen, und sie war vom Château genauso beeindruckt und bezaubert wie ich. Als wir uns vom Tisch erhoben, bat sie mich, sie in ihr Zimmer zu begleiten.

»Wir waren seit meiner Ankunft noch keinen Augenblick allein«, stellte sie fest.

In ihrem Zimmer wandte sie sich mir zu und sah mich an; der glückliche Ausdruck war aus ihrem Gesicht gewichen, und ich begann zu ahnen, daß nicht alles so war, wie es sein sollte.

»Ich möchte so viel wissen«, begann ich. »Wie steht es um Eversleigh? Was wird aus dem Besitz werden?«

»Das wollte ich dir eben erklären. Er befindet sich in guten Händen.«

Sie zögerte.

»Ist etwas nicht in Ordnung?«

»O nein, ganz im Gegenteil. Ich habe Eversleigh Dickon überschrieben.«

Ich war begeistert. »Das hat er ja immer gewollt, und es ist bestimmt die beste Lösung.«

»Ja«, wiederholte sie, »das hat er gewollt, und es ist die beste Lösung.«

»Er wird also Eversleigh und Clavering besitzen. Vermutlich wird er die meiste Zeit in Eversleigh verbringen. Er liebt das Gut, und schließlich gehört er zur Familie. Wenn Onkel Carl nicht so exzentrisch gewesen wäre, hätte ohnehin Dickon alles geerbt.«

»Jetzt hat er es, und ich habe einen Brief für dich, Lottie.«

»Einen Brief?«

Sie brauchte lange, bis sie ihn hervorgekramt hatte, und dann hielt sie ihn, als wäre er eine gefährliche Waffe.

»Er ist von Dickon«, rief ich.

»Ja, er erklärt dir in ihm alles.«

45

Ich schlang ihr die Arme um den Hals und küßte sie. Ich wollte den Brief lesen, aber erst, wenn ich allein war; andererseits gehörte es sich nicht, daß ich davonlief.

»Ist das nicht herrlich! Jeder bekommt das, was er will. Du bist ja auch glücklich, Mutter, nicht wahr? Du liebst ihn doch wirklich?«

»Ich habe Gerard immer geliebt.«

»Es ist so romantisch wie in einem Märchen.«

»Wir haben vor, nach all den Jahren endlich glücklich zu sein. Du bist jetzt hier zu Hause, Lottie, das weißt du ja.«

»Es läßt sich wohl nicht anders einrichten. Aber ich werde meine Verwandten in England besuchen. Meine Großmutter wird vermutlich mit Dickons Mutter in Eversleigh wohnen.«

»Sie werden sich nicht von ihm trennen können, und Eversleigh ist ein weitläufiges Haus. Sie werden einander nicht im Wege sein.«

Ich lächelte glücklich. Ich würde nach Eversleigh fahren, und er würde dort auf mich warten. Ich umklammerte seinen Brief und mußte mich dazu zwingen, ihn nicht sogleich aufzureißen.

Wahrscheinlich erkannte meine Mutter meine Ungeduld, denn sie sagte: »Das war es eigentlich, was ich mit dir besprechen wollte.«

»Ich bin sehr froh, daß du da bist, Mutter«, antwortete ich. »Ich liebe das Château und freue mich für dich, daß du hier leben wirst. Jetzt lasse ich dich aber schlafengehen; wir können morgen früh weiterplaudern. Gute Nacht.«

»Gute Nacht, mein Kind. Vergiß nicht, daß ich immer nur dein Bestes will.«

»Das weiß ich. Gute Nacht, schlaf gut.«

Damit war ich fort.

Sobald ich in meinem Zimmer angelangt war, riß ich den Umschlag auf.

Meine geliebte kleine Lottie,

wenn du das liest, gehört Eversleigh mir. Es war wie ein Wunder. Der Prinz taucht aus heiterem Himmel auf, entführt deine Mutter auf sein romantisches Schloß, und sie überläßt mir Eversleigh. Das ist doch wirklich aufregend.

Ich denke oft an dich und an unsere kleine Romanze. Sie hat dir

Spaß gemacht, nicht wahr? Wir haben versucht zu vergessen, daß du nur ein Kind bist, und ich muß zugeben, daß es uns gelegentlich gelungen ist. Aber gegen Tatsachen ist man machtlos. Du wirst jetzt in Frankreich leben und neue, interessante Leute kennenlernen, denn soviel ich weiß, führt Monsieur le Comte ein sehr abwechslungsreiches Leben. Ich freue mich wirklich für dich, daß es dir so gut gehen wird.

Ich werde bald mit meiner Mutter und deiner Großmutter nach Eversleigh übersiedeln. Es ist ein Familienhaus, in dem Generationen des Eversleigh-Clans gelebt haben ... also werden sie auch nicht ausziehen, wenn ich heirate. Das wird vermutlich sehr bald der Fall sein. Ich bin wirklich um vieles älter als du, Lottie, und es ist an der Zeit, daß ich einen Hausstand gründe – vor allem jetzt, da ich Eversleigh und damit neue Verantwortungen übernommen habe.

Mein Segen begleitet dich, liebe Lottie. Hoffentlich vergißt du die schöne Zeit, die wir miteinander verbracht haben, nie.

Dickon

Ich las den Brief noch einmal. Was sollte das bedeuten? Drei Tatsachen prägten sich mir ein: Eversleigh gehörte ihm, ich war ein Kind, und er würde bald heiraten.

Alles war aus. Dickon liebte mich nicht mehr, begehrte mich nicht mehr. Er schrieb, als wäre alles zwischen uns nur eine Tändelei gewesen.

Mir wurde vieles klar. Er hatte wirklich nur Eversleigh besitzen wollen, und jetzt hatte ich keinen Platz mehr in seinen Zukunftsplänen.

In meinem ganzen Leben hatte ich mich noch nie so elend gefühlt. Ich warf mich aufs Bett und blickte zum Betthimmel hinauf.

Es war vorbei. Dickon mußte mich nicht mehr heiraten, um zu bekommen, was er sich wünschte.

Er hatte mich sitzengelassen.

II

Die Kupplerin

In der Hauptstadt und sogar im ganzen Land herrschte wegen der königlichen Hochzeit große Aufregung. Die Leute hatten ihre Unzufriedenheit vergessen und freuten sich auf die Fêtes und Unterhaltungen, die aus diesem Anlaß geplant waren. Das Wetter war schön, der Mai stand in voller Blüte.

Es war drei Jahre her, daß meine Mutter meinen Vater geheiratet hatte, und ich war überrascht, wie glücklich sie immer noch waren. Wahrscheinlich war ich eine kleine Zynikerin geworden. Durch Dickons Treulosigkeit war ich über Nacht erwachsen geworden. Ich dachte immer noch an ihn; für mich war er nach wie vor der vollkommene Liebhaber und würde es immer bleiben. Ich sprach mit Lisette und Sophie über ihn und verlor mich in romantischen Träumereien, deren Hauptthema darin bestand, daß alles ein schrecklicher Irrtum gewesen war. Er hatte diesen Brief gar nicht geschrieben; er hatte nicht geheiratet; er sehnte sich die ganze Zeit nach mir, denn er hatte einen gefälschten Brief von mir erhalten.

Der Traum war lächerlich, denn meine Großmutter und Sabrina berichteten in ihren Briefen immer wieder, wie glücklich Dickon mit seiner lieben Frau Isabel war, die ihm ein Vermögen und neue Interessen in die Ehe mitgebracht hatte.

Meine Mutter war immer verlegen und bedrückt, wenn sie mir die Briefe zu lesen gab, aber ich hatte gelernt, meine Gefühle nicht zu zeigen. Ich verschlang die Briefe gierig und redete mir dann ein, daß kein Wort davon wahr war.

»Dickons Schwiegervater ist ein sehr einflußreicher Mann«, schrieb Sabrina. »Er ist Bankier und hoher Beamter bei Hof, obwohl wir nicht genau wissen, welche Funktion er dort ausübt. Er mischt bei allen möglichen Angelegenheiten mit, und das bedeutet, daß Dickon es ebenfalls tut. Er nützt jede Gelegenheit, die sich ihm bietet ...«

Einmal besuchten uns meine Großmutter und Sabrina. Sie wollten sich davon überzeugen, daß meine Mutter und ich glücklich waren.

Dickon begleitete sie nicht. »Wahrscheinlich kann er nicht so rasch aufhören mitzumischen«, meinte ich boshaft.

Sie erklärten mir lachend, daß Dickon wirklich sehr beschäftigt war. Er hielt sich oft in London auf und mußte außerdem Eversleigh leiten. Er sammelte tüchtige Leute um sich ... die richtigen Leute.

»Er spricht oft von dir, Lottie«, erzählte meine Großmutter. »Er war doch immer so lieb zu dir, nicht wahr? Nicht viele junge Männer hätten einem kleinen Mädchen soviel Aufmerksamkeit geschenkt.«

Meine Mutter unterbrach sie ziemlich scharf: »Er hat damals Eversleigh sehr viel Aufmerksamkeit geschenkt, und dazu gehörte eben auch Lottie.«

Meine Großmutter überhörte diese Bemerkung. »Es war reizend von ihm, sich für ein kleines Mädchen zu interessieren, und er hat sich bemüht, Lottie glücklich zu machen.«

Ja, dachte ich. Er hat mich auf eine Art geküßt, die ich heute noch nicht vergessen kann. Er hat von unserer Heirat gesprochen, und wie glücklich wir miteinander sein würden. Er hat mich dazu gebracht, mich in ihn zu verlieben. Er hat mich getäuscht, und als er Eversleigh bekam, ließ er mich einfach sitzen.

Ich wußte jetzt, daß meine Mutter dahinter gesteckt hatte. Sie hatte meinen Vater gebeten, zu uns zu kommen, sie hatte Eversleigh Dickon überlassen, weil sie davon überzeugt war, daß er dann aufhören würde, mir nachzustellen.

Und wie recht hatte sie damit gehabt! Wahrscheinlich hätte ich ihr dankbar sein müssen, aber ich war es nicht. Mir war es gleichgültig, weshalb Dickon mich gewollt hatte. Vielleicht zwang ich mich, ihn nicht zu vergessen; vielleicht gefiel mir die Vorstellung einer unerfüllten Liebe, weil sie meinem Leben eine interessante romantische Aura verlieh. Dennoch war es Tatsache, daß ich oft an Dickon dachte, und mit der Erinnerung kam auch die Sehnsucht nach ihm.

»Es gibt nur einen Wermutstropfen im Freudenbecher«, meinte Sabrina. »Sie können keine Kinder bekommen.«

»Die arme Isabel sehnt sich so sehr nach einem Kind«, fügte meine Großmutter hinzu. »Sie hat schon zwei Fehlgeburten gehabt. Dickon ist darüber enttäuscht.«

»Das ist eines der wenigen Dinge, die er nicht beeinflussen kann«, bemerkte ich.

Meine Großmutter und Sabrina erkannten gegen Dickon gerichtete Ironie nie als solche. »Leider stimmt das«, pflichtete mir Sabrina traurig bei.

Und so sah die Lage zum Zeitpunkt der königlichen Hochzeit aus: ein kleines österreichisches Mädchen in meinem Alter, das nach Frankreich kam, um den Dauphin zu heiraten, der nicht viel älter war als sie. Der Comte würde am Hof weilen, und wir alle würden einem Teil der Festlichkeiten beiwohnen. Es würde Bälle und Ballettaufführungen geben, und wir würden einen Blick auf die berühmte Madame Dubarry erhaschen, die bei Hof für solche Empörung sorgte. Sie war vulgär und atemberaubend schön, und der König hing an ihr. Es hatte zahlreiche Versuche gegeben, sie vom Hof zu vertreiben, aber der König war ihr verfallen.

Irgendwo lief immer eine Intrige; das Leben war vielfältig und ungewiß – um so mehr, weil wir gelegentlich von Unruhen im Land hörten. In einer Kleinstadt war es zu Tumulten gekommen, die Heuschober eines Bauern waren in Brand gesteckt, ein Bäckerladen war geplündert worden. Kleine Aufstände an entlegenen Orten, die wir kaum beachteten. Schon gar nicht während der goldenen Tage vor der Hochzeit.

Ich fühlte mich jetzt im Château zu Hause, aber ich konnte mich nicht wirklich eingewöhnen. Es würde nie auf die gleiche Art mein Zuhause sein wie Clavering und Eversleigh. Dort hatte ich im Haus meiner Vorfahren gelebt – obwohl das auch für das Château zutraf; doch es blieb mir immer irgendwie fremd.

Meine Mutter hatte sich mühelos eingelebt und sich ohne Schwierigkeiten in die Rolle der Madame la Comtesse gefunden. Obwohl sie immer ein sehr ruhiges Leben geführt hatte, machte sie in der Gesellschaft gute Figur, und sie hatte sich einen Hauch von Unschuld bewahrt, der ihr sehr gut stand. Sie hatte etwas Jungfräuliches an sich, und doch wußten alle, daß sie das Kind des Comte – mich – zur Welt gebracht hatte, während sie die Frau eines anderen Mannes gewesen war. Und der Comte war ein liebevoller, treuer Ehemann geworden, was niemand für möglich gehalten hätte. Das war das Wunder der wahren Liebe. So wäre es auch bei Dickon und mir gewesen, redete ich mit ein, wenn man uns erlaubt hätte, einander zu heiraten.

Sophie und ich wurden auf französische Art erzogen, das heißt, das Hauptgewicht lag auf Lebensart und weniger auf Gelehrsamkeit. Die Literatur war wichtig, ebenso Kunstverständnis in jeder Form; außerdem mußten wir uns gewählt ausdrücken und uns witzig und charmant unterhalten können; wir mußten höfische Künste wie Tanzen und Singen lernen und ein Musikinstrument beherrschen; und wir hatten für jedes dieser Fächer einen eigenen Lehrer. Ich fand das alles sehr interessant – viel interessanter als den Unterricht durch meine englischen Gouvernanten. Lisette nahm an den Stunden teil.

Sie hatte eine sehr gute Auffassungsgabe und lernte eifrig, als wolle sie um jeden Preis glänzen, was ihr auch gelang. Sophie kam nicht ganz mit. Ich versuchte oft, ihr zu erklären, daß sie nicht langsamer von Begriff war als ich, sondern daß sie es sich nur einredete.

Sie schüttelte immer nur den Kopf dazu, und Lisette behauptete, daß sie erst darüber hinwegkommen würde, wenn sie verheiratet war und einen Mann und Kinder hatte, die sie anbeteten. »Aber das wird nie geschehen« fügte sie hinzu, »denn selbst wenn der Fall wirklich eintritt, wird sie es nicht glauben.«

Lisette und ich waren sehr übermütig; wenn etwas verboten war, packte uns immer die Versuchung, es dennoch zu tun. Als wir einmal in Paris waren, schlüpften wir nach Einbruch der Dunkelheit aus dem Haus und spazierten durch die Straßen, was sehr gewagt war. Zwei Edelleute sprachen uns an, und wir bekamen Angst, als sie uns an den Armen festhielten und nicht fortlassen wollten.

Lisette schrie, so daß ein paar Passanten aufmerksam wurden. Zum Glück blieben sie stehen, und Lisette rief, daß wir gegen unseren Willen festgehalten würden. Die beiden Männer ließen uns los, und wir rannten aus Leibeskräften, bis wir uns im *hôtel* in Sicherheit befanden. Wir versuchten es kein zweitesmal, aber es war ein herrliches Abenteuer gewesen.

Sophie war ganz anders geartet, schüchtern und gehorsam; wir hatten immer große Schwierigkeiten, wenn wir sie zu etwas Verbotenem überreden wollten.

Dadurch freundete ich mich mehr mit Lisette an, während Sophie ein bißchen die Außenseiterin blieb.

»Es sieht aus, als wären wir beide die Schwestern«, bemerkte Lisette.

Es gab einen einzigen Menschen, vor dem Lisette Angst hatte, und das war Tante Berthe. Aber vor dieser beeindruckenden Dame hatte der gesamte Haushalt Respekt.

Sophie wurde die Angst nicht los, daß ihr Vater einen Mann für sie finden würde; sie war davon überzeugt, daß ihr künftiger Ehemann sie nicht mögen würde, weil man von ihm erwartete, daß er sie heiratete.

»Es gibt einen Trost, wenn man die Nichte der Haushälterin ist«, meinte Lisette. »Vermutlich werde ich mir meinen Mann selbst auswählen können.«

»Ich wäre nicht überrascht, wenn Tante Berthe ihn dir aussucht«, widersprach ich.

»Meine liebe Lottie, niemand, nicht einmal Tante Berthe, könnte mich dazu bringen, jemanden zu heiraten, den ich nicht will.«

»Auch ich würde es nicht tun«, bestätigte ich.

Sophie hörte uns mit großen Augen ungläubig zu.

»Was würdet ihr denn tun?« wollte sie wissen.

»Davonlaufen«, prahlte ich.

Lisette meinte achselzuckend: »Wohin denn?«

Aber ich war davon überzeugt, daß meine Mutter nicht zulassen würde, daß man mich zu einer Heirat zwang, deshalb fühlte ich mich sicher.

Dann erwähnte meine Mutter eines Tages, etwa sechs Wochen vor der königlichen Hochzeit, daß sie und der Comte Freunde bei Angoulême besuchen und Sophie mitnehmen würden.

Sophie geriet außer sich, denn das konnte nur eines bedeuten – eine Verlobung. Der Comte reiste nämlich an und für sich nicht gern in Sophies Begleitung.

Als wir erfuhren, daß ihr Ziel das Château de Tourville war und daß es in der Familie einen unverheirateten, zwanzig Jahre alten Sohn gab, waren wir davon überzeugt, daß Sophies Befürchtungen gerechtfertigt waren.

Ich verabschiedete mich von meinen Eltern und der verzweifelten Sophie und lief dann zu Lisette. Wir stiegen auf einen Turm hinauf und sahen der Kavalkade nach, bis sie außer Sicht war.

»Die arme Sophie«, meinte Lisette. »Charles de Tourville ist ein Lebemann.«

»Woher willst du das wissen?«

»Als Tochter der Haushälterin hört man vieles. Die Dienerschaft weiß alles über ihre Familie, und es gibt Verbindungen zwischen den einzelnen Häusern. Allerdings mißtrauen sie mir in den Dienerzimmern ein wenig. Ich verfüge über eine gewisse Bildung und stehe mit den Töchtern des Hauses auf vertrautem Fuß. Das will aber nichts besagen. Sophie ist so sanft, und du bist schließlich ein kleiner Bastard, auch wenn deine Eltern sich mit einiger Verspätung zu einem ehrbaren Lebenswandel entschlossen haben.«

Lisettes Geplauder belustigte mich immer. Manchmal tat sie, als verachte sie den Adel, aber sie gab sich im Unterricht sehr viel Mühe, weil sie für eine Adelige gehalten werden wollte. Ich träumte davon, daß Dickon eines Tages mit reumütigen Erklärungen und heißen Liebesschwüren zu mir zurückkehren würde, sie träumte davon, daß sie einen Herzog heiraten, bei Hof zugelassen werden, vielleicht die Aufmerksamkeit des Königs erregen und genausoviel Einfluß gewinnen würde wie Madame Dubarry. Wir lagen oft auf dem Rasen neben dem Wassergraben und schmiedeten Zukunftspläne, die Sophie verblüfften, weil sie so fantastisch waren und einander in einer Beziehung glichen: Lisette und ich waren immer die Heldinnen von romantischen Abenteuern.

Während Sophies Abwesenheit, die vierzehn Tage dauerte, von denen allerdings ein großer Teil auf die Reise entfiel, dachten wir oft an sie und fragten uns, ob sie bei ihrer Rückkehr mit Charles de Tourville verlobt sein würde. Wir überlegten uns, wie wir sie trösten und ihr begreiflich machen konnten, daß eine Heirat nichts Entsetzliches an sich hatte.

Als sie dann zurückkam, waren wir verdutzt. Sie war ein anderer Mensch, beinahe hübsch geworden. Sogar ihr glattes Haar schimmerte, und auf ihrem Gesicht lag ein verklärter Ausdruck.

Lisette und ich sahen einander an; wir mußten herausfinden, was an dieser Veränderung schuld war.

Wir hätten es uns denken können. Sophie war verliebt. Sie sprach sogar darüber.

»In dem Augenblick, in dem ich Charles erblickte ... wußte ich ... und ihm ging es genauso. Ich konnte es nicht glauben. Wie ist es möglich ...«

»Was ist möglich?« fragte Lisette.

»Daß er verliebt ist … in mich …«

Lisette und ich freuten uns für sie. Wir mochten sie sehr und versuchten oft, ihr zu helfen. Sie sprach nur noch von Charles de Tourville … wie gut er aussah, wie charmant, wie klug er war. Sie waren zusammen ausgeritten – natürlich nicht allein, sondern in Begleitung, aber Charles hatte es immer so eingerichtet, daß er neben Sophie ritt. Ihr Vater und Charles' Vater waren Freunde geworden, und meine Mutter und Charles' Mutter hatten viele gemeinsame Interessen entdeckt.

Der Besuch war ein großer Erfolg gewesen und hatte für Sophie sehr viel verändert.

Sie hatte zu sich selbst gefunden, hatte erkannt, daß sie es vor allem sich selbst zuzuschreiben hatte, wenn sie nicht anziehend wirkte. Sie war immer noch zurückhaltend – sie konnte sich schließlich nicht über Nacht vollkommen verändern –, aber Charles hatte einen sehr guten Einfluß auf sie, und ich schloß ihn deshalb ins Herz, noch ehe ich ihn kennenlernte.

Als wir allein waren, fragte mich Lisette: »Glaubst du, daß er sich wirklich in sie verliebt hat, oder strebt er nur eine Verbindung mit den Aubignés an, die für die Tourvilles sehr wünschenswert wäre?«

Ich sah die kluge Lisette mit einiger Besorgnis an; sie hatte ihre Ohren überall und kannte allen Klatsch, der unter der Dienerschaft umging. Auch mir war dieser Gedanke gekommen, aber ich wollte ihn nicht wahrhaben. Ich wünschte Sophie so sehr, daß sie glücklich wurde.

Schließlich sprach ich mit meiner Mutter darüber, und sie meinte: »Alles hat sich so abgespielt, wie wir es erhofft hatten. Charles ist wirklich charmant, und die Tourvilles legen natürlich großen Wert auf diese Verbindung. Es hat uns alle überrascht, daß Sophie solchen Anklang gefunden hat. Charles hat sie verzaubert.«

»Der Zauber der Liebe«, stellte ich pathetisch fest.

»Ja«, bestätigte meine Mutter. Sie dachte ganz offensichtlich an die Zeit, als mein Vater in ihr Leben getreten war und ihr gezeigt hatte, daß sie über Eigenschaften verfügte, die ihr gar nicht bewußt gewesen waren. Das gleiche hatte Charles bei Sophie bewirkt.

Sophie würde also heiraten. Da die königliche Hochzeit im Mai stattfinden sollte und der gesamte Hof sowie alle Bekannten meiner Eltern davon in Anspruch genommen waren, wurde Sophies

Hochzeit auf einen späteren Zeitpunkt verschoben. Die Vorbereitungen nahmen ohnehin viel Zeit in Anspruch, denn der Ehekontrakt mußte abgefaßt werden, und dazu waren zahlreiche Verhandlungen zwischen den beiden Familien erforderlich.

Sophie war jetzt das wichtigste Mitglied unseres Haushalts. Sie bekam eine eigene Zofe – Jeanne Fougère, die nur wenige Jahre älter war als sie, als Küchenmädchen begonnen hatte und begeistert war, weil sie jetzt zur Zofe aufgestiegen war. Sie nahm ihre Pflichten sehr genau, und weil Sophie sich so darüber freute, daß sie nun eine eigene Kammerjungfer hatte, und Jeanne so glücklich über die neue Stellung war, gewannen sie rasch Vertrauen zueinander.

Ich beobachtete mit Vergnügen Sophies Fortschritte, aber Lisette wurde unruhig. Sie war mit uns zusammen erzogen worden und hatte dennoch keine Möglichkeit, die gesellschaftliche Barriere zu überschreiten. Sie aß nicht mit uns, sondern nahm ihre Mahlzeiten mit Tante Berthe und Jacques, dem Majordomus, in einem eigenen kleinen Eßzimmer ein, in dem es womöglich noch förmlicher zuging als bei uns. Lisette machte sich heimlich über das Tischzeremoniell lustig; aber da Tante Berthe und Jacques ausgesprochene Feinschmecker waren, standen ihre Mahlzeiten denen im großen Familienspeisezimmer nicht im geringsten nach.

Es war typisch für Lisette, daß sie ausgerechnet jetzt einen Einfall hatte, der sehr unterhaltsam zu werden versprach und mit dem wir Sophie beweisen konnten, daß auch wir ein aufregendes Leben führten.

Eines der Dienstmädchen hatte ihr von Madame Rougemont, der großen Hellseherin, erzählt, die in die Zukunft blicken konnte.

Das Dienstmädchen hatte Madame Rougemont persönlich aufgesucht, und es war ein aufregendes Abenteuer gewesen. Madame Rougemont hatte aus ihren Handlinien gelesen und in eine Kristallkugel geblickt.

»Ich sehe einen großen dunklen Herrn«, hatte sie dem Mädchen gesagt. »Du wirst ihn bald kennenlernen, und er wird sich in dich verlieben.«

»Und denk dir«, erzählte Lisette, »kaum hatte sie Madame Rougemonts Salon verlassen, stand dieser Herr vor ihr, sprach sie an, und sie wird ihn wiedersehen. Ist das nicht seltsam?«

Je länger Lisette darüber nachdachte, desto entschlossener war sie, gemeinsam mit mir zu Madame Rougemont zu gehen. Ich erinnerte sie daran, daß unser erster derartiger Ausflug nicht gerade erfolgreich verlaufen war; mir saß der Schreck heute noch in den Gliedern. Lisette tat meine Bedenken ab. »Wir trugen damals nicht die richtigen Kleider; wir müssen uns diesmal andere verschaffen.«

Vermutlich hätten uns die übrigen Dienstmädchen passende Kleidung geborgt, aber Lisette hatte erfahren, daß auf der Place de Grève getragene Kleidung verkauft wurde und fand, daß es unserem Abenteuer erst die richtige Würze verlieh, wenn wir sie selbst kauften.

Wir mußten zeitig am Morgen heimlich aus dem Haus schlüpfen, was nicht leicht war, weil wir unserer Gouvernante und unseren Lehrern aus dem Weg gehen mußten. Wir trugen dabei unsere Morgenröcke, weil sie die einfachsten Kleidungsstücke waren, die wir besaßen.

Was für ein Spaß war es, durch Paris zu schlendern. Es wirkte ganz anders, als wenn man nur durchritt; man sah mehr und wurde in das lebhafte Treiben mit einbezogen.

Auf den Straßen waren viele Menschen unterwegs, und niemand beachtete uns; nur gelegentlich warf uns ein Mann einen abschätzenden Blick zu.

Lisette, die mehr Freiheit genoß als ich, kannte sich in Paris gut aus. Sie durfte gelegentlich in Begleitung eines Bediensteten Besorgungen für Tante Berthe machen und zeigte mir im Vorübergehen die verschiedenen Geschäfte.

»Das ist der Gemischtwarenhändler und Apotheker. Hier kann man alles mögliche kaufen … Brandy, Farbe, Zucker, Limonade und auch Konfitüren mit Arsenik und *aqua fortis*. Wenn du jemanden vergiften willst, mußt du nur hierher gehen.«

»Mischen die Menschen tatsächlich Gift unter …«

»Und ob. Hast du nie von der Marquise de Brinvilliers gehört, die vor hundert Jahren die Menschen vergiftet hat, die ihr im Weg gestanden haben? Sie probierte ihre Gifte an den Patienten in den Krankenhäusern aus, brachte ihnen Süßigkeiten und kam am nächsten Tag wieder, um zu sehen, ob sie die gewünschte Wirkung gehabt hatten.«

»Das ist ja teuflisch!«

Lisette zeigte mir die engen, gewundenen Straßen, die wir nicht betreten durften und die sogar sie mied. Dabei bemerkte sie eine alte *marcheuse,* ein verschüchtertes, kleines Geschöpf, das an uns vorbeischlurfte; ihr Gesicht war von den Spuren einer entsetzlichen Krankheit gezeichnet.

»Einmal war sie eine schöne Frau«, erzählte Lisette. »Aber das Leben in der Sünde hat sie krank gemacht, und jetzt kann sie nur Botengänge für die elendsten Prostituierten machen. Das soll uns allen eine Lehre sein«, fügte sie fromm hinzu. »Uns Frauen können wirklich schreckliche Dinge zustoßen.«

Zum Glück hielt Lisettes düstere Stimmung nie lange an; kurz darauf strahlte sie wieder.

»Hier ist die Place de Grève. Heute finden hier keine Hinrichtungen statt, weil Montag ist ... statt dessen gibt es hier getragene Kleider.«

Vor uns befand sich eine lärmende Menschenmenge hauptsächlich Frauen – die in allen möglichen Kleidern herumstolzierten. Einige trugen federgeschmückte Hüte, andere hatten die gekauften Kleider über ihre eigenen gestreift. Sie schrien, lachten und schnatterten durcheinander, und die Verkäufer bei den Ständen riefen: »Sie sehen wunderbar aus! Das Kleid steht Ihnen großartig.«

»Komm«, drängte Lisette, und wir stürzten uns ins Gewühl. Lisette fand ein braunes Kleid, das zwar ziemlich dunkel war, aber ihr blondes Haar gut zur Geltung brachte. Ich wählte ein einfaches, dunkelrotes Kleid in der Art, wie es die Frauen von Geschäftsleuten trugen.

Das Einkaufen hatte Spaß gemacht, und niemand beachtete uns, als wir durch die Straßen zurück ins *hôtel* liefen. Wir gingen auf mein Zimmer, probierten die Kleider an und lachten uns dabei schief.

Wir konnten das eigentliche Abenteuer kaum noch erwarten. Lisette kannte den Weg genau, denn das Dienstmädchen war am vorhergehenden Tag mit ihr an dem Haus vorbeigegangen.

Unterwegs kamen wir bei der Bastille vorbei, und mich überlief ein Schauder, wenn ich daran dachte, wie viele Unschuldige dort eingekerkert waren.

Ich versuchte, mit Lisette darüber zu sprechen. Sie mußte doch über die *lettres de cachet* Bescheid wissen, aber sie interessierte sich nur für ihr künftiges Schicksal.

Das Haus lag in einer engen Gasse. Wir stiegen ein paar Stufen hinauf, standen vor einer schweren, offenen Tür und betraten den Vorraum. Dort saß eine Concierge in einer Art Käfig mit Glasfenster, durch die sie jeden sah, der hereinkam.

»Die Treppe hinauf«, wies sie uns an.

Wir gehorchten. Eigentlich hatte ich etwas ganz anderes erwartet. Ein roter Teppich lag auf der Treppe, und das Haus war geschmacklos, aber luxuriös eingerichtet.

Ein Mädchen in einem tiefausgeschnittenen blauen Kleid trat aus einem Zimmer im ersten Stock. Es musterte uns lächelnd von oben bis unten.

»Ihr wollt euch die Zukunft wahrsagen lassen?«

»Ja«, bestätigte Lisette.

»Folgt mir.«

Sie führte uns in einen kleinen Raum und forderte uns auf, Platz zu nehmen. Lisette kicherte, denn inzwischen war sie ebenfalls ein bißchen aufgeregt. Ich hatte das deutliche Gefühl, daß es nicht sehr klug von uns gewesen war, hierher zu kommen, und mußte immerzu an unser erstes Abenteuer denken.

Lisettes Augen hingegen glänzten; sie genoß dieses Erlebnis sichtlich.

»Warum müssen wir warten?« flüsterte ich.

»Vielleicht ist gerade ein Klient bei der Madame Rougemont.«

Dann erschien das Mädchen wieder.

»Madame Rougemont wird euch jetzt empfangen.« Wir folgten unserer Führerin in einen Raum mit einem großen Fenster, das auf die Straße ging.

Madame Rougemonts Gesicht war stark geschminkt und mit Schönheitspflästerchen übersät, so daß man sich kaum ein Bild davon machen konnte, wie sie wirklich aussah. Sie trug ein rotes Samtkleid, ihre Frisur war überaus kompliziert, und ich war davon überzeugt, daß sie nicht nur aus ihrem eigenen Haar bestand. Ihre dicken Hände waren mit Ringen überladen; sie sah reich und vulgär aus und flößte mir Angst ein. Wenn ich allein gewesen wäre, hätte ich vermutlich auf der Stelle kehrtgemacht und wäre davongelaufen.

»Ihr möchtet also einen Blick in die Zukunft werfen, meine Lieben?« fragte sie mit honigsüßem Lächeln. Wieder war es Lisette, die mit »Ja« antwortete. »Natürlich, warum wärt ihr sonst hier?

Setzt euch.« Sie musterte uns. »Zwei hübsche junge Damen, denen ich gern eine glückliche Zukunft weissagen werde. Habt ihr genügend Geld dabei?«

Lisette zog das Geld aus der Tasche.

Madame Rougemont nahm es entgegen und legte es in eine Schublade. Dann betrachtete sie uns wieder aufmerksam.

»Setzt euch mir gegenüber an diesen Tisch, meine Lieben. Während ich der einen ihre Zukunft verkünde, kann die andere zuhören ... außer, es ergeben sich Geheimnisse. Die würde ich nur jeder allein sagen; aber zuerst wollen wir einmal sehen, ob das überhaupt notwendig ist. Ihr seid sehr jung, nicht wahr? Verratet mir euer Alter, meine Kleinen, es hilft mir ein bißchen.«

Lisette sagte, daß sie siebzehn war. Ich übertrieb ein wenig und behauptete, daß ich sechzehn wäre. »Und ihr lebt in Paris?«

»Zeitweise«, antwortete ich. »Aha. Ihr arbeitet bei einer der reichen Familien, nicht wahr?«

»Ja«, bestätigte ich schnell.

»Das habe ich mir gedacht. Reicht mir eure Hände.« Sie ergriff meine zuerst. »Eine hübsche kleine Hand, so weiß und rein. Wie schaffst du es nur, daß sie so weiß ist ... Wie die Hände einer Dame. So sehen sie tatsächlich aus.«

Ihre Finger umfaßten meine Hand fest, und der Ausdruck in ihren Augen erschreckte mich. Wir hätten nicht hierherkommen dürfen. Ich sah zu Lisette hinüber, die jedoch völlig unbeeindruckt war.

Jetzt hatte Madame Rougemont Lisettes Hand ergriffen und hielt uns beide fest.

»Noch eine hübsche kleine Hand«, meinte sie. »Oh, ich sehe hier große Ereignisse. Reiche Ehemänner für beide ... weite Reisen, viel Abwechslung ... ihr werdet sehr glücklich sein.«

»Trifft das auf uns beide zu?« fragte ich ungläubig.

»Es gibt natürlich kleine Unterschiede, aber ihr seid zwei vom Glück begünstigte junge Damen. Ihr werdet eurem Schicksal begegnen ... eine von euch sogar heute noch.«

»Welche?« wollte Lisette wissen.

Madame legte die Hand an die Stirn und schloß die Augen.

»Befragen wir die Kristallkugel«, meinte sie. »Zuerst die Blonde.«

Sie zog die Kugel zu sich und schloß wieder die Augen. Dann begann sie, wie im Traum zu sprechen. »Ich sehe ihn. Er ist groß, dun-

59

kel und sieht gut aus. Er ist nahe ... sehr nahe ... Er wird dich innig lieben, du wirst in vornehmen Kutschen fahren, aber hüte dich davor zu zögern. Wenn du nicht zugreifst, entschwindet dein Glück.« Dann wandte sie sich an mich. »Und nun du, meine Kleine. Auch dein Schicksal wird sich bald entscheiden, und es liegt in deinen Händen. Wenn sich dir die Chance bietet, mußt du bereit sein, sie zu ergreifen. Auch du könntest durch Zögern alles verlieren. Es kommt vielleicht plötzlich, aber wenn du nicht nach dem greifst, was dir die Götter anbieten, wirst du es dein Leben lang bereuen. Dein Schicksal ist mit dem Leben des blonden Mädchens eng verflochten und deshalb kann ich nicht offener sprechen. Verzweifelt nicht. Wenn euer Schicksal sich nicht heute erfüllt, dann morgen.«

Ich stand auf, denn ich war allmählich sehr beunruhigt. Der Raum bedrückte mich so sehr, daß ich mir wie in einem Gefängnis vorkam.

»Wir müssen nun gehen«, mahnte ich. »Danke, Madame Rougemont.«

Lisette stand ebenfalls auf; wahrscheinlich spürte sie meine Unruhe.

»Ihr nehmt sicherlich gern eine kleine Erfrischung zu euch«, meinte Madame Rougemont. »Ich bewirte meine Kunden immer in einem kleinen Salon auf der anderen Seite des Korridors. Kommt mit.«

»Nein, wir müssen gehen«, widersprach ich.

Aber sie hielt uns an den Armen fest.

»Ich serviere meinen Gästen Wein, und viele Damen und Herren kommen zu mir, wenn sie durstig sind.«

Das Mädchen, das uns empfangen hatte, tauchte wieder auf; es öffnete eine Tür, und wir wurden mehr oder weniger in einen Raum geschoben, in dem kleine Tische und rote Plüschstühle standen.

In einem der Stühle saß ein hochgewachsener, gut aussehender Mann mit dunklem Haar.

»Oh, Monsieur St. Georges«, begrüßte ihn Madame. »Ich freue mich, Sie zu sehen. Ich wollte gerade mit diesen beiden jungen Damen ein Glas Wein trinken. Bitte leisten Sie uns doch Gesellschaft.«

Ein Kellner tauchte auf, sie nickte ihm zu, und er verließ den Raum.

Monsieur St. Georges verbeugte sich und küßte zuerst Lisette und dann mir die Hand, wobei er uns versicherte, wie sehr er sich freue, uns kennenzulernen.

Wir setzten uns an den Tisch; meine Angst war beinahe vergangen. Lisette genoß das Abenteuer sichtlich.

»Diese jungen Damen arbeiten in einem der vornehmen Häuser«, erwähnte Madame Rougemont. »Das stimmt doch, nicht wahr, meine Lieben?«

»In welchem denn?« fragte der junge Mann.

Lisette und ich wechselten einen Blick, und ich wurde rot. Wir gerieten in Schwierigkeiten, wenn jemand erfuhr, daß wir bei der Wahrsagerin gewesen waren. Tante Berthe warnte Lisette ständig vor den Gefahren von Paris.

Die Stille dauerte ein paar Sekunden. Wir suchten beide den Namen einer reichen Familie, die wir nennen konnten.

Lisette war schneller als ich. »In dem *hôtel* d'Argenson.«

»Und das befindet sich in ...«, Monsieur St. Georges stockte.

Wieder eine Pause, dann ergänzte Lisette: »In Courcelles.«

»Da haben Sie ja einen weiten Weg hinter sich.«

»Wir gehen gern spazieren«, warf ich ein.

»Ich verstehe.«

Er trank einen Schluck Wein und machte Madame Rougemont ein Zeichen, die sich sofort erhob. »Ich muß mich leider um meinen nächsten Kunden kümmern«, entschuldigte sie sich. Dann beugte sie sich zu Lisette und flüsterte ihr etwas ins Ohr. Lisette verriet es mir später; sie hatte gesagt: »Das ist dein gut aussehender dunkler Mann.«

Als sie das Zimmer verlassen hatte, fuhr er uns an: »Wer seid ihr, und was habt ihr in einem solchen Haus zu suchen?«

»Was wollen Sie denn damit sagen?« rief ich. »Ein solches Haus ...«

»Habt ihr denn keine Ahnung, wo ihr euch befindet? Mon Dieu, wie kann man in Paris so ahnungslos sein. Sagt mir jetzt die Wahrheit: Wo wohnt ihr? Ihr seid keine Dienstmädchen. Woher habt ihr diese Kleider?«

»Von der Place de Grève«, antwortete ich. Er lächelte. »Und ihr wohnt ...«

»In der Rue Saint Germain.«

»In welchem Haus?«

»Das geht Sie nichts an«, meinte Lisette schnippisch.

»Oh, doch, meine kleine Dame, denn ich werde euch dorthin zurückbringen.«

Ich war zutiefst erleichtert und dankbar und antwortete, bevor Lisette zu Wort kam: »Im Hôtel d'Aubigné.«

Er schwieg einen Augenblick und schien sich das Lachen zu verbeißen.

»Ihr seid wirklich äußerst abenteuerlustig«, meinte er dann. »Kommt jetzt, ihr fahrt nach Hause.«

Er führte uns zur Tür, und als wir sie erreichten, trat uns Madame Rougemont entgegen.

»Nun, Monsieur St. Georges, sind Sie zufrieden?«

»Ich bringe diese Damen nach Hause«, zischte er leise.

»Sie gehören einer der großen Adelsfamilien an. Wo haben Sie nur Ihre Augen, Sie leichtfertige Person?«

Er war deutlich böse auf sie, doch als er sich uns zuwendete, lächelte er wieder.

»Ich werde euch in einen *pot de chambre* setzen, der euch ins *hôtel* zurückbringen wird. Geht sofort ins Haus und seid nie wieder unvernünftig.«

»Wieso ist es unvernünftig, wenn man etwas über seine Zukunft wissen will?« begehrte Lisette auf.

»Weil nur Betrüger wahrsagen. Außerdem ist diese Frau in Wirklichkeit etwas ganz anderes als eine Wahrsagerin. Ihr seid zu jung, um es zu verstehen, aber tut so etwas nie wieder. Sonst verdient ihr das, was euch dann widerfährt. Jetzt fahrt nach Hause und stellt keinen solchen Unsinn mehr an.«

Wir traten auf die Straße hinaus, er rief eine Droschke herbei, bezahlte den Kutscher und sagte ihm, wohin er uns bringen solle. Als wir abfuhren, verbeugte er sich.

Wir kamen in gedrückter Stimmung ins *hôtel* zurück. Dort gingen wir sofort auf mein Zimmer und zogen uns um. Erst jetzt dachte ich voll Widerwillen darüber nach, wer mein Kleid wohl vor mir getragen hatte.

»Ein seltsames Abenteuer«, stellte ich fest. »Was hat er eigentlich gemeint?«

Lisette sprach nicht, wußte aber offensichtlich genau, worum es in Wahrheit ging.

Madame Rougemont war eine sogenannte Kupplerin. Das Wahrsagen war nur Tarnung. Der dunkelhaarige, gut aussehende Herr wartete, während sie den Mädchen Wein vorsetzte, damit sie willfährig wurden.

»Das denkst du dir nur aus.«

»Nein, es liegt auf der Hand. Das Dienstmädchen hat den jungen Mann kennengelernt, weil er auf sie gewartet hat.«

»Willst du damit sagen, daß Monsieur St. Georges auf uns gewartet hat?«

»Er ist ein Adeliger. Deshalb durfte er zwischen zwei Mädchen wählen.«

»Aber er hat es nicht getan.«

»Weil er erkannt hat, wer wir tatsächlich sind. Stell dir den Zorn des Comte vor, wenn dir etwas zugestoßen wäre.«

Ich starrte sie entsetzt an.

Lisette dachte eine Weile nach. »Ich möchte wissen, wen von uns beiden er gewählt hätte.«

Im *hôtel* sollte aus Anlaß von Sophies Verlobung ein großer Ball stattfinden, und die Vorbereitungen dafür begannen schon Tage vorher. Sophie war vor Aufregung außer sich, und ich fand es herrlich, wenn sie so glücklich war. Das neue Ballkleid, das für sie angefertigt wurde, stand ihr ausgezeichnet, und ich sollte auch eines bekommen.

»Es wird ein einmaliges Fest«, meinte sie, »du wirst endlich Charles kennenlernen und selbst beurteilen können, was für ein wunderbarer Mensch er ist.«

»Ich freue mich schon darauf. Er muß eine Art Zauberkünstler sein.«

»Er ist ein ganz besonderer Mensch«, rief sie verzückt.

Wir suchten gemeinsam immer wieder die Schneiderin auf, deren Salon als der beste in ganz Paris galt. Sophies Kleid war helltürkisblau, der Rock bestand aus vielen Lagen Chiffon, und das Mieder war tief ausgeschnitten und lag so eng am Körper an, daß sie beinahe schlank wirkte. Wenn man ihr strahlendes Gesicht sah, vergaß man ihre etwas pummelige Figur; sie hatte sich überhaupt zu ihrem Vorteil verändert und sah beinahe hübsch aus. Ich bekam ein ähnliches Kleid in Rosa, das ausgezeichnet zu meinem dunklen Haar paßte.

»Als nächste werden Sie sich verloben«, meinte die Schneiderin, während sie mir das Kleid anprobierte.

Lisette war während dieser Zeit sehr ruhig, als nähme sie es uns übel, daß sie nicht ganz zu uns gehörte. Ich fühlte mit ihr, denn es war nicht richtig, daß sie mit uns lernen, ausreiten, sich ständig in unserer Gesellschaft aufhalten durfte und dann bei gesellschaftlichen Anlässen wieder in ihre Schranken zurückgewiesen wurde.

Sie ging oft allein aus, und wenn mich der bevorstehende Ball nicht so in Anspruch genommen hätte, wäre mir aufgefallen, daß mit ihr etwas ganz und gar nicht stimmte. Sie war verschlossen und lächelte manchmal versonnen vor sich hin wie über einen gelungenen Scherz, den nur sie verstand.

Während dieser Zeit half ich oft meiner Mutter, die sich eifrig mit den Vorbereitungen befaßte.

»Dein Vater ist mit dieser Verbindung sehr zufrieden«, erzählte sie mir. »Ihm fällt ein Stein vom Herzen, wenn Sophie endlich einen eigenen Hausstand gründet.«

»Die Tourvilles sind wahrscheinlich eine sehr angesehene Familie.«

»Nicht ganz so wie die Aubignés.« Der Stolz in der Stimme meiner Mutter war nicht zu überhören, und ich mußte an all die Jahre denken, in denen sie als Jean-Louis' Frau ein so grundlegend anderes Leben geführt hatte.

»Sie sind entzückt, weil sie in unsere Familie einheiraten können«, fuhr meine Mutter fort. »Und, wie gesagt, dein Vater ist sehr zufrieden.«

»Und Sophie ist glücklich.«

»Das ist das Schönste daran und macht auch mich glücklich. Sophie ist ein schwieriger Fall; sie ist so ganz anders als du, Lottie.«

»Ich werde mich nicht so leicht verheiraten lassen.«

Sie lachte. »Glaubst du nicht, daß Sophie sehr zufrieden damit ist, daß man sie verheiratet?«

»Sie ist verliebt.«

»Das wirst du eines Tages auch sein.«

Sie sprach ernst, denn sie wußte, daß ich an Dickon dachte, und sie wollte nicht, daß die Harmonie ihres neuen Familienlebens gestört wurde.

»Ich werde nie wieder lieben.«

Sie versuchte zu lachen, als hätte ich einen Scherz gemacht; dann schloß sie mich in die Arme und drückte mich an sich.

»Das liegt doch schon so lange zurück, mein Kind. Es wäre falsch gewesen, dieser Affäre tatenlos zuzusehen. Du bist noch immer sehr jung ...«

»Der Ball hätte für uns beide ... für Sophie und mich ... zur Feier unserer beider Verlobungen stattfinden können.«

»Du lebst in einem unmöglichen Traum. Du wärst mit Dickon nie glücklich geworden. Er ist um Jahre älter als du, und weil du noch ein Kind warst, ist es ihm leichtgefallen, dich zu täuschen. Er wollte Eversleigh besitzen, und sobald er es hatte, dachte er nicht mehr an dich.«

»Das hätte ich besser beurteilen können als du.«

»Ein Kind von noch nicht einmal zwölf Jahren? Es war absurd. Du hättest sein Gesicht sehen sollen, als ich ihm Eversleigh anbot. Er ist ein ziemlicher Zyniker, Lottie.«

»Ich habe gewußt, daß es ihm um Eversleigh ging.«

»Er wollte nur Eversleigh.«

»Das stimmt nicht. Er wollte auch mich.«

»Er hätte dich in Kauf genommen. Ich weiß, daß diese Erkenntnis schmerzt, aber es ist besser, wenn du den Tatsachen ins Auge siehst. Es bricht einem das Herz, wenn man erkennt, daß der Mensch, der einem ewige Liebe geschworen hat, lügt. Aber du warst damals noch ein Kind, und das alles liegt lange zurück. Du trauerst nicht wirklich um ihn, denn du bist oft unbeschwert fröhlich. Du versuchst nur, die ganze Geschichte am Leben zu erhalten ... wenn du gerade daran denkst. Aber sie ist vorbei, Lottie, das weißt du genausogut wie ich.«

»Nein. Mein Gefühl für Dickon wird nie vergehen.«

Dann brach der große Tag endlich an. Lisette kam in mein Zimmer, um mich in vollem Feststaat zu bewundern.

»Du siehst fabelhaft aus, Lottie«, meinte sie. »Du wirst die Braut in den Schatten stellen.«

»O nein, Sophie sieht wirklich sehr hübsch aus. Die Liebe hat an ihr Wunder gewirkt.«

Lisette blickte mich nachdenklich an, aber ich war auf Charles de Tourville so neugierig, daß ich nicht darauf achtete.

Am oberen Ende der Treppe stand der Comte in einem prächtigen Brokatrock, an dem ein paar Diamanten blitzten. Seine Lockenperücke betonte seine feingeschnittenen Züge und die lebhaften dunklen Augen. Meine Mutter stand in einem blaßlila Kleid neben ihm und sah unnachahmlich damenhaft aus. Und neben ihr strahlte die überglückliche Sophie in ihrem helltürkisfarbenen Kleid.

Ich war Madame de Grenoir anvertraut worden, einer entfernten Verwandten des Comte, die immer dann auftauchte, wenn eine Anstandsdame gebraucht wurde. Ich sollte ruhig neben ihr sitzen, wie es meinen Jahren entsprach, und wenn ein Herr mich zum Tanz aufforderte, konnte ich annehmen, wenn er akzeptabel war. Wenn das nicht der Fall war, würde Madame de Grenoir – die auf eine reiche Erfahrung in solchen Situationen zurückblickte – ihm erklären, daß ich diesen Tanz leider schon vergeben hatte.

Wieder stellte meine Jugend ein Hindernis dar. Aber ich war inzwischen wenigstens dem König vorgestellt worden, und er hatte sogar mit mir gesprochen. Allerdings lag das lange zurück, und der Comte hatte dafür gesorgt, daß ich dem König nicht wieder unter die Augen kam.

An diesem Abend würden viele Adelige anwesend sein, weil sie sich wegen der königlichen Hochzeit in Paris aufhielten. Der Zeitpunkt für den Ball war ausgezeichnet gewählt.

Ich sah zu, wie die Gäste eintrafen. Ein paar Männer erblickten mich und zögerten einen Augenblick, aber vermutlich war keiner von ihnen akzeptabel, denn Madame de Grenoir sah sie so abweisend an, daß sie weitergingen. Ich war wieder einmal enttäuscht, weil meine Jugend mich daran hinderte, mich zu amüsieren, und schwor mir, daß dieser Zustand bald ein Ende haben würde. In einem Jahr mußte man mich als Erwachsene behandeln.

Madame de Grenoir erzählte mir von anderen Bällen, die sie besucht, und von anderen Mädchen, die sie betreut hatte.

Ich sprach es zwar nicht aus, fand jedoch, daß es äußerst langweilig war, immer nur die Anstandsdame zu spielen.

Dann geschah es in dem Augenblick, in dem ich am wenigsten darauf gefaßt war.

Sophie kam mit einem Mann auf mich zu. Er war groß und dunkelhaarig, und ich erkannte ihn sofort. Ich erhob mich unsicher, und Madame de Grenoir stellte sich neben mich und legte mir die Hand auf den Arm.

»Lottie«, sagte Sophie, »Ich möchte dir Charles de Tourville vorstellen. Das ist Lottie, Charles, von der ich dir soviel erzählt habe.«

Mir stieg das Blut ins Gesicht, denn der Mann, der meine Hand ergriff, war niemand anderer als Monsieur St. Georges, der Lisette und mich aus dieser unmöglichen Situation gerettet hatte.

Seine Lippen berührten meine Finger, und in seinen Augen blitzte ein übermütiger Funke auf.

»Ich habe mich so sehr danach gesehnt, Sie kennenzulernen. Sophie hat mir wirklich viel von Ihnen erzählt.«

Sophie lachte. »Sieh nicht so entsetzt drein, Lottie. Ich habe ihm nicht alles erzählt, sondern nur deine guten Seiten geschildert.«

»Und je mehr ich von Ihnen gehört habe«, fügte er hinzu, »desto mehr hatte ich den Wunsch, Sie kennenzulernen.«

Sophie beobachtete mich aufmerksam, aber zum erstenmal in meinem Leben fand ich keine Worte.

»Mein Vater wird sofort den Ball mit mir eröffnen«, meinte Sophie. »Ich nehme an, daß inzwischen alle Gäste eingetroffen sind.«

»Ich … ich freue mich, Sie kennenzulernen«, stammelte ich schließlich.

»Wir werden einander ja von nun an oft sehen«, antwortete er, »wenn ich endlich zu Ihrer Familie gehöre.«

»Du mußt mit der Comtesse tanzen, Charles«, erklärte Sophie.

»Mit Vergnügen. Und danach hoffe ich, daß Mademoiselle Lottie mir die Ehre erweisen wird.«

»Natürlich stimmst du zu, Lottie, nicht wahr?« Ich brachte nur ein leises »Danke«, heraus.

Sophie legte Charles besitzergreifend die Hand auf den Arm, und er führte sie zu ihrem Vater.

Ich war so verblüfft, daß ich ihnen wortlos nachsah.

»Es ist schön, wenn man einmal eine Liebesheirat erlebt«, fand Madame de Grenoir gerade. »Die beiden sind wirklich ein glückliches Paar, zum Unterschied von anderen Verlobten, die ich erlebt habe. Diese Verbindung ist im Himmel geschlossen worden.«

Sofort nachdem der Ball begonnen hatte, wurde ich aufs Parkett entführt. Es fehlte mir nicht an Tänzern; Madame de Grenoir ließ mich aber dabei nicht aus den Augen. Meine Partner versuchten mit mir zu flirten, aber ich hörte ihnen kaum zu. Ich konnte es nicht erwarten, mit Charles de Tourville zu tanzen.

Als es endlich soweit war, lächelte er ausgesprochen spitzbübisch.

»Ich habe auf diesen Augenblick gewartet«, sagte er, sobald wir uns außer Hörweite von Madame de Grenoir befanden.

»Wirklich? Warum denn?«

»Sie werden doch nicht behaupten wollen, daß wir einander noch nie gesehen haben?«

»Natürlich nicht.«

»Sie waren ein schlimmes kleines Mädchen, und ich habe Sie dabei ertappt. Erleben Sie oft solche Abenteuer?«

»Das war das einzige Mal.«

»Ich hoffe nur, daß es Ihnen eine Lehre war.«

»Wir waren wahrscheinlich ein wenig unvorsichtig.«

»Nicht ein wenig, sondern sehr. Aber wenn Sie jetzt wissen, daß kleine Mädchen solche Extratouren meiden sollen, hat es doch etwas Gutes gehabt. Zum Beispiel habe ich Sie dabei kennengelernt.«

»Waren Sie nicht überrascht?«

»Natürlich nicht. Sobald Sie gestanden hatten, wo Sie wirklich wohnen, wußte ich auch, wer Sie sind. Vergessen Sie nicht, daß eine Verbindung zwischen unseren Familien bevorsteht. Wir müssen also übereinander Bescheid wissen. Natürlich nicht bis ins letzte Detail, aber es gibt Tatsachen, die sich nicht verheimlichen lassen, zum Beispiel eine schöne Tochter. Ich wußte, daß die englische Romanze des Comte entzückende Folgen gezeitigt hatte und daß diese Folgen ihn so bezauberten, daß er sie bei sich behielt und ihre Mutter heiratete.«

»Ich möchte mich nicht über meine Familienangelegenheiten unterhalten.«

»Unsere gemeinsamen Familienangelegenheiten. Ich gehöre ja bald dazu.«

»Erzählen Sie mir lieber von dieser Frau, der Wahrsagerin, Madame Rougemont.«

»Sie ist eine der bekanntesten Freudenhausbesitzerinnen der Stadt. Oh, entschuldigen Sie, Sie sind ein unschuldiges junges Mädchen. Wissen Sie, was ein Freudenhaus ist?«

»Natürlich weiß ich es. Ich bin kein Kind mehr.«

»Dann muß ich es Ihnen ja nicht erklären. Sie führt in einem anderen Stadtviertel ein sehr elegantes Haus, hat aber auch ein kleines Etablissement in der Gegend, die Sie aufgesucht haben. Es wundert mich, daß eine junge Dame Ihrer gesellschaftlichen Position ein solches Haus in einer solch verrufenen Straße betritt.«

»Es war ein Abenteuer.«

»Ist das Leben im Hotel d'Aubigné denn so langweilig?«

»Nicht gerade langweilig, aber wir werden ziemlich streng gehalten.«

»Offensichtlich nicht streng genug.«

»Wir haben uns hinausgeschlichen.«

»Sie hatten Glück, weil ich anwesend war.«

»Darüber habe ich übrigens nachgedacht. Weswegen waren Sie dort?«

»Aus demselben Grund wie jeder Mann. Ich habe ein hübsches Mädchen gesucht.«

»Nein! Sie haben …«

»Ja, ich habe genau das getan, was Sie annehmen.«

»Aber Sie wollen doch Sophie heiraten!«

»Ja, und?«

»Ja, und … da suchen Sie eine andere Frau?«

»Diese andere Frau hätte nichts mit meiner Heirat zu tun gehabt.«

Sophie tat mir entsetzlich leid. Wieder einer dieser blasierten jungen Männer, für die eine Heirat eine reine Formsache war. Dickon fiel mir ein. Wie konnten die Männer sich nur so abscheulich benehmen!

»Sie sind gerade im Begriff, mich zu verachten.«

»Allerdings. Wie lange dauert dieser Tanz noch?«

»Hoffentlich noch eine Zeitlang. Sie sind eine sehr attraktive junge Dame, Mademoiselle Lottie.«

»Es wäre mir lieber, wenn Sie nicht so mit mir sprechen.«

»Ich habe nur die Wahrheit gesagt. Wenn Sie erst einmal erwachsen sind, werden Sie unwiderstehlich sein.«

»Ich kann nur hoffen, daß Sophie mit Ihnen nicht unglücklich sein wird, aber ich fürchte sehr für ihre Zukunft.«

»Ich versichere Ihnen, daß sie die glücklichste junge Frau in ganz Paris sein wird.«

»Während Sie Madame Rougemont aufsuchen? Und wenn Sie Ihnen auf die Schliche kommt?«

»Das wird nie geschehen. Dafür werde ich schon sorgen. Gerade weil ich meine niedrigeren Triebe außer Haus befriedige, kann ich meiner Braut gegenüber der ritterliche Liebhaber sein.«

»Sie sind der größte Zyniker, den ich je kennengelernt habe.«

»Sagen wir lieber der größte Realist. Warum erzähle ich Ihnen eigentlich die Wahrheit über mich, obwohl sie nicht gerade schmeichelhaft ist? Vielleicht, weil Sie mich ertappt haben, genau wie ich Sie. Es hat keinen Sinn, dann noch den Heiligen zu spielen. Dennoch möchte ich, daß Sie mich so sehen, wie ich wirklich bin, Lottie. Ich mag Sie nämlich.«

»Seit wann denn?«

»Seit ich durch ein Guckloch schaute und ein wunderschönes Mädchen vor einer Kristallkugel erblickte. Ein großer, dunkler, gutaussehender Mann, versprach Madame Rougemont. Sie hat recht behalten, nicht wahr?«

»Wollen Sie vielleicht mit mir flirten?«

»Sie fordern einen dazu heraus.«

»Jemand sollte Sophie vor Ihnen warnen.«

»Wollen Sie dieser Jemand sein? Sie wird Ihnen nicht glauben. Überhaupt, Sie können gar nicht wagen, zu sprechen. Wenn ich nämlich erzähle, wo ich Sie zum erstenmal getroffen habe, kommen Sie in ganz schöne Schwierigkeiten.«

»Genau wie Sie. Sophie würde sicherlich wissen wollen, wieso Sie dort anwesend waren.«

»Wie Sie sehen, haben wir uns beide in unser Lügennetz verstrickt. Aber ich befürchte, daß diese elenden Fiedler zum Finale ansetzen. Ich werde heute abend noch einmal mit Ihnen tanzen, und dann werden wir über angenehmere Themen plaudern. Jetzt müssen wir uns leider verabschieden.«

Er verbeugte sich vor mir, reichte mir den Arm und führte mich zu Madame de Grenoir zurück.

Ich war verwirrt und seltsam erregt. Er erinnerte mich in vielen Beziehungen an Dickon.

Madame de Grenoir plauderte über die Tourvilles. »Eine adelige Familie ... natürlich nicht so reich wie die Aubignés, aber immer noch sehr wohlhabend. Sie besitzen in der Nähe von Angoulême ein Château und ein *hôtel* in Paris, wie die meisten Adelsfamilien. Sophie und Charles sind ein geradezu ideales Paar, und er ist ein ganz bezaubernder junger Mann, nicht wahr?«

Mir fiel es schwer, stillzusitzen und ihr zuzuhören, und ich war froh, als ich wieder zum Tanz aufgefordert wurde. Ich sah mich die ganze Zeit nach Charles um und entdeckte ihn auch einige Male.

Endlich war es so weit, daß er wieder mit mir tanzte.

»Das ist für mich der schönste Augenblick des Abends«, behauptete er. »Sie sehen nicht mehr so zornig aus wie vorher. Haben Sie es sich überlegt?«

»Ich habe immer noch die gleiche Meinung von Ihnen.«

»Und ich halte Sie immer noch für ganz reizend. Ich finde, daß Sünderinnen viel attraktiver sind als Heilige.«

»Ich hoffe nur, daß Sie Sophie nicht verletzen werden. Sie kennt Sie ja überhaupt nicht.«

»Ich verspreche Ihnen, daß sie mich nie von meiner schlechten Seite kennenlernen wird.«

»Sie hatten vermutlich schon sehr viele Abenteuer mit Frauen?«

»Richtig.«

»Ich will sie deshalb nicht als Liebesaffären bezeichnen, weil sie nur flüchtige kleine Abenteuer sind.«

»Vermutlich stimmt auch das, aber das Angenehme an ihnen ist, daß man während der Affäre nicht diesen Eindruck hat.«

»Ihre Einstellung dazu ist sehr französisch und sehr modern.«

»Ach nein, sie ist keineswegs modern, sondern Jahrhunderte alt. Wir genießen das Leben, weil wir wissen, wie wir es anfangen müssen. Wir nehmen, was sich uns bietet, und lernen, nichts zu bedauern. Wir denken real, wir akzeptieren die Gelegenheiten des Lebens, und das führt dazu, daß wir den Gipfel der Zivilisation erklommen haben. Deshalb sind wir so wunderbare, so amüsante, so bezaubernde Liebhaber. Dazu braucht man Erfahrung. Merkwürdigerweise war die beste Mätresse, die ich bis jetzt hatte, diejenige, die mir mein Vater zuführte, als ich sechzehn war. Das ist nämlich ein alter französischer Brauch. Der Junge wächst heran, er wird Dummheiten machen, deshalb sucht man eine reizende Frau, die älter ist als er und die ihn in die Liebe einführt. Das gehört zu der vernünftigen Einstellung zum Leben, die meine Landsleute zur Vollkommenheit entwickelt haben.«

»Es macht mir wirklich keinen Spaß, Ihrer Prahlerei mit Ihren Liebschaften zuzuhören.«

»Dann sprechen wir eben von etwas anderem. Ich bin darüber entzückt, Lottie, daß Sie meine kleine Schwester werden. Das gibt mir das Recht, mit Ihnen per Du zu sein, und dadurch können wir einander näherkommen.«

»Das halte ich nicht für wahrscheinlich.«

»Das ist aber ganz und gar nicht nett von dir.«

»Leute, die selbst nicht nett sind, können es auch nicht von anderen erwarten.«

»Machst du dir Sophies wegen Sorgen?«

»Ja, sehr.«

»Du bist inkonsequent. Ist Sophie vielleicht weniger glücklich, seit sie mich kennt?«

»Du weißt genau, was du ihr bedeutest. Deshalb …«

»Meine liebe Lottie, du begreifst den Sinn des Lebens immer noch nicht. Sophie ist glücklich. Ich mache sie glücklich. Darauf kann ich doch stolz sein, und Sophie und ihre Familie sollten mir dankbar dafür sein. Ich versichere dir, daß ich diesen Zustand erhalten will. Sophie und ich werden friedlich miteinander leben, Kinder haben, und wenn wir alt und grau sind, werden die Menschen uns als das ideale Ehepaar bezeichnen.«

»Und nebenbei wirst du deine heimlichen Amouren fortsetzen?«

»Das ist der Schlüssel zu allen erfolgreichen Ehen wie jeder Franzose weiß.«

»Weiß es auch jede Französin?«

»Wenn sie klug ist.«

»Ich stelle mir unter Glück etwas anderes vor und bin froh, daß ich keine Französin bin.«

»Du wirkst sehr britisch, Lottie.«

»Natürlich, ich bin ja Engländerin und noch dazu in England aufgewachsen. Ich liebe vieles an Frankreich, aber diese Lasterhaftigkeit hasse ich.«

»Du siehst nicht aus wie eine Puritanerin, deshalb bist du auch so faszinierend. Du bist ein warmherziger, leidenschaftlicher Mensch. Einen Frauenkenner wie mich kannst du nicht täuschen. Und dennoch gibst du dich so sittenstreng.«

Plötzlich drückte er mich an sich. Es war ein herrliches Gefühl, aber gleichzeitig wollte ich mich von ihm losreißen und mich zu Madame de Grenoir flüchten. Er mußte meine Gedanken erraten haben, denn er lächelte listig.

»Wir werden noch oft zusammenkommen, Lottie«, versprach er. »Ich werde es dazu bringen, daß du mich magst, daß du mich sogar sehr magst.«

»Niemals. Mir tut nur die arme Sophie leid. Geht dieser Tanz denn nie zu Ende?«

»Für mich leider viel zu früh. Aber keine Angst, wir werden noch gute Freunde werden.«

»Du siehst ein bißchen erschöpft aus, Liebes«, bemerkte Madame de Grenoir. »Bist du müde?«

»Ja. Ich würde mich gern zurückziehen.

»Das würde sich jetzt nicht gehören; du mußt mindestens bis nach Mitternacht warten. Vielleicht dann …«

Ich tanzte weiter, ohne daß es mir richtig bewußt wurde, mit wem. Ich war aufgewühlt, er erinnerte mich so sehr an Dickon. Dickon hatte genauso gesprochen wie Charles; hatte nie auf seine Vorzüge hingewiesen, sondern seine Schwächen hervorgehoben. Durch Charles war die Erinnerung wieder lebendig geworden.

Ich war froh, als der Ball vorbei war, und ich mein Zimmer aufsuchen konnte. Ich zog das Ballkleid aus und begann, mein Haar zu bürsten, als Sophie hereinkam. Sie strahlte und wirkte überhaupt nicht abgespannt.

Ihr Rock bauschte sich um sie, als sie sich auf mein Bett setzte, und sie sah so jung, unberührt und verletzlich aus.

»Der Ball war großartig, nicht wahr? Was hältst du von Charles? Ist er nicht wunderbar? Er kann so herrlich plaudern. Ich hätte nie gedacht, daß es Menschen wie ihn gibt.«

»Er sieht sehr gut aus.«

»Du dürftest ihm auch gefallen haben.«

»Wie kommst du auf diese Idee?«

»Es war die Art, wie er dich ansah, während er mit dir tanzte.«

»Ach, du hast uns gesehen? Hast du nicht auch getanzt?«

»Die meiste Zeit. Aber als er dich zum zweitenmal aufforderte, saß ich gerade bei deiner Mutter und ein paar anderen Damen. Ich habe dich die ganze Zeit über beobachtet.« Ich spürte, wie mein Gesicht heiß wurde.

»Worüber habt ihr gesprochen?«

»Das habe ich vergessen. Sicherlich über nichts Wichtiges.«

»Er hat dich dabei nicht aus den Augen gelassen.«

»Das tut man ja meist, wenn man sich mit jemandem unterhält.«

»Aber nicht so intensiv. Weißt du …

»Ach, hören wir doch damit auf. Wenn er etwas Wichtiges gesagt hätte, würde ich mich daran erinnern. Und du solltest schlafen gehen, Sophie. Bist du gar nicht müde?«

»Überhaupt nicht. Ich könnte die ganze Nacht weitertanzen.«

»Trotzdem mußt du jetzt ins Bett. Gute Nacht, schlaf gut.«

Ich schob sie beinahe aus dem Zimmer, und sie ging schlafen, um von ihrem unvergleichlichen Charles zu träumen, den sie überhaupt nicht kannte.

Als sie fort war, nahm ich einen Umhang, denn ich hatte das Bedürfnis, mit Lisette zu sprechen. Ob ich ihr erzählen sollte, was geschehen war? Sie verfügte über viel Lebenserfahrung, würde den Vorfall vermutlich nicht allzu ernst nehmen und meinen, daß alles in Ordnung war, solange Sophie nichts davon erfuhr.

Ich ging zu ihrem Zimmer und klopfte leise an. Niemand antwortete.

Ich öffnete vorsichtig die Tür, schlich hinein und trat ans Bett. Dort flüsterte ich: »Schläfst du, Lisette? Wach auf, ich muß mit dir sprechen.«

Inzwischen hatten sich meine Augen an die Dunkelheit gewöhnt, und ich sah, daß Lisettes Bett leer war.

In den folgenden Tagen traf ich oft mit Charles de Tourville zusammen, denn er benützte jede Gelegenheit, um an meiner Seite aufzutauchen. Ich bemühte mich, kalt und abweisend auszusehen, denn ich mißbilligte sein Verhalten aus tiefster Seele; dennoch hielt ich heimlich nach ihm Ausschau und war enttäuscht, wenn er nicht kam. Ich verstand mich selbst nicht mehr, aber es machte mir Vergnügen, mich mit ihm zu unterhalten. Ich beschimpfte ihn bei jeder passenden Gelegenheit, versuchte ihm klarzumachen, wie sehr ich seine Lebensauffassung mißbilligte, mußte mir aber eingestehen, daß ich die Gespräche mit ihm genoß, und das merkte er natürlich. Ich war verwirrt und noch viel zu unerfahren, um zu begreifen, was in mir vorging. Im Gegensatz zu Sophie hatte ich keine Angst vor dem Leben, sondern wartete begierig darauf. Ich wollte es genießen, ohne an die möglichen Folgen zu denken. Allmählich erkannte ich, daß ich keineswegs frigide war und mich nach weiblicher Erfüllung sehnte. Dickon hatte mich erweckt, als ich zu jung war, um zu begreifen, daß meine Erregung körperlicher Art war, und ich hatte meine Gefühle für ihn zu hingebungsvoller Liebe sublimiert. Nun war Charles de Tourville in mein Leben getreten und erinnerte mich so sehr an Dickon, daß ich diese Leidenschaft auf ihn übertrug.

Ich war jung und unerfahren, und er war zwar nicht alt an Jahren, hatte aber viele Erfahrungen gesammelt. Er erfaßte genau, was ich empfand, und amüsierte sich darüber. Da er Madame Rougemonts Etablissement aufgesucht hatte, war er zweifellos auf der Suche nach einem neuen Liebesabenteuer, und ein junges Mädchen wie ich entsprach genau seinen Vorstellungen. Es war kein solcher Zufall gewesen, daß er mit Lisette und mir in dem Etablissement zusammengetroffen war – er hatte es vermutlich regelmäßig besucht und sich nach jemandem umgesehen, mit dem er sich für einige Zeit vergnügen konnte.

Natürlich kamen die Familien oft zusammen, was bedeutete, daß er sich beinahe ständig bei uns aufhielt. Die Hochzeit sollte in drei Wochen stattfinden, wenn sich die Aufregung über die Heirat des Dauphins mit Marie Antoinette gelegt hatte.

Dann gaben die Tourvilles einen Ball, und ich tanzte wieder mit Charles. Diesmal war mir bewußt, daß Sophie uns beobachtete. Sie behauptete nach wie vor, daß Charles mich mochte; ich erklärte ihr, daß er eine eher schlechte Meinung von mir habe, und sie versicherte mir, daß ich mich irre.

»Dann ist er eben so sehr in dich verliebt, daß er sogar deine Familie mit einbezieht«, meinte ich.

Als ich wieder mit Lisette zusammenkam, erzählte ich ihr, wer Charles de Tourville war und welchen Schrecken ich auf dem Ball erlebt hatte.

»Nein, wirklich?« rief sie lachend. Aber sie interessierte sich nicht für meine Einstellung zu Charles.

»Ich hoffe nur, daß er nichts über uns ausplaudert«, schloß ich.

»Das kann er gar nicht, denn dann müßte er erklären, aus welchem Grund er sich dort aufgehalten hatte.«

»Übrigens, Lisette, als ich dir nach dem Ball davon erzählen wollte, warst du nicht in deinem Bett.«

Sie sah mich gleichgültig an. »Du bist wahrscheinlich gerade dann gekommen, als ich gemeinsam mit der übrigen Dienerschaft von einer Dachstube aus zusah, wie die Gäste heimfuhren. Von dort aus hat man einen sehr guten Überblick.«

Ich gab mich mit dieser Erklärung zufrieden und wurde erst viel später wieder daran erinnert.

Es war der Tag, an dem der Dauphin heiratete, und meine Eltern waren nach Versailles zu dem Empfang gefahren, der nach der Trauung im Spiegelsaal gegeben wurde. Ich war bedrückt, ohne zu wissen warum, mußte aber immerzu an Charles de Tourville und seine bevorstehende Hochzeit mit Sophie denken. Mir wäre viel wohler gewesen, wenn er nicht in mein Leben getreten wäre. Einerseits mißfiel mir seine Gewissenlosigkeit zutiefst; andererseits langweilte ich mich, wenn er sich nicht in meiner Nähe befand; und wenn er dann unerwarteterweise erschien, hob sich meine Stimmung sprunghaft.

Am Abend sollte ein Feuerwerk stattfinden, und Charles und Armand sollten Sophie und mich hinbegleiten. Im Lauf des Nachmittags zogen jedoch Wolken auf, der Regen strömte herab, und es blitzte und donnerte heftig.

Sophie hatte wie immer Angst, wenn es donnerte, und Charles beruhigte sie pflichtgemäß unter meinen zynischen Blicken, die ihn offensichtlich amüsierten.

»Wir fahren nicht nach Versailles«, verkündete Armand.

»Heute nacht wird kein Feuerwerk mehr stattfinden.«

»Das Volk wird unzufrieden sein«, bemerkte Charles. »Eine große Menschenmenge ist nach Versailles unterwegs, um das Schauspiel zu genießen.«

»Sie können den König doch nicht für das Gewitter verantwortlich machen«, lachte Armand. »Obwohl etliche ihm zweifellos die Schuld zuschieben werden.«

»Das Feuerwerk wird sicherlich bei einer anderen Gelegenheit nachgeholt werden«, tröstete uns Charles. »Vielleicht hier in Paris, was ich vernünftig fände. Es würde uns die Fahrt nach Versailles ersparen.«

»Was für ein Ende für einen Hochzeitstag«, murmelte ich. »Die Leute werden es für ein schlechtes Omen halten«, fügte Charles hinzu.

»Die arme kleine Braut«, meinte ich und sah Charles vielsagend an. »Ich hoffe, daß sie glücklich wird.«

Charles erwiderte meinen Blick. »Man hat den Eindruck, daß sie sehr gut mit Schwierigkeiten fertigwerden kann. Vielleicht braucht sie einen echten Mann, nicht unseren kleinen Dauphin, der bis jetzt noch keinen Beweis seiner Männlichkeit geliefert hat.«

»Wirst du still sein«, spottete Armand. »Was du da sagst, grenzt an Hochverrat.«

An diesem Abend spielten wir zu viert Karten und hörten zu, wie der Regen an die Fenster des *hôtels* trommelte. Auf den Straßen war es ruhig; der Abend verlief ganz anders, als wir uns vorgestellt hatten und stand in scharfem Gegensatz zu der Aufregung um die königliche Hochzeit.

Am nächsten Tag kehrten meine Eltern ins *hôtel* zurück. Meine Mutter erzählte Sophie und mir begeistert von der Hochzeit und dem Empfang. Die Trauung hatte in der Palastkapelle stattgefunden, und es war eine große Ehre für meine Eltern gewesen, daß sie ihr beiwohnen durften. Mein Vater war mit der königlichen Familie entfernt verwandt.

»Der arme kleine Dauphin«, meinte meine Mutter. »Er sah trotz seiner goldbestickten Kleidung traurig, unglücklich und unsicher aus. Die Braut dagegen war einfach bezaubernd. Sie ist ein attraktives Mädchen, hübsch und zart, und wirkte in ihrem weißen Brokatkleid mit dem Reifrock sehr graziös. Wir gingen durch den Spiegelsaal und die Prunkräume in die Kapelle, wo die Schweizergarde Aufstellung genommen hatte. Die beiden Kinder sahen so jung aus, daß ich weinen mußte, als sie vor Monseigneur de la Roche-Aymon knieten. Der Dauphin ließ beinahe den Ring und die Goldstücke fallen, die er der Braut überreichen mußte.«

»Was wird mit dem Feuerwerk?« fragte ich.

»Das wird in ungefähr einer Woche in Paris abgehalten. Die Leute waren sehr enttäuscht, und man kann es ihnen nicht vorenthalten. Übrigens hat die kleine Dauphine einen Tintenklecks auf den Heiratskontrakt gemacht, als sie ihn unterschrieb. Der König hat darüber gelächelt.«

»Auch das wird das Volk für ein schlechtes Omen halten«, behauptete Armand. »Das Gewitter, der Klecks ... sie werden alle möglichen Schlüsse daraus ziehen. Und hat es an dem Tag, an dem Marie Antoinette geboren wurde, nicht irgendwo ein Erdbeben gegeben?«

»Ja, in Lissabon«, bestätigte mein Vater. »Was hat aber Lissabon mit Frankreich zu tun? Die Leute werden sie sicherlich lieben, denn sie ist sehr hübsch.«

»Das ist für die Franzosen wichtig«, warf ich ein, und alle lachten. Dann beschrieb meine Mutter den Empfang, den der König gegeben hatte.

»Er ist sehr alt«, seufzte sie. »Es ist gut, daß wir einen Dauphin haben, der ihm auf den Thron folgen kann.«

»Schade, daß er noch so jung und unmännlich ist«, schränkte mein Vater ein.

»Jungen wachsen heran«, stellte meine Mutter fest.

»Manche brauchen aber sehr lange dazu.«

»Es war jedenfalls wunderschön«, fuhr meine Mutter fort. »Obwohl es draußen dunkel war, war die Galerie taghell erleuchtet. Ich weiß nicht, wie viele Kronleuchter es sind, aber jeder trug dreißig Kerzen. Ich habe sie gezählt. Der Tisch war mit grünem Samt bedeckt, der mit Gold bestickt und mit schönen Fransen versehen war. Schade, daß ihr nicht dabei wart. Übrigens war das Volk so enttäuscht darüber, daß das Feuerwerk abgesagt wurde, daß es in den Palast eindrang und sich in der Galerie unter die Gäste mischte.« Sie wandte sich meinem Vater zu. »Ich hatte beinahe ein wenig Angst.«

»Bei einem solchen Anlaß besteht kein Grund zur Angst«, erwiderte mein Vater. »Das Volk freut sich über die Heirat. Es mag den Dauphin nämlich und wartet darauf, daß der König stirbt und sein Enkel die Nachfolge antritt. Sie wollen die Dubarry hinauswerfen, und es wird bestimmt dazu kommen, sobald der König tot ist.«

»Die Dauphine hatte einen kleinen Schnitzer begangen, der den ganzen Hof zum Lachen brachte«, erzählte Armand. »Als sie die Dubarry in der Nähe des Königs sah, erkundigte sie sich nach der Aufgabe der schönen Dame. »Sie unterhält den König« lautete die Antwort. »Dann wird sie in mir eine Rivalin haben «, meinte das kleine Mädchen, das bestrebt war, ihrem neuen Papa zu gefallen.«

Alle lachten.

»Nach dieser Bemerkung trat betretenes Schweigen ein«, ergänzte der Comte. »Aber Ludwig kann mit solchen Situationen gut fertig werden. Er streichelte der kleinen Dauphine die Hand, sagte, er freue sich darüber, daß sie nun seine kleine Enkelin geworden ist, und die arme Marie Antoinette hat keine Ahnung von dem gesellschaftlichen Fauxpas, den sie begangen hatte.«

»Sie wird nicht mehr lange so ahnungslos bleiben«, spottete Armand.

Meine Mutter lächelte Sophie zu. »Hochzeiten liegen zur Zeit in der Luft. Ich wünsche allen Bräuten und Bräutigamen von Herzen Glück.«

Inzwischen war das Datum für das Feuerwerk bekanntgegeben worden. Es sollte auf der Place Louis XV. stattfinden, und entlang der Champs-Élysées stellten Arbeiter schon eifrig Lampen auf. Auf der Place Louis XV. wurde in der Nähe des Standbildes des Königs ein korinthischer Tempel errichtet.

In diesen Maitagen boten die Straßen einen faszinierenden Anblick. Die verschiedenen Händler benützten die günstige Gelegenheit, um Geschäfte zu machen. Die alten Märkte wimmelten von Leuten, und überall, wo es möglich war, waren neue Märkte entstanden. Medaillons mit Bildern des königlichen Paares wurden angeboten, dazu die Fahnen von Frankreich und Österreich; an jeder Straßenecke standen Kaffeefrauen und Limonadenverkäufer. Sie machten gute Geschäfte, denn nicht nur die Pariser, sondern auch die Leute, die vom Land in die Stadt gekommen waren, hatten Durst.

Charles schlug uns vor, zu viert die Champs-Élysées entlangzuschlendern, um zu sehen, wie weit die Arbeit an den Dekorationen fortgeschritten war. Anschließend konnten wir uns den korinthischen Tempel auf der Place Louis XV. anschauen, der das Tagesgespräch von Paris bildete.

Also machten wir uns auf den Weg.

Wir waren sehr guter Laune. Armand war auf seine zynische Art recht unterhaltend, obwohl er behauptete, er hasse das Volk – er nannte es ›die Ungewaschenen‹. Ihr Geruch störte ihn, denn er war sehr empfindlich.

Charles warnte ihn. »Zeig ihnen nicht, daß du sie verachtest.

Selbst bei einer solchen Gelegenheit könnten sie es dir übelnehmen.«

Sophie strahlte, aber meine Gefühle waren eher gemischt. Ich genoß Charles' Gesellschaft und hielt mir immer wieder vor Augen, daß sie nach der Hochzeit auf seine Besitzungen im Süden übersiedeln würden, so daß wir einander nicht mehr oft sehen würden. Das war die beste Lösung, fand ich.

Während wir so dahinschlenderten, hörten wir eine Musikkapelle spielen. Von einem Gebäude flatterten die Fahnen von Frankreich und Österreich, ein Symbol dafür, daß die beiden Länder durch diese Hochzeit zu Verbündeten geworden waren.

Wenn am Abend alle Lampen auf der Champs-Élysées brannten, würde es sehr hübsch aussehen. Auf der Place Louis XV. wurden Abbildungen von Delphinen aufgestellt, außerdem gab es dort ein großes Medaillon mit dem Dauphin und seiner jungen Frau. Ich stand unterhalb der bronzenen Reiterstatue des Königs, der von vier Figuren umgeben war, die Weisheit, Gerechtigkeit, Stärke und Frieden symbolisierten.

Charles trat neben mich. »Du befindest dich in guter Gesellschaft, Schwester Lottie. Bist du weise, gerecht, stark und friedliebend?«

»Ich habe noch nicht lange genug gelebt, um das herauszufinden.«

»Eine sehr kluge Antwort. Es ist nicht immer leicht, weise und zugleich gerecht zu sein, und wenn man Stärke beweisen muß, kann man dann als friedliebend gelten?«

»Man muß sich eben bemühen.«

»Vielleicht genügt es, wenn man es versucht, denn man kann nicht immer Erfolg haben. Du siehst mich so streng an, Lottie, und dabei magst du mich doch.«

Sophie kam auf uns zu, und ich bemerkte den mißtrauischen Ausdruck in ihren Augen.

»Wir haben über die Statuen gesprochen«, erklärte ich, »und Charles meinte, es wäre sehr schwer, über die vier Eigenschaften zu verfügen, die sie darstellen.«

Charles ergriff ihren Arm. »Wir wollen uns die Figuren näher ansehen, Sophie, und du wirst mir sagen, was du von der Art der Darstellung hältst. Ich glaube, sie sind von Pigalle, aber ich bin meiner Sache nicht sicher.«

Er zog sie von mir fort und lächelte ihr so liebevoll zu, daß sie vollkommen beruhigt war. Schließlich gingen wir gemächlich nach Hause und kamen dabei an einem Stand mit Schmuckgegenständen vorbei. Darunter befanden sich zarte Blumen aus Seide in herrlichen Farben, und Sophie stieß einen Ausruf der Bewunderung aus.

»Diese hier paßt genau zu meinem lavendelfarbenen Kleid«, erklärte sie.

Charles griff nach der Blume und hielt sie an ihr Kleid. »Entzückend.« Er küßte sie leicht auf die Wange. Die beiden Verkäuferinnen zollten Beifall, und Charles musterte sie rasch, aber eingehend – denn sie waren beide jung und hübsch.

»Meine Dame muß diese Blume bekommen, finden Sie nicht?« fragte er.

Die beiden Verkäuferinnen lachten und stellten fest, daß Charles ein aufmerksamer Kavalier war.

Charles bezahlte und überreichte die Blume Sophie. Sie nahm sie so glücklich entgegen, daß mir das Herz eng wurde. Ich hoffte nur, daß sie nie erfahren würde, wie es um seinen Charakter wirklich bestellt war.

Inzwischen hatte er nach einer zweiten Blume, einer roten Päonie, gegriffen und hielt sie an mein Haar.

»Was meinen Sie?« fragte er die Verkäuferinnen.

»Eine schöne Blume für eine schöne junge Dame«, antwortete die ältere.

»Ich bin ganz Ihrer Meinung. Du doch auch, Sophie, nicht wahr?«

Sophie stammelte. »J ... a.« Aber in ihren Augen lag wieder der verschreckte Ausdruck, und ich wollte schon die Blume ablehnen. Doch dadurch hätte der belanglose Zwischenfall zuviel Gewicht bekommen, also nahm ich die Blume und bedankte mich bei Charles.

Dann gingen wir nach Hause, aber auf Sophies Freude war ein Schatten gefallen.

Wenn ich ihr nur beibringen konnte, daß sie ihre Eifersucht nie zeigen durfte, denn damit würde sie Charles reizen. Sie mußte die Dinge so nehmen, wie sie kamen, keine Fragen stellen, nichts ergründen wollen, die Augen schließen, wenn es nicht anders ging. Nur dann hatte sie Aussicht glücklich zu werden.

Ich versuchte jedenfalls, ihr zu zeigen, daß mir meine Blume bei weitem nicht so am Herzen lag wie ihr die ihre. Die Gelegenheit ergab sich, als Lisette in mein Zimmer kam – obwohl sie sich in letzter Zeit seltener blicken ließ.

Sophie war ebenfalls anwesend und hatte die Blume angesteckt; Lisette bemerkte sie sofort.

»Sie ist entzückend«, rief Lisette. »Künstliche Blumen sind gerade in Mode.«

»Charles hat sie mir gekauft, an einem Stand auf der Straße«, erklärte Sophie.

»Du hast wirklich Glück mit deinem Zukünftigen.«

Sophie lächelte. »Mir hat diese Blume auf den ersten Blick gefallen.«

Lisette betrachtete sie genauer. »Sie ist sehr naturgetreu gemacht.«

»Er hat auch Lottie eine geschenkt.«

»Wo ist sie denn?«

»Ich habe sie irgendwo hingelegt ... wo denn nur? Ach ja, ich glaube dort drüben?«

Ich wollte Sophie zeigen, daß ich mir nichts aus Charles' Geschenk machte.

Endlich ›fand‹ ich die Blume.

»Eine schöne, satte Farbe«, stellte Lisette anerkennend fest.

»Sie paßt aber zu keinem meiner Kleider.«

»Das stimmt doch nicht. Rot ist die Farbe, die dir zu Gesicht steht, du siehst dann dunkler und leidenschaftlicher aus.«

»Das ist blanker Unsinn.«

Ich nahm ihr die Blume weg und warf sie in eine Schublade.

Sophie beobachtete erleichtert die Szene. Die arme Sophie, die ihre Gefühle immer so deutlich zeigte, war leicht zu täuschen. Der geborene Versteller, den sie heiraten wollte, würde leichtes Spiel mit ihr haben.

Etwa zwei Tage nach dem Zwischenfall mit den Blumen kam Charles ins *hôtel*. Sophie war mit meiner Mutter bei der Schneiderin, um letzte Anweisungen wegen ihrer Aussteuer zu geben, deshalb mußte ich ihn empfangen.

Er ergriff meine Hände und küßte sie.

»Ich bin so froh, daß ich einmal mit dir allein sprechen kann, Lottie.«

»War es Zufall oder Absicht?«

»Ein bißchen von beidem. Sophie ist wohl mit deiner Mutter bei der Schneiderin.«

»Du bist außergewöhnlich gut informiert.«

»Das gehört zu meinen Lebensgrundsätzen. Aber jetzt möchte ich dich mitnehmen und dir etwas zeigen, was dich wirklich interessieren wird.«

»Wohin willst du gehen?«

»Wir unternehmen nur einen Spaziergang durch die Straßen.«

»Einen Spaziergang? Aber warum …?«

»Du wirst schon sehen. Hol rasch deinen Mantel, wir haben nicht viel Zeit.«

»Hättest du es auch Sophie gezeigt?«

»Bestimmt nicht. Es würde sie kaum interessieren.«

»Warum dann …?«

»Beherrsche deine Neugierde und beeile dich, damit wir nicht zu spät kommen. Ich verspreche dir, daß wir in einer Stunde wieder zu Hause sind.«

Es war ihm gelungen, mich neugierig zu machen.

»Also gut. Aber wir gehen nur durch die Straßen spazieren.«

»Das ist alles … bei meiner Ehre.«

Was sollte daran schon unrecht sein? Ich durfte nicht allein ausgehen, aber ich stand ja unter dem Schutz eines Mannes, der bald zu unserer Familie gehören und sich deshalb sicherlich anständig aufführen würde. Er hatte zu großen Respekt vor meinem Vater, und es war nicht zu übersehen, daß die Tourvilles viel Wert auf diese Heirat legten. Also nahm ich meinen Mantel und verließ mit ihm das Haus.

Ich hatte keine Ahnung, was er mir zeigen wollte, und als ich Trommelschläge hörte und die Menschenmenge sah, die sich angesammelt hatte, war ich überrascht. Die Leute lachten, klatschten Beifall oder spotteten.

»Handelt es sich um eine Prozession?«

»Warte nur, du wirst gleich eine alte Freundin wiedersehen.«

Er faßte mich am Arm, weil sich die Menschen um uns drängten, und als das Gewühl zu arg wurde, legte er mir schützend den Arm

83

um die Schultern. Ich konnte nicht protestieren, weil die Geste wirklich notwendig war, aber seine Nähe wirkte auf mich überaus erregend.

Dann erblickte ich, was er mir zeigen wollte. Zuerst kam der Trommler und neben ihm ein Sergeant mit einer Pike. Ihnen folgte ein Pferdeknecht, der einen Esel führte, und auf dem Esel saß Madame Rougemont, mit dem Gesicht zum Hinterteil des Tieres und mit einer Strohkrone auf dem Kopf. Um den Hals trug sie ein Schild, auf dem mit leuchtend roten Buchstaben das Wort KUPPLERIN stand.

Sie ließ keinerlei Gefühle erkennen, ihr Gesicht war dick mit Schminke bedeckt. Ihre Frisur war leicht zerrauft, aber immer noch kunstvoll. Ich verstand nur die Hälfte der Zurufe, die die Leute an sie richteten, aber es handelte sich hauptsächlich um unflätige Kommentare zu ihrem Beruf.

Ich ließ Madame Rougemont nicht aus den Augen: Sie sah unbeteiligt vor sich hin und trug eine Würde zur Schau, die ich wider Willen bewunderte. Ich erwartete, daß jemand sie vom Esel herunterreißen würde, aber die Menge war friedlich, und niemand rührte sie an. Dann begann jemand, ein Lied zu singen, und die Umstehenden stimmten ein.

»Ich verstehe die Worte nicht«, beschwerte ich mich bei Charles.

»Um so besser«, grinste er.

Dann faßte er mich am Arm. »Jetzt können wir wieder gehen.«

»Du hast mir nur dieses Schauspiel zeigen wollen, nicht wahr?«

»Außerdem bin ich gern in deiner Gesellschaft und weiß, daß es dir mit mir genauso geht. Das war ein zusätzliches Vergnügen.«

»Aber kein großes Vergnügen für Madame Rougemont.«

»Es ist ihr schon einmal so ergangen.«

»Und sie hat trotzdem ihren Beruf nicht aufgegeben?«

»Mein Gott, natürlich nicht. Wenn eine so gute Geschäftsfrau einen so lukrativen Beruf aufgeben soll, müßte schon etwas viel Schwerwiegenderes geschehen.«

»Es ist aber eine Schande, wenn man so durch die Straßen geführt wird und jeder weiß …«

»Spar dir dein Mitgefühl. Morgen geht sie wieder ihrem Gewerbe nach.«

»Wird man nicht etwas dagegen unternehmen, nachdem man sie jetzt bloßgestellt hat?«

»Das halte ich für unwahrscheinlich.«

»Aber sie verstößt doch gegen das Gesetz.«

»Sie hat Freunde in hohen Positionen, Lottie, führt ein elegantes Etablissement in der Nähe des Cours de Reine, und viele einflußreiche Männer zählen zu ihren Kunden. Die wären bestimmt nicht damit einverstanden, wenn ihr Unternehmen aufgelöst wird.«

»Ich verstehe. Wenn sie eine arme Kupplerin wäre, würde man sie also wie eine Verbrecherin behandeln?«

»Vermutlich.«

»Das ist sehr ungerecht.«

»Aber vernünftig. Außerdem ist sie eine beeindruckende, friedfertige Frau. Unser König hatte bis vor kurzem seinen eigenen Kuppler. Le Bel, sein Kammerdiener, suchte unermüdlich nach Mädchen, die Ludwigs überreizte Sinne noch anregen können. Das geheime Zimmer im Nordflügel des Palastes war ausschließlich für seine Liebesspiele vorgesehen. Es hieß *le trébuchet*, die Vogelfalle, und dort wurden die jungen Mädchen bereitgehalten, damit der König sie besuchen konnte, wann immer es ihm beliebte. Später wurde dann der Hirschpark gegründet, denn man hielt es für schicklicher, wenn der König seine Gespielinnen außerhalb des Palastes unterbrachte. Ganz Frankreich wußte davon, denn solche Dinge lassen sich nicht geheimhalten. Wer sollte also über Madame Rougemonts Gewerbe empört sein?«

»Wenn die Mädchen freiwillig dazu bereit sind, ist es vielleicht in Ordnung; aber wenn sie dazu gezwungen werden ...«

»Zwang? Der ist eines Königs unwürdig. Du kannst sicher sein, daß all die kleinen Mädchen im *trébuchet* und im Hirschpark vollkommen freiwillig dorthin kamen. Eine nicht allzu lange Dienstzeit ... und dann die Belohnung. Diese Aussichten waren unwiderstehlich.«

»Und wie steht es mit den Mädchen, die sich von der Wahrsagerin anlocken ließen?«

»Vielleicht mußten einige von ihnen überredet werden. Aber Mädchen, die Wahrsagerinnen aufsuchen, sind grundsätzlich auf Abenteuer aus, meinst du nicht?«

»Eigentlich sollte ich dir dankbar sein, weil du uns damals nach Hause geschickt hast.«

»Natürlich. Es ist jedenfalls nett von dir, daß du dich daran erinnerst. Vielleicht ergibt sich für dich einmal eine Gelegenheit, mir deine Dankbarkeit zu beweisen.«

»Wir wollen uns lieber auf verbale Dankbarkeitsbezeigungen beschränken.«

»Für den Augenblick.«

Während wir nach Hause gingen, meinte er: »Das Hochzeitsfieber liegt noch in der Luft. Es wird erst nach dem Feuerwerk abklingen.«

»Können wir es vom *hôtel* aus sehen?«

»Nicht sehr gut, wir müssen dazu ausgehen. Ganz Paris wird heute nacht auf den Straßen sein. Wir werden uns zu viert hinbegeben. Du, Armand, Sophie und ich. Damit bist du doch einverstanden, nicht wahr?«

Ich war einverstanden.

Als wir ins *hôtel* zurückkehrten, waren Sophie und meine Mutter schon anwesend.

»Wir sind ein wenig spazierengegangen«, erklärte Charles. »Es ist ein so schöner Tag.«

Sophie sah mich forschend an.

»Eigentlich wollte ich *dich* zu einem Spaziergang auffordern.« Charles lächelte Sophie an.

»Ich hatte dir doch gesagt, daß ich zur Schneiderin gehe.«

»Ich habe geglaubt, daß es für den Nachmittag vorgesehen war.«

Er trat zu ihr und legte ihr den Arm um die Schultern. »Wie hübsch du heute wieder aussiehst. Läßt du dir besonders schöne Kleider machen?«

Ihr Verdacht schmolz dahin, und sie lächelte ihn strahlend an.

Was für ein infamer Lügner er ist, dachte ich. Und was für ein guter Schauspieler.

III

Eine Katastrophe auf einem Pariser Platz

Es war der Tag des großen Feuerwerks, und wir warteten alle sehnsüchtig auf das Hereinbrechen der Dämmerung.

Armand war der Meinung, daß wir versuchen sollten, möglichst nahe zur Place Louis XV. vorzudringen, und beriet mit Charles, ob wir eine Kutsche nehmen wollten.

»Wir werden nie durch die engen Gassen kommen«, meinte Armand. »Die Menschenmassen werden die Straßen verstopfen.«

»Dann gehen wir eben zu Fuß, wenn die Damen damit einverstanden sind.«

Sophie und ich erklärten uns einverstanden.

»Zieht Mäntel an«, riet uns Charles. »Wir wollen nicht auffallen. Und hütet euch vor Taschendieben; Paris wimmelt von ihnen.«

Wir machten uns auf den Weg. Sophie war wieder die glücklich strahlende Braut, doch infolge ihrer Schüchternheit wurde sie bald ängstlich.

»Ich mag diese vielen Menschen nicht, Lottie«, flüsterte sie mir zu. »Am liebsten würde ich umkehren.«

»Du willst doch das Feuerwerk sehen.«

»Das Gedränge ist zu arg.«

»Es wird dir bestimmt gefallen«, versicherte ich ihr.

Ich dachte im Laufe der Jahre noch oft an dieses Gespräch zurück. Wenn ich ihr nur nachgegeben und die Männer dazu überredet hätte, uns nach Hause zu bringen!

Die Leute rempelten uns an. Charles ergriff meinen Arm und zog mich an sich. Sophie bemerkte die Geste und sah ihn verzweifelt an.

»Es sind zu viele Leute auf der Straße«, flüsterte sie.

»Das war zu erwarten, meine Liebe«, antwortete Charles. »Ganz Paris will das Feuerwerk bewundern, nicht nur wir.«

87

Sophie antwortete nicht und wendete den Kopf ab. Ich war davon überzeugt, daß ihr Tränen in den Augen standen.

In diesem Augenblick stiegen die ersten Raketen zum Himmel empor, und die Menge brach in begeisterte Ah-Rufe aus.

Das Gedränge wurde immer ärger, und man hatte Mühe, sich auf den Beinen zu halten. Und dann geschah es plötzlich. Mit den Feuerwerkskörpern stimmte etwas nicht; sie explodierten mit lautem Krachen und fielen dann auf die Menschen auf dem Platz herab.

Einen Augenblick lang herrschte Totenstille, dann begann jemand zu schreien, und dann brach die Hölle los. Charles hob mich hoch, damit ich nicht umgerannt wurde.

»Sophie!« brüllte er.

Ich konnte Sophie nicht sehen, bemerkte aber Armand, der verwirrt und verzweifelt um sich blickte.

Dann entdeckte ich Sophie. Funken des Feuerwerks waren auf ihre Kapuze gefallen, und sie brannte lichterloh.

Armand drängte sich zu ihr durch und versuchte, die Flammen zu ersticken. Ich war einer Ohnmacht nahe. Charles rief: »Bring sie von hier fort ... wir müssen von hier weg.«

Sophie fiel zu Boden. »O Gott, bitte rette sie«, bat ich, »sonst wird sie zu Tode getrampelt.«

Dann erblickte ich sie wieder. Armand hatte sie aufgehoben und sie sich über die Schulter gelegt. Sie war bewußtlos, aber ihre Kapuze brannte nicht mehr.

Auch Charles hatte mich wie einen Kohlensack über seine Schulter gelegt und rief jetzt: »Folge mir.« Um uns stießen und schoben sich schreiende Menschen, die versuchten, von dem Platz wegzukommen. Der Lärm war ohrenbetäubend.

Charles zwängte sich durch die Menge. Ich sah Armand und Sophie nicht mehr und befürchtete, daß sie gestürzt waren.

Wenn es notwendig ist, entwickeln manche Leute wahrlich übermenschliche Kräfte. Bei Charles war es in dieser Nacht der Fall. Der Hexenkessel wurde immer beängstigender, denn auf dem Platz befanden sich auch Kutschen, und die Pferde scheuten wegen des Lärms. Wagen stürzten um, und Pferde versuchten sich loszureißen.

Ich sah mich suchend nach Armand und Sophie um, sie waren jedoch in der brodelnden Masse hysterischer Menschen nirgends zu erblicken.

Ich weiß nicht, wie lange der Alptraum dauerte. Einige Häuser standen in Flammen, was die Panik vergrößerte. Zum Glück für uns befanden sie sich auf der gegenüberliegenden Seite des Platzes.

Doch Charles brachte mich in Sicherheit. Sein Gesicht war rauchgeschwärzt, seine Kleidung zerrissen, er hatte im Gewühl seine Perücke verloren – er war nicht mehr der vertraute Charles.

Dann waren wir endlich dem Gedränge entronnen … gerettet. Charles setzte mich ab. Ich hatte keine Ahnung, wo wir uns befanden.

»Lottie«, sagte er in einem Ton, den ich noch nie von ihm gehört hatte.

Ich sah ihn an und lag plötzlich in seinen Armen. Menschen hasteten an uns vorbei; zum Teil waren es Neugierige, die erfahren wollten, was sich ereignet hatte. Niemand beachtete uns.

»Gott sei Dank«, seufzte Charles. »Fühlst du dich in Ordnung?«

»O ja. Du bist mein Retter.«

Seine alte Heiterkeit flackerte wieder auf, wirkte aber doch etwas gezwungen. »Ich wollte dir nur beweisen, daß ich dir stets zu Diensten stehe.«

Ich lachte und weinte gleichzeitig.

Dann dachten wir an Sophie und Armand und blickten zum Platz zurück. Der Rauch stieg zum Himmel, und die Menschen schrien und kreischten immer noch.

»Glaubst du …«, begann ich.

»Ich weiß es nicht.«

»Als ich Armand zum letztenmal erblickte, trug er Sophie auf der Schulter.«

»Armand hat es sicherlich geschafft.«

»Ich fürchte, daß die arme Sophie schwer verletzt ist. Ihre Kapuze hat gebrannt.«

Wir schwiegen einige Sekunden lang, dann sagte Charles: »Wir können für die beiden jetzt nichts tun; es ist am besten, wenn wir so rasch wie möglich nach Hause zurückkehren.«

Wir gingen also ins *hôtel* zurück.

Meine Mutter schloß mich in die Arme. »O Lottie, Lottie … Gott sei Dank.«

»Charles hat mich gerettet, er hat mich aus dem Gewühl getragen.«

»Gott segne ihn.«

»Sophie und Armand ...«

»Sind bereits hier. Armand hat eine Kutsche angehalten, und sie sind vor zehn Minuten eingetroffen. Dein Vater hat sofort um einen Arzt geschickt, weil die arme Sophie ... O mein liebes, liebes Kind.«

Ich war benommen, erschöpft, unfähig, mich auf den Beinen zu halten.

Im Salon trafen wir meinen Vater. Er schloß mich in die Arme, drückte mich an sich und nannte immer wieder meinen Namen.

Dann erschien Armand, und ich fiel ihm um den Hals. »Wir haben es mit knapper Not geschafft«, berichtete er. »Zum Glück hat uns eine Kutsche mitgenommen.«

»Wo ist Sophie?« fragte ich.

»In ihrem Zimmer«, antwortete meine Mutter.

»Sie hat Verbrennungen erlitten«, erklärte mein Vater. »Wir werden erst Genaueres erfahren, wenn der Arzt eingetroffen ist.«

Ich setzte mich neben meine Mutter auf ein Sofa, und sie drückte mich an sich, als würde sie mich nie wieder loslassen.

Ich hatte keine Ahnung, wie lange wir so dasaßen. Das Warten war beinahe genauso unerträglich wie der Alptraum auf dem Platz.

Diese Nacht sollten wir alle – und auch das französische Volk – niemals vergessen. Niemand wußte, wie es zu der Katastrophe gekommen war, denn wenn die Menschen Ruhe bewahrt hätten, wäre kaum jemand zu Schaden gekommen. Aber infolge der Panik waren viele Leute zu Tode getrampelt und erdrückt worden; hundertzweiunddreißig Menschen waren tot, und weitere zweitausend schwer verletzt.

Das Volk, das sich noch an das Gewitter am Hochzeitstag erinnerte, fragte sich, ob Gott vielleicht diese Heirat mißbilligte.

Ich hatte inbrünstig darum gebetet, daß Sophie am Leben bleiben möge, und meine Gebete waren erhört worden. Dennoch fragte ich mich manchmal, ob Sophie darüber glücklich war, daß sie mit dem Leben davongekommen war.

Sie mußte einige Wochen lang das Bett hüten. Der Tag, auf den ihre Hochzeit festgesetzt war, verstrich. Sie hatte keine Knochenbrüche erlitten, aber eine Seite ihres Gesichtes hatte so schwere Brandwunden davongetragen, daß sie die Narben ihr ganzes Leben behalten würde.

Meine Mutter pflegte sie, und ich wollte ihr helfen, aber immer, wenn ich ins Zimmer kam, wurde Sophie unruhig.

»Sie will nicht, daß du ihr Gesicht siehst«, erklärte meine Mutter.

Also hielt ich mich fern, obwohl es mir sehr schwerfiel.

Auch als sie wieder aufstehen konnte, verließ sie ihr Zimmer nicht und duldete nur ihre Kammerzofe Jeanne Fougère um sich, die ihr treu ergeben war und die sie ins Herz geschlossen hatte.

Jeanne hielt sich Tag und Nacht in Sophies Apartment auf, und meine Eltern waren ihr dafür dankbar, denn sie verstand es besser als jede andere, Sophie zu trösten.

Jeanne war sehr geschickt und nähte eine Art Kapuze aus blauer Seide, die die verbrannte Hälfte von Sophies Gesicht bedeckte. Zum Glück hatten ihre Augen nicht gelitten, obwohl die Brandwunden sehr schwer waren, und die Haare auf einer Kopfhälfte nie mehr nachwachsen würden. Am ärgsten verunstaltet war ihr Kiefer.

»Eines Tages wird sie ihr Zimmer schon wieder verlassen«, behauptete meine Mutter. »Dein Vater findet, daß wir aufs Land zurückkehren sollten, weil Sophie sich dort besser fühlen wird. Je früher sie den Ort des Unglücks verläßt, desto besser für sie.«

»Die Hochzeit wird erst in einiger Zeit stattfinden können, nehme ich an.«

»Sophie will derzeit Charles nicht sehen«, sagte meine Mutter besorgt. »Das arme Kind. Wer weiß, was er …«

»Du meinst, daß er sie nicht mehr heiraten will?«

»Ich weiß es nicht. Die Tourvilles haben großen Wert auf diese Heirat gelegt. Es geht um viel.«

»Eigentumsübertragungen? Geld?«

»Ja, und auch dein Vater hätte eine Verbindung mit den Tourvilles begrüßt. Sophie hat Jeanne jedenfalls erklärt, daß sie nie heiraten wird.«

»Vielleicht überlegt sie es sich noch. Sie hat Charles doch sehr geliebt.«

91

»Du weißt, daß sie immer nervös und unsicher war und daß die Verlobung sie verwandelt hat. Jetzt will sie sich natürlich verstekken.«

»Wenn sie mich doch zu ihr ließe.«

»Ich kann sie verstehen. Du bist so hübsch, und sie war immer ein bißchen ... ich will nicht gerade sagen eifersüchtig, aber ihr war bewußt, daß du attraktiver bist als sie.«

»Ach, das ist Unsinn.«

»Keineswegs, es ist nur natürlich.«

»Ist Charles bereit, sie zu heiraten?«

»Ja, sobald es möglich ist.«

»Es liegt also nur an Sophie.«

Vielleicht überlegt sie es sich noch, wir müssen abwarten. Inzwischen kehren wir jedenfalls auf das Land zurück.«

Ein paar Tage später reisten wir ab. Sophie drückte sich in eine Ecke der Kutsche, hatte sich die Kapuze über das Gesicht gezogen und den Mantel eng um sich gewickelt.

Ich versuchte, ein Gespräch mit ihr zu beginnen, aber sie zeigte deutlich, daß sie sich nicht mit mir unterhalten wollte. Vielleicht hätte es etwas genützt, wenn Lisette sich in der Kutsche befunden hätte, aber sie reiste natürlich nicht mit uns, sondern war mit Tante Berthe bereits vor uns ins Château gefahren.

Es war eine sehr trübselige Reise.

Die Nacht des Feuerwerks hatte alles verändert, sogar das Château wirkte anders, als wären die Geister der Toten plötzlich in ihm lebendig geworden.

Ich litt mit Sophie, und es verletzte mich tief, daß die Freundschaft, die zwischen uns bestanden hatte, vorbei war. Sie verfügte im Schloß über ihre eigenen Zimmer, denn meine Mutter und mein Vater lasen ihr jeden Wunsch von den Augen ab. Als sie deshalb die Räume im Turm für sich beanspruchte, respektierte man ihre Wahl, und sie richtete sich mit Jeanne eine Art eigener Wohnung ein. Dort war sie ungestört und konnte von den Fenstern aus beobachten, wie die Besucher eintrafen und abreisten.

Sie gab uns zu verstehen, daß sie sich allein am wohlsten fühlte und niemand sehen wollte. Sie stickte sehr viel und spielte gelegentlich mit Jeanne Karten. Jeanne war für uns alle eine wichtige

Hilfe, weil sie die einzige war, die einen gewissen Einfluß auf Sophie hatte.

Lisette und ich sprachen über sie. »Es ist merkwürdig«, sagte Lisette, »daß Sophie uns nicht sehen will. Wir waren doch wirklich eng befreundet.«

»Ich habe den Eindruck, daß sie vor allem mir feindselig gegenübersteht«, erklärte ich. »Schon vor dem Unfall sah sie mich manchmal so seltsam an.«

»Wahrscheinlich hat sie bemerkt, daß Charles de Tourville dich sehr anziehend findet.«

»O nein. Er hat sich immer reizend zu ihr verhalten und würde sie heute noch auf der Stelle heiraten.«

»Natürlich. Sie ist immer noch die Tochter – die legitime Tochter – des Comte d'Aubigné.«

»Ganz gleich aus welchem Grund – er ist jedenfalls immer noch bereit, sie zu heiraten. Sie ist diejenige, die nicht will.«

»Hast du ihr Gesicht gesehen?«

»In letzter Zeit nicht mehr. Zu Beginn habe ich einen Blick darauf geworfen. Sie ist sehr entstellt.«

»Sie war nie imstande, ihre Vorzüge zur Geltung zu bringen.«

»Wenn wir ihr nur irgendwie helfen könnten.«

Dann erzählte ich Lisette von Madame Rougemonts öffentlicher Bestrafung, und sie hörte aufmerksam zu.

»Soviel ich weiß, übt sie ihr Gewerbe weiterhin aus.«

»Ja. Charles de Tourville hat mir erzählt, daß ihre Dienste den Adeligen zu wichtig sind, als daß sie zulassen würden, daß ihr Etablissement geschlossen wird.«

»Wenn sie arme Prostituierte vermittelte, wäre sie nicht so billig davongekommen.« Lisette hatte einen harten Zug um den Mund. »Das ist wirklich nicht fair.«

»Ich halte es auch für äußerst ungerecht.«

Dann kam Charles ins Château.

»Er will mit Sophie sprechen«, berichtete meine Mutter, »und sie dazu überreden, daß sie ihn doch heiratet.« Sie empfing ihn tatsächlich. Er besuchte sie in den Turmzimmern, und Jeanne hielt sich die ganze Zeit über im gleichen Raum auf. Sophie erklärte ihm ausdrücklich, daß sie nie heiraten würde.

»Sie hat die Kapuze abgenommen«, erzählte er nachher meiner

Mutter, »und mir ihr Gesicht gezeigt. Ich war entsetzt und konnte mich leider nicht ganz beherrschen. Aber ich habe ihr gesagt, daß es mir nichts ausmacht. Sie wollte nichts davon hören und hat immer nur wiederholt, daß sie den Rest ihres Lebens in dem Turm verbringen und nur Jeanne um sich haben will, weil sie sicher ist, daß Jeanne ihr treu ergeben ist. Ich habe ihr erklärt, daß das auch auf mich zutrifft, aber sie hat behauptet, daß sie da anderer Meinung sei, daß sie jeden Gedanken an eine Ehe aufgegeben habe und daß ihr Entschluß unumstößlich sei.«

»Es ist noch zu früh«, meinte meine Mutter. »Sie hat den Schock noch nicht ganz überwunden. Wenn du nicht locker läßt, Charles ...«

Er blieb einige Tage bei uns und versuchte täglich, zu Sophie vorzudringen, aber sie empfing ihn nicht.

Ich kam oft mit ihm zusammen, aber immer in Gesellschaft, worüber ich froh war.

Dann reiste er ab, kam aber einen Monat später wieder zurück.

»Er legt sehr großen Wert darauf, eine Aubigné zu heiraten«, lästerte Lisette.

»Ich glaube, daß er Sophie wirklich mag.«

Lisette sah mich spöttisch an. »Man kann nicht alle Tage in eine so angesehene Familie einheiraten.«

Doch Charles war ein anderer geworden. Er war ruhig und betrachtete mich oft nachdenklich.

Im August fiel mir auf, daß Lisette sich verändert hatte. Gelegentlich wirkte ihr Gesicht älter, dann war sie manchmal ungewöhnlich blaß.

»Fühlst du dich wohl, Lisette?« fragte ich sie deshalb eines Tages.

»Warum fragst du das?«

»Du siehst ein bißchen blaß aus ... und bist auch nicht so munter wie sonst.«

Sie wirkte erschrocken. »Natürlich fühle ich mich wohl«, antwortete sie scharf.

Aber irgend etwas stimmte nicht. Tante Berthe beobachtete Lisette ebenfalls genau, und ich hatte den Eindruck, daß sie sich Sorgen machte. Als sie einmal aus Lisettes Zimmer kam, sah sie streng und zornig ... ja sogar verängstigt aus.

Meine Mutter war ebenfalls oft geistesabwesend. Ich fragte sie,

94

ob Tante Berthe irgendwelche Kümmernisse habe, und sie antwortete schnell: »O nein, es ist alles in Ordnung.«

Seit dieser schrecklichen Tragödie hatten sich alle verändert. Nicht einmal Lisette war mehr die fröhliche Gefährtin von früher.

Dann kam Lisette eines Abends in mein Zimmer und erzählte mir, daß sie mit Tante Berthe Verwandte besuchen würde.

»Verwandte! Ich habe gar nicht gewußt, daß du welche hast.«

»Ich auch nicht ... bis heute. Aber sie haben sich plötzlich gemeldet und wollen, daß wir sie besuchen. Die Comtesse hat es uns erlaubt.«

»Wie lange wirst du wegbleiben, Lisette?«

»Sie wohnen ziemlich weit von hier, irgendwo im Süden. Ich nehme an, daß wir erst in ein bis zwei Monaten zurückkommen werden.«

»Wer wird denn inzwischen den Haushalt führen?«

»Jemand wird Tante Berthe ersetzen müssen.«

»Es hat immer geheißen, daß niemand dazu imstande ist. Ach, Lisette, es wäre viel schöner, wenn du hier bliebst.«

»Das finde ich auch.« Einen Augenblick lang sah sie ziemlich unglücklich aus. »Es wird ohne dich so langweilig sein.«

»Kann Tante Berthe denn nicht allein fahren?«

»Sie besteht darauf, daß ich mitkomme. Sie wissen jetzt von meiner Existenz und wollen beide verloren geglaubten Verwandten kennenlernen.«

»O Gott, das wird gar nicht lustig. Zuerst Sophie und jetzt du.«

Ich schloß sie in die Arme und drückte sie an mich. Ich hatte sie noch nie so gerührt erlebt; sie war den Tränen nahe.

Doch sie beherrschte sich und löste sich aus meinen Armen. »Ich komme ja wieder.«

»So bald wie möglich.«

»Darauf kannst du dich verlassen. Hier bin ich zu Hause. So empfinde ich es jedenfalls ... obwohl ich nicht zu euch gehöre und nur die Nichte der Haushälterin bin.«

»Sei nicht dumm, Lisette. Für mich wirst du immer zur Familie gehören.«

»Ich komme wieder, Lottie, ich komme wieder.«

Noch vor Monatsende reiste Lisette mit Tante Berthe ab, und ich sah ihnen vom Fenster aus nach.

Ich fühlte mich verlassen.

Mein Leben hatte sich vollkommen verändert. Sophie und Lisette fehlten mir schrecklich – Lisette mit ihrem unterhaltsamen, lebhaften, leichtfertigen Geplauder, und Sophie mit ihrer zurückhaltenden Ruhe. Es hätte mir gutgetan, wenn ich sie hätte besuchen, mit ihr sprechen, sie unterhalten dürfen. Doch sie lehnte das strikt ab. Sie schloß sich zwar nicht völlig von mir ab, wies aber immer wieder darauf hin, daß sie ihre Ruhe haben wollte, und bei den seltenen Gelegenheiten, bei denen ich die Stufen im Turm hinaufstieg, sorgte Sophie immer dafür, daß Jeanne im Zimmer blieb, so daß wir nie ungezwungen plaudern konnten. Meine Besuche wurden immer seltener; vermutlich hatte Sophie eben das erreichen wollen.

Charles kam oft, und alle wunderten sich über seine Anhänglichkeit, denn die Reise war lang und beschwerlich. Bei den letzten beiden Besuchen hatte er Sophie gar nicht zu Gesicht bekommen. Jeanne hatte meiner Mutter erzählt, daß seine Besuche Sophie sehr aufregten, daß sie nachher tagelang nicht mehr zur Ruhe kam.

Meine Mutter unterhielt sich mit Charles darüber. »Wahrscheinlich erinnert sie sich unwillkürlich an diese fürchterliche Nacht, wenn sie dich, Armand oder Lottie sieht. Vielleicht wird es sich noch geben.«

Doch meine Mutter ahnte bereits, daß Sophie ihre Einstellung nie mehr ändern würde.

»Laß sie eine Zeitlang in Ruhe«, fügte sie hinzu.

»Ich werde sie weiterhin besuchen.« Bei diesen Worten sah Charles mich an, und ich wußte, daß er nicht wegen Sophie, sondern meinetwegen kam.

Ich mußte immerzu an ihn denken und träumte sogar von ihm. In meinen Träumen war er halb Charles, halb Dickon, und in meinem Gefühl verschmolzen die beiden zu einer Einheit.

Schade, daß Lisette nicht bei uns war. Sie besaß viel mehr Lebenserfahrung als ich und hätte mir Ratschläge erteilen können.

Meine Gefühle für Dickon wurden mir jetzt erst klar. Ich war ein unerfahrenes Kind gewesen, das die Fehler seines Idols nicht sah und sich ganz von seinen Gefühlen leiten ließ. Inzwischen wußte ich, warum er mir nachgestellt hatte, und daß mir eine Ehe mit ihm schwere Enttäuschungen gebracht hätte. Dennoch war ich davon überzeugt, daß noch eine Bindung zwischen uns bestand.

Ich hatte geglaubt, daß es keinen zweiten Menschen wie Dickon geben könnte, und dann war Charles in mein Leben getreten.

Was Charles betraf, so gab ich mich keinen Illusionen hin. Er besaß Erfahrung mit Frauen, war vielleicht sogar als amoralisch zu bezeichnen, würde einer Frau nie lange treu bleiben und geriet darin ganz seinen französischen Vorfahren nach. Er sah das Leben realistisch, was bedeutete, daß Männer polygam sind, zwar eine Frau mehr lieben können als alle anderen, aber trotzdem ihre sexuelle Befriedigung auch außerhalb der Ehe suchen.

Jetzt war ich beinahe siebzehn Jahre alt und sah die Welt mit anderen Augen. Sie unterschied sich wesentlich von der Welt meiner Mutter, Jean-Louis', meiner Großmutter und Sabrinas. Ich befand mich jetzt eben in Frankreich, dem Land der Männer. Wahrscheinlich würde ich mich nie mit dieser Einstellung abfinden.

Die Wochen gingen dahin. Lisette hatte uns im August verlassen, und jetzt war es bereits Mitte Oktober … ein schöner Monat voll lebhafter Farben; die Blätter leuchteten rotbraun und bronzefarben. Doch diese Pracht war nur von kurzer Dauer. Bald würde sie der Wind von den Bäumen reißen, und dann kam der Winter.

Früher einmal hatte ich den Winter geliebt. Wir gingen im Schnee spazieren, setzten uns nach unserer Heimkehr ans Feuer und unterhielten uns – Sophie, Lisette und ich. Wir sprachen über die Menschen, das Leben, alles mögliche. Damit war es jetzt vorbei, und die langen, kalten Tage würden eintönig werden. Aber vielleicht kam Lisette doch bald zurück.

Dann schrieb Tante Berthe, daß sie Anfang November im Château eintreffen würde.

»Gott sei Dank«, seufzte meine Mutter. »Seit Tante Berthe fort ist, geht nichts mehr glatt.«

Ich erinnere mich noch genau an den Tag. Es war der zwölfte November, ein feuchter, nebelverhangener, beinahe windstiller Tag, der für die Jahreszeit zu warm war. Ich stand am Fenster und hielt Ausschau. Ich war am Vortag spazierengegangen, hatte Weidenkätzchen und ein wenig Ginster gepflückt und den Strauß als Willkommensgruß in Lisettes Zimmer gestellt.

Es war beinahe dunkel, als in der Ferne ein Reitertrupp auftauchte. Ich legte meinen Mantel um und lief in den Hof, um sie zu begrüßen.

Einer der Reitknechte half Tante Berthe aus dem Sattel. Aber wo war Lisette?

Auch meine Mutter war herausgekommen und begrüßte Tante Berthe.

»Willkommen«, rief sie. »Ich bin so froh, daß Sie wieder da sind.«

»Wo ist Lisette?« fragte ich.

Tante Berthe sah mich ruhig an.

»Lisette kommt nicht zurück. Sie hat geheiratet.«

Ich war so verblüfft, daß ich kein Wort herausbrachte.

»Kommen Sie doch herein«, forderte meine Mutter sie schnell auf. »Sie müssen uns davon erzählen. Ich hoffe, daß Lisette glücklich ist.«

Ich folgte ihnen wie betäubt in die Halle.

Lisette war verheiratet, in ein anderes Leben entschwunden! Würde ich sie nie wiedersehen?

Ich hatte meine letzte Freundin verloren und war in meinem ganzen Leben nur selten so traurig gewesen wie in diesem Augenblick.

Armand war seit einigen Monaten mit einer jungen Dame verlobt, die sehr gut zu ihm paßte. Marie Louise de Brammont entstammte der richtigen Familie, hatte die richtige Erziehung genossen und war eine reiche Erbin. Eine Heirat war etwas sehr Angenehmes, wenn sich alles so gut zusammenfügte, wie es sein sollte, und wenn Braut und Bräutigam nicht allzuviel Abneigung gegeneinander empfanden.

Armand unterschied sich in nichts von allen anderen jungen Franzosen. Er hatte bestimmt ebenfalls etliche amouröse Abenteuer hinter sich, aber sie hatten überhaupt nichts mit seiner Ehe zu tun. Außerdem war er mit der Heirat einverstanden.

Meine Eltern wußten, daß mir Sophie und Lisette fehlten, und versuchten auf alle mögliche Art und Weise, mir über die Depression hinwegzuhelfen, in die mich der Verlust meiner jungen Gefährtinnen gestürzt hatte. Sie fuhren mit mir nach Paris, doch merkwürdigerweise verstärkten die Freuden dieser Stadt meine Melancholie, statt sie zu vertreiben. Jedesmal, wenn ich spazierenging, fielen mir die Champs-Élysées und die Arbeiter ein, die die

Lampen aufgestellt hatten, und ich ertrug es nicht, auch nur in die Nähe der Place Louis XV. zu kommen.

Das Leben und Treiben in der Stadt war genauso fröhlich wie eh und je, doch ich fühlte mich von ihm ausgeschlossen. Ich hörte wohl den Hoftratsch, aber es war mir gleichgültig, ob Marie Antoinette Madame Dubarry empfing oder nicht. Wenn diese Frau aus der Gosse, der sie angeblich entstammte, den König verhext hatte, so war das seine Angelegenheit. Es war mir gleichgültig, daß es den Barriens – den Anhängern der Madame Dubarry – gelungen war, die Entlassung des Ministers Choiseul durchzusetzen. Meinen Vater betrafen diese Intrigen allerdings mehr, da er an etlichen von ihnen beteiligt war. Meine Mutter machte sich Sorgen um ihn, denn das höfische Parkett war sehr glatt. Man konnte so leicht alles verlieren – seinen Besitz und sein Leben. Es gab nach wie vor die gefürchteten *lettres de cachet*, von denen niemand sprach, weil das Unglück brachte.

Und dann kam Charles. Später fragte ich mich, ob meine Mutter ihm verraten hatte, daß wir nach Paris reisten. Sie wußte, daß wir einander nicht gleichgültig waren; sie lebte in einer idealen Welt und sah das Leben so, wie sie es sehen wollte. Ihre Unschuld und Naivität hatten meinen Vater immer bezaubert, und er war ihr seit ihrer Trauung ganz bestimmt treu gewesen. Für sie war das eine Selbstverständlichkeit; sie begriff nicht, welche Macht sie über ihn besaß.

Ich war ganz anders geartet als sie und wußte nicht, ob ich diese Tatsache bedauern sollte, oder ob es besser war, wenn man sich keine Illusionen über seine Mitmenschen machte.

Charles suchte uns in Paris natürlich sofort auf und wich von diesem Zeitpunkt an nicht mehr von meiner Seite. Wir ritten zusammen im Bois, gingen zusammen in der Stadt spazieren und unternahmen auch größere Ausritte. Einer davon führte uns nach St. Cloud; wir stiegen ab, banden die Pferde fest und gingen durch den Wald.

»Du weißt, daß ich dich liebe, Lottie«, begann Charles.

»Auf deine Art.«

»Ich habe gedacht, daß wir jetzt Freunde sind.«

»Wir kommen oft zusammen.«

»Das meine ich nicht. Ich finde, daß wir einander verstehen.«

»Ich verstehe dich sehr gut.«

In diesem Augenblick blieb er stehen, riß mich in seine Arme und küßte mich – immer wieder. Ich versuchte ihn abzuwehren – aber es war nur ein sehr schwacher Versuch.

»Warum gestehst du dir nicht die Wahrheit ein, Lottie?« fragte er schließlich.

»Was meinst du damit?«

»Gib doch endlich zu, daß du dich auf die gleiche Art nach mir sehnst wie ich mich nach dir.«

»Ich sehne mich ganz bestimmt nicht danach, eine deiner vielen Geliebten zu sein, die dein Verlangen für einige Zeit stillen.«

»Du weißt, daß ich dich für immer an mich binden will.

»Wirklich?«

»Ich möchte dich heiraten.«

»Du bist doch mit Sophie verlobt.«

»Nicht mehr. Sie hat sich für immer von mir getrennt. Das waren ihre eigenen Worte.«

»Und jetzt suchst du nach einem adäquaten Ersatz.«

»Du bist kein Ersatz; in dem Augenblick, in dem ich dich zum erstenmal sah, wollte ich dich besitzen.«

»Ich erinnere mich. Du hast bei Madame Rougemont ein Opfer gesucht.«

»Habe ich dich nicht gerettet? Habe ich mich nicht um dich gekümmert? Habe ich nicht alles getan, um dir gefällig zu sein? Ich war praktisch bereits mit Sophie verlobt, bevor ich dich kennenlernte. Du weißt, wie solche Ehen zustandekommen. Aber warum sollte es darunter nicht auch einmal eine Liebesheirat geben, und warum sollte dies nicht gerade die unsere sein?«

Mein Herz klopfte wie wild. Hier bot sich mir die Möglichkeit, dem düsteren Château mit seinen trüben Erinnerungen zu entkommen. Ein Tag war wie der andere, und ich war nicht fähig, meine Antriebslosigkeit und Niedergeschlagenheit abzuschütteln.

Ich bemühte mich, meine Erregung zu verbergen.

»Du vergißt Sophie.«

»Es steht jetzt endgültig fest, daß sie nie heiraten wird. Ich wäre nicht überrascht, wenn sie eines Tages in ein Kloster ginge. Aber das bedeutet nicht, daß auch ich mein Leben lang ledig bleiben muß. Ich habe mit deinem Vater gesprochen.«

Ich starrte ihn an.

»Du mußt nicht gleich erschrecken. Seine Antwort war sehr ermutigend. Deine Mutter besteht zwar darauf, daß man dich zu nichts zwingen soll, was du nicht willst. Aber ich habe von deinem Vater die Erlaubnis erhalten, dir mein Herz zu Füßen zu legen.«

Ich lachte über seine hochtrabende Ausdrucksweise, und er stimmte ein. Er war schlagfertig und wußte genau, daß ich über seinen Lebensstil Bescheid wußte.

»Ich ersuche Sie daher, Mademoiselle Lottie, meine Frau zu werden. Wie ich sehe, zögerst du wenigstens. Ich habe nämlich ein entschiedenes Nein befürchtet, und auch wenn ich mich nicht damit abgefunden hätte, ist es sehr ermutigend, wenn man nicht sofort abgelehnt wird.«

»Dir muß doch klar sein, wie unmöglich diese Vorstellung ist.«

»Keineswegs. Ich halte sie für durchaus möglich.«

»Und was wird mit Sophie?«

»Sophie hat sich entschieden. Ich bin frei.«

»Und du glaubst, daß wir beide glücklich werden können, während sie in ihrem Turm sitzt …

Er packte mich an den Schultern.

»Ich will dich, Lottie. Du wirst mit mir glücklich sein. Ich werde dich zu einer Erfüllung führen, von der du nie geträumt hast.«

»Darauf lege ich keinen Wert.«

»O nein, Lottie, dazu kenne ich dich zu gut. Du sehnst dich nach einer Erfahrung, von der du so oft gehört hast, und hast bestimmt mit dem Mädchen – wie hieß es noch? Mit dem du zur Rougemont gekommen bist endlose Gespräche darüber geführt.«

»Du meinst Lisette. Sie ist jetzt verheiratet.«

»Und genießt ihr Leben, darauf könnte ich schwören. Sie ist genau der Typ dafür – du übrigens auch. Irgendwann wirst du jemanden heiraten, also warum nicht mich? Wäre es dir nicht lieber, deinen Mann selbst auszuwählen, als ihn vorgesetzt zu bekommen?«

»Natürlich werde ich ihn selbst wählen.«

»Schön. Da ich die Erlaubnis deines Vaters habe, um dich zu werben, werde ich an Ort und Stelle damit beginnen.«

»Spar dir die Mühe.«

Als Antwort hob er mich hoch und blickte lachend zu mir auf.

»Stell mich sofort auf den Boden«, befahl ich. »Jemand könnte uns sehen ...«

»Dafür hat jedermann Verständnis. Ein stattlicher Kavalier und eine schöne Dame. Warum sollten sie nicht ineinander verliebt sein?«

Er ließ mich langsam hinuntergleiten, bis sich unsere Gesichter auf gleicher Höhe befanden.

»Lottie«, murmelte er, »O Lottie.«

Und plötzlich wollte ich auf ewig in seinen Armen liegen. Das Leben war wieder reizvoll.

Armand sollte zu Weihnachten heiraten. Das bedeutete, daß wir die Weihnachtsfeiertage in Brammont in der Nähe von Orléans verbringen würden, wo Marie Louise mit ihrer Familie lebte.

Sophie erklärte, daß sie nicht mitkommen wolle. Obwohl meine Mutter versuchte, ihr diesen Gedanken auszureden, war sie dennoch erleichtert. Die festliche Zeit hätte von ihrem Glanz verloren, wenn Sophie sich in ihrem Zimmer versteckt hielt und alle über sie Bescheid wußten.

Nach der Hochzeit sollten Armand und seine Frau nach Aubigné zurückkehren und dort einen eigenen Hausstand gründen. Ich hoffte, daß ich mich mit Marie Louise gut vertragen würde. Ich freute mich darauf, daß wieder eine junge Frau im Haus leben würde, obwohl sie ernst und sehr religiös, also das genaue Gegenteil von Lisette war. Ich fragte mich oft, wie es Lisette ging. Weil ich nichts von ihr hörte, bat ich Tante Berthe um ihre Adresse, um ihr zu schreiben. Tante Berthe meinte, das hätte keinen Sinn, weil Lisette einige Monate mit ihrem Mann auf Reisen verbringen würde.

Zu meiner Überraschung erfuhr ich, daß ihr Mann Grund und Boden besaß, also ein Bauer war.

»Hoffentlich wird sie glücklich«, meinte ich. »Ich kann mir Lisette nicht auf einem Bauernhof vorstellen.«

»Ich versichere Ihnen, daß sie sehr zufrieden war.« Dennoch wollte mir Tante Berthe nicht die Adresse geben.

»Später vielleicht, wenn sie sich eingewöhnt hat.«

Da ich mit meinen eigenen Angelegenheiten beschäftigt war, bestand ich nicht länger darauf.

Meine Mutter sprach mit mir über Charles.

»Er liebt dich sehr, Lottie, und dein Vater wäre über die Verbindung glücklich. Er würde dir die Aussteuer geben, die er Sophie versprochen hatte. Auch die Tourvilles sind sehr für eure Heirat.«

»Und wie steht es mit Sophie?«

»Sophie hat sich entschieden, und damit können es die anderen auch tun. Die arme Sophie, es war ein so tragisches Unglück. Aber so ist das Leben; so etwas kann jedem zustoßen. Ich möchte so sehr, daß du genauso glücklich wirst wie ich, Liebling. Ich staune noch heute darüber, welch glückliche Wende mein Leben genommen hat.«

»Das kommt daher, weil du ein Mensch bist, der sich von allen anderen Menschen unterscheidet, die wir kennen. Dennoch muß ich immer an die arme Sophie denken. Ich kann doch nicht den Mann heiraten, mit dem sie verlobt war und den sie so sehr geliebt hat.«

»Sophie hätte jeden geliebt, der sie zur Kenntnis nahm. Ihr Schicksal ist natürlich tragisch, aber das darf deinem Glück nicht im Weg stehen. Wenn du Charles heiratest, würdet ihr außerdem nicht hier leben. Das Château ist Armands Heim und wird ihm einmal gehören. Du wirst mit deinem Mann in sein Haus ziehen, dir dort ein eigenes Leben aufbauen, Kinder bekommen, glücklich sein und die schreckliche Nacht und Sophie vergessen.«

»Wenn ich das nur zustande brächte.«

Sie legte mir lächelnd den Arm um die Schultern. »Du weißt, wie sehr ich dich liebe, mein Kind, wie teuer du mir bist. Ich wünsche mir mehr als alles in der Welt, daß du glücklich wirst.«

»Und du glaubst, wenn ich Charles de Tourville heirate …«

»Ich weiß es, weil ich euch genau beobachtet habe. Du beherrschst dich, aber es fällt dir schwer. Und ich habe selten einen Mann gesehen, der so verliebt war wie er.« Das war also der Stand der Dinge, als wir zu Armands Hochzeit nach Brammont fuhren.

Das Château Brammont war wesentlich kleiner als das der Aubignés, aber im gleichen Stil erbaut und wirkte reizvoller als die größeren Schlösser. Ich bewunderte vor allem die Arabesken-Friese, die Nischen mit Plastiken und die Spitzbogenfenster.

Die Vorbereitungen waren in vollem Gang, denn zwei Tage nach dem Weihnachtsfest sollte die Hochzeit stattfinden. Das Château wimmelte von Gästen und Verwandten, und zu meiner Überraschung waren auch die Tourvilles anwesend.

Natürlich dauerte es nicht lang, bis Charles mich aufgespürt hatte. Er war entzückt, weil wir Weihnachten unter dem gleichen Dach verbringen würden.

Wir ritten, wir tanzten, wir sangen Weihnachtslieder. Es war anders als unsere Weihnachten in England, aber ich hatte mich an diese Feiern gewöhnt. Es gab zwar weder eine Schüssel Punsch noch das Würzbier, das in Clavering nie fehlen durfte, aber es war doch das gleiche Fest.

Ich genoß diese Tage und war seit Monaten endlich wieder glücklich. Die Wortgefechte mit Charles versetzten mich in ausgelassene Stimmung, und wenn er mich küßte und an sich drückte – wobei er jede sich bietende Gelegenheit nützte –, spürte ich, wie die Erregung in mir hochstieg.

Die Trauung fand in der Schloßkapelle statt, und bei dem darauffolgenden Bankett saß Charles an meiner Seite. Offensichtlich war es ein offenes Geheimnis, daß er um mich warb.

Die katholische Ehezeremonie hatte mich daran erinnert, daß ich Protestantin war. Mein Vater hatte mir nicht vorgeschlagen, meine Religion zu wechseln, und meine Mutter hatte vor ihrer Trauung nur einige Formalitäten erfüllen müssen. Mir fiel jetzt ein, daß Charles katholisch war, und obwohl das nicht übermäßig wichtig war, würde es sicherlich ein Problem darstellen, wenn ich heiratete und Kinder bekam.

Als Charles mir wieder einmal erklärte, wie unvernünftig es von mir wäre, ihn hinzuhalten, platzte ich heraus: »Und was ist mit den Kindern?«

»Was für Kinder?« fragte er verblüfft.

»Die Kinder aus dieser Ehe.«

»Du meinst aus unserer Ehe. Du hast ›Ja‹ gesagt, Lottie. Ich werde es noch heute bekanntgeben ...«

»Aber ich habe nicht ...«

»Du hast gefragt, was mit den Kindern ist. Du willst doch nicht andeuten, daß wir ohne den Segen der Kirche Kinder bekommen sollten?«

»Ich habe nur laut gedacht.«

»Du hast an uns und unsere Kinder gedacht. Was hast du eigentlich gemeint?«

»Ich bin nicht katholisch.«

Er wurde einen Augenblick ernst. »Das macht doch nichts, du kannst ja konvertieren.«

»Das möchte ich nicht. Siehst du, das ist der Grund, warum ich dich nicht heiraten kann.«

»Mit Problemen dieser Art kann man leicht fertigwerden.«

»Wie denn? Würdest du deine Religion aufgeben?«

»Ich muß gestehen, daß ich nicht allzu religiös bin.«

»Das habe ich aus deiner Lebensweise ohnehin geschlossen.«

Er lachte. »Zugegeben, es ist eine Art Tradition. Aber ich habe nicht vor, das Problem der Kinder als Ehehindernis zu betrachten. Ich bin ein vernünftig denkender Mensch. Du willst nicht übertreten, hast du erklärt. Schön, dann schlage ich folgende Regelung vor: Unser erster Sohn ist der Erbe des Besitzes und müßte daher katholisch sein. Aber die Mädchen gehören alle dir. Der Sohn ist für mich da ... der Stammhalter unserer alten Familie und so weiter ... und die Mädchen für dich. Das ist doch fair, nicht wahr?«

»Allerdings.«

»Worauf warten wir dann noch? Ich werde noch heute abend unsere Verlobung bekanntgeben.«

Und so geschah es. Ich hatte es ja schon seit geraumer Zeit so gewollt.

Meine Eltern freuten sich sehr, genau wie die Tourvilles, denn es war die beste Lösung. Alle Kontrakte, die für Sophie abgeschlossen worden waren, sollten auf mich umgeschrieben werden. »Ich bin entzückt«, freute sich meine Mutter. »Ich hatte mir ein bißchen Sorgen gemacht, weil die Franzosen so pedantisch sind ... und deine Geburt etwas ungesetzlich war ... auch dein Vater hat sich darüber den Kopf zerbrochen und sogar in Betracht gezogen, daß wir dich legitimieren sollten. Das ist jetzt nicht mehr notwendig. Ich freue mich so sehr für dich, mein Liebling. Du wirst mit ihm bestimmt sehr glücklich werden.«

»Ich bin es jetzt schon«, stellte ich erstaunt fest.

Meine Mutter begann sofort mit den verschiedenen Vorbereitungen.

»Es trifft sich gut, daß die Tourvilles gerade hier sind, so können wir gleich alles regeln. Obwohl die Hochzeit noch nicht stattfinden sollte, denn wir müßten nach dem schrecklichen Unfall eigentlich ein Jahr warten. Vielleicht im Mai, im Wonnemonat. Und noch etwas ... ich kann mir nicht recht vorstellen, daß wir die Hochzeit in Paris abhalten. Im Château wäre es schwierig, weil ...«

»Weil Sophie in ihrem Turm sitzt.« Sie nickte.

»Jetzt haben uns die Tourvilles einen Vorschlag gemacht, den ich für sehr gut halte. Du könntest in ihrem Château heiraten. Ich weiß, daß es etwas ungewöhnlich ist, aber unter den gegebenen Umständen ...«

Ich überließ ihnen gern die Planung. Die Vorstellung, bald mit Charles verheiratet zu sein, meine Gefühle für ihn nicht mehr verbergen zu müssen, erregte mich.

Allerdings wußte ich nicht, ob ich ihn liebte, ich war nur sicher, daß ich in ihn verliebt war.

Ich wollte Abwechslung, Aufregung. Ich wollte nicht nach Aubigné zurückkehren, wo Sophie wie ein Gespenst in ihrem Turm hauste. Obwohl mir nicht klar war, warum ich mich schuldbewußt fühlte. Charles hatte sich zwar bei der Katastrophe um mich gekümmert, hatte mich gerettet. Aber er hätte sich nie zu Sophie durchschlagen können.

Dennoch plagte mich dieses Schuldbewußtsein immerzu, wenn ich mich in Aubigné aufhielt und wußte, daß Sophie in ihrem Turm zurückgezogen lebte.

Wir kehrten nach Aubigné zurück, und ich dachte den ganzen Winter über an meine Hochzeit.

Lisette fehlte mir mehr denn je. Als verheiratete Frau würde ich mehr Freiheit genießen, und ich nahm mir vor, dann Lisette in ihrem Bauernhaus zu besuchen, ganz gleich, wo es sich befand.

Ich versuchte wieder, von Tante Berthe ihre Adresse zu erfahren, biß aber bei ihr auf Granit. Sie war immer noch mit ihrem Mann auf Reisen, erklärte mir Tante Berthe, und die beiden würden erst im Frühjahr in ihr neues Haus einziehen. Schließlich schrieb ich einen Brief, in dem ich Lisette erklärte, daß ich Charles de Tourville heiraten würde und sie und ihren Mann zur Hochzeit einlud. Ich übergab den Brief Tante Berthe, die mir versprach, ihn abzuschikken, sobald sie Lisettes Adresse wußte.

Im Wirbel der Ereignisse dachte ich dann kaum noch an Lisette.

Wir fuhren nach Paris, um meine Aussteuer zusammenzustellen, und meine gesamte Aufmerksamkeit galt meinen neuen Kleidern. Mein Brautkleid war aus weißem Brokat und mit Perlen besetzt; von einem Krönchen, das hoch oben auf meinem Kopf saß, würde ein weiter weißer Schleier herunterfließen. Die modischen Frisuren waren jetzt alle hoch aufgetürmt; die Friseure am Hof hatten sie erfunden, weil sie gut zu Marie Antoinettes hoher Stirn paßten.

Die Kleider sollten nach Aubigné geliefert werden, damit ich mich davon überzeugen konnte, daß alles wie bestellt angefertigt worden war, und dann sollten sie nach Tourville befördert werden. Nach der Hochzeit würde Aubigné nicht mehr mein Zuhause sein, da ich von nun an in Tourville leben würde. Früher einmal hätte mich das vielleicht traurig gestimmt, aber jetzt war es nicht mehr der Fall. Ich wollte den Erinnerungen meiner Kindheit und dem Schuldgefühl Sophie gegenüber entkommen.

Ich probierte meine Kleider immer wieder an und schwelgte in ihnen. Samt und Seide, entzückende einfache Tageskleider und ein elegantes, perlgraues Reitkleid. Die Erregung verschönte mich, so wie einst die Liebe Sophie verschönt hatte.

Die Hochzeit sollte im Mai, genau ein Jahr nach Sophies Tragödie, stattfinden. Es würde eine stille Hochzeit werden, um die Gesellschaft nicht daran zu erinnern, daß Charles zuerst mit Sophie verlobt gewesen war.

Ich sehnte mich nach dem Tag, an dem ich nach Tourville reisen würde, und dennoch genoß ich die Zeit der Vorbereitung. Seither habe ich oft feststellen müssen, daß die Erwartung manchmal schöner ist als die Erfüllung.

Dann kam der Abend vor unserer Abreise. Morgen würde eines der Mädchen mein Hochzeitskleid einpacken, und es würde mir mit meiner übrigen Garderobe nachgeschickt werden. Jetzt hing es im Schrank, und ich betrachtete es immer wieder.

Ich ging zeitig zu Bett, weil wir uns bei Tagesanbruch auf die lange Reise begeben wollten, und schlief bald ein. Etwas weckte mich.

Der Vollmond schien, und sein Licht erhellte mein Zimmer.

Dann überlief mich ein Schauer. Mir sträubten sich beinahe die Haare, denn in meinem Zimmer befand sich jemand. Es war wie eine Erscheinung. Ich starrte die Gestalt an, ohne einen Finger rühren zu können. Ein Mädchen – ich selbst –, denn es trug mein Hochzeitskleid. Der Schleier hing über ihren Rücken herab.

Dann drehte sich die Gestalt um, und ich sah ihr Gesicht.

Ich rang entsetzt nach Luft. Das Mondlicht zeigte die fürchterliche Entstellung deutlich, die blauen Narben, die verrunzelte Haut, den verbrannten Fleck, wo das Haar sein sollte.

Ich richtete mich auf und flüsterte heiser: »Sophie!« Sie stand am Fußende meines Bettes, sah mich an, und ich erkannte den kalten Haß in ihren Augen.

»Das hätte mein Hochzeitskleid sein sollen«, sagte sie. »O Sophie, es wäre es auch gewesen, wenn du nur gewollt hättest. Du hast dich geweigert ...«

Sie lachte bitter. »Du hast ihn von Anfang an für dich haben wollen. Du hast geglaubt, daß ich es nicht merken würde. Du hast ihn mir abspenstig gemacht. Du ... was bist du eigentlich? Ein Bastard. In der Sünde gezeugt. Ich werde dir nie verzeihen.«

»Ich bin nicht daran schuld, Sophie.«

»Nicht daran schuld! Du bist schön, das weißt du genau, und ich habe nie besonders gut ausgesehen, nicht wahr? Die Männer laufen dir nach ... auch Charles, selbst als er noch mit mir verlobt war. Du warst von allem Anfang an entschlossen, ihn für dich zu gewinnen. Ich weiß, daß du seine Mätresse warst, bevor ...«

»Das stimmt nicht, Sophie. Ich habe mich noch keinem Mann hingegeben.«

»Du lügst. Ich habe Beweise.«

»Was für Beweise?«

»Ich habe deine Blume in seinem Apartment gefunden. Sie lag in seinem Schlafzimmer auf dem Boden.«

»Wovon redest du, Sophie? Ich habe sein Schlafzimmer nie betreten.«

»Es war der Tag, an dem ...« Sie wandte sich ab. Dann fuhr sie fort: »Er hat dir doch die rote Blume gekauft und mir die lavendelfarbige, nicht wahr? Die rote Blume der Leidenschaft. Ich versuchte, nicht an diese Bedeutung zu glauben. Ich suchte seine Mutter in ihrem *hôtel* auf, um ein Detail der Hochzeit zu besprechen. Sie sagte: ›Er ist in seinem Zimmer … ich werde mit dir zusammen hinaufgehen.‹ Ich begleitete sie also, und dort lag deine Blume auf dem Fußboden, wo du sie fallen gelassen hattest.«

»Ich erinnere mich an die Blume, obwohl ich sie nie angesteckt habe. Ich habe überhaupt nicht mehr an sie gedacht. Sie muß sich noch irgendwo unter meinen Sachen befinden.«

Sie rang die Hände. »Bitte lüge mich doch nicht an. Du kannst den Beweis nicht aus der Welt schaffen.«

»Das redest du dir nur ein, Sophie.«

»Du wolltest auch, daß mir das zustößt.« Sie wandte mir die verunstaltete Gesichtshälfte zu. »Ein hübscher Anblick, nicht wahr? In dieser Nacht war er bei dir, und ihr habt mich beide im Stich gelassen. Er war nur bestrebt, dich zu retten. Ihr wolltet beide, daß ich sterbe.«

»Das ist nicht wahr. Du weißt, daß es nicht wahr ist. Er wollte dich auch nachher noch heiraten. Er hat dich immer wieder darum gebeten.«

»Er wollte mich nie heiraten. Von dem Augenblick an, als er dich kennenlernte, wollte er dich haben. Du hältst mich wohl für dumm und blind, und das bin ich wahrscheinlich … aber nicht so blind, daß ich nicht sehe, was sich vor meiner Nase abspielt. Ich werde dir nie verzeihen … nie … und ich hoffe, daß du nie vergißt, daß du mein Leben zerstört hast.«

»O Sophie, Sophie …«

Ich wollte aufstehen, aber sie hob die Hand.

»Komm mir nicht in die Nähe.«

Ich vergrub mein Gesicht in den Händen, weil ich es nicht mehr ertrug, sie anzusehen. Es hatte keinen Sinn, mit ihr darüber zu sprechen, denn sie war entschlossen, mir die Schuld zuzuschieben.

Als ich die Augen öffnete, hatte sie den Schleier abgenommen und hängte ihn vorsichtig auf. Dann zog sie das Kleid aus, hängte es ebenfalls in den Schrank und schlüpfte in ihren Morgenrock.

»Sophie«, sagte ich leise.

Doch sie glitt geräuschlos wie ein Gespenst zur Tür. Dort blieb sie noch einmal stehen. »Denk an mich«, sagte sie und sah mir in die Augen. »Wenn er bei dir ist, dann denk an mich. Ich werde an dich denken und niemals vergessen, was du mir angetan hast.«

Die Tür fiel hinter ihr ins Schloß. Ich starrte den Schleier an und dachte: Ich werde nie imstande sein zu vergessen. Sie wird mich mein Leben lang verfolgen.

Wenn ich das Kleid und den Schleier trug, würde ich sie vor mir sehen, wie sie am Fußende meines Bettes stand.

Es war so ungerecht von ihr. Sie hätte ihn heiraten können. Doch sie war davon überzeugt, daß er sie eigentlich gar nicht wollte; ihr Herz hatte genauso schwere Wunden davongetragen wie ihr Gesicht.

Sie hatte die Blume erwähnt. Ich erinnerte mich deutlich an den Tag, an dem Charles sie mir gekauft hatte. Ich hatte sie vergessen und nie getragen; sie mußte sich irgendwo unter meinen Sachen befinden. Wessen Päonie hatte Sophie gesehen? Hatte jemand Charles besucht? Die Blumen waren nichts Besonderes, sondern es gab sie damals in ganz Paris zu kaufen, und Charles hatte sehr wohl Damenbesuch in seinen Räumen empfangen können.

Das konnte ich Sophie aber nicht erklären. Sie hatte nie begriffen, zu welcher Art von Männern Charles gehörte. Die arme Sophie!

Sie würde mich nicht vergessen, hatte sie gesagt. Das gleiche konnte ich von ihr behaupten. Der Anblick der rührenden Gestalt im weißen Brautkleid und dem Schleier würde mich mein Leben lang verfolgen.

IV

Lisettes Heimkehr

Es war im Frühjahr 1775, vier Jahre, nachdem ich Charles geheiratet hatte. Ich war nicht mehr das junge Mädchen, das nach Tourville gereist war, um einem Mann das Jawort zu geben. Dank Charles' Führung war ich rasch erwachsen geworden; er hatte mich gelehrt, das Leben so zu nehmen, wie es ist, und dafür war ich ihm dankbar.

Unsere Ehe hatte sich zufriedenstellend entwickelt. Wir fühlten uns körperlich voneinander angezogen, und ich hatte die Erfahrung gemacht, daß unsere Beziehung nicht nur ihm, sondern auch mir große Befriedigung verschaffte.

Während der ersten Monate unserer Ehe hatten wir uns beide vollkommen der Leidenschaft hingegeben, die wir im Partner wekken konnten. Er hatte in mir ›die richtige Bettgefährtin‹ gefunden, wie er zynisch feststellte, und das bedeutete, daß ich eine Frau war, die sich ihres Verlangens nicht schämte und die seine wilde Begierde erwiderte, so daß wir gemeinsam die Freuden der geschlechtlichen Vereinigung genossen.

Zuerst hatte ich noch viel an Sophie gedacht und Trost in der Überzeugung gefunden, daß sie nie fähig gewesen wäre, Charles' Ansprüchen zu genügen.

Er war ein Meister in der Liebe – oder besser der Wollust –, und ein Kenner der weiblichen Mentalität. Er wußte auf den ersten Blick, ob eine Frau – wie er sich auszudrücken pflegte – fähig war zu lieben.

»Als ich dich zum erstenmal erblickte – du beugtest dich gerade über die Kristallkugel –, wußte ich, daß du diese Fähigkeit besitzt«, erzählte er mir.

Liebte ich ihn? Was ist eigentlich Liebe? Das fragte ich mich oft. Liebte ich ihn so, wie meine Eltern einander liebten? Nein. Die beiden hatten zu einem Idealzustand gefunden, den man erst erreicht, wenn man alt und weise ist und nicht mehr den Stachel des Verlangens fühlt. In ihrem Fall handelte es sich um eine vollkommen ausgeglichene Beziehung. Nein, das traf auf Charles und mich bestimmt nicht zu.

Während dieser ersten Monate, in denen wir einander alles bedeuteten, klopfte mein Herz wie wild, wenn er mich aufsuchte, und ich war immer unruhig, wenn er nicht bei mir weilte. An den Abenden, die wir mit seiner Familie im Salon des Château Tourville verbrachten, sehnte ich mich nach dem Augenblick, in dem wir endlich allein sein würden.

Ich fragte mich nicht, ob diese übertriebene Leidenschaft anhalten würde. Vermutlich hatten meine Eltern damals, als ich gezeugt wurde, das gleiche empfunden. Dann waren sie jahrelang getrennt gewesen und hatten erst wieder zueinander gefunden, als ihre Jugend vorbei war, sie viele Erfahrungen gesammelt hatten und das heiße Verlangen nicht mehr stärker war als ihre Vernunft. Dadurch hatten sie diese ideale Beziehung erreichen können.

Charles war sicher der vollkommene Liebhaber, und sein Verlangen nach mir war zweifellos nicht gespielt. Dennoch wußte ich, daß dieser Zustand nicht ewig dauern würde, jedenfalls nicht in dieser Form. Würde das Gefühl, das dann übrig blieb, stark genug sein, damit unsere Ehe sich zu der gleichen Vollkommenheit entwickelte wie die meiner Eltern?

Die Familie Tourville war eher alltäglich. Charles' Vater war krank, seine Mutter war eine sanfte Frau, die nur ihrer Familie liebte. Außerdem gab es noch Charles' Schwester Amélie, deren Heirat eben in die Wege geleitet wurde.

Es handelte sich um eine wohlhabende Familie, obwohl sie keineswegs so reich war wie die meines Vaters, und daher hatte sie großen Wert auf die Verbindung mit den Aubignés gelegt. Sophie wäre ihnen als Schwiegertochter lieber gewesen; doch diese Heirat war ihnen so wichtig, daß sie sogar die uneheliche Tochter in Kauf nahmen. Außerdem hatte ich die gleiche Mitgift erhalten, wie sie für Sophie vorgesehen gewesen war.

Das Leben in Tourville wäre für mich sehr langweilig verlaufen, wenn ich Charles nicht gehabt hätte.

Ich lebte also der Leidenschaft, bis ich schwanger wurde, was ungefähr acht Monate nach unserer Heirat eintrat.

Die Familie Tourville war überglücklich und schickte einen reitenden Boten mit der freudigen Nachricht nach Aubigné, wo ebenfalls große Freude darüber herrschte.

Während der ersten drei Monate war mir entsetzlich schlecht und dann rundete sich mein Bauch, so daß Charles nachts Zurückhaltung üben mußte. Er legte sich natürlich eine Mätresse zu, denn er war nicht der Mensch, der bereit war, auf ein Vergnügen zu verzichten, außerdem war er davon überzeugt, daß es für einen werdenden Vater die einzig richtige, den Umständen Rechnung tragende Verhaltensweise war.

Merkwürdigerweise hatte mich die Schwangerschaft ebenfalls verändert. Ich war so sehr von dem keimenden Leben in mir in Anspruch genommen, daß alles andere daneben unwichtig wurde.

Charles war mir ein liebevoller Ehemann, der sich über den Familienzuwachs freute und mir nicht übelnahm, daß ich nicht mehr das Bett mit ihm teilte.

Meine Mutter kam von Aubigné herüber, um mir bei der Geburt beizustehen. Zur Freude der gesamten Familie brachte ich einen kräftigen Sohn zur Welt.

Wir tauften ihn Charles, woraus bald Charlot wurde, und von dem Augenblick an, in dem ich seinen ersten, kräftigen Schrei hörte, war er für mich der Mittelpunkt der Welt.

Die nächsten Monate zählten zu den glücklichsten meines Lebens. Während der ersten Zeit saß ich im Bett, hielt das Kind in den Armen, und die Besucher beglückwünschten mich und bewunderten meinen Sohn.

Charles trug seinen Sprößling im Zimmer herum, küßte mich zärtlich und sagte: »Du kluge, kluge Lottie.«

Auch mein Vater besuchte seinen Enkel. Er hob ihn in die Höhe und betrachtete ihn so stolz, daß ich unwillkürlich lachen mußte.

»Wie ich sehe, gefällt er dir«, meinte ich.

Er legte das Kind in die Wiege zurück und setzte sich an mein Bett.

»Es war wirklich ein glücklicher Tag, an dem ich dich kennenlernte, und jetzt hast du mir mein erstes Enkelkind geschenkt.« Er küßte mir die Hand. »Deine Mutter ist stolz auf dich ... genau wie ich.«

»Du übertreibst. Ich habe nichts Besonderes geleistet, auf der ganzen Welt bekommen die Frauen Kinder.«

»Manche schaffen es dennoch nicht«, seufzte er.

Er dachte an Armand und Marie Louise, denn er war darüber enttäuscht, daß ihre Ehe bis jetzt kinderlos geblieben war.

Nach der Geburt meines Sohnes änderte sich die Beziehung zwischen mir und meinem Mann. Er war nicht mehr der begeisterte Lehrer, ich nicht mehr die lernbegierige Schülerin. Ich war reifer geworden.

Wir liebten einander, aber der Geschlechtsverkehr war zur Gewohnheit geworden und bescherte mir nicht mehr die unbeschreibliche Wonne, die ich früher erlebt hatte. So geht es eben in der Ehe. Ich hatte jedoch meinen Sohn, der mir auf andere Art Befriedigung schenkte.

Es war Frühling geworden, und ich war im Begriff, meine Eltern in Aubigné zu besuchen. Das geschah nur selten, denn ich erfand meist eine Ausrede und einen Grund dafür, warum meine Eltern statt dessen nach Tourville kommen sollten. Sie ließen sich auch nie lang bitten, denn sie wollten die Entwicklung des Enkels verfolgen. Meinem Vater wäre es lieber gewesen, wenn wir im Château d'Aubigné gelebt hätten, doch das kam natürlich nicht in Frage. Charles' Zuhause war nun einmal Tourville, und ich war seine Frau.

Deshalb behauptete ich immer wieder, daß es schwierig sei, mit einem Kleinkind auf Reisen zu gehen, und daher kamen meine Eltern zu uns.

Charlot war jetzt zwei Jahre alt – ich konnte ihn also gut in der Obhut einer ausgezeichneten Nurse zurücklassen und nach Aubigné fahren, weil meine Mutter sich den Knöchel verstaucht hatte und nicht in der Lage war, eine Reise zu unternehmen.

»Sie sehnt sich so nach dir«, hatte mein Vater geschrieben. »Bitte komm. Ich weiß, daß Charlot noch zu klein für eine Reise ist, aber wenn du uns eine Woche opfern könntest, wäre deine Mutter sehr glücklich.«

Ich durfte meinem Bestreben, Aubigné fernzubleiben, nicht nachgeben. Ich sah Sophie immer noch so vor mir, wie sie in der Nacht vor meiner Abreise im Brautkleid an meinem Bett gestanden und der Schleier ihr armes, verunstaltetes Gesicht verborgen hatte. Ich war davon überzeugt, daß sie sich im Lauf der Jahre mit ihrem Schicksal abgefunden hatte, der gesunde Menschenverstand mußte ihr doch sagen, daß ich an ihrem Unglück unschuldig war.

Es war spät am Nachmittag, als ich in Aubigné eintraf. Meine Eltern erwarteten mich ungeduldig, und ich mußte über meinen Vater lachen, der mich beinahe erdrückte, als er mich umarmte. Meine Mutter beobachtete uns glücklich und zufrieden, wie immer, wenn wir beisammen waren.

Sie überschütteten mich mit Fragen. »Wie geht es dir? Wie geht es Charlot? Ist die Reise ohne Zwischenfall verlaufen? Wie lange kannst du bleiben?«

»Wir haben dein früheres Zimmer für dich hergerichtet«, erklärte meine Mutter. »Es ist nicht mehr verwendet worden, seit du ausgezogen bist, weil ich mir nicht vorstellen kann, daß jemand anderer in ihm wohnt. Natürlich ist das dumm von mir, aber zum Glück verfügt das Schloß über sehr viele Räume.«

Wenn sie aufgeregt war, sprudelte sie alles heraus, was ihr einfiel, und ich war glücklich, bei ihr zu sein.

Doch die Erinnerungen, die mich in meinem Zimmer überfielen, trübten dieses Glück. Ich hoffte nur, daß ich nicht von einem entstellten Gesicht träumen würde.

Beim Abendessen war ich mit meinen Eltern allein.

»Armand kommt morgen zurück«, erklärte mein Vater, »er ist am Hof in Versailles. Uns stehen schwierige Zeiten bevor, und daran ist die letzte Mißernte schuld. Du weißt doch noch, wie schlecht das Wetter war. Es war nicht leicht, den Getreidepreis auf dem bisherigen Stand zu halten. Der König macht sich große Sorgen, ganz anders als sein Großvater, dieser gewissenlose alte Schurke.«

Ludwig XV. war vor einem Jahr gestorben, und der junge Ludwig XVI. sowie seine Frau Marie Antoinette hatten die Herrschaft mit schweren Bedenken angetreten. Ludwig war neunzehn, seine Frau achtzehn Jahre alt gewesen, und sie waren niedergekniet und hatten gebetet: »Leite und beschütze uns, o Herr. Wir sind zu jung, um zu herrschen.« Das Verhalten dieser jungen Menschen hatte die gesamte Nation gerührt. Daß sie begriffen, worin ihre Pflichten bestanden, und entschlossen waren, sie auch zu erfüllen, stand in scharfem Gegensatz zu den Prinzipien des alten Königs. Anscheinend brach für Frankreich eine neue Ära an, deshalb war es besonders bedauerlich, daß ihre Regierungszeit mit einem strengen Winter und einer Mißernte begann.

»Der junge Ludwig hat richtig gehandelt, als er Turgot zum Finanzminister ernannt hat«, meinte mein Vater, der offensichtlich nicht von der Politik lassen konnte. »Er ist ein guter, redlicher Mann, der nur das Beste für sein Land will. Aber es wird unmöglich sein, den Getreidepreis nicht zu erhöhen, und wenn das Brot teurer wird, was unvermeidlich ist, wird das Volk unruhig werden.«

»Ach Gott«, seufzte ich, »immer diese Schwierigkeiten. Erzählt mir lieber von Aubigné. Sophie …«

Sie schwiegen eine Weile, dann sagte meine Mutter: »Sie verläßt ihren Turm nie und lebt wie eine Einsiedlerin. Jeanne entscheidet, welche Dienstboten dort saubermachen dürfen, und benimmt sich dabei recht selbstherrlich. Aber was können wir tun? Wir müssen uns damit abfinden, denn Sophie verläßt sich voll und ganz auf sie.«

»Hoffentlich habe ich Gelegenheit, Sophie während meines Aufenthalts zu besuchen.«

»Sie weigert sich, Besucher zu empfangen. Es ist sehr traurig, daß sie ihr Leben dort oben verbringt.«

»Kann man denn nichts für sie tun?«

»Es gibt Lotionen und Salben, die angeblich Wunder wirken. Jeanne sucht alle Märkte danach ab und bringt Verschiedenes mit. Ich weiß natürlich nicht, wie wirksam diese Mixturen sind. Anscheinend nicht sehr, denn Sophie schließt sich von uns ab, und Jeanne ist die einzige, die die Verbindung zwischen ihr und uns aufrechterhält.«

»Es wäre besser, wenn sie in ein Kloster ginge«, meinte mein Vater.

»Hat sie diesen Wunsch geäußert?«

»Nein. Marie Louise wäre eher dazu bereit.«

»Marie Louise ist ein gutes Mädchen«, warf meine Mutter ein.

»Zu gut für diese Welt«, antwortete mein Vater scharf.

Meine Mutter zuckte die Achseln. »Sie hätte nie heiraten dürfen, denn sie kann keine Kinder bekommen. Wahrscheinlich versuchen die beiden es gar nicht mehr.«

»Man kann Armand daraus keinen Vorwurf machen«, stellte mein Vater fest. Es war nur zu deutlich, daß er für seine Schwiegertochter nicht viel übrig hatte. »Sie ist zu fromm und verbringt beinahe die ganze Zeit in der Kapelle, und die Dienerschaft muß ihr dabei Gesellschaft leisten. Das alles ist deprimierend; die heutige Nacht verbringt sie zum Beispiel im Kloster Forêt Verte. Du kennst es, es ist nur drei Meilen vom Château entfernt. Sie hat einen neuen Altar für die Klosterkirche gestiftet. Hier hat sich vieles verändert, seit du uns verlassen hast, Lottie.«

»Dein Vater sehnt sich nach der Zeit zurück, als du noch bei uns lebtest«, erklärte meine Mutter. »Damals benahm sich Sophie noch normal, und es war auch noch das andere Mädchen da, diese Lisette.«

»Ich denke oft an sie«, rief ich. »Ich habe ihr geschrieben, aber nie eine Antwort bekommen. Wie geht es Tante Berthe?«

»Unverändert.«

»Ich möchte gern mit ihr sprechen, bevor ich wieder abreise. Es wäre schön, wenn ich Lisette wiedersehen könnte.«

»Sie war sehr hübsch«, bemerkte meine Mutter.

»Das ist sie zweifellos immer noch«, erwiderte ich. »Ich werde Tante Berthe in ihrer Höhle aufsuchen. Sie bewohnt doch noch die gleichen Zimmer?«

»Natürlich. Sie ist sehr stolz darauf, und niemand darf ihre Räume ungebeten betreten.«

»Sie hat immer ein strenges Regiment geführt.«

»Aber sie ist eine ausgezeichnete Haushälterin, und wir haben nie bedauert, daß wir sie eingestellt haben«, betonte mein Vater.

»Ich wundere mich heute noch darüber, daß sie Lisette fortgelassen hat. Lisette hatte wirklich Angst vor ihr ... Tante Berthe war der einzige Mensch, vor dem sie sich fürchtete.«

Das Gespräch wendete sich dann anderen Themen zu, aber ich dachte immer noch an Lisette und die schöne Zeit, die wir miteinander verbracht hatten.

Am nächsten Tag kehrte Marie Louise aus dem Kloster zurück. Sie war keineswegs hübsch und verschmähte alle kleinen Kunstgriffe, die die meisten Frauen heutzutage verwenden, um besser auszusehen. Sie hatte ihr Haar einfach zu einem Knoten im Nakken aufgesteckt und wollte von Marie Antoinettes modischen Frisuren nichts wissen. Ihr Kleid war dunkelgrau und betont schlicht.

Als ich ihr wohlerzogen vorschlug, gelegentlich zu einem Plau-

117

derstündchen mit mir zusammenzukommen, erzählte sie mir, daß sie jeden Nachmittag für die Armen nähte, daß ich sie dabei unterstützen könne und daß sie mir den Altar beschreiben würde, den sie dem Kloster gestiftet hatte.

Diese Aussicht fand ich keineswegs aufregend, und da mich Näharbeiten nie interessiert hatten, vergaß ich die Einladung.

Ich freute mich hingegen, Armand wiederzusehen. Seine unbefriedigende Ehe hatte ihn nicht verändert, er war friedlich und nahm offensichtlich alles, was ihm widerfuhr, mit Gelassenheit hin. Bestimmt hatte er irgendwo eine kleine Mätresse – oder auch mehrere –, und er war mit seinem Leben sehr zufrieden.

Der Comte war jedoch nicht gewillt, sich mit dem Stand der Dinge abzufinden. Armands kinderlose Ehe bereitete ihm schwere Sorgen.

»Er denkt an die Familie, den Besitz und alles, was sich daraus ergibt«, erklärte mir meine Mutter.

Dann unterhielten wir uns über meinen Sohn, und meine Mutter ließ sich genau erzählen, was er alles getan und gesagt hatte, denn er plapperte jetzt schon durchaus verständlich, was unserer Meinung nach ein Wunder war.

Sobald Tante Berthe mir eine Unterredung gewährte, suchte ich sie in ihrem Zimmer auf. Wenn Lisette hiergewesen wäre, hätten wir uns über diese Audienz königlich amüsiert.

Tante Berthe, in einem einfachen, strengen, aber eleganten Kleid aus schwarzer Seide, wirkte sehr würdevoll. Sie bot mir Tee an, was zeigte, daß sie über die Gewohnheiten der feinen Gesellschaft Bescheid wußte, denn in Frankreich wurde es Mode, Tee zu trinken. Mein Vater behauptete, daß es überhaupt Mode geworden war, die englischen Sitten nachzuahmen. Die Pariser Geschäfte waren voller englischer Stoffe, und die Herren trugen lange Mäntel mit drei Schulterkragen sowie hohe Hüte. In den Auslagen der Läden hingen Schilder, auf denen ›English spoken here‹ stand. Die Limonadenverkäufer boten Punsch an, der angeblich genauso schmeckte wie der original englische. Ich erwähnte meinem Vater gegenüber, daß ich darüber erstaunt war, denn zwischen den beiden Ländern hatte nie besondere Freundschaft geherrscht.

»Es handelt sich nicht um Freundschaft«, erklärte mein Vater. »Die meisten Franzosen hassen die Engländer heute noch genauso

118

wie nach Crécy und Agincourt. Es handelt sich einfach um eine Mode, die die Menschen von den Schwierigkeiten im eigenen Land ablenken soll.«

Tante Berthe trank jedenfalls Tee.

»Es schmeckt genauso wie in England«, behauptete sie. »Sie werden es beurteilen können, denn Sie sind ja englisch erzogen worden.«

Ich lobte den Tee, und sie erkundigte sich, wie es mir und dem Kind ginge.

Ich beantwortete ihre Frage, kam aber dann sehr rasch auf Lisette zu sprechen.

»Ich höre nur selten von ihr«, meinte Tante Berthe, »sie hat immer soviel zu tun.«

»Ich würde sie gern einmal wiedersehen.«

Schweigen.

»Ist sie glücklich?«

»Sie hat jetzt etwas Kleines.«

»Etwas Kleines? Ein Kind?«

»Ja, einen Jungen.«

»Ach, wie gern würde ich sie wiedersehen. Wie kann ich mit ihr in Verbindung treten? Ich werde sie einfach einladen, uns zu besuchen.«

»Das halte ich nicht für klug, Mademoiselle Lottie.«

»Aber wir waren doch immer gute Freundinnen.«

»Sie führt jetzt ihr eigenes Leben. Es ist nicht das Leben, an das sie gewöhnt war, aber sie beginnt, sich damit abzufinden.«

»Bitte verraten Sie mir, wo ich sie finden kann.«

»Das wird sie nicht wollen.«

»Ich bin davon überzeugt, daß sie mich genausogern wiedersehen möchte wie ich sie.«

»Es war für sie sehr schwer, sich an das Dasein auf ihrem Bauernhof zu gewöhnen, nachdem sie hier weit über ihrem Stand gelebt hatte. Jetzt hat sie sich damit abgefunden, und Sie sollten sie in Ruhe lassen. Sie ist glücklich. Es wäre nicht gut, wenn Sie sie an das Leben erinnern, das sie einmal geführt hat.«

»Es ist seltsam, daß sie einen Bauern geheiratet hat. Sie hat immer behauptet, daß sie einmal einen Edelmann zum Mann bekommen würde.«

»Das wirkliche Leben unterscheidet sich eben wesentlich von den Träumen.«

Ich bat sie noch einmal, mir zu verraten, wo sich Lisette jetzt aufhielt, aber sie blieb unerbittlich.

»Sie haben Ihr Leben, und Lisette das ihre. Sie ist jetzt glücklich; setzen Sie sich lieber nicht mit ihr in Verbindung, sonst wird sie wieder unzufrieden.«

»Wie heißt ihr kleiner Junge?«

»Sie sollten sich nicht um diese Dinge kümmern.«

»Ich begreife nicht, warum ich den Namen nicht erfahren darf.«

Tante Berthe lehnte sich mit fest zusammengepreßten Lippen zurück. Dann trank sie ihren Tee aus und stellte die Tasse energisch auf den Tisch; ich begriff, daß ich jetzt gehen mußte.

Ich ritt oft mit meinem Vater aus. Das Verhältnis zwischen uns war von Anfang an gut gewesen, aber er behandelte mich jetzt nicht nur liebevoll, sondern zeigte auch, daß er mich ganz besonders schätzte, denn er freute sich sehr über seinen Enkel.

Mit mir konnte er offener sprechen als mit meiner Mutter, denn sie war ängstlich und machte sich jedesmal Sorgen, wenn er dem Château länger fernblieb. Er war über die Verhältnisse im Land beunruhigt, denn während der Regierungszeit des vorherigen Königs hatte sich die allgemeine Lage verschlechtert. Die Armut in Frankreich war groß; das Brot war zu teuer, und in manchen Gegenden hungerten die Menschen. Zudem hatte Ludwig XV. ein überaus ausschweifendes Leben geführt. Der Hirschpark hatte Unsummen verschlungen, und Madame Dubarry hatte Luxus in jeder Form als selbstverständlich empfunden. Obwohl der König das herannahende Unheil sicherlich bemerkt hatte, war er nicht bereit gewesen, sich einzuschränken. Er haßte den Pöbel. »Solche Zustände können nicht ewig weitergehen«, prophezeite mein Vater, »einmal wird die Rechnung dafür präsentiert. Es ist nur ungerecht, daß es gerade jetzt dazu kommt, wenn wir einen neuen König haben, der anscheinend vernünftiger ist.«

»Wovor hast du Angst?«

»Vor dem Volk.«

»Wir haben doch entsprechende Gesetze.«

»Man kann die Gesetze nicht immer durchsetzen. In Versailles hält der König lange, sorgenvolle Konferenzen mit seinen Ministern ab – vor allem mit Turgot. Sie erkennen beide die Gefahr, und Turgot hat in Limoges *ateliers de charité* eingerichtet, in denen man Brot an die Armen verteilt.«

»Vielleicht fällt die Ernte nächstes Jahr besser aus. Würde sich dann nicht alles wieder beruhigen?«

»Es könnte dazu beitragen.«

»Dann wollen wir um einen guten Winter beten.« Als wir die Stadt erreichten, bemerkten wir sofort, daß etwas Außergewöhnliches im Gang war. Die Menschen standen in kleinen Gruppen beisammen, und die Blicke, mit denen sie uns musterten, wirkten feindselig.

»Was ist los?« fragte ich.

»Ich weiß es nicht. Halte dich dicht bei mir.«

Auf dem Marktplatz war eine Plattform errichtet worden, auf der ein Mann stand. Er war groß, hatte ein hageres, wettergebräuntes Gesicht und leuchtend blaue Augen. Seine Haare waren kurz geschnitten, seine Kleidung zerlumpt, als wäre er ein Bauer, und dennoch ging von ihm eine gewisse Würde aus.

Seine tiefe Stimme drang bis in den letzten Winkel.

»Bürger«, rief er, »seid ihr damit einverstanden, daß sie uns hungern lassen? Seid ihr bereit, Platz zu machen und eure Mützen zu ziehen, wenn der Adel vorbeireitet? Sagt ihr widerspruchslos »Gott segne Euch, Monsieur le Comte, es ist richtig, daß Ihr an einem reich gedeckten Tisch speist, während ich mich nicht satt essen kann, Gott hat Euch und mir unsere Plätze zugewiesen. Ich bin damit zufrieden, daß ich und meine Kinder hungern, wenn Ihr nur schlemmen, Euer Geld für schöne Kleidung, Wein und Frauen ausgeben könnt. O ja, der Boden Frankreichs gehört Euch und Euresgleichen, und wir sind auf der Welt, um Euch zu dienen, um für wenige Sous im Dreck zu graben, um das elende Zeug zu essen, das Ihr Brot nennt ... wenn wir es überhaupt bekommen.«

Mein Vater war blaß geworden und beherrschte sich nur mit Mühe. Ich wendete mein Pferd und hoffte, daß er mir folgen würde.

»Kameraden«, rief der Mann, »wollt ihr euch damit abfinden? Wollt ihr euch schlechter als Vieh behandeln lassen? Oder seid ihr bereit, für eure Rechte zu kämpfen? Erhebt euch und kämpft um euer Brot! Sie konfiszieren jetzt das Getreide am Fluß. Es ist für die Speicher des Königs bestimmt, denn er braucht ja viel, nicht wahr? Ihr müßt allerdings verhungern, meine Freunde.«

»Komm mit«, bat ich. »Ich reite fort.«

Er hatte keine andere Möglichkeit. Ich spornte mein Pferd und ritt durch die Menge. Mein Vater folgte dicht hinter mir, und zum Glück ließen uns die Leute durch, wenn auch nur widerwillig.

Erst am Stadtrand wendete ich mich meinem Vater zu.

»Dieser Schurke versucht, die Leute zu einem Aufstand aufzuwiegeln«, sagte er.

»Es könnte ihm sogar gelingen.«

»Er war kein Bauer, sondern ein Agitator. Es wimmelt von ihnen. Am liebsten hätte ich ihn am Kragen gepackt und ihm einen Denkzettel verpaßt.«

»Davor hatte ich Angst, und deshalb bin ich weggeritten.«

»Das war klug von dir, denn sie hätten uns vielleicht getötet. Der Vorfall bestätigt jedoch meinen Verdacht.«

»Was für einen Verdacht?«

Er warf mir einen Blick zu. »Erzähl es deiner Mutter nicht, es würde sie nur in Unruhe versetzen. Ich bin seit einiger Zeit davon überzeugt, daß subversive Elemente am Werk sind. Es gibt Menschen, die die Monarchie und mit ihr die Kirche abschaffen, mit anderen Worten eine Revolution herbeiführen wollen. Diese Menschen setzen den Hebel natürlich an der schwächsten Stelle an. Frankreich ist schwach, denn es ist jahrelang von unfähigen Herrschern regiert worden, es hat kaum Gerechtigkeit gekannt, die Monarchie hat immer nur an ihr eigenes Wohl gedacht, das Volk ist verarmt. Wie du siehst, stellt unser Land den richtigen Nährboden für die Saat der Revolution dar.«

»Und du glaubst, daß dieser Mann ...«

»Er ist nur einer von vielen. Bald – vielleicht gerade jetzt – wird es ihm gelingen, die Menschen, die ihm zuhören, aufzuhetzen. Dann werden sie die Geschäfte plündern, die Häuser ausrauben und jeden töten, der sie daran hindern will.«

»Ich bin froh, daß wir davongekommen sind.«

»Ich sehe schlimme Zeiten für Frankreich voraus, wenn es uns nicht gelingt, dieser Entwicklung Einhalt zu gebieten. Wir haben einen neuen König, Turgot ist ein guter Minister – kurz, wir haben eine Chance, vorausgesetzt, daß uns das Volk nicht daran hindert, sie zu ergreifen.«

Wir ritten nachdenklich zum Schloß zurück.

Später erfuhren wir, daß die Szene auf dem Marktplatz zu Unruhen geführt hatte. Armand erzählte uns am Nachmittag, daß der Pöbel die mit Getreide beladenen Boote angegriffen, die Säcke aufgerissen und das Getreide in den Fluß geschüttet hatte.

Mein Vater war zornig. »So handeln keine hungrigen Menschen. Ich bin immer mehr davon überzeugt, daß jemand den Versuch unternimmt, eine Revolution herbeizuführen.«

Armand wollte mit den Aufrührern kurzen Prozeß machen, aber sein Vater hielt ihn zurück. »Der König und seine Minister müssen sich mit dieser Angelegenheit befassen.« Das war leichter gesagt als getan, denn wir hatten soeben den Beginn des Mehlkriegs (*La guerre de la farine*) miterlebt.

Es kam an mehreren Orten zugleich zu Ausschreitungen, was uns bestätigte, daß sie gelenkt waren. Auslagen wurden eingeschlagen, Nahrungsmittel gestohlen, und etliche Menschen kamen dabei ums Leben.

Meine Mutter wollte, daß ich in Aubigné blieb, bis wieder Ruhe eingetreten war, aber die Vorstellung, daß sich Charlot in Tourville in Gefahr befinden könne, löste bei mir Entsetzen aus. Ich wollte sofort abreisen, jedoch mein Vater war entschieden dagegen.

»Die Unruhen werden in Paris und Versailles ärger sein als hier auf dem Land«, meinte er. »Ich glaube nicht, daß sie von langer Dauer sein werden. Turgot und Maurepas werden mit den Agitatoren kurzen Prozeß machen.«

Ich stellte mir den jungen König und die junge Königin vor, wie sie dem Pöbel gegenüberstanden. Die aufgehetzten Menschen waren in ihrer Wut unberechenbar, auf Zerstörung aus und von Neid erfüllt – der schlimmsten der sieben Todsünden, weil sie zu allen anderen führt.

Mein Vater wollte nach Versailles reisen, und meine Mutter flehte ihn an, doch bei ihr zu bleiben. Dann erfuhren wir, daß die Leute nach Versailles marschiert waren, verschimmeltes Brot geschwenkt und verlangt hatten, daß der Brotpreis drastisch gesenkt würde. Sie hatten sogar damit gedroht, daß sie das Schloß in Brand setzen würden, und ich war froh darüber, daß mein Vater auf meine Mutter gehört hatte.

Wir konnten nichts unternehmen, was meinen Vater zutiefst

deprimierte. »Den Armen muß geholfen werden«, gab er zu, »aber das ist nicht der richtige Weg. Wir sollten die Männer ausfindig machen, die anständige Arbeiter gegen König und Parlament, gegen Gesetz und Ordnung aufhetzen, und ihnen das Handwerk legen. Doch ich fürchte, daß es dafür beinahe zu spät ist. Der König möchte ganz bestimmt die Not des Volkes lindern, aber er muß jetzt ernten, was sein Großvater gesät hat. Möge Gott ihm Verstand und Stärke verleihen, damit er diesem Sturm standhält.«

Ich hatte mich nie viel um Politik gekümmert und nicht begriffen, daß die Katastrophe so nahe war.

Der König hatte den Fürsten von Beauvais in den Schloßhof geschickt, der dem wütenden Pöbel versprechen mußte, daß der Brotpreis herabgesetzt würde, und vermutlich dadurch das Schloß von Versailles gerettet und den ›kleinen‹, Krieg beendet. Hätte das Volk das Schloß in Brand gesteckt, wie es drohte, wäre dies für die Bauern im ganzen Land das Signal gewesen, sich gegen den Adel zu erheben.

Die Theorie meines Vaters wurde durch überraschende Entdeckungen bestätigt. Viele Männer in den Pöbelhaufen waren keine Bauern, und das Brot, das sie bei sich trugen, war mit Asche und anderen Substanzen behandelt worden, damit es aussah, als wäre es verschimmelt. Einer dieser angeblich hungernden Bauern wurde verwundet und in ein Krankenhaus gebracht, wo sich herausstellte, daß er ein Diener aus dem königlichen Haushalt war. Einige der Frauen in der Menge waren verkleidete Männer, kurz, es wurde immer deutlicher, daß hinter den Unruhen eine Organisation stand.

Als diese Tatsache allgemein bekannt wurde, tauchten die Anführer im Dunkel unter, und die Aufrührer beruhigten sich, weil niemand mehr da war, der sie aufhetzte. Da sie Angst hatten, daß man sie vor Gericht stellen würde, zerstreuten sie sich, und bald herrschte wieder Ruhe im Land.

Doch es war eine trügerische Ruhe.

Dennoch wurde beschlossen, daß der König zum vorgesehenen Zeitpunkt, also am elften Juni, gekrönt werden sollte. Meine Eltern reisten nach Reims, um der Zeremonie beizuwohnen, und ich kehrte nach Tourville zurück.

Etwa einen Monat nach meiner Heimkehr erkannte ich, daß ich wieder schwanger war, und Charles und ich waren sehr glücklich darüber.

Die Schwangerschaft lenkte mich von den Ereignissen im Land ab. Charles kümmerte sich kaum um die Unruhen und nahm sie keinesfalls so ernst wie mein Vater.

»Sie hätten das Militär einsetzen und den Pöbel zerstreuen sollen«, bemerkte er. »Damit wäre der Spuk bald zu Ende gewesen.«

Ich dachte an den Mann, der auf dem Marktplatz gesprochen hatte, und glaubte nicht, daß er und seinesgleichen sich durch das Militär hätten einschüchtern lassen. Ich hätte gern mehr über die Menschen erfahren, die in Frankreich eine Revolution auslösen wollten, aber natürlich hielten sie sich im Hintergrund. Mein Vater verdächtigte hochgestellte Persönlichkeiten und nannte sogar den Namen des Fürsten Conti. Warum sollten sie ein Regime stürzen wollen, unter dem es ihnen so gut ging? Mein Vater nahm an, daß der Neid ihre Triebfeder war; in einem Land wie Frankreich, das jahrelang unter den schweren Steuern gestöhnt hatte, genügte ein Funke, um das Pulverfaß in die Luft gehen zu lassen.

Doch als die Wochen vergingen und die Lage sich wieder normalisierte, vergaß ich den Mehlkrieg.

An einem heißen Augusttag, als ich mich erschöpft in meinem Zimmer aufhielt und hoffte, daß die kommenden Monate rasch vergehen würden, klopfte jemand. Ein Dienstmädchen kam herein und meldete, daß in der Halle eine Dame stand, die mich sprechen wollte.

»Sie hat eine lange Reise hinter sich und ihr Kind bei sich. Sie behauptet, daß Sie sie empfangen werden.«

Ich ging hinunter, und als ich die Besucherin erkannte, lief ich mit einem Freudenschrei auf sie zu.

»Lisette, wie herrlich, daß du da bist. Ich habe vergeblich versucht, dich zu finden.«

»Ich habe gewußt, daß du dich freuen wirst.« Ihre blauen Augen strahlten liebevoll. Ich hatte vergessen, wie hübsch sie war. Obwohl sie ein einfaches Kleid trug und ihr blondes Haar sich gelöst hatte und über Stirn und Nacken herabhing, sah sie bezaubernd aus. Ich konnte nur eines denken: Meine Freundin Lisette ist wieder da.

»Ich wußte nicht, wohin ich mich sonst wenden sollte«, sagte sie.

»Ich habe mich darauf verlassen, daß du mir helfen würdest, denn ich kann Tante Berthe nicht gegenübertreten.«

»Ich freue mich, daß du zu mir gekommen bist. Ist das dein kleiner Sohn?«

Sie legte dem Jungen die Hand auf die Schulter. »Louis-Charles, begrüße Madame, wie es sich gehört.« Der Junge küßte mir die Hand, und ich fand ihn reizend.

»Ich habe dir soviel zu erzählen«, stellte Lisette fest.

»Ich kann es kaum erwarten. Wie war die Reise? Wie lange warst du unterwegs? Bist du hungrig?«

»Wir sind geritten – ich hatte Louis-Charles vor mir im Sattel. Einer der Stallknechte meines Nachbarn hat mich hierher begleitet. Vielleicht könnten deine Leute ihm für heute nacht ein Bett zuweisen, denn er muß morgen früh wieder zurückreiten.«

»Natürlich.«

»Könnte ich mich auch noch waschen, bevor wir miteinander plaudern?«

»Selbstverständlich, und du sollst auch zu essen bekommen. Inzwischen werden die Mädchen ein Zimmer für dich und deinen Sohn zurechtmachen.«

Ich erteilte die entsprechenden Anweisungen, und sobald Lisette sich frischgemacht, gegessen und ihr Kind zu Bett gebracht hatte, führte ich sie in eines der kleineren Zimmer, in dem wir in Ruhe miteinander sprechen konnten.

Sie hatte keine glückliche Ehe geführt. Als sie und Tante Berthe ihre Verwandten besuchten, hatten sie den Bauern Dubois kennengelernt, der sich bis über beide Ohren in Lisette verliebte. Das hatte ihr so geschmeichelt, daß sie sich bereit gefunden hatte, ihn zu heiraten.

»Es war ein Fehler, ich eigne mich nicht zur Frau eines Bauern. Er hat mich zwar angebetet – aber mit der Zeit bekommt man genug. Ich habe sogar mit dem Gedanken gespielt, davonzulaufen und zu dir zu flüchten.«

»Das hättest du ruhig tun können. Du hast mir sehr gefehlt, Lisette.«

»Aber du bist jetzt doch Madame de Tourville, verfügst über ein schönes Château und einen liebevollen Mann.«

Ich zuckte die Schultern, und sie musterte mich aufmerksam.

»Du bist doch glücklich?«

»O ja, sogar sehr.«

»Das freut mich. Eine unglückliche Ehe ist das schrecklichste, was einer Frau zustoßen kann.«

»Dein Monsieur Dubois hat dich wenigstens angebetet. Hast du ihn schließlich doch verlassen?«

»Darauf wollte ich gerade zu sprechen kommen. Er ist tot, deshalb bin ich fort.«

»Tot! Arme Lisette.«

»Ja, er war ein guter Mann, aber er langweilte mich. Ich wollte ihn los werden – allerdings nicht auf diese Art.«

»Auf was für eine Art?«

»Nun, ich hatte mich mit meinem Schicksal abgefunden und war bereit, so zu liegen, wie ich mich gebettet hatte. Ich habe versucht, eine Bäuerin zu werden, Lottie, aber es ist mir nicht gelungen. Jacques machte es jedoch nichts aus, und ich hatte ja auch meinen kleinen Jungen.«

»Er muß dir ein großer Trost gewesen sein.«

»Das stimmt. Wenn er nicht wäre, hätte ich nicht den Mut gehabt, hierher zu kommen.«

»Warum nicht, Lisette? Du weißt, daß du hier immer gern gesehen bist.«

»Wir haben viel Schönes miteinander erlebt, nicht wahr? Erinnerst du dich an die Wahrsagerin? Damals hast du deinen jetzigen Mann kennengelernt. Ich glaube, bei ihm war es Liebe auf den ersten Blick. Das Schicksal der armen Sophie ist wirklich tragisch. Aber dadurch hast du freie Bahn bekommen.«

»So sehe ich es nicht. Ich denke oft an Sophie und an ihre zerstörten Hoffnungen.«

»Sie hätte ihn ja trotzdem heiraten können.«

»Ich glaube nicht, daß sie mit ihm glücklich geworden wäre.«

»So bist wenigstens du glücklich.«

»Ja, ich habe einen süßen kleinen Jungen. Und das nächste Kind ist auch schon unterwegs, Lisette.«

»Wie wunderbar, Lottie. Freut sich dein Mann darüber?«

»Natürlich, genau wie meine Eltern.«

»Das ist wenigstens eine gute Nachricht. Aber ich muß ernsthaft mit dir sprechen, Lottie ... weil ich kein Zuhause mehr habe.«

»Kein Zuhause! Du bist hier, du bist zurückgekommen. Wie kannst du behaupten, daß du kein Zuhause hast?«

»Du bist so gut zu mir. Während der Reise habe ich mir die ganze Zeit vorgesagt, daß du mich nicht im Stich lassen wirst. Aber wir sind arm – wir haben alles verloren. Diese schrecklichen Leute sind schuld daran. Du hast hier, in dieser friedlichen Gegend, wahrscheinlich nicht so viel von dem Krieg erfahren.«

»Du meinst den Mehlkrieg, nicht wahr? O ja, ich kann mir sehr gut vorstellen, wie furchtbar er war. Ich habe hier einen Redner gehört, der das Volk zum Aufruhr aufwiegelte. Es war entsetzlich.«

»Noch viel entsetzlicher war es, eines seiner Opfer zu sein.« Sie schlug die Hände vors Gesicht. »Ich versuche, es zu verdrängen, aber man kann seine Erinnerungen nicht auslöschen, indem man die Augen schließt. Mein Mann war Bauer und hatte in seinen Scheunen Weizen und Korn gelagert. Sie kamen ... Sie plünderten die Scheunen, rissen die Säcke mit Weizen auf. Ich kann diese fürchterliche Nacht nicht vergessen. Die Dunkelheit wurde von ihren Fackeln erhellt. Sie schrien, drohten ... Jacques lief hinaus und versuchte, unsere Vorräte zu retten. Einer von ihnen schlug ihn nieder. Ich stand mit Louis-Charles am Fenster und sah, wie er fiel und wie sich alle mit Stöcken und Rechen und den übrigen Geräten, die sie als Waffen mitgenommen hatten, auf ihn stürzten. Seine eigenen Arbeiter, zu denen er immer gut gewesen war! Jacques war ein guter Mensch. Er langweilte mich, und ich wollte von ihm fort, aber er war ein guter Mensch. Sie brannten die Scheunen mit all den Vorräten nieder.«

»Sie sind Verbrecher. Sie haben gar nicht die Absicht, Brot an die Armen zu verteilen. Wo es ihnen möglich war, haben sie das Getreide vernichtet. Und dadurch wollen sie eine Mißernte wettmachen? Du hast Schreckliches erlebt, meine arme Lisette.«

»Ich habe mich mit Louis-Charles in das Haus eines Nachbarn geflüchtet, das etwa eine halbe Meile entfernt liegt. Ich blieb die ganze Nacht am Fenster stehen, und im Morgengrauen konnte ich immer noch den Rauch aus den Trümmern meines Hauses aufsteigen sehen. Ich habe alles verloren, Lottie, ich besitze überhaupt nichts mehr. Einige Wochen lang lebte ich bei meinem Nachbarn, aber ich konnte nicht dortbleiben. Da habe ich an dich gedacht, habe mir vorgenommen, dich aufzusuchen, dich um ein Dach über dem Kopf zu bitten. Ich kann mich hier ja als deine Zofe nützlich machen oder auch andere Arbeiten verrichten … wenn du nur mich und meinen kleinen Jungen hierbehältst.«

In meinen Augen standen Tränen, als ich sie in die Arme schloß und an mich drückte.

»Sprich nicht weiter, Lisette. Natürlich bleibst du hier. Ich habe versucht, dich zu finden, aber aus Tante Berthe war kein Wort herauszubekommen. Doch jetzt bist du hier und mußt keine Angst mehr haben. Du bist heimgekehrt.«

Sie war mir so dankbar. »Ich habe gewußt, daß du mich aufnehmen wirst, aber die anderen? Du hast in eine neue Familie eingeheiratet.«

»Sie müssen dich ebenso willkommen heißen wie ich.

»Kannst du das von ihnen verlangen?«

»Ich könnte es, aber es wird gar nicht notwendig sein. Charles ist sehr umgänglich, er hat sich sogar ein- oder zweimal nach dir erkundigt. Meine Schwiegereltern sind sehr freundliche, ruhige Menschen und mischen sich nie in die Haushaltsführung ein. Mein Schwiegervater ist krank und verläßt seine Räume kaum noch, meine Schwägerin Amélie wird bald heiraten. Ich glaube nicht, daß sie Einwände gegen deine Anwesenheit erheben werden.«

»Und wenn sie mich dennoch nicht wollen?«

»Dann müssen sie sich damit abfinden, daß du hierbleibst. Aber mach dir keine Sorgen, es wird alles gutgehen, und ich freue mich darauf, wieder mit dir zu plaudern. Manchmal ist mir nämlich ein bißchen langweilig.«

»Was! Mit so einem Ehemann?«

»Er ist öfter auf Reisen. Du hast mir gefehlt, und ich hoffe, daß es zwischen uns genauso sein wird wie früher.«

»Abgesehen davon, daß du inzwischen verheiratet bist und ich verwitwet bin.«

»Und wir haben zwei süße kleine Jungen, die hoffentlich Freunde werden.«

Lisette und ich saßen in dem kleinen Zimmer neben der Halle, als Charles zurückkehrte. Wir plauderten miteinander, wie wir es seit ihrer Rückkehr ununterbrochen getan hatten, tauschten Erinnerungen aus und erzählten, was wir in der Zwischenzeit erlebt hatten.

Charles stand im Türrahmen. Einige Sekunden lang herrschte gespanntes Schweigen, während er Lisette anstarrte. Sie erwiderte seinen Blick beinahe herausfordernd. Die arme Lisette hat Angst davor, daß er sie fortschickt, dachte ich.

»Stell dir vor, Lisette ist gekommen«, rief ich.

»Sie kennen mich nicht.« Lisette lächelte schüchtern. »O doch«, antwortete Charles. »Sie waren damals bei der Wahrsagerin.«

»Und daran erinnern Sie sich noch? Sie haben uns damals gerettet.«

»Inzwischen hat Lisette Schreckliches erlebt«, mischte ich mich ein. »Ihr Mann ist getötet und ihr Haus in Brand gesteckt worden. Es war der Pöbel, die Aufrührer, die ihr Getreide gestohlen haben.«

»Wie entsetzlich«, bemerkte Charles.

Er hatte sich von seiner Überraschung erholt, trat in das Zimmer, setzte sich und sah Lisette an.

»Wie sind Sie denn hierhergekommen?«

Ich antwortete an ihrer Stelle. »Zu Pferd. Sie hat eine lange Reise hinter sich und hatte nur einen Stallknecht als Begleitung, den ihre Nachbarn ihr geliehen haben.« Charles nickte. »Der Pöbel. Diejenigen, die ihn aufgewiegelt haben, laden eine schwere Verantwortung auf sich.«

»Gott sei Dank haben sie sich jetzt wieder beruhigt«, meinte ich. »Lisette hat übrigens einen reizenden kleinen Jungen, der ganz ausgezeichnete Manieren hat. Charlot wird sich bestimmt freuen, einen Spielgefährten zu bekommen.«

Charles wiederholte: »Einen kleinen Jungen.«

»Er war von der Reise erschöpft und schläft jetzt tief und fest«, erklärte ich.

Charles unterhielt sich eine Weile mit uns, dann meinte er: »Ich werde euch jetzt allein lassen, ihr habt einander sicherlich viel zu erzählen.« Er küßte mir die Hand, verbeugte sich vor Lisette und verließ das Zimmer.

Als wir allein waren, platzte Lisette heraus: »Ich glaube nicht, daß er mich hierbehalten will.«

»Warum denn nicht?«

»Weil er sich daran erinnert, daß ich die Nichte der Haushälterin bin.«

»Das macht Charles bestimmt nichts aus.«

Einen Augenblick lang wurde sie ernst und verzog zornig den Mund. »O doch, es ist euch allen gar nicht gleichgültig.«

»Nein, Lisette, du irrst. Ich habe keinen Augenblick lang daran gedacht, genausowenig wie Sophie seinerzeit.«

Die Bitterkeit verschwand aus ihrem Gesicht, und sie lächelte. »Ich habe immer gewußt, daß ich an dir eine wahre Freundin habe.«

Wir plauderten noch eine Weile, aber sie war jetzt zurückhaltender. Charles hatte sie beunruhigt. Ich fand, daß sie nach der Reise zeitig schlafen gehen sollte, und führte sie in ihr Zimmer. Ich wollte sie glücklich machen, sie alles Schreckliche vergessen lassen. Sie sollte wieder so fröhlich und unbeschwert sein wie früher.

Ich küßte sie zärtlich, als wir uns verabschiedeten. »Du mußt begreifen, Lisette, daß du nach Hause gekommen bist.« Dann trat ich an das Bett, in dem ihr Sohn schlief.

»Ich bin neugierig, was für ein Gesicht Charlot morgen machen wird, wenn er Louis-Charles kennenlernt.«

Dann ging ich in mein Schlafzimmer, das ich mit Charles teilte. Er saß in einem Lehnstuhl, und als er mich sah, rief er: »Komm zu mir, Lottie.«

Ich ging zu ihm, und er zog mich auf seine Knie. »Deine Komplizin ist also aufgetaucht?«

»Was für eine Komplizin?«

»Die Komplizin eines schlimmen kleinen Mädchens, das sich nicht an Verbote hält, sondern sich aus dem Haus schleicht und eine böse Kupplerin aufsucht.«

»Hast du das immer noch nicht vergessen?«

»Wie kann ich den Augenblick vergessen, in dem ich die Frau, die ich liebe, zum erstenmal gesehen habe?«

»Ich habe das Gefühl, daß du verärgert bist, Charles.«

»Worüber?«

»Darüber, daß Lisette hier ist.«

Er zuckte die Schultern. »Wirst du sie anstellen? Sie könnte eine gute Kammerzofe abgeben. Sie sollte imstande sein, dich über die neueste Mode auf dem laufenden zu halten.«

»Ich möchte nicht, daß sie hier als Dienerin fungiert.«

»Sie ist die Nichte einer Bediensteten.«

»Einer sehr hochstehenden Bediensteten. Tante Berthe wäre mit dieser Bezeichnung bestimmt nicht einverstanden.«

»Sie ist in Aubigné doch Haushälterin?«

»Ja, aber sie hat eine Vertrauensstellung. Sie ist die Königin der Dienstboten und hat ein strenges Reglement eingeführt. Die Bediensteten müssen sich beinahe bei ihr anmelden, wenn sie mit ihr sprechen wollen. Lisette war wahrscheinlich immer bewußt, daß sie eigentlich nicht zu uns gehört, obwohl sie mit uns gemeinsam unterrichtet wurde.«

»Das war ein Fehler. Eine gute Erziehung läßt Menschen auf dumme Gedanken kommen.«

Darüber mußte ich lachen; ich legte ihm die Arme um den Hals. »Was stört dich eigentlich an ihr?«

»Ich halte sie für eine Intrigantin.«

»Was meinst du damit?«

»Sie hat dich verhext.«

»Das ist doch Unsinn, Charles. Sie ist meine Freundin, die schreckliche Erlebnisse hinter sich hat. Ihr Mann wurde vor ihren Augen ermordet.«

»Reg dich nur nicht auf. Natürlich kann sie hierbleiben, bis sich etwas für sie findet.«

»Was meinst du mit ›für sie findet‹?«

»Eine Stelle, vielleicht als Kammerzofe, wenn du sie nicht in dieser Eigenschaft beschäftigen willst.«

»Warum magst du sie nicht?«

»Ich mag sie weder, noch mag ich sie nicht.«

»Du sprichst, als wolltest du sie nicht in deiner Nähe haben.«

»Wir betreiben kein Heim für verwahrloste Kinder.«

»Gibt es einen Grund, warum du sie nicht magst?«

»Wie kommst du auf diese Idee?« fragte er scharf. »Du wirkst so feindselig.«

»Mir ist die ganze Angelegenheit mehr als gleichgültig, Lottie. Ich muß ja nicht mit ihr zusammenkommen, nicht wahr? Oder hast du vor, sie wie einen Ehrengast zu behandeln?«

»Willst du damit sagen, Charles, daß du sie nicht in deinem Haus haben willst? Denn dann …«

»Wirst du mit ihr auf und davon laufen, ich weiß. Du wirst nach Aubigné zurückkehren und mit ihr gemeinsam auf Abenteuer ausziehen. Lottie, meine geliebte Lottie, Mutter meines Sohnes und bald meines zweiten Kindes, ich möchte, daß du glücklich bist. Ich

132

möchte dir beweisen, daß ich dich liebe. Was immer geschehen ist, bevor ich dich kennenlernte, was immer ich heute bin … ich bin der deine, Lottie.«

»Was für eine bezaubernde Rede.« Ich küßte ihn flüchtig. »Wodurch wurde sie ausgelöst?«

»Durch dich, meine schöne, leidenschaftliche Frau, die mich voll und ganz befriedigt.«

»Heute abend bist du wirklich ein liebevoller Ehemann. Und was hat das alles mit Lisette zu tun?«

»Gar nichts. Ich wollte nur, daß du dich fragst, ob es klug ist, sie hierzubehalten.«

»Warum sollte es unklug sein? Ich möchte, daß sie hier glücklich ist, und ich bestehe darauf, daß sie hierbleibt und von allen gut behandelt wird.«

Er zog mich an sich und küßte mich auf den Hals.

»So sei es. Madame hat gesprochen.«

In dieser Nacht konnte ich nicht schlafen, genausowenig wie Charles. Er war sehr zärtlich und versicherte mir mehr als einmal, daß er mich liebte. Wahrscheinlich wollte er seine Haltung Lisette gegenüber vergessen machen, denn er hatte begriffen, wie sehr ich an ihr hing. Als ich aufwachte, war er schon fort. Es war sehr zeitig, und mein erster Gedanke galt Lisette. Dann fiel mir der Stallknecht ein, der sie begleitet hatte, und ich überlegte mir, daß er vielleicht noch einen Tag bleiben wollte, bevor er zurückritt.

Sobald ich mich angekleidet hatte, ging ich zu den Ställen hinunter. Als ich den Hof überquerte, verschwand ein Mann in der Stalltür. Ich sah zwar nur seinen Rücken, war aber davon überzeugt, daß es sich um keinen unserer Leute handelte.

»Einen Augenblick«, rief ich.

Er hatte mich offensichtlich nicht gehört. Ich nahm an, daß er Lisettes Stallknecht war und daß er aufbrechen wollte. Ich hatte die Absicht, ihn in die Küche zu schicken, wo ihm die Köchin etwas Proviant für die Reise geben würde.

Ich schaute in den Stall, entdeckte ihn aber nicht. In diesem Augenblick ging jemand durch den Hof – unser Stallknecht Leroux. Ich rief ihn zu mir.

»Guten Morgen, Leroux. Hast du dich um den Stallknecht gekümmert, der die Dame begleitet hat, die gestern angekommen ist?«

»O ja, Madame. Er hat ein Abendessen und ein Bett bekommen.«

»Ich vermute, daß er heute zurückreiten wird. Vielleicht will er sich ein bißchen Proviant mitnehmen. Oder vielleicht möchte er allenfalls noch einen Tag hierbleiben und sich ausruhen. Er hat einen langen Ritt vor sich.«

»Er hatte vor, zeitig aufzubrechen, Madame.«

»Trotzdem sollten wir ihm etwas zum Essen mitgeben. Er muß sich irgendwo im Stall befinden.«

»Ich werde ihn suchen und ihn in die Küche schicken, Madame.«

In diesem Augenblick klapperten Hufe, und ein Reiter verließ den Stall.

»He du!« rief Leroux.

Doch der Reiter schien ihn nicht zu bemerken.

»Er hat uns nicht gesehen«, stellte Leroux fest.

»Offensichtlich hat er dich auch nicht gehört – ein sehr seltsames Benehmen.«

»Jedenfalls ist er jetzt unterwegs, und wir können ihn nicht mehr zurückholen.« Damit verschwand Leroux im Stall, und ich ging zu Lisette hinauf. Sie lag noch im Bett und sah mit ihren zerzausten Locken und den schlaftrunkenen Augen sehr hübsch aus.

»Du warst wirklich sehr müde«, bemerkte ich.

»Erschöpft. Ich kann dir nicht sagen, wie gut es tut, hier zu sein, bei dir.«

»Du hast Schreckliches durchgemacht.«

»Der arme Jacques. Ich sehe immerzu vor mir, wie er zu Boden stürzt und diese fürchterlichen Menschen über ihn herfallen.«

»Du mußt es vergessen, es nützt nichts, wenn du ständig daran denkst. Übrigens, der Stallknecht, den du mitgebracht hast, ist ein merkwürdiger Mensch. Ich habe ihn angesprochen, aber er hat mir nicht geantwortet. Ist er schwerhörig?«

Sie zögerte, bevor sie antwortete. »Ja, ich glaube schon, aber er gibt es nicht zu.«

»Er ging in den Stall, aber als ich ihn dann dort suchte, war er nirgends zu sehen.«

»Bist du durch den Stall gegangen?«

»Natürlich nicht.«

»Vielleicht hat er sich um sein Pferd gekümmert, er ist um seine Tiere sehr besorgt. Jetzt ist er fort, nicht wahr?«

»Ja. Er hat sich nicht umgesehen, als er den Stall verließ. Leroux hat ihm etwas zugerufen, aber er ist weitergeritten.«

»Er hatte es eilig, nach Hause zurückzukehren. Meine Nachbarn wollten ihn so bald wie möglich wieder zur Verfügung haben.«

Plötzlich fiel mir etwas ein.

»Ich glaube, daß ich ihn schon einmal gesehen habe.«

»Wo, um Himmels willen?«

»Ich weiß es nicht, es ist nur so eine Idee.«

»Angeblich hat jeder von uns einen Doppelgänger. Ich würde gern den meinen kennenlernen, du nicht?«

Sie lachte und war wieder das fröhliche Mädchen, das ich so gern gehabt hatte.

»Ich bin so froh, daß du wieder da bist«, rief ich aus tiefstem Herzen.

Lisette veränderte mein Leben. Sie nahm der Situation jede Peinlichkeit, indem sie sich selbst zu meiner Kammerzofe ernannte.

»Eine Dame in deiner Stellung muß eine Kammerzofe haben«, fand sie, »und wer könnte sich besser für diesen Posten eignen als ich?«

Außerdem weigerte sie sich, die Mahlzeiten mit uns einzunehmen, was mir nicht ungelegen kam, weil ich geahnt hatte, daß Charles dagegen Einwände erheben würde. Er hatte kein Verständnis dafür, daß Lisette als Familienmitglied behandelt wurde, wie ich es eigentlich vorgehabt hatte. Lisette war sich ihrer untergeordneten Stellung ganz bestimmt bewußt, die Tatsache, daß sie Sophie und mir nicht ebenbürtig war, hatte sie immer gestört. Ich hätte sie gern als gleichberechtigt behandelt, aber sie wollte nichts davon wissen.

Sie und Louis-Charles nahmen die Mahlzeiten in einer kleinen Kammer neben Lisettes Zimmer ein, und sie holte die Speisen selbst aus der Küche, so daß sie niemand bedienen mußte.

Zuerst hielt ich das alles für Unsinn, aber dann wurde mir klar, daß sie recht hatte, denn die alteingesessene Dienerschaft hätte ihr die Bevorzugung übelgenommen.

Lisette war taktvoll; sie verhielt sich den Familienmitgliedern ge-

135

genüber zurückhaltend, und nur wenn sie mit mir allein war, ging sie ungezwungen aus sich heraus.

Für Louis-Charles war dieses Leben ideal, denn er hatte keine Hemmungen wie seine Mutter, leistete Charlot im Kinderzimmer Gesellschaft, und die beiden Jungen spielten und rauften fröhlich miteinander.

Meine Schwiegereltern erhoben keine Einwände. Charles' Vater verließ seine Gemächer kaum noch, und seine Frau leistete ihm Gesellschaft; sie war immer sehr freundlich zu mir gewesen, und ich war froh darüber, daß ich im Haushalt freie Hand hatte. Lisette gewann Amélies Sympathie, indem sie eine neue Frisur für sie erfand, die ihr ausgezeichnet stand; außerdem half sie ihr bei der Zusammenstellung der Aussteuer. Da die Familie mit den Vorbereitungen für Amélies Hochzeit beschäftigt war, ging Lisettes Ankunft im allgemeinen Trubel unter, und sie fügte sich unauffällig in den Haushalt ein. »Du siehst wie ein kleines Kätzchen aus«, sagte ich einmal, als sie sich im Bett räkelte.

»Jetzt kann ich schnurren: Ich habe ein angenehmes Zuhause und bin sicher, daß ich jeden Tag ein Schüsselchen Sahne bekomme.« Sie lachte mich an.

Die unangenehme Zeit der Schwangerschaft verlief dank Lisette fröhlich und unbeschwert. Nur gelegentlich trübte der Gedanke an Sophie meine Stimmung.

In dieser Zeit wurde viel über die amerikanischen Kolonisten gesprochen, die sich wegen angeblich ungerechter Steuern gegen die englische Regierung zur Wehr gesetzt hatten. Charles war davon überzeugt, daß es zu einem Krieg zwischen den Engländern und den Kolonisten kommen würde, falls die englische Regierung unnachgiebig blieb.

Es machte ihm Freude, über die Engländer zu schimpfen, und ich wußte, daß er mich damit necken wollte. Doch ich war so von den Vorbereitungen auf mein zweites Kind in Anspruch genommen, daß ich auf seine Bemerkungen nicht weiter einging.

Im Februar kam dann meine Tochter zur Welt. Charles und ich waren überglücklich und einigten uns darauf, sie Claudine zu nennen.

V

Griselda

Ich war so glücklich über meine kleine Tochter, daß ich mich um die Ereignisse in der großen Welt kaum kümmerte. Meist hielt ich mich im Kinderzimmer auf, in dem Charlot und Louis-Charles die Kleine ehrfürchtig bestaunten. Claudine hatte eine kräftige Lunge und schien vom ersten Tag an zu wissen, was sie wollte.

»Sie ist ganz anders als Monsieur Charlot«, meinte die Nurse. »Sie hat schon jetzt einen ausgeprägten eigenen Willen.«

Sie war ein häßliches Baby gewesen, wurde aber von Tag zu Tag hübscher. Sie hatte dunkles, flaumiges, dichtes Haar und leuchtend blaue Augen.

Alle beteten sie an, und wenn sie weinte, stürzte Charlot zu ihrer Wiege und murmelte: »Sch, sch, Charlot ist ja bei dir.«

Charles sprach beinahe nur von den Meinungsverschiedenheiten zwischen England und den Kolonisten. Er stand auf Seiten der letzteren und neckte mich, indem er sich über die Engländer lustig machte. Er erinnerte mich oft daran, daß ich mehr Engländerin als Französin war. Das stimmte, denn obwohl mein Vater Franzose war, blieb ich in meinen Ansichten, meiner Lebensauffassung, einfach in allem, Engländerin. Ich sprach jetzt zwar fließend Französisch, doch Charles wies immer wieder auf meine englische Abstammung hin, und wenn wir verschiedener Meinung waren, stellte er jedesmal befriedigt fest: »Das war wieder einmal typisch englisch.«

Mir war nicht klar, ob er wie jeder Franzose von Natur aus gegen die Engländer eingestellt war, oder ob er mich nur reizen wollte, aber er hörte nicht damit auf, und der Zwist lieferte ihm immer neue Munition.

Obwohl ich über die Situation nicht genau orientiert war, verteidigte ich die Engländer, und Charles strahlte, denn ich machte es ihm dadurch leicht, mich ins Unrecht zu setzen.

»Glaub mir, es könnte zu einem Krieg zwischen England und Frankreich kommen«, behauptete er einmal.

»Die Franzosen werden doch nicht so unvernünftig sein, für jemand anderen in den Krieg zu ziehen.«

»Es geht um die Freiheit, meine Liebe.«

»Es gibt in Frankreich genügend innenpolitische Schwierigkeiten. Warum machst du dir um Kolonien aus einem anderen, weit entfernten Land Sorgen, wenn deine eigenen Bauern im Begriff sind, sich zu erheben, und froh wären, wenn man sie so fair behandelte, wie du es für die Kolonisten verlangst.«

»Du sprichst wie ein Rebell.«

»Und du wie ein Narr. Als würde Frankreich wegen eines Konflikts zwischen England und einer seiner Kolonien, der sie nichts angeht, einen Krieg beginnen.«

»Viele Franzosen sind dafür, daß wir eingreifen.«

»Aber nur, weil sie die Engländer in Schwierigkeiten bringen wollen.«

»In die haben sie sich selbst gebracht, dazu haben wir nichts beigetragen.«

»Aber ihr wollt sie ausnützen.«

Und so ging es weiter.

Als Claudine ungefähr fünf Monate alt war, veröffentlichte Amerika eine Unabhängigkeitserklärung, und Charles triumphierte.

»Diese tapferen Menschen sagen einem großen Staat den Kampf an, um ihre Freiheit zu erringen. *Mon Dieu,* am liebsten würde ich mich ihnen anschließen. Es heißt, daß Frankreich eine Armee nach Übersee entsenden will.«

Erst jetzt kam ich auf die Idee, daß Charles das Leben in Tourville vielleicht ein wenig eintönig fand. Er verfügte nicht über die Fähigkeit, einen großen Besitz zu verwalten, was ich sehr gut beurteilen konnte, denn ich hatte ja lange auf unseren Besitztümern Clavering und Eversleigh gelebt. Natürlich hatten wir einen Verwalter, aber nicht einmal der beste Verwalter konnte die Interesselosigkeit des Besitzers wettmachen.

Ich lauschte gleichgültig den Gesprächen über den amerikanischen Unabhängigkeitskrieg und Frankreichs Rolle in ihm, dachte aber in Wirklichkeit vor allem an meine Kinder. Außerdem unterhielt ich mich stundenlang mit Lisette, ritt mit ihr aus und unternahm auch gelegentlich mit ihr Spaziergänge.

Im Dezember reiste Charles nach Paris und blieb einige Wochen dort. Als er zurückkehrte, war seine Begeisterung für den Krieg auf den Siedepunkt gestiegen. Er hatte drei Abgeordnete aus Amerika kennengelernt – Benjamin Franklin, Silas Deane und Arthur Lee. Sie waren das Tagesgespräch von Paris, erzählte er, und obwohl sie merkwürdig aussahen, waren sie überallhin eingeladen worden, weil die Franzosen nicht genug über ihren Kampf um die Unabhängigkeit erfahren konnten.

»Sie wirkten so ganz unglaublich bescheiden«, berichtete Charles, »trugen das Haar ungepudert und hatten die einfachste Kleidung an, die ich je gesehen habe. Aber Paris ist von ihnen hell begeistert. Die Leute verlangen, daß wir den Engländern sofort den Krieg erklären.«

Er war zu Beginn des Jahres mit dem Marquis de Lafayette zusammengetroffen und war sehr beeindruckt gewesen, als der Marquis ein Schiff kaufte, es mit Munition belud und nach einigen Widerständen mit ihm nach Amerika segelte.

Die Stimmung in Frankreich war zutiefst anti-englisch, aber der König blieb unerbittlich: Frankreich durfte nicht in einen Krieg hineingezogen werden.

So war die Lage, als der Bote aus Aubigné eintraf.

Meine Mutter hatte einen Brief aus Eversleigh erhalten. Meine Großmutter war schwer erkrankt und sehnte sich nach uns. Sabrina hatte geschrieben, daß Clarissa unendlich glücklich sein würde, wenn wir uns zur Reise entschließen könnten, daß wir uns aber sehr beeilen müßten, wenn wir sie noch einmal sehen wollten.

Man spürte Sabrinas Verzweiflung aus jeder Zeile.

»Dickon hat den Tod seiner Frau nie überwunden«, fuhr sie fort. »Wir alle sind sehr traurig darüber. Der arme Dickon. Zum Glück hat er viel zu tun und verbringt die meiste Zeit in London, so daß er nicht dazu kommt, über seinen Verlust nachzudenken.«

Ich fragte mich, wie er jetzt aussehen mochte. Was würde er tun? Sich vermutlich nach einer neuen reichen Erbin umsehen, dachte ich zynisch. Aber all das interessierte mich nicht mehr; ich war verheiratet und Mutter von zwei Kindern, die ich innig liebte.

Meine Mutter hatte ebenfalls geschrieben. »Ich weiß, daß ich viel von dir verlange, mein Liebes, wenn ich auf dieser Reise bestehe, aber wir würden nicht lange bleiben ... nur so lange, daß wir mit deiner Großmutter sprechen können. Es ist vermutlich die letzte Gelegenheit. Ich werde auf jeden Fall reisen, und wenn du mitkämst, wäre es wunderbar. Deine Großmutter sehnt sich ja vor allem nach dir.« Als ich Charles den Brief zeigte, sagte er, ich müsse unbedingt fahren.

Lisette fand, daß es für mich interessant sein würde, mein früheres Zuhause wiederzusehen. Sie wäre gern mitgefahren, aber das kam natürlich nicht in Frage.

»Bleib nicht lange fort«, flehte sie. »Ich kann mir in diesem Haus ein Leben ohne dich nicht vorstellen.«

Charles brachte natürlich zum Abschied eine seiner zynischen Bemerkungen an. »Versuch, sie dort drüben zur Vernunft zu bringen. Wenn sie sich nicht überzeugen lassen, erwartet sie eine demütigende Niederlage. Warte nur, bis Frankreich jenseits des Atlantiks eingreift.«

»Ich begebe mich auf keine politische Mission, sondern besuche meine kranke Großmutter«, erinnerte ich ihn.

»Dann sorg dafür, daß du nicht zu lange bleibst. Ohne dich ist es hier sehr langweilig.«

Meine Gefühle waren sehr gemischt, als meine Mutter und ich in Begleitung meines Vaters an die Küste reisten, wo er uns an Bord des Schiffes brachte. Der Abschied von den Kindern, Charles und Lisette war mir schwergefallen, aber ich machte mir um meine Großmutter Sorgen und war natürlich sehr aufgeregt, wenn ich daran dachte, daß ich Eversleigh wiedersehen würde. Meiner Mutter ging es bestimmt genauso, obwohl sie sehr still war.

Die Überfahrt verlief reibungslos, und wir trafen am Nachmittag in Dover ein, so daß wir Eversleigh erst am Abend erreichten.

Das große Haus sah noch genauso aus, wie ich es in Erinnerung hatte – nicht so beeindruckend wie das Château d'Aubigné, aber auf seine Art eindrucksvoll.

Als Sabrina uns kommen hörte, stürzte sie heraus und umarmte uns leidenschaftlich. »Wie schön, daß ihr da seid«, rief sie. »Ich freue mich so sehr, daß ihr gekommen seid.«

»Wie geht es Mama?« erkundigte sich meine Mutter. »Sie ist

schwach, aber das Wiedersehen belebt sie. Es tut ihr bestimmt gut. Oh, da kommt auch Dickon.« Dickon, der so lange meine Gedanken beherrscht hatte, stand vor mir. Er hatte sich nicht verändert und sah noch immer genauso gut aus wie früher. Seine hellen Locken steckten unter einer Perücke, was eine Schande war, aber seine Augen waren von einem leuchtenderen Blau, als ich in Erinnerung hatte.

»Zippora!« rief er und umarmte meine Mutter. Sie wollte sich ihm entziehen, aber er schien es nicht zu bemerken und drückte sie zärtlich an sich.

Dann sah er mich an und sagte leise: »Lottie ... Lottie ... die erwachsene Lottie.«

Ich hielt ihm die Hand hin, aber er übersah meine Geste, hob mich hoch und lachte mich an.

»Wie aufregend ... Lottie ist hier.«

Sabrina betrachtete ihn mit dem Gemisch aus Bewunderung, Zärtlichkeit und Anbetung, an das ich mich so genau erinnerte. Meine Mutter preßte die Lippen zusammen, und ich dachte: Es hat sich nichts verändert.

»Ihr müßt todmüde sein«, meinte Sabrina. »Habt ihr eine gute Reise gehabt? Eure Zimmer stehen bereit ... eure alten Zimmer. Ich nehme an, daß ihr euch darüber freut. Wollt ihr zuerst Clarissa besuchen?«

»Natürlich«, sagte meine Mutter. »Gehen wir sofort zu ihr.«

Sabrina führte uns die wohlbekannte Treppe hinauf.

Dickon legte mir den Arm um die Schultern. »Es ist herrlich, daß du da bist, Lottie.«

»Ich hoffe, daß meine Großmutter nicht unheilbar krank ist«, erwiderte ich kühl.

»Sie wird alt«, erklärte Sabrina, »und ist in den letzten Monaten immer schwächer geworden. Deshalb habe ich euch kommen lassen.«

»Ihr hättet schon früher kommen sollen«, meinte Dickon.

Sabrina lächelte. »Das stimmt. Es hat uns alle schwer getroffen, daß ihr ins Ausland gezogen seid.«

»Dadurch hast du aber Eversleigh bekommen.« Ich blickte bei diesen Worten Dickon an und dachte: Jetzt ist alles anders, ich weiß zuviel über dich. Ich weiß, daß du diesen Besitz mir vorgezogen hast.

Ich mußte mir diese Tatsachen vor Augen halten, denn Dickons unwiderstehlicher Charme war mir sofort wieder bewußt geworden, und ich war voll böser Ahnungen.

Als wir das Zimmer meiner Großmutter betraten, saß sie im Bett und sah in ihrem rosa Spitzenjäckchen sehr zerbrechlich aus.

»Zippora!« rief sie, und meine Mutter lief zu ihr. »Und Lottie! Ach, ihr Lieben, es ist wunderbar, euch wiederzusehen. Die Zeit der Trennung war so lang.«

Wir umarmten sie und setzten uns dann an das Bett.

»Erzählt mir von euch«, verlangte sie. »Erzählt mir von Charlot und Claudine. Es fällt mir schwer, in dir schon eine Mutter zu sehen, Lottie. Für mich bist du noch ein Kind.«

»Die Zeit vergeht, und ich bin kein Kind mehr, Großmutter.«

»Du bist genauso süß wie früher. Nicht wahr, Sabrina? Dickon?«

Sabrina nickte, und Dickon meinte: »Sie ist noch süßer, denn sie ist erwachsen, eine Frau, sie ist viel entzückender, als sie als Kind war.«

Sabrina und Großmutter sahen ihn lächelnd an, und ich erinnerte mich genau an diesen Gesichtsausdruck. Das Gesicht meiner Mutter wurde hart, die Jahre verschwanden, und wir befanden uns wieder in der Zeit, in der Dickon mich heiraten wollte und auf den Widerstand meiner Mutter gestoßen war.

»Du bist jetzt selbst Vater, Dickon«, bemerkte meine Mutter.

»Ach, die schlimmen Zwillinge«, meinte Sabrina nachsichtig. »Sie waren ungehalten, als sie nicht aufbleiben durften. Ihr werdet sie morgen früh kennenlernen.«

»Sie müssen jetzt etwa acht sein«, schätzte meine Mutter.

»Ihr habt noch viel Zeit zur Verfügung, um euch ausführlich miteinander zu unterhalten.« Sabrina lächelte meiner Großmutter zu. »Jetzt begleite ich euch auf eure Zimmer, damit ihr euch frischmachen und dann etwas essen könnt. Du wirst sie bald wiedersehen, Clarissa.« Meine Großmutter nickte zufrieden lächelnd, und Sabrina begleitete uns zu unseren Zimmern.

Sobald ich den Raum betreten hatte, überfielen mich die Erinnerungen, und meiner Mutter ging es bestimmt ebenso. Sie war hier nicht immer glücklich gewesen, sondern hatte mit vielen unangenehmen Erlebnissen fertig werden müssen. Unser Aufenthalt hier würde für sie und für mich etliche Schwierigkeiten mit sich bringen, das wußten wir beide nach dem ersten kurzen Zusammensein mit Dickon. Sein Charme war so überwältigend wie eh und je, und er hatte auf mich dieselbe Wirkung. Ich würde auf der Hut sein müssen.

Ich wusch mich, zog mich um und ging dann mit meiner Mutter hinunter.

»Ist alles in Ordnung?« fragte ich sie.

Sie sah mich forschend an. »Ich muß erst mit den vielen Erinnerungen zurande kommen, die mich mit diesem Haus verbinden. Onkel Carl ... und dann die Zeit, die Jean-Louis und ich hier verbracht haben.«

»Damals lebten Großmutter, Sabrina und Dickon nicht hier.«

»Nein, sie übersiedelten erst hierher, als wir wegzogen.«

»Dann ist doch sehr vieles anders geworden.« Bestimmt. Übrigens wirkt deine Großmutter nicht so angegriffen, wie ich befürchtet habe, was natürlich eine Erleichterung für mich ist. Ich finde, daß wir nicht zu lange bleiben sollten, nicht wahr, Lottie? Ich meine ... du wirst sicherlich das Bedürfnis haben, bald nach Hause zurückzukehren, und ich mußte deinem Vater versprechen, daß wir nicht zu lange fortbleiben.«

»Wir sind doch eben erst angekommen.«

Ich wußte jedoch bereits, daß es besser gewesen wäre, wenn ich gar nicht mitgekommen wäre, denn Dickon war entschlossen, unsere Beziehungen an der Stelle fortzusetzen, an der sie abgebrochen worden waren, was für seine Einstellung zum Leben bezeichnend war. Er sah sich offenbar als den Mittelpunkt der Familie, um den sich alles drehte. Die anderen mußten sich ihre Worte und Taten genau überlegen, aber das galt nicht für ihn. Wenn er durch eine hinterlistige Tat einen Vorteil erringen konnte, führte er sie bedenkenlos aus und war davon überzeugt, daß ihm infolge seines Charmes niemand böse sein konnte.

O nein, sagte ich mir, ich werde nie vergessen, daß ihm Eversleigh lieber gewesen ist als ich.

Beim Abendessen wandte er seine ganze Aufmerksamkeit mir zu.

»Reitest du in Frankreich viel, Lottie?«

143

»Sehr viel.«

»Fein, dann reiten wir morgen zusammen aus. Ich habe genau das richtige Pferd für dich.«

Sabrina lächelte. »Es wird dir guttun, Lottie. Und bei Dickon kannst du dich in Sicherheit fühlen.«

Beinahe hätte ich laut gelacht. Sogar allein war ich sicherer als in Dickons Begleitung.

Meine Mutter erzählte gerade, was für ein entzückendes Kind Claudine war. »Sie hat Temperament, behauptet die Nurse. Es ist schade, daß ich meine Enkel nicht öfter sehen kann. Der kleine Charlot ist bezaubernd.«

»Hast du von Lotties Sohn etwas anderes erwartet?« bemerkte Dickon.

»Ich frage mich, was wir da von deinen Söhnen zu erwarten haben«, sagte ich.

»Komisch, daß wir schon Eltern sind, nicht wahr, Lottie?«

»Warum denn? Wir sind nicht mehr so jung.«

»Das ist Unsinn«, widersprach er. »Ich fühle mich jung, du siehst jung aus, also sind wir jung. Stimmt das vielleicht nicht, Mutter?«

»Dickon hat vollkommen recht«, bestätigte Sabrina. Das hat er deiner Meinung nach ja immer, dachte ich.

Meine Mutter erkundigte sich nach den Nachbarn. »Was ist aus Enderby geworden?«

»Es steht jetzt leer«, berichtete Sabrina. »Die Forsters sind nach dem Brand fortgezogen, was durchaus verständlich ist. Dann zog eine andere Familie ein, aber sie blieb nicht lange. Bis jetzt hat es niemand längere Zeit in Enderby ausgehalten. Bei dem Brand hat sich Dickon übrigens als wahrer Held erwiesen.«

»Meine Mutter sieht immer nur meine guten Seiten«, bemerkte Dickon.

»Das stimmt allerdings«, warf meine Mutter kühl ein.

»So sollten Mütter aber ihre Kinder sehen«, fuhr Dickon fort. »Siehst du Lottie nicht auch durch eine rosarote Brille?«

»Das ist nicht notwendig. Lottie gefällt mir auch ohne rosa Brille sehr gut.«

»Zippora ist wirklich eine große Dame geworden«, stellte Dickon fest. »Madame la Comtesse. Du mußt in deinem Château ein großartiges Leben führen.«

»Es ist sehr angenehm«, gab meine Mutter zu.

»Du siehst jünger aus als vor deiner Übersiedlung nach Frankreich. Aber du hattest hier natürlich große Sorgen.«

Meine Mutter antwortete ihm nicht, sondern aß ruhig weiter. Sie ärgerte sich aber bestimmt über ihn, weil er absichtlich Erinnerungen wachrief, die sie vergessen wollte.

Ich war froh, als die Mahlzeit vorüber war und wir uns in unsere Zimmer zurückziehen konnten. Meine Mutter beschloß, sofort schlafen zu gehen, weil die Reise wirklich sehr anstrengend gewesen war.

Zuerst schauten wir noch zu meiner Großmutter hinein, plauderten eine Viertelstunde mit ihr, und dann begaben wir uns in unsere Zimmer.

Kurz darauf klopfte es an meine Tür. Mein Herz begann wild zu pochen, obwohl ich davon überzeugt war, daß nicht einmal er es wagen würde.

Zu meiner Erleichterung fragte Sabrinas Stimme: »Darf ich hereinkommen?«

»Ich wollte nachsehen, ob du etwas brauchst«, erklärte sie, als sie im Zimmer stand. »Ich freue mich sehr, daß du deine Mutter begleitet hast, und deine Großmutter ist selig darüber. Sie spricht von nichts anderem.«

»Ich kann es nicht erwarten, Dickons Söhne kennenzulernen«, bemerkte ich.

»Sie werden dir gefallen, sie sind kleine Galgenstricke. Dickon behauptet, daß Jonathan ihm nachgerät, daraus kannst du leicht erraten, daß Jonathan der lebhaftere ist.«

»Es muß Spaß machen, Zwillinge im Haus zu haben.«

»O ja, und es ist für Dickon ein Glück. Er trauert immer noch um Isabel.«

»Ich habe gehört, daß sie nicht sehr widerstandsfähig war.«

»Sie hatte vorher ein paar Fehlgeburten. Dann schaffte sie es, die beiden Jungen zur Welt zu bringen, aber es kostete sie das Leben.«

»Das ist wirklich traurig. Die Ehe war wohl sehr glücklich?«

»O ja. Sie paßten gut zueinander, obwohl sie charakterlich so verschieden waren. Isabel war sehr ruhig und betete Dickon an.«

»Noch ein Mensch, der ihm zu Füßen lag.«

»Deine Mutter hat sich immer darüber lustig gemacht, wie sehr wir an ihm hängen, doch du begreifst es, nicht wahr? Dickon hat etwas Besonderes an sich – du warst doch auch einmal dieser Meinung?«

Sie sah mich forschend an, und ich wurde rot.

»Kindliche Schwärmerei«, murmelte ich.

»Dickon war außer sich, als du nach Frankreich zogst.«

»Er war sehr glücklich darüber, daß er Eversleigh erhielt. Wenn meine Mutter nicht geheiratet hätte und ins Ausland übersiedelt wäre, hätte er es nicht bekommen. Es hat ihn bestimmt für den Verlust entschädigt.«

»Natürlich liebt er Eversleigh und leitet es ausgezeichnet. Der arme Jean-Louis war nicht so tüchtig wie er.«

»Besucht ihr Clavering jemals?«

»Kaum. Dickon hat einen sehr guten Verwalter gefunden und hält sich abwechselnd hier und in London auf.«

»Ach ja, ich erinnere mich, daß du einmal in einem Brief erwähnt hast, er habe seine Finger überall drin.«

»Dickon ist nicht der Typ, der auf dem Land versauert. Er ist sogar oft in London, denn er hat dort einflußreiche Freunde. Wie du vermutlich weißt, war Isabels Vater ein reicher Bankier.«

»Ich habe gehört, daß er eine reiche Erbin geheiratet hat.«

»Das stimmt. Nach dem Tod ihres Vaters erbte sie das ganze Vermögen. Dickon muß sich jetzt um die Bankgeschäfte in London kümmern, hat Freunde bei Hof kurz, er ist sehr beschäftigt. Aber er hat es sich nicht nehmen lassen, dich persönlich in Eversleigh zu begrüßen.«

Sie musterte mich aufmerksam, denn für sie war es selbstverständlich, daß ich ebenfalls von Dickon hingerissen war. Schließlich war ich seinerzeit in bezug auf seine Person ganz ihrer Meinung gewesen.

»Du hast dich zu einer wahren Schönheit entwickelt, Lottie.«

»Danke.«

»Du siehst Carlotta sehr ähnlich. Im Haus hängt ein Bild von ihr, und du wirst selbst feststellen, daß du ihr nachgeraten bist. Jedenfalls ist es wunderbar, daß ich dich hier habe, und ich hoffe nur, daß du nicht sofort wieder zurückreisen wirst.« Sie küßte mich. »Gute Nacht und schlaf gut.«

Als sie gegangen war, setzte ich mich auf das Bett und dachte dar-

146

an, daß Dickon die Bankiertochter Isabel bald nach meiner Abreise nach Frankreich geheiratet hatte. Er hat sich seine Frauen immer sorgfältig ausgesucht, dachte ich zynisch. Mir verdankte er Eversleigh, Isabel ein Vermögen sowie ein abwechslungsreiches Leben in London. Er verkehrt sogar bei Hof! Man konnte sich darauf verlassen, daß Dickon sich die Rosinen aus dem Kuchen pickte.

Ich mußte immer wieder an ihn denken, versuchte, meine Gefühle zu analysieren, und gelangte zu dem Schluß, daß ich mich nicht sicher fühlte.

Daraufhin versperrte ich die Tür.

In den nächsten Tagen verbrachte ich viel Zeit in Dickons Gesellschaft; es war unmöglich, ihm aus dem Weg zu gehen. Wo immer ich mich befand, tauchte auch er auf. Er sah mich jedesmal spöttisch an, als wollte er sagen: Versuch nicht erst, mir zu entfliehen. Du weißt, daß du es nie schaffen wirst.

Ich sagte mir hundertmal vor, daß er ein Abenteurer war, daß er nur an sich selbst dachte und vielleicht noch an seine Söhne, auf die er stolz war. Die beiden sahen einander sehr ähnlich; sie hatten zweifellos Dickons Äußeres geerbt. In ihrem Wesen waren sie jedoch grundverschieden. David war ruhig und ein guter Schüler; Jonathan war laut und ein ausgezeichneter Sportler. Sie standen einander nicht so nahe, wie es oft bei Zwillingen der Fall ist. Im Gegenteil, es gab immerzu Reibereien zwischen ihnen. Jonathan war sehr rasch mit Boxhieben zur Hand, während David es meisterhaft verstand, bissige Bemerkungen anzubringen. Ihr Erzieher versuchte mit allen Mitteln, diese latente Feindseligkeit zu unterdrücken. Mr. Raine war Anfang der Vierzig und recht streng, also meiner Meinung nach genau der richtige Mann für die Jungen. Beide hatten Respekt vor Dickon, bewunderten ihn und bemühten sich um seine Zuneigung. Dickon widmete ihnen nur wenig Zeit, denn er hatte nie Gefühle vorgetäuscht, die er nicht empfand. Er hatte zwei Söhne, was ihn freute. Sie waren die Erben, die er brauchte; er hatte einen Erzieher angestellt, der sie entsprechend unterrichten würde, bis es an der Zeit war, sie auf die Schule zu schicken. Hier endete Dickons Interesse aber auch schon.

Wir verbrachten viel Zeit bei meiner Großmutter. Schließlich waren wir ihretwegen hierhergekommen, und unser Besuch tat ihr zweifellos gut. Sie unterhielt sich mit meiner Mutter über die alten Zeiten und wie glücklich sie mit Dickon gewesen war.

Man konnte Dickon in diesem Haus nicht entgehen. Meine Großmutter und Sabrina sprachen ununterbrochen von ihm, und wenn ich allein war, stand er plötzlich neben mir. Wenn ich ausritt, galoppierte er bestimmt an meiner Seite. Mir war klar, worauf er aus war, und ich nahm an, daß er es bei jeder attraktiven jungen Frau versuchte. Er wußte genau, was er wollte, und war überzeugt, daß ihm kein weibliches Wesen widerstehen konnte.

Er hatte seinerzeit viel für mich übrig gehabt, auch wenn sein Ehrgeiz schließlich stärker gewesen war, und ich fragte mich oft, wie er zu Isabel gestanden hatte. Natürlich hielt er sich für unwiderstehlich und war davon überzeugt, daß ich früher oder später meine Skrupel über Bord werfen und ein Verhältnis mit ihm eingehen würde.

Meine Mutter wußte all dies genausogut wie ich; sicherlich dachte sie auch daran, wie sie meinen Vater seinerzeit kennengelernt hatte. Ich war fest entschlossen, nicht Dickons Geliebte zu werden. Sabrina und Großmutter glaubten natürlich, daß er nur auf charmante, entzückende Art den Gastgeber spielte.

Ich verbrachte den Großteil des Vormittags bei meiner Großmutter, ging dann am frühen Nachmittag in den Stall hinunter und bat einen der Stallknechte, mir ein Pferd zu satteln. Ich freute mich auf einen nostalgischen Nachmittag, wollte alle Orte aufsuchen, an die ich mich erinnerte, und in Ruhe an Frankreich und mein glückliches Familienleben denken. Ich liebte Charles – mit einigen Vorbehalten. Ich war den Fehlern gegenüber nicht blind und glaubte nicht, daß er mir treu war. Ich hatte die ehelichen Konventionen meines neuen Heimatlandes akzeptiert; für die Franzosen war eine Ehe dann glücklich, wenn die Frau angesichts der außerehelichen Beziehungen ihres Mannes beide Augen zudrückte. Es gab natürlich auch Frauen, die der Meinung waren, daß das, was für einen Mann recht ist, für die Frau nur billig sein kann, und ihre Überzeugung in die Praxis umsetzten. Doch ich hielt es für richtig, daß für Frauen strengere moralische Grundsätze galten, denn ein romantisches Intermezzo konnte leicht zu einem Kind führen.

Lisette und ich hatten oft über dieses Thema gesprochen. Sie hielt meine Einstellung für unrichtig, denn ihrer Ansicht nach sollten für

Männer und Frauen die gleichen Regeln gelten. Wenn aus dem Verhältnis ein Kind hervorging, dann sollte der Vater angegeben werden, denn bei der Frau stand es ja fest, daß sie die Mutter war.

Lisette konnte sich über dieses Problem richtig ereifern, so daß es Spaß machte, mit ihr zu diskutieren. Ich stellte mir jetzt vor, wie sehr es sie amüsieren würde, daß Dickon mir nachstellte.

Ich malte mir unser Gespräch aus. Ja, würde ich sagen, ich finde ihn attraktiv. Das war schon immer so ... attraktiver als jeden Mann, den ich kenne. Attraktiver als Charles? Ich weiß nicht, sie sind einander in mancher Beziehung ähnlich. Beide nehmen das Leben nicht allzu ernst, beide verstehen sich als männliche Eroberer, und obwohl ich viel dagegen einzuwenden habe, reizt mich diese Haltung. Ich bin entschlossen, mich nicht herumkriegen zu lassen, und gleichzeitig macht es mir Spaß, mich erobern zu lassen.

Es war schade, daß Lisette nicht mitgekommen war. Sie hätte mich gezwungen, mir über meine Gefühle für Dickon klarzuwerden.

An diesem Nachmittag war ich noch nicht weit gekommen, als ich Pferdegetrappel hörte. Ich blickte zurück und war keineswegs überrascht, als ich Dickon hinter mir entdeckte.

»Du reitest allein aus?« fragte er. »Das gehört sich nicht.«

»Mir gefällt es.«

»Es wird dir noch besser gefallen, wenn du einen interessanten, charmanten Begleiter hast, der die Gegend gut kennt.«

»Das findest nur du. Außerdem darfst du nicht vergessen, daß ich Eversleigh ebenfalls kenne, ich habe schließlich früher hier gelebt.«

»Erinnere mich nicht daran, Lottie. Mein Leben ist in die falsche Richtung gedrängt worden, als du mich verließt.«

»In die falsche Richtung? Zu Eversleigh, zur Bank, zum Leben bei Hof, zu all den Angelegenheiten, bei denen du mitmischst ... Wie kannst du nur dem Schicksal gegenüber so undankbar sein, das dir all diese Annehmlichkeiten beschert hat!«

»Ich bin nicht undankbar. Ich wollte dir nur erklären, daß mir genau das versagt wurde, was mein Glück vollständig gemacht hätte.«

»Du hast allen Grund, mit deinem Schicksal zufrieden zu sein. Ich würde das Tüpfelchen auf dem i vergessen und Gott für mein Glück danken.«

»Du hast mir gefehlt, Lottie.«

»Das ist eben so, wenn jemand verreist.«

»Du bist auf einige Wochen nach Frankreich gefahren und dann dort geblieben.«

»Und du hast Eversleigh bekommen. Damit hatte sich der Traum deines Lebens erfüllt. Was hättest du noch verlangen können?«

»Dich, Lottie.«

»Du hattest die Wahl; das eine oder das andere.«

Du warst damals ein Kind, und ich wußte nicht ...«

»Es kommt selten vor, daß du zugibst, etwas nicht gewußt zu haben. Sprechen wir über etwas Interessanteres.«

»Dieses Thema ist für mich überaus interessant.«

»Aber nicht für mich, und zu einem Gespräch gehören zwei. Erzähl mir von deinen Angelegenheiten in London. In Frankreich wird viel über die amerikanischen Kolonien gesprochen.«

»Gesprochen! Dabei bleibt es doch nicht. Das verdammte Frankreich hilft den Rebellen.«

»Sogar hier in England gibt es Menschen, die der Meinung sind, daß die Kolonisten im Recht sind.«

»Das ist noch immer kein Grund dafür, daß sich Ausländer einmischen.«

»Mein Mann unterstützt die Kolonisten aus Überzeugung und hält es für richtig, daß die Franzosen ihnen helfen.«

»Und du kannst mit einem solchen Verräter zusammenleben?«

»Er ist kein Verräter, er ist ein Mann, der zu seiner Überzeugung steht.«

»Liebst du ihn?«

Ich zögerte einen Augenblick, dann antwortete ich beinahe herausfordernd: »Ja.«

»Eine überzeugende Verneinung. Fahr nicht zurück, Lottie, bleib hier.«

»Du bist wohl verrückt. Ich habe drüben zwei Kinder.«

»Wir könnten sie herkommen lassen.«

»Das meinst du doch nicht im Ernst. Du hast eine überaus hohe Meinung von dir, das kommt wahrscheinlich daher, daß du Zeit deines Lebens mit zwei Frauen beisammen warst, die dich anbeteten.«

»Ich sehe mich so, wie ich wirklich bin.«

Ich lachte. »Groß, gut aussehend, dominierend, unwiderstehlich, ritterlich (im Gespräch), ehrenhaft, du verrätst nie jemanden, es sei denn, der Preis ist hoch genug …«

»Du gehst sehr hart mit mir ins Gericht.«

»Ich sehe dich, wie du bist.«

»Und wenn du ehrlich wärst, würdest du zugeben, daß dir das, was du siehst, gefällt.«

Ich trieb mein Pferd zum Galopp an, denn in diesem Augenblick hatten wir offenes Gelände erreicht.

Auf dem Rückweg kamen wir an Enderby vorbei, das jetzt düster wirkte. Ich erinnerte mich daran, wie es ausgesehen hatte, als die Forsters noch dort gewohnt hatten. Sie hatten die Sträucher weggeschnitten, die um das Haus standen; jetzt waren sie wieder nachgewachsen.

»Möchtest du es dir ansehen?« erkundigte sich Dickon. »Wir könnten durch eines der Fenster im Erdgeschoß einsteigen, dessen Riegel zerbrochen ist. Das Haus steht seit zwei Jahren leer, befindet sich also nicht im allerbesten Zustand.«

Ich hätte es mir gern angesehen, doch eine innere Stimme warnte mich. Ich durfte es nicht tun. Meine Mutter war meinem Vater in das Haus gefolgt, und ich war vermutlich hier gezeugt worden. Meine Mutter behauptete immer, daß in ihm Geister wohnten, daß es die Menschen veränderte, die es betraten.

»Nicht jetzt«, lehnte ich daher ab. »Es ist zu spät.« Wir wendeten unsere Pferde und ritten nach Eversleigh zurück.

Als wir uns dem Haus näherten, bog ein Stallknecht um die Ekke, und Dickon rief ihm zu, er solle unsere Pferde in den Stall führen. Dann sprang er aus dem Sattel, um mir zu helfen, nahm mich in die Arme und hob mich hoch. Eine symbolische Geste: Er war stark, ich war ihm ausgeliefert.

»Danke«, sagte ich kühl. »Laß mich hinunter.«

Doch er hielt mich einige Augenblicke fest, und ich wagte nicht, ihm in die Augen zu sehen. Dann bemerkte ich eine Bewegung an einem Fenster, und als Dickon mich auf den Boden stellte, fragte ich: »Wer wohnt dort oben?«

»Wo?«

»Das Fenster ganz oben.« Ich zeigte hin, und er folgte meiner Bewegung mit den Blicken.

»Das ist das Zimmer der alten Grissel.«

»Grissel?«

»Eine unserer Bediensteten. Griselda. Die Jungen nennen sie Grissel, und der Name paßt zu ihr.«

Ich beschäftigte mich im Geist so intensiv mit Dickon, daß ich Grissel zunächst einmal vergaß.

Ich wollte Dickons Söhne näher kennenlernen und besuchte sie an einem Vormittag in ihrem Schulzimmer.

Die Jungen saßen mit ihrem Erzieher am Tisch und tranken Milch.

»Ich störe hoffentlich nicht«, entschuldigte ich mich.

»Komm nur herein«, rief Jonathan.

Mr. Raine versicherte mir, daß sie gerade eine Pause hielten und daß der Unterricht erst in fünfzehn Minuten weitergehen würde.

»Dann darf ich mich wohl zu euch setzen. Ich möchte euch kennenlernen.«

Jonathan grinste mich an, David musterte mich interessiert.

»Ich habe in Frankreich auch einen Sohn, der etwa um drei Jahre jünger ist als ihr.«

»Drei Jahre!« rief Jonathan verächtlich.

»Auch du warst einmal um drei Jahre jünger«, erinnerte ihn David.

»Das ist lange her.«

»Genau drei Jahre«, mischte sich Mr. Raine ein. »Hört jetzt auf zu streiten, Jungs, und benehmt euch Madame Tourville gegenüber, wie es sich gehört.«

»Du bist Französin«, stellte Jonathan fest, der offenbar alles aussprach, was ihm durch den Kopf ging.

»Das weiß sie selbst, also mußt du es ihr nicht sagen«, erklärte David, der anscheinend das unwiderstehliche Bedürfnis hatte, seinen Bruder bei jeder Gelegenheit zu ärgern.

»Ich bin Französin«, antwortete ich, »weil mein Vater und mein Mann Franzosen sind. Aber ich habe lange in England gelebt, bevor ich nach Frankreich übersiedelte.«

»Das ist Jahre her.«

»Damals wart ihr noch nicht auf der Welt.«

Sie sahen mich verständnislos an.

»Sie sind noch zu jung, um zu erfassen, daß die Welt existiert hat, bevor sie auf ihr erschienen sind«, meinte Mr. Raine.

»Ich habe auch eine kleine Tochter. Sie ist sehr klein, eigentlich noch ein Baby.«

Meine Tochter interessierte sie nicht im geringsten. »Wie heißt dein Sohn?« erkundigte sich Jonathan. »Charles. Wir rufen ihn Charlot.«

»Das ist ein komischer Name«, bemerkte Jonathan. »Er ist französisch, du Dummkopf. Warum habt ihr sie nicht mitgebracht?«

»Meine Tochter ist für eine solche Reise zu klein.«

»Charlot hätte aber mitkommen können.«

»Das stimmt.«

»Es wäre schön gewesen«, meinte Jonathan. »Ich hätte ihm meinen Falken gezeigt, ich dressiere ihn gerade. Jem Loger bringt es mir bei.«

»Jonathan verbringt viel Zeit im Stall bei seinen Hunden und Pferden«, erklärte Mr. Raine. »Und jetzt haben wir auch einen Falken. Er interessiert sich leider viel mehr für die Tiere als für Literatur und Mathematik.«

David grinste, und Jonathan zuckte die Schultern.

»Hat Charlot auch einen Erzieher?« fragte David.

»Noch nicht. Im Augenblick hat er nur eine Nurse.«

»Wie Grissel?« fragte David. Die Jungen sahen einander lachend an.

»Grissel?« wiederholte ich. »Ich habe sie neulich gesehen.«

»Sie verläßt ihr Zimmer nur selten.«

»Sie ist eure Nurse.«

»Wir haben keine Nurse«, widersprach Jonathan verächtlich. »Wir sind dafür schon zu groß.«

»Aber Grissel ...?«

»Sie ist mit der Mutter der Jungen ins Haus gekommen«, mischte sich Mr. Raine wieder ein. »Sie wohnt weiterhin hier, hält sich aber abseits. Sie ist ... etwas merkwürdig.«

Die Jungen lächelten einander verständnisinnig zu. Anscheinend war die alte Grissel das einzige Thema, bei dem sie einer Meinung waren.

»Sie ist eine Schlafwandlerin«, behauptete David.

Jonathan krümmte die Finger und machte ein böses Gesicht; David lachte darüber.

Mr. Raine wechselte das Thema und zeigte mir die Arbeiten der

Jungen. Zu meiner Überraschung besaß Jonathan Zeichentalent. Er hatte ein paar Bilder von seinen Hunden und Pferden angefertigt, die bewiesen, daß er über künstlerisches Gefühl verfügte. Ich bewunderte seine Werke, was ihn freute.

»Das ist das einzige Fach, in dem Jonathan etwas Talent zeigt«, meinte Mr. Raine. »Aber er ist dafür ein ausgezeichneter Sportler. David hingegen ist der Akademiker.«

Beide Jungen wirkten überaus selbstzufrieden, und ich ahnte, daß Mr. Raine kein leichtes Leben hatte.

Ich sah mir ihre Arbeiten an und lauschte aufmerksam den Erklärungen, hätte aber lieber mehr über Grissel erfahren.

Ich erkundigte mich daher bei Sabrina nach ihr.

»Grissel ist eine einfältige alte Frau«, meinte sie, »und mir wäre es lieber, wenn sie das Haus verläßt, aber wohin sollte sie gehen? Sie ist mit Isabel hierhergekommen. Sie war ihre Nurse gewesen, und du weißt, wie fanatisch diese alten Nursen an ihren Schutzbefohlenen hängen können. Als Isabel starb, muß sie ein wenig den Verstand verloren haben. Manchmal glaubt sie, daß Isabel noch am Leben ist. Es ist oft sehr peinlich, aber was sollen wir tun? Wir können sie nicht gut fortschicken, sie ist zu alt, um noch eine Stelle zu bekommen.«

»Ich weiß, wie diese Nannies sind, und habe mir oft gedacht, daß es traurig für sie sein muß, wenn ihre Kinder erwachsen werden und sie nicht mehr brauchen. Dann ziehen sie zu den nächsten Kindern ... falls sie jung genug dafür sind ... und alles fängt von vorne an.«

»Unglücklicherweise ist die arme Griselda nicht mehr jung genug. Hier geht es ihr übrigens nicht schlecht. Sie bewohnt zwei kleine Zimmer im Ostflügel, bekommt auch ihr Essen dorthin, und meist denken wir nicht an sie. Die einzige Schwierigkeit besteht darin, daß sie den Zwillingen gegenüber eine sehr seltsame Haltung einnimmt. Sie liebt Jonathan abgöttisch und mag David nicht. David macht es nichts aus. Beide haben ihr Streiche gespielt, bis wir das abgestellt haben. Griselda verhält sich jedoch die meiste Zeit friedlich.«

»Ich habe sie am Fenster gesehen, als ich mit Dickon in den Hof geritten bin.«

»O ja, sie beobachtet Dickon ununterbrochen. Er lacht darüber und kümmert sich nicht darum, du weißt ja, wie er ist. Deine Großmutter hat es gestört, sie findet es unheimlich. Aber so ist Griselda eben.«

Ich vergaß Griselda wieder, bis ich einige Tage später das Haus betrat und eine Gestalt über das Geländer zu mir herunterblickte. Sie verschwand blitzartig, und ich fragte mich, ob ich es mir vielleicht nur eingebildet hatte.

Dann bemerkte ich, daß sie mich vom Fenster aus beobachtete, wenn ich nach Hause kam. Erst nach einiger Zeit wurde mir klar, daß sie sich für mich interessierte.

Eine Woche war vergangen, und wir befanden uns noch immer in Eversleigh. Meine Mutter wollte heimreisen, aber jedesmal, wenn sie davon sprach, protestierten alle und überredeten sie dazu, noch eine Weile zu bleiben. Ich bedauerte es nicht. Eversleigh hatte mich verzaubert – oder vielleicht war es auch Dickon. Es war schön und gut, daß ich mir einredete, er mache auf mich überhaupt keinen Eindruck, und ich durchschaute ihn. Jeden Tag beim Aufwachen wurde mir klar, daß ich wieder mit ihm beisammen sein würde, und diese Vorstellung erregte mich.

In dieser Beziehung hatte sich nichts verändert – nur sah ich ihn jetzt mit anderen Augen. Ich war nicht mehr das ahnungslose Kind, sondern wußte, daß er ein egozentrischer Abenteurer und Freibeuter war, der soviel aus dem Leben herausholen wollte wie möglich, und für den seine eigenen Interessen immer an erster Stelle standen. Mich erschreckte dabei nur, daß mich diese Tatsache nicht störte. Ich wollte dennoch mit ihm beisammensein; wenn er nicht bei mir war, langweilte ich mich. Obwohl wir meist stritten, waren die Gespräche mit ihm unterhaltsamer als die angeregteste Konversation mit jemand anderem.

Unser Nachmittagsritt war inzwischen zu einem Ritual geworden. Die ganze Zeit über versuchte er, mich umzustimmen, mein Mißtrauen einzuschläfern und mich dann zu verführen. Bis jetzt hatte ich seinen Bemühungen widerstanden, und dabei sollte es auch bleiben, dazu war ich fest entschlossen, auch wenn es mir noch so schwerfiel.

Als wir an Enderby vorbeiritten, fragte er: »Warum willst du dir das Haus eigentlich nicht ansehen?«

»Warum sollte ich? Ich habe doch nicht die Absicht, es zu kaufen.«

155

»Weil es interessant ist, weil es eine Geschichte hat. In ihm spuken die Gespenster der Vergangenheit – die Geister jener Menschen, die keine Ruhe im Grab finden, weil sie soviel Böses getan haben.«

»Vermutlich ist das Haus sehr schmutzig.«

»Spinnweben. Dunkle Schatten. Seltsame Gestalten in der Finsternis. Aber ich bin ja da, um dich zu beschützen.«

»Ich brauche keinen Schutz vor Spinnweben und Schatten.«

»Und wie steht es mit Gespenstern?«

»Ich glaube nicht, daß sie mir gefährlich werden können. Was sollen sie schon von mir wollen?«

»Sie bedrohen jeden, der in ihr Reich eindringt. Aber ich merke, daß du Angst hast.«

»Keineswegs.«

Er sah mich lächelnd an. »Nicht vor dem Haus, sondern vor mir.«

»Warum sollte ich vor dir Angst haben?«

»Du hast Angst, daß du mir das schenken könntest, was ich mir wünsche und was du mir so gern geben würdest.«

»Was soll das sein? Eversleigh hast du ja schon bekommen.«

»Dich selbst. Wir sind füreinander geschaffen worden, Lottie.«

»Von wem?«

»Vom Schicksal.«

»Dann hat das Schicksal aber schlechte Arbeit geleistet. Ich versichere dir, daß ich bestimmt nicht für dich geschaffen wurde, ebensowenig wie du für mich. Vielleicht wurdest du für Eversleigh geschaffen.«

»Du sprichst immer wieder von Eversleigh und mißt ihm zuviel Bedeutung bei.«

»O nein, das hast du getan.«

»Du bist scharfzüngig wie eine Schlange. Hat dir das schon jemand gesagt?«

»Vor Schlangen sollte man sich hüten.«

»Gib es doch zu: Du hast Angst davor, Enderby gemeinsam mit mir zu betreten.«

»Ganz bestimmt nicht.«

»Dann beweise es.«

Impulsiv stieg ich ab. Er band unsere Pferde lachend an einen Pfosten, ergriff meine Hand, und wir gingen auf das Haus zu.

»Das Fenster mit dem zerbrochenen Riegel ist gleich um die Ekke. Man kann mühelos hineinsteigen. Vor einigen Wochen wollte jemand das Haus besichtigen, und ich zeigte ihm, wie er hineingelangen konnte. Ob er wohl ein Angebot dafür gemacht hat?«

Er hatte das Fenster gefunden, öffnete es, schaute hinein und half mir hindurch. Wir standen in der Halle, an deren anderem Ende sich eine offene Tür befand. Durch sie gelangten wir in eine große Küche mit Steinfußboden, die noch vollständig eingerichtet war, mit Bratspießen, Feuerböcken, Kesseln und Geschirr. Eine dicke Staubschicht lag auf allem. Mir machte es Spaß, in die Kästen zu schauen und auf Entdeckungsreisen zu gehen.

Dann kehrten wir in die Halle zurück. Oberhalb von uns befand sich die Galerie.

Dickon legte den Finger auf die Lippen. »In der Galerie spukt es am häufigsten. Sehen wir einmal nach.«

Er ergriff meine Hand, was mir nicht unangenehm war, weil mir das Haus allmählich unheimlich wurde. Ich konnte mir gut vorstellen, daß sich Gespenster in einem solchen Haus wohlfühlten.

Unsere Schritte hallten durch die Stille.

»Hier ist es kalt«, stellte Dickon fest. »Ein bißchen Angst hast du aber schon, nicht wahr, Lottie?«

»Keine Spur.«

Er legte mir den Arm um die Schultern. »Das wird dich ein wenig beruhigen.« Wir stiegen die Treppe hinauf. Ein paar Möbel standen noch herum, obwohl der Großteil fortgeschafft worden war.

»Fordern wir die Gespenster in der Galerie heraus. Machst du mit?«

»Natürlich.«

Wir betraten die Galerie und beugten uns über das Geländer. Unter uns lag die Halle.

»Stell sie dir voller tanzender Menschen vor – Menschen, die längst gestorben sind.«

»Du glaubst doch gar nicht an Gespenster, Dickon.«

»Im Freien nicht. Hier drinnen – spürst du nicht die feindselige Atmosphäre?«

Ich antwortete nicht, denn das Haus hatte tatsächlich etwas Unheimliches an sich. Ich hatte das Gefühl, daß es auf meine Antwort wartete.

»Wir wollen den Toten zeigen, daß wir lebendig sind«, meinte Dickon und zog mich in seine Arme.

»Laß das bleiben, Dickon.«

Er lachte. »Glaubst du wirklich, daß ich dich fortlasse, wenn ich dich endlich in meinen Armen halte?«

Ich versuchte, ihn abzuwehren, obwohl er viel stärker war als ich. Aber er würde nicht wagen, mir Gewalt anzutun. Ich war kein Dorfmädchen, das man vergewaltigen konnte, ohne daß sich jemand darum kümmerte. Außerdem war es nicht Dickons Art. Er war seiner Anziehungskraft viel zu sicher und wollte keinen Widerstand brechen müssen – jedenfalls nicht bei mir.

»Lottie, ich habe dich immer geliebt. Neben dir hat es keine andere Frau gegeben. Und du hast mich genausowenig vergessen wie ich dich. Endlich sind wir wieder beisammen. Gib doch deinem Gefühl nach, bitte.«

Er drückte mich an sich, und ich glitt in eine Art von Verzükkung. Dickon war mein Geliebter, das Schicksal hatte es so gefügt.

Ich wehrte mich nicht mehr, und er lachte triumphierend.

»Nein«, sagte ich, »nein.« Aber das war alles, und Dickon wußte, daß er gewonnenes Spiel hatte.

Doch in diesem Augenblick hörte ich eine Bewegung, Schritte über mir, und kehrte in die Wirklichkeit zurück.

»Jemand geht in dem Haus herum«, sagte ich.

»Nein«, widersprach Dickon.

»Horch.«

Da ertönte das Geräusch wieder, es handelte sich eindeutig um Schritte.

»Komm, wir wollen nachsehen, wer sich hier herumtreibt.«

Dickon lief die Treppe aus der Galerie hinauf, und ich folgte ihm.

Wir befanden uns in einem Korridor mit vielen Türen. Dickon öffnete eine von ihnen, und wir blickten in einen vollkommen leeren Raum. Im nächsten Zimmer standen ein paar Möbelstücke, und es dauerte einige Zeit, bis wir uns vergewissert hatten, daß sich hinter ihnen niemand versteckte. Dann hörten wir das Geräusch wieder, diesmal aber im Erdgeschoß. Es war also doch jemand im Haus gewesen, der uns ausgewichen war und in diesem Augenblick durch das offene Fenster stieg.

Wir liefen hinunter, kletterten durch das Fenster hinaus und standen zwischen den dichten Sträuchern. Ich war dem Störenfried unendlich dankbar, weil er mich vor Dickon und vor mir selbst gerettet hatte.

Wir ritten schweigend nach Hause. Dickon war enttäuscht, aber nicht verzweifelt; er verließ sich offensichtlich auf eine nächste Gelegenheit. Nie wieder, schwor ich mir.

Ich hatte in Enderby zwar Schritte gehört, fragte mich aber, ob es nicht ein Gespenst war. Das Haus hatte einmal meiner Vorfahrin Carlotta gehört.

Ich redete mir ein, daß Carlotta von den Toten zurückgekehrt war, um mich zu retten, und das war ein Hinweis darauf, in welchem Geisteszustand ich mich befand. Ich hatte mich immer für eine vernünftige Frau gehalten, denn die Franzosen sind anerkannt vernünftige Menschen, und ich war halb Französin. Aber seit ich mich in England befand, war mir, als zöge sich ein Netz um mich zusammen, dem ich vielleicht nicht mehr entkommen konnte.

Es war ein absurder Gedanke, aber er ließ sich nicht verscheuchen. Irgendwann bekam ich das Gefühl, daß mich jemand beobachtete. Wenn ich zum Haus zurückkehrte und zu Griseldas Fenster hinaufschaute, nahm ich eine rasche Bewegung wahr. Natürlich war sie eine alte, neugierige Frau und laut Sabrina einbißchen verschroben, aber es steckte doch mehr dahinter. Manchmal hatte ich das Gefühl, daß man mich auch in den Korridoren und auf der Treppe beobachtete, und wenn ich zu der Stelle lief, befand sich niemand dort. Außerdem war eine alte Frau bestimmt nicht imstande, durch das Fenster in Enderby zu klettern.

Der Gesundheitszustand meiner Großmutter hatte sich inzwischen gebessert, und meine Mutter bestand darauf, daß wir bald heimfuhren. Sabrina und meine Großmutter bedauerten den Entschluß sehr.

»Es war so wunderbar, mit euch beisammen zu sein«, meinte Sabrina, »es hat uns alle so glücklich gemacht. Ihr seid der Grund dafür, daß Dickon hiergeblieben ist. Er hat sich schon lange nicht mehr so viele Wochen hintereinander in Eversleigh aufgehalten.«

Ich erklärte ihr, daß unsere Männer sich Sorgen machen würden, wenn wir nicht bald zurückkehrten, und meine Mutter fügte hinzu, daß sie unserer Reise nur deshalb zugestimmt hatten, weil es sich um einen kurzen Besuch handeln sollte.

Ich wollte unbedingt vor meiner Abreise Griselda kennenlernen und begab mich deshalb an einem Nachmittag zu ihren Zimmern.

Ich stieg die stille, kurze, enge Treppe hinauf und gelangte in den Korridor. Ich klopfte an die erste Tür, doch niemand antwortete, also klopfte ich an die nächste.

Noch immer rührte sich nichts, aber ich spürte, daß jemand hinter der Tür stand.

»Darf ich hineinkommen?« fragte ich.

Die Tür ging plötzlich auf, und in ihr stand eine alte Frau. Sie trug eine Haube auf den grauen Haaren, ihr Gesicht war blaß, und sie hatte große, tiefliegende Augen. Sie war sehr mager und trug ein hochgeschlossenes, enganliegendes Kleid aus geblümtem Musselin. »Sind Sie Griselda?« fragte ich.

»Was wollen Sie von mir?«

»Ich wollte Sie kennenlernen. Ich werde bald abreisen und wollte vorher mit Ihnen sprechen.«

»Ich weiß, wer Sie sind.«

»Ich bin Madame de Tourville. Ich habe hier gelebt.«

»Ja, bevor meine Lady hierhergekommen ist.«

»Darf ich hereinkommen und kurz mit Ihnen plaudern?«

Sie trat unwillig zurück, und ich folgte ihr. Zu meiner Überraschung erhob sich Jonathan aus einem Stuhl. »Hallo«, grüßte er.

»Jonathan«, rief ich.

»Jonathan ist ein guter Junge«, erklärte Griselda, dann wandte sie sich an ihn. »Madame de Tourville wollte mich kennenlernen, deshalb ist sie heraufgekommen.«

»Ach so«, meinte Jonathan. »Kann ich jetzt gehen?«

»Ja. Und komm morgen wieder.«

Sie schloß ihn in die Arme und küßte ihn innig. Er warf mir einen entschuldigenden Blick zu, als schäme er sich dieser rührenden Szene.

Nachdem Jonathan fort war, sagte Griselda: »Er ist ein guter Junge, besucht mich und kümmert sich um meine Bedürfnisse.«

»Sie halten sich von der Familie fern«, stellte ich fest.

»Ich war die Nurse und bin mit meiner Lady hierhergekommen. Hätten wir es doch nicht getan.«

»Sie meinen Lady Isabel.«

»Seine Frau. Die Mutter von Jonathan.«

»Und David«, fügte ich hinzu.

Sie schwieg und preßte die Lippen aufeinander.

»Ich habe Sie gesehen«, stellte sie vorwurfsvoll fest. »Mit ihm.«

Ich schaute zum Fenster hinüber. »Ich habe Sie auch gelegentlich gesehen.«

»Ich weiß, was vor sich geht.«

»Wirklich?«

»Ich werde ihm nie verzeihen. Er hat sie getötet.«

»Wer hat wen getötet?«

»Er, der Herr. Er hat meine kleine Blume getötet.« In Griseldas Augen traten Tränen, und ihr Mund zitterte. Sie ballte die Hände zu Fäusten und sah in diesem Augenblick wirklich geistesgestört aus.

»Ich kann mir nicht vorstellen, daß das stimmt«, entgegnete ich sanft. »Erzählen Sie mir von Isabel.«

Ihr Gesichtsausdruck veränderte sich so rasch, daß es mich erschreckte. »Sie war von Anfang an mein kleiner Liebling. Ich war schon bei anderen Kindern gewesen, aber die kleine Isabel war etwas Besonderes. Ihre Mutter starb bei ihrer Geburt, genau wie ... Jedenfalls war sie mein Kleines. Und ihr Vater war ein guter Mensch. Er war nicht viel zu Hause, dazu war er zu angesehen und zu reich. Aber er liebte seine kleine Tochter. Dennoch gehörte sie in Wirklichkeit mir. Er versuchte nie, sich in die Erziehung einzumischen, sondern sagte immer: ›Du weißt am besten, was für unser kleines Mädchen gut ist, Griselda.‹ Dann starb er. Die Guten gehen dahin, und die Bösen gedeihen.«

»Sie haben Isabel sehr geliebt.«

»Es hätte nie zu dieser Heirat kommen dürfen. Wenn es nach mir gegangen wäre, hätte sie ihn nie zum Mann genommen. Das ist das einzige, was ich ihrem Vater nicht verzeihen kann. Er stand auf dem Standpunkt, daß Mädchen heiraten müssen, und daß Isabel nur in einer Ehe glücklich werden konnte. Er kannte mein kleines Mädchen nicht so gut wie ich. Sie hatte Angst, richtige Angst. Wie oft hat sie sich bei mir ausgeweint. Ich konnte nichts für sie tun, obwohl ich für sie durchs Feuer gegangen wäre. Mein armer kleiner Engel wurde also verheiratet. Du kommst mit mir, Griselda«, verlangte sie, und ich antwortete: ›Zehn Pferde können mich nicht von dir fortbringen, mein Liebling.‹«

161

»Ich verstehe Ihre Gefühle. Sie haben sie geliebt, als wäre sie Ihr eigenes Kind gewesen.«

»Und ich habe miterlebt, wie sie hierhergekommen ist, in dieses Haus, zu ihm. Sie war ihm gleichgültig. Ihm ging es nur um das Gut, das sie in die Ehe mitbrachte.«

Ich schwieg, denn damit hatte Griselda bestimmt recht.

»Dann begann es. Sie war entsetzt. Sie sollte ein Kind bekommen. Jeder Mann will Kinder, aber sie wären anderer Ansicht, wenn sie sie selbst zur Welt bringen müßten. Sie hatte Angst, als sie merkte, daß sie schwanger war, und drei Monate später verlor sie das Kind. Beim zweiten war es noch schlimmer, denn es kam erst im sechsten Monat zu einer Fehlgeburt. Dann wurde sie wieder schwanger und verlor das Kind wieder. Daraus bestand ihr Leben. Mehr wollte er nicht von ihr – ausgenommen natürlich ihr Geld. Und als ihr Vater starb, bekam er auch das. Dann wollte er sie loswerden.«

»Sie haben behauptet, daß er sie getötet hat.«

»Ja. Er hätte sie retten können, aber dann hätte er die Jungen verloren. Das wollte er nicht, er wollte Söhne. Er bekam sie … und sie kostete es das Leben.«

»Heißt das, daß er die Wahl hatte?«

Sie nickte. »Ich war verrückt vor Kummer. Ich war bei ihr, denn sie bestand darauf. Er hat sie ermordet, so wahr Sie hier vor mir sitzen, Madame. Und jetzt stellt er Ihnen nach. Was will er Ihrer Meinung nach von Ihnen?«

»Ich bin eine verheiratete Frau, Griselda. In Frankreich warten mein Mann und meine Kinder auf mich, und ich werde bald zu ihnen zurückkehren.«

Sie schob ihr Gesicht dicht an das meine heran. »Vergessen Sie nicht, daß er es auf Sie abgesehen hat. Er hat es nicht gern, wenn seine Pläne durchkreuzt werden.«

»Ich entscheide selbst über mein Schicksal.«

»Sie sind die ganze Zeit mit ihm zusammen. Ich kenne ihn. Ich weiß, wie gut er es versteht, mit Frauen umzugehen. Sogar Isabel …«

»Sie kennen mich nicht, Griselda. Erzählen Sie mir mehr über Isabel.«

»Was soll ich noch über sie erzählen? Sie war glücklich, solange sie bei mir war. Dann kam sie hierher und wurde ermordet.«

»Hören Sie auf, von Mord zu sprechen. Ich weiß, daß sie bei der Geburt der Zwillinge gestorben ist.«

»David hat sie getötet.«

»David!«

»Er und sein Vater. Er hat meine kleine Tochter gezwungen, Kinder zu gebären, obwohl sie nicht dazu imstande war. Ihre Mutter war bei ihrer Geburt gestorben. Es lag wohl in der Familie. Man hätte sie nie zwingen dürfen, es zu versuchen. David kam zwei Stunden nach Jonathan zur Welt. Sie hätte gerettet werden können. Aber er wollte auch David, er wollte zwei Söhne – falls dem einen etwas zustieß. Er und David haben sie ermordet.«

»Sie können David doch keinen Vorwurf daraus machen, Griselda. Einem Neugeborenen! Das ist doch unsinnig.«

»Immer, wenn ich ihn sehe, sage ich mir: Du warst es. Nur einer von euch konnte am Leben bleiben. Dein Vater hatte bereits Jonathan. Das hätte ihm genügen sollen.«

»Haben Sie einen Beweis für Ihre Behauptung, Griselda?«

Sie beantwortete meine Frage nicht direkt. »Er hat nicht wieder geheiratet. Er hat jetzt die beiden Söhne, die er wollte, und Zeit für Frauen. Manchmal bringt er eine mit. Ich habe sie gesehen und frage mich immer, ob es eine Nachfolgerin für Isabel geben wird.«

»Ist es nicht an der Zeit, die Vergangenheit zu vergessen?«

»Ich soll Isabel vergessen?«

»Warum haben Sie mich beobachtet?«

»Ich beobachte alle.«

»Sie meinen …?«

»Seine Frauen.«

»Ich gehöre nicht zu ihnen.«

Sie lächelte vielsagend. Ich erinnerte mich an den Augenblick auf der Galerie von Enderby und schämte mich. »Haben Sie Helfer?« wollte ich wissen.

»Ich kann das Haus nicht verlassen. Es ist der Rheumatismus, ich leide schon sehr lange an ihm.«

»Kommen Sie oft mit Jonathan zusammen?« Sie nickte lächelnd.

»Und David?«

»Er kommt niemals hierher.«

»Also nur Jonathan. Worüber sprechen Sie mit ihm?«

»Über seine Mutter. Über die Vergangenheit.«

»Ist es denn vernünftig, mit einem Kind über diese Dinge zu sprechen?«

»Ich sage nur die Wahrheit. Man muß die Kinder die Wahrheit lehren, heißt es in der Heiligen Schrift.«

»Lassen Sie Jonathan ... verschiedenes für Sie erledigen?«

»Er tut es gern. Er kommt immer ganz aufgeregt herein. ›Was haben wir heute vor, Grissel?‹ fragte er.«

»Er folgt also seinem Vater und belauscht ihn.«

»Wir alle wollen wissen, ob der Herr wieder heiratet. Dadurch würde sich hier vieles ändern.«

»Halten Sie es für richtig, ein Kind damit zu belasten?«

»Jonathan ist kein Kind. Er kam als Mann zur Welt, wie sein Vater. Ich weiß, was hier vor sich geht, und ich habe den Herrn durch Isabels Augen gesehen. Seien Sie vorsichtig, Madame. Niemand ist vor ihm sicher. Vergessen Sie nicht, daß er meine Isabel auf dem Gewissen hat.«

Ich hatte das Bedürfnis, dieser verrückten Alten zu entkommen. Die Luft im Zimmer erstickte mich. Ich war mit einer Wahnsinnigen beisammen, die Dickon des Mordes beschuldigte, weil seine Frau bei der Geburt der Zwillinge gestorben war, und die Jonathan beibrachte, andere zu belauschen.

Sollte ich Sabrina von diesem Gespräch erzählen? Jemand mußte davon erfahren, aber wer? Meine Großmutter war nicht gesund, und man konnte sie nicht damit belasten. Sabrina? Meine Mutter? Dickon?

Eigentlich konnte ich mit niemandem darüber sprechen. Dann dachte ich: Die alte Frau kann keinen Schaden anrichten. Für Jonathan ist es nur ein Spiel, wenn er seinen Vater belauscht und dann Griselda darüber berichtet.

Während ich noch diese Probleme wälzte, wurden eifrig Vorbereitungen für unsere Abreise getroffen, und ein paar Tage nach meinem Besuch bei Griselda waren meine Mutter und ich unterwegs zur Küste.

164

VI

Die Wette

Mein Vater erwartete uns in Calais. Ich war beinahe ein bißchen eifersüchtig, als ich erkannte, wie sehr er meine Mutter liebte, die dieses Gefühl voll erwiderte. Sie war davon überzeugt, daß alle Ehepaare das gleiche füreinander empfanden. Ihr blinder Glaube an dieses Band war so stark, daß sich ihre Einstellung auf meinen Vater übertrug. Sie war den Menschen gegenüber naiv und gleichzeitig der Beweis für die Macht der Unschuld. Charles und ich waren ganz anders. Wir fühlten uns leidenschaftlich zueinander hingezogen und liebten einander mit Vorbehalt. Dennoch war ich beinahe Dickons Charme erlegen und war davon überzeugt, daß Charles Affären hatte. So war eine Ehe eben. Meine Mutter wäre entsetzt gewesen!

Doch es war herzerfrischend, sie beisammen zu sehen, und ihr Glück teilte sich auch mir mit. Außerdem war ich für meinen Vater der Sproß aus der großen Leidenschaft seines Lebens.

Ich blieb noch ein paar Tage in Aubigné. Sie wollten mich noch länger bei sich behalten, doch ich sehnte mich nach Charles und meinen Kindern. Außerdem störte es mich, daß Sophie zwar im gleichen Haus lebte, aber unsichtbar blieb.

Ich hätte ihr gern erzählt, daß Lisette wieder da war, daß es beinahe so war wie früher, daß wir oft von ihr sprachen und sie gern in unserer Mitte gehabt hätten.

»Sie ändert sich nicht mehr«, meinte mein Vater, »und wir reden ihr auch nicht mehr zu. Sie dürfte sich in ihrem Apartment bei Jeanne am glücklichsten fühlen.«

Ich fragte Jeanne, ob ich Sophie besuchen könne, doch Jeanne meinte, ich solle es lieber bleibenlassen.

Armand begrüßte mich kühl, und Marie Louise war verschlossener denn je. Ihre Frömmigkeit nahm von Tag zu Tag zu, und niemand hoffte mehr auf ein Kind.

165

Charles nahm mich begeistert in Empfang. Charlot und Louis-Charles fielen mir um den Hals. Claudine konnte schon einzelne Worte sprechen und ein paar Schritte gehen. Sie erkannte mich wieder und kicherte glücklich, als ich sie in die Arme nahm.

Es tat gut, zu Hause zu sein, und ich war unendlich froh darüber, daß ich einen klaren Kopf behalten und meine Tugend nicht verloren hatte. Es kam mir jetzt unglaublich vor, daß ich jemals in Versuchung geraten war, und im Lauf der Zeit trat die Erinnerung an Eversleigh mit der verrückten Griselda und Enderby mit seinen Gespenstern immer mehr in den Hintergrund. Nur Dickons Bild stand immer wieder vor meinen Augen.

Ich erzählte Lisette von Griselda, erwähnte aber meine Gefühle für Dickon mit keinem Wort. Sie hörte mir zu und stellte dann fest, daß es in Tourville ohne mich sehr langweilig gewesen war.

Charles interessierte sich noch immer brennend für den Krieg zwischen England und seinen amerikanischen Kolonien und sprach kaum von etwas anderem.

»Deine Landsleute kämpfen für eine verlorene Sache«, behauptete er. »Sie sollten einsehen, daß sie geschlagen sind.«

»Ich kann mir nicht vorstellen, daß die Kolonisten sie besiegen können. Noch dazu handelt es sich bei ihnen auch um unsere Landsleute. Es ist beinahe wie ein Bürgerkrieg.«

»Hinter den Kolonisten steht das mächtige Frankreich.«

»Das glaube ich nicht.«

»Dann laß dir etwas erzählen. Deine Engländer haben bei Saratoga eine schwere Niederlage erlitten, und bei Hof wird von nichts anderem gesprochen. Unser König Ludwig hat einen Vertrag mit den Kolonisten geschlossen. Was sagst du dazu?«

»Gegen England?«

»Der arme Ludwig will seinen Frieden haben. Wir haben ihn nur mit Mühe davon überzeugt, daß England nicht die Absicht hat, ihn anzugreifen. Ich geriet in Panik, weil ich befürchtete, daß der Krieg ausbrechen könnte, während du dich in England aufhieltest.«

»Was hätte das bedeutet?«

»Du wärst vielleicht nicht in der Lage gewesen, zurückzukehren.«

»Ich hätte in England bleiben müssen?«

»Ich hätte dich schon heimgeholt, aber es wäre wahrscheinlich schwierig geworden. Jedenfalls befinden wir uns nicht im Kriegs-zustand, obwohl der britische Botschafter aus Paris heimberufen wurde.«

»Was bedeutet das?«

»Daß die Engländer mit unserer Haltung nicht zufrieden sind.«

»Hoffentlich kommt es nicht wirklich zu einem Krieg.«

»Jedenfalls bist du jetzt zu Hause und in Sicherheit, Lottie.«

Der Sommer setzte früh ein. Claudine war im Februar zwei Jahre alt geworden, plauderte schon und lief eifrig herum. Sie war ein bezauberndes, temperamentvolles, eigenwilliges Kind; sie war auch zärtlich, nur schlug ihre Stimmung oft sehr schnell um. Der gesamte Haushalt war von ihr entzückt.

Anfang Juli bekamen wir Besuch. Lisette und ich hielten uns mit den Kindern im Garten auf, als ein Dienstmädchen meldete, daß mich ein Herr sprechen wollte.

Ich folgte ihr hinterher.

Er stand vor mir, lächelte mich an, mein Herz setzte einen Au-genblick lang aus, und Gefühle stürmten auf mich ein, die ich lie-ber nicht analysieren wollte.

»Dickon«, rief ich.

»Du freust dich anscheinend wirklich darüber, mich wiederzuse-hen, Lottie. Ich hatte in Paris zu tun, und du hättest mir bestimmt nie verziehen, wenn ich die Gelegenheit nicht benütze, um dich aufzusuchen.«

»Du hättest deinen Besuch ankündigen sollen.«

»Dafür blieb mir keine Zeit mehr.«

»Komm doch weiter, du mußt hungrig sein.«

»Nur nach deinem Anblick.«

»Bitte, Dickon, du befindest dich im Haus meines Mannes ...«

»Ich habe schon verstanden und verspreche, daß mein Beneh-men in jeder Hinsicht makellos sein wird.«

Ich schickte das Mädchen um einen Stallknecht und führte Dik-kon in die Halle.

»Ein wirklich schönes Haus«, bemerkte er anerkennend. »Ich wollte auch in Aubigné vorbeischauen, habe es mir aber überlegt. Deine Mutter wäre vermutlich nicht sehr begeistert über meinen Besuch gewesen. Außerdem wollte ich soviel Zeit wie möglich bei meiner wunderbaren Lottie verbringen.«

»Du hast mir versprochen – «

»Ein zartes Kompliment für meine reizende Gastgeberin wird doch noch erlaubt sein.«

Er sah sich prüfend in der Halle um, und ich wußte, daß er den Wert jedes einzelnen Gegenstandes abschätzte. So war Dickon eben.

Ich befahl einem der Dienstmädchen, Charles zu suchen, etwas zu essen zu bringen und ein Zimmer für den Gast zurechtzumachen.

»Du wirst vermutlich ein paar Tage bleiben wollen.«

»Natürlich, vorausgesetzt, du forderst mich dazu auf.«

»Als Verwandter bist du uns immer willkommen.«

»Du bist so schön, Lottie. Wenn ich nicht mit dir beisammen bin, vergesse ich es. Doch wenn ich dich wiedersehe, wird mir klar, daß ich dein Bild für immer in meinem Herzen trage.«

»Ein typischer Fall von Selbstbetrug«, stellte ich fest.

Das Mädchen brachte das Essen. Ich führte Dickon in ein kleines Zimmer und leistete ihm Gesellschaft, während er aß. Dann hörte ich Charles' Schritte in der Halle und ging zu ihm hinaus.

»Wir haben Besuch, Charles. Ich habe dir doch von Dickon erzählt. Er hatte in Paris zu tun und hat die Gelegenheit benützt, um hierherzukommen.«

Charles folgte mir in den Raum, ich stellte die beiden Männer einander vor und beobachtete sie dann.

Dickon war etwas größer als der dunkelhaarige Charles und wirkte neben ihm noch blonder. Charles gab sich ein bißchen reserviert, was verständlich war, weil er in Dickon den Unterdrücker der Kolonisten sah – doch es steckte mehr dahinter. Dickon musterte Charles überlegen lächelnd.

Sie waren offenbar entschlossen, einander nicht zu mögen.

»Willkommen in Tourville.« Charles' Ton strafte diese Worte Lügen.

»Danke«, antwortete Dickon auf französisch mit übertrieben starkem englischem Akzent. »Ich freue mich, Sie kennenzulernen. Lottie hat mir viel von Ihnen erzählt.«

»Und mir von Ihnen«, erwiderte Charles.

»Setz dich, Charles«, schlug ich vor, »damit Dickon weiteressen kann. Er hat einen langen Ritt hinter sich.« Charles nahm Platz, und Dickon setzte die unterbrochene Mahlzeit fort. Charles erkundigte sich, wie die Stimmung in Paris gewesen war.

»Es herrscht ziemliche Aufregung«, berichtete Dickon. »Aber das ist ja öfter der Fall, nicht wahr? Anscheinend glauben die Pariser, daß der Krieg vor der Tür steht. Sobald sie entdeckten, daß ich Engländer war, musterten sie mich ausgesprochen unfreundlich. Ich frage mich noch heute, wodurch ich mich verraten habe.«

»Das ist nicht schwer zu erraten«, bemerkte Charles trocken.

»Es spielt eigentlich keine Rolle. Ich möchte nur wissen, warum ein Großteil der Franzosen unbedingt in den Krieg ziehen möchte.«

»Weil wir auf unser Gerechtigkeitsgefühl stolz sind.«

»Tatsächlich?« fragte Dickon überrascht und schnitt sich ein Stück vom Kapaun ab. »Das Essen ist köstlich, Lottie. Du hast eine ausgezeichnete Köchin.«

»Ich freue mich, daß es dir schmeckt.« Ich mußte möglichst rasch ein anderes Gesprächsthema finden, deshalb fuhr ich fort. »Wie geht es Großmutter und Sabrina?«

Die nächsten Tage verliefen nicht gerade friedlich. Dickon hatte keinesfalls die Absicht, kampflos auf mich zu verzichten; er hatte die erste sich bietende Gelegenheit benützt, um nach Tourville zu kommen. Hatte er wirklich geschäftlich in Paris zu tun gehabt? Sabrina hatte mir stolz erzählt, daß er überall seine Hände im Spiel hatte und auch bei Hof verkehrte. Vielleicht war er in einer politischen Mission herübergekommen – einer geheimen Mission. Solche Abenteuer waren das richtige für ihn.

Lisette stellte fest, daß sie ihn überaus anziehend fand. »Er ist deinetwegen gekommen, Lottie. Du hast wirklich Glück.«

»Das finde ich nicht. Ich möchte keine Schwierigkeiten bekommen.«

»Mit Charles? Na ja, man kann natürlich nicht erwarten, daß der Ehemann sich über einen Verehrer seiner Frau freut, der sich bei ihm einquartiert.«

»Dickon und ich sind miteinander verwandt.«

»Er benimmt sich mehr wie dein Bewunderer.«

»Das redest du dir ein.«

Charles war jedenfalls mißtrauisch.

Als wir am ersten Abend nach Dickons Ankunft in unseren Betten lagen, fragte er: »Du hast ihn in England getroffen?«

»Natürlich. Wir sind nach Eversleigh gefahren, und dieses Gut gehört jetzt ihm. Dort lebt auch meine Großmutter. Du weißt doch, daß ich sie besucht habe, weil sie krank war.«

»War er die ganze Zeit über da?«

»Beinahe.«

»Was tut er hier?«

»Ich habe eigentlich von diesem Verhör genug, Charles. Ich weiß nicht mehr als du. Er hatte in Frankreich zu tun und hat mich und die Kinder besucht.«

»Bis jetzt hat er sich nicht sehr für sie interessiert.«

»Das kommt schon noch. Er hat selbst zwei Söhne, und Eltern wollen immer Vergleiche anstellen.«

»Mir gefällt er nicht.«

»Du kennst ihn doch gar nicht.«

»Er ist eingebildet.«

»Das könnte man dir mit dem gleichen Recht vorwerfen.«

»Ich traue ihm nicht über den Weg. Was macht er bloß in Frankreich?«

»Das hast du schon vor einer Minute wissen wollen. Frage ihn doch selbst.«

»Das werde ich tun.«

»Schön.« Ich legte ihm die Arme um den Hals. »Können wir ihn jetzt für eine Weile vergessen?«

Er küßte mich. In dieser Nacht zeigte er sich sehr leidenschaftlich, und ich war davon überzeugt, daß dies irgendwie mit Dickon zusammenhing.

Gefahr war im Anzug, doch das war unvermeidlich, solange Dickon sich hier aufhielt. Er hatte sein Leben lang überall, wo er auftauchte, für Unruhe gesorgt.

Ich wartete sehnlich darauf, daß er uns verließ, und wollte doch gleichzeitig, daß er möglichst lange blieb. Jede Stunde, die er unter unserem Dach verbrachte, war gefahrvoll, und dennoch genoß ich seine Gegenwart.

Er besichtigte mit Charles und mir den Besitz und gab sehr sachverständige Kommentare ab. Wenn er etwas sah, das er für gut hielt – was allerdings selten der Fall war –, lobte er es; meist übte er jedoch versteckte Kritik, stellte Vergleiche zwischen der

Bewirtschaftung von Gütern in Frankreich und England an und zog letztere vor. Er wußte viel und interessierte sich für alles; kurz, er zeigte auf jede erdenkliche Art, daß er Charles überlegen war.

Charles beherrschte sich nur mit Mühe, während Dickon gleichmäßig freundlich blieb und die Situation genoß. Er brachte mich zur Verzweiflung.

Er suchte auch das Kinderzimmer auf und bewunderte die Kinder. Charlot und Louis-Charles waren von ihm begeistert, und er behandelte sie wie Erwachsene, wofür Kinder immer empfänglich sind. Sogar Claudine blickte ihn bewundernd an, wenn er sie hochhob, und versuchte dabei, die Knöpfe an seinem Rock abzureißen, ein Hinweis darauf, daß sie ihr gefielen.

Er bezauberte auch meine Schwiegereltern, und als Amélie und ihr Mann uns für einen Tag besuchten, erlagen auch sie seinem Charme. Er war entschlossen, alle Mitglieder des Haushalts, mit Ausnahme von Charles, für sich einzunehmen.

»Ich würde mich vor so einem Mann hüten«, warnte Lisette. »Er sieht viel zu gut aus, ist aber schlecht.«

»Keine Sorge«, beruhigte ich sie, »ich bin auf der Hut.«

Ich hatte ihr früher viel von ihm erzählt, und sie sagte jetzt: »Ich verstehe, warum deine Mutter dich von ihm fernhalten wollte. Ich verstehe auch, warum du dich dagegen gewehrt hast.«

»Ich habe noch nie einen Menschen wie Dickon kennengelernt.«

»Das Leben mit ihm wäre ein einziges langes Abenteuer. Ist er sehr reich?«

»Jetzt schon. Die Güter Clavering und Eversleigh gehören ihm, und seine Frau hat eine Menge Geld in die Ehe mitgebracht.«

»Und du glaubst, daß er jetzt in finanzieller Hinsicht zufrieden ist?«

»Hoffentlich«, seufzte ich.

»Er ist es nicht, darauf könnte ich wetten. Männer wie er sind nie zufrieden. Wenn er wieder heiratet, wird er bestimmt eine reiche Frau nehmen.«

»Ist dir klar, daß wir seit Dickons Ankunft beinahe nur über ihn sprechen?«

»Was könnte auch interessanter sein?« Offenbar hatte er auch Lisette erobert.

»Ich werde froh sein, wenn er wieder abreist. Hier sorgt er nur für Unruhe.«

»Und dennoch gefällt dir diese prickelnde Unruhe. Gib es zu. Du weißt, daß dir das Leben nach seiner Abreise langweilig erscheinen wird.«

»Er reizt Charles unaufhörlich. Manchmal weiß ich nicht, wie ich den Abend durchstehen soll.«

»Dickon unterhält sich dabei wahrscheinlich blendend.«

»Charles unterhält sich bestimmt weniger gut.«

Abends spielten sie miteinander Karten. Charles spielte riskant, sein Gesicht war gerötet, seine Augen leuchteten. Dickon blieb ruhig, erhöhte die Einsätze und blieb gelassen, ob er nun gewann oder verlor. Er gewann allerdings oft.

Ich ging meist zeitig zu Bett, und wenn Charles heraufkam, stellte ich mich schlafend.

Charles war jedesmal wütend, denn er schleuderte seine Kleidungsstücke wild durch den Raum. Manchmal lag er schlaflos neben mir; dann wieder weckte er mich und umarmte mich voll stürmischer Leidenschaft; mir war klar, daß er dabei an Dickon dachte. Er wußte, daß Dickon mir nahe gestanden und daß meine Mutter uns auseinandergebracht hatte, aber das nützte auch nichts.

Dickon durfte nicht mehr lange bleiben.

Es wurde immer mehr über den Krieg gesprochen.

Eines Abends saßen Charles, Dickon und ich gemeinsam mit meinen Schwiegereltern bei Tisch. Charles' und Dickons Einstellung zum Krieg war typisch für ihre Beziehung, die sich beinahe zu einem persönlichen Krieg zugespitzt hatte. Charles freute sich über die Erfolge der Kolonisten, während Dickon sie als bloße Scharmützel abtat. Vor allem aber verurteilte Dickon die französische Intervention und prangerte beredt die Dummheit der französischen Politiker an.

An diesem Abend leuchteten seine Augen vor Erregung, seine blendend weiße Krawatte hob sich von dem blauen Samt seines Rockes ab, seine kräftigen Hände mit dem goldenen Siegelring lagen ruhig auf dem Tisch.

»Es ist unbegreiflich. Überlegen Sie doch einmal. Niemand könnte behaupten, daß in Ihrem Land geordnete Verhältnisse herrschen. Turgot und Necker haben tapfer versucht, die finanzielle

Lage in den Griff zu bekommen, jedoch ohne Erfolg. König Ludwig hat die Katastrophe geerbt. Sein Großvater hat ja von der Sintflut gesprochen, die nach ihm kommen kann – und sie könnte bald kommen. Ihr Haus bricht zusammen, und statt daß sie sich an den Wiederaufbau machen, kümmern sie sich überhaupt nicht darum, sondern belästigen ihre Nachbarn.«

»Die Franzosen sind immer für die gerechte Sache eingetreten«, widersprach Charles. »Die Menschen in Übersee – meist Ihre eigenen Kolonisten – werden viel zu schwer besteuert. Sie revoltieren vollkommen zu Recht, und jeder Franzose hält zu ihnen, denn er kann nicht anders handeln.«

»Das habe ich in Frankreich gut beobachten können.« Dickon lächelte honigsüß. »Wie lange liegt der Mehlkrieg zurück, in dem eine Volksklasse gegen die Ungerechtigkeiten revoltierte, die ihr von einer anderen Klasse zugefügt wurden? Wäre es für die Franzosen nicht besser, wenn sie zuerst im eigenen Haus Ordnung schaffen, bevor sie sich so edelmütig über die Schandtaten der Ausländer aufregen? Ihr Land steht am Rand einer Revolution, sehen Sie das denn nicht? Wissen Sie, daß nicht mehr viel fehlt, um die Bevölkerung Ihrer Städte zum Aufruhr zu treiben? Es kommt immerfort zu Unruhen. Wir erfahren nichts davon, weil sie sich bis jetzt in gewissen Grenzen halten. Aber es ist eine Warnung, die Sie nicht erkennen, weil Sie wie gebannt nach Übersee starren. Ich würde Ihnen vorschlagen, zuerst bei Ihnen nach dem Rechten zu sehen.«

»Offensichtlich beunruhigt Sie die Unterstützung, die die unterdrückten Kolonisten von uns erhalten, mehr, als Sie zugeben wollen«, bemerkte Charles boshaft.

»Natürlich wäre es uns lieber, wenn der Marquis de Lafayette und seinesgleichen aufhörten, Freiwillige anzuwerben, um der Welt die Freiheit zu bringen, wie er behauptet. Im Augenblick rekrutiert der Graf de Brouillard in Angoulême frische Truppen. Er hält auf dem Marktplatz Brandreden, und die Menge brüllt gehorsam »Nieder mit den Engländern! Auf nach Amerika!«

»Ich weiß«, antwortete Charles. »Ich hätte Lust, mich ihm anzuschließen.«

»Wirklich? Warum tun Sie es dann nicht, mein Freund? Man sollte immer seinen Gefühlen folgen, denn wenn man es nicht tut, bereut man es sein Leben lang.« Charles' Augen leuchteten. »Es geht um eine große Sache, an der mein Herz hängt.«

»Dann schließen Sie sich ihr doch an.«

»Sie drängen mich also, eine Torheit zu begehen?«

»Ich dränge Sie nicht, und Sie sehen es nicht als Torheit an. Sie empfinden es als ritterliche Tat – die Starken verteidigen die Schwachen. Wenn ich so fühlte wie Sie, würde ich bestimmt nicht zögern.«

»Warum kämpfen Sie dann nicht für Ihren König?«

»Weil ich nicht so engagiert bin wie Sie. Ich spreche ja nicht vom Recht oder Unrecht dieses unsinnigen Krieges. Ich weise nur darauf hin, daß es für Frankreich, das in schweren finanziellen Schwierigkeiten steckt und in dem die sozialen Ungerechtigkeiten so eklatant sind, Wahnsinn ist, sich in eine Auseinandersetzung einzumischen, die es wirklich nichts angeht.«

»Ich finde, daß man Unterdrückung überall bekämpfen muß.«

»Und ich finde, daß dies wohl ein edles Gefühl ist, daß man aber am besten zunächst vor seiner eigenen Tür kehrt.«

»Sie wissen anscheinend eine ganze Menge über mein Land?«

»Ein Zuschauer bemerkt oft vieles, was dem Beteiligten entgeht. Betrachten Sie mich als Zuschauer. Ich erfahre von Unruhen in den Kleinstädten im ganzen Land; ich höre die unterdrückten Klassen murren. Kaiser Josef, der Bruder Ihrer Königin, ist ein weiser Mann. Wissen Sie, was er geantwortet hat, als man ihn um seine Meinung zu der Lage in Frankreich gefragt hat? ›Ich bin von Berufs wegen Royalist.‹ Er meinte damit, daß es unklug ist, die Autorität der Könige in Frage zu stellen, denn man schafft damit Präzedenzfälle, die die Nachfolger verunsichern. Sie sind von Berufs wegen Aristokrat und sprechen von Freiheit – Sie finden, daß diejenigen, die sich gegen die Monarchie erheben, im Recht sind.«

»Ihr Standpunkt ist zynisch.«

»Mein Standpunkt ist realistisch; bis jetzt habe ich geglaubt, daß die Franzosen Realisten sind.«

Ich mischte mich ein. »Ich habe genug von diesen Gesprächen. Ihr beide denkt anscheinend nur an den Krieg.«

Dickon sah mich vorwurfsvoll an. »Die Angelegenheit ist für mein Land sehr wichtig. Wenn wir den Krieg verlieren, verlieren wir auch unseren Stützpunkt in Amerika. Aber ganz gleich, ob wir gewinnen oder verlieren, der Ausgang hat auch für Frankreich entscheidende Folgen.«

»Unsinn«, meinte Charles. »Die Engländer beginnen offenbar, sich Sorgen zu machen.«

»Sie beginnen nicht, sie haben sich von Anfang an Sorgen gemacht«, widersprach Dickon. »Sie nahmen an, daß es ein müheloser Sieg sein würde, und erkannten nicht, wie schwer es ist, auf solche Entfernung Krieg zu führen.«

»Geben Sie zu, daß Sie geschlagen sind.«

»Der Kampf ist noch nicht vorbei. Allerdings sind zahlreiche Franzosen im Begriff, den Kolonisten zu Hilfe zu eilen. Sie zum Beispiel, Lafayette, Ségur, dieser Graf in Angoulême – ich verstehe Ihre Motive. Abenteuer – ritterliche Abenteuer –, eine Reise über das Meer. Es wundert mich, daß Sie noch nicht unterwegs sind.«

»Ich wäre nicht abgeneigt.«

»Wie amüsant, wenn Sie und ich einander auf dem Schlachtfeld gegenüberständen. Das wäre etwas anderes als unsere Streitgespräche über einen Tisch hinweg.«

Ich schaltete mich entschlossen ein und erwähnte die Pläne unseres Nachbarn zur Erweiterung seines Hauses. Das Thema interessierte beide, und damit hatte ich glücklich vom Gespräch über den Krieg abgelenkt. Aber sie waren immer noch erregt, und Charles trank mehr als gewöhnlich.

Als wir uns vom Tisch erhoben, schlug Dickon eine Kartenpartie vor. Meine Schwiegereltern waren eingenickt, wie immer nach dem Abendessen, aber sie begleiteten uns in den kleinen Salon, in dem ein Kartentisch stand.

Ich saß bei den beiden Alten, während die beiden Männer spielten. Zuerst waren sie schweigsam, und im Zimmer herrschte Stille. Ich war beunruhigt, schob das Gefühl aber auf das Gespräch bei Tisch. Dickon hatte Charles zwar nicht mehr als sonst gereizt, aber hinter seinen Bemerkungen hatte ich eine gewisse Intensität gespürt.

Charles trank weiter, Dickon dagegen blieb mäßig, und seinem gelegentlichen Lachen entnahm ich, daß er gewann. Das beunruhigte mich nicht weiter, denn ich wußte, daß Charles seine Spielschulden bezahlen konnte; aber an diesem Abend störte mich an Dickon etwas. Seine Augen leuchteten wie immer, wenn er erregt war, wie damals in Enderby, als er geglaubt hatte, daß ich ihm nicht länger widerstehen konnte.

In einigen Tagen würde er abreisen, und ich würde dann erleichtert aufatmen. Solange er bei uns weilte, war ich stets auf eine Katastrophe gefaßt, die er auslösen konnte.

Warum war er gekommen? Um mich zu besuchen. Aber wenn es ihm nicht gelungen war, mich in seinem Haus zu verführen, würde es ihm in dem meinen noch viel weniger gelingen. Vielleicht reizte ihn bloß mein Widerstand.

Nein, er mußte einen anderen Grund haben. Er wußte soviel über Frankreich. Woher hatte er von den Unruhen in den Kleinstädten erfahren? Darüber wurde bei uns kaum gesprochen. Der König und seine Minister wollten bestimmt nicht, daß die wachsende Unzufriedenheit unter den Bauern zum Tagesgespräch wurde. Der König strebte auch keinen Krieg mit England an, weil er für Frankreich im jetzigen Zeitpunkt katastrophal gewesen wäre. Doch die abenteuerlustigen Aristokraten, die anderen Menschen die Freiheit bringen wollten, taten ihr Bestes, um einen Krieg zu provozieren. Woher wußte Dickon über alle diese Einzelheiten Bescheid? Er ging am Hof ein und aus, und ich konnte mir vorstellen, was hinter dem Ganzen steckte. Er war als gewöhnlicher Reisender nach Frankreich gekommen, der seine Verwandten besuchte. Ein vollkommen harmloses Motiv. Gleichzeitig konnte er sich jedoch über die Lage, die Stimmung in Frankreich informieren.

Er war in Paris gewesen, war durch das Land gereist und hatte alles registriert, was vor sich ging.

Die Stimmen der beiden Männer am Kartentisch rissen mich aus meiner Träumerei.

»Spielen wir einmal um etwas anderes als Geld«, schlug Dickon vor. »Dadurch wird das Spiel aufregender. Um einen Gegenstand – Ihren Wappenring gegen meinen.«

»Mir ist es gleichgültig, ob ich Ihren Ring gewinne oder nicht.« Charles sprach schon undeutlich, er hatte sichtlich zuviel getrunken. Ich mußte ihn daran erinnern, daß es spät wurde, mußte das Spiel unterbrechen.

»Es muß doch etwas geben, was für Sie von Interesse ist. Ihr

Haus? Häuser sind schon oft als Einsatz geboten worden. Ihr Haus gegen meines?«

»Was hätte ich von einem Haus in England?«

»Ich besitze anscheinend nichts, was Sie reizt«, meinte Dickon. »Dadurch, daß wir in verschiedenen Ländern leben, wird die Angelegenheit schwierig. Lassen Sie mich darüber nachdenken, was von Ihrem Besitz mich interessiert.«

Er hatte mir den Kopf zugewandt und sah mir in die Augen. Ich schaute rasch weg, weil ich seinen Blick nicht ertrug.

»Ein wirklich schwieriger Fall« wiederholte Dickon nachdenklich. »Aber nein, ich habe es.«

Einen Augenblick lang herrschte in dem Zimmer gespannte Stille, und ich bildete mir ein, daß alle hören mußten, wie laut mein Herz klopfte. Er hätte nie herkommen dürfen, dachte ich. Wo er auftaucht, gibt es nichts als Schwierigkeiten. Und was hat er jetzt wieder vor?

Dickon sprach ruhig, beinahe suggestiv. »Sie würden gern nach Amerika reisen. Auch mich würde das Abenteuer locken, ich würde die Neue Welt gern kennenlernen. Einmal eine andere Gegend. Tabak, Baumwolle. Spielen wir darum: Der Verlierer zieht in den Krieg. Sie kämpfen für die Rechte der Unterdrückten, und wenn ich verliere, dann schlage ich mich auf der Seite des Unterdrückers.«

»Was für eine lächerliche Idee«, rief ich. »Eine solche Entscheidung aufgrund einer Kartenpartie zu treffen!«

»Leider verbietet Ihre Frau Ihnen diesen Einsatz, mein Freund!«

In Dickons Stimme lag Mitleid mit dem Mann, der seine Entscheidungen nicht selbst treffen durfte. Armer Charles, deutete er an, du hast keinen eigenen Willen mehr, sondern tust, was deine Frau befiehlt.

Er wußte, daß er Charles damit reizen konnte.

»Ich halte es für eine amüsante Idee«, erwiderte dieser auch prompt.

»Du bist zum erstenmal der gleichen Meinung wie Dickon«, warf ich ein. »Und noch dazu in einer so unsinnigen Angelegenheit.«

»Ich finde es aufregend«, erklärte Dickon. »Eine Karte entscheidet über die Zukunft eines Menschen.«

»Teilen Sie aus«, verlangte Charles.

»Drei Spiele«, rief Dickon. »Es handelt sich um eine so wichtige Entscheidung, daß ein Spiel nicht genügt.« Er wollte Charles loswerden. Aber wie konnte er seiner Sache so sicher sein?

Mein Schwiegervater schlief, seine Frau döste vor sich hin. Ich konnte den Blick nicht vom Kartentisch wenden.

Charles gewann das erste Spiel. »Ich glaube nicht, daß es Ihnen in Amerika gefallen wird«, sagte er zu Dickon.

»Ich würde mich jedenfalls bemühen, dem Aufenthalt die beste Seite abzugewinnen.«

»Das nächste Spiel könnte entscheidend sein«, meinte Charles. »Wenn ich gewinne, brauchen wir kein drittes mehr.«

»Ihr meint es doch nicht wirklich ernst«, mischte ich mich ein.

»Todernst«, antwortete Dickon.

Die Sekunden schlichen dahin, und dann lachte Dickon triumphierend. Er hatte gewonnen.

Dann begann die entscheidende Partie. Ich beobachtete sie mit pochendem Herzen. Irgendwann legte Dickon lächelnd die Karten auf den Tisch. Charles' Gesichtsausdruck war unergründlich, und keiner der beiden sprach ein Wort.

Ich konnte die Spannung nicht mehr ertragen, stand auf und trat zum Tisch.

»Nun?« fragte ich.

Dickon lächelte mich an. »Dein Mann wird in Nordamerika für die gerechte Sache kämpfen.«

Ich war so wütend, daß ich die Karten vom Tisch fegte. Dickon stand auf und sah mich wehmütig an.

»Du solltest nicht den Karten die Schuld geben.« Damit ergriff er meine Hand, küßte sie und wünschte mir eine gute Nacht.

Ich half Charles ins Bett. Der Wein und die Kartenpartie hatten ihn leicht benebelt, und er begriff nicht ganz, was er angerichtet hatte.

»Ihr wolltet eure Kartenpartie vermutlich etwas aufregender gestalten«, meinte ich.

Am nächsten Morgen war sein Kopf wieder klar. Ich hatte nicht gut geschlafen, denn obwohl ich mir einredete, daß das Ganze Unsinn war, war ich meiner Sache doch nicht sicher.

Charles saß auf dem Bett und erklärte: »Ich muß nach Amerika fahren.«

»Das ist doch lächerlich.«

»Ich habe meine Spielschulden immer bezahlt. Das ist Ehrensache.«

»Es war doch nur Spaß.«

»Nein, wir haben es ernst gemeint. Ich habe ja schon lange mit dem Gedanken gespielt, und das war eben die Entscheidung. Ich werde Brouillard noch heute aufsuchen.«

»Du meinst den Mann in Angoulême?«

»Es wird einfacher sein, wenn ich mich ihm anschließe. Außerdem befinden sich unter seinen Rekruten etliche Bekannte von mir.«

»Charles, meinst du es wirklich ernst?«

»Es ist ja nur für kurze Zeit. Wir werden den Engländern Beine machen, und der Spuk wird bald vorbei sein.«

»Es ist dir also ernst damit!«

»Selbstverständlich!«

»Mein Gott, können Männer unvernünftig sein!«

Zwei Tage später reiste Dickon ab. Charles hatte sich bereits mit dem Grafen de Brouillard und den Adeligen in Verbindung gesetzt, die zum Korps des Grafen gehörten.

Dickon verabschiedete sich sehr vergnügt mit *au revoir* von mir. Lebewohl klang ihm zu endgültig. »Ich verspreche dir, daß wir einander bald wiedersehen werden.«

»Was hättest du getan, wenn du verloren hättest?« wollte ich wissen. »Hättest du Eversleigh und dein aufregendes Leben in London aufgegeben?«

Er lächelte. »Ich bin darauf bedacht, immer nur das zu tun, was ich wirklich will. Um die Wahrheit zu gestehen – aber das ist nur für deine Ohren bestimmt –, ich stehe eigentlich auf der Seite der Kolonisten. Unsere Regierung benimmt sich genauso unvernünftig wie die französische; sie hätte nie die Steuern einführen dürfen, die den Krieg ausgelöst haben. Dennoch stehe ich zu allem, was ich über die Franzosen gesagt habe. Sie begehen einen Fehler, der schwerwiegende Folgen haben kann. Du solltest nach England zurückkehren, Lottie, dort wärst du in Sicherheit. Mir gefällt die Lage hier ganz und gar nicht. Die Unzufriedenheit ist wie ein Kessel, in dem es brodelt, aber irgendwann wird er überkochen. Dieser Unabhängigkeitskrieg heizt nur das Feuer unter dem Kessel an. Unvernünftige Aristokraten wie Lafayette und dein Mann begreifen das leider nicht.«

»Halte mir keine Predigten, Dickon. Du warst von Haus aus dazu entschlossen, ihn in das Abenteuer Amerika zu hetzen.«

»Ich gebe zu, daß ich es ungern sehe, wenn er so vertraut mit dir tut.«

Ich lachte. »Wie du weißt, ist er mein Mann. Lebe wohl, Dickon.«

»*Au revoir.*«

In den nächsten Wochen waren wir mit den Vorbereitungen für Charles' Abreise beschäftigt. Er forderte Amélie und ihren Mann auf, während seiner Abwesenheit im Château zu wohnen. Amélies Mann war froh gewesen, als er in eine so reiche Familie wie die Tourvilles einheiraten konnte, und war nur zu gern bereit, sich im Château häuslich einzurichten. Und Amélie war glücklich darüber, daß sie wieder zu Hause war.

Einige Wochen nach Dickons Besuch reiste Charles in die Neue Welt ab.

Seit Charles' Abreise waren mehrere Monate vergangen, und ich hatte noch keine Nachricht von ihm erhalten. Ich fragte mich immer wieder, warum er so bereitwillig hinübergefahren war. Es war ein Hinweis darauf, daß ihn unsere Ehe nicht voll befriedigt hatte. Zu Beginn hatte er mich heiß begehrt; auch später war er immer noch ein leidenschaftlicher Liebhaber, und in unserer letzten gemeinsamen Nacht hatte er mir immer wieder versichert, wie ungern er mich verließ. Andererseits lockte ihn das Abenteuer, und es reizte ihn, ein ganz neues Leben zu beginnen – jedenfalls für einige Zeit.

Und was war Dickons Motiv gewesen? Er wollte uns trennen, das stand fest.

Ich hatte von Dickon nichts gehört, nur Sabrina hatte ein paarmal geschrieben und mich aufgefordert, nach Eversleigh zu kommen. »Die arme Clarissa ist jetzt sehr schwach«, schrieb sie. »Sie würde dich gern noch einmal sehen.«

Auch meine Mutter erhielt ähnliche Briefe, und wenn sie sich zu der Reise entschlossen hätte, wäre ich vermutlich mit ihr gefahren. Aber mein Vater überzeugte sie davon, daß er sie dringender brauchte als ihre englischen Verwandten. Außerdem verstärkten sich die Spannungen zwischen Frankreich und England. Je mehr Frankreich den Kolonisten beistand, desto schwieriger wurde es für die Engländer, die Rebellen zu besiegen, und um so mehr wuchs die Erbitterung zwischen unseren Nationen.

Es gab also etliche Gründe, warum ich nicht nach England reiste. In Tourville ging das Leben ruhig weiter. Amélie und ich hatten einander immer gut verstanden; ihr Mann war sanft und freundlich und stolz darauf, daß man ihm die Leitung des Besitzes übertragen hatte. Seine eigenen Angelegenheiten hatten ihn nie sehr in Anspruch genommen, und er konnte daher Tourville mühelos dazu übernehmen. Meine Schwiegereltern freuten sich, ihre Tochter wiederzuhaben. Ich verbrachte viel Zeit mit meinen Kindern und mit Lisette, mit der ich mich besser verstand als mit allen anderen Erwachsenen in Tourville.

An einem Frühlingstag saßen Lisette und ich im Garten. Claudine lief auf der Wiese herum, und die Jungen unternahmen mit einem Reitknecht einen Ausritt.

Wir sprachen über Charles und fragten uns, wie es ihm wohl ging.

»Es ist für ihn natürlich schwierig, uns Nachrichten zukommen zu lassen«, bemerkte ich. »Ob er an vielen Schlachten teilnimmt?«

»Er wird bald genug davon haben und sich nach den Annehmlichkeiten seines Heims zurücksehnen.«

»Er hat jedenfalls verwirklicht, was er immer schon vorhatte.«

»Eigentlich hat ihn Dickon dazu gezwungen. Hast du inzwischen von Dickon Nachricht erhalten?«

»Nein, aber von Sabrina.«

»Ich möchte gern wissen, ob Dickon aus Übermut so gehandelt hat, oder ob mehr dahintersteckt.«

»Bestimmt nur aus Übermut.« In diesem Augenblick sah ich, daß ein Dienstmädchen, dem ein Mann folgte, über den Rasen zu uns hastete. Ich stand auf, erkannte den Mann aber erst auf den zweiten Blick. Es war mein Vater, der um zwanzig Jahre gealtert schien und dessen Kleidung in Unordnung war – etwas vollkommen Ungewohntes an ihm.

Etwas Entsetzliches mußte geschehen sein.

»Lottie!« Mehr brachte er nicht heraus. Seine Stimme klang verzweifelt.

181

Er schloß mich in die Arme, und ich rief: »Was ist geschehen? Spann mich doch nicht so auf die Folter.« Über seine Wangen flossen Tränen.

»Meine Mutter …«, stammelte ich.

Er nickte, brachte aber kein Wort heraus. Lisette war zu uns getreten und fragte: »Kann ich etwas für dich tun?«

»Ja, geh mit Claudine ins Haus«, erwiderte ich. Dann wandte ich mich an meinen Vater. »Komm, setz dich zu mir und erzähl mir, was sich ereignet hat.«

Ich führte ihn zu dem Stuhl, auf dem Lisette gesessen hatte. »Du bist soeben eingetroffen und mußt vollkommen erschöpft sein. Warum …?«

»Deine Mutter ist tot, Lottie.«

»Nein!« murmelte ich.

Er nickte. »Sie ist von uns gegangen, und ich werde sie nie wiedersehen. Ich könnte sie umbringen – jeden einzelnen mit meinen eigenen Händen töten. Warum gerade deine Mutter? Was hatte sie denn getan? Gott schütze Frankreich vor diesem Pöbel. Ich würde sie alle aufhängen, und das wäre noch zu gut für sie.«

»Aber warum meine Mutter?« Ich versuchte, mir klarzumachen, daß sie tot war, aber ich konnte nur an den armen, gebrochenen Mann neben mir denken, dessen Leben jetzt seinen Sinn verloren hatte.

»Bitte erzähl mir doch, was geschehen ist, ich muß es wissen.«

»Wie hätte ich ahnen können, daß es dazu kommt? Sie fuhr am Morgen in die Stadt, wie es ihre Gewohnheit war. Sie wollte zur Hutmacherin, erzählte mir, wie ihr neuer Hut aussehen würde, und wollte von mir wissen, welche Farbe ich für die Federn vorschlage.«

»Ja«, sagte ich beruhigend. »Und dann ist sie zur Hutmacherin gefahren.«

»In der Kutsche. Zwei Stallknechte und ihre Zofe begleiteten sie.«

Die Türen der Kutsche waren mit unserem Wappen geschmückt.

»Ich wußte nicht, daß am Vortag einer der Agitatoren in der Stadt Brandreden gehalten und die Bevölkerung aufgewiegelt hatte. Das geschieht jetzt in ganz Frankreich, zwar nicht in großem

Maßstab, und wir erfahren das meiste nicht, aber das Volk wird selbst in den kleinsten Orten aufgehetzt.«

»Ja«, drängte ich, »Ja?« Es fiel ihm sichtlich schwer, weiterzusprechen.

»Während sie bei der Hutmacherin war, brach der Aufruhr los. Sie kam aus dem Laden, hörte das Geschrei und stieg mit der Zofe in die Kutsche, die der Mob sofort einkreiste.«

»O nein«, murmelte ich und dachte daran, wie mein Vater und ich einmal einem solchen Redner zugehört hatten. Ich konnte den Fanatismus in seinen Augen nie vergessen.

»Der Kutscher versuchte, mit der Kutsche die Menge zu durchbrechen. Es war die einzige Möglichkeit.«

»Und dann?«

Er schüttelte den Kopf. »Ich kann nicht daran denken. Ein paar Männer griffen den Pferden in die Zügel, um sie anzuhalten. Die Kutsche stürzte um, und die erschreckten Pferde versuchten davonzustürmen. Einer der Stallknechte wurde schwer verletzt, kam aber mit dem Leben davon. Die übrigen ...«

Ich legte ihm die Arme um den Hals und versuchte ihn zu trösten, aber das war unmöglich. Er starrte lange Zeit wortlos vor sich hin.

Ich weiß nicht mehr, wie dieser Tag weiter verlief. Der Schock hatte mich genauso betäubt wie ihn.

Es war eine Woche nach dem Tod meiner Mutter, und ich konnte noch immer nicht recht glauben, daß sie nicht mehr unter uns weilte. Mein Vater versuchte, sich einzureden, daß er träumte und daß es sich um Fieberfantasien handelte. Den meisten Trost fanden wir, wenn wir uns über meine Mutter unterhielten; wir waren ständig beisammen. Er konnte nicht schlafen, und Amélie, die viel Mitgefühl zeigte und alles tat, was in ihrer Macht stand, um uns zu helfen, braute ihm Beruhigungstee, den ich ihm abends verabreichte. So fand er wenigstens für einige Stunden Ruhe.

Auch mir wurde in dieser Zeit klar, wie sehr ich meine Mutter geliebt hatte, obwohl ich lange gebraucht hatte, um ihr zu verzeihen, daß sie zwischen Dickon und mich getreten war. Erst jetzt begriff ich, was sie damals empfunden hatte, daß sie bereit gewesen war, sich für mich zu opfern. Wenn ich ihr nur hätte sagen können, daß ich sie verstand und über alles liebte. Ich konnte nur noch eines für sie tun: mich meinem Vater widmen. Sie hatten die romantischste Liebesgeschichte erlebt, von der ich je erfahren hatte. Mußte man denn für alles Gute, das einem das Leben bescherte, so bitter bezahlen?

Der Anblick des armen, gebrochenen Mannes, der einst so selbstbewußt gewesen war, schmerzte mich beinahe genauso wie der Verlust meiner Mutter.

Mein Vater bemerkte nicht, wie die Tage vergingen, sondern sprach ununterbrochen nur von ihr – wie sie einander kennengelernt, sich ineinander verliebt hatten, die Leidenschaft, die sie verband ... und dann die langen Jahre der Trennung. »Aber keiner von uns hat den anderen jemals vergessen, Lottie.« Und dann das Wiedersehen und die vollkommene Harmonie ihres späteren Lebens. »Es war ein Wunder, daß ich sie überhaupt wiedergefunden habe.«

Ich war nachdenklich. Sie hatte ihm geschrieben und ihm erzählt, daß er mich vor einem Abenteuer retten müsse. Dickon, dachte ich, immer wieder Dickon.

Dann schlug mir mein Vater einmal vor: »Komm mit mir ins Château zurück, Lottie, und nimm auch die Kinder mit. Dann könnte ich das Leben vielleicht ertragen.«

»Ich könnte auf einige Zeit mitkommen, aber ich bin hier zu Hause. Wenn Charles zurückkehrt ...«

»Ich verstehe dich ja. Es war egoistisch von mir. Aber es wäre so schön ...«

»Wir werden oft zusammenkommen. Du besuchst mich, und ich dich. Und vielleicht wird dieser Unglücksfall auch Sophie verändern. Sie weiß, daß du jetzt ihre Gesellschaft brauchst ...«

»Sophie denkt nur an ihr eigenes Unglück. Mit Armand habe ich mich nie besonders gut verstanden. Er geht seine eigenen Wege, steht mir, seiner Frau, seiner Familie, sogar dem Leben recht gleichgültig gegenüber. Ich habe ein einziges Kind, das meinem Herzen nahe ist.

Ach, Lottie, bitte, komm mit mir nach Hause.«

Ich konnte seinen Wunsch nicht erfüllen, ich mußte hier auf Charles' Rückkehr warten.

Ich versuchte, ihn mit anderen Gesprächsthemen abzulenken,

fand aber kaum etwas Unverfängliches. Wenn ich von der Lage in Frankreich sprach, erinnerte es ihn unweigerlich an den Tod meiner Mutter. Über Sophie und Armand wollte er nicht reden. Nur die Kinder waren mir eine gewisse Hilfe. Er schloß Freundschaft mit Charlot und nahm Claudine oft in die Arme.

Einmal fragte sie ihn: »Bist du mein Großvater?«

Er nickte mit Tränen in den Augen.

»Du weinst ja«, stellte sie entsetzt fest. »Erwachsene weinen nicht, so etwas tun nur kleine Kinder.«

Er liebte sie offensichtlich. Auf Charlot war er stolz, aber Claudine hatte mit ihren altklugen Bemerkungen sein Herz erobert.

Natürlich wäre er am glücklichsten gewesen, wenn wir drei mit ihm ins Château zurückgekehrt wären.

Da dies nicht möglich war, blieb er in Tourville und bemerkte gar nicht, wie die Wochen vergingen.

Er erzählte mir viel aus seinem Leben. Zwischen dem ersten Zusammentreffen mit meiner Mutter und dem Wiederfinden hatte er viele Frauen gehabt. »Und dennoch bin ich ihr weder in Taten noch in Gedanken je untreu gewesen, sobald wir verheiratet waren. Du hältst das vielleicht für nichts Besonderes, aber bei einem Mann wie mir war es beinahe ein Wunder. Übrigens freue ich mich darüber, daß du mit Lisette Freundschaft geschlossen hast.«

»Ich habe sie sehr gern. Sie hatte kein leichtes Leben, denn sie wurde mit Sophie und mir gemeinsam unterrichtet, war beinahe ständig mit uns beisammen, und dann wurde ihr immer wieder deutlich gemacht, daß sie nur die Nichte der Haushälterin war.«

»Vielleicht hätte ich mich anders verhalten sollen.« Er zuckte die Schultern. »Aber damals schien es für das Mädchen die beste Lösung zu sein.«

»Es war sehr großzügig von dir, daß du Tante Berthe erlaubt hast, ihre Nichte zu sich zu nehmen.«

In seinen Augen lag ein entrückter Ausdruck. »Vielleicht sollte ich dir doch die Wahrheit erzählen. Es begann vor langer Zeit, als Lisettes Mutter einige Kleider für meine erste Frau ins *hôtel* brachte. Sie arbeitete in einem eleganten Schneidersalon, und wenn Änderungen zu machen waren, kam sie ins Haus und nähte bei uns. Sie war sehr hübsch, ein zartes schlankes Mädchen. Als ich sie das erste Mal sah, schleppte sie einen Packen Stoffe die Treppe hinauf,

185

der für sie viel zu schwer war. Ich half ihr, und damit begann unsere Bekanntschaft. Sie hieß Colette, gefiel mir, und dann kam es so, wie es kommen mußte. Ich besuchte sie. Sie lebte in einer der kleinen Straßen in der Nähe von Notre Dame, in der die Färber zu Hause sind. Meine Kleidung bekam oft Flecken, weil rote, grüne oder blaue Bächlein durch den Rinnstein flossen. Colette bewohnte zwei Zimmer in einem Haus, das einem alten Weib gehörte. Damals empfand ich es als Abenteuer, eine solche Gegend aufzusuchen, denn ich mußte mich dazu als Handwerker verkleiden. Ich war eben noch sehr jung. Colette war ein Bauernmädchen und nach Paris gekommen, weil sie dem langweiligen Leben auf dem Hof ihres Vaters entrinnen wollte. Ihre Familie war sehr religiös, und sie stellte sich vor, daß sie in Paris mehr Zerstreuung haben würde. Sie konnte gut nähen, aber damit verdiente sie nicht genug für ihren Lebensunterhalt. Dann fand sie einen Gönner, einen wohlhabenden Geschäftsmann. Nach einiger Zeit verließ er sie, und sie fand den nächsten Protektor. Sie war keine Prostituierte, sondern ging nur feste Verhältnisse ein, um sich finanziell über Wasser zu halten.

Sie war nicht sehr kräftig, und es wäre besser für sie gewesen, wenn sie auf dem Land geblieben wäre. Für mich war sie zunächst nur ein flüchtiges Abenteuer, weil ich damals mit einer anderen Dame liiert war, aber ihre Zartheit hatte etwas unglaublich Anziehendes, deshalb kam ich doch immer wieder zu ihr zurück. Ich besuchte sie ungefähr einmal im Monat, und sie war mit diesem Arrangement sehr zufrieden.

Doch dann erlebte ich etwas Merkwürdiges in ihrer Wohnung: Ich hörte im Nebenzimmer ein Geräusch. Ich war beunruhigt. Ich befand mich in einem verrufenen Viertel, und Colette wußte, wer ich in Wirklichkeit war. Vielleicht hatte sie jemanden versteckt, der mich umbringen und berauben wollte. Diese Vorstellung war äußerst unangenehm, deshalb kleidete ich mich rasch an, gab ihr den vereinbarten Betrag und verschwand.

Doch dann dachte ich in Ruhe darüber nach. Eigentlich war es undenkbar, daß Colette jemals an einem Verbrechen beteiligt sein konnte. Ich war immer einfach gekleidet, wenn ich sie besuchte, und hatte nur den Betrag bei mir, den ich ihr zugedacht hatte, so daß sie von einem Diebstahl nicht profitieren konnte. Erpressung?

Das war lächerlich. Niemand würde etwas an einer solchen Beziehung finden. Meine Frau? Sie wußte, daß ich viele Mätressen hatte und drückte beide Augen zu. Nein, die Vorstellung, daß sich jemand im Nebenzimmer versteckt hielt, um mich zu überfallen, war absurd. Also suchte ich Colette sehr bald wieder auf.

Wieder hörte ich das Geräusch und beschloß, mir diesmal Klarheit zu verschaffen. Die Tür zum Nebenzimmer war versperrt, aber der Schlüssel steckte auf unserer Seite. Ich sperrte auf und stand dem süßesten kleinen Mädchen gegenüber, das ich je gesehen hatte. Es lief entsetzt auf Colette zu und begann zu weinen. »Ich habe mich nicht gerührt, Maman, wirklich nicht!« Ich sah Colette an, und sie bestätigte: ›Ja, sie ist meine Tochter, für die ich sorgen muß. Wenn mich jemand besucht, muß ich sie natürlich verstecken.‹

Ich kann dir nicht sagen, wie gerührt ich war. Erstens war Colette so zart und das Kind so hübsch, zweitens schämte ich mich meines Verdachtes.

Danach veränderte sich meine Beziehung zu Colette. Ich kaufte Kleider für die Kleine, die erst vier Jahre alt war. Colette erzählte mir, daß sie oft Arbeit nach Hause nahm, um bei ihrem Kind sein zu können. Wenn sie es allein lassen mußte, hatte sie keinen Augenblick lang Ruhe. Ich war entsetzt und gab ihr so viel Geld, daß sie jemanden bezahlen konnte, der während ihrer Abwesenheit auf die Kleine aufpaßte. Dieser Zustand hielt etwa ein Jahr an, und Colette war mir so dankbar, daß es mir peinlich wurde.

Colette hatte ihrer Familie das Kind verschwiegen, weil ihre Verwandten darüber entsetzt gewesen wären, nahm aber an, daß ihre ältere Schwester Berthe Verständnis zeigen würde. Berthe war eine sehr eigenwillige Persönlichkeit und hatte ihre Geschwister mit eiserner Faust regiert.

Colette hatte geglaubt, daß der Geschäftsmann, ihr erster Liebhaber, sie heiraten würde. Er hatte sie geliebt, doch als das Kind zur Welt kam, lehnte er jede Verantwortung ab und heiratete bald danach die Tochter eines Geschäftsfreundes. Er besuchte Colette zwar noch eine Weile, doch die Besuche wurden immer seltener und hörten schließlich ganz auf.

Die arme Colette mußte also auch noch ein Kind erhalten und hatte schon bisher kaum für ihren eigenen Unterhalt sorgen können. Colette war bewundernswert tapfer, und ich erkannte lange nicht, wie krank sie war. Sie litt an der Auszehrung, wie so viele Mädchen, die zuviel arbeiten müssen und zuwenig essen.

Dann mußte ich für einige Zeit verreisen, und bei meiner Rückkehr erfuhr ich zu meiner Bestürzung, daß sie bettlägerig war. Sie hatte endlich ihre Schwester kommen lassen, und bei dieser Gelegenheit sah ich Berthe zum erstenmal. Diese Begegnung machte mir klar, daß Colette im Sterben lag, denn sonst hätte sie Berthe nie zu sich gerufen. Berthe war zweifellos eine bewunderswerte Frau – streng, nicht sehr zärtlich, aber äußerst pflichtbewußt.

Ich sprach mit ihr, und sie erklärte mir, daß es schwierig sein würde, das Kind in der Familie unterzubringen. Sie waren alle sehr religiös, und die Kleine würde daher bei ihnen kein leichtes Leben haben. Colette hatte in ihrer Verzweiflung gemeint, daß Berthe vielleicht einen Ausweg finden würde.

Die kranke, rührende Frau, die strenge, aber vertrauenswürdige Berthe und das schöne Kind beeindruckten mich tief. Dann fiel mir die Lösung ein: Berthe sollte bei uns Haushälterin werden, dafür eignete sie sich. Sie konnte sehr gut das Mädchen mitnehmen, und ich würde mich um seine Erziehung kümmern.

Es war der einzige gangbare Weg. Colette konnte in Frieden sterben; Berthe bekam den Posten, der ihr zusagte und gleichzeitig alle Familienprobleme aus der Welt schaffte; dem Kind würde es gutgehen; und mein Gewissen war beruhigt. Vielleicht überrascht es dich, Lottie, daß ich damals so etwas wie ein Gewissen besaß.«

»Du warst immer ein guter Mensch. Auf diese Art ist Lisette also ins Château gekommen.«

Er lächelte schwach. »Ich werde nie Colettes Gesicht vergessen, als sie erfuhr, was ich vorhatte. Ihre Dankbarkeit war überwältigend und brachte mich in Verlegenheit, denn die Durchführung meines Planes bereitete mir so gut wie keine Mühe. Sie bezeichnete mich als Heiligen, der dafür gesorgt hatte, daß sie in Frieden und mit dem Bewußtsein sterben konnte, daß für ihr Kind gesorgt war.«

»Dennoch war es eine gute Tat von dir«, wiederholte ich, »denn die wenigsten Leute befassen sich mit den Problemen ihrer Mitmenschen.«

»Und was kam dabei heraus? Daß ich eine ausgezeichnete Haushälterin gewann. Also gereichte es mir sogar zum Vorteil. Colette starb bald danach.«

»Weiß die arme Lisette das alles?«

»Sie wird sich kaum mehr daran erinnern können, denn sie war erst fünf Jahre alt, als sie hierherkam. Wir erzählten ihr, daß ihre Eltern gestorben wären und Tante Berthe jetzt für sie sorgen würde. Lisette wurde von ihr nicht verwöhnt, aber sie hatte ein Dach über dem Kopf, genug zu essen und wurde streng erzogen, was ihr bestimmt zugute kam. Ich ordnete an, daß sie zusammen mit Sophie unterrichtet wurde, und alles Weitere ist dir ohnehin bekannt. Ich weiß nicht, ob ich richtig gehandelt habe. Sie hat zur Familie gehört ... und auch wieder nicht.«

»Trotzdem wird Lisette mit ihrem Leben sehr gut fertig.«

»Du kennst sie gut, denn ihr beide wart vom ersten Augenblick an Freundinnen. Du vertrugst dich mit ihr sogar besser als mit Sophie.«

»Lisette war einfach die lustigere.«

»Jetzt weißt du jedenfalls Bescheid, Lottie. Ich halte es für besser, wenn du ihr diese Geschichte nicht erzählst, sondern sie in dem Glauben läßt, daß sie aus einer normalen Ehe stammt.«

»Es hätte keinen Sinn, jetzt die ganze Sache noch einmal auszugraben.«

»Und es würde vielleicht einen Schock für sie bedeuten, wenn sie erfährt, daß ihre Mutter zwar nicht gerade eine Prostituierte, aber doch ein leichtfertiges Mädchen war.«

»Du hast recht. Dennoch hat Lisette Glück gehabt. Was wäre wohl aus ihr geworden, wenn du nicht mit Tante Berthe im Schlepptau aufgetaucht wärst? Tante Berthe hätte sie vermutlich in das Bauernhaus gebracht, aus dem Colette stammte. Ich kann mir vorstellen, was für ein Leben Lisette dort erwartet hätte. Du kannst zufrieden sein, denn du hast Colette und ihrer Tochter wirklich Gutes getan.«

Außerdem hast du über dieser alten Geschichte eine Zeitlang deinen Kummer vergessen, dachte ich.

Natürlich konnte er nicht unbeschränkt lang in Tourville bleiben, und eines Tages nahm er widerstrebend Abschied. Ich versprach ihm, ihn bald mit den Kindern zu besuchen, und wiederholte, daß er jederzeit willkommen war.

Dann reiste er ab – ein armer, trauriger, gebrochener Mann.

Die Monate flogen rasch dahin. Ich besuchte Aubigné, das jetzt ein trauriges Haus war. Mein Vater war mürrisch geworden und stritt viel mit Armand, wobei die Schuld keineswegs immer bei Armand lag. Er war mit seinen eigenen Angelegenheiten beschäftigt, befaßte sich mit der Bewirtschaftung des Gutes, hielt sich oft bei Hof auf und betrachtete alle, die nicht als Aristokraten zur Welt gekommen waren, als Menschen zweiten Grades. Diese Haltung wurde nicht mehr so selbstverständlich hingenommen wie früher, und mein Vater erzählte mir, daß es Adelige gab, die ernsthaft an Maßnahmen zur Verbesserung der Lage der Armen dachten. Mein Vater gehörte zu ihnen. Allerdings gestand er mir, daß er das weniger aus Menschenliebe tat als aus der Überlegung heraus, daß es sich als nützlich erweisen mochte.

Marie Louise war noch immer kinderlos und außerdem zutiefst religiös; sie zog sich oft stundenlang zum Beten in die Kapelle zurück und nahm dort auch so oft wie möglich an der Messe teil. Sophie war zur vollkommenen Einsiedlerin geworden, und allmählich rankten sich allerlei Geschichten um ihre beiden Zimmer im Turm. Einige Diener behaupteten, daß Jeanne eine Hexe und schuld an Sophies Entstellung war, denn dadurch habe sie Macht über Sophie gewonnen. Andere waren der Meinung, daß Sophie die Hexe war und daß ihre Narben von dem Geschlechtsverkehr mit dem Satan stammten.

Mich beunruhigte, daß mein Vater keinen Versuch unternahm, solche Gerüchte im Keim zu ersticken. Tante Berthe übernahm diese Aufgabe, was ich begrüßte, denn die Diener waren gewohnt, ihr zu gehorchen. Aber obwohl diese Geschichten nie in ihrer Gegenwart erzählt wurden, wurde in den Kammern der Dienstmädchen und während der Mahlzeiten der Bediensteten weiterhin darüber geredet.

Es war also kein sehr glückliches Zuhause.

Lisette – die ich mitgenommen hatte – fühlte sich allerdings wohl, obwohl sie noch immer von Tante Berthe großen Respekt hatte. »Ich bin jetzt eine verheiratete Frau«, stellte sie herausfordernd fest, »und sogar Tante Berthe muß das zur Kenntnis nehmen.« Sie liebte das Château und behauptete, daß Tourville sich damit nicht vergleichen könne.

Mein Vater war froh, weil ich ihm Gesellschaft leistete, und erzählte mir die meiste Zeit, wie glücklich seine Ehe mit meiner Mutter gewesen war. Als hätte ich es nicht gewußt!

»Es ist ein Segen, daß wir eine solche Tochter haben«, bemerkte er, aber ich war davon überzeugt, daß sie immer nur aneinander gedacht hatten. Erst jetzt, nachdem meine Mutter gestorben war, klammerte sich mein Vater hilfesuchend an mich.

Er besuchte uns in Tourville, und ich hatte den Eindruck, daß er hier glücklicher war als in Aubigné, weil ihn nicht so viele Erinnerungen damit verbanden. Außerdem mußte ich auf die Kinder Rücksicht nehmen, denn es war nicht leicht, mit einem Kleinkind wie Claudine auf Reisen zu gehen. Deshalb sorgte ich dafür, daß er uns häufiger besuchte als wir ihn.

Ich nahm ihn gern bei mir auf, denn dann lebte er wenigstens nicht mit der verbitterten Sophie unter einem Dach. Die Tourvilles hießen ihn immer herzlich willkommen, und ich war froh, daß ich in diese Familie eingeheiratet hatte. Sie waren nicht so vornehm wie die Aubignés, aber sehr freundliche Menschen, und die Atmosphäre in Tourville war ruhig und gemütlich. Lisette bezeichnete sie allerdings als düster und langweilig und behauptete, daß man im Gegensatz dazu in Aubigné immer auf etwas Unerwartetes gefaßt sein konnte.

Amélie führte eine glückliche Ehe; ihr Mann war liebenswürdig, bescheiden, ein wenig farblos, aber überaus freundlich ... genau wie Amélie. Mein Schwiegervater verstand sich mit seinem Schwiegersohn besser als mit seinem eigenen Sohn. Charles war sehr temperamentvoll und eine so ausgeprägte Persönlichkeit, daß es nicht immer leicht war, mit ihm zusammenzuleben.

Wir sprachen oft über Charles, von dem wir noch immer keine Nachrichten erhalten hatten. Er war so weit weg, und außerdem konnte ich mir nicht vorstellen, wie man aus einem im Krieg befindlichen Land Briefe abschicken sollte.

Gelegentlich empfingen wir in Tourville Besucher, die aus Amerika zurückgekehrt waren, so daß wir uns ein Bild von der Lage drüben machen konnten. Ein paar kannten sogar Charles, und wir wußten dadurch, daß er die Überfahrt gut überstanden hatte.

Die Heimgekehrten waren ernste junge Männer, die begeistert über den Kampf um die Unabhängigkeit sprachen. »Die Menschen sollten das Recht haben, ihre Regierung selbst zu wählen«, meinte einer von ihnen. Er war sehr jung und idealistisch, und aus seinem hübschen Gesicht strahlte Begeisterung.

Mein Vater hörte diese Bemerkung, und ich mußte noch Jahre danach an das Gespräch denken, das sich damals entwickelte.

»Ihr jungen Leute predigt die Freiheit für die Unterdrückten, wenn ihr aus Amerika zurückkehrt, nicht wahr?« begann mein Vater.

»Das stimmt. Jenseits des Ozeans herrscht ein neuer Geist, und dieser Krieg hat es deutlich gemacht. Die Regierenden haben nicht das Recht, ihre Untertanen zu unterdrücken. Die Unterdrückten müssen sich erheben und für ihre Freiheit kämpfen.«

»Das sind wohl die Lehren, die Sie hier verbreiten?«

»Selbstverständlich. Es sind die Lehren der Wahrheit und der Ehre.«

»Und zugleich die Lehren, die den Mob zum Aufruhr aufstacheln.«

Meinem Vater stieg das Blut ins Gesicht. Er dachte bestimmt wieder daran, wie meine Mutter vom Mob getötet wurde. Anscheinend mündete jedes Gespräch in dieses gefährliche Thema.

»Wir sagen den Leuten nur, daß sie Rechte besitzen«, widersprach der junge Mann.

»Das Recht, diejenigen zu töten, die sie regieren!« rief mein Vater erregt.

»Nein, das natürlich nicht. Sie besitzen Grundrechte, die ihnen die Regierenden zugestehen müssen, und wenn sie das nicht tun, muß das Volk darum kämpfen, genauso wie die Kolonisten.«

Ich wechselte hastig das Thema. In letzter Zeit tat ich kaum etwas anderes. Deshalb war ich lieber mit meinem Vater allein und vermied es, das Gespräch auf diese Ereignisse zu bringen.

Er fand, daß Charles sich wie ein Narr verhalten hatte. Erstens hatte der Krieg in Amerika nichts mit Frankreich zu tun; zweitens kehrten die Franzosen mit revolutionären Ideen in ihre Heimat zurück; drittens kostete es Frankreich Unsummen, wenn es die Kolonisten unterstützte.

»Er hat seine Familie vor so langer Zeit verlassen. Wie lange ist es überhaupt her? Schon über ein Jahr. Wir hätten einen besseren Mann für dich finden sollen, Lottie.«

»Ich habe Charles gern, genau wie er mich.«

»Dich allein lassen. Für eine Sache kämpfen, die nichts mit seinem Heimatland zu tun hat.«

»Er hat es vermutlich als Herausforderung betrachtet.«

»Ich hätte es gern gesehen, wenn du eine hochstehende Persönlichkeit geheiratet hättest.«

»Du warst doch damit einverstanden, daß er Sophie heiratete.«

»Sophie war im Gegensatz zu dir nie imstande, die Aufmerksamkeit eines bedeutenden Mannes zu erregen. Ich war froh, daß ich überhaupt einen Ehemann für sie gefunden hatte. Du hingegen bist leider ein uneheliches Kind, und auch wenn diese Konventionen unsinnig sind, muß man sie doch berücksichtigen. Damals hatte ich jedenfalls den Eindruck, daß eine Heirat mit den Tourvilles das beste war, was ich für dich erreichen konnte.«

»Das war sie auch, und außerdem verdanke ich dieser Verbindung Charlot und Claudine.«

»Ja, sie sind wirklich liebe Kinder. Es wäre schön, wenn ich sie immer bei mir in Aubigné haben könnte.« Er sah mich scharf an. »Du denkst, daß Aubigné nicht der richtige Aufenthaltsort für Kinder ist. Aber sie würden es zum Guten verändern. Wir könnten alle vergessen: Sophie in ihrem Turm mit dem Drachen Jeanne, Armand, der nur an sein Vergnügen denkt, seine bigotte Frau, die ihre Zeit mit Beten verbringt, statt Kinder in die Welt zu setzen. Und auch ich, der alte Menschenfeind, wäre ein anderer Mensch, wenn ich meine Lieben um mich hätte.«

»Charles wird irgendwann heimkehren, und daher muß ich ihn hier erwarten.«

Wir trennten uns also wieder einmal, mein Vater kehrte zu seinem freudlosen Leben zurück, und ich wartete weiterhin auf Nachrichten von Charles. Gelegentlich erfuhr man Neuigkeiten vom Krieg, der noch lange nicht zu Ende war. Nach einer Reihe von Siegen und Niederlagen war die Lage für die Engländer kritisch geworden.

Dann kam eines Tages ein Besucher nach Tourville.

Ich hatte den Grafen von Saramand kennengelernt, als Charles sich entschlossen hatte, nach Amerika zu reisen. Der Graf gehörte ebenfalls zu den Freiwilligen, die die Kolonisten unterstützen wollten, und hatte uns einige Male aufgesucht.

Sobald ich ihn in der Halle erblickte, erfaßte mich Unruhe. War-

193

um war Charles nicht bei ihm? Sie waren gemeinsam in den Krieg gezogen, sollten also auch gemeinsam zurückkehren. Der Graf sah mich ernst an.

»Willkommen, Graf«, begrüßte ich ihn. »Sie bringen mir sicherlich Nachrichten von meinem Mann.«

»Ich fürchte, es sind schlechte Nachrichten.«

»Charles …?« murmelte ich.

»Er ist in der Schlacht von Eutaw Springs gefallen. Ich war bis zu seinem Ende bei ihm. Seine letzten Worte galten Ihnen. Er bedauerte, daß er Sie verlassen hatte, und trug mir auf, Ihnen zu sagen, daß er Sie immer geliebt hat und daß Sie die einzige für ihn waren.«

»Tot«, wiederholte ich, »Charles ist tot.«

»Er gab mir diesen Ring und bat mich, ihn Ihnen zu übergeben.«

Es war der Goldring mit dem Lapislazuli-Siegel, den er immer getragen hatte.

Obwohl ich natürlich diese Möglichkeit stets in Betracht gezogen hatte, war die Nachricht von Charles' Tod ein schwerer Schlag für mich.

Charles lag in fremder Erde begraben und würde nie wiederkommen. Ich trauerte um ihn und dachte darüber nach, welche Veränderungen sein Tod mit sich bringen würde.

Charlot erinnerte sich kaum an ihn. Claudine hatte ihn nie wirklich gekannt. Seine Eltern hatten zwar ihren einzigen Sohn verloren, aber der Schwiegersohn tröstete sie über diesen Verlust hinweg, und das bedeutete, daß Amélie und ihr Mann Tourville nicht mehr verlassen würden.

Ich mußte Charlot sagen, daß sein Vater tot war. »Charlot, dein Vater wird nie mehr zurückkommen«, erklärte ich ihm.

Charlot blickte von seiner Malerei auf. »Lebt er jetzt in Amerika?«

»Er ist in einer Schlacht gefallen.«

Er sah mich mit großen Augen an. »Haben sie ihn mit einem Gewehr erschossen?«

»Ich nehme an.«

»Dann möchte ich auch ein Gewehr haben«, beschloß Charlot und begann, eines zu zeichnen.

Mehr bedeutete Charles' Tod seinem Sohn nicht.

Nachts lag ich traurig und einsam wach. Er würde nie wieder neben mir liegen, mich nie wieder in die Arme schließen. Aber ich hatte schon so lange allein gelebt,' daß ich mich daran gewöhnt hatte.

»Du hättest uns nie verlassen dürfen, Charles«, wiederholte ich immer wieder.

Als mein Vater davon erfuhr, kam er sofort zu mir. Seine ersten Worte waren: »Jetzt hält dich hier nichts mehr fest.«

Ich mußte zugeben, daß er recht hatte.

»Dein Zuhause ist Aubigné, das siehst du doch ein, Lottie?«

Ich bat mir Bedenkzeit aus.

»Bitte, Lottie, komm nach Hause.«

Ich wußte, was es für ihn bedeutete. Aber war es auch für die Kinder und für mich das Beste, was wir tun konnten? Er hatte meine Hand ergriffen. »Bitte, Lottie.«

Natürlich sagte ich zu.

VII

Ein Erzieher kommt

Wir hielten uns seit einigen Monaten in Aubigné auf, und ich hatte das deutliche Gefühl, endlich zu Hause zu sein. Die Kinder liebten das Château. Ich hatte mich ein wenig geschämt, weil Charlot und Claudine sich so fröhlich von ihren Großeltern verabschiedet hatten, die immer freundlich zu ihnen gewesen waren. Doch die Aussicht auf Abenteuer und eine neue Umgebung war unwiderstehlich, und sie zeigten unbefangen ihre Freude. Die Tourvilles verstanden sie und wünschten uns aufrichtig alles Gute für unsere Zukunft. Natürlich hatte auch Louis-Charles Reisefieber.

Als das Schloß in Sicht kam, mußte ich meine Rührung verbergen. Ich hatte es natürlich schon oft gesehen, aber wahrscheinlich wirkte es infolge der veränderten Umstände jetzt anders auf mich. Es sah wie eine mächtige, uneinnehmbare Festung aus. Ich blickte zu ›Sophies Turm‹ hinüber und fragte mich, wie mein Leben in Aubigné wohl verlaufen würde.

Lisette war darüber begeistert, daß sie heimkehrte, denn sie hatte das Leben in Tourville immer als ausgesprochen langweilig empfunden.

Mein Vater begrüßte uns voller Freude. Er ist glücklich, dachte ich, jedenfalls soweit er ohne meine Mutter überhaupt glücklich sein kann. Armand empfing uns mit seiner üblichen Lässigkeit, die man auch für Gleichgültigkeit halten konnte, erhob aber wenigstens keine Einwände gegen unsere Übersiedlung. Marie Louise waren wir vollkommen gleichgültig, und mein Vater bemerkte spöttisch: »Sie hat den Blick so unverwandt auf ihren Platz im Himmel gerichtet, daß sie gar nicht bemerkt, daß sie sich noch auf der Erde befindet.«

Sophie kam nie aus ihrem Turm heraus, und die Kinder wußten lange Zeit nichts von ihrer Existenz.

Wir richteten uns also häuslich ein, und aus den Wochen wurden Monate. Obwohl ich jetzt Witwe war und immer noch sehnsüchtig an Charles und das Leben mit ihm dachte, hatte ich in Aubigné mehr als in Tourville das Gefühl, lebendig zu sein. Mein Vater fuhr jetzt nur noch selten nach Paris, versprach aber, uns bei seiner nächsten Reise dorthin mitzunehmen. Er interessierte sich seit unserem Eintreffen überhaupt wieder mehr für die Ereignisse im Land.

Ich befand mich seit etwa zwei Monaten in Aubigné, als Dickon bei uns erschien.

Meine Großmutter war gestorben. Sie hatte sich seit Zipporas Tod immer mehr vom Leben abgewendet.

Dickon unterhielt sich mit mir ernsthafter als jemals zuvor, und da er sich ununterbrochen bemühte, mit mir allein zu sein, fanden diese Gespräche häufig statt. Bei einem Ausritt schlug er mir dann einmal vor, daß wir absteigen und uns an den Bach setzen sollten, weil er es schwierig fand, während des Reitens zu sprechen.

Von Zeit zu Zeit warf er einen Stein ins Wasser.

»Die arme Zippora! Daß ausgerechnet sie, die immer so ruhig war, ein solches Ende nehmen mußte! Ich habe sie sehr gern gehabt. Du mußt mich nicht so ungläubig ansehen. Ich weiß, daß sie mich nicht sonderlich schätzte, aber ich bin ja nicht verpflichtet, nur jemanden gern zu haben, der mich mag, nicht wahr?«

»Wenn dem so ist, müßtest du beinahe die ganze Welt gern haben.«

Er lachte. »Nein, so schlimm ist es nicht. Zippora war von Anfang an gegen mich, was verständlich war. Ich war ein unmögliches Kind und kann nur hoffen, daß keines der deinen mir nachgerät. Bei meinem Sohn Jonathan habe ich ohnehin Bedenken – wir müssen auf ihn achtgeben. Zippora hat mich auf ihre ruhige Art abgeschätzt und dann den Stab über mich gebrochen. Aber dann hat auch sie etwas Unglaubliches getan. Wahrscheinlich hat sie sich ihr Leben lang selbst darüber gewundert. Dabei hat es ihr nur Glück gebracht. Dich, die unvergleichliche Lottie, und die wunderbare, romantische Liebesgeschichte.«

Ich wußte, worauf er hinauswollte, war aber dagegen, daß er es jetzt schon aussprach. Ich war sehr verunsichert und zweifelte an seinen Absichten. Ich konnte ihm eben nicht mehr uneingeschränkt vertrauen.

»Sie waren miteinander so glücklich«, sagte ich, »paßten so gut zueinander, obwohl er so welterfahren und sie so naiv war. Aber sie war eine Idealistin, und dadurch verwandelte sie ihn in den Mann, den sie in ihm sah.«

»Und dann mußte sie so sinnlos sterben, als Opfer von Verrückten ... denn in diesem Land gibt es viele Irre.«

»Die gibt es doch in jedem Land.«

»Das stimmt. Nur kann sich Frankreich jetzt seine Narren gar nicht mehr leisten. Spürst du nicht, daß etwas in der Luft liegt? Wie die Stille vor dem Sturm.«

»Ich spüre nichts.«

»Das kommt daher, daß du nicht weißt, was alles in diesem Land vor sich geht.«

»Ich lebe hier, während du nur zu Besuch bist.«

»Ich reise ein wenig in Frankreich herum und beobachte.«

»Deine Mutter hat behauptet, daß du überall deine Finger drinnen hast, Dickon. Bist du mit einem Auftrag hier?«

»Wenn das der Fall wäre, würde es sich um eine sehr geheime Angelegenheit handeln, und dann dürfte ich als ehrenhafter Mann nicht darüber sprechen.«

»Ich habe immer angenommen, daß du einen bestimmten Grund hast.«

»Der Hauptgrund ist, daß ich mit dir beisammen sein will.«

»Das glaube ich nicht.«

Er seufzte. »Wie kann ich dich dazu bringen, mir zu glauben?«

»Überhaupt nicht. Dazu ist zuviel geschehen. Du hast einmal davon gesprochen, daß du mich heiraten willst und hast dann an meiner Stelle Eversleigh gewählt. Kurz danach hast du geheiratet – eine keineswegs arme Frau.«

»Ich habe einen großen Fehler begangen. Ich hätte auf dich warten sollen.«

»Denk nur daran, was Eversleigh dir bedeutet hat.«

»Ich kann nur daran denken, was du mir bedeutest. Wir haben das Beispiel deiner Eltern vor Augen, Lottie. Denk an das idyllische Leben, das sie miteinander geführt haben.«

»Bei uns wäre es bestimmt nie so.«

»Warum?«

»Weil wir anders sind. Du wirst mir gleich erklären, daß du meinem Vater sehr ähnlich bist. Aber zu einer Ehe gehören zwei, und ich gleiche meiner Mutter nicht im geringsten.«

»Komm zu mir zurück, Lottie, heirate mich. Fangen wir dort an, wo wir vor vielen Jahren hätten anfangen sollen.«

»Das halte ich nicht für klug.«

»Warum denn nicht?«

»Wenn ich wieder heirate, würde ich etwas Wunderbares erwarten. Ich sehe immer meine Eltern vor mir, mein Vater spricht heute noch von nichts anderem als von seiner Ehe mit meiner Mutter, und ich würde mich mit nichts Geringerem zufriedengeben. Wenn ich das nicht haben kann, bleibe ich lieber frei und unabhängig.«

»Du wirst alles bekommen, was du dir wünschst.«

»Es ist zu spät, Dickon.«

»Es ist nie zu spät. Du empfindest etwas für mich.«

»Ja.«

»Du fühlst dich wohl, wenn ich bei dir bin.«

Ich zögerte. »Deine Anwesenheit ist mir bewußt.«

»Sogar sehr bewußt. Wenn du mich siehst, leuchten deine Augen auf.« Er zog mich in seine Arme und küßte mich. Ich konnte nicht verbergen, daß dieser Kuß ein Echo in mir weckte, daß ich nicht genug davon bekommen konnte; aber ich sah meine Mutter vor mir und hörte ihre Stimme, die mich vor ihm warnte. Im Tod stand sie mir näher als im Leben.

Ich schob ihn heftig von mir. »Nein, Dickon, nicht.«

»Wir sind jetzt beide füreinander frei. Warum also nicht?«

Ich konnte mir nichts vormachen – am liebsten hätte ich ja gesagt. Das Leben mit Dickon wäre ein gefährliches Abenteuer gewesen, aber es lockte mich. Aber ich hatte das Gefühl, daß meine Mutter mich aus dem Grab heraus warnen wollte, und die Vorstellung war so lebhaft, daß ich mich ihr nicht entziehen konnte.

»Du könntest ohne weiteres in den Kreisen, in denen du verkehrst, jemand Passenden finden. Zum Beispiel eine reiche Dame aus der Londoner Gesellschaft.«

»Ich verfüge inzwischen über ansehnliche irdische Güter.«

»Es würde dich jedoch nicht stören, über noch mehr zu verfügen.«

»Wer kann schon der Anziehungskraft des Reichtums widerstehen?«

»Dickon jedenfalls nicht.«

»Du wärst auch nicht gerade eine schlechte Partie. Das würde schon dein ungeheuer reicher Vater nicht zulassen. Außerdem hast du sicherlich Ansprüche den Tourvilles gegenüber.«

»Ich stelle fest, daß du trotz deiner Liebe zu mir Zeit gefunden hast, zu berechnen, wieviel ich in eine Ehe mitbringen würde.«

»Du bist mir mehr wert als Diamanten, die ich für wertvoller halte als Rubine. Ich liebe dich, Lottie, ich habe dich immer geliebt. Ich wußte in dem Augenblick, daß du die einzige für mich bist, in dem ich das schöne, eigenwillige Kind sah, das genauso leidenschaftlich war wie ich. Glaubst du, daß deine uneheliche Geburt meine Liebe zu dir geschmälert hat?«

»Nein. Das Hindernis war Eversleigh.«

»Wie grausam und scharf. Ein Mann begeht einen Fehler – wird ihm nie verziehen?«

»Verziehen schon. Aber man vergißt Fehler – falls es überhaupt einer war – nicht so leicht.«

Ich stand ihm jetzt kühler gegenüber. Wenn er vom Reichtum meines Vaters sprach, fiel mir ein, wie brennend er sich für den Besitz interessiert hatte, wie gern er auf ihm herumgeritten war.

Wenn ich wieder heiratete, sollte es nicht wegen meines Reichtums geschehen, und obwohl ich sicher war, daß Dickons Gefühle für mich aufrichtig waren, wußte ich, daß er selbstverständlich auch alle finanziellen Vorteile in Betracht zog.

Er begehrte mich, das war mir klar. Aber ich hatte bei Charles erlebt, daß dieses Gefühl nicht von Dauer ist, und wenn es nachläßt, muß eine solide Grundlage vorhanden sein, damit sich eine Liebe wie zwischen meiner Mutter und meinem Vater entwickeln kann.

Dickon bemühte sich weiterhin, mich zu überreden. »Es gibt zwei triftige Gründe dafür, daß du nach England zurückkehren solltest. Erstens brauche ich dich und du brauchst mich. Zweitens lebst du zur Zeit in einem sehr unruhigen Staat. Weil dein Haus auf dem Land steht, merkst du nicht viel davon. Kannst du aber vergessen, was deiner Mutter zugestoßen ist?«

Ich schüttelte den Kopf. »Niemals!«

»Warum konnte es soweit kommen? Frankreich befindet sich in Gärung. Ich weiß es. Es ist meine Aufgabe, darüber Bescheid zu wissen.«

»Eine geheime Mission?«

»Wenn es in Frankreich zu Unruhen kommt, werden wir auf der anderen Seite des Kanals bestimmt nicht traurig darüber sein. Sie verdienen das Los, das sie erwartet, und glaube mir, Lottie, es kommt zur Revolution. Sie liegt in der Luft. Weitsichtige Menschen erkennen es. Blick doch zurück. Ludwig XIV. hat ein starkes Frankreich hinterlassen, aber während der Regierung Ludwig XV. wurde das Vermögen des Staates vergeudet. Die extravaganten Ausschweifungen dieses Königs brachten das Volk in Wut. Es haßte die Pompadour und die Dubarry. Der Prunk ... die Kutschen ... die verschwenderischen Feste ... die Vermögen, die die Aristokraten für Kleidung und Schmuck ausgaben ... das alles blieb kein Geheimnis. Und auf der anderen Seite gibt es die Armen, die an Hunger leidenden Armen. Gegensätze zwischen arm und reich findet man auch in anderen Ländern, aber nirgends haben die übermütigen Reichen die Aufmerksamkeit so unbesonnen auf sich gelenkt. Der Staat ist beinahe bankrott. Die Franzosen besitzen zwar einen jungen, idealistischen König, dessen extravagante Frau aber Österreicherin ist – und die Franzosen hassen Ausländer. In diesem Land sind Agitatoren am Werk, deren einzige Aufgabe darin besteht, Unruhe zu stiften. Sie begannen mit dem Mehlkrieg, aber er wirkte nicht wie der Funke im Pulverfaß, und statt sich zu einer Revolution auszuweiten, wurde er nur zu einer Generalprobe. Vermutlich war dies dem Mut des Königs zuzuschreiben, als der Mob nach Versailles zog ... und natürlich hatte er auch das Glück auf seiner Seite.

»Du haßt sie, Dickon.«

»Ich verachte sie.«

»Du hast ihnen nie ihre Einstellung zu den Kolonisten verziehen. Sie wollten doch nur den Unterdrückten helfen. Auch Charles war dieser Meinung.«

»Und dieser Narr hat dich deswegen verlassen. Dadurch hat er dich und sein Leben verloren. Das war der Lohn für seine Torheit. Ich verstehe, warum er für die Kolonisten kämpfen wollte. Ich würde es keinem Franzosen gegenüber zugeben, aber sie waren im Recht, als sie sich gegen die Steuern wehrten. Aber daß die Franzosen Kompanien aufstellen und sie den Kolonisten zu Hilfe schicken, wenn das Geld im eigenen Land gebraucht wird, und

201

daß sie nach ihrer Rückkehr republikanisches Gedankengut verbreiten, wenn ihre Monarchie und das gesamte Staatsgefüge ins Wanken geraten sind, ist der Gipfel der Torheit. Es ist mehr, es ist reiner Wahnsinn.«

»Und du glaubst, daß er Folgen haben wird?«

»Folgen? Du brauchst dir nur das Beispiel deiner Mutter vor Augen zu führen. Sie hatte nie jemandem etwas Böses getan, aber dem Mob ist es gleichgültig, an wem er sich rächt. Sie war eine Aristokratin, die in einer prächtigen Kutsche fuhr. Das genügte. Du hast nie einen Agitator reden hören, du weißt nicht, wie sehr sie die Leute beeinflussen können.«

»Ich habe einmal einen gesehen, ihm aber nicht lange zugehört. Mein Vater war bei mir und wir entfernten uns sogleich wieder.«

»Das war klug von euch. Du darfst keine Fehler begehen. Die Gefahr rückt immer näher. Fliehe, solange es möglich ist.«

»Und was wird mit meinem Vater?«

»Nimm ihn mit.«

»Glaubst du wirklich, daß er Aubigné jemals verlassen würde?«

»Nein.«

»Solange er mich braucht, werde ich ihn nicht im Stich lassen. Es wäre zu grausam von mir, jetzt abzureisen.«

»Und was wird aus mir?«

»Du bist ohne weiteres imstande, allein mit dem Leben fertigzuwerden, Dickon.«

»Ich werde nie aufgeben, ich werde dich immer wieder bedrängen. Und eines Tages wirst du begreifen, daß es keinen Sinn hat, wenn du dich weiterhin wehrst.«

»Soll das heißen, daß du wieder in geheimer Mission nach Frankreich kommen wirst?«

»In meiner eigenen romantischen Mission. Das ist die einzige Mission, die für mich von Bedeutung ist.«

Er redete auf mich ein, und ich wurde schwankend. Gelegentlich war ich sogar im Begriff, für Dickon alles aufzugeben. Aber dann hörte ich wieder die Stimme meiner Mutter und erinnerte mich daran, daß ich meinen Vater nicht verlassen konnte.

In Aubigné verging die Zeit schnell, denn wir waren sehr beschäftigt. Lisette hatte auch noch das Amt der Gouvernante übernommen. Sie hatte Louis-Charles unterrichtet, als er klein war, und jetzt lehrte sie Claudine. Ich half ihr, was mir viel Spaß bereitete.

Mein Vater fand, daß die Jungen einen Erzieher brauchten, und sah sich nach einem geeigneten, zuverlässigen Mann um.

Der Krieg in Amerika war zu Ende, und König Georg hatte die Unabhängigkeit der Kolonie anerkannt. Mein Vater stellte befriedigt fest, daß die Engländer eine vernichtende Niederlage erlitten, einen halben Kontinent verloren und ihre Staatsschuld um Millionen vergrößert hatten.

»Ein Narrenstreich«, meinte er.

Ich mußte an Dickons Vorträge über Frankreichs Beteiligung an dem Krieg denken. Er hatte mir Charles genommen, er hatte dem republikanischen Gedankengut Eingang in Frankreich verschafft, er konnte aber noch weitreichendere Folgen zeitigen. Ich versuchte zwar, diese Vorstellungen wieder zu verdrängen, aber es gelang mir nicht ganz. Ich hatte Sophie oft besucht. Ihr machte es jetzt nichts mehr aus, mit mir zusammenzukommen, weil Charles tot war und ihn daher keine von uns beiden besaß.

Sie sah sogar recht hübsch aus. Jeanne war eine geschickte Näherin und brachte an ihren Kleidern Kapuzen in zarten Farben an, die die Narben vollkommen verbargen.

Ich versuchte, ihr zu erklären, daß Charles und ich vor unserer Heirat keine Beziehungen unterhalten hatten. Ich betonte wieder, daß nicht ich die Blume in seinem Zimmer verloren hatte. Die Blume, die Charles mir geschenkt hatte, war verschwunden, was mir sehr leid tat, denn ich konnte ihr deshalb nicht beweisen, daß ich die Wahrheit sprach. Aber sie wollte nichts mehr von der Sache hören, und ich fügte mich ihrem Wunsch, weil ich Angst hatte, daß sie mich sonst nicht mehr empfangen würde.

Ich nahm die Kinder nie zu ihr mit. Vielleicht hätte sie mich um sie beneidet, denn im Falle ihrer Heirat mit Charles hätte sie selbst Kinder gehabt. Deshalb erzählte ich ihr nur, was für ein guter Sportler Charlot war und wie gern er mit Louis-Charles spielte.

Lisette besuchte sie ebenfalls, und der Durchbruch gelang, als Lisette und ich sie gemeinsam besuchten und wir zu dritt miteinander plauderten, wie in alten Zeiten.

Lisette war bei diesen Zusammenkünften ein großer Gewinn, weil sie das Gespräch geschickt in Gang hielt und in die gewünschte Richtung lenkte. Sie brachte auch Stoffe mit, und wir besprachen die neuen Kleider, die Jeanne für Sophie nähen sollte.

Ich war davon überzeugt, daß sie bald unseren Überredungskünsten nachgeben, hinunterkommen und ein normales Leben führen würde. Es gab ja keinen vernünftigen Grund, warum sie sich nicht dazu entschließen sollte. In ihren hübschen Kleidern sah sie gut aus, und die Kapuze wirkte wie ein interessanter modischer Einfall.

Jeanne freute sich immer, wenn wir Sophie besuchten, und ich hatte den Eindruck, daß wir Fortschritte erzielten.

Armand hatte sich in letzter Zeit zu seinen Gunsten verändert. Er war beinahe lebhaft, und seine Augen funkelten. Er schien plötzlich Interesse am Leben zu haben.

Ich erwähnte diese Tatsache meinem Vater gegenüber, als ich ihn einmal in seinen Räumen aufsuchte. Er lächelte. »Ja, er hat sich verändert. Das Projekt begeistert ihn.«

»Welches Projekt?«

»Vielleicht übertreibt er ein bißchen, aber es freut mich, daß er an irgend etwas Interesse findet. Er vereint seine Freunde zu einer kleinen Gruppe. Du weißt ja, daß ihn der Tod deiner Mutter tief erschüttert hat.«

Ich nickte.

»Er war immer davon überzeugt, daß den oberen Klassen bestimmte Vorrechte zustehen, und dieses Ereignis war ein Anschlag gegen seine Klasse.«

»Also das hat ihn so tief erschüttert, nicht …«

»Armands Gefühle für andere Menschen reichen nie sehr tief. Aber er kann sich aus Überzeugung für ein Anliegen einsetzen. Ist dir schon aufgefallen, daß die Menschen, die für die Rechte der Masse eintreten, oft kaum Gefühl für ein Einzelwesen aufbringen? Armand gehört zu ihnen. Das Verbrechen gegen seine Klasse hat ihn zum Handeln gezwungen. Er versammelt also seine Freunde um sich und will eine bewaffnete Gruppe zusammenstellen, die sich die Agitatoren vorknöpfen soll, die in den Städten Hetzreden halten. Einer von ihnen war auch daran schuld …«

Ich legte meine Hand auf die meines Vaters. »Sprich nicht mehr davon.«

»Du hast recht, ich muß damit aufhören, die Erinnerung ist noch zu schmerzlich für mich. Wir haben erwähnt, daß Armand sich zu seinem Vorteil verändert hat.«

»Was haben sie vor?«

»Das weiß ich nicht genau. Wenn sie dazukommen, wie ein solcher Agitator eine Brandrede hält, werden sie ihm widersprechen, und wenn die Lage kritisch werden sollte, können sie auch damit fertigwerden.«

»Im ganzen Land dürfte die Lage kritisch werden«, bemerkte ich.

»Das stimmt, meine Liebe. Gelegentlich denke ich wie unser König ›Nach mir die Sintflut‹. Aber soweit darf es nicht kommen. Im ganzen Land gibt es Männer wie Armand, und sie würden bei einer Revolte kurzen Prozeß machen. Manchmal möchte ich geradezu, daß es zu Unruhen kommt, damit wir endlich eingreifen können. Ich habe nur vor den subversiven Versuchen Angst, Gesetz und Ordnung zu untergraben.«

Wir gerieten schon wieder in den Bannkreis des gefährlichen Themas, deshalb kam ich rasch auf Charlot zu sprechen und erkundigte mich nach seinen Fortschritten im Schachspiel, das mein Vater ihm beibrachte.

»Er ist kein schlechter Spieler. Natürlich fehlt ihm noch die notwendige Konzentration, aber er könnte es zu einer gewissen Fertigkeit bringen.«

»Er hält sich gern in deiner Nähe auf.«

»Am liebsten spricht er über das Schloß. Ich habe ihm sogar die Geschichte unserer Familie vorlesen müssen.«

»Auch Claudine fühlt sich bei dir wohl.«

»Die Kleine ist ein richtiger Racker.«

Es war nicht zu übersehen, was ihm die Kinder bedeuteten. Und ich sollte sie ihm wegnehmen und zu Dickon reisen?

Ich schwor mir, daß ich Aubigné nicht verlassen würde, solange mein Vater am Leben war.

Auch Lisette hatte sich verändert. Bevor wir nach Aubigné übersiedelten, hatte sie immer etwas verdrossen gewirkt. Sie hatte nie über ihren Mann gesprochen, und ich hatte auch keine Fragen gestellt, denn sie wollte offensichtlich nicht an diese Periode ihres Lebens erinnert werden. Zwar verdankte sie ihr Louis-Charles, aber obwohl sie für ihn einen gewissen Ehrgeiz entwickelte, verhielt sie sich ihm gegenüber nicht sehr liebevoll.

205

Doch seit unserer Rückkehr ins Château war sie wieder die alte Lisette. Sie frisierte mich, und es machte uns großen Spaß, neue Haartrachten auszuprobieren. Am Hof wurden die Frisuren unter dem Einfluß der äußerst extravaganten Königin immer lächerlicher. Die Damen wetteiferten miteinander, errichteten Narrentürme auf ihren Köpfen und verwendeten dazu Schmuck, Federn und ausgestopfte Vögel.

Ich hatte Lisette immer gern gehabt, doch seit mir mein Vater von ihrer Kindheit erzählt hatte, stand sie mir noch viel näher. Wenn wir miteinander plauderten und lachten, fragte ich mich oft, wie ihr Leben verlaufen wäre, wenn mein Vater nicht eingegriffen hätte.

Einmal erzählte ich ihr, daß mein Vater auf der Suche nach einem guten Erzieher für die Jungen war.

»Wir können Claudine noch eine Weile selbst unterrichten«, stimmte sie zu, »aber die Jungen brauchen unbedingt einen Erzieher.«

»Mein Vater wird demnächst nach Paris fahren und sich dort umsehen. Ich bin davon überzeugt, daß er Erfolg haben wird.«

»Wird dieser Erzieher auch Louis-Charles unterrichten?«

»Selbstverständlich.«

Ich betrachtete Lisette im Spiegel. Ihr Mund war verzerrt, als wäre sie verbittert. Sie war sehr stolz und haßte es, Almosen anzunehmen. Deshalb fügte ich rasch hinzu: »Es ist gut, daß Charlot einen gleichaltrigen Gefährten hat. Ich bin so froh, daß du einen Sohn hast, Lisette.«

»Er hat mich für alles entschädigt.« Jetzt lächelte sie wieder.

»Armand hat sich in letzter Zeit verändert«, bemerkte sie kurz darauf.

»O ja, er ist mit einem Projekt beschäftigt. Der Comte hat mir davon erzählt.«

»Was für ein Projekt?«

»Du weißt ja, daß es im Land gärt.«

»Wirklich?«

»Du mußt dich auch für die Angelegenheiten interessieren, Lisette.«

»Warum?«

»Weil sie auch dich betreffen.«

»Wieso können sie mich betreffen?«

»Denk an meine Mutter. Damals hielt sich ein Agitator in der Stadt auf. Seine Rede hat den Pöbel aufgehetzt.«

»Ich weiß. Bitte sprich nicht weiter, ich kann es nicht hören. Deine Mutter war eine so reizende, gute Frau.«

»Diese Agitatoren reisen im ganzen Land herum, und es gibt eine Menge Leute, die sich deshalb Sorgen machen. Sogar Armand.«

»Sogar Armand«, wiederholte sie.

»Ja, er und einige Freunde schließen sich zusammen.«

»Was wollen sie unternehmen?«

»Irgend etwas gegen diese Agitatoren, ich weiß aber nicht genau, was.«

»Ich verstehe. Jedenfalls hat Armand etwas gefunden, wofür er sich begeistern kann.«

»Armand wurde durch den Tod meiner Mutter wachgerüttelt.«

»So sehr, daß er den Pöbel jetzt haßt?«

»Das hat er immer getan. Aber dieses Ereignis hat ihm vor Augen geführt, wieviel Schaden das Volk anrichten kann. Wie gesagt, er und seine Freunde wollen etwas dagegen unternehmen, und ich bin auch dafür. Du doch auch, nicht wahr?«

»Daß die Menschen wissen sollen, was sich abspielt – ja.«

»Dickon spricht beinahe von nichts anderem.«

»Ich habe angenommen, daß er über andere Anliegen gesprochen hat, als er hier war.«

»Das schon, aber er hat auch viel über die allgemeine Lage in Frankreich gesprochen.«

»Was versteht er als Engländer denn schon davon?« »Man hat ihn anscheinend beauftragt, Informationen einzuholen.«

»Erzählt er dir, was er festgestellt hat?«

»Nein, er macht ein Geheimnis daraus. Vielleicht ist er mit einer Mission betraut worden.«

»Die sich natürlich gegen Frankreich richtet.«

»Das weiß ich nicht, er spricht nie darüber.«

»Er ist ein wirklich faszinierender Mann, und ich begreife nicht, wie du ihm widerstehen kannst.«

Ich konnte Lisette gegenüber offen sein, deshalb gab ich zu, daß es mir manchmal gar nicht leicht fiel.

»Und warum heiratest du ihn nicht?« fragte sie.

»Ich habe mir geschworen, daß ich meinen Vater nie verlassen werde.«

»Es würde deinem Glück nicht im Weg stehen wollen.«

»Es wäre ein zu schwerer Schlag für ihn. Überleg doch mal, ich würde ja die Kinder mitnehmen. Das wäre zu grausam.«

»Würdest du mich auch mitnehmen?«

»Natürlich, dich und Louis-Charles.«

»Der Comte mag Louis-Charles, findest du nicht?«

»Selbstverständlich. Dein Sohn ist ein ganz entzückendes Kind.«

»Der Comte beobachtet ihn gelegentlich aufmerksam, was eigentlich recht seltsam ist, nicht wahr?«

»Nein, denn er mag lebhafte Kinder. Sie helfen ihm am ehesten über den Verlust meiner Mutter hinweg.«

»Seine eigenen schon. Aber die Art, wie er Louis-Charles ansieht ...«

»Ach, Lisette, hör doch auf, dir den Kopf zu zerbrechen«, rief ich beschwichtigend.

»Worüber?«

»Über deine Stellung. Du denkst immer daran, daß du die Nichte der Haushälterin bist.«

»Das bin ich ja auch.«

»Aber es ist ohne Bedeutung.«

»Vielleicht doch. Wenn die Agitatoren Erfolg haben, ist es bestimmt besser, die Nichte der Haushälterin als die Tochter des Comte zu sein.«

»Dieses Gespräch nimmt eine absurde Wendung. Wie sehe ich aus, wenn ich mir diese grüne Feder ins Haar stecke?«

»Sehr amüsant – und das ist viel wichtiger als diese langweiligen politischen Gespräche.« Sie nahm mir die grüne Feder weg. »Stecken wir sie so hinein, dann steht sie hinten heraus. Großartig.«

Ich betrachtete mein Bild im Spiegel und schnitt eine Grimasse während Lisette den Kopf schief legte und mich musterte.

Etwa eine Woche später besuchte uns vollkommen unerwartet der Herzog von Soissonson, und der gesamte Haushalt geriet in Aufruhr.

Tante Berthe beschwerte sich darüber, daß ihr niemand etwas

davon mitgeteilt hatte, und begann sofort, das Personal gezielt einzusetzen. Die Küche entfaltete eine geradezu fieberhafte Aktivität. Die Köchin erinnerte sich daran, daß der Herzog bei seinem letzten Besuch im Château, der immerhin zwölf Jahre zurücklag, von einer bestimmten Suppe begeistert gewesen war, deren Zubereitung ein Familiengeheimnis der Köchin war, das sie eifersüchtig hütete.

Obwohl der Herzog über ein sagenhaftes Vermögen und über großen politischen Einfluß verfügte, war er eine eher unauffällige Erscheinung.

Er schalt meinen Vater, weil er sich so lange nicht mehr in Paris gezeigt hatte.

»Ich habe erfahren, was Ihrer Frau zugestoßen ist«, erwähnte er, »ein tragischer Vorfall. Dieser Pöbel ... wenn wir nur etwas gegen ihn unternehmen könnten. Hat man die Rädelsführer ausforschen können?«

Mein Vater erklärte ihm, daß der Agitator, der eigentlich Schuldige, entkommen war. Man konnte unmöglich dem Mob die ganze Schuld zumessen. Es war zu einem Tumult gekommen, die Pferde hatten gescheut, und die Kutsche war umgestürzt.

»Wir müssen solche Vorfälle unterbinden«, meinte der Herzog. »Sie sind doch auch meiner Meinung?«

»Selbstverständlich. Wenn ich den Verantwortlichen je zu fassen bekomme ...«

Am liebsten hätte ich den Herzog gebeten, das Thema zu wechseln.

Wir nahmen das Abendessen im großen Saal des Schlosses ein. Tante Berthe und das Personal hatten ihr Bestes getan, alles klappte vorzüglich, und ich war davon überzeugt, daß nicht einmal der herzogliche Haushalt über bessere Kräfte verfügte.

Zum Glück war der Herzog ein leutseliger, freundlicher, legerer Mensch, so daß sich ein angeregtes Tischgespräch entwickelte.

Es war unvermeidlich, daß die Situation in Frankreich zur Sprache kam, und ich blickte besorgt zu meinem Vater.

»Jemand muß diesen Leuten endlich das Handwerk legen«, erklärte Armand. Er sah dabei den Herzog nachdenklich an, als überlege er, ob er ihn in seine Gruppe aufnehmen solle. »Allmählich entwickeln sie sich zu einer wirklichen Gefahr.«

»Ich bin ganz Ihrer Meinung«, bestätigte der Herzog. »Aber was sollte Ihrer Meinung nach geschehen, mein Freund?«

»Wir könnten uns zusammenschließen, jedenfalls diejenigen unter uns, denen Ruhe und Ordnung am Herzen liegen.«

»Zusammenschließen – das ist eine glänzende Idee«, stimmte der Herzog begeistert zu.

»Wir werden sicherlich nicht müßig zusehen«, fuhr Armand fort.

»Natürlich nicht. – Ich habe übrigens Ihre Enkel vom Fenster aus beobachtet, Comte. Es sind doch Ihre Enkel?«

»Einer von ihnen«, erklärte mein Vater. »Außerdem habe ich eine Enkelin, und ich hoffe, daß ich Ihnen die Kinder noch vor Ihrer Abreise vorstellen darf.«

»Das würde mich freuen. Haben Sie einen Erzieher für die Jungen?«

»Merkwürdig, daß Sie danach fragen, wir suchen nämlich im Augenblick gerade eine geeignete Persönlichkeit.«

»Léon Blanchard.«

»Wer ist das?« erkundigte sich mein Vater.

»Léon Blanchard – einer der besten Erzieher, die es gibt, wie mir mein Cousin Jean-Pierre berichtet. Er wäre ideal für Ihre Jungen, aber Jean-Pierre wird ihn bestimmt nicht ziehen lassen.«

»Wir werden schon noch einen guten Erzieher auftreiben.«

»Es ist nicht leicht«, gab der Herzog zu bedenken. »Ein schlechter Erzieher kann eine wahre Katastrophe anrichten; ein guter ist nicht mit Gold aufzuwiegen.«

»Ich bin ganz Ihrer Meinung«, stimmte ihm mein Vater zu.

Armand kam wieder auf seine vorherige Bemerkung zurück.

»Es gibt viele, die mit mir einer Meinung sind. Wir werden nicht untätig zusehen, wie der Mob in den Kleinstädten die Gewalt an sich reißt.«

»Jean-Pierre beschäftigt den Mann allerdings nur an zwei oder drei Tagen in der Woche«, erwähnte der Herzog gerade.

»Sie meinen den Erzieher?« warf ich ein.

»Ja. Sie müßten versuchen, ihn zu bekommen, auch wenn es nur für drei Tage in der Woche ist. Drei Tage mit dem richtigen Pädagogen sind besser als eine Woche mit dem falschen.«

»Da haben Sie vollkommen recht«, pflichtete ihm mein Vater bei.

»Überlassen Sie die Angelegenheit getrost mir«, fuhr der Herzog fort. »Mein Cousin meint, daß seine Söhne ohnehin schon zu erwachsen für einen Erzieher sind; sie werden demnächst an die Universität gehen. Inzwischen unterrichtet sie Blanchard noch zwei- bis dreimal wöchentlich. Ich werde mich erkundigen. Sie müssen unbedingt warten, bis Sie ihn kennengelernt haben.«

»Das werde ich gern tun«, erwiderte mein Vater. »Ich bin Ihnen für Ihr Interesse aufrichtig verbunden.«

Der Herzog von Soissonson blieb drei Tage bei uns, in denen er sich beinahe ausschließlich mit meinem Vater unterhielt. Mein Vater stellte ihm Charlot vor, und weil Lisette zutiefst gekränkt gewesen wäre, wenn wir ihren Sohn übergangen hätten, sorgte ich dafür, daß Louis-Charles präsentiert wurde.

Soissonson wußte offensichtlich nicht, welcher Junge der Enkel seines Freundes war, und war deshalb beiden gegenüber gleich freundlich. Als er abgereist war, meinte mein Vater: »Hoffentlich vergißt er nicht, sich wegen des Erziehers umzusehen. Er wirkt manchmal ein wenig geistesabwesend.«

Doch der Herzog vergaß sein Versprechen nicht, und eine Woche nach seiner Abreise stellte sich Léon Blanchard bei uns vor.

Wir waren alle von ihm beeindruckt. Er hatte eine gewisse natürliche Würde an sich, und es schien ihm gleichgültig zu sein, ob er den Posten bekam – eine sehr ungewöhnliche Einstellung. Das hieß jedoch keineswegs, daß er sich anmaßend gab, ganz im Gegenteil, sein Benehmen war einwandfrei.

Seine Kleidung hatte etwas Dandyhaftes an sich; seine weiße Perücke betonte seine leuchtend blauen Augen, die in krassem Gegensatz zu seinem dunklen Teint standen; das hagere Gesicht mit den hervortretenden Backenknochen wirkte überaus attraktiv. Seine Kleidung war aus gutem Stoff, seine festen Schuhe aus feinem Leder. Seine Stimme klang angenehm, und da er sich wie ein gebildeter Mensch benahm, wurde er auch so behandelt.

Er befand sich im Wohnzimmer meines Vaters, als dieser mich rufen ließ, um mir Blanchard vorzustellen. Ich reichte ihm die Hand, und er beugte sich darüber – als befänden wir uns am Hof von Versailles.

»Ich freue mich über Ihren Besuch, Monsieur Blanchard«, sagte ich.

»Einen Befehl des Herzogs von Soissonson befolgt man, Madame«, antwortete Blanchard lächelnd.

»Oh, es war also ein Befehl?«

»Sagen wir besser, eine dringende Bitte. Der Herzog würde es gern sehen, wenn ich Ihnen dienlich wäre.«

»Dann hoffe ich, daß wir uns einig werden.« Wir sprachen über die Jungen und darüber, was sie bis jetzt gelernt hatten. Er schüttelte ernst den Kopf.

»Ich würde gern ihren Unterricht übernehmen, aber ich fürchte, daß sie einen Erzieher brauchen, der sich ihnen ganz widmen kann.«

»Das haben wir uns ja erhofft«, warf ich ein.

»Es tut mir leid, Madame, aber das ist leider nicht möglich. Ich habe zwei Schutzbefohlene, die ich auf die Universität vorbereiten muß. Sie sind Verwandte des Herzogs von Soissonson, und ich verbringe jede Woche drei Tage auf dem Château de Castian. Ich kann sie gerade jetzt nicht im Stich lassen, und deshalb könnte ich nicht öfter als viermal wöchentlich in Ihr Schloß kommen.«

»Die Jungen, die Sie unterrichten, werden doch demnächst die Universität besuchen«, mischte sich mein Vater ein.

»Das ist richtig, aber bis dahin bin ich verpflichtet, mich um sie zu kümmern.«

»Ich sehe darin keine Schwierigkeit. Sie könnten jede Woche vier Tage hier verbringen und drei bei Ihren bisherigen Schülern. Wären Sie damit einverstanden?«

»Selbstverständlich, vorausgesetzt, daß ich mich zeitlich nicht festlegen muß. Ich würde Ihre Enkel an vier Tagen der Woche unterrichten, doch es wäre möglich, daß ich gelegentlich einen Tag mehr für meine derzeitigen Schüler brauche, die – Sie müssen schon verzeihen – an erster Stelle stehen.«

»Das halte ich für kein unüberwindliches Hindernis«, bemerkte ich.

Dann einigten wir uns darauf, daß Léon Blanchard an vier Wochentagen zu uns kommen würde und daß wir nichts dagegen hatten, wenn er gelegentlich einen zusätzlichen Tag für die Jungen in Castian benötigte.

Als er sich verabschiedete, hatten wir vereinbart, daß er Anfang der nächsten Woche mit dem Unterricht beginnen würde.

Nachher erwähnte mein Vater, daß er mit dieser Abmachung

sehr zufrieden wäre. Wir hatten dadurch Gelegenheit, Blanchard eine Zeitlang zu beobachten, bevor wir ihn endgültig einstellten.

Léon Blanchard erwies sich sofort als Gewinn für unseren Haushalt.

Die Jungen mochten ihn, denn er verstand es, den Unterricht interessant zu gestalten. Er nahm die Mahlzeiten gemeinsam mit uns ein, was für uns selbstverständlich war, weil er sich wie ein Adeliger benahm. Die Diener akzeptierten diese Lösung widerspruchslos, was an sich ein Wunder war, weil sie es normalerweise übel vermerkten, wenn jemand, wie sie sich ausdrückten, ›vergaß, wohin er gehörte‹.

Ich nahm an, daß Lisette beleidigt sein würde, weil sie bei den Mahlzeiten nicht an unserem Tisch saß – allerdings auf ihren eigenen Wunsch hin. Sie hatte jedoch offensichtlich gegen dieses Arrangement nichts einzuwenden.

Während der Mahlzeit unterhielt sich Blanchard meist mit meinem Vater über die gespannte Lage im Land. Er war weitgereist, konnte daher aus eigener Anschauung über fremde Länder sprechen, und zwar auf sehr unterhaltsame Art und Weise. Mit wenigen Sätzen zauberte er fremde Gegenden vor unsere Augen.

»Ich bin froh, daß uns der Herzog diesen Mann geschickt hat«, bemerkte mein Vater.

Doch dann geschah etwas Unvorhergesehenes.

Blanchard suchte eines Tages die Jungen und schlenderte dabei zu Sophies Turm hinüber. Weil er annahm, daß dieser Teil des Schlosses unbewohnt war, öffnete er eine Tür und trat in den dahinterliegenden Raum. Sophie und Jeanne spielten dort miteinander Karten.

Ich konnte mir ihr Entsetzen ausmalen. Zum Glück trug Sophie ihre Kapuze, sonst wäre der Schock noch ärger gewesen.

Sie war jedenfalls fürchterlich erschrocken, denn wir alle respektierten ihr Bedürfnis, ungestört zu bleiben und ließen uns durch Jeanne bei ihr anmelden, wenn wir sie besuchen wollten.

Lisette fragte Jeanne nachher eingehend aus.

»Mademoiselle Sophie und ich saßen am Tisch«, berichtete Jeanne, »als dieser Mann eintrat. Ich stand auf und fragte ihn, was er wolle. Er erkannte sofort, daß ich zum Personal gehöre und ging direkt auf Mademoiselle Sophie zu. Sie errötete und stand auf, und er verbeugte sich tief und erklärte ihr, daß er der Erzieher sei, seine Schutzbefohlenen suche und um Vergebung für sein ungebührliches Eindringen bitte. Und dann kam die Überraschung – sie forderte ihn auf, Platz zu nehmen. Er blickte sie unbefangen an, denn mit der Kapuze sieht sie überhaupt nicht abstoßend aus, sondern wie eine Dame, die eine neue Mode kreiert. Sie bot ihm ein Glas Wein an und erzählte ihm, woher ihre Narben stammten. Sonst vermeidet sie immer, über dieses Unglück zu sprechen. Sie schilderte ihm ihr Entsetzen, als sie sich mitten im Gedränge befand, die Schmerzen – einfach alles.

Er hörte ihr aufmerksam zu und pflichtete ihr bei: Das Volk als Masse kann fürchterlich sein. Dann behauptete er, daß diese Kapuze ein ganz reizender modischer Einfall wäre und daß sie damit bei Hof Furore machen würde. Sie erklärte natürlich, daß sie nicht die Absicht habe, bei Hofe zu erscheinen, aber es war nicht zu übersehen, daß sie sich in seiner Gesellschaft wohl fühlte. Dann stand er auf, verabschiedete sich, bat noch einmal wegen der Störung um Verzeihung und fragte, ob er wiederkommen dürfe. Ich traute meinen Ohren nicht, als sie zustimmte.«

Ein Fremder hatte also eine scheinbar unüberwindliche Barriere bezwungen.

Sogar Lisette war von ihm bezaubert, und ich fand, daß es am besten wäre, wenn die beiden heirateten. Sie brauchte ein harmonisches Familienleben, denn mit ihrem ersten Mann war sie nicht glücklich gewesen.

Lisette und ich ritten oft gemeinsam aus; wenn wir müde waren, stiegen wir ab, banden die Pferde an einen Baum, streckten uns im weichen Gras aus und plauderten. Lisette wußte immer den neuesten Klatsch und war entzückt, wenn sie etwas Neues über einen der Nachbarn erfuhr. Am liebsten sprach sie über die königliche Familie. Wie alle Französinnen haßte sie Marie Antoinette und glaubte blind alles, was man ihr nachsagte. Eines Tages brachte sie zwei Bücher aus der Stadt mit, die sich mit dem Intimleben der Königin befaßten: *Les Amours de Charlot et 'Toinette* beschrieb die angebliche Liebesaffäre zwischen der Königin und ihrem Schwager, dem Grafen d'Artois; *Essai Historique sur la Vie de Marie Antoinette* war noch ärger – ein unflätiges Machwerk. Der Inhalt der Bücher empörte mich, und ich verlangte, daß Lisette sie verbrannte.

»Es handelt sich ausschließlich um bösartige Verleumdungen«, erklärte ich ihr.

»Ich halte es für richtig, daß man auch Königinnen kritisiert, wenn sie ein unmoralisches Leben führen. Ein armes Mädchen muß nur einen kleinen Fehltritt tun, und schon ist sein Leben verpfuscht.«

»Aber hier handelt es sich doch um Lügen, das erkennt man auf den ersten Blick. Der Autor haßt die Königin ganz offensichtlich.«

»Die Bücher sind im geheimen gedruckt worden, aber deshalb lesen die Leute sie ja doch. Man bekommt sie in fast allen Städten zu kaufen, so daß die Menschen im ganzen Land darüber unterrichtet sind, wie sich ihre Königin die Zeit vertreibt. Warum soll ich mich nicht auch darüber informieren?«

»Weil kein vernünftiger Mensch diese Sudelei für Wahrheit halten kann.«

Lisette sah mich verschmitzt an. »Ich werde dir eben nichts mehr zeigen.«

»Ich hoffe, daß du so etwas überhaupt niemandem zeigst.«

»Sei doch nicht gleich so empört, ich mache ja nur Spaß.«

»Die Königin wäre bestimmt anderer Ansicht.«

»Sie würde sicherlich darüber lachen; sie ist sehr frivol.«

Ich weigerte mich, mit Lisette weiter über die Klatschgeschichten um die Königin zu sprechen, und sie verlor wirklich kein Wort mehr darüber. Statt dessen sprach sie über Léon Blanchard und wunderte sich, weil er sich mit Sophie so gut verstand.

»Glaubst du, daß er Sophie heiraten würde?« fragte sie mich eines Tages.

»Sophie heiraten? Sie würde niemals heiraten.«

»Warum nicht? Sie gestattet ihm, sie zu besuchen, und hat sich in letzter Zeit deutlich verändert. Ich weiß, er ist nur Erzieher und verfügt daher nicht über die gesellschaftliche Stellung, die ihm erlauben würde, die Tochter eines Comte zu heiraten, aber sie ist verunstaltet – sozusagen beschädigte Ware.«

»Sprich nicht so über Sophie«, wies ich sie scharf zurecht.

»Du bist zu sentimental, Lottie. In den Adelsfamilien betrachtet man die Töchter als Ware, als Handelsgut. Man arrangiert ihre Ehen – passende Ehen. Die arme Sophie steht nicht mehr so hoch im Kurs wie vor dem Unfall. Es tut mir leid, wenn ich dich durch

215

meinen Vergleich mit beschädigter Ware beleidigt habe, aber das trifft genau auf sie zu.«

»Es wäre wunderbar, wenn sie heiraten und Kinder bekommen könnte. Mit der Kapuze sieht sie wirklich hübsch aus.«

»Für ihren Mann müßte sie die Kapuze allerdings abnehmen.«

»Ich halte Léon Blanchard für einen sehr einfühlsamen Menschen.«

Lisette schwieg.

»Ich wäre glücklich, wenn sie ihn heiratet«, fuhr ich fort. »Dann würde ich – «

»Dich nicht mehr schuldig fühlen, weil du den Mann geheiratet hast, der für sie bestimmt war?«

»Sie hat ihn zurückgewiesen.«

»Aus gutem Grund. Du solltest nie schuldbewußt sein, Lottie. Was geschieht, geschieht, und wenn das Unglück des einen Menschen das Glück des anderen ist, muß man sich damit abfinden.«

Trotz Lisettes Bemerkung fühlte ich mich weiterhin schuldig. Nur wenn Sophie heiratete und ihre Ehe glücklich wurde, konnte ich dieses Gefühl loswerden.

Lisette lächelte mich verständnisinnig an.

»Beten wir um deinet- und um ihretwillen darum, daß diese Ehe zustandekommt.«

Allmählich sah es so aus, als könnte mein Wunsch in Erfüllung gehen. Sophie hatte sich verändert, nahm sogar gelegentlich das Abendessen mit uns ein. Sie saß jedesmal neben Léon, in dessen Nähe sie sich offensichtlich wohlfühlte, und wirkte gelöst und zufrieden.

Welche Veränderungen hatte Léon Blanchard doch in unserem Haus bewirkt!

Wenn wir bei Tisch saßen und die Diener den letzten Gang aufgetragen hatten, erzählte Armand von seinen Freunden, und wir kamen uns wie richtige Verschwörer vor.

»Die Agitatoren treten immer zahlreicher auf«, berichtete er. »Vergangene Woche war sogar einer in Aurillac am Werk. Der Hergang ist immer der gleiche. Ein Mann springt auf dem Marktplatz plötzlich auf eine Kiste oder etwas Ähnliches, hetzt die Menge auf, behauptet, daß die Leute schlecht behandelt werden, stachelt sie bis zur Weißglut auf, und dann kommt es zu Ausschreitungen.«

216

»Sie sollten versuchen herauszufinden, wo sie ihre Aktion das nächste Mal ansetzen«, meinte Blanchard. »Dann könnten Sie den Agitator mit Ihrer Gruppe erwarten ...«

»Wir wollen uns ohnehin mehr umhören, durch die Städte schlendern und auf Hinweise achten. Vielleicht glückt es uns einmal, einen zu überraschen. Sie sollten sich uns anschließen, Blanchard.«

»Das täte ich gern, aber es mangelt mir an Zeit.«

»Das ließe sich bestimmt einrichten.«

»Leider muß ich die Lektion für meine Schüler vorbereiten. Manchmal bedauere ich beinahe, daß ich zwei Verpflichtungen eingegangen bin.«

»Selbstverständlich hat Monsieur Blanchard keine Zeit, sich euch anzuschließen, Armand«, mischte sich mein Vater ein. »Du hättest dir die Frage schenken können.«

Mein Vater geriet sofort in Panikstimmung, wenn Blanchard andeutete, daß er seinen Posten als Erzieher aufgeben könnte. Er war davon überzeugt, daß Léon der beste verfügbare Pädagoge war, da ihn der Herzog von Soissonson sonst nicht empfohlen hätte. Durch ihn hatte sich bei uns sehr viel verändert. Die Jungen freuten sich auf den Unterricht, waren gefügiger, ernsthafter; der Graf unterhielt sich oft mit ihm und hätte ungern auf seine Gesellschaft verzichtet; am wichtigsten war aber das Wunder, das er an Sophie vollbracht hatte. Seit er im Haus war, benahm sie sich viel natürlicher und nahm auch an unseren Mahlzeiten teil.

»Ich werde sehen, was sich tun läßt«, versprach Léon. »Mir ist natürlich klar, wie wichtig Ihre Aufgabe ist. Vielleicht kann ich doch ein wenig Zeit dafür erübrigen.« Armand strahlte vor Begeisterung und sprach des langen und breiten von den Vorhaben und den Aktionen seiner Gruppe.

Ich fragte mich oft, was Léon Blanchard eigentlich für seine Mitmenschen so anziehend machte. Auch mein Interesse für ihn wuchs, vor allem deshalb, weil ich ihn als möglichen Ehemann für Sophie in Betracht zog.

Als ich einmal von einem Ausritt heimkehrte, ging er gerade über den Hof in den Stall, und ich hatte plötzlich das Gefühl, daß ich diese Szene schon einmal erlebt hatte.

Es war ein geradezu unheimliches Gefühl, eine Art *déja vu*.

Léon drehte sich um, erblickte mich, und die seltsame Stimmung verflog. Er verbeugte sich höflich und bemerkte, daß der Tag für einen Ausritt wie geschaffen war.

In diesem Sommer besuchte uns Dickon wieder einmal. Er traf vollkommen unerwartet ein und war erstaunt, weil ich ihn nicht begeistert begrüßte. Ich erklärte ihm, daß es sich gehört hätte, uns vorher zu benachrichtigen, und daß er das Château meines Vaters nicht einfach als sein Zuhause betrachten könne.

»Wo du bist, ist auch mein Zuhause«, behauptete er.

Ich fand das lächerlich und meinte, daß er sich bei meinem Vater entschuldigen müsse.

Mein Vater hatte ihn jedoch ins Herz geschlossen, was im Grunde nicht überraschend war. Mein Vater mußte als junger Mann Dickon sehr ähnlich gewesen sein. Beide wirkten ausgesprochen männlich und übten deshalb auf Frauen eine unwiderstehliche Anziehungskraft aus; außerdem kamen sie gar nicht auf die Idee, daß sie irgendwo nicht gern gesehen waren.

Dickon erzählte mir, daß er aus zwei Gründen nach Frankreich gekommen war. Der erste war naheliegend: ich. Der andere war, daß Frankreich allmählich zum interessantesten Land Europas wurde und daß die Augen der Welt auf uns gerichtet waren. Wilde, widersprüchliche Gerüchte gingen über das Halsband der Königin um, und in ganz Europa konnte man nicht genug darüber erfahren. Es hieß zwar, daß es sich um eine ungeheure Intrige handelte, mit der man an der Königin Rufmord begehen wollte, aber ihre Feinde waren davon überzeugt, daß sie in die Affäre verwickelt war. Die französische Staatskasse war nahezu leer, und überall warf man der Königin ihre Extravaganzen vor. Das Halsband war einfach ein weiterer Beweis für ihre unglaubliche Verschwendungssucht. Man nannte sie nur noch Madame Defizit, und in Paris fanden Demonstrationen gegen sie statt.

Natürlich machten wir Léon Blanchard und Dickon miteinander bekannt, und letzterer meinte: »Jeder Angehörige dieses Hauses lobt Sie über den grünen Klee, Monsieur, weil Sie ein so großartiger Erzieher sind. Ich habe selbst zwei Söhne und beneide Charlot und Louis-Charles ein wenig. Die Erzieher meiner Söhne halten sich kaum länger als einige Monate bei uns. Verraten Sie mir doch Ihr besonderes Geheimnis.«

»Ich versuche, den Unterricht interessant zu gestalten, auf die jungen Leute einzugehen und sie wie Erwachsene zu behandeln.«

»Monsieur Blanchard verfügt zweifellos über besondere Talente«, fügte mein Vater hinzu.

Während der Mahlzeit fragte uns Dickon nach unserer Meinung über die Halsbandaffäre.

»Die Königin hat bestimmt keine Ahnung, wie es um die Staatsfinanzen bestellt ist, und wie das Volk ihre Verschwendungssucht aufnimmt«, verteidigte sie Léon.

»Das Volk wird nie zufrieden sein«, widersprach Armand. »Es ist klar, daß die Königin in dieser Angelegenheit zu Unrecht beschuldigt wird, weil Intriganten ihren Namen mißbraucht haben, um ein Vermögen zu machen.«

»Das Gericht hat sich jedenfalls dieser Ansicht angeschlossen«, bestätigte mein Vater.

»Das Volk schiebt ihr die Schuld für alle Mißstände in die Schuhe«, fügte Léon hinzu.

»Das Volk braucht immer einen Sündenbock«, bestätigte Armand. »Man müßte die Aufrührer strenger bestrafen.«

»Haben Sie bei Ihren Nachforschungen nach den Agitatoren Glück gehabt?« erkundigte sich Dickon.

»Wir haben herausgefunden, daß die Unruhen genau geplant sind. Wir wollen aber nicht gegen den Pöbel vorgehen, sondern die Anstifter ergreifen.«

»Und was unternehmen Sie im einzelnen?« Dickon ließ nicht locker.

»Sie dürfen nicht annehmen, daß wir tatenlos zusehen, wie dieses Land vor die Hunde geht«, rief Armand. »Wir werden diese Leute schon noch zu fassen kriegen, das können Sie mir glauben.«

»Der Vicomte ist durch die Ereignisse zutiefst beunruhigt und hat Männer um sich geschart, die seine Ansichten teilen«, erklärte Léon. »Ich habe die Ehre, ihnen anzugehören. Leider kann ich mich aus Zeitmangel nicht so nützlich machen, wie ich gern möchte.«

»Sie sind ein ausgezeichneter Mitarbeiter«, beruhigte ihn Armand.

Ich hatte Sophie beobachtet, während Léon sprach, denn ich war überrascht, daß sie an der Tafel erschienen war, obwohl wir Besuch hatten. Dickon hatte mit keiner Wimper gezuckt, als sie eintrat, und unterhielt sich vollkommen unbefangen mit ihr. Sie trug ein blaßviolettes Kleid und sah sehr hübsch aus. Sie schaute Léon immer wieder an, und obwohl ich froh darüber war, daß sie gelöster und glücklicher wirkte, fragte ich mich besorgt, was die Zukunft ihr bringen würde. Würde er sie wirklich zur Frau nehmen?

Armand sprach begeistert von den Einsätzen seiner Gruppe, der sich auch Adelige aus weiter entfernten Gebieten angeschlossen hatten. »Wir werden die Agitatoren schon noch entlarven, und damit haben wir das Übel an der Wurzel gepackt.«

Als die Tafel aufgehoben wurde, schlug mir Dickon vor, mit ihm einen Spaziergang über die Mauern des Schlosses zu unternehmen.

Ich legte mir einen Schal um die Schultern, wir stiegen gemeinsam auf den Turm hinauf und gingen dann die Mauer entlang. Gelegentlich blieben wir stehen und blickten über die Zinnen auf das Land hinaus.

»Es sieht trügerisch friedlich aus, nicht wahr?« meinte Dickon.

Ich stimmte zu.

Er legte mir den Arm um die Schultern. »Du solltest nicht hierbleiben, das Pulverfaß kann jeden Augenblick in die Luft fliegen.«

»Das behauptest du schon seit langer Zeit.«

»Es gärt auch schon seit langer Zeit.«

»Dann wird es vielleicht noch eine Weile weitergären.«

»Aber nicht mehr lange, und was dann kommt, wird fürchterlich sein. Du solltest mich möglichst rasch heiraten, Lottie.«

»Und nach England übersiedeln?«

»Natürlich. Eversleigh erwartet dich und die Kinder. Meine Mutter hofft jedesmal, wenn ich nach Frankreich reise, daß ich mit euch zurückkehren werde. Natürlich kann ich dir keinen solchen Übermenschen wie diesen Monsieur Blanchard versprechen. Wer ist er überhaupt? Er ist eine beeindruckende Persönlichkeit.«

»Findest du wirklich? Du hast dich ja nur beim Abendessen mit ihm unterhalten.«

»Man kann ihn nicht übersehen. Außerdem finde ich, daß sich unter seinem Einfluß der gesamte Haushalt verändert hat. Hoffentlich bist nicht auch du ihm verfallen.«

Das gefiel mir an Dickon – daß er selbst das ernsteste Thema mit Humor behandelte.

»Gerade du solltest wissen, daß ich nicht so leicht jemandem verfalle, Dickon.«

»Leider habe ich das am eigenen Leib erfahren. Aber warum willst du nicht nach England zurückkehren? Diesem Hexenkessel entrinnen?«

»Der deiner Ansicht nach jeden Augenblick überkochen kann.«

»Wenn es soweit ist, wird niemand mehr drüber lachen. Etliche werden sich schwer verbrühen. Aber nicht meine Lottie, das werde ich zu verhindern wissen. Dennoch wäre es für dich am besten, wenn du das Land so bald wie möglich verläßt.«

»Das kann ich nicht, Dickon, ich kann meinen Vater nicht im Stich lassen.«

»Eversleigh ist ein sehr großes Haus. Du darfst es nicht unterschätzen, weil du dein Leben in einem Château verbracht hast. Wir haben genügend Platz für ihn.«

»Er würde Frankreich niemals verlassen, er ist hier zu Hause.«

»Bald werden Männer seines Schlages verzweifelt versuchen, aus diesem Land zu entkommen.«

»Er wird nie fliehen, und ich kann ohne ihn nicht abreisen.«

»Er liegt dir also mehr am Herzen als ich.«

»Natürlich. Er liebt mich, er hat mich zu sich genommen und mich als sein Kind anerkannt. Du hast Eversleigh gewählt.«

»Wirst du das niemals vergessen?«

»Das kann ich nicht, wenn ich dir gegenüberstehe. Du bist der Besitzer von Eversleigh und hast meine Hand um dieses Besitzes willen ausgeschlagen.« Ich legte ihm die Hand auf den Arm. »Ich habe es dir längst verziehen, Dickon, du hast dich einfach so verhalten, wie es deinem Wesen entsprach. Es ist nicht mehr von Bedeutung. Aber ich kann nicht nach England übersiedeln, solange mein Vater am Leben ist. Du siehst doch, wie er an mir und den Kindern hängt.«

»Seine Gefühle für dich sind augenscheinlich. Die arme Sophie bedeutet ihm wenig, und seinen Sohn mag er auch nicht sehr. Das überrascht mich nicht, denn Armand ist ein Narr. Was soll die Geschichte mit der Gruppe?«

»Es ist eine Art Selbstschutzvereinigung, die versucht, die Agitatoren zu entdecken.«

»Und haben sie Erfolg?«

»Ich glaube nicht.«

»Was unternehmen sie eigentlich konkret?«

»Sie kommen zusammen und sprechen ...«

»Und sprechen und sprechen ...«, unterbrach mich Dickon spöttisch. »So etwas muß im geheimen geschehen und nicht am Eßtisch besprochen werden.«

»Es bleibt ja in der Familie.«

»Nicht ganz. Der Erzieher ist zum Beispiel auch anwesend.«

»Der gehört ebenfalls zur Gruppe. Armand hat ihn zum Beitritt überredet, und Monsieur Blanchard ist ein sehr entgegenkommender Mensch. Er hat zwar zuerst behauptet, daß er mit Arbeit überlastet ist, hat aber dann doch nachgegeben.«

»Ein wirklich entgegenkommender Mann. Wie seid ihr auf ihn verfallen?«

»Durch Empfehlung. Der Herzog von Soissonson hat uns einmal zufällig besucht, und wir erwähnten, daß wir uns auf der Suche nach einem Erzieher befänden. Monsieur Blanchard unterrichtet die Kinder des Cousins des Herzogs oder so ähnlich. Er steht ihnen immer noch an drei Tagen der Woche zur Verfügung, deshalb müssen wir ihn mit diesem Cousin teilen.«

»Man reißt sich ja förmlich um den Herrn. Der Herzog von Soissonson, hast du gesagt?«

»Ja. Kennst du ihn?«

»Ich habe von ihm gehört. Man spricht in Paris viel über ihn.«

»Ich habe mich oft gefragt, wieso du immer so gut unterrichtet bist, Dickon.«

»Ich freue mich, daß es dir aufgefallen ist.«

»Warum kommst du so oft hierher?«

»Die Antwort darauf kennst du bereits.«

»Da bin ich nicht sicher. Ich glaube, daß ich vieles nicht weiß, was dich betrifft.«

»Der Hauch eines Geheimnisses erhöht vielleicht meine Anziehungskraft.«

»Das stimmt nicht, ich möchte mehr über dich wissen. Manchmal habe ich das Gefühl, daß du dich über die Unruhen hier freust – nein, das ist nicht das richtige Wort, daß sie dir gelegen kommen.«

»Was kannst du von einem Engländer erwarten, dessen Land immer Schwierigkeiten mit den Franzosen gehabt hat?«

»Arbeitest du womöglich für die englische Regierung?«

Er faßte mich an den Schultern und blickte mir lachend ins Gesicht. »Bin ich vielleicht ein Spion?« flüsterte er. »Bin ich in geheimer Mission hier? Warum glaubst du mir nicht, daß mein einziger Lebenszweck darin besteht, dein Herz zu erobern?«

Ich zögerte. »Ich weiß, daß du mich heiraten willst, aber ich würde in deinem Leben nie die erste Stelle einnehmen, nicht wahr? Es gäbe für dich immer noch etwas anderes ... Eversleigh zum Beispiel. Eigentum, Besitz, der Macht bringt.«

»Wenn ich dich davon überzeugen könnte, daß es für mich nichts Wichtigeres gibt als dich, würdest du dann deine Einstellung zu mir ändern?«

»Das wird dir nie gelingen.«

»Eines Tages werde ich es schaffen.«

Er riß mich an sich und küßte mich leidenschaftlich. Am liebsten hätte ich mich an ihn geklammert, ihm gesagt, daß ich mich mit dem begnügen würde, was er mir geben konnte. Ich redete mir ein, daß jede Witwe, die schon lang allein lebte, so reagieren würde, weil sie die Liebe eines Mannes brauchte. Ich hatte Charles geliebt und er fehlte mir sehr, aber mein Gefühl für Dickon ging tiefer. Die Wurzeln dieses Gefühls reichten in die Vergangenheit, in die Zeit, als ich ein junges, romantisches Mädchen gewesen war. Ich löste mich aus seinen Armen.

»Auf diese Weise kannst du mich nicht überzeugen.«

»Wenn ich dich in den Armen halte, wenn ich dich küsse, weiß ich, daß du mich liebst. Du kannst es nicht verbergen.«

»Ich kann nicht leugnen, daß ich etwas für dich empfinde. Aber ich will alles oder nichts, Dickon. Außerdem habe ich dir schon erklärt, daß ich meinen Vater niemals verlassen werde.«

Er lehnte sich seufzend über die Brüstung.

»Wie schön euer Besitz ist. Im Mondlicht schimmert der Fluß wie Silber. Ein reiches Land, das Holz der Wälder und die fruchtbaren Felder. Der Comte muß stolz darauf sein.«

»Das ist er auch. Das Gut befindet sich seit Generationen im Besitz seiner Familie.«

»Und dieser Narr Armand wird es einmal erben. Er hat doch nicht die geringste Ahnung, wie man diesen Besitz verwaltet.«

»Es gibt Leute, die ihm diese Arbeit abnehmen können. Du mußt

223

ja auch in Eversleigh jemanden haben, der das Gut verwaltet, solange du dich in Frankreich herumtreibst.«

»Trotzdem ist es ein Jammer. Wenn Armand nicht wäre, würdest du alles erben.«

»Wie meinst du das?«

»Du bist seine Tochter, und er ist sehr stolz auf dich.«

»Armand ist sehr lebendig. Außerdem würde Sophie auf jeden Fall vor mir reihen.«

»Damit würde ich nicht rechnen. Du bist der Augapfel deines Vaters, und er würde bestimmt gut für dich sorgen.«

»Dickon!«

»Ja?«

»Rechnest du vielleicht schon wieder?«

»Ich rechne immer.«

»Und du nimmst an, daß mein Vater einen Teil seines Reichtums auf mich übertragen wird. Jetzt begreife ich, warum du mich so leidenschaftlich umwirbst.«

»Meine Werbung wäre genauso leidenschaftlich, wenn du arm wärst.«

»Aber vielleicht wärst du nicht auf eine Heirat aus.«

»Wenn du ein Bauernmädchen wärst, würde ich dich immer noch begehren.«

»Ich weiß, daß du viele Frauen begehrt hast, von denen etliche nicht hochgeboren waren. Es wird kalt, ich will ins Haus zurückgehen.«

»Erst mußt du mich anhören. Warum bist du plötzlich so ärgerlich?«

»Weil ich einen Augenblick lang vergessen habe, wie du bist. Du willst mich heiraten, weil du erkannt hast, daß ich etwas erben werde, und obwohl du Eversleigh und Clavering bekommen hast – und deine Frau ein Vermögen in die Ehe gebracht hat –, hast du noch immer nicht genug.«

»Du hast wirklich Temperament, Lottie.«

»Gute Nacht, Dickon, ich gehe jetzt zurück.« Er ergriff meine Hände und zog mich an sich. »Wir sollten nicht im Zorn auseinandergehen.«

Ich wiederholte müde: »Gute Nacht.«

Er riß mich wieder an sich, und ich reagierte wider Willen auf die Umarmung. Er war gefährlich, denn ich konnte ihm nicht widerstehen.

Ich machte mich von ihm los.

»Du hast mich mißverstanden«, beteuerte er.

»Nein, ich verstehe dich nur allzu gut. Du bleibst deiner Gewohnheit treu, immer nur um reiche Frauen zu werben. Mein Vater ist noch am Leben, und ich hoffe, daß er mir noch sehr lange erhalten bleibt, aber du kannst sicher sein, daß ich das, was ich von ihm erben werde, nicht dem Vermögen hinzufügen werde, das du bereits dank deiner Verführungskünste erworben hast.«

»Lottie, ich habe dir schon gesagt, selbst wenn du ein Bauernmädchen wärst, das auf dem Feld Garben bindet ...«

»Würdest du mich in dein Bett holen, ich weiß. Ich weiß genau, was du denkst, Dickon. Weil ich kein Bauernmädchen, sondern eine reiche Erbin bin, möchtest du mich heiraten. Noch einmal: Gute Nacht.«

Ich lief davon und stellte erstaunt und ein wenig enttäuscht fest, daß er mir nicht folgte.

Nachdem ich zu Bett gegangen war, lag ich noch lange wach und starrte zur Decke.

»Reise ab, Dickon«, murmelte ich, »laß mich endlich in Frieden.«

Obwohl ich ihm mißtraute, sehnte ich mich nach ihm. Wenn ich nicht achtgab, war es um meinen Seelenfrieden geschehen.

In dieser Nacht fand ich nur wenig Schlaf, denn meine Gedanken kreisten ununterbrochen um Dickon. Ich sagte mir immer wieder vor, daß Dickon ein berechnender Mensch war und daß ich endlich vernünftig werden mußte.

Am nächsten Morgen erfuhr ich, daß Dickon das Château in aller Frühe zu Pferd verlassen hatte, und nahm an, daß er sich wieder einmal auf eine seiner geheimnisvollen Missionen begeben hatte.

Am Vormittag ging ich mit meinem Vater im Garten spazieren, und er erzählte mir, daß Léon Blanchard mit den Jungen einen Ausflug unternahm, um ihre Kenntnisse in Forstwirtschaft und Botanik zu vertiefen.

»Sie werden auch Pflanzen sammeln«, erwähnte mein Vater. »Blanchard sorgt tatsächlich dafür, daß sie auf allen Gebieten bewandert sind.«

»Dickon macht sich große Sorgen wegen der innenpolitischen Lage in Frankreich«, bemerkte ich.

»Wie wir alle.«

»Er findet, daß sie von Tag zu Tag bedrohlicher wird.« Mein Vater lächelte. »Er möchte natürlich, daß du mit ihm nach England zurückkehrst.«

Ich antwortete nicht.

»Das will er doch, nicht wahr?« wiederholte mein Vater.

»Ja, er hat es mir vorgeschlagen.«

»Und was hast du ihm darauf geantwortet?«

»Daß ich natürlich hierbleibe.«

»Möchtest du das wirklich?«

»Ja.« Mein Ton war entschlossen.

»Er ist ein interessanter Mann, und ich bin ihm zu Dank verpflichtet, denn durch ihn habe ich dich und damit deine Mutter wiedergefunden. Wenn deine Mutter Dickons wegen nicht besorgt um dich gewesen wäre, hätte sie mir nie geschrieben, und ich hätte nie von deiner Existenz erfahren. Dickon gegenüber hege ich etwas gemischte Gefühle. Deine Mutter hat ihn nicht gemocht und sogar ein wenig Angst vor ihm gehabt. Ich muß jedoch zugeben, daß ich ihn bewundere. Er könnte trotz allem der richtige Mann für dich sein.«

»Das müßte ich mir sehr genau überlegen.«

»Ich habe es mir schon überlegt. Du bist zu jung, um dein Leben allein zu verbringen. Du solltest wieder heiraten und noch ein paar Kinder bekommen.«

»Willst du mich denn loswerden?«

»Um Himmels willen, nein! Ich möchte nur, daß du glücklich wirst, und wenn das bedeutet, daß du mich verläßt, dann muß ich mich eben damit abfinden.«

»Wenn ich dich verlasse, könnte ich nie wieder im Leben glücklich sein.«

»Gott segne dich, Lottie, für die Liebe und das Glück, die du mir gebracht hast. Du mußt mir aber versprechen, daß du dich weder durch Rücksicht auf mich noch durch Pflichtgefühl zurückhalten lassen wirst, wenn du Dickon oder einem anderen Mann folgen möchtest. Ich bin alt, du bist jung; mein Leben ist zu Ende, deines liegt noch vor dir. Denk daran, daß dein Glück für mich das Wichtigste auf der Welt ist.«

»Und mir das deine.«

Er schwieg einen Augenblick in Gedanken versunken, ehe er weitersprach. »Es wird sich alles zum Guten wenden. Dieses Königreich hat alle Krisen überwunden, mit denen es im Lauf der Jahrhunderte zu kämpfen hatte. Frankreich bleibt Frankreich, und es wird unseren Kindern eine sichere Zukunft bieten. Mir wäre es am liebsten, wenn Charlot Aubigné erbt. Natürlich kämen Armands Kinder in der Erbfolge vor den deinen – falls ihm jemals welche geschenkt werden, was kaum anzunehmen ist. Nach Armand würde also Charlot das Schloß erben. Ich habe durch meine Anwälte alles festlegen lassen.«

»Ich hasse es, über Testamente zu sprechen. Du wirst Aubigné noch viele Jahre lang leiten.«

»Warten wir ab.«

Zu Mittag kamen Léon Blanchard und die Jungen mit den Musterexemplaren zurück, die sie in Wald und Feld gesammelt hatten. Das Gespräch bei Tisch drehte sich nur um die erstaunlichen Pflanzen und Tiere, die sie entdeckt hatten, und mein Vater lächelte belustigt über den Eifer seiner Enkel. Am Nachmittag sollten sie ihre Funde ordnen. An den Tagen, an denen Léon im Château weilte, arbeiteten sie vormittags und nachmittags, um die Schultage wettzumachen, die er bei seinen anderen Schülern verbrachte, obwohl sie auch während seiner Abwesenheit mit Aufgaben beschäftigt waren.

Dickon kehrte am späten Nachmittag zurück, und während ich mich für das Abendessen umkleidete, mußte ich ununterbrochen an ihn denken.

Als ich das Zimmer betrat, waren Léon und Sophie bereits anwesend und unterhielten sich miteinander, sie lächelte strahlend und sprühte vor guter Laune wie immer, wenn sie sich in seiner Gesellschaft befand. Ich beschloß meinen Vater zu fragen, ob er einer Heirat zwischen ihnen zustimmen würde. Eigentlich war ich davon überzeugt, daß er nichts dagegen haben würde, denn er hatte eine gute Meinung von Blanchard und würde sicherlich froh sein, einen Mann für Sophie gefunden zu haben.

Armand war noch nicht erschienen, und mein Vater fragte Marie Louise, ob er zum Abendessen herunterkommen würde. Sie war sehr erstaunt darüber, daß man von ihr wissen wollte, wo sich ihr

Mann befand, und erklärte, daß sie keine Ahnung habe. Also schickte mein Vater einen Diener zu ihm hinauf.

Der Diener kam zurück und meldete, daß sich der Vicomte nicht in seinen Räumen befand. Der Kammerdiener hatte Kleidung zurechtgelegt, weil er ihn zum Essen zurückerwartete, aber Armand war nicht gekommen.

Niemand war überrascht, denn Armand war nie sehr pünktlich. Es war schon vorgekommen, daß er am Nachmittag auf die Jagd ging, und erst am nächsten Morgen zurückkehrte. Jetzt war er so mit seiner Gruppe beschäftigt, daß er oft bei einem ihrer Mitglieder übernachtete, wenn sie am nächsten Tag eine Aktion gegen die Agitatoren planten.

Die Mahlzeit verlief wie gewöhnlich. Léon erzählte von den Botanikstunden der Jungen und berichtete, daß sie gute Fortschritte machten. Sophie hörte aufmerksam zu – wie immer. Sie veränderte sich von Tag zu Tag mehr zu ihrem Vorteil, und ich nahm mir vor, bei der ersten sich bietenden Gelegenheit wegen ihr mit meinem Vater zu sprechen.

Dickon verhielt sich ungewöhnlich ruhig und forderte mich nach dem Essen nicht wie üblich zu einem Spaziergang im Park oder auf den Mauern des Schlosses auf.

In dieser Nacht holte ich versäumten Schlaf nach, und als ich am nächsten Tag mit meinem Vater allein war, kam ich auf Sophie und Léon zu sprechen. Wir saßen auf dem Rasen neben dem Burggraben, und ich erwähnte beiläufig: »Sophie hat sich sehr verändert.«

»Das stimmt.«

»Du weißt auch warum – sie ist verliebt.«

»Ja, in Léon Blanchard.«

»Wie würdest du reagieren, wenn er um ihre Hand anhielte?«

Mein Vater schwieg.

»Du hast doch eine sehr gute Meinung von ihm.«

»Ich würde nie auf die Idee kommen, daß ein Erzieher der richtige Mann für meine Tochter ist.«

»Unter den gegebenen Umständen …«

»Das stimmt, unter diesen Umständen ist es allerdings etwas anderes.«

»Er ist ein überaus kultivierter Mann und, soviel ich weiß, mit dem Herzog von Soissonson verwandt.«

»Sehr entfernt verwandt.«

In diesem Augenblick drehte ich mich zufällig um und erblickte Sophie, die dicht hinter uns stand. Mir schoß das Blut in die Wangen.

»Sophie«, rief ich und stand auf.

»Ich habe einen Spaziergang unternommen«, erklärte sie. »Guten Morgen, Sophie«, begrüßte sie unser Vater. Sie erwiderte den Gruß, drehte sich um und ging weiter. »Möchtest du nicht …«, begann ich, aber sie blieb nicht stehen.

Ich setzte mich wieder. »Wie merkwürdig, daß sie sich so leise angeschlichen hat.«

»Der dichte Rasen dämpft das Geräusch der Schritte.«

»Hoffentlich hat sie unser Gespräch nicht mit angehört.«

»Wir hatten gerade festgestellt, daß sie sich verändert hat, aber sie hat ihre Scheu noch nicht ganz überwunden.«

»Nur in Blanchards Gegenwart gibt sie sich freier. Falls er wirklich um ihre Hand anhält, würdest du doch deine Zustimmung erteilen, nicht wahr?«

»Ich wäre genauso glücklich wie du, wenn Sophie einen eigenen Hausstand gründete.«

Damit wandte sich das Gespräch anderen Themen zu.

Als Armand auch an diesem Abend nicht zum Essen erschien, waren wir beunruhigt. Mein Vater beschloß, einen Diener reihum zu Armands Freunden zu schicken, falls er am nächsten Morgen auch noch nicht auftauchte.

Während der Mahlzeit herrschte beklommenes Schweigen, weil wir alle an Armand dachten. Léon wollte uns beruhigen und behauptete, daß Armand sich sicherlich bei einem seiner Freunde befände, weil für den Tag, an dem er aus dem Château verschwunden war, eine Zusammenkunft vorgesehen gewesen war. Léon hatte sich um seine Schüler zu kümmern und keine Zeit gehabt, Armand zu begleiten.

Am nächsten Tag erfuhren wir zu unserer Besorgnis, daß Armand nicht an der von Léon erwähnten Versammlung teilgenommen hatte. Seine Freunde hatten vergeblich auf ihn gewartet.

Jetzt machten wir uns ernstliche Sorgen.

»Er muß einen Unfall erlitten haben«, meinte der Comte und befragte die Dienerschaft genauer. Der Reitknecht berichtete, daß Armand am frühen Nachmittag weggeritten war; er war guter Laune gewesen und hatte jede Begleitung abgelehnt.

Wir fanden an diesem Tag keine Spur von ihm, obwohl Dickon mit den Dienern die Umgebung absuchte. Erst am nächsten Tag entdeckte er Armands Pferd, das an einem Busch in der Nähe des Flusses festgebunden war. Am Flußufer lag ein federgeschmückter Hut, der Armand gehörte.

An dieser Stelle war der Fluß sehr tief und breit, aber Armand war ein guter Schwimmer. Dennoch wollten wir nichts unversucht lassen, und der Comte ließ den Fluß mit Schleppnetzen absuchen. Ohne Erfolg.

Der Comte stellte die Theorie auf, daß Armand am Ufer ausgeglitten war, beim Aufprall das Bewußtsein verloren hatte und ins Wasser gerollt war. Dann hatte ihn die Strömung mitgerissen.

»Mir gefällt das Ganze nicht«, meinte Dickon. »Armand war zu seiner Gruppe unterwegs. Wußte jemand davon? Vermutlich haben alle davon gewußt, denn die Gruppe redete immer von ihren Vorhaben; es gibt viele Menschen die gegen diese Organisation sind.«

»Dann hätten sie jedoch vermutlich die ganze Bande angegriffen«, widersprach mein Vater. »Wir dürfen die Suche nicht aufgeben.«

Nach einer Woche gab es noch immer keine neuen Spuren: Armand war wie vom Erdboden verschwunden. Dickon äußerte die Vermutung, daß jemand Armand getötet und die Leiche vergraben habe. Gemeinsam mit Léon grob er am Flußufer nach dem Leichnam. Doch auch das war vergeblich.

Alle, auch die Jungen, beteiligten sich an der Suche. Léon gab ihnen zu diesem Zweck sogar frei.

Schließlich mußten wir uns mit der Tatsache abfinden, daß Armand tot war. Es gab keine andere Erklärung, denn er hätte nie sein Pferd angebunden zurückgelassen.

»Wir leben wirklich in gefährlichen Zeiten«, stellte der Comte fest. »Armand hätte sich nicht mit dieser Gruppe einlassen dürfen. Der Arme hat nie im Leben Erfolg gehabt.«

»Vielleicht ist er gar nicht tot«, wandte ich ein.

»Ich bin davon überzeugt, daß ich ihn nie wiedersehen werde.«

Etwa drei Wochen nach Armands Verschwinden traf ein Bote im Schloss ein.

Es war Nachmittag; Dickon war ausgeritten, weil er immer noch hofft, einen Hinweis auf die Lösung des Rätsels um Armand zu finden. Die Jungen arbeiteten im Schulzimmer mit Léon, und Lisette und ich befanden uns in meinem Zimmer. Sie nähte Louis-Charles ein Hemd, und ich saß am Fenster und blickte hinaus. Dabei bemerkte ich einen Reiter, der sich dem Schloß näherte.

»Da kommt jemand«, rief ich.

Lisette legte ihre Näharbeit weg und kam zu mir herüber.

»Wer mag das sein?« fragte ich.

»Geh doch hinunter, vielleicht bringt er Neuigkeiten von Armand.«

Ich stand in der Halle als einer der Stallknechte mit dem Fremden hereinkam.

»Er bittet, Monsieur Blanchard sprechen zu dürfen, Madame«, meldete der Reitknecht.

»Er befindet sich im Schulzimmer.« Dann wandte ich mich an ein Dienstmädchen: »Holen Sie Monsieur Blanchard.« Ich drehte mich wieder zu dem Fremden um. »Hoffentlich bringen sie keine schlechten Neuigkeiten.«

»Ich fürchte doch Madame.«

Ich seufzte. Der Mann sprach nicht weiter, und ich hatte keine Lust, mich in Léons Privatangelegenheiten einzumischen.

Léon erschien auf der Treppe, und als er den Mann sah, wurde er nervös.

»Jules …«, begann er.

»Guten Tag, Monsieur Léon«, begrüßte ihn der Fremde. »Madame Blanchard geht es sehr schlecht, und sie bittet Sie, sofort zu ihr zu kommen. Ich habe zwei Tage für die Strecke gebraucht. Ihr Bruder ersucht Sie, sofort mit mir zurückzureiten.«

»Mon Dieu.« Léon wandte sich an mich. »Sie haben es gehört, Madame, meine Mutter ist schwer erkrankt.«

»Dann müssen Sie sofort zu ihr eilen.«

»Ich fürchte, mir bleibt nichts anderes übrig. Die Jungen …«

»Die Jungen können warten, bis Sie wiederkommen.« Lisette stand neben mir. »Die beiden sollten noch etwas essen, bevor sie aufbrechen.«

»Danke«, antwortete Léon, »aber ich ziehe vor, mich sofort auf den Weg zu machen. Wir könnten bis zum Einbruch der Nacht eine ordentliche Strecke zurücklegen und vielleicht schon morgen abend zu Hause sein.«

»Ich halte das auch für das Vernünftigste«, stimmte der Bote zu.

Die Jungen stürmten in die Halle.

»Was ist los?« rief Charlot.

»Monsieur Blanchards Mutter ist erkrankt, und er muß zu ihr«, erklärte ich.

»Was ist mit den Giftpilzen, die uns Monsieur Blanchard zeigen wollte?«

»Die könnt ihr besichtigen, sobald er wieder zurückgekehrt ist.«

»Wann wird das sein?« wollte Charlot wissen.

»Hoffentlich bald. Ich hoffe von Herzen, daß es Ihrer Mutter schon besser geht, wenn Sie zu Hause ankommen, Monsieur Blanchard.

»Sie ist sehr alt«, erwiderte er traurig. »Aber Sie müssen verzeihen ... ich möchte schon so bald wie möglich aufbrechen. Wenn ich mich beeile, können wir in einer Stunde unterwegs sein.«

Ich suchte meinen Vater auf und erzählte ihm, was geschehen war.

Als wir uns einige Zeit später in der Halle versammelten und uns von Léon verabschiedeten, tauchte Sophie auf der Treppe auf und ging auf ihn zu.

»Was ist geschehen?« fragte sie.

»Mein Bruder hat mir durch einen Boten mitteilen lassen, daß meine Mutter schwerkrank ist. Ich muß sofort zu ihr.«

»Sie werden doch zurückkommen ...«

Er nickte und küßte ihr die Hand.

Sie begleitete ihn gemeinsam mit uns in den Hof, und als er fortgeritten war, drehte sie sich wortlos um und verschwand in ihrem Turm.

Als Dickon zurückkehrte, erzählten wir ihm natürlich, daß Léon Blanchard nicht mehr bei uns war. Er bemerkte daraufhin, daß auch er bald abreisen müsse, denn er war schon viel länger geblieben, als er vorgehabt hatte.

Zwei Tage später verließ er ebenfalls das Château.

Beim Abschied zog er mich an sich und küßte mich leidenschaftlich.

»Ich bin bald wieder da und werde so oft wiederkommen, bis ich dich endlich für immer mit mir nehmen kann.«

Nach seiner Abreise herrschte im Schloß gedrückte Stimmung, denn wir hatten noch immer keine Ahnung, was Armand zugestoßen war. Marie Louise trug es mit Fassung und erklärte, daß alles, was ihrem Mann widerfahren war, Gottes Wille sei. Sophie nahm ihre alten Gewohnheiten wieder auf und schloß sich mit Jeanne in ihrem Turm ein. Ich verbrachte meine Zeit mit Lisette und meinem Vater und vergaß bei den Gesprächen mit ihnen den Druck, der auf uns allen lastete.

Sophie stand oft am Fenster ihres Turmes und blickte die Straße entlang. Sie wartete darauf, daß Léon Blanchard zurückkehrte.

Die Monate vergingen, und wir nahmen nun stillschweigend an, daß Armand nicht mehr am Leben war.

Mein Vater hatte ein neues Testament verfaßt. Ich sollte den Besitz erben und ihn für Charlot verwalten. Er hatte großzügig für Sophie gesorgt und war bereit, ihr eine ansehnliche Mitgift zu geben, falls Léon Blanchard zurückkam und um ihre Hand anhielt.

Dickon tauchte sehr bald wieder auf, worüber ich sehr erstaunt war. Er sah selbstzufriedener aus denn je.

»Ich war sehr fleißig«, erklärte er, »und bringe euch interessante Neuigkeiten.«

»Ich bin ganz Ohr.«

»Ich möchte lieber in Anwesenheit deines Vaters berichten.«

Während Dickon den Staub der Reise abwusch, suchte ich meinen Vater auf und erzählte ihm, daß Dickon Neuigkeiten für uns hatte.

Mein Vater lächelte. »Ich habe erraten, wer angekommen ist – ich konnte es dir an der Nasenspitze ablesen.«

Ich war darüber entsetzt, daß ich mich so schlecht beherrschen konnte.

»Ja«, fuhr mein Vater fort, »deine Augen leuchten und dein Gesicht bekommt einen weichen Ausdruck. Deshalb glaube ich ja auch, daß du und er ...«

»Bitte, Vater, ich habe nicht die Absicht zu heiraten ... Jedenfalls vorläufig nicht.«

Er seufzte. »Du weißt, daß ich dir nicht im Weg stehen würde.«

»Hören wir erst einmal an, was Dickon zu berichten hat.« Mein

Vater ließ Wein bringen, und wir ließen uns in seinem Salon nieder.

»Ihr werdet wirklich erstaunt sein«, begann Dickon, »obwohl ich von Anfang an mißtrauisch war. Für mich war alles viel zu glatt gegangen.«

»Dickon«, rief ich, »du spannst uns absichtlich auf die Folter. Bitte rücke endlich mit deiner Geschichte heraus.«

»Gehen wir der Reihe nach vor. Erstens hat der Herzog von Soissonson keinen Cousin, dessen Söhne einen Erzieher benötigten.«

»Das ist doch unmöglich«, widersprach ihm mein Vater. »Er hat es uns doch selbst gesagt.«

Dickon lächelte. »Ich wiederhole, daß er keinen Verwandten hat, dessen Söhne einen Erzieher brauchen.«

»Willst du vielleicht behaupten, daß der Mann gar nicht der Herzog von Soissonson war?« fragte ich.

»Unsinn«, unterbrach mich mein Vater. »Ich kenne ihn gut.«

»Nicht gut genug«, wandte Dickon ein. »Der Herzog hat euch wirklich hier aufgesucht, aber ihr seid offensichtlich nicht genau über ihn informiert. Er ist ein Busenfreund des Herzogs von Orléans.«

»Und?«

»Mein lieber Graf, wissen Sie denn nicht, was sich im Palais Royal abspielt? Orléans ist der geschworene Feind der Königin. Wer kennt schon seine Motive? Will er die Monarchie stürzen und selbst die Herrschaft übernehmen? Dann wäre er der Liebling des Volkes – Lord Gleichheit. Er und seine Freunde verraten ihre eigene Klasse und sind genauso gefährlich oder noch gefährlicher als der Pöbel.«

»Erklären Sie uns deutlicher, was Sie damit meinen«, verlangte mein Vater. »Der Herzog hat uns Blanchard empfohlen, weil …«

»Weil er einen seiner Gefolgsleute in Ihr Schloß einschleusen wollte.«

»Ein Spion!« rief ich. »Léon Blanchard ist ein Spion!«

»Ja, auch wenn es euch schwerfällt, so etwas von diesem Ausbund an guten Eigenschaften zu glauben.«

»Was sollte das für einen Sinn haben? Wir leben in einer ausgesprochen friedlichen Gegend.«

»Vergeßt nicht Armand und seine kleine Gruppe. Ich glaube

zwar nicht, daß Orléans oder Soissonson deshalb sehr beunruhigt waren, aber sie mußten auf jeden Fall vorsichtig sein und Gegenmaßnahmen ergreifen.«

»Das ist eine ungeheure Beschuldigung«, sagte mein Vater. »Besitzen Sie Beweise für Ihre Behauptungen?«

»Ich ziehe aus der Tatsache, daß Blanchards Geschichte erlogen war, meine Schlüsse. In der Zeit, in der er nicht im Château beschäftigt war, ist er als Agitator aufgetreten.«

»Aber er war ein ausgezeichneter Erzieher.«

»Natürlich, er ist ein kluger Mann … vielleicht sogar klüger als Orléans und Soissonson. Aber er ist kein Herzog, und deshalb nimmt er Befehle entgegen, bis er einmal so weit sein wird, daß er selbst Befehle erteilen kann.«

»Er hat versprochen wiederzukommen.«

»Das wird sich ja zeigen. Ich bin davon überzeugt, daß wir ihn nie wiedersehen werden.«

»Und mein Sohn Armand …«, warf der Comte ein.

»Ist vermutlich ermordet worden.«

»Nein!«

»Wir leben in gefährlichen Zeiten, Herr Graf. Blanchard wußte, daß Armand zu einer Zusammenkunft seiner Gruppe reiten würde.«

»Blanchard war den ganzen Tag über im Château. Er kann nicht an dem Mord beteiligt gewesen sein.«

»Nicht direkt, aber er kann seine Komplicen über Armands Pläne informiert haben. Ich nehme an, daß Blanchards Leute Armand aufgelauert, ihn getötet und dann versucht haben, den Mord bedauerlicherweise als Unfall hinzustellen.«

»Sie erzählen da eine sehr fantastische Geschichte.«

»In diesem Land gehen zur Zeit fantastische Dinge vor sich.«

»Sobald Blanchard wieder hier ist, wird er Ihre Theorie widerlegen können.«

»Bis jetzt ist er jedenfalls nicht zurückgekommen.«

»Wahrscheinlich ist seine Mutter noch immer krank, so daß er sie nicht verlassen kann.«

»Wo befindet sich diese Mutter überhaupt?«

»In einem Ort, von dem ich noch nie gehört habe. Wie hieß er noch, Lottie? Ach ja, Paraville. Es liegt ziemlich weit von uns im Süden. Hoffentlich kehrt er bald zurück und klärt alle Mißverständnisse auf, denn um etwas anderes kann es sich nicht handeln.«

»Wie erklären Sie dann, daß Soissonson keine Verwandten mit kleinen Kindern hat?«

»Soissonson hat sich nicht klar ausgedrückt. Vielleicht hat er auch nur von Bekannten gesprochen.«

»Ich kann mir nicht vorstellen, wen er damit gemeint haben könnte. Dafür steckt er mit Orléans unter einer Decke, und der unternimmt, was in seinen Kräften steht, um eine Revolution in Frankreich herbeizuführen.«

»Mein lieber junger Mann, Sie haben sich wirklich bemüht und meinen es bestimmt gut mit uns. Sie müssen entschuldigen, wenn ich nicht glauben kann, daß Soissonson den Sohn eines alten Freundes kaltblütig ermorden läßt.«

»Wenn es um eine Revolution geht, gilt keine Freundschaft mehr.«

»Ich danke Ihnen jedenfalls für alles, was Sie für uns unternommen haben; Sie werden doch noch eine Weile bei uns bleiben?«

»Das wird leider nicht möglich sein, weil ich in wenigen Tagen nach England zurückreisen muß.«

Er war offensichtlich über meinen Vater verärgert, denn er hatte natürlich erwartet, daß wir auf seine Eröffnungen ganz anders reagieren würden. Unsere Reaktion mußte auf ihn wie eine kalte Dusche gewirkt haben.

Beim Abendessen war er ziemlich wortkarg. Als er mir nachher vorschlug, mit ihm auf der Mauer spazierenzugehen, sagte ich bereitwillig zu, weil er mir leid tat.

»Je früher du dieses Château verläßt, desto besser«, erklärte er mir sofort. »Ihr seid alle blind, seht nicht, was um euch vorgeht, und wenn man euch die Wahrheit vor Augen hält, wendet ihr den Kopf ab. Eines steht fest: Die Leute hier verdienen das Schicksal, das ihnen bevorsteht. Sei nicht so unvernünftig wie sie, kehre jetzt mit mir nach England zurück. Glaube mir, wenn du hierbleibst, begibst du dich in Gefahr.«

»Wie kannst du deiner Sache so sicher sein, Dickon?«

»Du solltest nach Paris fahren und die Menschenmengen sehen, die sich jeden Abend vor dem Palais Royal versammeln. Die Agitatoren halten Reden – und wer steckt hinter all dem? Männer wie

Orléans und Soissonson, die ihren eigenen Stand vergessen. Es ist doch glasklar. Kam es dir nicht komisch vor, daß Soissonson genau in dem Augenblick hier erschien, als ihr einen Erzieher brauchtet, und daß er sogleich einen für euch zur Hand hatte?«

»Blanchard war ein ausgezeichneter Erzieher.«

»Natürlich, denn diese Leute wissen genau, was sie tun. Sie sind hellwach. Orléans hat erfahren, daß sich überall im Land solche Gruppen bilden, und mußte etwas dagegen unternehmen. Diese kleine Gruppe haben sie jedenfalls zerschlagen. Du wirst natürlich einwenden, daß Armands Gruppe keine Gefahr für Orléans darstellte, und da bin ich ganz deiner Meinung. Aber Orléans und seine Gefährten dürfen kein Risiko eingehen und müssen jeden Widerstand im Keim ersticken. Deshalb ist Blanchard auch der Gruppe beigetreten.«

»Er wollte zunächst gar nicht, Armand mußte ihn dazu überreden.«

»Natürlich ließ er sich überreden, ihr solltet ja nicht den Eindruck bekommen, daß er darauf Wert legte.«

»Das klingt zu fantastisch.«

»Und was ist mit Armand?«

Darauf wußte ich keine Antwort, und er fuhr fort. »Ja, der arme, einfältige Armand wird nie den Besitz deines Vaters erben. Ich könnte wetten, daß dir alles zufällt.«

Ich warf ihm einen raschen Blick zu, und er fuhr fort: »Oder eigentlich deinem Sohn. Jetzt sind nur noch du und die beklagenswerte Sophie übrig. Sie hat er bestimmt keinen Augenblick als Erbin in Betracht gezogen.«

Ich sah ihn kalt an. »Und trotz der bedrohlichen Lage befaßt du dich mit diesen Problemen.«

»Weil wir ihnen gegenüberstehen, Lottie. Du kannst sie nicht einfach wegwischen.«

Ich hörte ihm nicht mehr zu, sondern dachte an Armand, stellte mir vor, wie er beim Fluß von einer Gruppe von Männern überfallen wurde.

Ich hatte Angst. »Ich möchte auf mein Zimmer gehen.«

»Denk über alles nach, was ich gesagt habe, Lottie. Heirate mich. Ich werde dich in meine Obhut nehmen.«

»Und den Besitz, und Charlots Erbe ...«

»Ja, alles. Du brauchst mich genauso sehr wie ich dich, Lottie.«
»Der Meinung bin ich nicht. Gute Nacht.«

Am nächsten Tag reiste er ab.

Lisette wollte wissen, was geschehen war, und ich berichtete ihr genau über alles.

»Blanchard!« wiederholte sie. »Wenn man es sich richtig überlegt, stimmt es, er war einfach zu vollkommen. Er sah gut aus und hatte merkwürdigerweise nur Augen für Sophie. Er hat doch nie versucht mit dir zu flirten, Lottie, nicht wahr?«

»Natürlich nicht.«

»Also verehrte er nur Sophie, und zwar auf sehr ritterliche Art. Es könnte natürlich auch Mitleid gewesen sein, aber das glaube ich nicht. Was hat Dickon behauptet?«

Ich erzählte ihr vom Herzog von Orléans, vom Palais Royal und von Soissonsons Intrige.

»Dickons Geschichte klingt glaubwürdig. Aber man könnte den Spieß auch umdrehen.«

»Wie meinst du das?«

»Lassen wir unserer Fantasie einmal freien Lauf. Dickon möchte dich besitzen, er liebt dich, aber er würde dich noch mehr lieben, wenn du über ein beachtliches Vermögen verfügst. Dem Comte gehört ein ungeheurer Besitz, und Armand würde natürlich den Großteil davon erben. Aber wenn Armand ausgeschaltet wird und Sophie ohnehin nicht in Frage kommt, würde das gesamte Vermögen dir zufallen.«

»Hör auf, das ist ja abscheulich.«

Vor meinem geistigen Auge tauchten schreckliche Bilder auf. Armand erreichte den Fluß, jemand lauerte ihm auf, tötete ihn, band das Pferd fest, legte den Hut an das Ufer und vergrub den Leichnam. Dickon war den ganzen Tag über fort gewesen und erst spät am Abend nach Hause gekommen, während Blanchard ununterbrochen mit den Jungen beisammen gewesen war.

»Das ist doch blanker Wahnsinn«, erklärte ich.

»Du hast natürlich recht. Léon Blanchard wird bald zurückkommen und alle Verdachtsmomente entkräften.«

»Nur etwas gibt zu mir denken: Armand ist wirklich verschwunden.«

238

»Ja. Vielleicht trifft doch eine von unseren Theorien zu.«

Kurz nach Dickons Abreise traf der Bote, der Blanchard seinerzeit abgeholt hatte, im Schloß ein. Da mein Vater gerade nicht anwesend war, hinterließ er einen Brief für ihn und ritt wieder zurück.

Sobald mein Vater zurückgekehrt war, ließ er mich in sein Zimmer kommen und gab mir den Brief zu lesen.

In ihm erklärte Léon Blanchard, warum er seinen Posten bei uns nicht wieder antreten konnte. Als er nach Hause gekommen war, hatte er seine Mutter tatsächlich schwer krank vorgefunden, und obwohl sich ihr Zustand inzwischen gebessert hatte, war sie noch immer sehr geschwächt. Er wollte sie nicht mehr verlassen, mußte deshalb zu seinem Bedauern die Stelle bei uns aufgeben und einen Posten in der Nähe suchen. Er dankte uns für die glückliche Zeit, die er im Schloß verbracht hatte.

Er hatte kurze Briefe an die Jungen beigelegt, in denen er ihnen ans Herz legte, fleißig zu lernen. Louis-Charles mußte vor allem die Grammatik üben, Charlot die Mathematik. Er würde immer an sie und an die schöne Zeit denken, die er mit ihnen unter dem Dach des Comte verbracht hatte.

Die Briefe wirkten zutiefst überzeugend.

»Und Dickon will uns einreden, daß dieser Mann ein Spion war, den uns Soissonson unterschoben hat«, meinte mein Vater.

»Wenn man diese Briefe liest, kann man es wirklich nicht glauben«, stimmte ich zu.

»Wir müssen uns jedenfalls um einen neuen Erzieher umsehen. Diesmal werde ich mich allerdings nicht an Soissonson wenden«, lachte mein Vater.

Ich war davon überzeugt, daß Dickon in diesen Briefen nur einen weiteren Beweis für seine Theorie sehen würde.

Léon Blanchards Kündigung war das Tagesgespräch im Schloß. Die Jungen waren unglücklich, und Charlot erklärte, daß er den neuen Erzieher hassen würde. »Das darfst du nicht«, wies ich ihn zurecht, »das wäre ihm gegenüber unfair.«

Auch die Bediensteten bedauerten, daß Léon für immer fort war, denn ihrer Meinung nach hatte er sich wie ein richtiger Edelmann benommen.

Am schwersten traf es natürlich Sophie, wie Jeanne Lisette erzählte.

»Ich finde, daß dies die tragischste Auswirkung der ganzen Angelegenheit ist«, erwähnte ich Lisette gegenüber. »Ob es wohl wirklich zu einer Verlobung gekommen wäre, wenn er geblieben wäre?«

»Wenn er ernste Absichten gehabt hätte, hätte er es bestimmt in seinem Brief erwähnt.«

»Da bin ich nicht so sicher. Gerade einem Léon Blanchard muß der Standesunterschied deutlich bewußt sein. Vielleicht benahm er sich Sophie gegenüber einfach ritterlich, und sie machte sich unberechtigte Hoffnungen.«

»Die arme Sophie«, seufzte Lisette.

In dieser Nacht schreckte ich plötzlich aus dem Schlaf auf, und als sich meine Augen an die Dunkelheit gewöhnt hatten, sah ich, daß am Fußende meines Bettes eine Gestalt stand.

»Wer sind Sie?« rief ich.

Sophie trat aus dem Dunkel an mein Bett. Sie hatte die Kapuze zurückgestreift, und ihr Gesicht sah im Mondlicht schrecklich entstellt aus.

»Sophie!« flüsterte ich.

»Warum haßt du mich?«

»Ich hasse dich doch nicht, Sophie ...«

»Warum verletzt du mich dann? Genügen dir die Verletzungen noch nicht, die ich davongetragen habe?«

»Was willst du damit sagen, Sophie? Ich würde alles tun, was in meiner Macht steht, um sie ungeschehen zu machen.«

Sie lachte. »Wer bist du überhaupt? Der Bastard, der uns allen unseren Vater gestohlen hat.«

Am liebsten hätte ich sie angeschrien: Er hat dir nie gehört, also konnte ich ihn dir gar nicht wegnehmen, aber ich schwieg.

»Du hast mir Charles gestohlen«, fuhr sie fort.

»Nein, du hast auf ihn verzichtet. Du wolltest ihn nicht heiraten.«

Sie berührte ihr Gesicht. »Du warst dabei, als das geschah, bist aber mit Charles fortgegangen und hast mich meinem Schicksal überlassen.«

»Das stimmt nicht, Sophie, es verhält sich ganz anders.«

»Außerdem liegt es schon lange zurück. Aber dann hast du meinem Vater erzählt, daß Léon mich heiraten will, und ihm eingeredet, daß er nicht damit einverstanden sein darf, weil Léon nur ein Erzieher ist und ich die Tochter eines Comte bin. Ich habe gehört, was ihr damals gesprochen habt.«

»Da hast du dich verhört. Ich habe im Gegenteil behauptet, daß es das Beste für euch beide wäre.«

»Aber ihr habt ihn weggeschickt. Ihr habt zwar die Geschichte mit seiner Mutter erfunden, aber jetzt kommt er nicht mehr zurück. Daran bist auch du schuld.«

»Du irrst dich, Sophie.«

»Glaubst du, daß ich blind bin? Du hast behauptet, daß Léon ein Spion ist ... du und dein Freund, dieser Dickon. Du wirst ihn doch heiraten, wenn mein Vater erst einmal unter der Erde ist und du alles geerbt hast? Und was war mit Armand? Wie habt ihr ihn aus dem Weg geräumt?«

»Du bist verrückt, Sophie.«

»Ach, jetzt bin ich also verrückt. Ich hasse dich, ich werde das, was du mir angetan hast, niemals vergessen und niemals verzeihen.«

Ich stieg aus dem Bett und wollte auf sie zugehen, aber sie streckte die Hand aus und wehrte mich ab. Dann ging sie wie eine Schlafwandlerin mit ausgestreckten Armen rückwärts zur Tür.

»Hör mir zu, Sophie«, rief ich. »Das Ganze ist ein fürchterlicher Irrtum. Laß dir doch erklären...«

Aber sie schüttelte den Kopf. Ich sah zu, wie sich die Tür hinter ihr schloß, dann schlüpfte ich wieder ins Bett und verkroch mich fröstelnd unter der Decke.

VIII

Ein Besuch in Eversleigh

Die Stimmung im Schloß war bedrückend. Ich mußte immerzu an Sophies nächtlichen Besuch denken und überlegte, wie ich sie dazu bringen konnte, die Wahrheit zu akzeptieren. Mir war nie klar gewesen, wie sehr sie mich haßte – natürlich erst, seit sie Charles verloren hatte.

Vielleicht war ich zu sehr mit meinen eigenen Problemen beschäftigt gewesen, so daß ich mich den ihren nicht genügend gewidmet hatte. Sie hatte viel durchgemacht: die Brandwunden, die abgesagte Heirat mit Charles, und jetzt verlor sie wieder einen Menschen, an den sie ihr Herz gehängt hatte. Ich mußte mehr Verständnis für sie aufbringen.

Marie Louise teilte uns mit, daß sie ins Kloster gehen wolle. Sie hatte diesen Wunsch schon lange gehegt, und weil es jetzt beinahe feststand, daß ihr Mann tot war, hielt sie nichts mehr im Château zurück. Mein Vater war entzückt, weil er sie loswurde, und behauptete, daß sich die Stimmung im Schloß dadurch sofort bessern würde.

Aber er machte sich meinetwegen Sorgen.

»Du sehnst dich nach Dickon«, bohrte er.

»Aber nein, keineswegs. Wenn er hier ist, bringt er nur Unruhe ins Haus.«

»Unruhe ist die Würze des Lebens, sonst ist es etwas langweilig.«

»Ich habe die Kinder und dich.«

»Die Kinder wachsen heran. Claudine ist beinahe dreizehn.«

»Das stimmt.« Als ich so alt gewesen war wie sie jetzt, hatte ich mich in Dickon verliebt und mir vorgenommen, ihn zu heiraten. Charlot war beinahe sechzehn, und Louis Charles war etwas älter als er. Es stimmte, sie entwuchsen alle dem Kindesalter.

»Auch du wirst älter, meine Liebe«, fuhr mein Vater fort.

»Wie wir alle.«

»Vor vierunddreißig Jahren habe ich deine Mutter kennengelernt. Es war so romantisch... Der Abend dämmerte, und sie stand
wie ein Wesen aus einer anderen Welt vor mir. Sie hielt mich übrigens ebenfalls für ein Gespenst. Ich suchte eine Krawattennadel,
die ich verloren hatte, richtete mich plötzlich auf und erschreckte
sie wirklich.«

»Ich weiß, du hast es mir schon erzählt.«

»Wie gern würde ich vor meinem Tod das alles noch einmal
wiedersehen. Du solltest nach Eversleigh zurückkehren, Lottie,
und dir ehrlich darüber klar werden, wie du zu Dickon stehst. Du
liebst ihn, nicht wahr?«

Ich zögerte. »Was ist Liebe? Wenn einen die Nähe eines Menschen erregt, wenn man sich darüber freut, daß dieser Mensch einem Gesellschaft leistet, wenn man sich in seiner Gegenwart lebendig fühlt und doch gleichzeitig zuviel über ihn weiß ... daß er
nach Macht und Reichtum strebt und bereit ist, dafür beinahe alles
zu tun, daß man ihm nicht ganz vertrauen kann? Wie du siehst,
weiß ich über seine Fehler Bescheid. Ist das Liebe?«

»Vielleicht suchst du ein Idealbild?«

»Das hast du doch auch getan, und es gefunden.«

»Ich habe nie gesucht, weil ich nicht geglaubt habe, daß absolute Vollkommenheit möglich ist. Ich bin zufällig über sie gestolpert.«

»Deine Liebe war so tief, daß du die Geliebte als vollkommenes
Wesen gesehen hast. Meine Mutter war vielleicht gar nicht vollkommen.«

»O doch.«

»In deinen Augen, so wie du in den ihren vollkommen warst.
Hältst du dich für vollkommen, Vater?«

»Keineswegs.«

»Doch sie war dieser Ansicht. Vielleicht ist das Liebe. Eine Illu-
sion. Etwas sehen, was es gar nicht gibt; vielleicht täuscht man sich
selbst um so mehr, je inniger man liebt.«

»Bevor ich sterbe, möchte ich die Gewißheit haben, daß du dein
Glück gefunden hast, mein geliebtes Kind, auch wenn das bedeu-
ten würde, daß ich dich von mir fortlassen muß. Du und diene
Mutter, ihr habt mir das größte Glück geschenkt, das ich je erlebt

habe. Wer hätte geglaubt, daß eine Zufallsbegegnung solche Folgen haben kann?«

Ich beugte mich zu ihm und küßte ihn. »Ich freue mich, daß du mit meiner Mutter und mir glücklich warst. Wir waren es jedenfalls mit dir. Ich liebte den Mann, den ich für meinen Vater hielt. Er war sanft und freundlich ... aber du bist ganz anders. Du standest in deinem Schloß so romantisch und mutig vor mir. Ich war selig, als ich erfuhr, daß du mein Vater bist.«

Er wandte sich ab, um seine Rührung zu verbergen, und sagte dann beinahe brüsk: »Ich möchte nicht, daß du dein Leben hier verbringst, alt wirst, deine Jugend vergeudest. Du bist anders als deine Mutter, du bist besser imstande, dein Schicksal in die Hand zu nehmen. Deine Mutter war unschuldig und unerfahren und sah das Böse nicht. Du bist aus einem anderen Holz geschnitzt als sie, Lottie.«

»Ich bin erdennäher.«

»Ich würde sagen, lebenserfahrener. Du kennst die Männer besser, als es deiner Mutter möglich war. Außerdem verstehst du, daß sie nicht vollkommen sind, und nimmst es als gegeben hin, liebst sie vielleicht gerade deshalb noch mehr. Ich denke oft an Dickon. Er ist kein Heiliger. Aber willst du überhaupt einen Heiligen zum Mann haben? Es ist bestimmt nicht leicht, mit einem unfehlbaren Menschen zusammenzuleben. Meiner Meinung nach magst du Dickon auf eine ganz bestimmte Art, und er dich auch. Er hat wirklich viele Fehler, ist aber tapfer und willensstark. Du solltest ein Kind von ihm bekommen, bevor es zu spät ist.«

»Ich werde das Château nicht verlassen. Mir gefällt es hier.«

»Dieses düstere Schloß, das Sophie aus ihrem Turm heraus mit einem Zauberbann belegt?«

»Die Kinder sind hier glücklich.«

»Sie wachsen heran und werden bald ihr eigenes Leben führen. Ich möchte, daß du nach England reist.«

»Meinst du damit, daß ich nach Eversleigh fahren soll?«

»Ja. Nimm die Kinder mit, beobachte Dickon in seiner Umgebung und entscheide dann, wie du deine Zukunft gestalten willst.«

»Ich werde dich nie verlassen.«

»Ich habe gewußt, daß du mir damit kommen wirst. Deshalb habe ich beschlossen, mit dir zu reisen.«

Ich starrte ihn erstaunt an.

»Ja«, fuhr er fort, »Ich habe es mir fest vorgenommen. Ich habe ebenfalls genug vom Château, ich möchte mich von ihm erholen. Ich möchte vergessen, was Armand zugestoßen ist, daß Sophie in ihrem Turm vor sich hinbrütet. Ich möchte etwas Aufregendes erleben. Was hältst du davon, wenn ich mit dir und den Kindern nach England reise?«

Ich war zu verblüfft, um zu antworten.

»Ich sehe die Freude in deinem Gesicht, das genügt mir«, stellte mein Vater fest. »Ich werde es gleich den Kindern erzählen, denn es gibt keinen Grund, warum wir die Reise aufschieben sollten.«

Charlot war sofort Feuer und Flamme, weil er nach England reisen sollte, genau wie Claudine. Louis-Charles war so unglücklich, weil er allein zurückbleiben sollte, daß ich beschloß, ihn ebenfalls mitzunehmen, womit Lisette sofort einverstanden war.

Mein Vater erzählte den Kindern von Eversleigh, soweit er sich noch daran erinnern konnte. Claudine saß auf einem Schemel zu seinen Füßen und starrte verträumt vor sich hin. Charlot wurde nicht müde, Fragen zu stellen, und Louis-Charles hörte mit ehrfürchtigem Schweigen zu, wie immer, wenn der Herr Graf abwesend war.

Vier Tage vor unserer Abreise bat mich mein Vater, ihn auf einen kurzen Spaziergang zu begleiten. Er hängte sich bei mir ein und sagte leise: »Lottie, ich kann diese Reise doch nicht unternehmen.«

Ich blieb stehen und starrte ihn entsetzt an.

»Ich habe mir eingeredet, daß es geht, und habe die Wirklichkeit nicht sehen wollen. Bemerkst du, wie atemlos ich auf dieser geringfügigen Steigung geworden bin? Ich bin nicht mehr jung. Und wenn ich auf der Reise oder in England erkranken sollte ...«

»Ich würde mich um dich kümmern.«

Er schüttelte den Kopf. »Nein, Lottie. Ich habe hier Schmerzen, genau in der Herzgegend. Auch deshalb möchte ich, daß du wieder eine Ehe eingehst.«

Nach kurzer Pause fragte ich: »Hast du einen Arzt kommen lassen?«

Er nickte. »Ja. Er hat mir erklärt, daß ich eben nicht mehr der Jüngste bin. Damit muß ich mich abfinden.«

»Ich werde sofort einen Boten nach Eversleigh schicken, denn sie werden schon Vorbereitungen für uns treffen. Und ich muß auch den Kindern beibringen, daß wir die Reise nicht unternehmen.«

»O nein. Ich habe gesagt, daß ich nicht mit euch reisen kann. Du und die Kinder, ihr müßt hinüber.«

»Ohne dich?«

Er nickte.

»Und ich soll dich krank und allein zurücklassen?«

»Hör zu, Lottie, ich bin nicht krank, sondern nur alt und nicht mehr in der Lage, eine lange, anstrengende Reise zu unternehmen. Ich brauche keine Pflege. Auch wenn du hierbleibst, kannst du nichts für mich tun, du enttäuscht nur die Kinder. Ich möchte, daß du mit den Kindern nach Eversleigh fährst. Ich bleibe hier, und meine Dienerschaft wird mich gut betreuen. Außerdem kommst du ja bald zurück.«

»Das kommt wie ein Blitz aus heiterem Himmel«, bemerkte ich.

Er starrte in das Wasser des Burggrabens, und ich fragte mich, ob er jemals die Absicht gehabt hatte, uns zu begleiten.

Natürlich steckte mich das Reisefieber der jungen Leute an. Wir machten uns zu Pferd auf den Weg, weil uns die Kutsche zu schwerfällig und langsam war. Claudine ritt zwischen den beiden Jungen; sie wurde immer hübscher und sah meiner Mutter ähnlich. Vermutlich war sie auch deshalb der Liebling des Comte. Sie war kräftig, eigensinnig und schätzte es gar nicht, wenn die beiden Jungen ihr gegenüber die Beschützer spielten; außerdem behandelten sie sie wie ein kleines Mädchen. Charlot sah gut aus, hatte dunkle Augen, dunkles Haar und einen wachsamen Gesichtsausdruck. Louis-Charles hätte sein Bruder sein können; sie waren eng befreundet und vertrugen sich sehr gut miteinander, bis auf die wenigen Gelegenheiten, bei denen sie stritten und der Streit zu einer heftigen Rauferei ausartete, weil sie beide gleich jähzornig waren.

Wir übernachteten in einem Gasthaus, über das sie begeistert waren. Die beiden Jungen hatten ein Zimmer für sich, und Claudine schlief bei mir. Sie war bereits bei Morgengrauen wach, konnte es nicht erwarten, die Reise fortzusetzen, und zwang mich, zugleich mit ihr aufzustehen.

»Es gibt eine einzige Kleinigkeit, die mich auf dieser Reise stört. Großvater ist nicht mitgekommen«, bedauerte sie.

»Bezeichne ihn nicht als Kleinigkeit, das würde er gar nicht schätzen«, bemerkte ich, und wir lachten, aber nicht aus vollem Herzen.

Sie genossen die Überfahrt, und als wir in England an Land gingen, sprachen sie nur noch von Eversleigh. Dickon erwartete uns in Dover, und Claudine warf sich ihm an den Hals und drückte ihn an sich, während die Jungen grinsend zusahen. Dickon lächelte mir über Claudines Kopf hinweg herzlich zu, doch in seinem Gesichtsausdruck lag heimlicher Triumph, und ich dachte: Sogar jetzt denkt er daran, daß er gewinnen wird.

Dieser Besuch bedeutete jedoch noch lange nicht, daß ich mich entschieden hatte. Vielleicht war es nicht sehr vernünftig von mir gewesen, hierher zu reisen. Ich befürchtete, daß er mich überrumpeln würde, daß ich nicht imstande sein würde, einen klaren Gedanken zu fassen; ich wußte, daß ich Dickon mißtrauen mußte. Aber er wirkte auf mich wie starker Wein.

Die Erinnerungen überfielen mich. In Eversleigh hatte ich unweigerlich das Gefühl, zu Hause zu sein, ohne den Grund angeben zu können, denn ich hatte in England hauptsächlich in Clavering gelebt. Doch Eversleigh war das Heim meiner Vorfahren, und daher auch meines, es sagte mir: Du bist heimgekehrt, bleib hier, hier gehörst du hin.

Sabrina begrüßte uns voll Freude.

»Was für ein schönes Haus«, rief Charlot.

»Aber es ist kein Schloß«, fügte Louis-Charles etwas abwertend hinzu.

»Man sollte eigentlich immer in einem Haus leben«, meinte Claudine. »Schlösser sind dazu da, um feindlichen Belagerungen standzuhalten.«

»Diesen Zweck mußten während des Bürgerkriegs einige unserer Häuser tatsächlich erfüllen«, belehrte sie Sabrina. »Aber jetzt zeige ich euch eure Zimmer; ihr könnte das Haus später erforschen. Es wird euch bestimmt gefallen, es steckt voller heimlicher Winkel und Ecken.«

Dickon versprach ihnen, daß er sie am nächsten Morgen, wenn es hell war, im Haus herumführen würde.

Während ich die Treppe zu meinem alten Zimmer hinaufstieg, dachte ich traurig daran, daß meine Großmutter und meine Mutter

247

noch am Leben gewesen waren, als ich zum letztenmal unter diesem Dach geschlafen hatte.

Sabrina erriet meine Gedanken und wollte mich trösten. »Deine Großmutter ist friedlich entschlummert. Sie hat Zipporas Tod nie überwunden.«

»Meinem Vater geht es genauso.«

»Ich weiß.« Sie drückte mir die Hand. »Aber sie möchte bestimmt nicht, daß du in ihrem Haus traurig bist.«

Mein altes Zimmer. Ich hatte es über zehn Jahre nicht mehr gesehen, aber jeder einzelne Gegenstand war mir immer noch vertraut.

»Komm herunter, wenn du dich gewaschen und umgekleidet hast«, schlug Sabrina vor. »Wir werden bald essen, denn nach der Reise werdet ihr Hunger haben.«

Ich wusch mich, zog ein anderes Kleid an, ging hinunter und hörte schon von der Treppe aus angeregte Stimmen und Gelächter. Die anderen hatten sich bereits alle im Raum neben dem Eßzimmer versammelt.

Als ich eintrat, verstummten die Gespräche, und Dickon sagte: »Du erinnerst dich noch an die Zwillinge, Lottie.«

Dickons Söhne! Sie mußten beinahe zwanzig sein! War das wirklich möglich? Dickon war inzwischen auch dreiundvierzig geworden; ich hatte das Gefühl, daß die Zeit dahinraste. Mein Vater hatte recht. Wenn wir jemals beschließen sollten, unser künftiges Leben gemeinsam zu verbringen, mußten wir uns beeilen.

Ich erinnerte mich gut an David und Jonathan. Sie sahen Dickon ähnlich, und es war nicht zu übersehen, daß sie Zwillinge waren. Jonathan küßte mir als erster die Hand, dann David.

»Du warst schon einmal hier«, bemerkte Jonathan.

»Sie hat hier gelebt, mein Junge«, stellte Dickon richtig. »Es war ihr Zuhause.«

»Es muß interessant sein, wenn man sein Zuhause nach so langer Zeit wiedersieht«, sagte David.

»Das stimmt«, bestätigte ich, »aber noch interessanter ist es, dich und deine Familie wiederzusehen.«

»Sprich nicht von meiner Familie, Lottie«, protestierte Dickon. »Sie ist genauso die deine.«

»Womit er recht hat«, mischte sich Sabrina ein. »Wollen wir jetzt zu Tisch gehen? Unsere Köchin ist sehr autoritär und bekommt in der Küche einen Wutanfall, wenn wir das Essen kalt werden lassen.«

Wir begaben uns also in das Eßzimmer, an dessen Wänden Gobelins hingen, auf dessen Eichentisch zwei Kandelaber standen, und das sehr schön aussah. Sabrina saß an einem Tischende, Dikkon am anderen; rechts von Dickon saß ich. Claudine fand zwischen David und Jonathan Platz, die sich über ihre Zweisprachigkeit königlich amüsierten. Sie beherrschte Englisch sehr gut, denn ich hatte es sie gelehrt, aber sie vergaß immerzu, daß sie sich in England befand und verfiel ins Französische, was den beiden Brüdern ungeheuren Spaß bereitete. Louis-Charles unterhielt sich mit Sabrina; ihr Französisch war unter aller Kritik, und sein Englisch entsetzlich, und das Ergebnis war äußerst komisch. Dickon widmete sich ausschließlich mir und ließ mich nicht aus den Augen. Endlich hatte ich seiner Aufforderung, ihn in England zu besuchen, Folge geleistet.

Der Abend verlief unter fröhlichem Geplauder, und als wir uns auf unsere Zimmer zurückzogen, drückte Claudine unser aller Gefühl aus. »Hier ist es wunderbar. Aber ich werde heute nacht bestimmt nicht schlafen, dazu bin ich viel zu aufgeregt.«

Sabrina begleitete mich in mein Zimmer, schloß die Tür hinter sich und setzte sich in einen der Lehnstühle.

»Ich kann dir gar nicht sagen, wie froh ich bin, daß du hier bist, Lottie. Dickon hat jedesmal, wenn er nach Frankreich reiste, behauptet, daß er dich mitbringen wird. Bei euch geht es ja wirklich drunter und drüber.«

»Ich glaube, die Gerüchte sind übertrieben.«

»Dickon sieht schwarz. Er ist seit längerer Zeit der Ansicht, daß du Frankreich verlassen solltest.«

»Das hat er mir gegenüber auch erwähnt.«

»Du bist ja hier zu Hause.«

»Es tut mir leid, daß dein Vater nicht mitkommen konnte; Dikkon hat eine sehr hohe Meinung von ihm. Aber er wird natürlich auch älter. Dennoch bist du eigentlich Engländerin, Lottie.«

»Mein Vater ist Franzose.«

»Und deine Mutter war Engländerin. Den Ausschlag gibt, daß du hier aufgewachsen bist.«

Ich lächelte. »Ich bin eine Mischung aus beiden. Ich liebe Eversleigh, mir gefällt es hier … aber mein Vater war Franzose, und meine Kinder sind ebenfalls Franzosen. Dort drüben bin ich zu Hause.«

Sie seufzte. »Manchmal bin ich sehr traurig. Deine Großmutter und ich haben einander sehr nahegestanden.«

»Das weiß ich.«

»Sie fehlt mir schrecklich.«

»Du hast doch Dickon.«

Ihr Gesicht leuchtete auf. »Ach ja, Dickon. Ich möchte ihn so gern vollkommen glücklich sehen. Es war der ausdrückliche Wunsch deiner Großmutter …«

Ich unterbrach sie. »Ja, ich weiß, sie hat ihn angebetet.«

»Er ist ein wunderbarer Mensch. Es ist schon so lange her, daß die arme Isabel gestorben ist, und die Leute wundern sich darüber, daß er nicht wieder geheiratet hat.«

Ich wurde plötzlich zornig. »Vielleicht hat er nicht die passende Partie gefunden. Er besaß Eversleigh, Clavering und außerdem Isabels ansehnliches Erbe …«

Sabrina hatte sich nicht verändert. Für sie war Dickon über jegliche Kritik erhaben, und sie erkannte Ironie nie als solche.

»Ich weiß, warum er nicht wieder geheiratet hat«, erklärte sie soeben.

»Er hat zwei Söhne, mehr braucht er nicht.«

»Zu der Zeit, als du noch ein Kind warst und bei uns in Clavering lebtest, stecktest du immer mit Dickon zusammen.«

»Ich erinnere mich. Das war, nachdem meine Mutter Eversleigh geerbt hatte.«

»Er hatte dich gern, so wie wir alle. Er sprach immer nur von seiner Lottie, seiner kleinen Lottie. Und für dich war er einfach alles.«

»Kinder sind oft recht fantasievoll.«

»Es ist schön, wenn sie sich diese Fantasie bewahren.«

»Dickon weiß, daß mein Halbbruder vor einiger Zeit verschwunden ist. Seine Leiche wurde nie gefunden, aber angesichts der Lage in Frankreich nehmen wir an, daß er ermordet wurde. Mein Vater ist sehr reich, angeblich einer der reichsten Männer Frankreichs. Charlot wird den Besitz einmal erben, beim Tod meines Vaters wird er jedoch zuerst einmal mir zufallen.«

Sie sah mich verständnislos an.

»Dickon interessierte sich sehr für den Besitz. Ich muß immer

250

daran denken, wie er auf den Anblick von Eversleigh reagiert hat. Er war überwältigt, weil es um soviel größer ist als Clavering. Aubigné ist natürlich noch wertvoller als Eversleigh, deshalb hat er seine große Leidenschaft für mich entdeckt.«

»Er hat Eversleigh natürlich bewundert, wer hätte das nicht getan? Aber er hat dich ehrlich geliebt, Lottie, und er liebt dich immer noch. Er ist manchmal so unglücklich, und ich möchte um jeden Preis, daß er glücklich wird.«

»Du bist wirklich die liebevollste Mutter der Welt, Sabrina.«

Sie lächelte. »Ich hindere dich daran, zu Bett zu gehen, und du mußt doch sehr müde sein.« Sie erhob sich. »Gute Nacht, mein Liebes. Es ist schön, dich bei uns zu haben. Wir werden versuchen, dich für immer hier festzuhalten.«

An der Tür blieb sie stehen. »Erinnerst du dich übrigens noch an die arme Griselda?«

»O ja, sie sorgte dafür, daß Isabels Zimmer nach ihrem Tod nicht verändert wurde. Sie wirkte ein bißchen unheimlich auf mich.«

»Sie mochte Dickon nicht und verbreitete alle möglichen Gerüchte über ihn und Isabel. Sie war auf alle eifersüchtig, die sich zwischen sie und Isabel stellten. Es war für alle eine Erlösung, als sie endlich von uns ging.«

»Sie weilt nicht mehr unter den Lebenden?«

»Sie ist vor über fünf Jahren gestorben. Ihre Zimmer sind gründlich entrümpelt worden und wirken jetzt normal.«

»Du hast recht, es war eine Erlösung.«

Sie legte die Finger auf die Lippen und blies mir einen Kuß zu. »Gute Nacht, Lottie, träume süß.«

Doch Claudine hatte recht gehabt: Wir waren alle viel zu aufgeregt, um schlafen zu können.

In Eversleigh war ich glücklich, und es würde mir bestimmt fehlen, wenn ich es wieder verlassen sollte. Die grünen Felder und der Maisonnenschein waren so typisch englisch und man findet in der ganzen Welt nichts Gleichartiges. Ich liebte es, wenn die Sonne plötzlich hinter Regenwolken verschwand und wir uns vor einem Schauer in Sicherheit bringen mußten.

Es war Ende Mai, und die Aprilregen hatten noch nicht aufgehört. Überall wuchsen wilde Blumen, und ich erinnerte mich, daß meine Mutter mich als Kind gelehrt hatte, Kränze aus Gänseblümchen zu flechten. Ich kannte auch die Namen von anderen Pflanzen – Hirtentäschchen, Frauenhaar, Klee. Ich ritt viel mit Dickon und den Jungen aus, und wir bildeten eine fröhliche Gesellschaft.

Sabrina benützte die Kutsche, und wir verabredeten uns mit ihr an besonders schönen Plätzen, an denen wir ein Picknick abhielten. Wir ritten auch an den Meeresstrand, doch mir gefiel das Landesinnere besser, denn das Meer erinnerte mich an das kaum zwanzig Meilen entfernte Land, in dem mein Vater die Tage bis zu meiner Rückkehr zählte.

Ich war bereit zu vergessen, daß Dickon Macht und Geld über alles liebte, daß er Isabel wegen ihrer Mitgift geheiratet und daß ihre Nurse ihn des Mordes beschuldigt hatte; Eversleigh war nicht eitel Glück und Sonnenschein, es wies auch einige dunkle Schatten auf. Ich dachte oft an Isabel und an die Monate, in denen sie guter Hoffnung gewesen war und dann ihre Kinder doch verloren hatte. Die arme Isabel mußte fürchterliche Angst gehabt haben. Manchmal hatte ich den Eindruck, daß ihr Geist noch immer in Eversleigh weilte und mich in den glücklichsten Augenblicken an ihr trauriges Schicksal erinnerte.

Dickon war immer in meiner Nähe. Charlot bewunderte ihn sehr, genau wie Louis-Charles, der sich in Eversleigh sehr wohl fühlte. Lisette hatte ihm nie die Mutterliebe gegeben, die Kinder brauchen; sie hatte dieses Kind nicht gewollt und solche Abneigung gegen ihren Mann empfunden, daß sie Louis-Charles mit diesem Lebensabschnitt identifizierte. Er genoß das Leben in Eversleigh in vollen Zügen, ritt oft mit Charlot allein über Land, und dann erzählten sie bei der Heimkehr, in welchen Gasthäusern sie eingekehrt und durch welche Orte sie bei ihren Ausflügen gekommen waren.

Auch Claudine liebte Eversleigh. Gelegentlich ritt sie mit den Jungen aus und freute sich, wenn Jonathan sie springen lehrte. Ich machte mir Sorgen um sie, aber Dickon fand, daß sie diesen Unterricht brauchte und daß Jonathan ein guter Lehrmeister war. Sie genoß es, daß beide Zwillinge sich um sie bemühten, und verteilte ihre Gunst gleichmäßig. Erst in Eversleigh wurde mir klar, wie bald meine Tochter erwachsen sein würde.

Die Zeit verging im Flug.

»Pflücke die Rose, solange sie blüht,
Die Zeit treibt dahin wie ein Boot,
Und die Blume, die heute noch feurig glüht,
Ist morgen schon welk und tot«,
sang Sabrina, während sie am Spinett saß, und ich wußte, daß dieses Lied mir galt.

Dickon wich nicht von meiner Seite, verhielt sich jedoch taktisch sehr geschickt. Er redete mir nicht zu zu bleiben, sondern verließ sich darauf, daß Eversleighs Zauber mich nicht mehr loslassen würde.

Natürlich war mir auch der Friede in dem Land bewußt. Sogar die Luft war friedlich, und der Unterschied zu dem Land, von dem uns ein Streifen Wasser trennte, war groß. Die Wellen, die manchmal grau und gewalttätig, manchmal blau und spielerisch an den Strand schlugen, stellten die Scheidelinie zwischen einem friedlichen, glücklichen Leben und einem Leben in Aufruhr und steter Sorge dar.

Wenn ich abends allein im Bett lag, war mir klar, daß ich bleiben wollte. Hier war ich zu Hause, es war mein Heimatland, und hier lebte Dickon. Wenn ich mir gegenüber ehrlich war, gestand ich mir ein, daß ich mich nach Dickon sehnte.

Für Sabrina war Dickon ihr Lebenszweck. Seinen Fehlern gegenüber war sie blind; sie wollte sie nicht sehen. Für alles, was er tat, hatte sie eine Erklärung, die in das Bild paßte, das sie sich von ihm gemacht hatte. Ihr Gesicht veränderte sich, sobald sie ihn sah. Ihre Augen folgten ihm, ein Lächeln spielte um ihre Lippen.

»Es ist ungehörig, daß eine Mutter ihren Sohn so anhimmelt wie Sabrina dich«, erklärte ich Dickon einmal. »Es ist beinahe eine Gotteslästerung, denn sie hält dich bestimmt für größer als Gott.«

»Damit ich in ihren Augen vollkommen bin, fehlt nur noch das Tüpfelchen auf dem i.«

»Unsinn, für sie bist du schon jetzt vollkommen.«

»O nein, sie möchte, daß ich glücklich verheiratet bin, und ihrer Meinung nach bist du die einzig Richtige für mich.«

»Du bist für Sabrina allmächtig und allwissend, und es ist ganz gleich, wen du heiratest: Wenn du eine Frau wählst, wird sie sie für die richtige halten.«

»Das stimmt nicht: Sie will dich zur Schwiegertochter haben, weil sie weiß, daß du die einzige Frau für mich bist. Erfüll ihr doch ihren Herzenswunsch. Sie ist ein Mensch, der will, daß alles seine Ordnung hat. Sie hat den Mann geheiratet, den deine Großmutter Clarissa eigentlich zum Gatten haben wollte, und obwohl sie eine vorbildliche Ehe geführt hat, bereitete es ihr immer Kummer, daß sie ihn Clarissa abspenstig gemacht hatte. Wenn jetzt Clarissas Enkelin den Sohn jenes Dickon heiratet, den sowohl Clarissa als auch Sabrina geliebt haben, hätte alles wieder seine Ordnung, findest du nicht?«

Ich lachte. »Außer für die beiden Hauptbeteiligten an dieser ordentlichen Lösung.«

»Die beiden wären die Allerglücklichsten. Du wirst es ja noch sehen, Lottie.«

»Leider muß ich demnächst zu meinem Vater nach Frankreich zurückkehren.«

»Wir holen ihn hierher. Glaube mir, sehr bald werden Männer in seiner Stellung ihren ganzen Besitz dafür geben, daß sie dem Sturm entgehen.«

Es war das einzige Mal, daß er von unserer Heirat sprach. Er überließ es dem Zauber von Eversleigh, mich umzustimmen, und mein Widerstand schmolz immer mehr dahin.

Ich war eines Abends schon zu Bett gegangen, als jemand an meine Tür klopfte, und Sabrina eintrat.

»Hoffentlich habe ich dich nicht geweckt. Ich möchte dir etwas zeigen.«

»Was ist es denn?«

»Ein Tagebuch.«

»Ach, so eine alte Familienchronik?«

»Kein so schwerer Foliant, nur ein dünnes Heftchen. Wir haben es nach Griseldas Tod in Isabels Zimmer gefunden. Es hatte sich hinter einer Schublade verklemmt, und ich bin davon überzeugt, daß Griselda nie gewollt hätte, daß es in unsere Hände gerät.«

»Ein Tagebuch! Es gehört sich nicht, fremde Tagebücher zu lesen.«

»Das stimmt, aber in diesem Fall ist es etwas anderes. Es ist wichtig, daß du es liest.«

»Warum ausgerechnet ich?«

Sie legte das Buch auf mein Nachtkästchen.

»Weil ich glaube, daß du manches nicht richtig siehst. Hier drin steht die Wahrheit. Isabel hat es selbst geschrieben.«

»Hat Dickon es gesehen?«

»Nein, das ist nicht notwendig. Ich habe es aber den Zwillingen zu lesen gegeben. Griselda hing sehr an Jonathan und ließ ihn oft in ihr Zimmer kommen.«

»Daran erinnere ich mich.«

»Irgendwie war sie auf die absurde Idee verfallen, daß David Isabel getötet hat. Vermutlich gab die zweite Geburt wirklich den Ausschlag, aber die verrückte alte Griselda machte David dafür verantwortlich. Sie war nicht mehr ganz bei Trost.«

»Ich verstehe, was du meinst.«

»Lies das Tagebuch, du kannst viel daraus lernen.«

Sie küßte mich und ging.

Es widerstrebte mir immer noch, das Buch aufzuschlagen. Tagebücher enthalten persönliche Gedanken. Vielleicht schilderte sie, wie sie Dickon kennengelernt hatte, wie die erste Zeit ihrer Ehe verlaufen war. Angesichts meiner heftigen Gefühle für Dickon war mir die Vorstellung, in Isabels Tagebuch herumzuschnüffeln, zuwider.

Dennoch zündete ich eine zweite Kerze an, schlug das Buch auf und begann zu lesen.

Es nahm mich beinahe sofort gefangen. Ich sah Isabel vor mir, die stille, schüchterne Tochter eines mächtigen Mannes, der sie liebte und nur ihr Bestes wollte, aber keine Ahnung hatte, was das Beste für sie war.

Der Name Griselda kam auf jeder Seite vor. Oft erwähnte Isabel auch intime Einzelheiten: »Gestern abend hat Griselda mein Haar auf Lappen gewickelt. Es fiel mir schwer, mit ihnen zu schlafen, aber Griselda bestand darauf, daß ich sie über Nacht trug, damit ich am nächsten Tag Locken hatte. Griselda hat ein blaues Jabot auf mein weißes Kleid genäht. Es macht sich sehr hübsch.« Sie berichtete über Gesellschaften, die sie besucht hatte, und die für sie wegen ihrer krankhaften Schüchternheit eine Qual waren. Dann kam die erste Eintragung, die sich auf Dickon bezog.

»Heute habe ich den bestaussehenden Mann kennengelernt, der mir je vorgestellt wurde. Er ist von seinem großen Besitz auf dem Land nach London gekommen. Er forderte mich zum Tanz auf, und ich stellte mich reichlich ungeschickt an. Er behauptete gleich, daß er nicht viel für das Tanzen übrig hätte, und meine Fehler störten ihn überhaupt nicht. Er unterhielt sich fröhlich und geistreich mit mir. Mein Vater war darüber sehr erfreut.

Gestern rief mein Vater mich zu sich, und ich wußte, daß es sich um etwas Ernstes handelte, denn er sprach mich mit ›Tochter‹an. ›Tochter‹, sagte er, ›man hat um deine Hand angehalten.‹ Dann erzählte er mir, daß es sich bei dem Bewerber um Richard Frenshaw handelte – der wunderbare Mann, der mit mir getanzt hatte. Ich bin vollkommen verwirrt, habe Angst vor ihm und bin gleichzeitig froh, daß es nicht der entsetzliche alte Lord Standing ist, sondern dieses Bild von einem Mann. ›Lord Standing hätte es allerdings nichts ausgemacht‹, erklärte ich Griselda, ›daß ich nicht klug bin, daß ich mein Haar die ganze Nacht auf Lappen wickeln muß, wenn ich Locken haben will, daß ich beim Tanzen über meine eigenen Füße stolpere und daß ich so schrecklich schüchtern bin.‹ Griselda widersprach mir heftig. Er konnte von Glück reden, wenn er mich zur Frau bekam. Ich war die Erbin eines großen Vermögens, und so etwas zieht die Männer an. Außerdem würde sie immer bei mir bleiben. Das war mir ein großer Trost.«

Es folgten dann Beschreibungen der Kleider, die für sie angefertigt wurden, sie erwähnte auch, daß ihr Vater die Verlobung auf einem Ball bekanntgegeben hatte. Sie traf mit Dickon zusammen – nur für kurze Zeit und nie allein. Und dann der Satz: »Morgen werde ich Richard Frenslaw heiraten.«

Danach hatte sie sich offenbar sehr lange nicht mehr ihrem Tagebuch anvertraut. Dann folgten ein paar kurze Notizen.

»Heute nachmittag hat es geregnet und auch ein wenig gedonnert.« »Wir haben den Ball der Charletons besucht.« »Heute habe ich eine Dinnerparty für zwanzig Gäste gegeben.« Bloße Feststellungen und keinerlei Andeutung ihrer Gefühle. Das änderte sich aber schlagartig.

»Wieder eine Enttäuschung. Wird mein Herzenswunsch denn niemals in Erfüllung gehen? Wenn ich ein Kind bekommen könnte, würde es mich für alles entschädigen. Dickon möchte einen Sohn haben, wie alle Männer. Mir wäre es gleich, ob es ein Junge oder ein Mädchen ist … ich möchte ein Kind, weiter nichts.

Heute habe ich Dr. Barnaby aufgesucht. Er hat darauf bestanden, daß ich nicht mehr schwanger werden darf und wollte diesbezüglich mit meinem Mann sprechen. Ich habe ihn gebeten, es nicht zu tun, und ihm erklärt, was es für mich bedeuten würde, ein Kind zur Welt zu bringen. Er schüttelte den Kopf und wiederholte immerfort, ›Nein, nein.‹ Dann meinte er: ›Sie haben es ja versucht und es nicht geschafft. Sie haben getan, was in Ihrer Macht stand, und jetzt muß damit Schluß sein.‹ Niemand versteht, warum ich ein Kind haben muß. Wenn ich keines bekomme, entgleitet mir Dickon gänzlich. Es ist meine einzige Chance.

Es ist wieder soweit. Griselda wird böse ein. Sie haßt Dickon wegen meiner Fehlgeburten. Das ist natürlich dumm von ihr, aber sie ist in manchen Dingen unvernünftig. Ich weiß, was ich ihr bedeute, aber sie ist manchmal so schwierig, sie wird ärgerlich und aufgebracht, und ich bekomme Angst. Ich habe es ihr noch nicht verraten, ich habe es überhaupt keiner Menschenseele verraten, ich will zuerst sicher sein. Diesmal wird es mir gelingen, mein Kind wird zur Welt kommen.

Sie wissen es jetzt. Dickon ist selig, und das macht mich glücklich. Er kümmert sich liebevoll um mich und achtet darauf, daß ich mich schone. Wenn nur ... Aber diesmal geht es gut, es muß gutgehen.

Dr. Barnaby war heute bei uns, und ich habe ein langes Gespräch mit ihm geführt. Mein Zustand bereitet ihm Sorgen, und er bedauert, daß er sich von mir dazu überreden ließ, von einem Gespräch mit meinem Mann Abstand zu nehmen. ›Jetzt ist es jedenfalls passiert‹, meinte er, ›und Sie müssen sehr vorsichtig sein. Sie brauchen vor allem sehr viel Ruhe. Wenn Sie die ersten drei Monate überstehen, dürfen Sie hoffen.‹

Drei Monate ... und alles ist in Ordnung. Wir langsam die Zeit vergeht. Jeden Morgen, wenn ich aufwache, sage ich, als wäre ich eine Gestalt aus der Bibel: ›Ich bin schwanger. Gott sei gelobt.‹

Es ist bald soweit. Ich träume viel, manchmal sind es Alpträume. Das kommt von den zahlreichen Enttäuschungen. Heute habe ich Dr. Barnaby aufgesucht und mich lang mit ihm unterhalten. ›Ich muß dieses Kind bekommen‹, erklärte ich ihm, ›es gibt nichts, wonach ich mich mehr sehne.‹ ›Das weiß ich‹, antwortete er. ›Regen Sie sich bitte nicht auf, es ist schlecht für das werdende Leben.‹ ›Ich bin so oft enttäuscht worden‹, fuhr ich fort, ›ich könnte es nicht noch einmal ertragen.‹ ›Wenn Sie meine Anweisungen befolgen, wird es aller Voraussicht nach in Ordnung gehen‹, beruhigte er mich. ›Manchmal muß der Arzt entscheiden, ob er das Leben der Mutter oder das des Kindes retten soll‹, sagte ich. ›Wenn dieser Fall bei mir eintritt, möchte ich, daß das Kind gerettet wird.‹ ›Das ist doch blanker Unsinn‹, widersprach er, obwohl er genau wußte, daß mir damit ernst war. ›Sie müssen es mir versprechen‹, verlangte ich. Er sah mich erzürnt an, und ich erinnerte mich, was für eine Angst ich als Kind vor ihm gehabt hatte, wenn ich meine Medizin nicht genommen hatte. ›Es ist Unsinn‹, wiederholte er. ›Sie zerbrechen sich den Kopf über Dinge, die noch gar nicht geschehen sind.‹ Ich ließ mir diesmal keine Angst einjagen, sondern gab nicht nach. ›Es könnte aber so kommen. Bis jetzt haben alle meine Schwangerschaften mit einer Katastrophe geendet. Ich weiß, daß es meine letzte Chance ist. Sie müssen mir versprechen, daß Sie das Kind retten und mich aufgeben, falls diese Entscheidung an Sie herantritt.‹ ›Es ist Sache des Arztes, diese Entscheidung zu treffen.‹ ›Ich weiß‹, rief ich, ›ich sagte ja, falls …‹ ›Sie regen sich schon wieder auf, und das schadet dem Kind.‹ ›Ich werde mich noch mehr aufregen, wenn Sie es mir nicht versprechen.‹ ›Das ist Erpressung.‹

Ich ließ ihn nicht fort, bevor er geschworen hatte. Ich holte meine Bibel, weil er ein sehr religiöser Mann ist, und er legte den Schwur ab, als er sich ernsthaft Sorgen um mich machte. Seine Worte waren: ›Wenn dieser Fall eintreten sollte – es besteht allerdings kein Grund dafür –, und ich zwischen dem Leben der Mutter und dem des Kindes wählen muß, dann schwöre ich, daß ich das Kind retten werde.‹ Er blieb danach noch so lange bei mir, bis ich mich beruhigt hatte. Das ging schnell, denn ich war nun davon überzeugt, daß mein Kind leben würde.«

Danach gab es nur noch eine Eintragung.

»Es kann jeden Augenblick soweit sein. Heute habe ich einen Blick in das Kinderzimmer geworfen – die Wiege wartet auf mein Kleines. Dabei hatte ich eine seltsame Vision. Die Wiege schien in helles Licht getaucht zu sein, und ich wußte, daß ein gesundes Kind in ihr lag. Mich selbst sah ich nicht, und das war auch unwichtig. Das Kind war am Leben.«

Ich legte erschüttert das Tagebuch weg.

Als ich es Sabrina am nächsten Tag zurückgab, sah sie mich erwartungsvoll an.

Ich erzählte ihr, wie tief es mich bewegt hatte.

»Sie war ein so liebes, gutes Mädchen. Die Wehen dauerten viel zu lange. Jonathans Geburt verlief relativ einfach, aber bei David gab es Komplikationen. Der Arzt mußte ihn herausholen, und das überlebte sie nicht. Dr. Barnaby war sehr unglücklich, was ich erst richtig verstand, als mir das Tagebuch in die Hände fiel. Ich habe mich oft gefragt, ob er Isabel um den Preis von Davids Leben hätte retten können. Auf diese Idee bin ich allerdings erst gekommen, als ich das Tagebuch gelesen hatte. Ich habe es dir wegen Griselda gezeigt. Als Isabel starb, verlor ihr Dasein jeden Sinn. Es gab nichts mehr, wofür sie leben konnte, deshalb flüchtete sie sich in die Vergangenheit. Sie war verbittert und zornig und schob Dickon die ganze Schuld zu. Sie hatte sich in den Kopf gesetzt, daß Dickon vor der Wahl gestanden hatte, ob er die Mutter oder das Kind retten lassen wollte, und daß er sich für David entschieden habe. Deshalb bezeichnete sie ihn als Mörder. Vermutlich hat Isabel nie mit Griselda über ihre Gefühle gesprochen, auch wenn sie sich ständig mit dieser Frage beschäftigte. Am liebsten hätte ich Griselda aus dem Haus geschickt, aber deine Großmutter war dagegen, und Griselda hätte wahrscheinlich nicht weiterleben können, wenn sie nicht in der vertrauten Umgebung geblieben wäre, in der sie alles an Isabel erinnerte. Ich war sehr erleichtert, als sie schließlich starb.«

»Das verstehe ich.«

»Eine Zeitlang befürchtete ich, daß sie David etwas antun würde. Und sie machte auch zuviel Aufhebens um Jonathan. Es sah beinahe so aus, als wolle sie die Jungen gegeneinander aufhetzen – und beide gegen ihren Vater.«

Sie sah mich flehend an.

»Wenn du in Eversleigh bleibst, Lottie, wäre es für uns alle wie ein neuer Anfang. Deine Großmutter und ich wollten es immer schon, nur deine Mutter war dagegen. Du hast auch an Dickons Schuld geglaubt, nicht wahr? Griselda muß dir bei deinem letzten Besuch hier etwas erzählt haben. Aber jetzt glaubst du ihr nicht mehr, oder?«

»Aus Isabels Tagebuch geht eindeutig hervor, was sich abgespielt hat.«

»Auch, daß Dickon sich ihr gegenüber nie unfreundlich verhalten hat. Er hat sie im Gegenteil immer sehr zuvorkommend behandelt. Es war nicht seine Schuld, daß er sie nicht liebte.«

»Das weiß ich.«

Sie beugte sich zu mir und küßte mich.

»Ich bin froh, daß du jetzt Bescheid weißt.«

Mir war vollkommen klar, daß ich Dickon unrecht getan hatte. Sie kriegten mich anscheinend schön langsam herum.

Einige Tage später mußte Dickon nach London reisen. »Ich bleibe höchstens eine Woche fort«, versprach er. Ich fragte Sabrina, was er in London zu erledigen habe. Sie antwortete unbestimmt: »Ach, er hat durch Isabel viel geerbt.«

»Ich weiß, daß sie sehr reich war und daß er sie deshalb geheiratet hat.«

Sie sah mich scharf an. »Isabels Vater war für diese Heirat, genau wie Isabel selbst. Deshalb bekam sie eine große Mitgift, und als ihr Vater starb, erbte sie ein Vermögen.«

»Und jetzt gehört alles Dickon. Hängt es mit Bankgeschäften zusammen?«

»So ungefähr. Er muß oft nach London fahren. In letzter Zeit hält er sich allerdings mehr in Eversleigh auf – vermutlich deinetwegen. Aber normalerweise reist er viel. Er hat den Krieg in Amerika sehr genau verfolgt.«

»Ja, das ist mir aufgefallen. Er ist nach Frankreich gekommen, weil die Franzosen die Kolonisten unterstützten.«

»Er ist nach Frankreich gereist, um dich zu besuchen.« Zwei Tage nach Dickons Abreise traf ein Bote mit einem Brief von Lisette ein, und ich wußte sofort, daß er schlechte Nachrichten enthielt.

»Du mußt sofort nach Hause kommen«, schrieb sie. »Dein Vater ist schwer krank. In seinem Fieberwahn ruft er nach dir. Er hat zwar verboten, daß ich dir schreibe, aber ich finde, daß du es erfahren mußt. Wenn du ihn vor seinem Tod noch einmal sehen willst, müßtest du sofort abreisen.«

Sabrina hatte den Boten bemerkt und kam herunter. »Was ist geschehen?«

»Mein Vater ist schwer krank.«

»Meine arme Lottie.«

»Ich muß sofort zu ihm.«

»Ja, natürlich. Dickon muß jeden Tag zurückkehren. Warte doch ab, was er dazu sagt.«

»Ich muß sofort abreisen«, wiederholte ich.

Der Bote stand noch neben uns. Sabrina bemerkte, daß er erschöpft war, und ließ ihn von einem Diener in die Küche führen, damit er etwas zu essen bekam. Sie nahm an, daß er sich auch ausruhen mußte.

Als er fort war, wandte sie sich an mich.

»Dickon wäre bestimmt dagegen, daß du zurückfährst. Er hat mit mir oft über die Lage in Frankreich gesprochen und war froh, weil du dich endlich entschlossen hattest, dieses Land zu verlassen.«

»Dickon hat nichts damit zu tun. Ich fahre morgen zurück.«

»Das kannst du nicht, Lottie.«

»O doch, ich muß. Es tut mir leid, Sabrina, aber du mußt mich verstehen. Mein Vater braucht mich. Ich hätte ihn nie verlassen dürfen.«

»Er wollte doch selbst, daß du uns besuchst.«

»Ja, aber nur, weil …«

»Er nahm an, daß du dich hier in Sicherheit befindest. Er ist genauso gut informiert wie Dickon.«

Wenn sie doch aufhörte, Dickon ununterbrochen zu erwähnen. Ich fuhr heim, das stand fest. Ich konnte unmöglich bleiben, wenn ich wußte, daß mein Vater krank war, vielleicht im Sterben lag und nach mir verlangte.

»Ich gehe hinauf und packe«, erklärte ich.

Sie faßte mich am Arm. »Warte, Lottie, übereile nichts. Ich schicke einen Boten nach London, der Dickon benachrichtigt.«

»Das würde zu lange dauern, außerdem berührt es Dickon nicht.«

»Er wird verstimmt sein, wenn er dich nicht vorfindet.«

»Da kann ich ihm auch nicht helfen.«

»Und die Kinder …«

Ich zögerte, dann faßte ich einen Entschluß. »Wenn du einverstanden bist, können sie hierbleiben und später nachkommen. Ich möchte allein reisen, damit ich möglichst rasch vorankomme.«

»Das gefällt mir überhaupt nicht, Lottie. Dickon …«

»Ich werde jetzt mit dem Boten sprechen. Er kann sich heute

261

nacht ausruhen, und morgen im Morgengrauen breche ich mit ihm auf.«

»Wenn Dickon nur hier wäre!«

»Mich kann nichts aufhalten, Sabrina. Die Kinder werden sich bei dir bestimmt wohlfühlen. Sie dürfen doch bleiben?«

»Natürlich.«

»Du und Dickon, ihr könntet sie ja nach Frankreich begleiten und eine Weile im Château bleiben.«

Sie sah mich besorgt an. »Du mußt unbedingt zwei Reitknechte mitnehmen, um deiner Sicherheit willen. Darauf bestehe ich.«

»Danke, Sabrina.« Ich ging in die Küche, um mit dem Boten zu sprechen.

IX

Lebe wohl, Frankreich

Ich hoffte, daß Dickon in dieser Nacht aus London zurückkommen würde. Er würde bestimmt versuchen, mich zum Hierbleiben zu bewegen, aber wenn er merkte, daß ich fest entschlossen war, würde er mich vielleicht begleiten.

Alles wäre für mich leichter, wenn er mitkam. Ich hatte Angst vor den Dingen, die mich in Frankreich erwarteten, und machte mir immer wieder Vorwürfe, weil ich meinen Vater verlassen hatte, auch wenn er selbst zu dieser Reise gedrängt hatte. Aber Dickon kam nicht.

Von Eversleigh war es nicht weit nach Dover, und wir trafen bald im Hafen ein. Die Überfahrt verlief glatt, weil das Wetter gut war. Erst auf der anderen Seite des Kanals änderte sich alles mit einem Schlag.

Die Julisonne brannte auf uns herab; die Luft war still, als hielte das Land den Atem an und warte auf ein schreckliches Ereignis. Die Atmosphäre der Städte, durch die wir kamen, war anders geworden. Manchmal standen kleine Menschentrauben auf der Straße und beobachteten uns verstohlen, wenn wir vorbeiritten. Einige Städte wirkten verlassen, und ich nahm an, daß die Menschen hinter den Gardinen hervorlugten.

»Alles ist so merkwürdig«, bemerkte ich zu einem Stallknecht.

Ihm war nichts aufgefallen.

Wir erreichten Evreux, und ich erinnerte mich, daß ich mit meinem Vater hier übernachtet hatte, als ich zum erstenmal nach Frankreich gekommen war. Jetzt war die Stimmung in der Stadt feindselig und bedrohlich, wie in allen Orten, die wir bis jetzt durchquert hatten.

Als das Château in Sicht kam, war ich sehr erleichtert. Ich gab meinem Pferd die Sporen und ritt in den Hof ein. Einer der Stall-

263

knechte übernahm das Tier, und ich lief ins Gebäude hinein. Lisette, die mich offenbar von einem Fenster aus gesehen hatte, kam mir entgegen.

»Lisette!« rief ich.

»Da bist du endlich, Lottie.«

»Ich möchte sofort zu meinem Vater.«

Sie schüttelte den Kopf.

»Was willst du damit sagen?« fragte ich.

»Wir haben ihn vor einer Woche begraben. Er starb einen Tag, nachdem ich die Botschaft an dich abgeschickt hatte.«

»Mein Vater ist tot! Das ist nicht möglich.«

»Doch er war sehr krank. Die Ärzte hatten es ihm gesagt.«

»Wann haben sie das getan?«

»Vor Wochen. Vor deiner Abreise.«

»Warum hat er dann ...«

»Er wollte wahrscheinlich, daß du das Land verläßt.«

Ich setzte mich an den großen Eichentisch und starrte die hohen, schmalen Fenster an, ohne sie zu sehen. Erst jetzt begriff ich. Er hatte gewußt, wie krank er war, und mich deshalb nach England geschickt. Er hatte nie die Absicht gehabt, mich zu begleiten, sondern wollte mir nur die Entscheidung erleichtern.

»Ich hätte nie fortgehen dürfen«, sagte ich.

Lisette zuckte die Schultern, lehnte sich an den Tisch und sah mich an. Wenn ich nicht so unglücklich gewesen wäre, wäre mir vielleicht ihre veränderte Haltung aufgefallen. Aber ich war zu erschüttert, zu schmerzerfüllt.

Ich ging in sein Schlafzimmer, und sie folgte mir. Die Vorhänge waren zurückgezogen, und man sah das leere Bett. Ich kniete neben ihm nieder und vergrub das Gesicht in meinen Händen.

»Du mußt dich damit abfinden, daß er von uns gegangen ist.« Lisette stand immer noch hinter mir.

Ich ging durch seine Zimmer und von dort in die Kapelle und das Mausoleum, zu seinem Grab.

»Gerard, Comte d'Aubigné, 1727–1789.«

»Es ist so schnell gegangen«, murmelte sie. Lisette stand schon wieder hinter mir.

»Du bist sehr lange fort geblieben«, bemerkte sie.

»Man hätte mich verständigen müssen.«

»Er hätte es nicht erlaubt. Erst als er nicht mehr fähig war, Befehle zu erteilen, habe ich so gehandelt, wie ich es für richtig hielt und dir geschrieben.«

Ich ging in mein Zimmer, und sie begleitete mich auch dorthin. Erst jetzt fiel mir auf, daß sie anderst war als sonst. Ich verstand nicht, was mit ihr los war. Sie war nicht glücklich, sondern irgendwie merkwürdig. Ich wußte nicht, wie ich es beschreiben sollte; sie sah aus, als amüsiere sie sich heimlich über etwas.

Das alles redete ich mir nur ein, sagte ich mir. Ich stehe unter einem schweren Schock.

»Ich möchte eine Weile alleinbleiben. Lisette«, ersuchte ich sie.

Sie zögerte, und ich glaubte einen Augenblick lang, daß sie sich weigern würde, das Zimmer zu verlassen.

Dann drehte sie sich um und verschwand.

Ich lag im Bett und konnte nicht einschlafen. Die Nacht war stickig heiß, und ich dachte natürlich an meinen Vater.

Warum war ich nur abgereist, Warum hatte ich die Wahrheit nicht erkannt? Er war plötzlich gealtert, und ich hatte geglaubt, daß der Tod meiner Mutter daran schuld war. Ich hatte den Eindruck gehabt, daß er nicht mehr weiterleben wollte, nachdem er sie verloren hatte. Und die ganze Zeit über hatte er gewußt, wie schlecht es um ihn stand, und mich dazu überreden wollen, nach England zu reisen und Dickons Frau zu werden. Die Entwicklung in Frankreich hatte ihm Sorgen bereitet, und er hatte mich in Sicherheit bringen wollen.

Wie glücklich war ich doch in Eversleigh gewesen – die Ausritte, die Spaziergänge, die Diskussionen mit Dickon –, ich hatte alles genossen. Und er hatte die ganze Zeit über im Château in seinem Bett gelegen und war einsam gestorben.

Die Tür ging plötzlich auf, ich fuhr in die Höhe und sah Lisette, die hereinglitt. An ihrem Gesichtsausdruck erkannte ich, daß sie aufgeregt war.

»Ich habe dein Klopfen nicht gehört«, erklärte ich.

»Ich habe nicht geklopft. Es ist soweit. Endlich ist es eingetreten.«

»Wovon sprichst du?«

»Ich habe es soeben erfahren. Hast du den Lärm im Hof gehört?«

»Nein. Was …?«

»Neueste Nachrichten aus Paris. Der Pöbel streift durch die Straßen, und die Geschäftsleute verbarrikadieren ihre Läden.«

»Weitere Unruhen!«

Ihre Augen leuchteten. »Im Garten des Palais Royal halten große Männer Reden. Desmoulins, Danton und ihre Genossen.«

»Wer sind diese Männer?«

Sie antwortete nicht, sondern fuhr fort: »Sie tragen die Farben des Herzogs von Orléans, Rot, Weiß und Blau – die Trikolore. Und das Wichtigste, Lottie: Das Volk hat die Bastille erstürmt. Sie haben Gouverneur de Launay getötet, seinen Kopf auf eine Pike gesteckt und sind so in das Gefängnis einmarschiert. Sie haben alle Gefangenen befreit.«

»Was hat das alles zu bedeuten?«

Wieder das seltsame Lächeln. »Es bedeutet, daß die Revolution begonnen hat.«

Es dauerte ewig, bis es hell wurde. Ich saß am Fenster und wartete, ich wußte nicht, worauf. Die Gegend sah genauso ruhig und friedlich aus wie immer. Bei Tagesanbruch wurde es im Haus lebendig, die Dienerschaft unterhielt sich aufgeregt. Sie schrien und lachten – sie sprachen offensichtlich über die Ereignisse in Paris.

Den ganzen Tag über warteten wir auf weitere Nachrichten. Die Menschen hatten sich verändert, sie beobachteten mich verstohlen und schienen sich über irgend etwas zu amüsieren.

Für mich hatten Tumulte, bei denen die Menschen vor Wut den Verstand verloren und es Tote gab, nichts Amüsantes an sich. Dickon hatte mir prophezeit, daß es so kommen würde. War die Katastrophe womöglich schon eingetreten?

Dem unruhigen Tag folgte eine unruhige Nacht. Die Kinder fehlten mir zwar, aber es war andererseits auch eine Erleichterung, daß ich sie in Sicherheit wußte.

Ich überlegte, was ich tun sollte. Sollte ich nach England zurückkehren? Nach dem Tod meines Vaters hielt mich nichts mehr in Frankreich. Die Unruhen werden aufhören, redete ich mir ein. Das Militär wird die Ruhe wieder herstellen. Aber die Bastille ... ein Gefängnis war gestürmt worden. Das war etwas anderes als das Plündern von Geschäften, denn dazu war es im Lauf der letzten Jahre immer wieder bei den Unruhen in den Kleinstädten gekommen.

Ich versuchte, mich normal zu benehmen, aber die Stimmung im Château war nicht mehr normal. Es konnte auch gar nicht anders sein, wenn mein Vater tot war.

Als ich am nächsten Morgen aufwachte, klingelte ich wie üblich um heißes Wasser, aber niemand erschien. Ich wartete eine Weile, dann klingelte ich wieder – mit dem gleichen Erfolg.

Ich schlüpfte in meinen Morgenrock und ging in die Küche hinunter. Sie war leer.

»Ist niemand da?« rief ich.

Endlich tauchte Tante Berthe auf und erklärte: »Die meisten Diener haben das Château verlassen, und die wenigen, die noch hier sind, packen auch schon ihre Sachen.«

»Warum verlassen sie uns? Wohin wollen sie gehen?«

Sie zuckte die Schultern. »Einige haben mir erklärt, daß sie nie wieder jemanden dienen werden. Etliche befürchten, daß man ihnen die Tatsache übelnehmen wird, daß sie bei Aristokraten im Dienst gestanden haben, und man ihnen das gleiche Schicksal bereiten wird wie ihrer Herrschaft.«

»Was ist denn überhaupt los?«

»Wenn ich das nur wüßte, Madame. Überall herrscht vollkommene Verwirrung. Angeblich wollen die Aufrührer alle Schlösser besetzen und ihre Bewohner töten.«

»Das ist doch Unsinn.«

»Sie wissen ja, wie das Dienstpersonal ist … keine Bildung … Jederzeit bereit, jedes Märchen zu glauben.«

»Sie werden mich doch nicht verlassen, Tante Berthe, nicht wahr?«

»Das Château ist seit vielen Jahren mein Zuhause. Der Comte ist zu mir und den Meinen immer gut gewesen. Er hat es nicht um mich verdient, daß ich davonlaufe. Ich bleibe und werde allem, was kommt, die Stirn bieten.«

»Wo ist Lisette?«

Sie zuckte wieder die Schultern.

»Ich habe sie seit meiner Rückkehr kaum gesehen.«

»Ich bin davon überzeugt, daß sie genau weiß, was sie tut«, bemerkte Tante Berthe bitter. »Warum sind Sie heruntergekommen?«

»Ich brauche heißes Wasser.«

»Ich werde es Ihnen hinaufbringen.«

»Wer befindet sich außer uns noch im Château?«

»Die beiden Frauen im Turm.«

»Jeanne ist also auch noch da?«

»Sie glauben doch nicht, daß sie Mademoiselle Sophie jemals verlassen würde?«

»Nein, das tut sie bestimmt nicht. Jeanne ist loyal, und Sophie ist für sie das Wichtigste auf der Welt. Wer sonst …«

»Falls sich noch Diener im Château aufhalten, dann, wie gesagt, nicht mehr lange. Einige haben vor, nach Paris zu gehen, damit sie dort am ›Spaß‹ teilnehmen können. Das könnten sie einfacher haben, denn der Spaß wird nur zu bald auch hierher kommen.«

»Ist es wirklich so arg?«

»Das Unwetter hat sich seit langer Zeit über uns zusammengezogen. Ich danke Gott, daß er den Comte zu sich genommen hat, bevor es ausgebrochen ist.«

»Und was wird mit uns geschehen, Tante Berthe?«

»Wir können nur abwarten«, antwortete sie ruhig.

Dann verließ sie mich, um mir heißes Wasser zu bringen. Ich wartete, bis sich die Stille des Châteaus um mich schloß.

Es war am Abend des nächsten Tages. Tante Berthe hatte recht gehabt: Außer ihr und Jeanne waren alle Diener fort. Wir fühlten uns in dem großen Schloß verloren und waren von bösen Ahnungen erfüllt.

Im Lauf des Tages ging ich auf den Turm und blickte über das Land. Weit und breit sah ich nur friedliche Felder. Es fiel mir schwer zu glauben, daß sich unfern von uns schreckliche Ereignisse abspielten. Ich mußte nach England, zu den Kindern, zu Dickon zurück. Ich würde Lisette mitnehmen … und Tante Berthe; wenn Sophie und Jeanne mitkommen wollten, war es mir recht. Ich durfte nicht mehr warten, ich mußte mich mit Lisette beraten, Pläne schmieden.

Geräusche aus dem Hof unterbrachen die Stille. Wir bekamen Besuch. Erleichtert lief ich hinunter, obwohl ich nicht wußte, was mich erwartete. Es konnte sich auch um unsere Feinde handeln, aber wenigstens ereignete sich etwas.

Lisette hielt sich dicht hinter mir.

Zwei schmutzstarrende, verwahrloste Männer standen im Hof.

Einer von ihnen stützte den zweiten, dem es sichtlich schwerfiel, auf den Beinen zu bleiben. Beide sahen erbärmlich aus.

»Wer …?« begann ich.

Einer von ihnen sagte »Lottie.«

Ich trat zu ihm und starrte ihn an.

»Lottie«, wiederholte er, »ich bin nach Hause gekommen.«

Ich erkannte die Stimme, aber nicht die Person. »Armand?« rief ich. Aber nein, dieses schmutzige Geschöpf konnte doch nicht Armand sein.

»Es war ein weiter Weg«, murmelte er.

»Er braucht Ruhe und Pflege«, mischte sich sein Gefährte ein. »Wir brauchen es beide.«

»Sind Sie aus einem Gefängnis ausgebrochen?« fragte Lisette.

»Das Volk hat uns befreit. Es hat das Gefängnis gestürmt.«

»Die Bastille«, rief ich. »Dort warst du also!«

Wir hatten jedoch keine Zeit für lange Erklärungen. Armand und sein Gefährte mußten sofort versorgt werden. Armands Füße bluteten, und er litt arge Schmerzen, wenn er stand; außerdem war er so schwach, daß er sich ohnehin kaum aufrecht halten konnte.

Lisette und ich nahmen uns ihrer an, und Tante Berthe half uns dabei. Wir schälten die beiden aus ihrer Kleidung, wuschen sie und brachten sie zu Bett.

»Wir werden diese Lumpen sofort verbrennen«, ordnete Tante Berthe an, die sogar jetzt darauf achtete, daß das Château nicht durch solche Kleidungsstücke beschmutzt wurde.

Wir gaben den Männern zu essen, verabreichten ihnen jedoch immer nur kleine Mengen, denn sie waren beinahe verhungert. Obwohl Armand so geschwächt war, bestand er darauf, zu erzählen, was ihm widerfahren war.

»An dem bewußten Tag bin ich zu einem Treffen geritten«, begann er. »Am Fluß kam mir ein Trupp der königlichen Garde entgegen, und ihr Hauptmann übergab mir einen *lettre de cachet*. Vermutlich verdankte ich ihn der Partei des Herzogs von Orléans. Ich hatte meine Gruppe gegründet, weil mir das Wohl des Vaterlandes am Herzen lag, ich war kein Verräter, aber sie brachten mich dennoch in die Bastille. Die Bastille!« Er zitterte bei der Erinnerung am ganzen Körper.

Ich bestand darauf, daß er nicht weitersprach. Sie konnten uns ja

269

später alles berichten, wenn es ihnen besser ging. Wir brauchten dringend Hilfe. Zwei Kranke mußten versorgt werden, und wir waren nur zu dritt. Im Haus befanden sich außer uns noch zwei Personen, und meiner Meinung nach war es an der Zeit, daß sie endlich ihren Turm verließen. Deshalb stieg ich die Treppe zu Sophies Apartment hinauf. Ich klopfte und trat ein. Sophie und Jeanne saßen am Tisch und spielten Karten.

»Wir brauchen eure Hilfe«, sagte ich.

Sophie sah mich kalt an. »Verlasse sofort diesen Raum.«

»Armand ist heimgekehrt«, rief ich. »Er ist aus der Bastille entkommen.«

»Armand ist tot«, widersprach Sophie. »Er ist ermordet worden.«

»Komm doch und sieh selbst. Armand liegt drüben im Bett. Verräter haben dafür gesorgt, daß ein *lettre de cachet* gegen ihn erlassen wurde, und man hat ihn in die Bastille gesperrt.«

Sophie war blaß geworden und hatte die Spielkarten auf den Tisch fallen lassen.

»Das ist nicht wahr. Das kann nicht wahr sein«, murmelte sie.

»Komm mit und sieh doch selbst«, wiederholte ich. »Du mußt uns helfen, du kannst nicht in deinem Zimmer sitzen und Karten spielen. Weißt du denn nicht, was draußen vorgeht? Die Dienerschaft hat uns im Stich gelassen. Drüben liegen zwei Männer, die sterben werden, wenn sie nicht die richtige Pflege bekommen. Sie haben die Strecke von Paris bis hierher zu Fuß zurückgelegt.«

»Komm, Jeanne«, forderte Sophie ihre Gefährtin auf.

Dann stand sie am Bett ihres Bruders und blickte auf ihn hinunter. »Bist du es wirklich, Armand?« flüsterte sie.

»Ja, Sophie, ich bin es. Du siehst, was die Bastille aus einem Menschen machen kann.«

Sie sank neben dem Bett auf die Knie.

»Aber warum? Wessen hat man dich beschuldigt?«

»Für einen *lettre de cachet* braucht es keine Anklage. Jemand hat mich aus dem Weg schaffen wollen.«

Ich unterbrach ihn. »Wir haben keine Zeit, uns zu unterhalten. Sophie und Jeanne, ich brauche eure Hilfe bei der Pflege der Männer. Wir haben keine Diener mehr, sie sind alle davongelaufen.«

»Warum denn?«

»Vermutlich weil sie annehmen, daß die Revolution ausgebrochen ist.«

Sophie machte sich sofort an die Arbeit; sie und Jeanne waren beinahe unermüdlich. Mit Hilfe der beiden gelang es uns, die Leiden der Männer halbwegs zu lindern. Armand war der Schwächere von beiden. Seine Haut hatte die Farbe von schmutzigem Papier, seine Augen waren glanzlos, er hatte beinahe alle Haare verloren, und seine Wangen waren eingefallen. Die Jahre im Gefängnis hatten den alten Armand getötet und einen schwachen, alten Mann an seiner Stelle zurückgelassen.

Sein Gefährte, ohne den er den weiten Weg von Paris nie geschafft hätte, sprach auf unsere Pflege gut an, und obwohl er sehr erschöpft war, begann er, sich zu erholen, was wir von Armand nicht behaupten konnten.

Er erzählte uns, daß er vor dem Gefängnis auf Armand gestoßen sei und daß dieser gesagt hatte, er müsse nach Aubigné zurückkehren. Da er selbst kein Ziel hatte, hatte er Armand geholfen, und sie hatten gemeinsam Paris durchquert. Er beschrieb die Szenen, die sie dort erlebt hatten. Überall herrschte Aufruhr, Versammlungen fanden statt, die Menge plünderte die Geschäfte, überfiel jeden, der aussah, als trüge er etwas Wertvolles bei sich und brüllte dabei *Á bas les aristocrats*.

Ich erlaubte ihm nicht, zuviel zu sprechen, und verbot Armand das Reden ganz. Sie regten sich nämlich dabei auf und waren doch beide bedauernswert schwach.

Ohne Jeanne und Sophie hätten wir es nicht geschafft. Tante Berthe organisierte alles und kochte auch für uns. Lisette beteiligte sich nicht so aktiv wie die übrigen, heiterte uns jedoch auf, weil sie nicht deprimiert war und immer wieder behauptete, daß mit der Zeit alles wieder in Ordnung kommen würde.

Nachdem Armand und sein Gefährte eingetroffen waren, hatte ich meine Absicht, Frankreich zu verlassen, vollkommen aufgegeben. Ich wurde hier gebraucht und bezweifelte außerdem, daß es mir angesichts der Lage im Land gelingen würde, sehr weit zu kommen.

Einige Tage lang ereignete sich nichts, und ich hoffte schon, daß man uns in Frieden lassen würde. In Paris tobte die Revolution, aber bei uns war alles ruhig, auch wenn wir keine Dienerschaft mehr besaßen.

»Reiten wir in die Stadt«, schlug mir Lisette vor. »Wir können feststellen, was sich dort ereignet und vielleicht ein paar Lebensmittel kaufen.«

Ich war sofort damit einverstanden.

»Wir sollten aber besser wie Dienstmädchen aussehen«, meinte sie. »Einige von ihnen hatten es so eilig, das Schloß zu verlassen, daß sie ihre Kleider zurückgelassen haben. Wir werden bestimmt etwas finden, was uns paßt.«

»Hältst du das für notwendig?«

»Eine Vorsichtsmaßnahme.«

Als sie mich in dem einfachen Kleid sah, lachte sie. »Das erinnert mich daran, wie wir Madame Rougemont aufgesucht haben. Du bist mit diesem Gewand nicht mehr die große Dame, nicht mehr die Tochter des Grafen, sondern ein nur einfaches Dienstmädchen.«

»Du siehst genauso aus.«

»Ich bin schließlich nur die Nichte der Haushälterin. Komm schon.«

Wir holten zwei Ponys aus dem Stall und sattelten sie. Alle anderen Pferde hatten die Stallknechte mitgenommen. Am Rand der Stadt banden wir die Tiere an und gingen zu Fuß weiter.

Die Menschen strömten zum Hauptplatz.

»Es sieht aus, als wäre heute ein besonderer Tag«, meinte Lisette lächelnd.

Wir drängten uns durch die Menge, und dank unserer einfachen Kleider fielen wir niemandem auf. Nur gelegentlich trafen uns anerkennende Blicke der Männer.

»Die Menschen scheinen auf ein besonderes Ereignis zu warten«, bemerkte ich.

»Wahrscheinlich kommt jemand aus Paris und hält eine Rede. Schau, auf dem Hauptplatz ist eine Plattform errichtet worden.«

»Sollten wir nicht doch versuchen, Lebensmittel einzukaufen?« fragte ich.

»Hast du nicht bemerkt, daß die meisten Geschäfte mit Brettern vernagelt sind?«

»Hier müssen sie doch keinen Aufruhr befürchten!«

»Aubigné ist nicht mehr eine Insel der Seligen, Lottie.«

Sie lachte bei diesen Worten, und ich sah sie an. Ihre Augen leuchteten vor Aufregung.

Ein Mann stieg auf das Podium, die Menge verstummte und ich starrte ihn entsetzt an. Es war Léon Blanchard.

»Aber ...«, begann ich.

»Sei still«, flüsterte Lisette. »Er hält eine Rede.«

Die Menge jubelte ihm zu, er hob die Hand, und es trat Stille ein. Dann begann er zu sprechen.

»Bürger, der Tag ist gekommen. Was uns rechtmäßig zusteht, liegt beinahe in Reichweite unserer Arme. Die Aristokraten, die uns so lange beherrscht haben, die in Saus und Braus gelebt haben, während wir Hunger litten, die uns seit Generationen wie Sklaven behandelt haben, werden jetzt auf die Knie gezwungen. Von nun an sind wir die Herren.«

Ohrenbetäubendes Gebrüll folgte. Er hob wieder die Hand.

»Wir sind aber noch nicht ganz am Ziel, Genossen. Wir haben noch viel Arbeit vor uns. Wir müssen sie aus ihren Lasterhöhlen vertreiben und ihre Häuser ausräumen. Gott hat Frankreich dem Volk geschenkt. Was die Aristokraten jahrhundertelang für ihren Besitz gehalten haben, gehört jetzt uns... wenn wir es uns nehmen. Ihr habt euer Leben im Schatten des großen Château verbracht, habt für eure Herren Frondienst geleistet und in Angst und Armut gelebt. Bürger, ich sage euch, diese Zeiten sind ein für allemal vorbei. Jetzt seid ihr an der Reihe. Die Revolution ist da. Wir werden uns ihre Schlösser, ihr Gold, ihr Silber, ihre Lebensmittel, ihren Wein nehmen. Wir werden uns nicht mehr von verschimmeltem Brot ernähren, das wir mit unseren schwerverdienten Sous bezahlen müssen und das wir uns oft nicht einmal leisten können. Wir werden dem Beispiel der tapferen Bürger von Paris folgen. Überall im Land erhebt sich das Volk. Wir werden zum Château d'Aubigné marschieren und uns holen, was uns gehört.«

Während er sprach, begriff ich plötzlich. Er war der Mann, den der Comte und ich vor vielen Jahren gesehen hatten. Kein Wunder, daß ich das Gefühl von ›déjà vu‹ gehabt hatte. Ich hatte ihn nicht erkannt, denn seinerzeit war er wie ein Bauer gekleidet gewesen, genau wie heute. Außerdem trug er eine dunkle Perücke, die sein Aussehen ein wenig veränderte. Er sah nicht ganz so aus wie der Gentleman, der unsere Jungen unterrichtet hatte. Doch er war es. Dickon hatte recht gehabt. Léon war ein Agitator im Dienst des Herzogs von Orléans, der die Revolution herbeiführen wollte, damit er an die Stelle des Königs treten konnte. Auch der Herzog von Soissonson gehörte zu den Orléanisten und war nach Aubigné gekommen, um sich über Armands Gruppe zu informieren. Das hatte auch dazu geführt, daß Armand den *lettre de cachet* erhielt ... der von einer hochstehenden Persönlichkeit ausgestellt war.

»Es ist ungeheuerlich«, rief ich.

»Sei still«, warnte mich Lisette.

Ich wandte mich zu ihr um. Sie starrte Léon Blanchard wie verzaubert an.

»Wir müssen sofort zurückreiten«, flüsterte ich. »Wir müssen sie warnen.«

»Seid ihr bereit, Bürger?« fragte Léon, und die Menge brüllte Zustimmung.

»Dann wollen wir in der Abenddämmerung hier zusammenkommen. Solche Pflichten erledigt man am besten bei Nacht.«

Mir stockte der Atem. Am liebsten hätte ich geschrien: Dieser Mann ist ein Verleumder. Mein Vater war zu seinen Leuten immer gut. Unsere Diener hatten ein gutes Leben. Wie können Sie behaupten, daß wir sie hungern ließen! Mein Vater hat immer dafür gesorgt, daß es ihnen gutging, sie bekamen nie verschimmeltes Brot. Und Léon Blanchard, dieser Verräter, hat bei uns gelebt, ist wie ein Mitglied der Familie behandelt worden.

Wie schwer waren wir enttäuscht worden! Dickon hatte recht gehabt. Hätten wir nur auf ihn gehört!

Lisette ergriff mich am Arm. »Sei vorsichtig«, zischte sie. »Mach den Mund nicht auf. Komm, wir wollen hier raus.« Sie zog mich beinahe durch die Menge. Wir fanden die Ponys wieder und ritten zum Château zurück.

»Léon war also ein Verräter«, stellte ich fest.

»Es hängt davon ab, was du unter einem Verräter verstehst«, widersprach Lisette. »Er war seiner Sache treu.«

»Der Sache der Revolution! Was sollen wir nun tun? Sollen wir das Château verlassen?«

»Und wohin willst du gehen?«

»Sollen wir also dasitzen und warten, bis sie kommen?«

»Die Menge hat dir nichts getan, nicht wahr? Du siehst aus wie ein Dienstmädchen, wie eine Frau aus der richtigen Klasse.«

»Wenn sie das Château besetzen ...«, begann ich.

Sie zuckte die Schultern.

»Was ist eigentlich mit dir los, Lisette?« fuhr ich fort. »Dir ist offenbar alles gleichgültig.«

Wir hatten das Château erreicht, in dem tiefe Stille herrschte. Ich dachte an den Pöbel, der dem Verräter Blanchard lauschte und fragte mich, ob ich das Schloß jemals wieder so sehen würde.

»Was sollen wir tun?« fragte ich noch einmal. »Wir müssen Sophie und Jeanne warnen.«

»Wozu?«

»Und Tante Berthe?«

»Ihr wird nichts geschehen. Sie ist ja auch nur eine Dienerin.«

Lisette war mir in mein Zimmer gefolgt.

»Hast du gewußt, Lisette, daß Léon Blanchard heute in der Stadt sein wird?« fragte ich.

Sie lächelte geheimnisvoll. »Es war immer so leicht, dich zu täuschen, Lottie.«

»Was meinst du damit?«

»Léon hat mich verständigt. Er und ich waren gute Freunde ... intime Freunde. Wir hatten soviel gemeinsam.«

»Du und Léon Blanchard!«

Sie nickte lächelnd. »Ich habe ihn kennengelernt, als ich auf dem Bauernhof lebte. Er hat mich nach Tourville gebracht.«

Ich schloß die Augen, weil mir jetzt vieles klar wurde. Mir fiel der Stallknecht ein, der sie begleitet und der mich an jemanden erinnert hatte.

»Was soll das heißen, Lisette?« fragte ich. »Was ist mit dir geschehen? Du hast dich plötzlich verändert.«

»Das stimmt nicht, ich war immer so, wie ich heute bin.«

»Du siehst mich an, als würdest du mich hassen.«

»Einerseits hasse ich dich wirklich. Und dennoch mag ich dich. Ich verstehe meine Gefühle für dich nicht ganz. Ich war immer gern mit dir zusammen, wir hatten soviel Spaß miteinander.« Sie begann zu lachen. »Die Wahrsagerin ... mit ihr hat alles angefangen.«

»Ist dir klar, Lisette, daß dieser Mann am Abend mit dem Pöbel in das Schloß eindringen wird?«

»Was soll ich dagegen unternehmen, Lottie?«

»Vielleicht sollten wir flüchten, uns verstecken.«

»Du und Sophie, ihr könntet euch verstecken. Die kranken Männer wird die Menge kaum beachten, sie sehen ohnehin wie Vogelscheuchen aus. Jeanne und Tante Berthe haben nichts zu befürchten, weil sie Dienstboten sind.«

»Wir können die Männer doch nicht im Stich lassen.«

»Dann bleiben wir.«

»Du siehst so zufrieden aus, Lisette.«

»Ich werde dir die Wahrheit gestehen, Lottie, das wollte ich immer schon. Wir sind Schwestern ... du, Sophie und ich. Der einzige Unterschied besteht darin, daß ich nie anerkannt wurde.«

»Schwestern! Das stimmt nicht, Lisette.«

»Wirklich nicht? Ich habe es immer gewußt. Ich erinnere mich seit meiner frühesten Jugend an unseren Vater. Warum hätte er mich hierhergebracht, wenn dem nicht so wäre?«

»Er hat mir erzählt, wer du bist, Lisette.«

»Ausgerechnet dir!«

»Ja. Du bist nicht seine Tochter. Er hat dich erst kennengelernt, als du vier Jahre alt warst.«

»Das ist eine Lüge.«

»Warum sollte er mich belügen? Wenn du seine Tochter wärst, hätte er sich bestimmt zu dir bekannt.«

»Er hat es nicht getan, weil meine Mutter arm war. Deine war reich, hat in einem großen Haus gelebt, war genauso adelig wie er ... deshalb hat er sie geheiratet.«

»Ich weiß genau, wie sich die Dinge wirklich abgespielt haben, Lisette, weil er es mir erzählt hat. Deine Mutter wurde seine Geliebte, aber erst nachdem du bereits auf der Welt warst. Er hat dich entdeckt, als er sie einmal besuchte. Als deine Mutter im Sterben lag, ließ sie ihre Schwester Berthe kommen und bat sie, sich deiner anzunehmen. Dann hat er Tante Berthe hier als Haushälterin untergebracht und hat dich zusammen mit uns erziehen lassen, weil er deine Mutter gern gehabt hatte.«

»Das sind Lügen!« rief sie. »Er wollte mich nicht anerkennen, weil meine Mutter nur eine Näherin war.«

Ich schüttelte den Kopf.

»Doch«, fuhr sie fort, »er hat dich belogen, weil er sich rechtfertigen wollte. Ihr habt mich nie als euresgleichen behandelt, ich war immer die Nichte der Haushälterin. Und dann ... kam Charles.«

»Du meinst meinen Mann Charles?«

276

»Allerdings. Er war ein guter Liebhaber, nicht wahr? Aber es war schrecklich dumm von ihm, nach Amerika in den Krieg zu ziehen. Er hätte Sophie heiraten sollen, aber nach dem Unglück auf der Place Louis XV. nahm ich an, daß unser Vater einer Heirat zwischen mir und Charles zustimmen würde, wenn er erfuhr, daß ich ein Kind erwartete.«

»Das Kind ...«

»Sei doch nicht so naiv, Lottie. Charles hat uns beide bei der Wahrsagerin gesehen und immer behauptet, daß wir ihm beide gefallen haben, und daß er nicht gewußt hat, wen von uns er vorziehen soll. Wir benützten für unsere Zusammenkünfte die Räume, die Madame Rougemont an vornehme Herren und deren Freundinnen vermietet. Als ich entdeckte, daß ich schwanger war, freute ich mich. Ich nahm dummerweise an, daß sich dadurch alles ändern, daß mein Vater mich anerkennen und Charles mich heiraten würde. Und was haben die beiden Männer getan? Sie haben einen groben Bauern gefunden, der bereit war, mich zu heiraten. Das werde ich nie vergessen oder verzeihen. Seither habe ich den Grafen und die Gesellschaft, die er symbolisierte, gehaßt.«

Ich war so entsetzt, daß ich nur murmeln konnte: »Dennoch wolltest du um jeden Preis dieser Gesellschaft angehören.«

»Ich habe sie gehaßt, glaub mir. Ich habe Léon kennengelernt, als er in der Stadt eine Rede hielt. Wir wurden Freunde. Mein Mann starb, als der Pöbel unter Léons Führung seine Scheunen in Brand steckte.«

»Also Léon war dafür verantwortlich!«

Sie zuckte die Schultern und lächelte – das Lächeln, das ich inzwischen fürchten gelernt hatte.

»Du bist wirklich naiv, Lottie. Es wäre viel klüger gewesen, wenn du deinen Dickon geheiratet hättest, solange du noch die Möglichkeit dazu hattest. Er hat uns wirklich Schwierigkeiten bereitet, denn er ist sehr klug. Aber jetzt ist er zum Glück weit vom Schuß.«

»Blanchard war also der Stallknecht, den dir deine Nachbarn angeblich geliehen hatten«, sagte ich langsam. Ich hatte mich inzwischen an den Zwischenfall im Stall erinnert, bei dem ich das Gefühl des *déjà vu* gehabt hatte.

»Natürlich. Léon war der Meinung, daß ich im Château für ihn wirken könne. Außerdem bot es mir und dem Sohn deines Mannes

277

ein Zuhause. Ich habe mich gewundert, daß dir die Ähnlichkeit nie aufgefallen ist. Louis-Charles hat mich täglich an Charles erinnert. Aber du hast nichts gemerkt, meine liebe, ahnungslose Schwester.«

»Du bist nicht meine Schwester. Wie konntest du uns all die Jahre belügen, Theater spielen?«

Sie runzelte die Brauen, als überlegte sie. »Ich weiß es nicht. Manchmal hatte ich dich wirklich gern. Dann dachte ich aber wieder daran, was du alles besitzt, daß wir Schwestern sind, wie unfair man mich im Vergleich zu dir behandelt hatte, und daher haßte ich dich. Wenn der Haß sich verflüchtigte, mochte ich dich wieder. Aber das alles ist ohne Bedeutung.«

»Und du hast gewußt, daß Armand in die Bastille gebracht wurde?«

»Léon hat mir nicht alles erzählt, nur so viel, wie ich für meine Aufgabe wissen mußte. Ich habe es aber erraten, und er hat mir keinen Augenblick leid getan. Armand hat diese Strafe verdient. Er hat immer auf mich herabgesehen, war immer der großmächtige Vicomte. Es war für mich reizvoll, mir vorzustellen, wie es ihm im Gefängnis geht.«

»Wie kannst du nur so reden!«

»Wenn jemand so gedemütigt wurde wie ich, fällt es einem nicht schwer.«

»Und Léon hat dir verraten, daß er heute in der Stadt sprechen wird?«

Sie nickte. »Ich wollte, daß du ihn siehst und hörst, daß du weißt, wie die Dinge stehen. Ich wollte es dir schon die ganze Zeit über beibringen. Vor allem solltest du erfahren, daß ich deine Schwester bin.«

Tante Berthe trat ins Zimmer. »In der Küche sind kaum noch Nahrungsmittel. Ich habe ein bißchen Suppe gekocht. Was ist denn hier los?«

»Wir waren in der Stadt«, antwortete ich, »wo Léon Blanchard die Einwohner zum Aufstand aufgerufen hat. Sie werden hierher kommen.«

Tante Berthe wurde blaß. »*Mon Dieu*«, murmelte sie.

»Lottie hat mir eine Geschichte erzählt«, bemerkte Lisette. »Sie behauptet, daß ich nicht die Tochter des Comte bin. Dabei weiß ich genau, daß das nicht richtig ist. Sie behauptet auch, daß der Comte mich erst kennengelernt hat, als ich drei oder vier Jahre alt war. Das stimmt doch nicht, nicht wahr?«

Tante Berthe sah Lisette unverwandt an. »Der Comte hat dich in seinem Haus aufgenommen, weil er freundlich und gütig war. Du und ich verdanken ihm viel. Aber er war nicht dein Vater. Dein Vater war der Sohn eines Geschäftsmannes und hat im Unternehmen seines Vaters gearbeitet. Als ich nach Paris kam, um deine Mutter zur Heimkehr zu überreden, war sie mit dir schwanger und erzählte mir auch, wer dein Vater war. Sie konnte natürlich deinetwegen nicht nach Hause zurück. Ich leistete bei der Geburt Hebammendienste, und sie bestand darauf, dich bei sich zu behalten. Weil sie mit ihrer Näharbeit nicht genug für euch beide verdiente, legte sie sich vornehme Herren als Freunde zu, die ihr Geld gaben.«

»Willst du damit sagen, daß sie eine Prostituierte war?«

»Nein, nein. Sie nahm nur Männer zu Liebhabern, die ihr gefielen, und diese Männer halfen ihr, weil sie sie mochten. Der Comte war einer von ihnen. Als sie begriff, daß sie an der Auszehrung sterben würde, bat sie mich, zu ihr zu kommen und mich deiner anzunehmen. Während ich bei ihr war, besuchte sie der Comte. Er machte sich Sorgen um dich und deine Mutter und erzählte mir, daß er dich bei einem seiner Besuche entdeckt hätte. Er war gerührt, weil deine Mutter so tapfer versuchte, euch beide durchzubringen. Als sie starb, bot er mir eine Stelle als Haushälterin im Château an und erlaubte mir, dich mitzunehmen.«

»Lügen, nichts als Lügen!« rief Lisette.

»Es ist die Wahrheit«, sagte Tante Berthe. »Ich schwöre es bei der Heiligen Jungfrau.«

Lisette sah aus, als würde sie jeden Augenblick in Tränen ausbrechen. Ihr Lebenstraum war in Stücke zersprungen.

Sie schrie noch immer: »Lügen, lauter Lügen!«

Die Tür ging auf, und Sophie trat ein.

»Was ist geschehen?« fragte sie. »Ich konnte euer Geschrei bis in Armands Zimmer hören.«

»Wir befinden uns in akuter Gefahr, Sophie«, erklärte ich.

»Wenn es dunkel wird, will der Pöbel das Schloß überfallen. Léon Blanchard führt sie an.«

»Léon ...«

Ich sagte es so sanft wie möglich: »Dickons Verdacht hat gestimmt. Léon Blanchard war in Wirklichkeit kein Erzieher, sondern sollte hier für die Orléanisten spionieren. Der Herzog von Soissonson gehörte auch zu ihnen. Lisette und ich haben vor einer Stunde gehört, wie Léon den Pöbel aufgefordert hat, das Schloß zu besetzen. Binnen kurzem wirst du es selbst erleben.«

»Léon?« wiederholte sie wie betäubt.

»Wir sind alle schrecklich getäuscht worden, Sophie, und überall in Frankreich geschehen entsetzliche Greuel. Wie können wir wissen, wer für und wer gegen uns ist?«

»Ich glaube nicht, daß Léon ...«, begann sie, und Lisette fing an, hysterisch zu lachen.

»Dann will ich euch etwas erzählen«, unterbrach sie Sophie. »Léon hat mich zu Lottie gebracht. Er war schon vorher mein Geliebter, blieb es, während er hier als Erzieher beschäftigt war, und ist es heute noch. Siehst du, obwohl du die eheliche Tochter deines Vaters bist, hast du nicht alles bekommen, was du wolltest. Léon, den du wolltest, war mein Geliebter. Charles, Lotties Mann, war mein Geliebter. Wenn wir im Bett lagen, war es ihm ziemlich gleichgültig, ob mein Vater mich als seine Tochter anerkannte oder nicht. Aber ich bin die Tochter des Grafen, auch wenn ihr alle versucht, mir zu beweisen, daß es nicht stimmt. Ich bin adeliger Abstammung ... genau wie ihr. Wir haben alle drei den gleichen Vater, ganz gleich, was ihr mir einreden wollt.«

Sophie blickte mich hilflos an. Ich trat zu ihr und legte ihr den Arm um die Schultern.

»Léon hat mich trotz allem gern gehabt, nicht wahr?« fragte sie hilflos. »Wenigstens ein bißchen.«

»Er führte hier einen Auftrag aus«, erklärte ich.

»Er war die ganze Zeit Lisettes Geliebter, er hat mich getäuscht ...«

»Wir sind alle getäuscht worden, Sophie.«

»Und ich habe dich beschuldigt, weil ich geglaubt habe, daß du ihn verleumdet hast. Ich habe dir vorgeworfen, daß dein Geliebter Armand ermordet hat, damit du das Vermögen meines Vaters erben kannst. Alle diese Dinge habe ich behauptet, Lottie, und ich habe auch versucht, sie zu glauben, aber etwas in mir hat sich dagegen gewehrt. Vielleicht habe ich in meinem Inneren immer gewußt, daß Léon in Wirklichkeit nichts für mich übrig hatte. Genau wie Charles. Als ich diese Blume in seiner Wohnung fand, begann ich, ihn zu hassen.«

»Ich habe die Wohnung niemals betreten, Sophie. Die Blume, die er mir gekauft hat, habe ich verloren, du mußt eine andere gefunden haben.«

»Was erzählt ihr da von einer Blume?« wollte Lisette wissen.

Ich wandte mich ihr zu. »Es spielt keine Rolle mehr, es liegt schon so lange zurück. Charles hat mir einmal auf der Straße eine Blume gekauft, und Sophie hat in seinem Schlafzimmer eine gefunden, die genauso aussah.«

»Eine rote Päonie!« Lisette begann zu lachen. In ihrem Gelächter klang ein hysterischer Unterton mit. »Ich habe die Blume verloren, Sophie, und zwar in Charles' Wohnung. Ich habe sie mir aus Lotties Zimmer geholt, weil sie zu meinem Kleid gepaßt hat. Damit hast du den Beweis dafür, daß er mein Geliebter war. Louis-Charles ist sein Sohn.«

»Hör auf, Lisette«, rief ich.

»Warum? Das ist der Augenblick der Wahrheit. Hören wir auf, einander zu täuschen, zeigen wir uns so, wie wir wirklich sind.«

Über Sophies Wangen liefen Tränen und benetzten ihre Kapuze. Ich schloß sie in die Arme, und sie klammerte sich an mich.

»Verzeih mir, Lottie«, bat sie.

»Ich habe dir nichts zu verzeihen, Sophie.« Damit küßte ich sie auf die narbenbedeckte Wange. »Ich bin froh, daß wir wieder Schwestern sind.«

Lisette und Tante Berthe beobachteten uns. Tante Berthe suchte nach einem Ausweg aus unserer beinahe aussichtslosen Lage, während Lisette noch immer benommen wirkte.

»Sie sollten das Schloß verlassen«, meinte Tante Berthe schließlich. »Vielleicht sollten wir alle von hier fort.«

»Und was wird aus den beiden Männern?« fragte ich.

»Wir können sie nicht mitnehmen.«

»Dann bleibe ich hier.«

Tante Berthe schüttelte den Kopf, und Lisette mischte sich ein. »Du und ich, wir haben nichts zu befürchten, Tante Berthe. Du bist eine Bedienstete, und obwohl ich eine Aristokratin bin, ist Léon Blanchard mein Freund. Er wird dafür sorgen, daß mir nichts geschieht.«

»Sei still«, rief Tante Berthe. »Was können wir nur tun?«
»Nichts, nur warten«, antwortete ich.

Wir warteten den ganzen langen Nachmittag. Die Hitze war drückend. Ich erfaßte alles besonders deutlich; vielleicht geht es jedem Menschen so, wenn er dem Tod gegenübersteht. Ich hatte den Mob während Blanchards Ansprache beobachtet und konnte mir vorstellen, wie er blutdürstig zum Château marschierte. Ich sah meine Mutter vor mir, die aus dem Laden trat und mitten in einer solchen Menge stand. Ich sah die scheuenden Pferde und die umgestürzte Kutsche. Was hatte sie in diesen entsetzlichen Augenblicken empfunden? Bei den Tumulten in den Städten hatte der Pöbel hemmungslos getobt und ein Menschenleben bedeutete ihm nichts. Als Tochter des Grafen von Aubigné gehörte ich zu den Feinden des Mobs. Die Leute hatten einen Bäcker an einen Laternenpfahl gehängt, weil er angeblich einen überhöhten Preis für sein Brot verlangt hatte.

Ich hatte mich noch nie in Lebensgefahr befunden, ich war jetzt ein wenig wirr, geistesabwesend. Angst mischte sich auch in meine Gefühle, aber nicht die Angst vor dem Tod selbst, sondern vor dem Schrecken vorher. Jetzt wußte ich, was ein zum Tod Verurteilter in seiner Zelle empfindet. Ich musterte die übrigen. Ging es ihnen genauso wie mir? Armand war zu krank, um darüber nachzudenken, er hatte schon soviel durchgemacht, und das galt auch für seinen Gefährten. Sophie? Ihr war es wohl ziemlich gleichgültig, denn sie hing nicht an ihrem Leben.

Lisette? Ich konnte sie nicht verstehen. In all den Jahren, in denen ich sie für meine Freundin gehalten hatte, hatte sie mich gehaßt. Ich würde nie den triumphierenden Blick in ihren Augen vergessen, als sie daran dachte, was man mir antun würde. Haßte sie mich wirklich nur deshalb, weil der Graf mich als seine Tochter anerkannt hatte und sie nicht?

Was wußte ich schon von Lisette? Was wußte ich von allen anderen Menschen in meiner Umgebung, ja sogar von mir selbst? Die Menschen bestehen oft aus Widersprüchen, und daraus ergeben sich ihre oft unerklärlichen Reaktionen. Am wenigsten verstand ich Lisette. Sie stand auf der Seite der Revolutionäre, haßte die Aristokraten und wollte doch um jeden Preis zu ihnen gehören.

Eine Fliege, die am Fenster summte, erregte meine Aufmerksamkeit. Wie wunderbar war es, lebende Geschöpfe, den blauen Himmel zu sehen, sanftes Wellengeplätscher zu hören. All das hatte ich als selbstverständlich hingenommen, bis mir plötzlich bewußt wurde, daß ich es vielleicht bald nicht mehr erleben würde.

Tante Berthe schlug vor, daß wir uns alle in einem Raum versammeln sollten. Sie wollte die Männer mit unserer Hilfe in mein Schlafzimmer bringen und in mein Bett legen.

Ich war damit einverstanden, und Tante Berthe, Sophie, Jeanne und ich transportierten die Männer in mein Zimmer; sie sahen elend aus.

Ich erzählte Armand, was sich ereignet hatte. Er nickte.

»Bleibt nicht hier, sondern flieht.«

»Wohin sollten wir fliehen, Armand?« fragte ich. »Außerdem verlassen wir euch auf keinen Fall.«

Sophie bestätigte: »Wir bleiben bei euch.« Armand richtete sich auf. »Ihr müßt fort, ich habe in Paris den Pöbel erlebt. Ihr habt keine Ahnung, was sich dort abgespielt hat. Das sind keine Menschen mehr, sondern wilde Bestien.«

»Dennoch bleiben wir hier, Armand«, wiederholte ich. »Gerade du solltest fort«, beharrte er. »Den Dienern wird nichts geschehen.«

»Leg dich wieder hin, Armand«, befahl ich. »Die Diener sind bereits davongelaufen, und wir bleiben.«

Der Nachmittag wollte kein Ende nehmen.

Sophie saß auf einem Schemel zu meinen Füßen, und Jeanne hielt sich in ihrer Nähe. Jeanne würde Sophie bestimmt nie verlassen.

»Du hast eine wunderbare Freundin in Jeanne gefunden, Sophie«, stellte ich fest. »Hast du dir jemals überlegt, was für ein Glück es für dich ist, daß du sie hast?«

Sie nickte.

»Sie liebt dich«, fuhr ich fort.

»Ja, sie liebt mich, aber die anderen …«

»Das ist vorbei. Charles war mir nie treu, und Léon kann nur der Idee treu sein, für die er kämpft.«

»Sie werden dich, Armand und mich mitnehmen, weil wir Adelige sind.«

»Sie werden auch mich mitnehmen«, warf Lisette ein, »aber mir wird nichts geschehen, weil Léon mich beschützen wird.«

Sophie zuckte zusammen, und Jeanne flüsterte: »Ich werde niemals zulassen, daß man Ihnen etwas antut, Mademoiselle Sophie.«

Langes Schweigen folgte. Wir lauschten alle aufmerksam, als befürchteten wir, daß die Aufrührer nicht bis zum Abend warten würden.

»Wenn ich mein Leben noch einmal von vorn beginnen könnte«, meinte Sophie, »ich würde mich anders verhalten. Ich würde zwar immer noch darüber traurig sein, daß ich verunstaltet bin, aber ich würde glücklich sein, weil ich Jeanne gefunden habe.«

»Bitte, regen Sie sich nicht auf«, flehte Jeanne. »Es ist schlecht für Ihr Gesicht, wenn Sie weinen.«

Wir schwiegen wieder, und auch ich dachte: Wenn ich all das gewußt hätte, wäre alles anders gekommen. Ich sah Sabrinas Gesicht vor mir, als sie mich bat, auf Dickons Rückkehr zu warten. Ich hätte auf sie hören sollen.

Aber es hatte keinen Sinn, jetzt an Dickon zu denken, denn es führte nur dazu, daß ich mir bittere Vorwürfe wegen meiner Unvernunft machte.

Ich hätte ihn heiraten sollen, denn ich hatte mich nach ihm gesehnt. Ich hätte meine Zweifel über Bord werfen und nehmen sollen, was sich mir bot. Warum war ich so unvernünftig gewesen und hatte mich darauf versteift, daß ich nur einen vollkommenen Mann heiraten wollte?

Wenn er jetzt an meiner Seite wäre, wenn ich Lisettes Niedertracht, Charles' Untreue, die Todesgefahr, all die vergeudeten Jahre vergessen könnte ... aber es war zu spät.

»Zu spät«, flüsterte Sophie. Ich legte ihr die Hand auf die Schulter, und sie lehnte sich an mein Knie.

»Ich bin froh, daß wir wenigstens noch die Mißverständnisse zwischen uns beseitigen konnten«, tröstete ich sie. Bald würde es dunkel werden.

Lisette verließ das Zimmer und kam erst nach geraumer Zeit wieder. Ich starrte sie verblüfft an. Sie trug eines meiner Kleider, ein Ballkleid, das erst vor kurzem für mich angefertigt worden war. Es war eines der kostbarsten Kleider, die ich je besessen hatte. Der Rock war aus pflaumenblauem Samt und etwas hellerem Chiffon; das enganliegende Oberteil war mit Perlen besetzt. Um ihren

Hals lag ein Diamantenhalsband, das der Comte meiner Mutter an ihrem Hochzeitstag geschenkt hatte und das jetzt mir gehörte.

»Lisette!« rief ich.

»Bist du verrückt?« fuhr Tante Berthe sie an.

Lisette lachte. »Diese Dinge hätten mir gehören sollen. Ich habe genausoviel Recht auf sie wie Lottie, sogar mehr, weil ich die Ältere bin. Mein Vater hat mich schlecht behandelt, aber jetzt ist er tot.«

»Lisette«, warnte ich, »wenn der Pöbel dich so sieht ...«

»Ich werde ihnen erklären, daß ich zwar eine Aristokratin bin, aber immer an Léon Blanchards Seite für das Volk gekämpft habe. Er wird ihnen bestätigen, daß ich die Wahrheit spreche, und mir wird nichts geschehen.«

»Wie kann man nur so dumm sein«, stöhnte Tante Berthe. Lisette schüttelte lachend den Kopf, pflanzte sich herausfordernd vor mir auf und stemmte die Hände in die Hüften. Ich war davon überzeugt, daß sie vollends den Verstand verloren hatte.

»Ich habe dieses Kleid immer schon haben wollen«, erklärte sie, »und das Halsband paßt so gut dazu. Jetzt gehören sie mir. Das ganze Schloß gehört mir. Léon wird dafür sorgen, daß ich es bekomme.«

Ich wandte mich von ihr ab, denn ich konnte ihren irren Blick nicht mehr ertragen.

Sie kamen. In der Ferne ertönte Geschrei. Ich trat ans Fenster: Die Fackeln, die sie in den Händen hielten, verbreiteten schwache Helligkeit.

Sie skandierten im Chor: *»Au château! A bas les aristocrats! A la lanterne!«*

Mir fiel der leblose Körper des Bäckers ein, der an einem Laternenpfahl baumelte, und mir wurde vor Angst übel. Sie kamen immer näher.

»Die Zugbrücke wird sie aufhalten«, meinte Tante Berthe.

»Nicht für lange«, erwiderte ich.

Lisette verließ das Zimmer.

»Wo geht sie hin?« fragte Sophie.

»Wenn sie vernünftig ist, zieht sie sich um«, brummte Tante Berthe.

»Ich werde sie suchen und mit ihr sprechen.« Damit folgte ich ihr.

Sie stieg die Wendeltreppe zum Turm hinauf und blieb auf dem Mauerkranz stehen. Das Licht der Fackeln fiel auf sie, denn der Pöbel stand genau vor dem Schloß. Mit den funkelnden Diamanten am Hals sah sie großartig aus.

Der Mob brüllte auf, als er sie sah.

»Komm herunter, Lisette«, rief ich.

Sie hob die Hand, und es trat Stille ein. »Ich bin die Tochter des Comte von Aubigné«, rief sie.

Die Menge begann zu schreien: »*A bas les aristocrats! A la lanterne!*«

Sie hob die Hand wieder, und das Geschrei verstummte langsam.

»Aber ich habe für eure Sache gekämpft. Léon Blanchard ist mein Freund und wird meine Worte bestätigen. Ich habe mich für euch eingesetzt, meine Freunde, gegen die Adeligen, gegen die Preistreiber, gegen die Verschwender, die Frankreich an den Rand des Ruins gebracht haben. Ich werde euch beweisen, daß ich auf eurer Seite stehe. Ich werde die Zugbrücke hinunterlassen, damit ihr ins Schloß gelangen könnt.«

Unten erhob sich begeisterter Jubel.

Sie lief an mir vorbei, und ich hielt sie nicht auf. Es spielte keine Rolle mehr, wenn sie den Pöbel hereinließ. Die Zugbrücke stellte kein unüberwindliches Hindernis dar.

Sie würde um den Preis von Sophies und meinem Leben das ihre retten. Damit war ihr Haß dann hoffentlich befriedigt.

Ich kehrte ins Zimmer zurück, wo die anderen mich erwartungsvoll anstarrten. Jetzt würde es nicht mehr lange dauern.

Jeanne knüpfte die Bänder auf, die Sophies Kapuze festhielten, und schob sie zurück, so daß ihre Narben sichtbar wurden. Sophie zuckte entsetzt zusammen, aber Jeanne flüsterte: »Vertrauen Sie mir, ich kenne diese Leute.«

Draußen ertönte trunkenes Lachen, Möbel wurden zerschlagen. Der Mob befand sich im Schloß.

Lisette kam herein. Ihre Augen leuchteten triumphierend. »Sie sind da!«

Die Tür flog auf. Der schreckliche Augenblick, auf den wir alle gewartet hatten, war gekommen.

Zu meiner Überraschung erblickte ich unter den Menschen, die in das Zimmer drangen, drei Ladenbesitzer, die ich gut kannte, ehrenwerte Männer, von denen ich nie geglaubt hätte, daß sie sich zu solchen Schandtaten hinreißen lassen würden. Der Massenwahnsinn war wohl stärker als jede Vernunft.

Lisette trat vor. »Ich bin die Tochter des Comte«, wiederholte sie. »Ich bin eine Aristokratin, aber ich habe immer für euch und die Revolution gearbeitet.«

Ein Mann ließ die Diamanten an ihrem Hals nicht aus den Augen, und ich wartete darauf, daß er sie ihr herunterriß. Dann schob ihn einer der Ladenbesitzer grob zur Seite.

»Finger weg«, knurrte er. Er schien eine gewisse Autorität zu besitzen, und ich empfand eine Spur von Erleichterung. Vielleicht konnte dieser Mann die Plünderer im Zaum halten.

Seine Worte bewirkten zumindest, daß die Aufmerksamkeit der Eindringlinge von uns ab und auf die Einrichtung gelenkt wurde. Sie entdeckten die im Bett liegenden Männer, die die forschenden Blicke gleichgültig erwiderten.

»Wer sind sie?« fragte einer der Plünderer.

»Sie sind ja halb tot«, stellte ein anderer fest.

Jeanne und Tante Berthe zeigten keine Furcht. »Wir sind Bedienstete und keine Aristokraten«, sagte Tante Berthe. »Mit uns habt ihr nichts zu schaffen.«

Jeanne hatte Sophie den Arm um die Schultern gelegt. Die Männer starrten ihr verunstaltetes Gesicht an und wandten sich ab. Einer von ihnen packte Lisette an den Schultern.

»Rühr mich nicht an«, befahl Lisette hochmütig.

»Behandle Madame la Comtesse respektvoll«, bemerkte ein anderer ironisch.

»Ich bin die Tochter des Comte«, rief Lisette wieder, »aber ich stehe auf eurer Seite. Léon Blanchard kann es bestätigen.«

»Jetzt stehen sie auf einmal alle auf unserer Seite«, höhnte jemand. »Vorher hörte es sich anders an.«

Sie wollten Lisette aus dem Zimmer stoßen, als sie sich umdrehte und auf mich zeigte: »Das ist die legitime Tochter des Grafen.«

»Das stimmt«, bestätigte einer der Männer. »Ich kenne sie. Laßt euch durch ihr Kleid nicht täuschen, damit wollte sie sich nur retten.«

Erst jetzt fiel mir ein, daß ich noch immer das Kleid des Dienstmädchens trug, das ich am Morgen angezogen hatte. Der Gegensatz zwischen Lisette und mir war frappant.

Die Männer musterten noch einmal die übrigen Anwesenden, zuckten die Schultern, verließen das Zimmer und nahmen Lisette und mich mit.

Wir wurden durch die Menge gestoßen, die uns beschimpfte, obwohl die meisten Schmähungen Lisette galten. Es war Wahnsinn von ihr gewesen, dieses Kleid anzuziehen.

Die rauchenden Fackeln, die drohenden Blicke, die schmutzigen Fäuste, die sich mir entgegenstreckten, der schmerzhafte Griff um meine Arme, der Augenblick, als mir jemand ins Gesicht spuckte ... diese Bilder aus einem Alptraum haben mich seither verfolgt, sie tauchen immer wieder unvermittelt auf und rufen mir die fürchterlichste Nacht meines Lebens in Erinnerung.

Wir wurden in einen Karren gestoßen, vor den ein alter Klepper gespannt war.

Und dann fuhren wir durch den rasenden Mob in die Stadt.

Man brachte uns zur *mairie*, zog uns aus dem Karren und führte uns in ein Zimmer im ersten Stock, dessen Fenster auf die Straße gingen.

Wir hatten insofern Glück, als die Menge zu dieser Zeit noch nicht begriffen hatte, daß die Macht in ihren Händen lag. Die Revolution war erst vor kurzem ausgebrochen und unter den Aufständischen befanden sich auch ehrenwerte Bürger – Gewerbetreibende und dergleichen, die Repressalien befürchteten. Sie wußten zwar, daß es in Paris zu schweren Unruhen gekommen war, aber sie dachten auch an die Möglichkeit, daß die Aufstände unterdrückt wurden und die Aristokraten wieder an die Macht gelangten.

Der Mob hätte uns am liebsten am nächsten Laternenpfahl aufgehängt, aber die Rädelsführer waren für Mäßigung. Auch der Bürgermeister fühlte sich in seiner Haut nicht ganz wohl. Die Familie Aubigné hatte seit Jahrhunderten über die Gegend geherrscht. Es waren die ersten Tage der Revolution, und die Menschen hatten sich noch nicht an die neue Ordnung gewöhnt. Außerdem fürchteten sie die Rache der Aristokraten.

Der Pöbel stand um die *mairie* herum und verlangte unsere Auslieferung. Sie wollten uns an den Laternen baumeln sehen.

Ich hätte nur zu gern gewußt, was sich im Château abspielte.

Befanden sich seine Bewohner in Sicherheit? Armand und sein Freund waren in ihrem jetzigen Zustand kaum zu erkennen; Sophies narbenbedecktes Gesicht hatte ihr vermutlich das Leben gerettet. Niemand beneidete die beiden entkräfteten Männer oder die arme, verunstaltete Sophie. Lisette und ich befanden uns in einer unangenehmen Lage. Die Aufrührer glaubten Lisette nicht. Lisette hatte sich schwer verrechnet, und wenn nicht ihr ganzes Sinnen darauf gerichtet gewesen wäre, daß man sie als Aristokratin anerkannte, hätte sie begriffen, daß sie sich selbst in Gefahr gebracht hatte.

Im Raum befanden sich keine Möbel mehr, deshalb legten wir uns auf den Fußboden.

»Wird dieser Abschaum der Menschheit denn nie aufhören zu toben?« fragte Lisette.

»Du warst fürchterlich dumm«, schalt ich sie. »Wenn du vernünftig gewesen wärst, würdest du jetzt im Château sitzen und dich in Sicherheit befinden.«

»Ich bin, was ich bin, und deshalb bin ich auch bereit, die Folgen zu tragen.«

»Warum legst du nur so großen Wert darauf, Lisette?«

»Weil ich eine von euch bin, daran ändert auch die Tatsache nichts, daß mein Vater mich nicht anerkannt hat. Léon wird mich retten, und dann werde ich alle zur Rechenschaft ziehen, die mich nicht so behandelt haben, wie es mir zusteht.«

Ich antwortete ihr nicht mehr. Lisette war ihre adelige Abstammung wichtiger als ihr Leben, denn sie setzte letzteres durch ihr Verhalten bedenkenlos aufs Spiel.

Sie war von diesem Gedanken immer schon besessen gewesen, sie hatte all die Jahre daran geglaubt. Ihr Haß auf alle, die sie nicht anerkannt hatten, hatte von Jahr zu Jahr zugenommen, bis er sie ganz erfüllt hatte. Sie konnte jetzt nicht akzeptieren, daß sie sich getäuscht hatte, sie mußte weiter daran glauben, auch wenn es sie das Leben kostete.

Der Lärm draußen hatte etwas nachgelassen. Ich stand auf, blickte hinaus, trat aber schnell wieder vom Fenster zurück. Sie warteten immer noch auf uns.

»Sag ihnen die Wahrheit, Lisette«, forderte ich sie auf. »Vielleicht glauben sie dir. Es ist Wahnsinn, wenn du dich als Aristokratin ausgibst und noch dazu stolz darauf bist. Sie hassen uns, begreifst du das denn nicht? Sie hassen uns, weil wir alles besitzen, was sie nie haben konnten.«

»Das verstehe ich, aber es ändert nichts an den Tatsachen.«

»Ich werde nie vergessen, wie sie Sophie und Armand gemustert haben. Die beiden sind echte Aristokraten, keine Bastarde. Aber sie haben nicht sie, sondern uns mitgenommen. Warum? Weil wir jung und gesund sind, weil sie uns beneiden. Die Wurzel dieser Revolution ist der Neid. Glaubst du vielleicht, daß sie das Regime deshalb stürzen wollen, weil sie ein besseres, glücklicheres Frankreich anstreben? O nein. Menschen, die nichts besitzen, nehmen einfach jenen, die im Überfluß leben, alles weg, weil sie sie darum beneiden. Sobald die Armen die Besitztümer der Reichen an sich gerissen haben, werden sie genauso selbstsüchtig und hartherzig sein wie die Adeligen vor ihnen. Diese Menschen zerstören nicht die alte Ordnung, um ein besseres Frankreich zu schaffen, sondern um die Reichen arm und die Armen reich zu machen.«

Lisette schwieg, und ich fuhr fort. »Das gilt doch auch für dich, Lisette, nicht wahr? Du bist eine Tochter der Revolution. Du warst neidisch, gib es zu. Du hast dir etwas eingeredet, was von Anfang an falsch war. Dann wurdest du Charles' Mätresse, und das hat dir eine gewisse Befriedigung verschafft, weil er mit Sophie verlobt war. Doch als das Kind unterwegs war ...«

Lisette fiel mir ins Wort. »Er hätte mich heiraten müssen, ich war davon überzeugt, daß er es tun würde. Er hätte den Comte zwingen müssen zuzugeben, daß ich seine Tochter war. Warum hat er es nicht getan? Warum hat er dich geheiratet?«

»Weil ich wirklich die Tochter des Grafen bin, Lisette.«

»Ich bin es genauso. Auch ich ...«

Ich seufzte. Es hatte keinen Sinn. Sie hielt an ihrer fixen Idee fest, obwohl sie im tiefsten Herzen erkannt haben mußte, daß Tante Berthe und ich die Wahrheit gesprochen hatten. Sie klammerte sich an ihre Überzeugung, sie konnte nicht anders. Selbst angesichts des blutdürstigen Pöbels erklärte sie: »Ich bin eine Aristokratin.«

Ach, wie unvernünftig sie war.

Und doch – war ich klüger? Ich hatte der Wahrheit nicht ins Auge sehen wollen, ich hatte Angst gehabt. Ich hatte mich nach Dikkon gesehnt – wie weit entfernt Eversleigh jetzt war –, und mich geweigert, es zuzugeben. Meine Furcht und mein Mißtrauen waren immer größer geworden. Ich hatte immer gewußt, daß Dickon kein Heiliger war. Dennoch hätte ich ihn zum Mann genommen, wenn mich nicht ein abwegiger Trieb in mir daran gehindert hätte, ihn so zu akzeptieren, wie er war. Man kann seine Mitmenschen nicht verändern, man muß sie so lieben, wie sie sind, mit all ihren Fehlern und Schwächen.

Ich versuchte, an ihn zu denken. War er inzwischen nach Eversleigh zurückgekehrt? Wie hatte er reagiert, als er erfahren hatte, daß ich abgereist war?

Ich dankte Gott dafür, daß mein Vater das nicht mehr erleben mußte. Ich dankte Gott auch dafür, daß sich die Kinder in England und somit in Sicherheit befanden.

Der Lärm hatte aufgehört, und ich trat wieder an das Fenster. Léon Blanchard ritt durch die Menge. Vielleicht wollte er zur *mairie*, wollte hier Anweisungen erteilen und Befehl geben, Lisette freizulassen.

»Lisette!« rief ich. »Schau doch, dort unten ist Léon Blanchard.« Sie lief ebenfalls ans Fenster.

»Er holt mich!« schrie sie. »Léon, Léon!« Er konnte sie nicht hören, und er blickte auch nicht zu den Fenstern der *mairie* hinauf.

»Ich muß zu ihm hinunter«, schluchzte sie.

Sie rannte zur Tür, doch diese war versperrt. Daraufhin kehrte sie zum Fenster zurück und schlug mit den Fäusten dagegen. Das Glas zersplitterte, und auf den Ärmeln ihres Kleides tauchten Blutflecken auf. Im nächsten Augenblick stand sie auf dem kleinen Balkon und schrie: »Léon, Léon! Ich bin hier! Rette mich vor diesem Gesindel!«

Ich konnte Léon nicht mehr ausmachen. Die Menge starrte zum Balkon hinauf. Lisette sprang hinunter und verschwand in der Menschenmenge.

Zuerst herrschte verblüffte Stille. Dann drängte der Mob kreischend und tobend vorwärts, und die Fackeln beleuchteten die grausige Szene. Eine blutige Hand, die ein Diamantenhalsband hielt, tauchte für einen Augenblick auf.

Ich blieb am Fenster stehen, bis Lisettes schlaffer Körper weggetragen wurde.

Danach wurde es auf der Straße ruhiger. Ich legte mich auf den harten Fußboden und versuchte, nicht zu denken, das Entsetzen aus meinem Geist zu verdrängen. Wenn ich diesem Alptraum jemals entgehen sollte, würde mich die Erinnerung an Lisettes letzte Augenblicke mein Leben lang verfolgen. Doch wahrscheinlich war auch mein Ende schon nahe.

Alle meine Knochen schmerzten, ich war vollkommen verkrampft und fühlte mich fürchterlich allein. Beinahe hätte ich um Lisette geweint ... all die Jahre, in denen sie mich gehaßt hatte. Sie war Charles' Mätresse gewesen – hatten sie ihr Verhältnis fortgesetzt, als ich mich in England aufhielt und sie hier allein waren? Doch das spielte keine Rolle mehr; denn sicher würde man mich bald holen.

Ich stand auf, trat ans Fenster und blickte hinaus. Im Licht der Laterne sah ich eine dunkle Flüssigkeit, die über das Kopfsteinpflaster floß. Sie kam aus dem Weinkeller, den die Menge aufgebrochen hatte. Ein paar Männer hockten auf dem Platz, und schöpften den Wein mit den Händen auf und tranken ihn. Eine Frau begann mit hoher Stimme zu singen, und ein Mann befahl ihr wütend, das Maul zu halten.

Viele von ihnen waren betrunken und lehnten benommen an den Mauern. Aber sie hielten weiterhin vor der *mairie* Wache. Sie hatten das erste Schauspiel genossen und warteten jetzt auf das zweite. Jemand würde das Zeichen geben, und sie würden die *mairie* stürmen.

Ich ertrug den Anblick dieser Menschen nicht mehr, setzte mich hin und lehnte mich mit geschlossenen Augen an die Wand. Wenn ich nur schlafen könnte, bis sie mich holten. Wie lang es wohl dauerte, bis der Tod eintrat?

»Bitte, laß es schnell gehen, lieber Gott«, betete ich.

Die Tür wurde leise geöffnet, und ein Mann trat ein. Ich sprang, von Übelkeit erfaßt, auf. Es war soweit.

Vor mir stand der Bürgermeister und flüsterte: »Sie müssen hier fort.«

»Fort ...?«

Er legte den Finger auf die Lippen. »Sprechen Sie nicht, befolgen Sie nur meine Anweisungen. Die Menge hat sich jetzt etwas beruhigt, aber sie will immer noch Blut sehen. Wenn ich den Wartenden sage, daß man Sie in ein anderes Gefängnis überführt, werden sie es nicht zulassen. Sie sind fest entschlossen, Sie aufzuknüpfen. Folgen Sie mir.«

»Wohin bringen Sie mich?«

»Ich habe Ihnen doch gesagt, daß Sie schweigen sollen. Wenn der Pöbel bemerkt, daß Sie fliehen wollen, reißt er Sie in Stücke. Die Leute sind wildentschlossen, das Ende der Familie Aubigné zu erleben.«

Ich folgte ihm die Treppe hinunter in den Hof hinter der *mairie*, in dem eine schäbige, geschlossene Kutsche wartete. Ein bärtiger Kutscher, der trotz der Hitze einen bis zum Hals zugeknöpften Mantel trug, saß auf dem Kutschbock. Er drehte sich nicht nach mir um.

»Steigen Sie ein«, befahl der Bürgermeister.

»Ich will wissen, wohin Sie mich bringen.«

Er stieß mich grob vorwärts. »Halten Sie den Mund, oder wollen Sie den Mob auf sich aufmerksam machen?« Er schob mich in die Kutsche und schloß die Tür hinter mir. Dann hob er die Hand, und die Kutsche setzte sich in Bewegung.

Wir mußten um die *mairie* herumfahren, und als die Kutsche auf den Platz rasselte, erhob sich Geschrei.

»Wer versteckt sich in diesem Wagen?«

Der Kutscher trieb die Pferde an. Wütende Rufe ertönten, und ich erriet, daß die Menge versuchte, den Pferden in die Zügel zu fallen.

Ich wurde von einer Seite zur anderen geschleudert, denn der Kutscher fuhr wie ein Wahnsinniger.

Einige entsetzliche Augenblicke lang glaubte ich, daß man uns anhalten würde. Ich konnte mir die Wut der Menge vorstellen, wenn sie erkannte, daß man sie um ihr Opfer prellen wollte.

Der Kutscher reagierte nur, indem er die Pferde noch mehr antrieb. Dann hatten wir den Platz hinter uns gelassen, und die Kutsche fuhr schneller. Ein paar Männer liefen hinter uns her, und ich sah durch das Fenster ihre zornigen Gesichter.

Die Kutsche rollte schwankend weiter, und das Geschrei hinter uns wurde schwächer. Wir hatten die Stadt verlassen, doch der Kutscher verlangsamte das Tempo nicht. Dann hielten wir plötzlich an. Wir hatten ein Wäldchen erreicht, aus dem ein Mann auftauchte, der zwei Pferde am Zügel führte.

Der Kutscher sprang vom Kutschbock, öffnete den Wagenschlag und bedeutete mir auszusteigen. Ich gehorchte. Ich konnte sein Gesicht kaum erkennen, denn es war von einem dichten Bart bedeckt, und er hatte einen Schal um seinen Hals gewickelt.

Er blickte zurück. Die Landstraße lag verlassen da, und am Himmel zeigte sich der erste Streifen der Morgenröte.

Er nahm den Schal ab, riß sich den Bart herunter und Dickons Gesicht grinste mich an.

»Ich habe angenommen, daß dir meine Gesellschaft lieber sein wird als die Menschenmenge dort hinten. Sitz auf, wir dürfen keine Zeit verlieren.« Mit einem kurzen »Danke« an den Mann trieb er sein Pferd an.

Hektische Heiterkeit hatte mich ergriffen. Der Übergang von tiefster Verzweiflung zu unendlicher Erleichterung war zu abrupt gewesen; mir schwindelte. Ich befand mich in Sicherheit, und Dickon hatte mich gerettet.

Wir ritten den ganzen Vormittag hindurch. Dickon sprach kaum und bemerkte nur einmal: »Ich will dieses verdammte Land morgen hinter mir haben. Mit ein bißchen Glück können wir das Schiff erreichen. Wir müssen zwar die ganze Nacht durch reiten, aber wir könnten es schaffen.«

Ich war körperlich erschöpft, jedoch wir hielten erst an, als die Pferde eine Rast brauchten. Dickon hatte etwas Essen bei sich, deshalb konnten wir den Ortschaften ausweichen. Am Nachmittag erreichten wir eine einsame Stelle an einem Fluß, an dessen Ufer ein Wäldchen stand. Dickon tränkte zuerst die Pferde, dann band er sie im Wald an einen Baum. Wir legten uns ins Gras, und er nahm mich in die Arme.

Bevor wir einschliefen, erzählte er mir noch rasch, was geschehen war. Als er aus London heimgekehrt war und erfahren hatte, daß ich nach Frankreich abgereist war, war er mir sofort gefolgt.

»Ich bin zuerst zum Château geritten. Der Pöbel hatte darin gewütet, doch Armand und die übrigen befanden sich noch dort. Sophie und die beiden Dienerinnen betreuten die Kranken. Sie erzählten mir, daß die Menge dich und Lisette mitgenommen hatte. Ich mußte also schnell handeln. Jetzt siehst du, Lottie, was es bedeutet, wenn man überall Freunde und Bekannte hat und über genügend Geld verfügt. Du hast mich verachtet, weil ich mein Herz immer an weltlichen Besitz gehängt habe, aber man kann Geld sehr nutzbringend verwenden. Ich hatte während meiner Aufenthalte in Frankreich Franzosen kennengelernt, die mit der Entwicklung keineswegs einverstanden waren. Zum Glück gehörte der Bürgermeister zu ihnen; außerdem trug ich eine große Geldsumme bei mir. Ich steckte in der Menge, als Lisette vom Balkon sprang; ich wartete darauf, daß der Bürgermeister die Kutsche holte. Es hat ein paar kritische Augenblicke gegeben, aber jetzt haben wir das Ärgste hinter uns; der Rest ist ein Kinderspiel. Doch du mußt jetzt schlafen, obwohl es mir nicht leichtfällt, dich so unbeteiligt in den Armen zu halten.«

»Ich danke dir, Dickon. Ich werde nie vergessen, was du für mich getan hast.«

»Ich bin fest entschlossen, es dir immer wieder ins Gedächtnis zu rufen.«

Ich lächelte, denn er würde sich nie mehr ändern.

Wir waren so müde, daß wir bis zum Abend schliefen. Dann ritten wir mit kurzen Pausen die ganze Nacht hindurch.

Am Nachmittag des nächsten Tages erreichten wir Calais und ließen die Pferde in einem Gasthaus zurück. Ein einziges Mal behauptete jemand, daß wir Aristokraten auf der Flucht seien.

Dickon antwortete, daß er Engländer wäre, der mit seiner Frau Frankreich besucht hatte und an französischer Pohtik und französischen Streitereien nicht interessiert sei.

Sein hochmütiges, aggressives Auftreten schüchterte den Beschuldiger ein, außerdem war nicht zu übersehen, daß Dickon Engländer war. Man ließ uns also in Frieden.

Dann gingen wir an Bord des Schiffes, blieben aber auf dem Deck stehen, weil wir es nicht erwarten konnten, England wiederzusehen.

»Endlich wirst du für immer zu Hause bleiben«, meinte Dickon. »Dir ist doch klar, daß du uns eine Menge Mühe und Aufregung erspart hättest, wenn du nicht nach Frankreich zurückgekehrt wärst.«

»Ich habe nicht gewußt, daß mein Vater inzwischen gestorben war.«

»Jetzt mußt du mich so nehmen, wie ich bin. Ehrgeizig, skrupellos, geldgierig ... auch machtgierig, nicht wahr?«

»Du hast eines vergessen: Wenn du mich heiratest, bekommst du eine Frau, die nur das besitzt, was sie auf dem Leib trägt. Ich bin arm wie eine Kirchenmaus. Das große Vermögen, das mir mein Vater hinterlassen hat, ist verloren, denn die Revolutionäre werden es beschlagnahmen. Hast du dir das schon überlegt?«

»Glaubst du wirklich, daß ich einen so wichtigen Umstand vergessen könnte?«

»Und wie denkst du darüber?«

»Wir werden beide versuchen, die verlorenen Jahre nachzuholen. Ist dir übrigens klar, daß ich bereit bin, eine mittellose Frau zu heiraten und daß ich dafür sogar alles aufs Spiel gesetzt habe, was ich dank meines skrupellosen Vorgehens im Lauf meines Lebens zusammengerafft habe?«

»Wie meinst du das?«

»Als wir über den Platz fuhren, waren wir nahe daran, aufgehalten, aus der Kutsche gezerrt und an dem nächsten Laternenpfahl aufgehängt zu werden ... wir beide. Wenn es dazu gekommen wäre, hätte ich meinen gesamten Besitz verloren, denn man kann ihn bekanntlich nicht mitnehmen, wenn man stirbt.«

»Ich weiß, was du für mich getan hast, Dickon, und ich werde es nie vergessen.«

»Und du nimmst mich trotz meiner schlechten Eigenschaften?«

»Wegen ihnen.«

Er küßte mich zärtlich auf die Wange.

»Schau«, sagte er dann, »Land. Der Anblick dieser weißen Kreidefelsen hebt meine Stimmung immer, weil sie für mich die Heimat symbolisieren. Ich habe aber in meinem ganzen Leben noch nie solche Freude empfunden wie in diesem Augenblick.«

Ich ergriff seine Hand, führte sie an meine Lippen und sah zu, wie die weißen Klippen immer näher kamen.

Im Schatten des Zweifels

Inhalt

Eine Geburtstagsfeier 299

Hochzeit auf Eversleigh 352

Die Rückkehr 370

Stimmen in einem Spukzimmer 397

Amaryllis und Jessica 451

Begegnung in einem Kaffeehaus 498

Das Grab der Selbstmörderin 549

Der fünfte November 581

Das letzte Lebewohl 612

Oktober 1805 635

Eine Geburtstagsfeier

Anläßlich meines siebzehnten Geburtstags veranstaltete meine Mutter eine Abendgesellschaft. Zu dieser Zeit lebte ich schon seit drei Jahren auf Eversleigh. Als ich das *château* meines Großvaters verlassen hatte, wäre ich nie auf die Idee gekommen, daß ich ihn niemals wiedersehen würde. Natürlich hatte ich gemerkt, daß in Frankreich Unruhe herrschte. Sogar einem so jungen Mädchen wie mir, das nichts von der großen, weiten Welt wußte, mußte es auffallen, zumal meine Großmutter vom aufgebrachten Pöbel ermordet worden war. Dieses Ereignis hatte alle Familienmitglieder tief erschüttert.

Bald darauf hatten meine Mutter, mein Bruder Charlot und ich das *château* Tourville, in dem wir damals lebten, verlassen und waren zu meinem Großvater in sein *château* d'Aubigné übersiedelt, um ihm tröstend zur Seite zu stehen. Lisette, die Freundin meiner Mutter, und ihr Sohn Louis-Charles hatten sich uns angeschlossen.

Ich hatte Aubigné geliebt; mein Großvater war ein wunderbarer Mensch gewesen, der nach dem Tod meiner Großmutter aber sehr melancholisch geworden war. Ja, niemand konnte die drohende Gefahr übersehen; sie war allgegenwärtig – auf den Straßen, auf den Feldwegen, sogar im *château*.

Dann hatte meine Mutter Charlot, Louis-Charles und mich nach England zu unseren Verwandten gebracht, und hier war das Leben ganz anders. Ich war damals erst vierzehn Jahre alt gewesen, hatte mich daher schnell den neuen Umständen angepaßt und mich auf Eversleigh schnell zu Hause gefühlt. Meiner Mutter erging es genauso, was nur verständlich war, denn sie hatte ihre Kindheit hier verbracht. Ein undefinierbarer Hauch von Frieden schwebte über dem Haus, obwohl es in ihm keineswegs still zuging. Das war auch nicht gut möglich, denn hier war Dickon Frenshaw Hausherr. Dickon erinnerte mich in mancher Hinsicht an meinen Großvater. Er war eine jener dominierenden Persönlichkeiten, die jedermann Achtung einflößen. Sie müssen nicht darauf bestehen, daß man sie respektiert; man unterwirft sich ihnen freiwillig, vielleicht, weil sie es als selbstverständlich empfinden. Dickon war groß und sah sehr gut aus, aber vor allem spürte man die Aura von Macht, die ihn umgab. Sie war uns allen bewußt, und einige nahmen es ihm übel, zum Beispiel mein Bruder Charlot, und manchmal bildete ich mir ein, daß auch Dickons eigener Sohn Jonathan sich darüber ärgerte.

Wir verbrachten also den Monat Juni mit Ausritten, mit Spaziergängen, mit Gesprächen, und meine Mutter steckte viel mit Dickon zusammen, während ich mich in Gesellschaft seiner Söhne David und Jonathan wohl fühlte, die sich beide für mich interessierten und mich wegen meiner mangelhaften Englischkenntnisse neckten. Sabrina, Dickons Mutter, beobachtete das alles mit Wohlwollen, denn Dickon freute sich darüber, daß meine Mutter nun auf Eversleigh weilte, und jeder Wunsch Dickons war für Sabrina ein Befehl.

Sie war damals siebzig gewesen, sah aber jünger aus. Ihr Leben hatte einen einzigen Sinn: die Wünsche ihres Sohnes zu erahnen und zu erfüllen.

Uns war allen klar, daß Dickon meine Mutter in Eversleigh behalten wollte. Wenn es jemals zwei Menschen gegeben hatte, die sich zueinander hingezogen fühlten, dann waren es diese beiden. Mir kamen sie sehr alt vor, und ich wunderte mich immer wieder darüber, daß zwei so reife Menschen sich wie ein junges Liebespaar benehmen konnten – und daß einer davon meine Mutter war, erhöhte nur meine Verwunderung.

Ich erinnerte mich an die Zeit, als mein Vater noch gelebt hatte. Ihm gegenüber hatte sie sich anders verhalten; meiner Meinung nach hatte es ihr nicht sehr viel ausgemacht, als er nach Amerika ging, um auf der Seite der Kolonisten zu kämpfen. Wir hatten ihn nicht mehr wiedergesehen, denn er war in einer Schlacht gefallen; kurz danach verließen wir Tourville und lebten bei meinem Großvater in Aubigné.

Dann kam die Reise. Meine Mutter hatte meinen Großvater nicht allein zurücklassen wollen, und er hatte uns versprochen, uns zu begleiten, aber er war im letzten Augenblick erkrankt, als es schon zu spät war, die Reise abzusagen – und seither habe ich das *château* nicht mehr wiedergesehen.

Ich erinnere mich noch genau an den Tag, als meine Mutter erfuhr, daß er ernstlich krank war, und daraufhin beschloß, nach Frankreich zurückzukehren. Sie hatte sich hastig mit Sabrina beraten und sich schließlich dazu entschlossen, uns Kinder bei Sabrina zurückzulassen. Dann war sie mit einem der Stallknechte, die die Botschaft aus Aubigné überbracht hatten, aufgebrochen.

Zu dieser Zeit hatte sich Dickon in London befunden; Sabrina hatte zwar versucht, meine Mutter zum Bleiben zu überreden, weil sie wußte, wie sehr sich Dickon bei seiner Heimkehr aufregen würde, wenn sie fort war. Aber meine Mutter hatte sich nicht umstimmen lassen.

Als Dickon nach Hause zurückkehrte und erfuhr, daß sie nach Frankreich gereist war, machte er sich unverzüglich auf den Weg, um sie zurückzuholen. Ich begriff nicht ganz, warum er in solche Aufregung geraten war, bis ich Zeuge eines Gesprächs zwischen Charlot, Louis-Charles und Jonathan wurde.

»Drüben gibt es Schwierigkeiten«, stellte Charlot fest, »ernste Schwierigkeiten. Davor hat Dickon Angst.«

»Sie hätte nie abreisen dürfen«, meinte Louis-Charles. »Sie hat richtig gehandelt«, widersprach Charlot. »Wenn mein Großvater krank ist, ist sie der einzige Mensch, den er an seiner Seite haben möchte. Aber sie hätte mich mitnehmen sollen.«

Ich mischte mich ein. »Du hättest natürlich allein gegen den gesamten Pöbel Frankreichs gekämpft.«

Er warf mir einen vernichtenden Blick zu. »Was verstehst du schon davon?«

»Wenn ich nur soviel verstünde wie du, wäre es wirklich nicht viel«, bemerkte ich.

Jonathan grinste mich an. Ich amüsierte ihn. Er provozierte mich – aber auf eine ganz besondere Art – keineswegs wie Charlot, der mich eher herablassend behandelte.

»Du hast überhaupt keine Ahnung«, bemerkte er jetzt.

»Du bist ein Aufschneider und ein Großmaul.«

»Recht so, Claudine«, ermunterte mich Jonathan. »Wehr dich nur deiner Haut. Aber das muß ich dir wohl nicht sagen. Unsere kleine Claudine ist ein richtiger Hitzkopf, nicht wahr?«

»Ein Hitzkopf?« fragte ich. »Was ist das?«

»Ich habe vergessen, daß Mademoiselle unsere Sprache nur unvollkommen spricht. Das ist jemand, der immer Schwierigkeiten macht … und nie Ruhe gibt.«

»Und du findest, daß diese Beschreibung auf mich paßt?«

»Ich *weiß* es. Aber ich muß dir etwas gestehen, Mademoiselle. Es gefällt mir. Es gefällt mir sogar sehr.«

»Ich bin neugierig, wie lange sie in Frankreich bleiben werden«, fuhr Charlot fort, ohne auf Jonathans Neckerei einzugehen.

»Natürlich nur, bis es unserem Großvater besser geht«, antwortete ich. »Ich nehme an, daß auch wir bald heimkehren werden.«

»So war es ja ursprünglich geplant«, bestätigte Charlot. »Ich möchte nur zu gern wissen, was drüben vor sich geht. Es ist irgendwie aufregend … aber es ist natürlich schrecklich, daß Menschen da ihr Leben lassen müssen. Man möchte dabei sein, wenn sich im eigenen Land etwas Wichtiges ereignet.« Charlot sprach ernst, und ich begriff, daß er Eversleigh mit anderen Augen sah als ich. Er war hier ein Fremder. Er hatte Heimweh nach dem *château*, nach einem Lebensstil, der so ganz anders war als die Lebensweise auf Eversleigh. Er war Franzose. Unser Vater war Franzose gewesen, und er war ihm nachgeraten. Ich ähnelte mehr meiner Mutter, deren Vater zwar Franzose, deren Mutter jedoch Engländerin gewesen war. Sie hatte mein Großvater erst als reife Frau geheiratet; dadurch hatte sie den Titel Comtesse d'Aubigné erworben, über ein *château* geherrscht und das Leben einer französischen Adeligen geführt.

Die Verhältnisse in unserer Familie waren recht kompliziert, was vieles erklärt.

Ich werde nie den Tag vergessen, an dem meine Mutter und Dickon heimkamen. Nachricht war aus Frankreich nach England gedrungen – die lang erwartete Revolution war endlich ausgebrochen. Die Bastille war erstürmt worden, und ganz Frankreich stand in hellem Aufruhr. Sabrina war vor Angst völlig außer sich, wenn sie daran dachte, daß ihr geliebter Dickon in diesem Hexenkessel steckte.

Ich zweifelte keinen Augenblick daran, daß er heil und gesund zurückkehren würde. Was natürlich der Fall war; obendrein brachte er meine Mutter mit.

Als sie auf das Haus zuritten, erblickte sie einer der Reitknechte und rief: »Er ist da. Der Master ist da!« Sabrina, die während der ganzen Zeit voll Sorge gewacht und gewartet hatte, lief in den Hof und fiel ihrem Sohn lachend und gleichzeitig weinend um den Hals.

Ich folgte ihr und wurde von meiner Mutter in die Arme geschlossen. Dann erschienen auch Charlot und alle übrigen. Charlot war vermutlich ein wenig enttäuscht. Er hatte vorgehabt, die beiden aus Frankreich herauszuholen. Jetzt hatte er keinen Grund mehr, dorthin zurückzukehren.

Und was sie alles zu berichten hatten – wie sie dem Tod um Haaresbreite entgangen waren, wie meine Mutter in die *mairie* gebracht worden war und der Pöbel draußen auf dem Platz ihren Tod verlangte. Schließlich war sie die Tochter eines führenden französischen Aristokraten.

Meine Mutter befand sich in einem seltsamen Zustand zwischen Schock und überschwenglicher Freude, was bei jemandem, der dem Tod nur so knapp entronnen ist, vollkommen natürlich war. Dickon wirkte selbstsicherer denn je; und eine Zeitlang sahen wir ihn alle mit Sabrinas Augen. Er war großartig; er war einmalig; er hatte sich mitten unter den Pöbel gewagt und war unversehrt und als Sieger heimgekehrt.

Den armen Louis-Charles erwartete ein schwerer Schlag, denn seine Mutter war der Revolution zum Opfer gefallen. Sie hatte sich ihm gegenüber nie sehr mütterlich gezeigt, und er liebte meine Mutter mehr als seine eigene, aber dennoch traf es ihn tief.

Meine Mutter hörte nicht auf zu erzählen; was sie zu berichten hatte, hätte unglaublich geklungen, wenn wir nicht schon von den Ereignissen jenseits des Kanals gehört hätten. Wir erfuhren von Armand, dem Sohn des Grafen, der in der Bastille gefangengehalten worden war. Aber nach der Erstürmung der Bastille war er nach Aubigné zurückgekehrt; er hielt sich immer noch im *château* auf, gemeinsam mit seiner armen Schwester Sophie, die schwer entstellt worden war, als es bei dem Feuerwerk anläßlich der Hochzeit des Königs zu einem Unglück gekommen war.

Als meine Mutter in Frankreich eintraf, war mein Großvater nicht mehr am Leben, und sie hielt diesen Umstand für einen Segen, denn er hätte es nie ertragen, daß der Pöbel sein geliebtes *château* verwüstet und eine Lebenshaltung unmöglich gemacht hatte, die für seine Familie seit Jahrhunderten selbstverständlich geworden war.

Es überraschte mich nicht, daß meine Mutter zwischen Kummer

und Freude schwankte – für letzteres Gefühl war Dickon verantwortlich. Sie war immer tapfer gewesen, und sie war schön – sie
war einer der schönsten Menschen, die ich je gesehen hatte. Es
überraschte mich nicht, daß Dickon sie besitzen wollte, denn nur
das Beste war gut genug für ihn. Sabrina stand auf dem Standpunkt, daß er es verdiente, und seit seiner Heimkehr schwebte sie
im siebenten Himmel. Die Ereignisse in Frankreich berührten sie
kaum. Sie wollte, daß meine Mutter in England blieb und Dickon
heiratete, und zwar hatte sie das von dem Augenblick an gewollt,
als sie erfuhr, daß mein Vater in den Kolonien ums Leben gekommen war. Sie strebte diese Verbindung mit allen ihr zur Verfügung
stehenden Mitteln an, denn Dickon wollte meine Mutter zur Frau
haben, und Sabrina war der Meinung, daß man Dickon jeden
Wunsch von den Augen ablesen mußte. Und wenn all die schrecklichen Ereignisse notwendig gewesen waren, damit Dickon sein
Ziel erreichte, sollte es ihr auch recht sein.

Also heirateten meine Mutter und Dickon.

»Jetzt sind wir hier erst richtig zu Hause«, erklärte mir meine
Mutter sehr vorsichtig. Ich hatte ihrem Herzen immer näherge-
standen als Charlot, und sie beobachtete ein wenig ängstlich meine
Reaktion. Ich erriet ihre Gedanken.

»Ich möchte nicht zurückkehren, Maman«, beruhigte ich sie.
»Wie sieht es denn jetzt im *château* aus?«

Sie erschauerte und zuckte die Schultern.

»Tante Sophie ...«, begann ich.

»Ich weiß nicht, was aus ihr werden soll. Sie haben damals Lisette und mich fortgeschafft und alle anderen zurückgelassen. Armand befand sich in einem erbarmungswürdigen Zustand. Ich
glaube nicht, daß er noch lange zu leben hat. Und Jeanne Fougère
kümmerte sich um Sophie. Jeanne versteht es, mit dem Pöbel umzugehen. Sie hat ihnen Sophies verunstaltetes Gesicht gezeigt. Daraufhin ist ihnen die Lust vergangen, ihr etwas anzutun, und sie haben sie in Ruhe gelassen. Dann ist Lisette vom Balkon der *mairie*
gesprungen ... und der Mob hat sich auf sie gestürzt.«

»Bitte, sprich nicht mehr davon«, unterbrach ich sie. »Dickon hat
dich jedenfalls sicher nach Hause gebracht.«

»Ja, Dickon«, wiederholte sie, und ihr Gesicht erstrahlte, so daß
kein Zweifel darüber bestehen konnte, was sie für ihn empfand.

Ich schloß sie in die Arme. »Ich bin so glücklich, daß du wieder bei uns bist. Ich hätte nie mehr froh sein können, wenn du nicht zurückgekommen wärst.«

Wir schwiegen einige Augenblicke, dann fragte sie: »Wird dir Frankreich fehlen, Claudine?«

»Ich möchte auf keinen Fall mehr dorthin zurück«, erwiderte ich wahrheitsgemäß. »Großvater lebt nicht mehr, dadurch hat sich alles geändert. Für mich war Großvater gleichbedeutend mit Frankreich.«

Sie nickte. »Ich möchte auch nicht mehr zurückkehren. Hier beginnt ein neues Leben für uns, Claudine.«

»Du wirst mit Dickon glücklich werden«, antwortete ich. »Du hast dich immer nach ihm gesehnt, sogar zu der Zeit, als …«

Ich hatte sagen wollen: »… als mein Vater noch am Leben war«, unterbrach mich aber selbst. Aber sie wußte schon, was ich meinte, und wußte auch, daß es stimmte. Dickon war immer der Mann ihres Herzens gewesen. Und jetzt hatte sie ihn bekommen.

Als sie heirateten, war ihre Melancholie wie weggewischt. Sie wirkte so jung … kaum älter als ich … und Dickon strahlte vor Zufriedenheit und Triumph.

Jetzt wird's am Ende wie im Märchen, dachte ich, von nun an lebten sie glücklich und vergnügt bis ans Ende ihrer Tage.

Aber wann ist das Leben schon wie ein Märchen?

Ich gewöhnte mich sehr rasch ein und hatte bald das Gefühl, daß ich immer schon auf Eversleigh gewohnt hätte. Ich liebte das Haus, das ich anheimelnder empfand als das *château* meines Vaters oder meines Großvaters.

Jedesmal wenn ich auf Eversleigh zuritt, erfüllte es mich mit Stolz. Die hohe Mauer, die es umgab, verdeckte es zum Teil, und ich freute mich immer, wenn ich endlich die Giebel erblickte, die über die Mauerkrone ragten. Wenn ich durch das weit geöffnete Tor ritt oder fuhr, hatte ich unweigerlich das Gefühl, nach Hause zu kommen. Wie so viele große Häuser in England war es im elisabethanischen Stil gehalten – E-förmig, zu Ehren der Königin, was bedeutete, daß eine große Halle vorhanden war, an die sich zu beiden Seiten je ein Flügel anschloß. Ich liebte die rohen Steinwände, an denen Waffen hingen, die meine Vorfahren tatsächlich verwendet hatten; und ich studierte stundenlang den Stammbaum der Familie, der oberhalb des großen Kamins an die Wand gemalt und im Lauf der Jahrzehnte erweitert worden war.

Ich genoß es, über die grünen Wiesen zu galoppieren; ich trabte gemächlich Feldwege entlang; manchmal ritten wir auch ans Meer, das nicht weit von Eversleigh entfernt war; aber jedesmal wenn ich über die Wasserfläche blickte, mußte ich an meinen Großvater denken, der gerade rechtzeitig gestorben war; dann fragte ich mich, was wohl aus dem unglücklichen Onkel Armand und der traurigen Tante Sophie mit ihrem narbenbedeckten Gesicht geworden war. Deshalb suchte ich im Gegensatz zu Charlot nicht oft den Strand auf.

Als ich ihn doch einmal begleitete, bemerkte ich den sehnsüchtigen Ausdruck, mit dem er nach Frankreich hinüberschaute ...

In unserem Haus wechselte die Stimmung sehr häufig, doch ich achtete kaum darauf, weil ich mit meinen eigenen Angelegenheiten beschäftigt war. Man hatte eine Gouvernante für mich angestellt, die mich in allen Fächern unterrichtete, der Hauptgegenstand war aber Englisch. Dickon fand, daß ich, wie er sich ausdrückte, »ordentlich sprechen« sollte, das heißt, er wollte, daß ich meinen französischen Akzent ablegte. Dickon haßte offenbar alles Französische, und schuld daran war die Tatsache, daß meine Mutter Charles de Tourville geheiratet hatte. Nicht daß er in ihrer Ehe der Dominierende gewesen wäre. Dazu war meine Mutter viel zu willensstark. Sie lagen sich in den Haaren, wie es nur Verliebte tun, und sie ertrugen es kaum, getrennt zu sein.

Das gefiel Charlot nicht, wie es überhaupt vieles gab, das Charlot nicht gefiel.

Ich beschäftigte mich mehr mit David und Jonathan, denn die beiden zeigten sich mir gegenüber sehr aufmerksam. David, der ruhig und ein guter Schüler war, erzählte mir viel über Englands Vergangenheit; er verbesserte mich lächelnd, wenn ich ein Wort falsch aussprach oder wenn meine Satzstellung falsch war. Jonathan zeigte mir seine Aufmerksamkeit auf ganz andere Weise. Einerseits neckte er mich, andererseits benahm er sich, als wäre ich sein Eigentum, das er beschützen müßte. Er ritt gern mit mir aus; wir galoppierten am Strand entlang oder über die Wiesen, und ich versuchte immer, schneller zu sein als er, was er wiederum unbedingt verhindern wollte. Aber meine Versuche machten ihm Spaß.

Er war immer bemüht, mir zu beweisen, daß er der Stärkere war. Als sein Vater in diesem Alter gewesen war, hatte er sich vermutlich genauso aufgeführt.

Die Situation war reizvoll. Die beiden Brüder vermittelten mir das Gefühl, für sie wichtig zu sein, und das war sehr angenehm für mich, vor allem, weil Charlot sich weiterhin so überheblich benahm, wie man es von älteren Brüdern erwartet; und obwohl Louis-Charles etwas älter war als Charlot, ahmte er ihn in allem nach.

Als ich fünfzehn war – also ungefähr ein Jahr, nachdem wir nach Eversleigh gekommen waren – führte meine Mutter ein ernstes Gespräch mit mir.

Sie machte sich offenbar meinetwegen Sorgen. »Du wirst allmählich erwachsen, Claudine«, begann sie.

Das störte mich nicht im geringsten. Wie die meisten jungen Menschen konnte ich es nicht erwarten, den Zwängen der Kindheit zu entrinnen und ein freies, unabhängiges Leben zu führen.

Vielleicht trug die Familie, in der ich lebte, viel zu diesem Wunsch bei. Die starke Bindung, die zwischen meiner Mutter und ihrem Mann bestand, war mir stets bewußt, und die sich daraus ergebende Atmosphäre machte mir unaufhörlich deutlich, was für einen großen Einfluß ein Mensch auf den anderen haben kann. Daß mein Stiefvater über große Körperkraft verfügte, war mir klar, und unbewußt begriff ich schon damals, daß er in meiner Mutter die Bereitschaft für eine sehr körperliche Beziehung geweckt hatte, auch wenn ich es erst viel später klar erkannte. Mein Vater – an den ich mich nur vage erinnerte – war der typische französische Adelige seiner Zeit gewesen. Er hatte vor seiner Heirat bestimmt zahlreiche Liebschaften gehabt, und ich erhielt später auch Beweise dafür. Doch die Verbindung zwischen meiner Mutter und Dickon war anders geartet.

Meine Mutter beobachtete mich, und weil ihr selbst die Macht der körperlichen Anziehungskraft immer mehr zu Bewußtsein kam, begriff sie, was sich um mich herum zusammenbraute.

Sie hatte mir einen Spaziergang im Garten vorgeschlagen, und wir setzten uns in eine Laube.

»Ja, Claudine«, wiederholte sie, »du bist nun fünfzehn. Wie rasch die Zeit doch vergeht. Wie gesagt – du wirst sehr schnell erwachsen.«

Sie hatte mich bestimmt nicht hierher geführt, um mir etwas so auf der Hand Liegendes mitzuteilen, und so wartete ich ungeduldig auf ihre weiteren Eröffnungen.

»Du siehst älter aus, als du bist ... in unserem Haushalt leben vier junge Männer ... und du wirst mit ihnen erzogen. Ich hätte gern noch eine Tochter gehabt.«

Sie wirkte ein wenig traurig. Wahrscheinlich bekümmerte es sie, daß die große Leidenschaft, die sie mit Dickon verband, bis jetzt nicht mit Kindern gesegnet worden war. Auch ich fand es seltsam. Ich hatte angenommen, daß sie eine ganze Schar Söhne bekommen würden ... lebhafte Söhne, wie Dickon ... oder wie Jonathan.

»Wenn du älter wirst, werden sie erkennen, daß du eine attraktive Frau bist. Das könnte gefährlich werden.«

Ich fühlte mich unbehaglich. Hatte sie vielleicht bemerkt, daß Jonathan immer bestrebt war, mit mir allein zu sein? Hatte sie beobachtet, daß seine Augen wie blaue Flammen leuchteten, wenn er mich ansah?

Dann überraschte sie mich. »Ich muß mit dir über Louis-Charles sprechen.«

»Louis-Charles!« Ich war verblüfft. An den hatte ich kaum gedacht.

Sie fuhr langsam und beinahe widerwillig fort, denn sie sprach nicht gern über ihren ersten Mann. »Dein Vater war ein Mann, der ... Frauen mochte.«

Ich lächelte. »Das ist doch nichts Ungewöhnliches.«

Sie erwiderte mein Lächeln und fuhr fort: »Die Franzosen haben etwas andere Vorstellungen von der Ehe als wir. Ich versuche nur, dir beizubringen, daß dein Vater auch der Vater von Louis-Charles ist. Er und Lisette hatten einmal ein Verhältnis miteinander, und Louis-Charles stammt aus dieser Verbindung.«

Ich starrte sie an. »Also deshalb wurde er zusammen mit uns erzogen.«

»Eigentlich nicht. Lisette wurde mit einem Bauern verheiratet, und als er getötet wurde ... ebenfalls während dieser schrecklichen Revolution ... kam sie zu uns und brachte ihren Sohn mit. Ich mußte dir begreiflich machen, daß Louis-Charles dein Halbbruder ist.«

Jetzt verstand ich erst. Sie wollte verhindern, daß es zu einer Beziehung zwischen Louis-Charles und mir kam. Sie fuhr fort: »Verstehst du, du und Louis-Charles, ihr könnt nie ...«

»Maman«, rief ich, »in dieser Hinsicht besteht überhaupt keine Gefahr. Ich würde nie einen Mann heiraten, der auf mich herabsieht. Das ist Charlots Art, und Louis-Charles nimmt ihn sich in allem und jedem zum Vorbild.«

»Brüder benehmen sich immer so«, stellte sie rasch fest. »Charlot hat dich in Wirklichkeit sehr gern.«

Ich war erleichtert. Ich hatte befürchtet, daß sie über Jonathan sprechen würde – aber meine Erleichterung war nicht von langer Dauer, denn sie redete sofort weiter. »Außerdem leben Jonathan und David in unserem Haus. So viele junge Männer und nur eine junge Frau unter einem Dach ... das muß über kurz oder lang zu Schwierigkeiten führen. David und Jonathan mögen dich beide, und obwohl mein Mann ihr Vater ist, besteht zwischen euch keine nahe Blutsverwandtschaft.«

Ich wurde rot, und sie deutete meine Verwirrung richtig.

»Jonathan ist seinem Vater ähnlich. Ich habe Dickon gekannt, als er in Jonathans Alter war. Ich war damals jünger, als du heute bist, und habe mich dennoch schon damals in ihn verliebt. Ich hätte ihn geheiratet, aber meine Mutter hat es verhindert. Sie hatte ihre Gründe dafür ... und vielleicht hatte sie damals recht. Wer kann das sagen? Aber das liegt alles schon so weit zurück, und wir müssen uns mit der Zukunft befassen.« Sie runzelte die Stirn. »Die beiden Brüder sind Zwillinge, und es heißt, daß Zwillinge einander sehr ähnlich sind. Würdest du das auch von Jonathan und David behaupten?«

»Ich finde, daß sie ausgesprochene Gegensätze darstellen.«

»Das stimmt. David ist grüblerisch, ernst und sehr klug. Auch Jonathan ist klug ... aber auf eine andere Art. Er ist seinem Vater unglaublich ähnlich, Claudine. Ich ... ich glaube, beide mögen dich, und daraus könnten sich Schwierigkeiten ergeben. Du wirst so schnell erwachsen. Vergiß nie, daß ich immer für dich da bin, daß du stets mit mir sprechen, mir alles anvertrauen kannst ...«

»Aber das weiß ich doch.«

Sie wollte mir offenbar noch viel mehr sagen und wußte nicht recht, ob ich sie verstehen würde. Wie die meisten Eltern sah sie mich immer noch als Kind.

Aber eigentlich wollte sie mich nur warnen.

Auf Eversleigh ging es sehr geschäftig zu. Dickon und seine Söhne befaßten sich nicht nur damit, das Gut zu leiten. Dickon war einer der wichtigsten Männer im Südosten Englands, und er hatte auch in London großen Einfluß.

David liebte das Haus und die Ländereien, deshalb hatte ihm Dickon diesen Bereich überlassen. David verbrachte viele Stunden in der Bibliothek, die er beträchtlich erweitert hatte; er hatte Freunde, die aus London zu uns kamen und oft auch einige Tage blieben. Sie waren alle sehr gelehrt, und nach den Mahlzeiten führte David sie in die Bibliothek, wo sie stundenlang bei einem Glas Portwein saßen und über Dinge sprachen, die Jonathan und Dickon überhaupt nicht interessierten.

Ich hörte beim Dinner gern ihren Gesprächen zu, und wenn ich mich daran beteiligte – oder es versuchte –, freute sich David und ermutigte mich, meine Ansichten zu äußern. Er zeigte mir oft seltene Bücher, Landkarten und Zeichnungen – nicht nur von Eversleigh, sondern von verschiedenen Teilen des Landes. Er interessierte sich für Archäologie und weihte mich ein wenig in ihre Geheimnisse ein, indem er mir zeigte, was an verschiedenen Stellen gefunden worden war und wie man sich an Hand der Funde ein Bild der Vergangenheit machen konnte. Er interessierte sich auch leidenschaftlich für Geschichte, und ich konnte ihm stundenlang zuhören. Er gab mir Bücher zu lesen, und wir sprachen dann über sie, manchmal bei einem Spaziergang im Garten, manchmal während eines Ausritts. Gelegentlich hielten wir an, um eine Erfrischung zu uns zu nehmen, manches Mal in einem alten Gasthaus, und ich bemerkte dann, daß die Menschen ihn mochten. Sie behandelten ihn mit Ehrerbietung, und mir wurde bald klar, daß sie ihm eine andere Form der Achtung entgegenbrachten als Dickon oder Jonathan. Die beiden forderten den ihnen gebührenden Respekt – nicht mit Worten, sondern durch ihre hochmütige Haltung. David war anders; er war stets freundlich, und die Menschen zeigten ihm, daß sie ihn schätzten und respektierten.

Ich war gern mit David beisammen. Er weckte mein Interesse für viele Dinge; Wissensgebiete, die eigentlich langweilig wirkten, wurden aufregend, wenn er sie mir erklärte. Er tat weitaus mehr für meine Bildung als meine Gouvernante; mein französischer Akzent verschwand und kam nur noch selten zum Vorschein. So gewann ich David sehr lieb.

Manchmal wäre es mir lieber gewesen, wenn es Jonathan nicht gegeben hätte, denn durch ihn wurde alles kompliziert.

Die beiden Brüder waren in beinahe jeder Beziehung ausgesprochen gegensätzlich. Sie unterschieden sich im Aussehen – was merkwürdig war, denn eigentlich ähnelten ihre Gesichtszüge einander; aber ihre so unterschiedlichen Wesensarten hatten ihre Gesichter geprägt und die Ähnlichkeit verwischt.

Jonathan war nicht der Typ, der damit zufrieden war, einen Landsitz zu verwalten. Er nahm die Interessen der Familie in London wahr. Das Bankwesen gehörte dazu, und noch einiges andere. Die Interessensgebiete meines Stiefvaters waren sehr vielfältig; er war wohlhabend und einflußreich. Er befand sich oft bei Hof, und meine Mutter begleitete ihn, er nahm sie immer mit, wenn er nach London fuhr. Da sie erst spät im Leben das gemeinsame Glück gefunden hatten, waren sie jetzt offenbar entschlossen, keinen Augenblick lang darauf zu verzichten. So hatten es auch meine Großeltern gehalten. Vielleicht sind das die idealen Ehen, dachte ich – Ehen, die zwei Leute eingehen, wenn sie reif und vernünftig sind und das Leben kennen. Das Feuer der Jugend lodert auf und kann erlöschen; aber die gleichmäßige Flamme der mittleren Jahre, die von Erfahrung und Verständnis genährt wird, kann ein Leben lang hell brennen. Wenn ich mit David beisammen war, wurde mein Geist angeregt und bereichert; bei Jonathan bewegten mich allerdings andere Gefühle.

Seine Haltung änderte sich und verriet eine gewisse Ungeduld. Manchmal küßte er mich, drückte mich an sich und sah mich vielsagend an. Ich wußte, was das zu bedeuten hatte. Er wollte, daß ich seine Geliebte wurde.

Ich hegte gewisse romantische Gefühle für ihn, und er weckte auch Empfindungen in mir, die für mich neu waren und denen ich gern nachgegeben hätte. Aber ich wußte, daß er es mit etlichen unserer Dienstmädchen getrieben hatte. Ich hatte gesehen, wie sie ihn anblickten und wie er darauf reagierte. Angeblich hatte er in London eine Mätresse und besuchte sie jedesmal, wenn er dort war – was oft genug der Fall war.

All das war von Dickons Sohn zu erwarten gewesen, und wenn er mir gleichgültig gewesen wäre, hätte es mich nicht weiter gestört; aber ich beschäftigte mich in Gedanken sehr oft damit. Manchmal, wenn er mir vom Pferd half – er tat es, wann immer sich eine Gelegenheit dazu bot, auch wenn ich ohne weiteres allein hätte absteigen können –, hielt er mich fest und lachte mich an, und obwohl ich mich jedesmal rasch aus seinen Armen löste, stellte ich bestürzt fest, daß ich die Situation genoß. Ich war in Versuchung, ihn ermunternd anzulächeln, damit er seine Bemühungen nicht einstellte, denn ich hätte ihnen gar zu gern nachgegeben.

Auf Eversleigh hingen an den Wänden die Porträts der Männer und Frauen unserer Familie; ich betrachtete sie oft. Es gab zwei Arten – natürlich meine ich damit nur das Aussehen, denn sie waren im Wesen wohl alle sehr unterschiedlich gewesen; einige waren von angenehmem Äußeren, andere nicht. Der wichtigste Anhaltspunkt war für mich dabei ein bestimmter Gesichtsausdruck – sinnlich oder streng. Eine meiner Vorfahrinnen, Carlotta mit Namen, war die Verkörperung des Sinnlichen; sie hatte mit einem Jakobitenführer ein aufregendes Leben geführt, ihre Halbschwester Damaris, Sabrinas Mutter, gehörte zur zweiten Kategorie. Meine Mutter wußte, was Leidenschaft war, und genoß sie auch. Jonathan machte mir bewußt, daß ich genauso war wie sie.

Es kam daher oft vor, daß ich schwach wurde und bereit war, auf sein Spiel einzugehen. Er drängte mich nur deshalb nicht zu einer körperlichen Beziehung, weil ich zu seiner Familie gehörte. Er konnte die Tochter seiner Stiefmutter nicht so behandeln wie eine Mätresse in London oder die Dienstmädchen in unserem Haushalt. Das wagte nicht einmal er. Meine Mutter wäre wütend gewesen und hätte dafür gesorgt, daß Dickon davon erfuhr, und obwohl Jonathan sehr kühn war, zog er es vor, sich nicht dem Zorn seines Vaters auszusetzen.

Wir spielten unser quälendes Spiel bis zu meinem siebzehnten Geburtstag. Ich träumte oft von Jonathan, daß er in mein Zimmer und in mein Bett kam. Ich versperrte sogar meine Tür, wenn der Traum zu realistisch wurde. Außerdem war ich bestrebt, ihm nie in die Augen zu sehen, wenn er sich kleine Vertrautheiten herausnahm, deren Bedeutung mir vollkommen klar war. Wenn er nach London fuhr, stellte ich mir vor, daß er seine Mätresse besuchte, und dann war ich zornig, enttäuscht und eifersüchtig, bis David mich mit seinen interessanten Entdeckungen aus der Vergangenheit besänftigte. Dann vergaß ich Jonathan genauso, wie ich David vergaß, wenn ich mit seinem Bruder beisammen war.

All diese Spiele sind in Ordnung, solange man heranwächst; aber wenn man das reife Alter von siebzehn erreicht hat und man als Mädchen allgemein als heiratsfähig gilt, sieht alles anders aus.

Mir wurde bewußt, daß meine Mutter, und vermutlich auch Dickon, dafür waren, daß ich einen der beiden Brüder heiratete. Meine Mutter zog sicherlich David vor, weil er ruhig und ernst war und man sich auf seine Treue verlassen konnte. Dickon hielt David für einen ›langweiligen Hund‹ und nahm bestimmt an, daß ein lebhaftes Mädchen wie ich mit Jonathan wesentlich besser zurechtkommen würde. Er würde jedoch meine Entscheidung in jedem Fall widerspruchslos akzeptieren – genau wie meine Mutter.

Durch eine Heirat würde ich bei ihnen bleiben, und meine Mutter – deren Unfruchtbarkeit der einzige Schatten in ihrer Ehe war – würde wenigstens ihre Enkelkinder bei sich haben.

»In ein paar Wochen wirst du siebzehn«, stellte meine Mutter fest und sah mich bewundernd an, als handle es sich dabei um eine außergewöhnliche Leistung. »Ich kann es kaum glauben. Vor siebzehn Jahren …« Ihr Gesicht wurde ernst, wie immer, wenn sie an die Jahre in Frankreich dachte, was oft vorkam. Sie konnte gar nicht anders, denn wir erfuhren immer, was für schreckliche Dinge drüben geschahen, daß der König und die Königin jetzt die Gefangenen des neuen Regimes waren und daß sie entsetzlichen Demütigungen unterworfen wurden. Und dazu kam das Blutvergießen – die Guillotine, in deren Korb die Köpfe der Aristokraten mit schrecklicher Regelmäßigkeit fielen.

Meine Mutter dachte auch oft an die arme Sophie und an Armand und fragte sich, was aus ihnen geworden war. Gelegentlich sprachen wir bei Tisch über dieses Thema; dann geriet Dickon jedesmal in Wut, stritt mit Charlot, und Louis-Charles mischte sich ein. Charlot bildete für uns ein Problem. Er wuchs zum Mann heran und mußte entscheiden, was er mit seinem Leben anfangen wollte. Dickon hätte ihn gern auf unseren zweiten Besitz nach Clavering geschickt und ihm Louis-Charles mitgegeben. Damit hätte er sich Ruhe vor beiden verschafft. Aber Charlot blieb dabei, daß er keinen *englischen* Landsitz verwalten wolle. Er war in der Überzeugung aufgewachsen, daß er einmal Aubigné übernehmen würde.

»Das Prinzip, nach dem sie verwaltet werden, ist das gleiche«, erklärte ihm Dickon.

»*Mon cher Monsieur*«, Charlot verwendete oft französische Sätze, besonders wenn er mit Dickon sprach. »Zwischen einem großen französischen Schloß und einem kleinen englischen Landsitz bestehen wesentliche Unterschiede.«

»Allerdings«, gab Dickon zu. »Ersteres ist eine Ruine, in der der Pöbel haust, letzteres befindet sich in ausgezeichnetem Zustand.«

Wie immer beschwichtigte meine Mutter ihren Mann und ihren Sohn. Nur weil Dickon wußte, daß diese Auseinandersetzungen ihr weh taten, verzichtete er auf weitere Diskussionen.

»Siebzehn«, fuhr sie jetzt fort. »Wir müssen eine richtige Feier veranstalten. Sollen wir einen Ball geben und die Nachbarn einladen, oder möchtest du lieber eine Abendgesellschaft mit ein paar ausgewählten Freunden? Wir könnten auch eine Reise nach London unternehmen. Dort könnten wir ein Theater besuchen, einkaufen ...«

Ich erklärte, daß ich die Reise nach London allem anderen vorzog.

Dann wurde sie ernst. »Hast du je daran gedacht zu heiraten, Claudine?«

»Jeder denkt gelegentlich daran.«

»Ich meine ernsthaft.«

»Wie kann ich das tun, wenn noch niemand um meine Hand angehalten hat?«

Sie runzelte die Stirn. »Es gibt zwei junge Männer, die es sofort tun würden. Ich glaube, sie warten nur auf deinen Geburtstag. Du weißt, wen ich meine, und ich weiß, daß du beide magst. Dickon und ich haben darüber gesprochen. Es würde uns glücklich machen. Zwillinge sind etwas Ungewöhnliches. Vor langer Zeit hat es in der Familie bereits Zwillinge gegeben – Bersaba und Angelet und schließlich haben beide den gleichen Mann geheiratet. Zuerst Angelet, und als sie starb, Bersaba. Das war, bevor die Familie in Eversleigh lebte. Erst Bersabas Tochter Arabella heiratete in die Eversleigh-Familie ein – das geschah zur Zeit des Bürgerkriegs und der Restauration. Es ist also schon sehr lange her. Aber warum erzähle ich dir das alles? Ach ja, Zwillinge. Obwohl sie so verschieden sind – Bersaba und Angelet waren es jedenfalls – verliebten sie sich in den gleichen Menschen. David und Jonathan geht es genauso.«

»Du meinst, daß sie beide in mich verliebt sind?«

»Dickon und ich sind davon überzeugt. Du bist sehr attraktiv, Claudine.«

»Aber ich bin nicht so schön wie du, Mama.«

»Du bist sehr attraktiv, und du wirst dich zweifellos bald entscheiden müssen. Wer wird es denn sein?«

»Es gehört sich eigentlich nicht, zwischen zwei Männern zu wählen, wenn noch keiner von ihnen einen Antrag gemacht hat.«

»Was du sagst, bleibt unter uns, Claudine.«

»Ich habe noch nicht darüber nachgedacht ...«

»Aber du hast über die beiden nachgedacht.«

»Ja, schon ...«

»David liebt dich innig, von ganzem Herzen. Er wäre ein sehr guter Ehemann, Claudine.«

»Du meinst, daß du David vorziehen würdest?«

»Ich würde die Wahl akzeptieren, die du triffst. Die Entscheidung liegt bei dir, mein Kind. Die beiden sind so verschieden. Die Situation ist und bleibt schwierig, denn ganz gleich, welchen du wählst, der andere bleibt im Haus. Ich mache mir deshalb Sorgen, Claudine. Dickon lacht mich aus. In diesen Dingen hat er sehr eigenartige Ansichten, und ich bin nicht immer seiner Meinung.« Sie lächelte nachdenklich. »Eigentlich bin ich sehr selten seiner Meinung.«

Es klang, als hielte sie das für den Idealzustand. »Trotzdem bin ich besorgt, und es wäre mir lieber, wenn es anders gekommen wäre. Aber ich bin sehr selbstsüchtig, Claudine, ich möchte nicht, daß du von hier fortziehst.«

Ich schloß sie in die Arme und drückte sie an mich.

»Wir haben immer ein besonderes Verhältnis zueinander gehabt, nicht wahr?« fuhr sie fort. »Du kamst zur Welt, als ich von meiner Ehe ein bißchen enttäuscht war. Ich liebte deinen Vater zwar, und wir verbrachten eine herrliche Zeit miteinander, aber er war mir nie treu. Für ihn war das ganz natürlich. Ich war anders erzogen worden, denn meine Mutter war eine typische Engländerin. Und da warst du mir ein großer Trost, Claudine. Ich möchte so sehr, daß du die richtige Wahl triffst. Du bist noch so jung – sprich mit mir, erzähl mir, was du denkst.«

Ich war verwirrt, denn mir war noch gar nicht bewußt gewesen, daß ich eine Entscheidung treffen mußte. Ich verstand meine Mutter jedoch: der verantwortungsbewußte David, der meine Gesellschaft offensichtlich genoß, und im Gegensatz dazu Jonathans un-

315

geduldige Zärtlichkeit. Ja, sie hatte recht: Eine Entscheidung war fällig.

Ich war froh, daß meine Mutter mir dabei half.

»Ich will nicht wählen«, antwortete ich. »Ich möchte, daß alles so bleibt, wie es ist, denn es gefällt mir so. Ich bin gern mit David zusammen und höre ihm gern zu. Niemand, den ich kenne, spricht so wie er. Ich weiß, daß er in Gesellschaft eher schweigsam ist, aber wenn wir allein sind ...«

Sie lächelte liebevoll. »Er ist ein sympathischer Mann. Er ist der vortrefflichste junge Mann, den ich kenne.«

Ihre Worte waren vielsagend. Aber ich konnte mich nicht dazu überwinden, mit ihr über die Gefühle zu sprechen, die Jonathan in mir weckte.

Für die Party sollte ich ein neues Kleid bekommen, und Molly Blackett, die Näherin, die in einem der Cottages auf dem Gut lebte, kam ins Haus, um es zu nähen.

Sie war von dem weißen Satin und der blauen Seide entzückt, die für das Kleid vorgesehen waren. Der Reifrock sollte blau und vorn offen sein, so daß man den weißen Unterrock aus Satin sah; das Mieder sollte mit kleinen, aus Seide gestickten weißen und blauen Blumen verziert sein; die Ärmel endeten bei den Ellbogen und setzten sich in zarten weißen Spitzen fort, die bis auf die Handgelenke herabfielen. Diese Mode hatte Marie Antoinette eingeführt, und ich mußte wider Willen daran denken, wie sie im Gefängnis den Tod erwartete und ihn auch zweifellos ersehnte. Diese Vorstellung dämpfte meine Freude an dem Kleid erheblich.

Ich mußte lange stillstehen, während Molly Blackett zu meinen Füßen kniete, ein schwarzes Nadelkissen neben sich, in das sie die Nadeln mit geradezu wildem Entzücken hineinsteckte, wenn sie sie nicht mehr brauchte.

Sie plauderte die ganze Zeit darüber, wie schön ich in dem Kleid aussehen würde. »Weiß ist genau die richtige Farbe für ein junges Mädchen, und das Blau paßt zu Ihren Augen.«

»Aber die Farbe stimmt nicht, meine Augen sind dunkelblau.«

»Das ist ja der Sinn der Sache, Miss Claudine. Durch den Gegensatz zum Kleid werden Ihre Augen noch dunkler wirken. Die Farben stehen Ihnen ausgezeichnet. Mein Gott, wie schnell die Zeit vergeht. Ich kann mich daran erinnern, als wäre es gestern gewesen, wie Sie hier eintrafen.«

»Es liegt drei Jahre zurück.«

»Drei Jahre! Und Ihre liebe Mutter lebt jetzt hier. Meine Mutter erinnert sich gut an sie. Sie hat für *ihre* Mutter genäht. Das war, bevor sie nach Frankreich übersiedelte ... und nachdem sie für die erste Mrs. Frenshaw genäht hatte. Jetzt ist alles anders.«

Ich hörte ihr nur mit halbem Ohr zu. Sie hatte das Mieder abgetrennt, um die Ärmel anders einzusetzen, weil sie damit nicht zufrieden war. Ich hatte also nur den Rock und das Hemd an.

Sie legte das Mieder auf den Tisch und erklärte mir: »Ich bin gleich soweit. Die Ärmel sind sehr wichtig, Miss Claudine. Ein schlecht eingesetzter Ärmel kann die Wirkung des Kleides zerstören, auch wenn es noch so hübsch ist.« In diesem Augenblick ging die Tür auf. Mir stockte der Atem: Da stand Jonathan.

Er sah mich nicht an, sondern wandte sich an Molly: »Molly, meine Mutter möchte Sie sofort sprechen. Es ist dringend. Sie befindet sich in der Bibliothek.«

»Oh, Mr. Jonathan.« Sie drehte sich verwirrt zu mir um und sah zum Tisch hinüber. »Ich will nur – Miss Claudine ...«

»Meine Mutter hat ausdrücklich gesagt, daß Sie sofort kommen sollen. Es ist wichtig.«

Sie nickte nervös und lief kichernd aus dem Zimmer. Jonathan wandte sich mir zu, und in seinen blauen Augen glitzerten Flammen, während er mich musterte.

»Entzückend«, stellte er fest. »Ganz reizend. Unten nichts als Pracht, oben nichts als süße Einfachheit.«

»Du hast ausgerichtet, was du zu sagen hattest, also kannst du wieder gehen.«

»Was?« rief er empört. »Du verlangst, daß ich dich verlasse?«

Er legte mir die Hände auf die Schultern, beugte rasch den Kopf und küßte mich auf den Hals.

»Nein«, erklärte ich entschieden.

Er lachte nur, schob mir das Hemd über die Schulter hinunter und drückte seine Lippen auf meine Haut. Ich holte tief Atem, und er hob den Kopf und sah mich spöttisch an.

»Wie du siehst, paßt das Oberteil nicht zum Rock, nicht wahr?«

317

Ich fühlte mich wehrlos und schutzbedürftig; mein Herz pochte so wild, daß er es bemerken mußte.

»Geh fort!« rief ich. »Wie kannst du es wagen, hier hereinzukommen ... wenn ... wenn ...«

»Claudine«, flüsterte er, »meine kleine Claudine ... ich bin vorbeigekommen. Ich habe hineingeschaut, die liebe alte Molly mit ihrem Nadelkissen und dich halbnackt erblickt ... daraufhin mußte ich hereinkommen und dir gestehen, wie entzückend du aussiehst.«

Ich versuchte, das Hemd wieder heraufzuziehen, aber er ließ es nicht los, und ich konnte seinen Lippen und Händen nicht entfliehen.

Es war ungeheuer aufregend. Es war wie eine der Phantasievorstellungen, bei denen ich mir ausgemalt hatte, daß er in mein Schlafzimmer kam. Es war sehr schnell vorbei, denn Molly Blakkett kam zurück. Sie stürzte in dem Augenblick in das Zimmer, in dem Jonathan mein Hemd wieder auf meine Schultern hinaufgeschoben hatte.

Ihr Gesicht war rot. »Mrs. Frenshaw befindet sich nicht in der Bibliothek«, berichtete sie empört.

»Wirklich nicht?« Jonathan lächelte höflich. »Vermutlich mußte sie fort. Ich werde sie suchen, und wenn sie Sie immer noch braucht, werde ich Sie verständigen.«

Damit verbeugte er sich ironisch vor uns und verließ das Zimmer.

»Also so etwas«, sagte Molly. »Diese Unverfrorenheit. Ich glaube gar nicht, daß Mrs. Frenshaw mich sprechen wollte.«

»Er hatte nicht das Recht dazu«, stimmte ich ihr bei.

Sie schüttelte den Kopf und verzog die Lippen. »Mr. Jonathan und seine Tricks ...«, murmelte sie.

Später bemerkte ich jedoch, daß sie mich nachdenklich musterte – nahm sie womöglich an, daß ich ihn ermutigt hatte?

Die Szene im Nähzimmer hatte mich tief betroffen gemacht, ich konnte sie nicht vergessen. Ich mied Jonathan den ganzen Tag und ging eine Stunde vor dem Abendessen in die Bibliothek, um mich mit David zu unterhalten. Er erzählte mir aufgeregt von römischen Ruinen, die an der Küste ausgegraben worden waren, er wollte sie Ende der Woche besichtigen,

»Möchtest du mitkommen?« fragte er. »Es würde dich bestimmt interessieren.«

Ich stimmte begeistert zu.

»Die Ruinen könnten wichtig sein. Du weißt ja, daß Julius Cäsar hier in der Nähe gelandet ist. Die Römer haben viele Spuren ihrer Anwesenheit hinterlassen. In diesem Gebiet beluden sie ihre Schiffe. Die Reste einer Villa wurden ausgegraben, und es sind einige gut erhaltene Ziegel vorhanden. Ich freue mich sehr darauf, das alles mit eigenen Augen zu sehen.«

Seine Augen waren blau, und wenn sie funkelten, sahen sie beinahe genauso aus wie die Jonathans.

Ich stellte Fragen über die Entdeckung, und er holte Bücher vom Regal, um mir zu zeigen, was bis jetzt alles gefunden worden war.

»Es ist bestimmt ein sehr schöner Beruf«, bemerkte er sehnsüchtig. »Stell dir nur vor, welche Befriedigung man empfinden muß, eine große Entdeckung zu machen.«

»Stell dir die Enttäuschung vor, wenn man nach Monaten oder gar Jahren der Arbeit nichts findet und erkennt, daß man etwas gesucht hat, was gar nicht da ist.«

Er lachte. »Ich habe immer schon gewußt, daß du eine Realistin bist, Claudine. Ist das dein französisches Erbteil?«

»Vielleicht. Aber ich finde, daß ich von Tag zu Tag englischer werde.«

»Ich bin deiner Meinung ... und wenn du heiratest, wirst du eine richtige Engländerin sein.«

»Falls ich einen Engländer heirate. Mein Ursprung bleibt jedoch der gleiche. Ich habe nie verstanden, warum eine Frau die Nationalität ihres Mannes annehmen muß. Warum kann es nicht umgekehrt sein?«

Er dachte ernsthaft über meine Äußerung nach. Das war eine der Eigenschaften, die ich an David als so beruhigend empfand; er beschäftigte sich immer mit meinen Ideen. Vermutlich war mir durch die Tatsache, daß ich in einem von Männern beherrschten Haushalt lebte, bewußt geworden, daß sie eine gewisse Bevormundung ausübten – mein Bruder auf jeden Fall. Und Louis-Charles ahmte ihn in allem nach. Obwohl Jonathan sich brennend für mich interessierte, gab er mir immer wieder zu verstehen, daß ich eine Frau war und mich deshalb dem Mann unterwerfen mußte.

Daher war es für mich so erfrischend, mit David beisammen zu sein.

»Die Frage müßte eben irgendwie geregelt werden«, antwortete er schließlich. »Es würde bestimmt zu Komplikationen führen, wenn eine Frau nicht den Namen ihres Mannes annimmt. Welchen Namen sollten dann die Kinder tragen? Wenn du es so betrachtest, siehst du, daß es vernünftig ist.«

»Außerdem wird dadurch das Märchen am Leben erhalten, daß die Frauen das schwächere Geschlecht sind.«

»So habe ich es nie gesehen«, lächelte er.

»Du bist anders als die übrigen, David. Du akzeptierst nicht jede Feststellung, die du zu hören bekommst. Sie muß logisch sein. Deshalb ist es so beruhigend, sich in dieser Männergemeinschaft in deiner Gesellschaft zu befinden.«

»Ich freue mich, daß du es so siehst, Claudine. Seit du hier bist, ist das Leben interessant geworden. Ich weiß noch, wie du mit deiner Mutter hier eintrafst; damals ahnte ich ja nicht, was sich alles daraus ergeben würde. Bald jedoch erkannte ich, daß du anders bist ... anders als alle Mädchen, die ich je kennengelernt habe.«

Er zögerte, als müsse er einen Entschluß fassen. Nach einigen Augenblicken fuhr er fort. »Natürlich ist es nicht recht von mir, aber gelegentlich bin ich über alles froh, was geschehen ist, weil dadurch Eversleigh zu deinem Zuhause geworden ist.«

»Du meinst die Revolution?«

Er nickte. »Nachts, wenn ich allein bin, denke ich manchmal darüber nach. Die schrecklichen Dinge, die den Menschen zustoßen, unter denen du gelebt hast und dennoch fällt mir dann jedesmal ein, daß dich eben diese Ereignisse hierhergeführt haben.«

»Vermutlich wäre ich ohnehin irgendwann hierhergekommen. Meine Mutter hätte Dickon früher oder später auf jeden Fall geheiratet. Sie hat ja nur gezögert, solange mein Großvater am Leben war; ich hätte sie natürlich begleitet, wenn sie Dickons Frau geworden wäre.«

»Möglicherweise. Du bist jedenfalls hier, und das ist das einzige, was zählt.«

»Du schmeichelst mir, David.«

»Ich schmeichle nie ... jedenfalls nicht bewußt. Ich meine es ernst, Claudine.« Er schwieg einige Sekunden lang, dann fuhr er fort: »Dein siebzehnter Geburtstag ist nicht mehr fern.«

»Ich habe das Gefühl, daß er einen Markstein in meinem Leben darstellt.«

»Gilt das nicht für jeden Geburtstag?«

»Doch, aber der siebzehnte ist etwas Besonderes. Man läßt die Kindheit hinter sich und gehört zu den Erwachsenen. Es handelt sich um einen ganz besonderen Markstein.«

»Du bist klüger als andere Menschen in deinem Alter.«

»Es ist lieb von dir, das zu sagen. Manchmal komme ich mir sehr dumm vor.«

»Das geht jedem so.

»Jedem? Auch Dickon und Jonathan? Ich glaube nicht, daß sie sich jemals dumm vorgekommen sind. Es muß ein sehr angenehmes Gefühl sein, wenn man davon überzeugt ist, daß man immer recht hat.«

»Nur dann, wenn die anderen auch dieser Ansicht sind.«

»Was kümmert sie die Ansicht der anderen? Für sie ist nur ihre eigene Meinung maßgebend. Es ziert einen Menschen schon ungeheuer, wenn er von sich selbst überzeugt ist.«

»Ich würde mich lieber so sehen, wie ich wirklich bin. Du nicht?«

Ich überlegte. »Wenn ich es recht bedenke … ja.«

»Wir sind oft der gleichen Meinung. Ich möchte etwas mit dir besprechen, Claudine. Ich bin sieben Jahre älter als du.«

»Dann mußt du vierundzwanzig sein, wenn ich noch richtig rechnen kann«, antwortete ich leichthin.

»Jonathan ist genauso alt.«

»Ich habe gehört, daß er kurz vor dir zur Welt gekommen ist.«

»Jonathan war schon immer der erste. Einer unserer Erzieher drängte mich deshalb, mich durchzusetzen. ›Fang an‹, pflegte er mir zu sagen. ›Steh' nicht daneben und schau zu. Warte nicht immer auf deinen Bruder. Fange vor ihm an.‹ Es war ein sehr guter Rat.

»Den du nicht immer befolgt hast.«

»Sogar nur sehr selten.«

»Manchmal muß es unangenehm sein, einen Zwillingsbruder zu haben.«

»Ja, jeder stellt unwillkürlich Vergleiche an.«

»Aber es heißt doch, daß zwischen Zwillingen eine besondere Verbindung besteht.«

»Falls es sie je gegeben hat, haben Jonathan und ich uns schon vor langer Zeit davon gelöst. Ich bin ihm gleichgültig. Manchmal habe ich das Gefühl, daß er meine Lebensweise verachtet. Und ich bewundere die seine auch nicht gerade.«

»Du bist ganz anders als er. Bei eurer Taufe haben die Feen die menschlichen Eigenschaften verteilt – eine für Jonathan, eine für David, eine für Jonathan, eine für David ... so daß ihr vollkommen verschieden geraten seid.«

»Die Stärken und die Schwächen«, fügte er hinzu. »Ich will auf etwas Bestimmtes hinaus.«

»Das habe ich schon gemerkt.«

»Ich möchte dich heiraten, Claudine.«

»Was!« rief ich.

»Bist du überrascht?«

»Eigentlich nicht ... nur daß du ausgerechnet heute davon anfängst. Ich habe geglaubt, du würdest mich erst nach meinem Geburtstag fragen.«

Er lächelte. »Du nimmst offenbar an, daß dein Geburtstag etwas Magisches an sich hat.«

»Das ist dumm von mir, nicht wahr?«

»Deine Mutter und dein Vater würden sich über unsere Verbindung freuen. Wir würden ein ideales Paar bilden, denn wir verfügen über so viele gemeinsame Interessen. Ich hätte dich nicht gefragt, wenn ich nicht angenommen hätte, daß du mich magst. Du genießt unsere Gespräche und unser Beisammensein offensichtlich ...«

»Das stimmt. Und ich habe dich auch sehr gern, David, aber –«

»Hast du nie daran gedacht, daß du einmal heiraten wirst?«

»O doch, natürlich.«

»Und zwar einen Mann.«

»Als Frau kann man wohl kaum eine Frau heiraten.«

»Hast du jemals mich als Bräutigam in Betracht gezogen?«

»O ja. Meine Mutter hat mit mir darüber gesprochen. Eltern sind immer froh, wenn ihre Kinder heiraten. Meine Mutter möchte natürlich, daß ich die richtige Wahl treffe.«

Er trat zu mir und ergriff meine Hände. Mir fiel auf, wie sehr er sich von Jonathan unterschied. Er würde immer freundlich und verständnisvoll sein und immer interessante Gespräche mit mir führen; o ja, das Leben an seiner Seite würde bestimmt wunderbar werden.

Doch etwas fehlte, und seit ich mit Jonathan öfter allein gewesen war, wußte ich, was es war. Ich empfand nicht die gleiche überwältigende Erregung, wenn David meine Hände ergriff; ich mußte daran denken, wie mir Jonathan im Nähzimmer das Hemd von den Schultern gestreift hatte. In diesem Augenblick wurde mir klar, daß ich beide wollte. Ich wollte die Zärtlichkeit, die Verläßlichkeit, das Gefühl der Sicherheit, den Gedankenaustausch haben ... all das konnte mir David geben; andererseits wollte ich die sexuelle Erregung genießen, die ich bei Jonathans Liebkosungen empfand.

Meine Lage war wirklich nicht einfach; eine Frau konnte doch nicht zwei Männer heiraten.

Ich musterte David. Er war ein angenehmer, ernster Mensch; irgendwie wirkte er unschuldig. Wenn ich ihn zum Mann nahm, würde ich ein erfülltes Leben in Eversleigh verbringen, mit ihm die Leitung des Gutes besprechen, mich um die Pächter kümmern, mich mit ihm in Probleme vertiefen, die uns beide interessierten.

Wenn ich ihm mein Jawort gab, würde meine Mutter sich freuen. Auch Dickon würde zufrieden sein, obwohl es ihm bestimmt gleichgültig war, ob ich David oder Jonathan nahm. Doch Jonathan hatte mich noch nicht um meine Hand gebeten, obwohl er mich haben wollte. Er verlangte nach mir, wie es in der Bibel heißt. Und weil ich die Tochter seiner Stiefmutter war, mußte er mich heiraten, um mich in sein Bett zu bekommen.

Beinahe hätte ich David ›Ja‹ gesagt, aber etwas hielt mich zurück. Es war die Erinnerung an Jonathan und an die bis dahin unbekannten Gefühle, die er in mir geweckt hatte.

»Ich habe dich sehr gern, David«, versicherte ich ihm. »Du bist immer mein bester Freund gewesen. Trotzdem möchte ich noch warten.«

Er verstand mich sofort.

»Natürlich brauchst du Bedenkzeit. Aber überlege es dir gut. Es gibt so vieles, was wir miteinander tun könnten, so vieles, das uns beide interessiert.« Er zeigte auf die Bücherregale. »Wir haben soviel gemeinsam, Claudine, und ich liebe dich von ganzem Herzen, seit dem Augenblick, als du dieses Haus betreten hast.«

Ich küßte ihn auf die Wange, und er drückte mich an sich. In seinen Armen fühlte ich mich sicher und glücklich; doch die Erinnerung an Jonathan ließ sich nicht vertreiben. Und wenn ich David in die klaren blauen Augen sah, mußte ich an die erschreckende blaue Flamme in Jonathans Augen denken.

In dieser Nacht konnte ich nicht schlafen, was verständlich war. Ich hatte einen Heiratsantrag bekommen und ihn beinahe angenommen; ich hatte im Nähzimmer etwas ganz Neues erlebt und wußte nicht, was mich tiefer beeindruckt hatte.

Auf alle Fälle hatte ich meine Tür versperrt, bevor ich zu Bett ging. Dadurch, daß Jonathan seelenruhig in das Nähzimmer eingedrungen war, hatte er mir gezeigt, daß er imstande war, unüberlegt zu handeln, und meine Reaktion hatte mich gelehrt, daß ich mich vor meinen Gefühlen hüten mußte.

Den Vormittag verbrachte ich wie immer mit meiner Gouvernante, am Nachmittag ritt ich aus. Ich war nicht sehr weit gekommen, als Jonathan mich überholte.

»Hallo«, begrüßte er mich. »Welche Überraschung.«

Natürlich hatte er beobachtet, daß ich den Hof verließ, und war mir gefolgt.

»Ich hätte erwartet, daß du dich schämst, mir unter die Augen zu treten«, sagte ich.

»Ich hatte den Eindruck, daß es dir Spaß gemacht hat; ich bin glücklich, wenn ich zu deinem Vergnügen beitragen kann.«

»Hast du dir nicht überlegt, was Molly Blackett von deinem Benehmen hält?«

»Da muß ich dir zuerst eine Frage stellen. Denkt Molly Blackett überhaupt? Ihr Verstand besteht doch ausschließlich aus Nadel, Faden und solchen Dingen.«

»Sie war empört. Sie hat natürlich begriffen, daß meine Mutter nichts von ihr wollte.«

»Aber ich wollte *dich* näher begutachten – du warst so entzückend halb entkleidet.«

»Das war dumm und eines Gentlemans nicht würdig.«

»Das gilt für die meisten schönen Dinge im Leben.«

»Ich mag diese leichtfertigen Gespräche nicht.«

»Aber, aber. Du findest sie unwiderstehlich – so wie mich.«

»Du hast eine sehr hohe Meinung von dir.«

»Natürlich, einer muß sie ja haben. Die anderen richten sich dann schon danach.«

»Bitte hör auf, dich zu verherrlichen.«

»Ich verstehe: Ich habe es nicht nötig. Du bist klug, chère Mademoiselle. Du siehst mich so, wie ich wirklich bin, und was du siehst, gefällt dir. Es gefällt dir sogar sehr.«

»Du bist unmöglich!«

»Aber liebenswert.«

Als Antwort gab ich meinem Pferd die Peitsche und ritt in ein Feld hinein. Einen Augenblick später befand sich Jonathan neben mir. Als wir zu einer Hecke kamen, mußte ich anhalten.

»Ich mache dir einen Vorschlag«, sagte er. »Binden wir unsere Pferde an und setzen wir uns unter den Baum dort. Dann können wir vieles besprechen.«

»Bei dem Wetter hat wohl niemand Lust, im Freien zu sitzen. Es kann jeden Augenblick schneien.«

»Ich würde dich schon warmhalten.«

Ich wandte mich wieder ab, aber er ergriff meine Zügel. »Ich möchte ernsthaft mit dir sprechen, Claudine.«

»Also?«

»Ich möchte dir nahe sein. Ich möchte dich berühren. Ich möchte dich in die Arme schließen, so wie ich es gestern getan habe. Das war wunderbar. Dumm war nur, daß die liebe alte Molly Blackett hereinplatzte.«

»Worüber willst du denn ernsthaft sprechen? Du nimmst doch nichts ernst.«

»Nur selten. Doch soeben ist einer dieser seltenen Augenblicke eingetreten. Eine Heirat ist eine ernste Angelegenheit. Mein Vater würde sich sehr freuen, wenn wir heirateten, Claudine – aber noch wichtiger ist, daß ich mich auch sehr freuen würde.«

»Dich heiraten!« Meine Stimme klang schrill, und ich fuhr ätzend fort: »Irgendwie spüre ich doch, daß du kein sehr treuer Ehemann wärst!«

»Meine chère Mademoiselle würde schon dafür sorgen, daß ich treu bin.«

»Diese Aufgabe wäre mir zu mühsam.«

Er lachte. »Manchmal sprichst du wie mein Bruder.«

325

»Das nehme ich als Kompliment.«

»Jetzt kommen wir also zu den Tugenden des heiligen David. Du magst ihn ja – auf ganz besondere Art.«

»Natürlich mag ich ihn. Er ist interessant, höflich, verläßlich, freundlich ...«

»Stellst du womöglich Vergleiche an? Soviel ich weiß, hat sich Shakespeare einmal dahingehend geäußert, daß es nicht ratsam ist, so etwas zu tun. Du kennst die Stelle bestimmt. Wenn nicht, wende dich an den gelehrten David und laß sie dir zeigen.«

»Du solltest dich nicht über deinen Bruder lustig machen. Er ist ...«

»Er ist würdiger, das wolltest du doch sagen?«

»Richtig.«

»Der Ausdruck paßt zu ihm. Du magst ihn mehr, als mir lieb ist.«

»Bist du womöglich auf deinen Bruder eifersüchtig?«

»Unter Umständen könnte ich es sein. Was zweifellos auf Gegenseitigkeit beruht.«

»Er hat bestimmt nie das Bedürfnis gehabt, so zu sein wie du.«

»Glaubst du, daß ich je das Bedürfnis gehabt habe, so zu sein wie er?«

»Nein. Ihr seid zwei vollkommen verschiedene Charaktere. Ihr seid sogar ausgesprochene Gegensätze.«

»Hören wir auf, über ihn zu sprechen, und wenden wir uns dir zu, meine süße Claudine. Du bist für meine Annäherungsversuche empfänglich und du magst mich, nicht wahr? Es war dir ausgesprochen angenehm, daß ich ins Zimmer kam, die alte Blackett hinausbeförderte und dich küßte. Natürlich hast du getan, was man von einer wohlerzogenen jungen Dame erwartet und verlangt, daß ich dich sofort loslasse. Aber eigentlich wolltest du, daß ich nicht aufhöre ...«

Ich war rot vor Scham.

»Du nimmst dir wirklich zuviel heraus.«

»Ich spreche zu viele Dinge aus, die du lieber verschweigen würdest. Glaubst du denn, daß du mir die Wahrheit verheimlichen kannst? Ich kenne die Frauen.«

»Das habe ich gemerkt.«

»Liebes Kind, du möchtest doch bestimmt keinen unerfahrenen

Liebhaber haben. Du brauchst einen Kenner, der dir das Tor zum Paradies aufstößt. Wir könnten es miteinander so schön haben, Claudine. Komm schon, sag ja. Wir können unsere Verlobung bei der Abendgesellschaft bekanntgeben. Unsere Eltern erwarten es von uns. Und in ein paar Wochen sind wir verheiratet. Wohin soll die Hochzeitsreise gehen? Was meinst du zu Venedig? Romantische Nächte auf den Kanälen, die Gondolieri singen Liebeslieder, während wir dahingleiten. Hättest du Lust darauf?«

»Der Ort wäre ideal. Mich würde nur stören, daß du mich begleitest.«

»Du bist unfreundlich.«

»Du hast es dir selbst zuzuschreiben.«

»Und deine Antwort lautet?«

»Nein.«

»Wir werden es in ein Ja verwandeln.«

»Wie?«

Er sah mich aufmerksam an; sein Gesichtsausdruck veränderte sich und machte mir beinahe Angst.

»Ich habe da so meine Methoden.«

»Und eine sehr hohe Meinung von dir.«

Ich wandte mich von ihm ab. Er faszinierte mich, und ich mußte den Wunsch unterdrücken, abzusteigen und es mit ihm aufzunehmen. Das wäre gefährlich gewesen. Hinter seinem leichten Geplauder lag eine rücksichtslose Entschlossenheit, die mich sehr an seinen Vater erinnerte. Angeblich wollen die Männer deshalb Söhne haben, weil sie sich in ihnen wiederfinden. Das traf bei Dickon und Jonathan absolut zu.

Ich galoppierte über das Feld, auf das Meer zu. An diesem Tag war es schmutziggrau und am Rand, wo die Wellen über den Sand spülten, braun. In der Luft lag der kräftige Geruch des Seetangs, denn in der Nacht hatte ein Sturm getobt. Tiefe Erregung erfaßte mich, während ich mit meinem Pferd am Rand des Wassers entlangflog.

Jonathan ritt lachend neben mir – er war nicht weniger erregt als ich.

Nach etwa einer Meile hielt ich an – Jonathan befand sich immer noch an meiner Seite. Die Gischt glitzerte auf seinen Augenbrauen; in seinen Augen flackerte die blaue Flamme, die ich so gut kannte

327

– und plötzlich dachte ich an Venedig, Gondeln und italienische Liebeslieder. In diesem Augenblick hätte ich gesagt: »Ja, Jonathan, du bist es. Ich weiß, daß es nicht leicht sein wird; daß wir kein friedliches Leben führen werden ... aber ich nehme dich zum Mann.«

Wenn man siebzehn ist, sehnt man sich nicht nach einem behaglichen Leben. Aufregung, Überschwang, Ungewißheit sind viel anziehender.

Ich wendete mein Pferd und rief: »Reiten wir um die Wette nach Hause.«

Wieder galoppierten wir den Strand entlang. Er blieb neben mir, aber ich wußte, daß er einen günstigen Augenblick abwartete, um mich zu überholen. Er mußte mir beweisen, daß er immer gewann.

In der Ferne sah ich Reiter und erkannte Charlot und Louis-Charles.

»Sieh doch, wer dort ist«, rief ich.

»Wir brauchen sie nicht. Galoppieren wir zurück.«

Aber ich rief: »Charlot!«

Mein Bruder winkte uns zu. Wir trabten zu ihnen, und ich bemerkte sofort, daß Charlot zutiefst erschüttert war.

»Hast du die Neuigkeiten gehört?« fragte er.

»Neuigkeiten?« wiederholten Jonathan und ich gleichzeitig.

»Also wißt ihr es noch nicht. Diese Mörder ... *Mon Dieu*, wenn ich nur dort wäre. Ich möchte ...«

»Was ist denn los?« fragte Jonathan. »Wer hat wen ermordet?«

»Den König von Frankreich«, erwiderte Charlot. »Frankreich hat keinen König mehr.«

Ich schloß die Augen und erinnerte mich an alles, was mein Großvater vom Hof erzählt hatte, von dem König, dem man so vieles vorwarf, für das er nicht verantwortlich war. Vor allem dachte ich daran, wie der Pöbel zuschaute, während er die Stufen zur Guillotine hinaufstieg und den Kopf unter das Beil legte.

Sogar Jonathan war ernst geworden. »Es war zu erwarten gewesen ...«

»Ich habe nie geglaubt, daß sie es wagen würden«, widersprach Charlot. »Und jetzt haben sie es getan. Dieser elende Pöbel ... Sie haben Frankreich verraten.«

Charlot kam nicht darüber hinweg. Er erinnerte mich in diesem

Augenblick an meinen Großvater und meinen Vater. Beide waren Patrioten gewesen. Charlots Herz schlug für die französischen Royalisten. Er hatte immer dabeisein und an dem aussichtslosen Kampf für die Monarchie teilnehmen wollen. Nun war der König tot – wie ein gemeiner Verbrecher auf der Guillotine ermordet – und Charlot hätte sich am liebsten sofort auf den Weg nach Frankreich gemacht.

Louis-Charles sah Jonathan beinahe um Entschuldigung bittend an. »Frankreich ist unser Heimatland«, erklärte er, »und sie haben unseren König getötet.«

Wir ritten still und gedankenverloren heim; wir trauerten um eine verlorene Herrschaft und um einen Mann, der den Preis für die Exzesse seiner Vorgänger bezahlt hatte.

Bei Tisch war die Hinrichtung des Königs von Frankreich das einzige Gesprächsthema.

Dickon stellte fest, daß er nach London mußte und daß Jonathan ihn begleiten sollte. Der Hof würde bestimmt Trauer anlegen.

»Alle Herrscher sind beunruhigt, wenn einer von ihnen wie ein gewöhnlicher Verbrecher behandelt wird«, bemerkte David.

»Eigentlich kommt es nicht überraschend«, meinte Jonathan.

»Ich war davon überzeugt, daß es nie soweit kommen würde«, widersprach Charlot heftig. »Ganz gleich, wieviel Macht die Revolutionäre erlangten.«

»Es war unvermeidlich«, stellte Dickon fest. »Als dem König die Flucht mißlang und er sich nicht zu den Emigranten durchschlagen konnte, war sein Schicksal besiegelt. Wenn er es geschafft hätte, hätte er die Revolution vielleicht niederschlagen können. Und dabei wäre es so leicht gewesen. Welch idiotische Unfähigkeit! Standesgemäß reisen ... in der großen Kutsche ... wobei die Königin die Gouvernante spielt. Als könnte Marie Antoinette jemals jemand anderer als sie selbst sein. Wenn es nicht so tragisch wäre, müßte man darüber lachen. Stellt euch vor, wie die schwerfällige, riesige Kutsche in das kleine Varennes einfährt und die unvermeidlichen Fragen auftauchen: Wer sind diese Reisenden? Wer ist die Dame, die sich als Gouvernante bezeichnet? Das Rätsel war leicht zu lösen.«

»Es war ein mutiger Versuch«, sagte Charlot.

»Mut ist nicht viel wert, wenn er von Torheit begleitet ist«, bemerkte Dickon grimmig.

Charlots Stimmung wurde immer düsterer. Ich hatte nie zuvor begriffen, wie stark seine gefühlsmäßige Bindung an Frankreich war.

Dickon war sehr gut unterrichtet. Wir wußten nie genau, warum er soviel Zeit in London und bei Hof verbrachte; er war mit Premierminister Pitt befreundet und verstand sich mit Charles James Fox und dem Prinzen von Wales ausgezeichnet. Er sprach nur selten über sein »geheimes« Leben, wie wir es nannten, obwohl er meiner Mutter vermutlich etliches anvertraute. Sie begleitete ihn überallhin, also mußte sie über seine Unternehmungen Bescheid wissen. Doch sie war genauso verschwiegen wie er.

Diesmal war er aber etwas gesprächiger. Er meinte, daß Pitt ein ausgezeichneter Premierminister war, fragte sich aber, wie er das Land auf einen Krieg vorbereiten wolle.

»Krieg?« rief meine Mutter. »Wieso Krieg? Mr. Pitt hat doch ausdrücklich erklärt, daß England viele friedliche Jahre vor sich hat.«

»Das war vor einem Jahr, meine liebe Lottie. In der Politik kann sich innerhalb kurzer Zeit sehr viel ändern. Mr. Pitt hat bestimmt den Aufruhr auf der anderen Seite des Kanals für eine örtlich begrenzte Angelegenheit gehalten ... die uns nichts anging. Doch jetzt wird uns allen klar, daß sie uns betrifft ... daß sie uns sogar sehr direkt betrifft.«

Charlot unterstützte ihn. »Und es ist auch richtig so. Wie könnten die Nationen der Welt die Augen vor einer solchen Schandtat verschließen und sie nicht rächen?«

»Ach, das würde ihnen nicht schwerfallen«, erwiderte Dickon herablassend. Er behandelte Charlot immer mit leiser Verachtung, die er vermutlich nur deshalb nicht deutlicher zeigte, weil sich meine Mutter darüber aufgeregt hätte. »Wir unternehmen nur dann etwas, wenn die Ereignisse uns direkt berühren. Nachdem die Revolutionäre Frankreich ruiniert haben, suchen sie neue Angriffsziele. Der Zusammenbruch Frankreichs ist das Werk der Agitatoren. Sie sind die eigentlichen Provokateure, die dem Volk die Augen darüber geöffnet haben, wie ungerecht es behandelt wurde, die auf diese Gegensätze zwischen Aristokraten und Bauern hingewiesen haben, die dort, wo es keine Übelstände gab, welche geschaffen haben. Jetzt wollen sie zu uns hinüberwechseln. Der Hund, der seinen Schwanz verloren hat, erträgt es nicht, daß andere ihn behalten haben. Die Agitatoren werden nach England kommen. Ich kann euch etwas verraten: In London und sogar in Schottland werden Gesellschaften gegründet, die in unserem Land die gleichen Ziele verfolgen, die in Frankreich erfolgreich verwirklicht wurden.«

»Das möge Gott verhüten!« rief meine Mutter.

»Amen, meine liebe Lottie«, fügte Dickon hinzu. »Wir werden es nicht zulassen. Diejenigen unter uns, die über die Vorgänge Bescheid wissen, werden alles tun, was in ihrer Macht steht, um es zu verhindern.«

»Glaubst du denn, daß es euch gelingen wird?« fragte Charlot.

»Ja, wir kennen nämlich die Gefahr.«

»Das haben einige Leute in Frankreich auch geglaubt«, meinte meine Mutter.

Dickon schnaubte verächtlich. »Und haben sich für die amerikanischen Kolonisten eingesetzt, statt in ihrem eigenen Haus Ordnung zu schaffen. Vielleicht begreifen sie jetzt, wie töricht sie gehandelt haben, denn die jungen Narren, die Freiheit und Gleichheit für die Unterdrückten gefordert haben, sehen nun, was der Dank der Unterdrückten ist – die Guillotine.«

»Armand hat wenigstens versucht, etwas zu unternehmen«, widersprach meine Mutter. »Er hat eine Truppe aus echten Patrioten zusammengestellt, die sich für die Gerechtigkeit einsetzten. Ich weiß, daß du ihn für unfähig gehalten hast ...«

»Er hält alles, was nicht in England geschieht, für unzulänglich«, warf Charlot ein.

Dickon lachte. »Es wäre schön, wenn dem so wäre. Ich würde mich sehr freuen, wenn dieses Land stets weise handelte, doch ich muß leider gestehen, mein junger Monsieur de Tourville, daß das nicht immer der Fall ist. Vielleicht sind wir aber etwas vorsichtiger als unsere Nachbarn. Wir neigen etwas weniger dazu, voreilig zu handeln ... wir regen uns nicht übermäßig über Dinge auf, die für uns von Nachteil sind. Wollen wir es dabei bewenden lassen?«

»Das wäre, finde ich, das beste«, bemerkte David.

Dickon lachte seinen Sohn an. »Ich sehe schwere Zeiten voraus, und zwar nicht nur für Frankreich. Österreich kann kaum die

331

Hände in den Schoß legen, wenn seine Erzherzogin ihrem Mann auf die Guillotine folgt.«

»Glaubst du, daß sie auch Marie Antoinette töten?«

»Zweifellos, meine liebe Claudine. Über ihren Tod werden sich viel mehr Menschen freuen als über den des armen Louis. Sie haben ihr immer die ganze Schuld zugeschoben, dem armen Kind ... denn das war sie, als sie nach Frankreich kam, ein hübscher kleiner Schmetterling, der in der Sonne tanzen wollte, was sie auch ganz reizend tat. Aber sie wurde erwachsen und entwickelte sich zu einer selbstsicheren, reifen Frau. Den Franzosen hatte der Schmetterling besser gefallen. Außerdem ist sie Österreicherin.« Er grinste Charlot an. »Du weißt, wie sehr die Franzosen Ausländer hassen.«

»Die Königin ist verleumdet worden«, sagte Charlot.

»Das stimmt. Wer ist in diesen wilden Tagen nicht verleumdet worden? Frankreich wird mit Preußen und Österreich Krieg führen. Vermutlich auch mit Holland, und wir werden über kurz oder lang mit hineingezogen werden.«

»Entsetzlich!« seufzte meine Mutter. »Ich hasse den Krieg, er nützt niemandem.«

»Damit hast du recht«, gab Dickon zu. »Aber es gibt Zeiten, in denen sogar friedliebende Menschen wie Mr. Pitt einsehen, daß er notwendig ist.« Er sah meine Mutter an. »Wir müssen morgen nach London reisen. Der Hof wird um den König von Frankreich trauern.«

Meine Mutter blickte zu mir hinüber. »Aber wir müssen rechtzeitig zu Claudines Geburtstag wieder hier sein.«

Dickon lächelte wohlwollend. »Nichts, weder Kriege noch Kriegsgerüchte, weder geplante noch durchgeführte Revolutionen, dürfen die Feier anläßlich von Claudines Eintritt ins Erwachsenenalter stören.«

Meine Eltern und Jonathan blieben beinahe eine Woche fort. Charlot war zutiefst deprimiert; er und Louis-Charles führten oft ernste Gespräche unter vier Augen. Die Atmosphäre hatte sich verändert; der Tod des französischen Königs hatte neue Wunden aufgerissen, und wir reagierten mit wachsendem Unbehagen auf die Ereignisse jenseits des Kanals.

David und ich besuchten die römischen Ruinen, und er steckte mich mit seiner Begeisterung an. Er erzählte mir von Herculaneum, das Anfang des Jahrhunderts entdeckt worden war, und von Pompeji, das nur wenig später ausgegraben wurde – diese beiden alten Städte waren durch einen Vulkanausbruch des Vesuvs zerstört worden.

»Ich würde diese Orte gern sehen«, sagte er. »Dort kann man bestimmt erkennen, wie die Menschen vor Hunderten von Jahren gelebt haben. Vielleicht können wir einmal gemeinsam hinreisen.«

Ich verstand seine Anspielung. Wenn wir verheiratet waren. Vielleicht auf der Hochzeitsreise. Es klang sehr aufregend. Dann dachte ich an Venedig und an den Gondoliere, der in der Dunkelheit Liebeslieder sang.

Wir sprachen natürlich sehr oft über die Revolution in Frankreich, denn wir dachten kaum an etwas anderes. David wußte genau Bescheid, obwohl man dies bei den Tischgesprächen, die natürlich von Dickon beherrscht wurden und an denen sich auch Jonathan eifrig beteiligte, kaum bemerkte.

Ich ritt mit David über das Gut. Er war auch ein guter Geschäftsmann und außerdem bestrebt, alles in seiner Macht Stehende zu tun, um das Los der Pächter und aller Menschen, die auf dem Besitz lebten, zu verbessern. Er war auf seine ruhige Art sehr tüchtig, und ich merkte wieder, wie sehr ihn alle achteten.

Allmählich gelangte ich zu der Überzeugung, daß ich an seiner Seite ein sehr glückliches Leben führen würde, aber wohl nur deshalb, weil Jonathan nicht da war.

Die drei kehrten zwei Tage vor meinem Geburtstag zurück. Meine Mutter hatte darauf bestanden.

Dann kam der große Tag. Molly Blackett wollte dabeisein, wenn ich das neue Kleid anlegte.

»Nur für den Fall, daß ich nicht ganz zufrieden bin, Miss Claudine. Vielleicht ein Stich hier, ein Fältchen dort. Man kann nie wissen.«

»Sie sind eine Künstlerin, Molly«, lobte ich sie, und sie errötete vor Freude.

Am späten Nachmittag trafen die ersten Gäste ein. Einige hatten eine längere Fahrt hinter sich, zum Beispiel die Pettigrews, deren Besitz dreißig Meilen von Eversleigh entfernt lag und die bei uns übernachten würden. Sie hatten uns schon früher gelegentlich besucht, denn Lord Pettigrew war einer der Teilhaber von Dickons Bank. Lady Pettigrew war eine jener herrschsüchtigen Frauen, deren Augen nichts entgeht. Vermutlich war sie auf der Suche nach einem passenden Ehemann für ihre Tochter Millicent.

Millicent war eine gute Partie, und wie alle Eltern, deren Kinder wohlsituiert sind, bestand Lady Pettigrew darauf, daß der künftige Ehemann ihrer Tochter dieser finanziell nicht nachstand. Ich stellte mir die rundliche Millicent vor, die auf der einen Schale einer Waage saß, während auf der anderen ihr eventueller Ehemann Platz nahm, und wie Lady Pettigrew mit Argusaugen darüber wachte, daß die Waage im Gleichgewicht blieb.

Wir hatten die Bewohner von Grasslands – eines der beiden großen Häuser in der Nachbarschaft – ausdrücklich einladen müssen, denn obwohl sie unsere nächsten Nachbarn waren, waren wir nicht mit ihnen befreundet.

Es handelte sich dabei um Mrs. Trent und ihre beiden Enkelinnen Evalina und Dorothy. Mrs. Trent hatte zweimal geheiratet, und beide Ehemänner waren gestorben. Der erste war Andrew Mather gewesen, von dem sie Grasslands geerbt hatte, und der zweite der Gutsverwalter Jack Trent. Sie war vom Unglück verfolgt gewesen, denn sie hatte nicht nur ihre beiden Männer verloren, sondern auch ihren Sohn Richard Mather und dessen Frau. Ihr einziger Trost waren ihre Enkelinnen – Evie und Dolly, wie sie sie nannte. Evie war etwa siebzehn, Dolly ungefähr ein Jahr jünger. Evie war eine Schönheit, aber Dolly war ein armes kleines Ding. Bei ihrer Geburt war ein Mißgeschick passiert: Ihr linkes Augenlid hing seitdem ein wenig herab, so daß sie das Auge nicht ganz öffnen konnte. Es handelte sich nur um eine kleine Mißbildung, aber ihr Gesicht wirkte dadurch etwas grotesk, und es war nicht zu übersehen, daß ihr diese Tatsache bewußt war.

Das zweite nahe gelegene Haus, Enderby, stand leer. Und zwar schon seit langer Zeit, denn es hatte einen schlechten Ruf. In ihm hatten sich etliche unangenehme Ereignisse abgespielt. Sabrina hatte eine Zeitlang dort gelebt – sie war sogar dort geboren. Ihre Mutter war jene Damaris gewesen, deren tugendhaftes Aussehen mir in der Gemäldegalerie aufgefallen war, und ihr Einfluß hatte wohl das Böse im Haus unterdrückt, bis es jedoch nach ihrem Tod wieder auflebte.

Unsere Halle war mit Pflanzen aus dem Glashaus geschmückt; später sollte dort getanzt werden. Der Eßtisch war zu seiner vollen Länge ausgezogen worden und füllte das Eßzimmer aus, das im Licht der zahllosen Kerzen bezaubernd wirkte. In der Mitte des Tisches stand ein großer Leuchter und an seinen Enden befanden sich kleinere.

Ich saß am Kopfende des Tisches – an diesem Abend war ich die Gastgeberin; meine Mutter hatte rechts, mein Stiefvater Dickon links von mir Platz genommen.

Endlich war ich erwachsen; ich fühlte mich sehr glücklich darüber; ich hätte diese Augenblicke am liebsten festgehalten, so daß sie ewig währten. Ich hatte begriffen, daß Glück nur ein vorübergehender Zustand ist. Man kann Vollkommenheit erreichen, aber sie ist flüchtig und geht im Wechselspiel des Lebens unter.

Alle lachten und unterhielten sich. Bald würde Dickon aufstehen, einen Trinkspruch auf mich ausbringen, und dann mußte ich mich erheben, mich für die guten Wünsche der Anwesenden bedanken, ihnen versichern, wie glücklich ich war, und dann die Mitglieder meiner Familie auffordern, auf das Wohl unserer Gäste zu trinken.

Sabrina saß am anderen Ende des Tisches. Sie sah sehr jung und sehr glücklich aus. Die meiste Zeit über hatte sie nur Augen für Dickon, denn alle ihre Wünsche waren in Erfüllung gegangen: Meine Mutter war Dickons Frau geworden, sie war nun wo sie hingehörte; Sabrina bedauerte nur, daß meine Urgroßmutter Clarissa und meine Großmutter Zipporah das alles nicht mehr erleben durften.

Jonathan saß neben Millicent, und Lady Pettigrew beobachtete ihn mit etwas verwirrtem Blick. Dickon war ein sehr reicher Mann, deshalb würde Jonathan vermutlich als Schwiegersohn Lady Pettigrews Ansprüchen genügen. Natürlich waren alle Eltern so, besonders wenn es um die Töchter ging. Sobald ein Mädchen ins heiratsfähige Alter kam, begannen sie Pläne zu schmieden. Meine Mutter benahm sich auch nicht anders, sie hatte ja mit mir über ihre Pläne gesprochen. Ich durfte über Lady Pettigrew nicht zu hart urteilen, denn es war nur natürlich, daß sie für ihre Tochter das Beste wollte.

Die Musiker befanden sich bereits auf der Galerie, und sobald die Tafel aufgehoben war, sollte der Ball beginnen. Dickon flüsterte mir zu, daß er jetzt den Trinkspruch ausbringen würde.

Er stand auf, und Stille trat ein.

»Meine Freunde«, begann er, »ihr wißt alle, aus welchem Grund wir hier versammelt sind, und ich bitte euch, eure Gläser zu Ehren unserer Tochter Claudine zu erheben, die heute ihrer Kindheit entwachsen ist und sich zur Krone der Schöpfung gemausert hat – zu einer jungen Dame.«

»Auf Claudine!«

Als sie die Gläser hoben, bemerkte ich, daß meine Mutter zur Tür blickte und daß in der Halle laute, schrille Stimmen ertönten. Handelte es sich um verspätete Gäste?

Einer der Diener kam herein, trat zu meiner Mutter und flüsterte ihr etwas zu.

Sie erhob sich.

»Was ist geschehen, Lottie?«

Am Tisch war Stille eingetreten. Das war der Augenblick, in dem ich aufstehen und meinen Trinkspruch ausbringen sollte. Doch meine Mutter ergriff das Wort. »Sie müssen mich entschuldigen … Freunde aus Frankreich sind eingetroffen.«

Dickon begleitete sie hinaus, und die Gäste sahen einander verblüfft an. Dann stand Charlot auf, erklärte: »Ich bitte ebenfalls um Entschuldigung«, und verließ, gefolgt von Louis-Charles, das Eßzimmer.

»Freunde aus Frankreich!« rief Jonathan. »Es muß sich um Emigranten handeln.«

»Wie aufregend!« Das war Millicent Pettigrew.

»Diese schrecklichen Menschen«, bemerkte jemand. »Was werden sie noch alles anstellen? Angeblich haben sie die Absicht, die Königin zu töten.«

Jetzt sprachen alle gleichzeitig. Ich betrachtete Sabrina über den Tisch hinweg. Ihr Gesicht hatte sich verändert sie sah jetzt aus wie eine alte Frau. Sie haßte alles, was den ordentlichen Lauf des täglichen Lebens störte, und dachte zweifellos an die schrecklichen Tage, als Dickon sich in Frankreich aufgehalten und sie Todesängste um ihren Sohn ausgestanden hatte. Aber das lag hinter ihr, Dickon war im Triumphzug heimgekehrt – wie immer! – und hatte Lottie mitgebracht. Wir hatten das märchenhafte Stadium erreicht, in

336

dem wir ›glücklich bis ans Ende unserer Tage‹ leben sollten, und Sabrina wollte nichts von alledem wissen, was sich jenseits des Kanals ereignete. Wir befanden uns in unserem friedlichen Winkel, weit weg von allem Streit und Hader. Am liebsten hätte sie ihre Familien in einen dichten Kokon eingesponnen, um sie vor Unheil zu bewahren. Jeden Gedanken an diese entsetzlichen Ereignisse schob sie energisch von sich – das ging uns nichts an.

Dickon kehrte lächelnd in das Eßzimmer zurück, und Sabrinas Gesicht entspannte sich.

»Wir haben Besuch«, verkündete er. »Freunde von Lottie aus Frankreich, die unterwegs zu Bekannten in London sind. Sie sind aus Frankreich geflohen und vollkommen erschöpft. Lottie sorgt dafür, daß Zimmer für sie hergerichtet werden. Komm jetzt, Claudine, sag, was du zu sagen hast.«

Ich stand auf und hielt meine kleine Ansprache. Als wir unsere Gläser geleert und uns wieder gesetzt hatten, drehten sich die Gespräche nur noch um die Revolution und darum, wie entsetzlich die Lage für die Aristokraten war, die sich vor dem Pöbel verstecken und aus ihrem Vaterland fliehen mußten.

»Es sind so viele«, bemerkte Jonathan. »In ganz Europa gibt es Emigranten.«

»Wir werden darauf bestehen, daß sie den König wieder auf den Thron setzen«, meinte Lady Pettigrew, als wäre es das einfachste von der Welt.

»Das könnte sich als schwierig erweisen, nachdem er den Kopf verloren hat«, lächelte Jonathan.

»Ich meine natürlich den neuen. Es gibt doch einen kleinen Dauphin ... nein, jetzt ist er König.«

»Er ist sehr, sehr jung«, gab Jonathan zu bedenken.

»Aus Knaben werden Männer«, widersprach Lady Pettigrew.

»Diese Bemerkung ist so treffend, daß ich nichts darauf erwidern kann«, beendete Jonathan die Diskussion.

Trotz des Ernstes der Lage hätte ich am liebsten hellauf gelacht. Jonathan übte immer diese Wirkung auf mich aus, und ich stellte mir vor, daß er mit Millicent verheiratet war und sein Leben lang Wortgefechte mit seiner Schwiegermutter austrug. Im nächsten Augenblick war ich darüber entsetzt, daß er Millicent womöglich tatsächlich heiraten könnte. Ich konnte sie mir nicht in einer Gondel

337

vorstellen, während der Gondoliere italienische Liebeslieder sang. Ich wollte sie mir auch gar nicht in dieser Situation vorstellen.

Charlot und Louis-Charles kehrten nicht sofort zurück, sondern widmeten sich den Neuankömmlingen. Erst einige Zeit später, als wir schon in der Halle tanzten, gesellten sie sich wieder zu uns.

Ich tanzte mit Jonathan, was aufregend war, und mit David, was angenehm war, obwohl beide keine guten Tänzer waren. Mein Bruder Charlot tanzte viel besser, denn in Frankreich legte man auf solche Fertigkeiten großen Wert.

Ich entdeckte Charlot und erkundigte mich nach den Besuchern.

»Sie befinden sich in einer sehr schlechten Verfassung«, berichtete er, »und waren nicht in der Lage, all den Leuten gegenüberzutreten. Deshalb hatte deine Mutter sie zunächst in einen der Salons geführt, während die Diener in ihren Zimmern Feuer machten und Wärmepfannen in die Betten legten. Sie aßen im Salon, und sobald die Zimmer bereit waren, gingen sie zu Bett.«

»Wer ist es denn?«

»Monsieur und Madame Lebrun, ihr Sohn mit seiner Frau und ihrer Tochter.«

»Beinahe eine ganze Gruppe.«

»Sie haben haarsträubende Abenteuer hinter sich und sind nur knapp mit dem Leben davongekommen. Kannst du dich an sie erinnern?«

»Nur undeutlich.«

»Sie haben in der Nähe von Amiens ein großes Gut besessen. Vor einiger Zeit haben sie ihr *château* verlassen und bei einer alten Dienerin auf dem Land gelebt. Aber sie wurden dort entdeckt und mußten fliehen. Die wenigen aufrechten Menschen, die es noch in Frankreich gibt, waren ihnen bei ihrer Flucht behilflich.«

Der arme Charlot war tief bewegt.

Die Feier war zu Ende, und die Gäste waren gegangen, bis auf diejenigen, die bei uns übernachteten. Ich lag im Bett und war zu müde, um schlafen zu können. Es war ein fröhlicher Abend gewesen und alles war glattgegangen, genau wie meine Mutter es geplant hatte. Einzig das ungelegene Eintreffen der Lebruns hatte eine kleine Störung verursacht, aber auch diesen Zwischenfall hatte meine Mutter sehr geschickt gemeistert.

Ich hatte einen Wendepunkt in meinem Leben erreicht. Meine

Eltern würden nun von mir verlangen, daß ich eine Entscheidung traf. David ... oder Jonathan? Mir fiel die Wahl wirklich schwer. Ich fragte mich, wie sehr sie mich eigentlich liebten. Wollten sie mich um meiner selbst willen heiraten oder nur, weil die Familie es von ihnen erwartete? Ich hatte den Eindruck, daß sie sehr geschickt in diese Situation manövriert worden waren.

Jonathan wollte mich zweifellos in sein Bett bringen, doch er empfand einem Milchmädchen oder einer Kammerzofe gegenüber bestimmt sehr ähnliche Gefühle. Heiraten wollte er mich nur wegen meiner gesellschaftlichen Stellung.

Und David? Nein, Davids Zuneigung war echt, galt meiner Person; er wollte mich heiraten, weil er mich liebte.

David ... Jonathan. Wenn ich klug war, so entschied ich mich für David; dennoch hatte ich das Gefühl, daß ich mich dann immer nach Jonathan sehnen würde.

Ich mußte einen Entschluß fassen ... aber nicht heute abend. Ich war zu müde.

Am nächsten Morgen schlief ich lang, denn meine Mutter hatte Anweisung gegeben, daß man mich nicht wecken solle. Als ich hinunterkam, waren die meisten Gäste, die bei uns übernachtet hatten, schon fort, und diejenigen, die noch da waren, standen im Begriff aufzubrechen.

Ich verabschiedete mich, und während wir den Besuchern nachwinkten, erkundigte ich mich nach den Franzosen.

»Sie schlafen noch«, erklärte meine Mutter. »Sie waren vollkommen erschöpft. Madeleine und Gaston Lebrun sind für solche Strapazen bereits zu alt. Wie traurig, daß sie in diesem Alter aus ihrer Heimat vertrieben werden.«

»Der Tod wäre noch schlimmer gewesen.«

Meine Mutter fröstelte. Sie erinnerte sich offenbar an die schrecklichen Augenblicke, als der Pöbel sie beinahe getötet hätte. Keiner von uns begriff so genau wie sie, wie entsetzlich dieser sogenannte Terror in Frankreich war Dickon vielleicht ausgenommen; der aber würde immer davon überzeugt sein, daß er mit jedem Angreifer fertig werden konnte.

»Wir müssen ihnen jede mögliche Hilfe gewähren«, sagte meine Mutter. »Sie haben Verwandte nördlich von London, und sobald sie sich erholt haben, reisen sie dorthin weiter. Dickon hat ihnen einen Boten mit der Nachricht geschickt, daß die Lebruns glücklich in England gelandet sind und ein paar Tage bei uns bleiben werden. Vielleicht werden Dickon und ich sie auf ihrer Weiterreise begleiten. Die Armen müssen sich in dem fremden Land ganz verloren vorkommen. Ihr Englisch ist auch nicht sehr gut. Sie tun mir so leid, Claudine.

»Sie tun uns allen leid.«

»Ich weiß. Charlot ist außer sich.« Sie seufzte. »Er nimmt sich das alles viel zu sehr zu Herzen. Ich glaube nicht, daß er sich je damit abfinden wird, in England zu leben – er ist ganz anders als du, Claudine.«

»Ich fühle mich hier zu Hause.«

Sie küßte mich. »Genau wie ich. Seit ich hier lebe, bin ich ein glücklicher Mensch. Ein Jammer, daß in Frankreich so entsetzliche Dinge geschehen ...«

Ich nahm ihren Arm, und wir kehrten ins Haus zurück.

Am nächsten Tag saß das junge Ehepaar Lebrun mit ihrer Tochter Françoise, die sich in meinem Alter befand, beim Abendessen mit uns am Tisch.

Sie dankten uns für unsere Gastfreundschaft, und als Dickon erwähnte, daß er und meine Mutter sie zu ihren Verwandten begleiten, die Reise in London unterbrechen und die Nacht mit ihnen dort verbringen würden, waren sie zutiefst erleichtert.

Natürlich drehte sich das Gespräch um ihre Flucht und um die Lage in Frankreich. Es wurde auf französisch geführt, so daß sich Sabrina, Jonathan und David nicht daran beteiligen konnten. David konnte zwar französische Bücher lesen, aber für eine allgemeine Unterhaltung reichten seine Kenntnisse nicht. Jonathan hatte vermutlich nie versucht, diese Sprache zu erlernen. Dickon beherrschte das Französische wesentlich besser, als man es von ihm erwartete, sprach es jedoch immer mit einem entsetzlichen englischen Akzent, damit man ihn nur ja nicht für einen Franzosen hielt. Wir übrigen beherrschten die Sprache natürlich fließend.

Wir erfuhren, was der Terror für die Franzosen bedeutete. Menschen wie die Lebruns lebten in ständiger Angst, sie waren ihres Lebens nie sicher. Sie hatten bei einer treuen Dienerin Unterschlupf gefunden, die einen kleinen Grundbesitzer geheiratet und die Lebruns als ihre Verwandten ausgegeben hatte. Doch es bestand immer die Gefahr, daß sie sich irgendwie verrieten; und als Monsieur Lebrun versuchte, ein Familien-Erbstück, das er gerettet hatte, zu verkaufen, wurde man auf ihn aufmerksam, und sie mußten fliehen.

Sie hatten sich als einfache Arbeiter verkleidet, aber ihnen war klar, daß sie eine Bewegung, ein falsches Wort in der Mundart, die sie sich mühsam angeeignet hatten, verraten konnte.

Meine Mutter hatte ihnen Kleider gegeben, die ihnen zwar nicht genau paßten, aber doch besser waren als die schmutzigen, zerrissenen Hosen, Röcke und Mäntel, in denen sie gereist waren. »Es gibt so viele Menschen, die uns Gutes tun«, bemerkte Madame Lebrun. »Wenn man den Pöbel sieht, wenn man erlebt, daß die Menschen, die einem früher gedient haben und die man immer gut behandelt hat, sich gegen einen wenden, so ist das zutiefst deprimierend. Aber es ist tröstlich, daß es auch Ausnahmen gibt. Viele Leute in Frankreich stehen Flüchtlingen wie uns bei. Wir werden nie vergessen, was wir ihnen schulden, denn ohne sie wäre uns die Flucht nie geglückt.«

Charlot beugte sich vor. »Sie meinen damit … Leute aus unseren Kreisen?«

»Die meisten Leute unseres Standes würden anderen helfen, wenn es möglich wäre«, bestätigte Madame Lebrun. »Aber jeder muß auf seine eigene Sicherheit bedacht sein, denn wir befinden uns alle in Gefahr. Einige besonders Tapfere widmen sich allerdings ausschließlich der Aufgabe, Flüchtlingen beim Verlassen des Landes zur Seite zu stehen; obwohl sie die Möglichkeit hätten, sich selbst in Sicherheit zu bringen, bleiben sie in der Heimat. Es gibt sogar Häuser, in denen man für einige Zeit Zuflucht findet, aber das ist für die Besitzer äußerst gefährlich. Sie müssen ständig auf der Hut vor dem Feind sein.«

»Diese Selbstlosigkeit ist sehr ermutigend«, stellte Charlot leidenschaftlich fest.

»Ich war davon überzeugt, daß es solche Menschen gibt«, stimmte Louis-Charles zu.

»Ich würde gern wissen, wie es in Aubigné aussieht«, meinte meine Mutter.

»Als wir in Evreaux Station machten, haben wir mit Jeanne Fougère gesprochen.«

Jetzt horchten wir alle auf. Jeanne Fougère war Tante Sophies treue Kammerzofe und Gefährtin gewesen – eine wichtige Person in unserem Haushalt, weil sie die einzige war, die von Tante Sophie in ihrer Nähe geduldet wurde.

»Wann war das?« erkundigte sich meine Mutter schnell.

»Vor einigen Monaten. Wir haben uns in Evreaux lange in einem der Häuser aufgehalten, die ich bereits erwähnt habe.«

»Vor Monaten!« wiederholte meine Mutter. »Was hat Jeanne erzählt? Haben Sie sich nach Sophie und Armand erkundigt?«

Madame Lebrun sah meine Mutter traurig an. »Armand ist im *château* gestorben. Doch er ist wenigstens dem Pöbel entgangen. Der junge Mann, der sich bei ihm befunden hatte, ist gesund geworden und weitergezogen.«

»Und was ist mit Sophie?«

»Sie war immer noch mit Jeanne in Aubigné.«

»Ist das *château* denn nicht zerstört worden?«

»Offenbar nicht. Der Pöbel hat wohl die wertvollen Sachen, die Möbel und so weiter gestohlen; Jeanne sagte, es hatte wie auf einem Schlachtfeld ausgesehen, aber sie hatte ein paar Hühner und eine Kuh aufgetrieben, und sie lebten mehr recht als schlecht in einem Winkel des Schlosses. Die Leute ließen sie in Frieden. Mademoiselle Sophie war zwar eine Aristokratin, die Tochter des Comte d'Aubigné, aber sie lebt infolge ihrer Entstellung wie eine Einsiedlerin. Jedenfalls kümmert sich niemand um sie. Dennoch war Jeanne besorgt; sie fragte sich immer wieder: ›Wie lange noch?‹ Möglicherweise hat sich ihre Lage inzwischen verschlechtert, denn jetzt, da der König tot ist, soll der Terror angeblich schlimmer werden.«

»Die arme Sophie«, murmelte meine Mutter.

Am nächsten Tag reisten die Lebruns ab. Wie versprochen, fuhren Dickon und meine Mutter mit.

Nach ihrer Abreise wirkte das Haus verändert. Die Lebruns hatten uns klargemacht, wie bedroht unser Leben war. Natürlich hatten wir gewußt, was sich drüben abspielte, aber so genau hatte man es uns noch nie geschildert.

Bald danach begriff ich, was Charlot im Schilde führte.

Am Abendbrottisch drehte sich die Unterhaltung meist um Frankreich und um die verzweifelte Lage der Aristokraten, die sich noch dort befanden.

Die Guillotine forderte täglich neue Opfer, die Königin befand sich im Gefängnis, und es war nur noch eine Frage von Tagen, bis auch sie an die Reihe kam.

»Und unsere Tante lebt drüben«, stellte Charlot fest. »Die arme Tante Sophie. Sie hat mir immer leid getan. Kannst du dich erinnern, Claudine, daß sie stets eine Kapuze getragen hat, um eine Seite ihres Gesichts zu verdecken?«

Ich nickte.

»Und Jeanne Fougère – sie war ein bißchen ein Drache. Aber was für eine treue Seele, was für eine wunderbare Frau. Sie erlaubte uns nur selten, Tante Sophie zu besuchen.«

»Bei dir hat sie eine Ausnahme gemacht, Charlot«, erinnerte sich Louis-Charles.

»Das stimmt, sie mochte mich besonders gern.«

Das war richtig, Charlot war immer ihr Liebling gewesen, wenn man bei ihr überhaupt von Lieblingen sprechen konnte. Sie hatte ihn sogar ein- oder zweimal aufgefordert, sie zu besuchen.

»Die Menschen, die die Aristokraten vor der Guillotine retten, sind wahre Helden«, fuhr Charlot fort.

Er blickte Louis-Charles an, und dieser lächelte ihm zu – sie waren sich offenbar in dieser Beziehung einig.

Auch Jonathan hatte sie beobachtet und mischte sich jetzt ein. »Ja, es ist ein herrliches Wagnis. Mein Vater ist hinübergefahren und hat Claudines Mutter herausgeholt. Das war großartig.«

Charlot pflichtete ihm bei, obwohl er Dickon nicht sonderlich mochte.

»Aber«, fügte er hinzu, »er hat nur meine Mutter herausgeholt. Nur einen Menschen, weil sie die einzige war, für die er sich interessierte.«

Ich trat leidenschaftlich für Dickon ein. »Er hat dabei sein Leben aufs Spiel gesetzt.«

Es war gut, daß Sabrina nicht anwesend war, denn sie hätte Dickon erbittert verteidigt. Wenn er außer Haus war, ließ sie sich oft nur eine Kleinigkeit auf ihr Zimmer bringen, statt mit uns zu essen. Nur wenn er sich auf Eversleigh aufhielt, machte sie sich die Mühe.

343

»Das mag wohl sein«, lächelte Charlot. »Aber es hat ihm bestimmt Spaß gemacht.«

»Was wir gern tun, machen wir für gewöhnlich gut«, meldete sich jetzt David, »das ändert aber nichts am moralischen Wert einer Tat.«

Niemand ging darauf ein.

Jonathans Augen leuchteten; ich hatte geglaubt, daß nur ich diese blaue Flamme in ihnen wecken konnte. Offensichtlich gab es außer dem schwachen Geschlecht auch noch andere Dinge, die ihn erregten.

»Es muß aufregend sein«, erklärte er, »Menschen zu retten, sie im letzten Augenblick aus dem Gefängnis zu befreien, der Guillotine ein weiteres Opfer zu entreißen.«

Charlot beugte sich daraufhin über den Tisch, und sie begannen, über die Aristokraten zu sprechen, denen die Flucht geglückt war und von denen die Lebruns erzählt hatten. Sie unterhielten sich sehr lebhaft und schlossen David und mich gleichsam von ihrem Gespräch aus.

»Was ich unter diesen Umständen getan hätte«, verkündete Jonathan gerade und entwickelte dann einen genialen Plan. In ihrer Begeisterung wirkten sie wie kleine Jungen.

Jonathan schilderte in allen Einzelheiten, wie der Pöbel meine Mutter in die *mairie* gebracht und dann verlangt hatte, daß man sie ausliefern solle. Sie wollten sie an der nächsten Laterne aufhängen.

»Und mein Vater befand sich, als Kutscher verkleidet, in einer Kutsche hinter der *mairie*. Er bestach den Bürgermeister, der daraufhin meine Mutter freiließ, und mein Vater fuhr mit der Kutsche mitten durch den Pöbel auf dem Marktplatz. Jeden Augenblick hätte sie jemand erkennen können.«

»Er war davon überzeugt, daß nichts schiefgehen konnte«, sagte ich.

Am Tisch trat Stille ein, weil alle voll Bewunderung an Dickon dachten. Sogar Charlots Augen leuchteten.

Doch dann meinte er: »Er hätte aber gleichzeitig noch ein paar andere Gefangene herausholen können.«

»Wie hätte er das bewerkstelligen sollen?« fragte ich. »Es war schon schwierig und gefährlich genug, meine Mutter zu befreien.«

»Doch es kommt immer wieder vor. Es gibt tapfere Männer und

Frauen, die es unter Einsatz ihres Lebens wagen. Mein Gott, wie gern möchte ich drüben sein!«

»Ich auch!« stimmte Louis-Charles zu.

Das Thema war schier unerschöpflich.

Ich war noch immer von meinem Problem in Anspruch genommen: Jonathan oder David? In einem Jahr um die gleiche Zeit, wenn ich achtzehn war, würde ich mich längst entschieden haben.

Wenn ich nur nicht beide so gern gehabt hätte. Vielleicht war doch die Tatsache schuld daran, daß sie Zwillinge waren – die beiden gegensätzlichen Seiten eines einzigen Menschen.

Warum erlaubt man eigentlich nicht, daß jemand, der Zwillinge liebt, beide heiratet? dachte ich frivolerweise.

Wenn ich mit David beisammen war, dachte ich oft an Jonathan. Und wenn ich mit Jonathan beisammen war, fiel mir David ein.

Am Tag nach dem abendlichen Gespräch ritt ich aus und erwartete, daß Jonathan mir wie gewöhnlich folgen würde. Er wußte, wann ich das Haus verließ.

Ich ritt langsam, damit er mich leichter einholen konnte, aber er tauchte nicht auf. Als ich den Gipfel eines kleinen Hügels erreicht hatte, hielt ich an und sah mich um. Es war jedoch keine Spur von ihm zu sehen.

Ich begnügte mich an diesem Tag mit einem kurzen Ritt und kehrte verärgert zum Haus zurück. Als ich die Halle betrat, hörte ich in einem der angrenzenden Zimmer Stimmen und schaute hinein.

Jonathan, Charlot und Louis-Charles waren in ein Gespräch vertieft.

»Ich komme von einem Ausritt zurück«, begrüßte ich sie.

Sie nahmen kaum Notiz von mir ... nicht einmal Jonathan.

Ausgesprochen mißgelaunt begab ich mich auf mein Zimmer.

Beim Abendessen drehte sich die Unterhaltung wieder – wie konnte es anders sein – um die Ereignisse in Frankreich.

»Es gibt noch andere Länder auf der Welt«, warf David ein.

»Vielleicht das alte Rom und das alte Griechenland«, antwortete Jonathan verächtlich. »Du vertiefst dich so sehr in die Vergangenheit, geliebter Bruder, daß du gar nicht merkst, wie um dich herum Geschichte gemacht wird.«

»Ich kann dir versichern, daß mir die Bedeutung der Ereignisse,

345

die sich zur Zeit in Frankreich abspielen, vollkommen klar ist«, gab David zurück.

»Und ist das alles nicht wichtiger als Julius Cäsar oder Marco Polo?«

»Man kann Geschichte nicht durchschauen, wenn man so unmittelbar in ihr gefangen ist«, erklärte David langsam. »Es ist, als ob man ein Bild betrachtet. Man muß etwas zurücktreten ... ein paar Jahre. Dieses Bild ist noch unfertig.«

»Du und deine Metaphern und Vergleiche! Du bist ja nicht richtig lebendig. Wollen wir es ihm erzählen, Charlot und Louis-Charles? Erzählen wir ihm, was wir vorhaben?«

Charlot nickte ernst.

»Wir fahren nach Frankreich«, verkündete Jonathan. »Wir werden unter anderem auch Tante Sophie herüberbringen.«

»Das kannst du nicht!« rief ich. »Dickon würde es nie zulassen.«

»Ob du es glaubst oder nicht, meine kleine Claudine, ich bin kein Kind mehr, dem man vorschreibt, was es tun soll.« Er sah mich mit gespielter Nachsicht an. »Ich bin ein Mann und tue, was mir beliebt.«

»Er hat recht«, stimmte Charlot zu. »Wir sind Männer, und wir werden tun, was wir für richtig halten, ganz gleich, wer uns daran hindern will.«

»Unser Vater wird diesen Plänen bald ein Ende bereiten«, meinte David. »Du weißt sehr genau, Jonathan, daß er dir nie erlauben würde, hinüberzufahren.«

»Ich brauche seine Erlaubnis nicht«, antwortete Jonathan.

Charlot lächelte Louis-Charles selbstgefällig an. »Und über uns hat er nicht zu verfügen.«

»Ihr werdet schon sehen, er wird es verhindern«, wiederholte David.

»Sei deiner Sache nicht so sicher.«

»Und wie wollt ihr das große Abenteuer durchführen?« erkundigte ich mich nüchtern.

»Zerbrich du dir darüber nicht den Kopf«, erwiderte Charlot, »du begreifst es doch nicht.«

»Natürlich«, rief ich, »ich mag dumm sein ... aber nicht so dumm wie andere Leute, die bizarren Hirngespinsten nachjagen. Erinnere dich, wie es Onkel Armand ergangen ist, der den Agitatoren das Handwerk legen wollte. Was ist aus ihm geworden? Er ist in der Bastille gelandet ... und dort hat sich der kräftige, gesunde Mann in einen armseligen Invaliden verwandelt – der jetzt unter der Erde liegt. Er hat sich von der Gefangenschaft in der Bastille nie mehr erholt.«

»Er war unvorsichtig und hat Fehler begangen. Das würden wir vermeiden. Ich weigere mich, weiterhin untätig zuzusehen, wie meine Heimat im Chaos versinkt ... ich will beweisen, daß auch ich für hohe Ideale eintrete.«

»Die Idee ist in der Tat edel«, gab David zu, »doch sie erfordert sorgfältige Planung.«

»Das ist uns klar«, stimmte ihm Charlot zu. »Aber wie können wir planen, bevor wir angekommen sind, bevor wir wissen, wie es drüben tatsächlich aussieht?«

»Ihr meint es offenbar wirklich ernst«, stellte ich fest.

»Natürlich«, bestätigte Charlot.

Ich sah Louis-Charles an, der zustimmend nickte. Selbstverständlich würde er Charlot überallhin folgen.

Als ich mich Jonathan zuwandte, gewahrte ich, wie seine blauen Augen blitzten; ich fühlte mich verletzt und Zorn stieg in mir auf, weil diese Flammen nicht mir galten ... und weil er nicht nur sein Leben, sondern auch das von Charlot und Louis-Charles aufs Spiel setzte.

»Du wirst sie doch nicht etwa begleiten?« fragte ich.

Er nickte lächelnd.

»Du bist kein Franzose, das Problem betrifft dich nicht.«

»Das Problem betrifft alle rechtschaffenen Menschen«, dozierte Charlot.

Sein Beweggrund war die Vaterlandsliebe; doch bei Jonathan war es etwas anderes; er hatte mich zutiefst verletzt, weil er mir deutlich gezeigt hatte, daß ich bei ihm nur an zweiter Stelle stand.

Sein Abenteuer war ihm wichtiger als ich.

Den ganzen darauffolgenden Tag verbrachten Jonathan, Charlot und Louis-Charles außer Haus. Sie kamen erst am Abend heim und verrieten nicht, wo sie gewesen waren, doch sie wirkten äußerst selbstgefällig und zufrieden. Auch am nächsten Tag ritten sie aus und kehrten erst spät abends zurück.

Ich sprach mit David über die drei, und er erklärte, daß ihre Heimlichtuerei ihm Sorgen bereitete.

»Da steckt doch nichts dahinter«, meinte ich. »Sie können unmöglich nach Frankreich fahren.«

»Und warum nicht? Charlot denkt nicht sehr weit, und Louis-Charles folgt ihm wie sein Schatten. Jonathan ...« Er zuckte mit den Schultern. »Jonathan hat schon oft verrückte Pläne geschmiedet und keineswegs alle in die Tat umgesetzt. Er sieht sich auf einem herrlichen Schlachtroß, wie er sich der Gefahr aussetzt und siegreich wieder daraus hervorgeht. So war er immer schon.«

»Er ist darin seinem Vater sehr ähnlich.«

»Mein Vater wäre nie auf die abwegige Idee gekommen, Fremde zu retten. Er war immer der Ansicht, daß die Franzosen die Revolution durch ihre eigene Dummheit heraufbeschworen haben und jetzt dafür büßen.«

»Aber er hat sich in Gefahr begeben und ist als Sieger heimgekehrt.«

»Er hatte ein bestimmtes Ziel: Er wollte deine Mutter herausholen. Dieses Unternehmen hatte er mit kühlem Kopf geplant und genau berechnet. Die drei Hitzköpfe hingegen lassen sich von ihren Gefühlen leiten, nicht von ihrem Verstand.«

»Das würdest du nie tun, David.«

»Jedenfalls nicht freiwillig.«

»Was soll nun geschehen? Sie sind so unbesonnen, daß ihnen alles zuzutrauen ist.«

»Mein Vater wird bald wieder da sein und sich dann damit befassen.«

»Hoffentlich bleiben unsere Eltern nicht zu lange weg.«

David nahm meine Hand. »Mach dir keine Sorgen, die politische Lage ist viel zu verworren. Wir befinden uns beinahe im Kriegszustand mit den Franzosen. Es würde den dreien gar nicht leichtfallen, hinüberzugelangen. Die Hindernisse sind beinahe unüberwindlich.«

»Hoffentlich hast du damit recht.«

Ich war sehr erleichtert, als Dickon und meine Mutter am nächsten Tag heimkehrten.

»Es ist alles in Ordnung«, berichteten sie. »Wir haben die Lebruns bei ihren Freunden abgeliefert. Das Wiedersehen war rührend. Sie finden dort die Zuflucht, die sie brauchen, aber es wird einige Zeit dauern, bis sie sich von ihren schrecklichen Erlebnissen erholt haben.«

Während des Abendessens brach das Donnerwetter dann los.

Wir saßen alle bei Tisch, als Charlot beinahe gleichgültig verkündete: »Wir haben beschlossen, nach Frankreich zu fahren.«

»Das könnt ihr doch nicht tun«, widersprach meine Mutter.

»Wir können nicht? Diese Worte sind wohl unzutreffend.«

»Es ist ohne Bedeutung, ob du eine Äußerung in englischer Sprache für unzutreffend befindest oder nicht«, bemerkte Dickon. »Du verstehst nicht sehr gut Englisch, und wenn Lottie sagt, daß ihr nicht nach Frankreich fahren könnt, dann meint sie damit, daß ihr doch nicht so unvernünftig sein könnt, es zu versuchen.«

»Andere haben es gewagt«, wandte Charlot ein.

Er sah Dickon herausfordernd an, worauf dieser sagte: »Sie meint, daß ihr es nicht schaffen würdet.«

»Willst du damit andeuten, daß du ein übernatürliches Wesen bist, das Taten vollbringt, zu denen andere nicht fähig sind?«

»Damit hast du ins Schwarze getroffen«, entgegnete Dickon scharf. »Ich möchte noch ein Stück vom Roastbeef, es ist heute wirklich ausgezeichnet.«

»Trotzdem! Ich fahre nach Frankreich«, wiederholte Charlot.

»Und ich begleite ihn«, meldete sich Jonathan.

Einen Augenblick lang starrten Vater und Sohn einander an. Ich war nicht sicher, was dieser Blick ausdrückte. Dickons Augen blitzten, und ich hatte zuerst den Eindruck, daß er eigentlich nicht überrascht war. Aber vielleicht kam mir das auch erst später so vor.

Dann räusperte sich Dickon. »Du bist verrückt.«

»Nein«, widersprach Jonathan. »Nur entschlossen.«

»Ich verstehe. Ihr habt es also genau durchdacht. Wer schließt sich diesen Narren noch an? Etwa du, David?«

»Bestimmt nicht«, erklärte David. »Ich habe ihnen nicht verschwiegen, was ich von dieser Idee halte.«

Dickon nickte. »Ich stelle befriedigt fest, daß wenigstens ein paar Familienmitglieder noch über einen gesunden Menschenverstand verfügen.«

»Gesunder Menschenverstand!« explodierte Jonathan. »Wenn dieser nur darin bestehen würde, daß man sich ausschließlich mit Büchern und Mathematik befaßt, dann wäre die Welt heute noch lange nicht an dem Punkt angelangt, den sie erreicht hat.«

»Ganz im Gegenteil«, widersprach ihm David. »Idee, Gedanken und Bildung haben zum Fortschritt viel mehr beigetragen als unüberlegte Abenteuer.«

»Da bin ich anderer Meinung.«

»Jetzt reicht es«, unterbrach Dickon. »Vermutlich hat euch das Eintreffen der Flüchtlinge auf diese Idee gebracht. Ihr hättet hören sollen, was sie uns alles erzählt haben. Frankreich ist heute von Barbaren bevölkert.«

»Es gibt drüben noch anständige Menschen«, mischte sich Charlot ein, »und die tun alles, was in ihrer Macht steht, um ihre Heimat zu retten.«

»Da haben sie sich aber eine schwere Aufgabe gestellt. Ich habe sie vor Jahren schon gewarnt, daß sie geradewegs in eine Katastrophe steuern.«

»Das habe ich selbst gehört, Dickon«, pflichtete ihm meine Mutter bei.

»Daraufhin haben sie sich gegen uns gewandt und die amerikanischen Kolonisten unterstützt. Diese Dummköpfe! Es überrascht mich nicht im geringsten, daß sie sich jetzt in dieser Lage befinden.«

»Ich sehe das alles ganz anders«, antwortete Charlot. »Aber es hat keinen Sinn, es dir zu erklären.«

»Ich verstehe dich sehr gut, denn ihr seid keineswegs sehr tiefschürfend. Ihr seid einfach ein paar junge Dummköpfe. Und jetzt ist Schluß damit, ich möchte mein Roastbeef in Ruhe genießen.«

Am Tisch trat Stille ein. Sabrina, die nur heruntergekommen war, weil sie mit Dickon zusammensein wollte, sah bedrückt auf ihren Teller. Sie haßte Streit.

Auch meine Mutter war beunruhigt, und das tat mir leid. Auch wenn sie nur kurze Zeit fort gewesen war, hatte sie sich doch auf die Heimkehr gefreut.

Dickon forderte Jonathan auf, nach dem Essen in sein Arbeitszimmer zu kommen. Als ich nach oben ging, hörte ich sie leise reden.

Meine Mutter kam in mein Zimmer, setzte sich auf mein Bett und sah mich bekümmert an.

»Wie ist es denn dazu gekommen?« wollte sie wissen.

Ich erzählte ihr, daß die drei immerzu die Köpfe zusammengesteckt und Pläne geschmiedet hatten und so in ihre Überlegungen vertieft gewesen waren, daß wir anderen für sie Luft zu sein schienen.

»Meiner Meinung nach hat Charlot damit angefangen.«

»Charlot war immer schon ein Patriot; er ist darin seinem Vater nachgeraten. Es ist ein Jammer, daß er und Dickon sich nicht vertragen.«

»Sie haben sich von Anfang an nicht sehr gut verstanden.«

Sie seufzte.

»Man kann eben nicht alles im Leben haben, Maman«, bemerkte ich, »und du kannst dich ohnehin nicht beklagen.«

»Ja«, sagte sie, »das stimmt. Aber glaube mir, Claudine, das Beste, das einem zustoßen kann, ist, das große Glück erst dann zu finden, wenn man reif genug ist, um es zu genießen.«

»Das war ja bei dir der Fall.«

Sie nickte. »Die jungen Heißsporne werden einsehen, daß ihr Vorhaben Unsinn ist. Dickon wird ihnen schon die Augen öffnen.«

Doch es gelang ihm nicht.

Am nächsten Tag verließen die drei heimlich das Haus, und ihre Abwesenheit fiel uns erst auf, als ihre Plätze beim Abendessen leer blieben.

Keiner von uns fand Schlaf in dieser Nacht. Am nächsten Tag erhielt Dickon einen Brief von Jonathan.

Sie würden den Kanal auf einem Schiff überqueren, das an der belgischen Küste anlegte, und wenn dieser Brief bei uns eintraf, würden sie vermutlich dort gerade an Land gehen.

Hochzeit auf Eversleigh

Unser Haus stand Kopf. Dickon tobte, und meine Mutter war verzweifelt. Obwohl Charlot ihrem Herzen nie so nahegestanden hatte wie ich und obwohl nach ihrer Heirat mit Dickon die Kluft zwischen ihr und ihrem Sohn noch größer geworden war, so war er doch ihr Kind, und seine Flucht betrübte sie sehr. Sie wußte, daß Charlot nie gerne in England gelebt hatte, und so fühlte sie sich ihm gegenüber schuldig, weil sie erkannte, wie unglücklich er gewesen sein mußte. Er war zu Besuch hierhergekommen – wie wir alle – und hatte sich nie damit abgefunden, daß er dann gezwungen gewesen war, in England zu bleiben.

Er hatte oft erwähnt, daß er bedauerte, meine Mutter damals nicht begleitet zu haben. Er hätte dann Frankreich nie wieder verlassen, sondern wäre dort geblieben und hätte für die gute Sache gekämpft. David hatte damals eingewendet: »Sehr lange hätte dieser Kampf aber nicht gedauert, denn irgendwann wärst du ebenfalls auf der Guillotine gelandet.«

Jetzt erst erinnerte ich mich an diese Gespräche und an so vieles andere. Es reizte mich nicht mehr auszureiten, denn ich mußte nicht mehr fürchten und durfte nicht mehr hoffen, daß Jonathan mir auflauern würde. Er war fort – und wenn er nie wiederkam, was dann?

Meine Mutter zeigte ihren Kummer nicht, damit sich Dickon nicht noch mehr aufregte, als es ohnehin schon der Fall war. Nach einiger Zeit verschwanden jedoch die Anzeichen der Beunruhigung, obwohl sich sein Sohn Jonathan in Gefahren begeben hatte, die man sich hier kaum vorstellen konnte.

Dickon hing vermutlich nicht übermäßig an seinen Söhnen; aber sie waren seine Erben, und als echter Mann war er auf sie stolz. Ich fragte mich, ob ihm manchmal der Gedanke kam, daß Jonathan vielleicht nicht zurückkehren würde. Es war durchaus möglich, daß er sich damit tröstete, daß ihm dann ja noch David blieb.

Während der ersten Wochen hielten wir noch nach ihnen Ausschau. Ich stand oft im Dachgeschoß und beobachtete die Straße; manchmal leistete mir meine Mutter dabei Gesellschaft. Wenn sie dann meine Hand ergriff und sie drückte, wußte ich, daß sie wieder in Gedanken die Szene in der *mairie* mit dem tobenden Pöbel erlebte. Es war nur natürlich, daß sich ihr diese Erinnerung jetzt immer stärker aufdrängte.

Einmal brach sie zusammen und rief: »Diese schreckliche Revolution! Wenn man das Unheil sieht, das sie angerichtet hat, bezweifelt man, daß sie auch etwas Gutes bringen kann. Mein Vater hat durch sie seinen einzigen Sohn verloren. Stell dir das doch einmal vor, Claudine. Eines Tages war er verschwunden, und als er wiederkam, war mein Vater bereits tot.«

Ich küßte ihre Hand.

»Ich danke Gott dafür, daß ich wenigstens dich bei mir habe«, murmelte sie.

»Ich werde immer bei dir bleiben.«

»Gott segne dich dafür, mein geliebtes Kind.«

In diesem Augenblick hätte ich alles getan, um sie zu trösten.

Dickon hingegen war vor allem wütend. Er hatte Charlot nie gemocht, und es war ihm bestimmt vollkommen gleichgültig, daß sein Stiefsohn sich in Gefahr befand. Aber er war zornig, weil meine Mutter darunter litt.

Noch nie in seinem Leben hatte man seinen Willen so mißachtet.

Dann wurde Sabrina krank. Ich war davon überzeugt, daß die Aufregung daran schuld war; jedenfalls lenkte es uns etwas von den Ereignissen in Frankreich ab.

Ich saß oft an ihrem Bett und las ihr vor, denn das mochte sie, und sie erzählte mir viel aus der Vergangenheit. Sie meinte, daß ich Glück im Leben gehabt hätte, denn ich war immer geliebt worden. Manchmal sprach sie von ihrer eigenen Kindheit, und dann wurde mir vieles klar und ich sah sie in einem ganz anderen Licht.

Als sie noch ein kleines Mädchen gewesen war, hatte man ihr einmal verboten, auf einem zugefrorenen Teich Schlittschuh zu laufen, weil Tauwetter eingesetzt hatte. Sie hatte nicht gehorcht, war eingebrochen, und ihre Mutter hatte sie gerettet, allerdings um den Preis einer schweren Erkältung, die zum frühen Tod der Frau führen sollte. Sabrinas Vater hatte ihr nie verziehen, und dieser Vorwurf hatte ihr ganzes Leben überschattet. Nur meine Urgroßmutter Clarissa, ihre Cousine, hatte sie verstanden. Und dann heiratete Sabrina den Mann, den Clarissa liebte!

Ich betrachtete ihren zarten Körper, ihre weißen Haare, ihr schmal gewordenes, aber immer noch schönes Gesicht, und begriff, daß ihr ganzes Leben von Schuldgefühlen gezeichnet war. Sie hatte Dickon mit Clarissa geteilt, und so hatten beide durch ihn Trost in ihrem Kummer über den Tod seines Vaters gefunden.

Kindheitserlebnisse beeinflussen das Wesen eines Menschen entscheidend. Dickon war arrogant und aggressiv, und er meinte, alle Welt müßte ihm gehören und gehorchen. Nun ja, die beiden Damen, die ihn angebetet hatten, hatten sicherlich zu dieser Einstellung beigetragen. Und Charlot ... er war in Frankreich aufgewachsen, es war seine Heimat, dort gehörte er hin.

Ich hoffte und betete, daß er den Revolutionären nie in die Hände fallen würde, denn das würde seinen sicheren Tod bedeuten. Und Louis-Charles würde ihm überallhin, auch in den Tod, folgen. Und Jonathan? Nein, ich konnte mir nicht vorstellen, daß jemand Jonathan in seine Gewalt bekam. Er war zu sehr Dickons Sohn, er würde sich immer und überall durchzuschlagen wissen. Ich hielt an dieser Überzeugung fest, weil sie mich tröstete.

Mit David war ich sehr oft beisammen, weil ich mit ihm über all diese Dinge viel besser sprechen konnte als mit meiner Mutter.

»Ich sorge mich um sie«, bemerkte ich einmal. »Wenn sie nur schon wieder zurück wären.«

»Jonathan kommt bestimmt zurück, doch bei Charlot und Louis-Charles habe ich so meine Zweifel. Charlot hatte sich mit diesem Vorhaben schon lange ernsthaft beschäftigt und Louis-Charles mitgerissen. Für Jonathan ist es nur ein weiteres Abenteuer, von dem er bald genug bekommen wird. Seine Begeisterung ist meist nur ein Strohfeuer.«

Die Reise nach London, die ich nach meinem Geburtstag unternehmen sollte, wurde aufgeschoben. Keiner hatte dazu Lust.

»Vielleicht fahren wir einmal alle gemeinsam, wenn sie erst wieder da sind«, meinte meine Mutter traurig.

Doch dann fuhr Dickon nach London, und meine Mutter begleitete ihn. War es möglich, daß Jonathan nicht nur die Wünsche seiner Familie, sondern auch Geschäftsinteressen mißachtet hatte?

Nachdem der erste Schreck überwunden war, vergingen die Ta-

354

ge schnell. Auch mein Unterricht ging weiter, und mein Englisch wurde so gut, daß sogar Dickon damit zufrieden war. Mein französischer Akzent schlug nur noch selten durch.

David las mir oft aus den Büchern vor, die mich interessierten, und ich lernte viel Neues von ihm. Er liebte es, wenn ich mit ihm über das Gut ritt, und ich kannte bald alle unsere Pächter persönlich. Ich erkundigte mich nach ihren Problemen und brachte Geschenke, wenn ein junges Paar ein Kind bekam. David erzählte mir, daß die Leute mich mochten und nach mir fragten, wenn ich ihn einmal nicht begleitete.

»Neulich hat eine Frau gemeint: ›Miss Claudine gehört zu uns. Niemand käme auf den Gedanken, daß sie nicht von hier stammt.‹«

»Anscheinend haben sie mir meinen französischen Vater verziehen.«

»Und das will etwas heißen!«

»Warum sind die Leute eigentlich so engstirnig?«

»Weil sie nicht weiter sehen als bis zu ihrer Nasenspitze.«

»So ist Charlot auch.«

Kaum hatte ich diese Bemerkung gemacht, bedauerte ich sie auch schon. Wir hatten stillschweigend beschlossen, dieses Thema nicht zu berühren.

»Charlot fühlt sich so sehr als Franzose, daß er alles ablehnt, was nicht französisch ist. Mein Vater nimmt in bezug auf England die gleiche Haltung ein.«

»Es ist also offenbar eine männliche Schwäche.«

»Vielleicht. Deine Mutter konnte sich in beiden Ländern anpassen ... genau wie du, Claudine.«

»Man ist dort zu Hause, wo die Menschen leben, die man liebt. Ganz sicher sind ein Haus oder ein Stück Land entscheidend.«

»Also bist du hier zu Hause.«

»Meine Mutter lebt hier, und wo sie ist, bin ich zu Hause.«

»Vielleicht gilt das auch für andere Menschen«, meinte er.

Ich sah ihn offen an. »Ja, es gilt auch für andere.«

»Zum Beispiel für mich?«

»Natürlich, David.«

»Du wirst mich heiraten, nicht wahr, Claudine?«

Und ich sagte: »Ja, David, ich werde dich heiraten.« Später fragte ich mich, warum ich so rasch zugestimmt hatte, denn obwohl ich

355

mich seit Jonathans Abreise immer mehr zu David hingezogen fühlte, war ich mir meiner Gefühle noch nicht ganz sicher.

Im nachhinein glaube ich, daß ich wahrscheinlich der Verzagtheit entrinnen wollte, in die wir alle verfallen waren. Etwas mußte geschehen, etwas, das die trübe Stimmung vertrieb. Seit Jonathan so leichthin fortgegangen war, seit er mich um eines neuen Abenteuers willen verlassen hatte, war ich immer mehr zu der Überzeugung gelangt, daß ich David liebte, denn ich war sicher, daß ich für ihn immer an erster Stelle kam. Und nachdem ich ihm mein Jawort gegeben hatte, versuchte ich mir einzureden, daß ich richtig gehandelt hatte.

David strahlte, und die Atmosphäre im Haus wurde sofort viel heiterer. Meine Mutter war wieder so gelöst wie früher, und Dikkon war so begeistert, als wäre diese Heirat sein größter Herzenswunsch gewesen.

Meine Mutter begann beinahe fieberhaft Pläne zu schmieden. Wann sollte die Hochzeit stattfinden? Sie war dafür, nicht zu lange zu warten, denn der Sommer war die günstigste Zeit dafür. Aber wir hatten bereits August, und die Vorbereitungen erforderten noch einige Wochen. Also dann Ende September? Oder Anfang Oktober? Wir setzten die Hochzeit schließlich auf Oktober fest, damit wir die Vorbereitungen in aller Ruhe treffen konnten.

Es war Ende Februar gewesen, als die drei jungen Männer nach Frankreich gefahren waren. Mir kam es vor, als wäre es Jahre her.

Die Tage vergingen, und ich sagte mir immer wieder, daß ich richtig gehandelt hatte. Ich war sehr glücklich. David und ich hatten sehr viele gemeinsame Interessen, und wir würden im Kreis unserer Familie ein überaus glückliches Leben führen.

Ich habe richtig gehandelt, dachte ich unablässig. Aber warum mußte ich es mir dann ständig wiederholen?

Auf jeden Fall war ich glücklich darüber, daß meine Mutter gänzlich davon in Anspruch genommen war, die Hochzeit zu arrangieren. Sie überlegte lange, ob Molly Blackett auch fähig sein würde, mein Brautkleid zu nähen, oder ob wir eine Hofschneiderin kommen lassen sollten, auch wenn wir dadurch Mollys Gefühle verletzen würden. Solange meine Mutter mit solchen Problemen beschäftigt war, konnte sie sich wenigstens nicht darüber Gedanken machen, was Charlot alles zustoßen konnte.

Schließlich entschloß sie sich: Die Rücksicht auf Molly siegte über alle modischen Bedenken, und Molly machte sich daran, Meter um Meter reinweißen Chiffons und zarter Spitzen zu verarbeiten. Sie kniete vor mir, hatte ihr Nadelkissen neben sich liegen, und meine Gedanken flogen zu dem Tag zurück, an dem Jonathan Molly unter einem Vorwand weggeschickt hatte.

Das Kleid wurde ein Meisterwerk, und Molly Blackett würde ihr Leben lang stolz darauf sein. Es hing bereits eine Woche vor der Hochzeit fertig in meinem Schrank, und ich betrachtete es jeden Abend, bevor ich zu Bett ging. Oft kam es mir wie ein Gespenst vor, das dort auf mich wartete – und zwar keines aus der Vergangenheit, sondern eines aus der Zukunft. Einmal träumte ich, daß ich es trug und daß Jonathan zu mir kam, das Mieder herunterschob und mich küßte.

Vermutlich ist jedes Mädchen vor seiner Hochzeit etwas besorgt. Ich dachte oft über die Ehen nach, die in adeligen Familien geschlossen wurden. Was empfand die Braut, wenn sie einem ihr beinahe unbekannten Bräutigam ihr Jawort gab? Ich wußte wenigstens, daß David ein freundlicher, gebildeter Mensch war, der mich wirklich liebte, und den auch ich liebte. Das erklärte ich jedenfalls dem Gespenst im Schrank.

Bei Tag verging meine Angst. Wenn ich mit David über das Gut ritt, war ich zufrieden. So würde unser Leben verlaufen, und ich würde mich gern daran gewöhnen. Ich würde David helfen, wenn auf dem Besitz nicht alles nach Wunsch ging, und wir würden gelegentlich nach London reisen. Schon unsere Hochzeitsreise sollte dorthin führen. Mir fiel oft ein, daß wir uns eigentlich vorgenommen hatten, nach Italien zu fahren und Herculaneum oder Pompeji zu besuchen, aber das war jetzt zu schwierig, weil wir uns im Krieg mit Frankreich befanden. Ich fragte mich manchmal, was die Franzosen mit einem Engländer anstellen würden, den sie in ihrem Land festnahmen. Dickon meinte, in Frankreich herrsche solche Unruhe, daß die Bewohner andere Sorgen hätten, als sich um Fremde zu kümmern; sie waren zu sehr damit beschäftigt, sich gegenseitig umzubringen. Ich machte mir jedenfalls um alle drei Abenteurer Sorgen.

Wir beschlossen also, nach London zu fahren ... für etwa eine Woche. Wir wollten mit einem Boot die Themse hinauf bis nach

357

Hampton segeln, wir wollten ins Theater gehen, und wir hatten vor, im Stadthaus unserer Familie zu wohnen.

Ich mußte unwillkürlich an Venedig und italienische Liebeslieder denken, an Gondolieri, die ihre Gefährte lautlos über das dunkle Wasser ruderten.

Eines Tages ritten wir an Grasslands vorbei, das Mrs. Trent gehörte; sie bemerkte uns, kam heraus und sprach uns an.

Ich hatte sie eigentlich nie gemocht, denn sie machte irgendwie einen hinterhältigen Eindruck. Als ich Eversleigh zum erstenmal besucht hatte – damals war ich noch sehr klein gewesen –, hatte ich sie für eine Hexe gehalten und mich vor ihr gefürchtet.

Ich wußte nicht, wieso ich auf diese Idee verfallen war, denn die Frau war offenbar in ihrer Jugend sehr hübsch gewesen. Sie hatte jedoch eine gewisse Verschlagenheit an sich, so daß ich auf der Hut war.

Sie begrüßte uns und meinte: »Sie sind also unser junges Brautpaar. Kommen Sie doch herein und trinken Sie ein Glas Schlehengin oder, wenn Ihnen das lieber ist, einen Schluck Holunderwein; er ist dieses Jahr sehr gut geraten.«

Ich hätte am liebsten abgelehnt, aber David nahm die Einladung dankend an. Er hatte bestimmt genausowenig Lust dazu wie ich, aber er war zu wohlerzogen, um die Aufforderung zurückzuweisen.

Im Vergleich zu Eversleigh war Grasslands ein sehr kleiner Besitz. Es gab nur zwei Pächter, aber angeblich hatte Mrs. Trent einen sehr tüchtigen Verwalter.

Wir betraten die Halle, die natürlich kleiner war als unsere in Eversleigh; sie gewann aber durch ihre Höhe und durch die herrlichen Stützbalken aus Eichenholz. Mrs. Trent führte uns von dort in einen Salon und befahl einem Dienstmädchen, Schlehengin und Holunderwein zu bringen.

Mrs. Trent strahlte vor Zufriedenheit. Sie bekam nur selten Besuch, denn aus irgendeinem Grund war sie in der Nachbarschaft nie akzeptiert worden. Angeblich war sie einmal in einen Skandal verwickelt gewesen. Ihre Mutter war die Haushälterin von Carl Eversleigh gewesen, mit dem ich entfernt verwandt war; in Wahrheit war sie aber seine Geliebte gewesen und hatte ihn schamlos bestohlen. Meine Großmutter Zipporah war ihr auf die Schliche

358

gekommen, und so war die Dame eines Tages verschwunden. Ihrer Tochter aber war es gelungen, eine Anstellung bei Andrew Mather auf Grasslands zu bekommen. Sie verstand es, sich ihm unentbehrlich zu machen, so daß er sie schließlich heiratete. Kurz darauf starb er, sie blieb mit ihrem kleinen Sohn zurück, und Grasslands ging in ihren Besitz über.

Angeblich hatte sie etliche Affären gehabt, und bald nach dem Tod ihres ersten Mannes heiratete sie ihren Verwalter Jack Trent, der vermutlich schon vorher ihr Geliebter gewesen war. Seither führte sie ein ehrbares Leben, aber die Leute verziehen ihr ihre Vergangenheit nicht.

»In der ganzen Gegend herrscht große Aufregung wegen der Hochzeit«, berichtete sie. »Ihre Mutter ist bestimmt sehr glücklich – und Ihr Stiefvater natürlich auch. Es ist immer schön, wenn alles so kommt, wie man es erwartet hat, nicht wahr?«

David versicherte ihr, daß auch wir glücklich waren.

»Das ist doch selbstverständlich, nicht wahr? Mr. Jonathan wird aber ganz schön dumm schauen, wenn er nach Hause kommt und feststellt, daß sein Bruder ihm zuvorgekommen ist.«

Ich wurde rot. Ja, das wußte ich noch von Mrs. Trent. Sie kannte die Schwächen ihrer Nachbarn und hatte Vergnügen daran, den Finger auf den wunden Punkt zu legen. Man fragte sich unwillkürlich, wieviel sie wirklich wußte. Sie war anscheinend doch eine Hexe.

Das Mädchen brachte den Wein, und sie schenkte ein.

»Die Schlehen und der Holunder haben heuer viel getragen«, bemerkte sie. »Wir wollen auf die Hochzeit anstoßen.«

So geschehen, fuhr sie fort: »Und auf die glückliche Heimkehr von Mr. Jonathan.«

Ihre Augen funkelten, als sie mich dabei ansah. Ich konnte beinahe spüren, wie sie versuchte, meine Gedanken zu lesen.

»Ich mag Abwechslung«, bemerkte sie. »Das ist einer der Nachteile des Landlebens ... es ist sehr ruhig. Ich kam in London zur Welt, müssen Sie wissen. Was für ein Unterschied! Meine Mutter übersiedelte nach Eversleigh, und seither habe ich stets auf dem Lande gelebt. Manche Leute meinen, zu meinem Glück; und ich muß zugeben, daß ich allen Grund habe, dem Schicksal dankbar zu sein.«

Sie versank kurz in Gedanken an die Vergangenheit, und sogleich zeigten ihre lebendigen Augen flüchtig das breite Grinsen des hämischen Erinnerns.

»Neulich ist Ihr Stiefvater vorbeigeritten. Er ist wirklich ein vollkommener Gentleman.« Ihre Augen glitzerten jetzt, als wüßte sie etwas über Dickon, das sie uns liebend gern erzählen wollte.

Ich fragte mich, ob ich mir ihre Verschlagenheit, ihre Geheimnistuerei nur einbildete.

Wenn sie über Jonathan und Dickon sprach, klang ihre Stimme so, als kenne sie die beiden sehr gut.

Ich konnte es nicht erwarten aufzubrechen; ihre Art beunruhigte mich. Ob sie wohl auf David den gleichen Eindruck machte? Ich versuchte, ihm anzudeuten, daß wir austrinken und gehen sollten; Grasslands bedrückte mich.

Mrs. Trent legte den Kopf schief und lauschte. Dann rief sie: »Ich sehe euch schon. Kommt herein und begrüßt das junge Paar.«

Die beiden Mädchen kamen herein; sie trugen Reitkleidung. Evie sah sehr hübsch darin aus, was ihre Schwester um so unscheinbarer wirken ließ.

»Sie haben Evie und Dolly schon kennengelernt«, stellte Mrs. Trent fest. Sie musterte Evie stolz; Dolly tat mir sofort leid; sie hielt sich etwas im Hintergrund, so als wäre ihr ihre Verunstaltung deutlich bewußt.

Die Mädchen machten artig einen Knicks, und Mrs. Trent fuhr fort: »Die beiden finden, daß Sie ein großartiges Paar abgeben, nicht wahr, Kinder?«

Die Mädchen nickten.

»Seid ihr denn stumm?« fragte Mrs. Trent. »Ihr wißt doch, was man in solchen Fällen sagt.«

»Herzlichen Glückwunsch, Miss de Tourville und Mr. Frenshaw«, sagte Evie.

»Danke«, antworteten wir gleichzeitig, und David fügte hinzu: »Neulich habe ich euch reiten gesehen. Ihr beherrscht eure Pferde sehr gut.«

»O ja«, bestätigte Mrs. Trent, »ich habe dafür gesorgt, daß sie die richtige Erziehung bekommen. Meine Enkelinnen sollen niemandem nachstehen.«

»Mit Erfolg, Mrs. Trent«, bestätigte ich. »Danke für den Wein; er

360

ist heuer wirklich besonders gut. Aber jetzt müssen wir uns leider auf den Weg machen, nicht wahr, David?«

»Ja, wir haben auf dem Gut noch viel zu erledigen«, pflichtete er mir bei.

»Wem sagen Sie das«, meinte Mrs. Trent. »Natürlich ist Grasslands nicht Eversleigh, aber es macht uns auch ganz schön viel Arbeit. Es war sehr freundlich von Ihnen, hereinzuschauen. Wir haben uns sehr darüber gefreut, nicht wahr, Kinder?«

»Natürlich«, bestätigte Evie gehorsam.

»Ich werde gern zu Ihrer Hochzeit kommen und auch den einen oder anderen Tanz wagen. Ihr Mädchen werdet damit noch ein wenig warten müssen, obwohl es bei Evie nicht mehr lang dauern wird. Warten wir's ab.«

Wir standen auf, und sie begleitete uns zu unseren Pferden. Evie und Dolly kamen auch mit und sahen zu, wie wir aufsaßen.

Mrs. Trent tätschelte mein Pferd zärtlich.

»Ich komme bestimmt zur Hochzeit«, wiederholte sie. »Ihre Familie interessiert mich ganz besonders.«

Ich weiß nicht, warum, aber ich hatte das Gefühl, daß ihre Worte einen drohenden Klang hatten.

Unterwegs meinte David: »Sie ist nicht sehr taktvoll, aber ich glaube nicht, daß sie es böse meint.«

Er hatte also ebenso empfunden wie ich. Es stimmte, daß sie nicht taktvoll war, aber ich war nicht sicher, ob sie es nicht doch böse meinte. Mir kamen meine Bedenken jedoch albern vor, deshalb brachte ich mein Pferd in den Galopp. Ich wollte schnell eine möglichst große Entfernung zwischen mich und Grasslands bringen.

Sobald wir die Straße erreicht hatten, ritten wir im Schritt. »Sie wohnen schon lange in Grasslands, nicht wahr?« fragte ich.

»Mrs. Trent wurde dort als Haushälterin angestellt und hat dann den alten Andrew Mather geheiratet.«

»Ja, das weiß ich. Ihr Sohn war der Vater der beiden Mädchen.«

»Ja, er stammte aus der Ehe mit ihrem ersten Mann. Sowohl er wie auch ihr zweiter Mann haben den Besitz gut geführt. Jetzt hat sie einen tüchtigen Verwalter angestellt.«

»Grasslands ist ganz anders als dieses Enderby.«

»Ja, Enderby hat etwas Merkwürdiges an sich.«

»Glaubst du, daß Häuser auf die Menschen, die in ihnen wohnen, einen Einfluß ausüben können? Angeblich bringt Enderby Unglück.«

David lachte. »Wie soll ein Haus das bewirken? Es besteht nur aus Ziegeln oder Steinen, und die können schwerlich Glück oder Unglück bringen.«

»Sehen wir uns das alte Haus einmal an – ganz kurz.« Ich bog von der Straße ab, und David folgte mir. Nach einer Biegung lag es unvermittelt vor uns. Ich muß zugeben, daß ich bei seinem Anblick erschauerte; obwohl es im hellen Tageslicht stand, sah es dunkel und drohend aus, wie so viele vernachlässigte Häuser. Es war von dickem, hohem Gestrüpp umgeben.

»Es sieht erbärmlich aus«, stellte David fest.

»Und gleichzeitig herausfordernd«, antwortete ich.

Er lachte. »Kann man das wirklich von einem Haus behaupten?«

»Bei Enderby stimmt es. Komm, ich möchte es mir näher ansehen. Glaubst du, daß sich jemals ein Käufer dafür finden wird?«

»Nicht in seinem jetzigen Zustand. Es hat jahrelang leergestanden – vermutlich wegen seines schlechten Rufs.«

»Ich möchte es genauer begutachten, David.«

»Hat dir Grasslands nicht genügt?«

»Vielleicht wegen Grasslands.«

Er sah mich erstaunt an, dann lächelte er. »Also schön, gehen wir.«

Wir banden unsere Pferde an einem Pfosten fest und gingen zur Eingangstür. Um uns herrschte unheimliche Stille. Ich zog an der rostigen Glocke, und wir lauschten dem Klingeln, das im leeren Haus widerhallte.

»Es hat keinen Sinn zu läuten«, bemerkte David. »Wer sollte uns denn öffnen?«

»Gespenster. Menschen, die früher in dem Haus gelebt haben und wegen ihrer Sünden keine Ruhe finden. Hier ist doch einmal ein Mord geschehen, nicht wahr?«

»Wenn überhaupt, dann ist es schon sehr lange her.«

»Gespenster stammen aus längst vergangenen Zeiten.«

»Anscheinend kenne ich dich doch noch nicht genau, Claudine. Du glaubst an böse Geister, nicht wahr?«

»Ich weiß es nicht, aber wenn man mir beweisen könnte, daß es sie gibt, würde ich an sie glauben.«

»Darin besteht ja die Schwierigkeit. Würdest du auch ohne Beweise an sie glauben?«

»Im Schatten dieses Hauses wäre ich dazu imstande.«

»Leider können wir nicht hinein, es ist versperrt.«

»Besitzt denn niemand den Schlüssel dazu?«

»Vermutlich Mrs. Trent, weil sie die nächste Nachbarin ist. Du hast doch nicht die Absicht, zu ihr zurückzureiten und sie um den Schlüssel zu bitten?«

Ich schüttelte energisch den Kopf. »Trotzdem würde ich es gern ein bißchen erforschen.«

David, der bestrebt war, mir jeden Wunsch zu erfüllen, folgte mir durch das Unkraut und das hohe Gras um das Haus herum. Dann entdeckte ich ein Fenster mit einem zerbrochenen Riegel und schob es auf.

»Hier können wir hineinklettern, David«, rief ich aufgeregt. »Wollen wir?«

Er kletterte voraus und half mir dann hinein. Wir standen in der Halle und betrachteten die gewölbte Decke, die Galerie und die breite Treppe, die zu ihr hinaufführte.

»Genau hier soll es spuken«, berichtete David. »Soviel ich weiß, begann es damit, daß sich jemand in finanziellen Schwierigkeiten befand und sich mit einem Strick aufhängen wollte, den er an der Galerie befestigt hatte. Der Strick war zu lang, er fiel auf die Füße und stand entsetzliche Qualen aus. Seither ist das Haus verflucht.«

»Sabrina hat als Kind hier gelebt.«

»Ja, aber sie hat es später vermieden, wieder hierherzukommen. Damals war das Haus beinahe wieder wie jedes andere, und zwar weil Sabrinas Mutter eine herzensgute Frau war. Bei ihrem Tod brach ihrem Mann das Herz, und die alte Düsterkeit kehrte in das Haus zurück. Damit hast du den Beweis dafür, daß die Menschen die Häuser zu dem machen, was sie sind, und nicht umgekehrt.«

»Du hast recht.«

Er lachte und legte mir den Arm um die Schulter. »Na also. Ein ungeliebter Besitz. Das könnte sich aber auch ändern ... wenn die richtigen Leute hier einziehen.«

»Kein vernünftiger Mensch würde hier wohnen wollen. Denk nur daran, wieviel Arbeit die Instandhaltung erfordern würde.«

»Ein paar Gärtner könnten das Gröbste innerhalb von ein paar

Monaten schaffen. Meiner Meinung nach stehen die Büsche zu hoch und zu dicht, und deshalb wirkt das Haus so düster.«

»Sehen wir uns auch noch die Geistergalerie an.«

Wir stiegen die Treppe hinauf, und ich schob den Vorhang, aus dem dichte Staubwolken aufstiegen, zur Seite. Dann betrat ich die Galerie und blickte in die Halle hinunter. Die Stimmung war unheimlich; das Haus war still, als lausche es.

Mich fröstelte, aber ich erwähnte David gegenüber nichts davon, denn er war zu nüchtern, um solche Dinge zu bemerken.

Wir blickten zu der Zwischenwand hinüber, hinter der die Küche lag. Ich stellte mir vor, wie Menschen hier getanzt hatten, und hätte gern gewußt, wie die Halle in der Dunkelheit wirkte. Ich konnte nicht glauben, daß sich Leute finden würden, die Interesse an dem Haus zeigten. Nein, es würde langsam verfallen.

Wir gingen die Treppe hinauf, und unsere Schritte hallten im leeren Haus wider. Wir schauten in die Schlafzimmer hinein, in denen hie und da noch ein Möbelstück stand, zum Beispiel ein alter Schrank oder ein Bett mit Baldachin.

Ich wäre gern einige Augenblicke lang allein gewesen. David war zu prosaisch, zu wenig phantasiebegabt, um die seltsame Atmosphäre so zu empfinden wie ich. Meine Phantasie hingegen war sehr lebhaft, und ich gab ihr manchmal nach, sah und fühlte, wo nichts zu sehen und zu fühlen war.

Während David einen alten Schrank genau in Augenschein nahm, schlüpfte ich in eines der Zimmer.

Stille. Nur die Bäume um das alte Haus rauschten leise.

Plötzlich erklang ein zischendes Flüstern, das den ganzen Raum erfüllte. »Hüte dich, hüte dich, kleine Braut.«

Ich erstarrte vor Entsetzen und sah mich rasch um. Es war jemand im Raum, denn ich hatte die Worte deutlich vernommen. Ich lief zur Tür und schaute in den Korridor hinaus. Er war leer.

David tauchte aus dem Zimmer auf, in dem er sich befunden hatte.

»Hast du jemanden gehört?« fragte ich.

Er sah mich erstaunt an. »Hier ist niemand.«

»Ich habe etwas gehört ...«

»Deine Phantasie geht mit dir durch.« Ich nickte, denn jetzt wollte ich nur noch fort. Das Haus war wirklich verhext.

Wir gingen die Treppe in die Halle hinunter, und ich sah mich fortwährend um; vielleicht verriet sich die geheimnisvolle Stimme.

Aber es war niemand zu sehen.

David half mir durch das Fenster, und ich bezwang mein Zittern, als er mich in den Sattel hob.

»Kannst du dir vorstellen, daß jemand aus diesem Haus ein Heim machen kann?« wollte David wissen.

»Bestimmt nicht. Es steckt voller böser Geister.«

»Und zweifellos voller Spinnweben und Staub.«

»Das macht es um nichts anziehender.«

»Aber es hat einen Vorteil: Jetzt wirst du Eversleigh um so mehr schätzen.«

Eversleigh, mein Zuhause, in dem mich die Liebe meiner Mutter und meines Mannes umhüllte. Und wenn Jonathan einmal wiederkam ...?

Ich versuchte, nicht daran zu denken, es gelang mir aber nicht, denn ich hörte immerzu die Worte: »Hüte dich, kleine Braut.«

In den darauffolgenden Tagen hatte ich viel zu tun und vergaß darüber unseren Besuch auf Enderby. Nur gelegentlich vernahm ich im Traum noch diese Stimme.

Es sollte eine bescheidene, stille Hochzeit werden, denn Jonathan, Charlot und Louis-Charles fehlten. Obwohl wir uns bemühten, nicht dauernd an sie zu denken, fragten wir uns doch, wo sie sich befanden, was ihnen vielleicht gerade zustieß. Wir sorgten uns natürlich um sie, denn sie hatten uns schon vor sieben Monaten verlassen.

Die Halle wurde mit Pflanzen aus den Gewächshäusern geschmückt und überall waren Menschen eifrig am Werk.

Aus der Küche, wo die Köchin neben anderen köstlichen Dingen mit großer Sorgfalt und Mühe eine riesige Hochzeitstorte verfertigte, drangen verführerische Düfte.

Diejenigen Gäste, die von so weit kamen, daß sie am Abend nicht mehr nach Hause fahren konnten, wollten über Nacht bleiben; die übrigen würden uns nach dem offiziellen Teil verlassen.

Die Hochzeit sollte in der Kapelle von Eversleigh stattfinden, zu der man von der Halle aus über eine kurze Wendeltreppe gelangte. Sie war nicht so klein, wie es oft bei Kapellen in Landhäusern der Fall ist, aber wir hatten so viele Gäste geladen, daß sie doch überfüllt sein würde. Meine Mutter hatte der Dienerschaft befohlen, auf der Treppe zu sitzen, wenn sie in der Kapelle keinen Platz mehr fand.

Am Tag nach der Hochzeit wollten David und ich nach London fahren und dort eine Woche bleiben.

»Die eigentliche Hochzeitsreise ist vorläufig aufgeschoben«, meinte David, »aber nur, bis es auf dem Kontinent wieder friedlich zugeht. Dann unternehmen wir die Grand Tour. Wenn es dann möglich ist, beginnen wir mit Frankreich; dort könnten wir Orte und Leute besuchen, die du kennst. Und dann geht es weiter nach Italien. Bis dahin müssen wir uns eben mit London begnügen. Bist du damit einverstanden?«

»Notgedrungenerweise«, lachte ich.

Meine Zweifel schwanden allmählich. Meine Mutter war mit meiner Wahl überaus zufrieden, denn sie hatte David stets Jonathan vorgezogen. Sie selbst hatte sich zwar für Dickon entschieden, der ein Abenteurer und alles andere als ein treuer Ehemann war, doch für mich hatte sie den ernsten David auserkoren; vielleicht deswegen, weil sie in ihrer ersten Ehe mit einem Mann verheiratet gewesen war, den sie mit vielen anderen Frauen teilen mußte, und sie mir diese bittere Erfahrung ersparen wollte.

Am Abend vor der Hochzeit öffnete ich die Schranktür und betrachtete mein Kleid. Ich hatte noch keine Kerzen angezündet, und es sah aus, als stünde eine Frau dort. Weicher Chiffon, Molly Blacketts Meisterwerk, traumhaft schön.

Ich zog mich aus, bürstete mein Haar und flocht es zu zwei ordentlichen Zöpfen. Dann setzte ich mich ans Fenster; ich fragte mich, ob alles anders gekommen wäre, wenn Jonathan uns nicht verlassen hätte. Wenn ich doch die Zeit bis zu dem Tag vor meinem Geburtstag zurückdrehen könnte ... An meinen Geburtstag hatte sich durch das Eintreffen der Flüchtlinge alles geändert. Sie hatten Jonathan und Charlot auf die Idee gebracht, nach Frankreich zu reisen. Charlot hatte ohnehin immer dorthin zurückkehren wollen.

Was wäre gewesen, wenn diese Flüchtlinge es nicht bis zu uns geschafft hätten? Was wäre gewesen, wenn sie nie nach Eversleigh gekommen wären? Wäre auch dann der morgige Tag mein Hochzeitstag?

Ich blickte in die Ferne. Wie oft hatte ich hier gestanden und nach einem Reiter Ausschau gehalten, nach Jonathan, der aus Frankreich zurückkam. Aber er war nicht gekommen und würde vielleicht nie mehr kommen, oder zu spät, wie seinerzeit Onkel Armand.

Was würde aus Jonathan werden?

Als ich endlich zu Bett ging, konnte ich nicht einschlafen; ich stellte mir meine Zukunft vor und empfand dabei so etwas wie Angst. Doch wovor fürchtete ich mich eigentlich? David liebte mich, und es gab keinen anderen Mann, der so sanft und freundlich war wie er.

Und falls Jonathan doch noch heimkehrte? Dann spielte es auch keine Rolle mehr, denn dann war ich bereits verheiratet. Was er dann trieb, würde mich nicht mehr berühren.

Endlich schlief ich ein, und als ich am nächsten Morgen die Augen aufschlug, stand meine Mutter an meinem Bett.

»Steh auf, kleine Braut«, forderte sie mich auf. »Heute ist dein Hochzeitstag.«

Ich lächelte sie verschlafen an, doch schon glaubte ich eine andere, gespenstische Stimme zu hören: »Hüte dich, kleine Braut.«

David und ich wurden also in der kleinen Kapelle von Eversleigh getraut. Es war eine schlichte Zeremonie; der auf unserem Besitz lebende Pfarrer vollzog die Trauung. Mit einem gewissen Gefühl der Ergebenheit in mein Schicksal stand ich auf den roten Steinfliesen, auf denen schon Generationen vor mir die Bräute derer von Eversleigh gestanden hatten.

In der Kapelle war es heiß, und der Duft der vielen Blumen war so betäubend, daß mir schwindelte; aber vielleicht war auch nur die Aufregung daran schuld.

David steckte mir lächelnd den Ring an den Finger und sprach die Trauformel entschlossen nach. Ich bemühte mich, meiner Stimme einen genauso entschiedenen Klang zu verleihen.

Dann verließen wir die Kapelle und gingen an all den Leuten vorbei, die der Zeremonie beigewohnt hatten. Lord und Lady Pettigrew mit ihrer Tochter Millicent; Freunde aus der Nachbarschaft; und im Hintergrund voll geheuchelter Bescheidenheit – Mrs. Trent und ihre beiden Enkelinnen.

Sie ließen mich keinen Augenblick aus den Augen. Aber das war nur natürlich, denn die Braut steht immer im Mittelpunkt bei einer Hochzeit.

Die Diener, die auf der Treppe gesessen hatten, drückten sich hastig an die Wand, um uns Platz zu machen, und David und ich betraten zum erstenmal als Mann und Frau die Halle.

Meine Mutter folgte uns auf dem Fuß. Ihre Wangen waren gerötet, und sie sah sehr schön aus; mit ihren dunkelblauen Augen und ihrem dichten schwarzen Haar war sie immer noch eine sehr attraktive und begehrenswerte Frau.

In ihren Augen standen Tränen, und sie flüsterte mir zu, daß es so rührend gewesen war. »Ich mußte an den Tag denken, an dem du zur Welt gekommen bist, und was für ein süßes Baby du warst.«

»Du benimmst dich genauso, wie man es von einer Mutter am Hochzeitstag ihrer Tochter erwartet, liebste Maman, und das finde ich ganz reizend.«

»Komm jetzt«, versetzte sie. »Wir müssen die hungrige Meute füttern.«

Bald waren alle in der Halle versammelt, und lautes Stimmengewirr erfüllte den Raum. Dickons fröhliches Lachen übertönte immer wieder die Gespräche, und meine Mutter, die neben ihm stand, wirkte so glücklich wie schon lange nicht mehr.

Mit Davids Hilfe schnitt ich die Hochzeitstorte an und bemerkte, daß die Köchin mich dabei aufgeregt beobachtete; die Dienerschaft hatte sich in einer Ecke der Halle versammelt.

Ich nickte ihr zu, um anzudeuten, daß die Torte vorzüglich gelungen war. Sie schloß die Augen, öffnete sie wieder und blickte verzückt zum Himmel. David und ich lachten und schnitten weitere Tortenstücke ab.

Mrs. Trent unterhielt sich mit Millicent Pettigrew; letztere sah etwas unglücklich aus, denn ihre Mutter hielt Mrs. Trent bestimmt nicht für eine passende Gesprächspartnerin. Sie wußte das vermutlich auch und zwang Millicent, boshaft wie sie war, an ihrer Seite zu bleiben, obwohl diese sich immer wieder hilfesuchend umsah.

»Nächstes Jahr sind Sie an der Reihe, meine Liebe«, prophezeite Mrs. Trent gerade. »Ganz bestimmt. Legen Sie ein Tortenstück unter Ihr Kissen, dann werden Sie heute nacht von Ihrem künftigen Mann träumen.«

Millicent sah an Mrs. Trent vorbei, und diese zeigte auf ihre beiden Enkelinnen. »Die beiden werden ihre Tortenstücke bestimmt unter ihre Kissen legen, nicht wahr, Kinder? Sie sind gar zu neugierig darauf, wen sie da im Traum sehen werden.« Dann wandte sie sich wieder Millicent zu. »Ich nehme an, daß Sie auf Eversleigh übernachten.«

Millicent nickte.

»Sie wohnen zu weit von hier, um bei Nacht zu reisen«, fuhr Mrs. Trent fort. »Es ist auch viel zu gefährlich. Die Wegelagerer werden immer frecher. Sie begnügen sich nicht mehr mit den Geldbeuteln der Damen, sondern verlangen angeblich noch etwas anderes.«

Millicent murmelte: »Entschuldigen Sie, bitte«, und begab sich zu ihrer Mutter.

Die Gäste traten nacheinander zu uns und wünschten uns Glück; es wurden Toasts ausgebracht, und es wurde viel gelacht. Dickon hielt eine Rede, in der er betonte, wie glücklich er und meine Mutter waren. Es wäre schon eine sehr ungewöhnliche Hochzeit, wenn der Sohn eines Mannes die Tochter der Ehefrau dieses Mannes heiratete, und dabei dennoch alles seine Richtigkeit hätte.

Dann servierten die Diener ab, und es wurde getanzt. Dem Brauch entsprechend eröffnete ich den ersten Tanz mit Dickon, gefolgt von David und meiner Mutter; bald schlossen sich uns die übrigen Gäste an.

Ich war müde und ein bißchen aufgeregt, halb erleichtert und halb ängstlich, als ein Teil der Gäste uns verließ und nur diejenigen zurückblieben, die die Nacht bei uns verbrachten.

Mrs. Trent trat zu mir, um sich zu verabschieden.

»Sie sind bestimmt froh drüber, daß Sie uns loswerden«, meinte sie mit funkelnden Augen. »Jetzt kann ja die wahre Hochzeit beginnen.«

Ich war froh, als das Haus endlich leer war.

Als die Kutschen vorfuhren, traten wir vor die Tür und winkten ihnen nach. Dann bot mir David den Arm, und wir begaben uns in das Brautgemach, in dem schon so viele junge Paare unserer Familie die erste Nacht ihrer Ehe verbracht hatten.

Die Rückkehr

Ich war glücklich, alle meine Bedenken waren zerstreut. David war so freundlich, zärtlich und rücksichtsvoll, so eifrig bemüht, mir jeden Wunsch von den Augen abzulesen. Wir schlüpften aus unserer langen, vertrauten Freundschaft in eine intimere Beziehung, als wäre es das Natürlichste von der Welt. Ich trauerte meiner Unschuld nicht nach.

Als ich am nächsten Morgen aufwachte, schlief David noch. Er hatte sich ein wenig verändert, war nicht mehr der stille junge Mann, der nur mit ernsten Studien beschäftigt war. Er liebte mich leidenschaftlich und machte mich dadurch glücklich. Wir waren immer schon gute Freunde gewesen, aber diese neue innige Beziehung tat mir gut, denn sie vermittelte mir ein Gefühl der Sicherheit. Ich lernte David jetzt von einer ganz anderen Seite kennen, und ihm ging es mit mir bestimmt ebenso. Ich hatte den biblischen Ausdruck »er erkannte sie« nie ganz begriffen, aber jetzt verstand ich ihn. Ich hatte David erkannt, und er mich, und wir waren eins geworden.

Als David aufwachte und bemerkte, daß ich ihn beobachtete, schloß er mich in die Arme. Wir empfanden beide das gleiche, wir brauchten keine Worte, um es auszudrücken. Zwischen uns war eine völlig neue Beziehung entstanden.

Meine Mutter musterte mich besorgt, als ich hinunterkam, doch mein strahlendes Gesicht beruhigte sie sofort. Sie drückte mich an sich. »Ich bin so froh, mein Liebling, daß du glücklich bist.«

Als sie uns nachwinkte, wirkte sie endlich wieder fröhlich und gelöst.

Wir verbrachten in London sehr glückliche Tage. Die Stadt hatte mich schon immer begeistert; die Geschäftigkeit, die Kutschen mit den eleganten Damen und Herren, die Geschäfte mit den herrlichen Waren, die Fackelträger in der Dunkelheit, die Lebendigkeit, die überall zu spüren war.

Es machte unglaublichen Spaß, jeden Morgen gemeinsam mit David zu überlegen, wie wir den Tag verbringen wollten.

Wir wohnten im Stadthaus unserer Familie in der Albemarle Street; es war das erste Mal, daß wir es für uns allein zur Verfügung hatten. Ich kam mir sehr erwachsen vor und hatte das Gefühl, daß mich die Dienerschaft besonders respektvoll behandelte, weil ich jung verheiratet war.

Die Flitterwochen – oder besser die eine Flitterwoche verging wie im Flug. Ich genoß jeden einzelnen Augenblick, und ich war fest davon überzeugt, daß David der einzig richtige Mann für mich war.

Wir unternahmen so viel Interessantes. Wir schlenderten durch die Straßen, beobachteten die Händler auf dem Markt, segelten den Fluß nach Hampton hinauf, ritten nach Kensington und überquerten auf dem Heimweg den Westbourne bei Knightsbridge. Als wir an Kingston House vorbeikamen, erwähnte David den Skandal, den Elizabeth Chudleigh, die Mätresse des verstorbenen Herzogs, ausgelöst hatte, indem sie behauptete, die Herzogin zu sein.

Er kannte viele fesselnde Geschichten, und ich sah London nach seinen Erzählungen mit ganz anderen Augen. Wenn wir durch die Stadt wanderten, zeigte mir David historische Orte, an denen denkwürdige Ereignisse stattgefunden hatten. Zum Beispiel die Stelle in der ehemaligen Pudding Lane, an der an einem Montag um ein Uhr nachts in einem Bäckerladen der große Brand von London ausgebrochen war, der bis zum darauffolgenden Donnerstag in der Stadt gewütet hatte. David schilderte alles sehr anschaulich, ich sah förmlich die Flammen, die Menschen, die aus ihren Häusern flüchteten, die Boote auf dem Fluß und schließlich die rettende Idee mit dem Schießpulver – sie hatten die Häuser, die sich in der Richtung befanden, in die sich das Feuer ausbreitete, gesprengt und so dem Brand Einhalt geboten. Wir besuchten die neue St.-Pauls-Kathedrale, das großartige Werk von Christopher Wren, das anstelle der abgebrannten Kirche errichtet worden war.

Mit David zusammenzusein, hieß Geschichte erleben.

Wir kamen an Carlton House vorbei und bewunderten den Säulengang – das Gebäude gehörte dem Prince of Wales. In ihm hatte Frederick, Prince of Wales, gelebt; er war gestorben, bevor er den Thron besteigen konnte. Es bestand hier eine Verbindung zum Kingston House, weil die berüchtigte Herzogin Hofdame der Princess of Wales gewesen war und auch im herrlichen Carlton House gewohnt hatte.

Dickon besaß viele Geschäftsfreunde in London, die uns als Mitglieder seiner Familie gerne eingeladen hätten. Da wir aber frisch verheiratet waren, nahmen sie sehr zu Recht an, daß wir es vorziehen würden, ein paar Tage für uns allein zu sein, und sie respektierten diesen unausgesprochenen Wunsch. Wir verbrachten also die ersten Tage allein und genossen sie in vollen Zügen. Je länger David und ich beisammen waren, desto besser verstanden wir uns. Natürlich versuchte David, meinen Geschmack in seinem Sinn zu beeinflussen, aber es fiel mir nicht schwer, mich seiner Führung anzuvertrauen. Später bezeichnete ich diese Woche als »die Tage meiner Unschuld«, denn es kam eine Zeit, da ich mir brennend wünschte, wieder so zu sein, wie ich damals gewesen war. Es gibt wohl nur wenige Menschen, die sich so sehr wie ich gewünscht haben, das Rad der Zeit zurückdrehen zu können.

Doch vorläufig waren die Tage idyllisch. Besonders zauberhaft war der Abend in Ranelagh. Die Lustgärten, der Fluß in der Dämmerung, der prächtige Tempel mit dem Deckengemälde, die Rotunde, in der sich die größten Musiker der Welt die Ehre gaben. Sogar Mozart war hier aufgetreten – meine Großmutter hatte mir davon erzählt. Wir lauschten hingerissen der Musik von Händel und Pleyel und der göttlichen Stimme von Signor Torizziani.

Dann folgte ein grandioses Feuerwerk, und wir konnten uns an den mannigfaltigen Effekten, die die Feuerwerker erdacht hatten, nicht sattsehen.

»Man möchte nicht glauben, daß sich unser Land im Kriegszustand befindet«, meinte David ernst.

Ich drückte seine Hand. »Vergiß den Krieg und alles Unangenehme. Ich bin heute so glücklich.«

Für den Heimweg benützten wir eine der Kutschen, die die Verwalter von Ranelagh bereithielten, um die Leute aus den verschiedenen Vierteln von London abzuholen, in die Lustgärten zu bringen und wieder heimzubefördern. Es waren Kopien französischer Kutschen. Wie kam es eigentlich, daß wir die Franzosen und sie uns in so vieler Hinsicht nachahmten, wenn wir anscheinend von Natur aus Feinde waren und gerade wieder gegeneinander Krieg führten?

David dachte immer ernsthaft über meine leicht hingeworfenen

Bemerkungen nach. Von Ranelagh bis Hyde Park Corner, wo wir die Kutsche verließen, beschäftigte er sich mit dieser Frage und kam dann zu folgendem Schluß:

»Zwischen unseren beiden Ländern besteht eine Antipathie – vermutlich, weil jeder die Fähigkeiten des anderen so hoch einschätzt, daß wir im Grunde Angst voreinander haben. Wenn wir einander weniger bewunderten, würden wir einander auch weniger hassen. Deshalb stehen wir einander zwar feindlich gegenüber, aber gelegentlich wird die Bewunderung so groß, daß wir den anderen einfach nachahmen müssen. Vergiß nicht, daß Nachahmung die höchste Form der Schmeichelei ist.«

Ich lachte über ihn und fand, daß er mit seiner Ernsthaftigkeit überall Probleme sah.

»Ich bin wirklich der Meinung, daß du gemeinsam mit Mr. Pitt, Mr. Burke, Mr. Fox und all den anderen im Parlament sitzen solltest.«

»Für diese Karriere eigne ich mich ganz bestimmt nicht.«

»Unsinn. Dir gelingt alles, was du dir vornimmst, und da die Staatsgeschäfte in Unordnung geraten sind, brauchen wir kluge Köpfe, die wieder Ordnung schaffen.«

»Du überschätzt meine Klugheit. Politiker müssen zielstrebig sein. Sie dürfen nicht glauben, daß sie recht haben, sie müssen davon überzeugt sein. Ich zweifle eigentlich ständig an mir.«

»Das kommt daher, weil du klug bist und weißt, daß jedes Problem zwei Seiten hat.«

»Und deshalb bin ich für die Politik ungeeignet.«

Wir gingen lachend Arm in Arm das kurze Stück zur Albemarle Street hinunter.

Wenn ich zurückblicke, wundere ich mich darüber, wieviel wir in diesen wenigen Tagen erlebten. Wir besuchten die Piazza am Covent Garden, und David erzählte mir, wie Dryden hier wegen einiger Verse in seinem Gedicht *Hirsch und Panther* überfallen worden und wie dabei ein Soldat ums Leben gekommen war. Er wußte über so viele Dichter zu erzählen: Steele, Dryden, Pope, Colly Cibber, Dr. Johnson, aber auch über berühmte Schauspieler wie Peg Woffington und David Garrick oder über Maler, zum Beispiel Sir Peter Lely und Sir Godfrey Kneller – die alle zu ihren Lebzeiten häufig die Piazza besucht hatten.

Sein Wissen war überwältigend. »Ich werde mein Leben lang davon zehren«, stellte ich fest.

Wir lauschten in Covent Garden der herrlichen Stimme von Elizabeth Billington und bemerkten unter den Zuschauern den Prince of Wales mit Mrs. Fitzherbert. Ich fühlte mich von ihnen angezogen, denn sie wirkten genauso verliebt wie David und ich.

Ich habe oft in meinem Leben darüber nachgedacht, wie gut es ist, daß wir nicht wissen, was uns die Zukunft bringt, denn immer dann, wenn unser Glück unermeßlich scheint, lauert das Böse schon auf eine Gelegenheit zuzuschlagen. Es war einer der letzten Auftritte von Elizabeth Billington gewesen, denn im darauffolgenden Jahr verließ sie England und zog sich auf den Kontinent zurück – wegen einiger empörender Artikel, die über sie erschienen waren. Und die königlichen Liebenden mußten im Lauf der Zeit viele Schicksalsschläge hinnehmen, wie wir jetzt wissen.

Ich war damals so jung und unerfahren, daß ich glaubte, mein Glück würde ewig währen.

Am nächsten Tag begannen die Besuche. Ich freute mich, neue Menschen kennenzulernen, aber der Zauber der ersten Tage war verflogen.

Natürlich konnten wir nicht ewig in unserer Traumwelt leben; wir mußten uns der Wirklichkeit stellen. Bei den Abendgesellschaften waren die Ereignisse in Frankreich nach wie vor das bevorzugte Gesprächsthema, und es war deutlich, daß die Besorgnis wuchs. David interessierte sich für alles, was er zu hören bekam, und folgte äußerst aufmerksam den Gesprächen. Jede neue Information, jede neue Ansicht waren für ihn wichtig, und das Ergebnis war, daß er über sehr viele Dinge sehr genau Bescheid wußte.

Wenn wir dann nach Hause kamen, setzte er sich auf mein Bett und hielt mir Vorträge, während ich in den Kissen ruhte.

»Welche Bedeutung hat das alles für uns?« fragte er rhetorisch. »Das gilt es festzustellen. Wie wird sich die Revolution in Frankreich auf die Bewohner Englands auswirken?«

»Sie hat sich bereits ausgewirkt«, antwortete ich. »Sie hat meine Großmutter getötet, sie hat sich den Besitz meines Großvaters angeeignet, sie hat meine Familie vernichtet, denn wer weiß, wo sich meine Tante Sophie jetzt befindet. Und schließlich hat sie meinen

Bruder Charlot, Louis-Charles und deinen Bruder Jonathan auf dem Gewissen.«

»Ja«, gab er zu, »aber das sind persönliche Erfahrungen – das ist unsere ureigenste Familientragödie. Wie wirkt sich die Revolution jedoch auf unser Land aus? Das kann für die Zukunft von noch größerer Bedeutung sein als solche persönlichen Schicksalsschläge. Hast du bemerkt, daß niemand eine genaue Vorstellung davon hat, nicht einmal die Politiker? Wer sind jetzt unsere führenden Männer? Meiner Meinung nach Pitt, Fox und Burke, findest du nicht auch? Doch wenn ich mir ihre Äußerungen im Parlament anhöre, gewinne ich den Eindruck, daß sie uneins sind. Fox ist zu vertrauensselig; er glaubt an die Freiheit und daran, daß ein Land von der Mehrheit regiert werden soll – und er nimmt an, daß die Revolutionäre die Mehrheit darstellen. Burke sieht es anders. Er weiß, daß die Menschen in Frankreich Gleichheit wollen ... aber nicht Freiheit. Jedenfalls nicht für ihre Feinde. Wie viele Leute sind auf der Guillotine gestorben, deren einzige Schuld darin bestand, daß sie Aristokraten waren? Burke ist klar, daß es in ganz Europa zu Revolutionen – und damit zur Anarchie – kommen könnte. Und Pitt hat, im Gegensatz zu Fox, nichts für den Willen des Volkes übrig. Er tritt konsequent für den Frieden ein und ist davon überzeugt, daß Frankreich im Lauf der Zeit zur Ruhe kommen wird. Er hat sich nur äußerst widerstrebend zum Krieg entschlossen. Wohin werden uns diese drei divergierenden Ansichten wohl führen?«

»Ich weiß es nicht«, gähnte ich, »und du dürftest deiner Sache auch nicht ganz sicher sein. Und selbst wenn du es wärst ... was könntest du schon dazu beitragen?«

Ich streckte ihm die Arme entgegen, und er ließ sich lachend in sie sinken.

Wir ließen dieses Thema für diesen Abend auf sich beruhen, am nächsten Tag kam es jedoch wieder aufs Tapet. Uns zu Ehren wurde eine Gesellschaft gegeben. Ich hatte immer gewußt, daß meine Familie in London gute Beziehungen besaß. Wenn ich meine Mutter und Dickon in die Stadt begleitete, waren sie häufig von gesellschaftlichen Verpflichtungen in Anspruch genommen, von denen ich wegen meines jugendlichen Alters meist ausgeschlossen war. Jetzt erst erkannte ich, wie weitreichend Dickons Beziehungen waren; sehr viele Leute waren bestrebt, mit Dickons Sohn und mit der Tochter meiner Mutter freundschaftliche Kontakte zu pflegen.

Ich genoß es, diese interessanten Menschen kennenzulernen, die so ausgeglichen und selbstsicher wirkten. Ich lauschte gern ihren Gesprächen, die sich jedoch im Augenblick alle um ein einziges Thema drehten.

Auch an diesem Abend ging die Unterhaltung in die übliche Richtung. Jemand erwähnte Charlotte Corday. Es war bereits drei Monate her, daß sie hingerichtet worden war, weil sie Jean Paul Marat in der Badewanne erstochen hatte; dieses Ereignis war aber noch immer Tagesgespräch.

»Ich glaube nicht«, meinte mein Tischnachbar, »daß es jemanden gibt, der Mitleid mit Marat hat.«

»Das ist richtig«, bestätigte ich, »doch viele Menschen bringen Charlotte Corday Mitgefühl entgegen.«

»Eine tapfere Frau. Sie hat gewußt, daß sie mit dieser Tat ihr Todesurteil unterschreibt – und das erfordert Mut.«

Auch dieser Ansicht stimmte ich zu.

»Ich bin neugierig, wer als nächster an der Reihe ist«, meinte unser Gastgeber. »Vielleicht Danton.«

»Glauben Sie wirklich, daß es soweit kommen wird?« fragte seine Tischdame.

»Diese Leute wenden sich schließlich immer gegeneinander«, antwortete der Gefragte.

David mischte sich ein. »Ich bin davon überzeugt, daß die führenden Köpfe der Revolution wie Danton und Robespierre ebenfalls auf der Guillotine enden werden. Sie kämpfen um die Macht, Mißgunst und Neid beflügeln sie. Nur darum geht es. Bessere Lebensbedingungen für das Volk? Von wegen! Macht für die Herren Marat, Danton und Robespierre ... und alle übrigen. Und jeder einzelne von ihnen wird zum Untergang der anderen beitragen.«

Allseits war zustimmendes Gemurmel zu vernehmen.

Unsere Gastgeberin wechselte das Thema. »Ich hoffe, daß Sie diese unerfreulichen Herren vergessen werden, sobald Sie Ludwig Blochermund lauschen, der uns bald eine Probe seines Könnens auf dem Klavier abgeben wird.«

»Blochermund!« rief eine dicke blonde Dame. »Wie ist es Ihnen gelungen, ihn zu bekommen, meine Liebe? Er ist sehr gefragt.«

»Ja. Er hat kürzlich in der Rotunda gespielt.«

»Ich hatte das Vergnügen, ihn dort zu hören; um so mehr freue ich mich, daß er hier heute auftritt«, bemerkte ich.

»Wunderbar«, ließen sich einige Gäste vernehmen.

Nach dem Essen begaben wir uns in den Salon, in dem ein Flügel stand. Herr Blochermund spielte, und wir waren hingerissen.

Ich hörte selbstvergessen zu, bis seine Darbietung zu Ende war, und als er aufstand und von den Zuhörern zu seinem Vortrag beglückwünscht wurde, kam der Butler herein und teilte unserem Gastgeber mit, daß ein Herr ihn zu sprechen wünsche und daß es sich offenbar um eine dringende Angelegenheit handle.

Unser Gastgeber verließ den Raum, und als er nach etwa zehn Minuten wiederkehrte, wirkte er verstört.

Er wandte sich in überaus betrübtem Ton an uns. »Eine traurige Botschaft! Ich verderbe Ihnen nur ungern diesen Abend, aber es wäre ungehörig, Sie über das Entsetzliche in Unkenntnis zu lassen. Die Königin von Frankreich ist ihrem Mann auf die Guillotine gefolgt.«

Tiefe Stille trat ein.

»Sie haben es also doch gewagt ...«, flüsterte jemand.

»Jetzt sind beide tot ... der König und die Königin ... ermordet vom blutrünstigen Pöbel«, rief unser Gastgeber. »Wohin wird das noch führen?«

Die Gesellschaft löste sich auf, denn niemand war mehr in der Stimmung, sich zu amüsieren. Wir dachten alle an das lebenslustige junge Mädchen, das vor etwas über zwanzig Jahren nach Frankreich gekommen war, um den zukünftigen König zu heiraten, und jeder fragte sich: Was nun? Einen König und eine Königin zu ermorden, das geht denn doch zu weit!

Als wir aufbrachen, blickte unser Gastgeber David ernst an. »Sie sollten Ihren Vater unverzüglich informieren.«

David nickte. »Wir kehren morgen nach Eversleigh zurück.«

Ich war etwas verstimmt, weil wir zwei Tage früher als geplant heimfuhren.

»Es ist doch schon geschehen, die Königin ist tot«, beschwerte ich mich. »Wem nützt es etwas, wenn wir so bald abreisen?«

»Mein Vater muß es sofort erfahren.«

377

Ich verlor die Geduld. »Er hat doch nicht das geringste damit zu tun.«

»Es geht dabei um mehr als nur um die Hinrichtung der Königin, Claudine.«

»Worum denn?«

Wir saßen bereits in der Kutsche, hatten London hinter uns gelassen und fuhren durch freies Land.

»Solange die Königin am Leben war, gab es in Frankreich eine Monarchie, auch wenn sie eine Gefangene war. Jetzt ist es vorbei mit der Monarchie.«

»Es gibt doch noch den Dauphin.«

»Einen Knaben, ein armes Kind, das sich in den Händen von sadistischen Folterknechten befindet, die sich an ihm rächen werden, weil er der Sohn eines Königs ist. Ich zittere um sein Leben.«

»Das alles geschieht in Frankreich, David, und wir befinden uns in England.«

»Alles, was in anderen Ländern geschieht, betrifft auch uns, besonders wenn es sich in unserer nächsten Nähe abspielt. Ich hege die schlimmsten Befürchtungen. Die Revolution ist wie ein Feuer. Es gerät außer Kontrolle und breitet sich aus.«

»Du meinst, die Leute haben Angst, daß es hier auch soweit kommen könnte?«

»Nur wenige Regierungen in Europa können sich darauf verlassen, daß ihr Volk treu zu ihnen hält. In England steht es in dieser Beziehung vielleicht nicht schlecht. Unser König ist kein Despot, sondern ein sanfter Mensch. Sein Volk haßt ihn nicht. Es nennt ihn zwar Georg, den Bauern, aber in diesem Spitznamen liegt ebensoviel Zuneigung wie Mißachtung. Man kann einen so friedfertigen Menschen nicht hassen … einen einfachen Menschen, der entschlossen ist, seine Pflicht zu erfüllen, auch wenn er nicht genau weiß, was man eigentlich von ihm erwartet. Wir brauchen Reformen, und wir werden sie bestimmt durchführen. Aber das letzte, was wir brauchen, ist eine Revolution.«

»Das ist für jedes Land das letzte, was es braucht.«

»Unser Volk will keine Revolution, denn es sieht aus nächster Nähe, wohin so etwas führt. Die Franzosen tauschen nur eine herrschende Klasse gegen die andere aus, und viele vernünftige Menschen würden die jetzt Entmachteten vorziehen, auch wenn sie noch so tyrannisch geherrscht haben. Das Land ist von Männern geführt worden, die selbstsüchtig und verweichlicht waren, die sich nicht um die Bedürfnisse der Bevölkerung kümmerten, obwohl sie nur auf ihren eigenen Vorteil bedacht waren, waren sie immer noch besser als diese blutdürstigen, machtgierigen Mörder, unter deren Führung das Land jetzt steht.«

»Wenn unser Volk das alles weiß, warum müssen wir dann so übereilt nach Hause zurückkehren?«

Er schwieg einige Augenblicke, bevor er weitersprach. »Es gibt Agitatoren – Männer, die das französische Volk zur Revolution aufgehetzt haben. Sie wollen in ganz Europa das gleiche erreichen. Sie wollen Kirche, Staat und Monarchie stürzen.«

»Willst du damit sagen, daß sich diese Männer, diese Agitatoren, tatsächlich in unserem Land befinden?«

»Ich bin davon überzeugt. Ihre Zahl wird ständig zunehmen, und wir müssen darauf gefaßt sein.«

»Und was kann dein Vater dabei tun?«

David zuckte die Schultern. Ich hätte gern gewußt, wie weit er über die geheime Tätigkeit seines Vaters Bescheid wußte.

Doch eines stand fest: meine Flitterwochen waren vorbei.

David sah mich nachsichtig an. »Vergiß nicht, sobald sich die Lage beruhigt hat, holen wir unsere Hochzeitsreise nach Italien nach.«

Ich schmiegte mich an ihn. »Es wird wunderbar werden. Ich bin davon überzeugt, daß ich eines Tages genauso gebildet sein werde wie du.«

»Solange du mich nicht übertriffst und hochmütig auf mich herabschaust, soll es mich freuen.«

Wir blickten auf die vorüberziehende Landschaft hinaus. Auf den Bäumen waren nur noch wenige, dafür aber um so buntere Blätter. In einigen Obstgärten waren die Menschen gerade dabei, die letzten Früchte zu ernten. Der Winter stand vor der Tür.

Wir hatten es so eingerichtet, daß wir vor Einbruch der Dunkelheit ankamen, denn um diese Jahreszeit wurde es schon zeitig finster. Aber wir kamen gut voran, und die Dämmerung setzte gerade ein, als ich die hohe Mauer von Eversleigh erblickte. Mein Herz klopfte vor Freude, wie immer, wenn ich mein Zuhause nach längerer Abwesenheit wiedersah.

Als wir durch das Tor und vor das Haus fuhren, liefen die Stallknechte erstaunt aus den Ställen heraus.

David half mir aus der Kutsche, und ich ging zum Haus. Ich konnte es nicht erwarten, meine Mutter wiederzusehen und ihr zu erzählen, was für eine herrliche Zeit wir in London verbracht hatten.

Ich lief voraus in die Halle – die geliebte Halle mit der hohen gewölbten Decke, den Wänden aus Stein und dem Stammbaum über dem Kamin.

Sie war leer. Natürlich, sie konnten ja nicht ahnen, daß wir früher zurückkehren würden.

Ich begann, die Treppe hinaufzugehen.

»Maman«, rief ich, »wir sind es, Claudine und David. Wir sind wieder da.«

Plötzlich erblickte ich am oberen Ende der Treppe eine fremde Gestalt, die ein graues Kleid mit einer Kapuze trug. Zuerst glaubte ich, daß es sich um einen Mönch oder eine Nonne handelte, und erstarrte vor Entsetzen. Im ersten Augenblick hatte ich wirklich den Eindruck, daß ich einem übernatürlichen Wesen gegenüberstand.

Die Gestalt bewegte sich, und dunkle Augen schienen sich mir in die Seele zu bohren.

Dann sagte eine Stimme: »Du bist Claudine … O Claudine, erkennst du mich nicht mehr?«

»Tante Sophie!« schrie ich auf.

Jonathan, Charlot und Louis-Charles waren nach Frankreich gefahren, um sie zu retten.

Und Jonathan führte durch, was er sich vornahm.

Es war eine überaus merkwürdige Heimkehr!

Noch während Sophie mich umarmte, hörte ich die Stimme meiner Mutter. Sie trat mit Dickon auf die Treppe.

»Claudine! David! Wir haben euch noch nicht zurückerwartet.« Meine Mutter schloß mich in die Arme. »Du siehst wunderbar aus, Liebling. Es ist schön, dich wiederzuhaben.«

»Wir bringen wichtige Nachrichten«, sagte David. »Die Königin von Frankreich ist ebenfalls auf die Guillotine geschickt worden.«

Dickon antwortete nicht, sondern runzelte nur die Stirn.

»Wir waren bei den Cranthornes zu Besuch«, fuhr David fort, »und jemand informierte John Cranthorne über den Tod der Königin. Er wollte, daß du es sofort erfährst.«

Dickon nickte, und meine Mutter sah ihn besorgt an.

»Wir fahren morgen nach London«, entschied er.

Kurze Stille trat ein, und dann sagte meine Mutter: »Ihr seht ja, was sich hier inzwischen ereignet hat.«

»Tante Sophie ...«, begann ich.

»Es ist wunderbar, daß sie hier ist.«

»Und Charlot?«

Meine Mutter sah mich traurig an. »Charlot ist nicht zurückgekommen, Louis-Charles auch nicht. Sie sind beide in die Armee eingetreten ... in die französische Armee.«

»O nein!« rief ich. »Sie können doch nicht gegen uns kämpfen.«

»Diese Narren«, knurrte Dickon.

Meine Mutter legte ihm beschwichtigend die Hand auf den Arm.

»Charlot wollte immer nach Frankreich zurück. Wenigstens wissen wir jetzt, daß er noch am Leben ist.«

Mir brannte eine Frage auf der Zunge, aber ich brachte es nicht über mich, den Namen auszusprechen. Meine Mutter beantwortete sie von sich aus. »Jonathan ist mit Tante Sophie und Jeanne Fougère nach England zurückgekehrt. Erinnerst du dich an Jeanne Fougère?«

»Natürlich. Also ist Jonathan heil und gesund zurückgekommen.«

Meine Mutter blickte mich aufmerksam an. »Ja, Jonathan ist wieder da.«

Als David und ich zum Abendessen herunterkamen, stand Jonathan bereits im Eßzimmer. Mein Herz klopfte zum Zerspringen; er hatte sich verändert – er war älter und noch anziehender geworden.

Ich sah ihn rasch an und wandte dann den Blick sofort wieder ab. Hoffentlich hatte niemand bemerkt, daß ich errötet war.

»Ich habe von eurer Hochzeit erfahren«, begrüßte er uns. »Meinen herzlichen Glückwunsch.«

»Danke«, antwortete ich leise.

Er trat zu mir, legte mir die Hände auf die Schultern und küßte mich rasch auf die Wange.

»Du hast mir also ein Schnippchen geschlagen«, meinte er vorwurfsvoll. »Wie lange war ich fort? Acht Monate? Und wie ich zurückkomme, bist du verheiratet!«

Er verdrehte die Augen. Er hatte das alles so leichthin gesagt, als wäre es ein Scherz, und ich war daraufhin etwas beruhigt.

»Wann bist du hier eingetroffen?« erkundigte ich mich.

»Vor zwei Tagen.«

Vor zwei Tagen, dachte ich, als ich zufrieden, glücklich, lachend durch den Park ritt. Wenn ich gewußt hätte, daß Jonathan zur gleichen Zeit mit Tante Sophie auf Eversleigh auftaucht ...

Sabrina, die auch heruntergekommen war, mischte sich ein: »Dickon ist sehr froh darüber, daß Jonathan wieder zu Hause ist.«

»Natürlich«, stimmte ich zu.

»Der Arme, es war eine schwere Zeit für ihn.«

Dann erschien Tante Sophie, man kann ihren Auftritt nicht anders bezeichnen. Sie ging nicht, sie glitt dahin; sie war so leise, daß man ihre Anwesenheit kaum bemerkte, und dann hob man den Kopf und blickte geradewegs in die brennenden Augen in dem halb verhüllten Gesicht.

Ich hätte gern gewußt, wie sie ohne Kapuze aussah und wie tief die Narben der schrecklichen Verbrennungen waren, die sie bei der Hochzeit der Königin davongetragen hatte, die erst vor kurzem so grausam enthauptet worden war.

Sophie trug ein zart malvenfarbiges Kleid mit dazu passender Kapuze. Auf der einen Seite umsäumte dunkles Haar ihr Gesicht, auf der anderen war es durch die Kapuze verdeckt. Eine Aura von Tragik umgab sie.

»Wir sind sehr glücklich darüber, daß Sophie sich bei uns in Sicherheit befindet.« Meine Mutter war geradezu rührend bemüht, ihr das Gefühl zu geben, daß sie bei uns ein Zuhause gefunden hatte. Sie hatte sich Sophie gegenüber immer so verhalten. Manchmal schien es, als fühlte sie sich für Sophies Verunstaltung verantwortlich. Sie hatte nämlich die Katastrophe miterlebt; mein Vater hatte meine Mutter gerettet, obwohl er damals mit Sophie verlobt gewesen war, und mein Onkel Armand hatte Sophie gerettet. Das alles hatte sich lange vor meiner Geburt abgespielt – vor etwa dreiundzwanzig Jahren, und seither hatte Sophie mit ihrer Entstellung gelebt. Sie mußte jetzt beinahe vierzig sein.

»Ich freue mich, daß Jeanne Fougère mitkommen konnte«, bemerkte ich.

»Ich hätte Jeanne nie allein zurückgelassen«, erklärte Sophie.

»Natürlich nicht«, pflichtete ihr meine Mutter bei. »Jeanne ist ein großartiger Mensch. Ich wollte, daß sie mit uns ißt, aber sie hat sich geweigert. Sie achtet sehr auf Etikette. ›Jeanne‹, habe ich ihr gesagt, ›Sie sind eine liebe Freundin unserer Familie.‹ ›Ich bin Mademoiselle Sophies Kammerzofe, Madame‹, hat sie geantwortet, ›und mehr will ich nicht sein.‹ Ich konnte sie nicht überreden.«

»Wenn ihr nichts dagegen habt, werde ich mit ihr auf meinem Zimmer essen, wie ich es immer getan habe«, bemerkte Sophie. »Heute abend bin ich nur heruntergekommen, weil ich Claudine begrüßen wollte.«

»Danke, Tante Sophie.«

Sie sah mich an, und in ihrem Blick lag die gleiche Wärme, die sie Jeanne Fougère entgegenbrachte. Es freute mich, daß diese seltsame Frau etwas für mich empfand. Auch in Frankreich war es so gewesen; sie hatte mich immer Charlot vorgezogen.

»Gehen wir zu Tisch«, forderte uns meine Mutter auf. »Die Suppe ist bereits aufgetragen, sie wird sonst kalt.«

Wir nahmen Platz, und Jonathan erklärte: »Ich bitte um die Ehre, rechts von der jungen Ehefrau sitzen zu dürfen.« Damit setzte er sich neben mich.

»Wir müssen die beiden wohl nicht fragen, wie die Flitterwochen verlaufen sind, nicht wahr, Dickon?« bemerkte meine Mutter.

»Aus ihren Augen strahlen Glück und Zufriedenheit«, bestätigte Dickon.

»Wenn ich bedenke, daß ich in Ostende um ein Boot gefeilscht habe, während ihr die Freuden des Ehestands entdeckt habt ...«, scherzte Jonathan.

»Du bist also dorthin ausgewichen«, stellte David fest.

»Wohin sonst, geliebter Bruder? Kannst du dir vorstellen, wie es einem Engländer in Calais oder einem anderen französischen Hafen ergehen würde? Einem Engländer, der Französinnen außer Landes bringt? Hast du eine Ahnung, was sich dort drüben abspielt?«

383

»Nur sehr vage. Ich war natürlich davon überzeugt, daß du nicht über Frankreich reisen würdest.«

»Jonathan wird euch später einmal davon erzählen«, unterbrach meine Mutter die beiden und deutete mit den Augen vielsagend auf Sophie. David und ich verstanden, was sie meinte. Es war für Sophie zu schmerzlich, wenn wir vor ihr über diese Dinge sprachen. Wir würden später, wenn sie sich auf ihr Zimmer zurückgezogen hatte, alles Nähere erfahren.

»Es ist jedenfalls wunderbar, daß ihr da seid«, stellte ich fest. »Wir haben uns solche Sorgen um euch gemacht.«

Meine Hand lag auf dem Tisch, und Jonathan drückte sie kurz. Es war eine unverfängliche Geste, aber ich erschauerte bei der Berührung.

»Ich habe Tante Sophie die Kinderzimmer zur Verfügung gestellt«, bemerkte meine Mutter beiläufig.

»Sie sind jahrelang nicht mehr benützt worden.«

»Sie haben mir auf den ersten Blick gefallen«, meinte Sophie.

»Ihr seid zeitig am Morgen eingetroffen«, fuhr meine Mutter schnell fort. »Das war vielleicht ein aufregender Tag! Ich war glücklich ... und dann habe ich bemerkt, daß Charlot nicht mitgekommen ist.«

»Er führt nur aus, was er sich immer schon vorgenommen hatte«, sagte Dickon. »Du kannst ihn nicht daran hindern, Lottie, er muß sein Leben selbst in die Hand nehmen.«

»Was wird aus ihm werden?«

»Charlot wird vorankommen, er hat das Zeug dazu«, meinte Dickon. »Du wirst sehen, eines Tages ist er General in diesem Pöbelhaufen.«

»Dieser Pöbelhaufen erzielt erstaunliche Erfolge«, bemerkte David trocken.

»Allerdings«, gab Dickon zu. »Wir sind alle überrascht. Diese Rebellen besitzen wirklich Kampfgeist. Die Franzosen sind immer ausgezeichnete Soldaten gewesen, das muß man ihnen lassen.«

Er sah Lottie zärtlich an. Er konnte nicht verstehen, was sie für ihren Sohn empfand, dazu war er zu egozentrisch und zu wenig einfühlsam. Deshalb war es ein solches Wunder, daß er meine Mutter so abgöttisch liebte.

»O ja«, fuhr er fort, »Charlot hat seinen Platz in der Welt gefunden – und sein Schatten Louis-Charles mit ihm. Wenn dieser idiotische Krieg vorbei ist, wenn sich die blutdürstigen Bürger der Republik beruhigt haben, wenn in Frankreich wieder normale Zustände eingekehrt sind, dann werden wir beide dieses Land besuchen, Lottie. Monsieur le Général wird uns gnädig empfangen, alle Orden und Ehrenzeichen anlegen, die ihm verliehen wurden ... und du wirst sehr stolz auf ihn sein.«

»Du bist reichlich kindisch, Dickon. Aber du hast recht. Er kann selbst auf sich achtgeben.«

Die Suppe war abserviert worden, jetzt wurde das Roastbeef aufgetragen.

»Englisches Roastbeef!« rief Jonathan. »Es gibt nichts Besseres. Wie sehr habe ich mich danach gesehnt.« Er rückte etwas näher zu mir, »... unter anderem.«

»Man schätzt sein eigenes Land nie so sehr wie nach längerer Abwesenheit«, bemerkte Dickon.

Tante Sophie sprach nur wenig Englisch, und das Gespräch bei Tisch wurde teils auf englisch, teils auf französisch geführt. Jonathans Französisch ähnelte dem seines Vaters – es klang sehr britisch.

»Es würde mich interessieren, wie du dich drüben verständigt hast«, wollte ich wissen.

Jonathan legte die Finger auf die Lippen, und meine Mutter lachte. »Glaubst du, daß sich Jonathan wegen Sprachschwierigkeiten geschlagen geben würde? Mit solchen Hindernissen wird er spielend fertig. Er ist darin wie sein Vater.«

Jonathan und Dickon sahen einander strahlend an. Die Beziehung zwischen ihnen war stärker als die zwischen Dickon und David. Sie waren einander eben sehr ähnlich.

»Ich hoffe, daß du dich in den Kinderzimmern wohl fühlst«, wandte sich David an Sophie. Er verstand Französisch sehr gut und sprach es ganz passabel, aber infolge seines Akzents verstand man ihn nur schlecht. Weil Tante Sophie jetzt bei uns wohnte, wollte er sicherlich diesen Übelstand beseitigen. Ich lächelte nachsichtig, denn er würde bestimmt mit mir Französisch üben. Das war typisch für ihn, er stellte sich jeder geistigen Herausforderung. Wenn Jonathan etwas interessierte, verhielt er sich genauso, also waren sie einander doch ähnlich. Nur würde Jonathan nie seinen Ehrgeiz darein setzen, eine Sprache vollkommen zu beherrschen.

»Danke«, antwortete Sophie, »ich fühle mich sehr wohl.«

Sie gab sich sehr zurückhaltend, und das war auch der Grund weshalb ihr die Räume gefielen: Sie lagen etwas abseits von den übrigen Zimmern und ermöglichten ihr, sich von der Familie abzusondern, genau wie sie es in Aubigné getan hatte. Dieses Verhalten erweckte bei mir den Eindruck, daß sie etwas sonderlich war.

»Außerdem ist es vielleicht nur für kurze Zeit«, fuhr sie fort.

»Nur für kurze Zeit?« wiederholte ich. »Hast du denn vor, nur kurze Zeit in England zu bleiben, Tante Sophie?«

»Nein, ich bleibe in diesem Land. Weder ich noch Jeanne können in Frankreich leben, damit habe ich mich bereits abgefunden.« Sie sah Jonathan an. »Natürlich bin ich dir dankbar, sogar sehr dankbar. Wir hätten nicht ewig so weitermachen können. Wir mußten fort, und es wäre uns nie gelungen, wenn uns die wagemutigen Messieurs Jonathan, Charlot und Louis-Charles nicht geholfen hätten.«

Jonathan verbeugte sich.

»Sie waren sehr klug ... sehr umsichtig. Jeanne und ich werden ihnen ewig dankbar sein. Aber wir sind nicht arm. Du siehst mich überrascht an, Claudine, aber es stimmt. Jeanne hat sich sehr klug verhalten – wir haben aus Frankreich ein kleines Vermögen mitgebracht.«

»Ein Vermögen!« rief ich.

Alle Blicke richteten sich auf Sophie, und sie errötete leicht. »Jeanne ist sehr scharfsinnig«, erklärte sie. »Sie sah die Revolution voraus und hat schon lange vorher die Juwelen versteckt. Sie hat sie in unsere Kleider eingenäht ... Ringe, Broschen, Anhänger ... all die unschätzbaren Juwelen, die ich von meiner Mutter geerbt habe ... Schmuck, der sich seit Generationen im Besitz unserer Familie befindet. Er ist sehr wertvoll, und wir haben ihn sicher herübergebracht. Monsieur Dickon und Monsieur Jonathan haben ihn geprüft und mir versichert, daß ich genug besitze, über genügend Reichtum verfüge, um bis zu meinem Tod ein angenehmes Leben zu führen.«

»Das ist wunderbar!« rief ich. »Jeanne ist ein kluger Kopf!«

»Nicht nur das.« Meiner Mutter standen Tränen in den Augen. »Sie ist vor allem ein guter Mensch.«

»Meine liebe Stiefmutter«, wandte Jonathan ein, »du sprichst, als wäre es ein Wunder, wenn jemand ein guter Mensch ist.«

»Ob Mann oder Frau – jeder Mensch, der so gut und selbstlos wie Jeanne ist, ist eine Ausnahme.«

»Ist es nicht wunderbar, David?« wandte ich mich an meinen Mann.

»Es muß sehr gefährlich sein«, antwortete David, »bei der Flucht aus Frankreich ein solches Vermögen mit sich zu führen.«

»Mich lockt die Gefahr, das weißt du doch, Bruder«, lachte Jonathan.

»Doch eine solche Gefahr!«

Dickon sah seinen Sohn beifällig an. Auch er liebte die Gefahr, auch er hätte das Vermögen aus Frankreich herausgeschafft.

»Ich werde mir ein Haus suchen«, meinte Sophie.

»Es wird dir nicht schwerfallen, eines zu finden«, bemerkte ich.

»Vielleicht in der Nähe. Weder Jeanne noch ich beherrschen die englische Sprache, und ich würde uns im Schutz von Eversleigh sicherer fühlen.«

»Das ist eine wunderbare Idee«, bestätigte ich. »Dann können wir einander oft besuchen. Natürlich nur, wenn du uns einlädst.«

Sie sah mich zärtlich an. »Ich werde dich ganz bestimmt einladen, Claudine.«

Jonathan berührte meine Hand. »Siehst du, du wirst schon wieder bevorzugt.«

»Wir werden dich alle besuchen«, versprach meine Mutter.

»Gibt es in der Nähe Häuser, die man kaufen kann?« fragte Sophie.

»Die beiden nächsten sind Grasslands und Enderby. Grasslands ist bewohnt, aber Enderby steht leer.«

»Enderby!« rief meine Mutter. »Du ziehst Enderby doch nicht ernstlich in Erwägung, Claudine!«

»Ich habe nur festgestellt, daß es leer steht.«

»Es ist ein unheimliches Haus«, konstatierte meine Mutter.

»Nur, weil es von so dichtem Gebüsch umgeben ist«, beschwichtigte David.

»Es hat außerdem einen schlechten Ruf«, gab meine Mutter zu bedenken.

Dickon und Jonathan lachten. »Deine Phantasie geht wieder einmal mit dir durch, geliebte Lottie«, neckte Dickon.

»Nein, ich glaube fest, daß es böse Häuser gibt.«

»Steht es zum Verkauf?« fragte Sophie.

»Bestimmt«, meinte ich.

»Ja«, pflichtete mir Dickon bei, »der Schlüssel ist auf Grasslands, dem nächstgelegenen Gut, hinterlegt.«

»David und ich waren vor einiger Zeit dort«, erzählte ich.

»Habt ihr euch den Schlüssel geholt?« wollte Dickon wissen.

»Nein. An einem Fenster war der Riegel zerbrochen, und wir sind einfach hineingeklettert.«

»Das ist der echte Abenteurergeist«, spöttelte Dickon.

»Das Haus ist alt und unfreundlich, Tante Sophie«, warnte ich sie.

»Glaub mir, man muß nur die Büsche wegschneiden, damit die Räume mehr Licht bekommen«, erklärte David. »Dann wird es ganz anders wirken.«

»Ich würde es mir gern ansehen«, meinte Sophie.

»Es wäre wenigstens nicht weit von uns«, gab meine Mutter zögernd zu. »Und du willst ja in unserer Nähe bleiben.«

»Ich werde es mir vielleicht morgen ansehen und Jeanne mitnehmen. Sie soll sich auch eine Meinung dazu bilden.«

»Hast du es denn so eilig, uns zu verlassen?« fragte meine Mutter.

»Ich will euch nicht in irgendeiner Weise zur Last fallen.«

»Unsinn, Sophie, wir sind glücklich, dich bei uns zu haben.«

Plötzlich mischte sich Sabrina ein, die scheinbar vor sich hingedöst hatte. »Enderby ist heute ein seltsames Haus. Aber als meine Mutter dort Hausherrin war, war es ein sehr glückliches Haus. Erst nach ihrem Tod wurde es wieder so unheimlich.«

»Du kennst es besser als wir alle«, bestätigte meine Mutter und wandte sich an Sophie. »Dickons Mutter wurde dort geboren und hat ihre Kindheit in Enderby verbracht. Sie kann dir deshalb über alles Auskunft geben, was du wissen willst.«

Sabrinas Augen verschleierten sich. »Es ist so lange her, so viele Jahre, und dennoch erinnere ich mich an diese Zeit manchmal besser als an das, was gestern geschehen ist.«

»Ich freue mich schon darauf, das Haus in Augenschein zu nehmen«, sagte Sophie. »Ich werde mit Jeanne darüber sprechen; wir werden es morgen besichtigen, wenn es möglich ist.«

»Wir können den Schlüssel von Grasslands holen lassen«, schlug meine Mutter vor.

»Darf ich euch begleiten?« fragte ich eifrig. »Ich möchte mir das Haus gern ganz genau ansehen.«

»Es muß ja geradezu langweilig sein, zur Tür hineinzugehen, wenn man schon mal durchs Fenster eingestiegen ist«, spottete Jonathan.

»Es ist wirklich beinahe ein Abenteuer, Enderby zu betreten.«

Es war also abgemacht.

Nach dem Abendessen erklärte meine Mutter: »Sabrina ist sehr müde; ich werde sie auf ihr Zimmer bringen. Ich nehme an, daß du dich auch gern zurückziehen möchtest, nicht wahr, Sophie?«

Sophie nickte.

»Claudine bringt dich hinauf.«

»Ich finde mich allein zurecht«, entgegnete Sophie.

Ich ging zu ihr und legte ihr die Hand auf den Arm. »Bitte, ich möchte Jeanne so gern wiedersehen.«

Sophie lächelte mich freundlich an, was sie sonst kaum tat, und wir stiegen zusammen die Treppe hinauf.

Jeanne wartete in den Kinderzimmern auf Sophie. »Ich freue mich so sehr, Sie wiederzusehen, Jeanne«, begrüßte ich sie.

Als sie mir die Hand reichte, fiel mir auf, daß ihre dunklen Haare ergraut waren. Sie hatte schwere Zeiten hinter sich.

»Ich bin glücklich, daß wir in diesem Haus wohnen können und daß sich Mademoiselle Sophie nun in Sicherheit befindet«, antwortete sie.

»Ja, Sie müssen Schreckliches erlebt haben.«

Jeanne nickte mir vielsagend zu, dann wandte sie sich an Sophie. »Sie sind sicherlich müde.«

»Ein wenig«, gab Sophie zu.

»Dann werde ich jetzt gute Nacht sagen«, meinte ich. »Falls du noch etwas brauchst, Tante Sophie …«

»Ihre Mutter hat sehr gut für uns gesorgt«, beruhigte mich Jeanne.

»Ich habe von einem Haus erfahren, das zu verkaufen ist«, erzählte Sophie Jeanne.

»Ihr könnt euch ja noch in Ruhe darüber unterhalten«, schlug ich vor. »Mach dir aber nicht zu viele Hoffnungen, Tante Sophie. Enderby ist nicht nach jedermanns Geschmack.«

Damit verließ ich das Zimmer.

Auf der Treppe traf ich meine Mutter, die aus Sabrinas Zimmer kam. Sie legte mir den Arm um die Schulter und drückte mich an sich.

»Ich bin so froh, daß du wieder da bist ... und daß du glücklich bist. In London muß es wunderbar gewesen sein, nicht wahr? Du und David allein ...«

»Es war einmalig«, bestätigte ich.

»Wie schade, daß ihr so früh zurückkommen mußtet.«

»Ich sehe noch immer nicht ein, warum es notwendig war.«

»Dickon ist tief in einige ... Affären verstrickt. Manchmal mache ich mir Sorgen, denn er hat sogar vor mir Geheimnisse. Der Tod der Königin wird bestimmt in vieler Hinsicht Folgen für uns haben. Aber du und David, ihr könnt ja später wieder einmal nach London fahren.«

»Natürlich.«

»Was hältst du von Sophie?«

»Sie war schon immer etwas ... merkwürdig.«

»Ich habe das Gefühl, daß sie jetzt etwas zugänglicher, etwas offener ist, wenn ich es so ausdrücken darf. Sie muß sehr viel mitgemacht haben.«

»Durch solche Erlebnisse würde sich jeder Mensch verändern. Welch ein Glück, daß sie den Schmuck retten konnten.«

»Sie haben sich dadurch in schreckliche Gefahr begeben. Jonathan wird dir alles genau erzählen; wir wollten Sophie nicht unnötig aufregen.«

Die Männer saßen im Herrenzimmer, wo ein Feuer im Kamin brannte. Als wir eintraten, erhoben sie sich.

»Setzt euch zu uns«, schlug Dickon vor. »Vorausgesetzt, daß ihr nicht zu müde seid.«

»Ich möchte so gern Näheres über die Flucht aus Frankreich erfahren«, sagte ich.

Jonathan war neben mich getreten und legte mir jetzt die Hand auf den Arm. »Komm, nimm Platz«, forderte er mich auf, und ich setzte mich zwischen ihn und David. Meine Mutter nahm auf einem Stuhl Dickon gegenüber Platz.

»Ich wollte vor Sophie nicht darüber sprechen«, erklärte meine Mutter. »Die ganze letzte Zeit in Frankreich muß für sie wie ein

Alptraum gewesen sein. Sie hat ja nie gewußt, ob der Pöbel sie nicht doch noch holt. Jonathan, erzähle doch Claudine und David, was ihr alles erlebt habt.«

»Ich beginne am besten mit dem Anfang«, sagte er. »Wir waren bereits mit einem Fischer handelseins geworden, bevor wir Eversleigh verließen; er erwartete uns mit seinem Schiff an der Küste. Seine Geschäfte gingen gut, denn er beförderte fleißig Emigranten aus Frankreich nach England. Daher war er auch in der Lage, uns französisches Geld zu verkaufen; außerdem besaß er ein kleines Ruderboot, mit dem er uns an einer einsamen Stelle an Land brachte.

Dann erwies sich Charlot als äußerst einfallsreich und auch als guter Schauspieler. Er verwandelte sich in einen fahrenden Händler – Wagen und Pferd hatten wir gekauft. Der Gaul sah nicht sehr vertrauenerweckend aus, erwies sich aber als kräftig und ausdauernd und wuchs uns allen im Lauf der Zeit ans Herz. Louis-Charles und ich gaben uns als Charlots Gehilfen aus. Ich spielte einen Stummen, denn meine Aussprache hätte mich sofort verraten. Die beiden anderen schärften mir immer wieder ein, nur ja den Mund zu halten.

Wir näherten uns langsam Aubigné und mußten dabei unzählige Schwierigkeiten überwinden. Ich brachte es nicht fertig, nicht zu reden, deshalb beschlossen wir, meine Aussprache damit zu erklären, daß ich einen Dialekt sprach. Angeblich stammte ich aus einem Ort an der spanischen Grenze. Du wärst entsetzt, wenn du Aubigné jetzt sehen könntest, Stiefmutter. Auf dem Rasen laufen Hühner herum, in den Blumenbeeten wuchert das Unkraut, und das Wasser in den Teichen stinkt. Ich habe Aubigné nie während seiner großen Zeit gesehen, aber selbst heute erkennt man noch, wie prächtig es gewesen sein muß.«

»Es war herrlich«, unterbrach ihn Dickon. »All das gute Ackerland, das jetzt brachliegt. Diese idiotischen Vandalen! Sie ruinieren ihr eigenes Land.«

»Die große Enttäuschung kam jedoch erst, als wir das *château* erreichten«, fuhr Jonathan fort, »denn weder Sophie noch Jeanne waren zugegen. Wir wagten nicht, nach ihnen zu fragen. Wir hatten keine Ahnung, was wir jetzt beginnen sollten. Charlot wollte sich nicht zu weit vom Schloß entfernen – außerdem wußten wir nicht,

391

wohin wir uns wenden sollten. Er befürchtete, daß man ihn und Louis-Charles trotz ihrer Verkleidung erkennen würde, wenn sie ein Gasthaus in der Stadt aufsuchten. Deshalb besuchte ich die Weinstuben allein. Ich setzte mich in einen dunklen Winkel, trank meinen Wein und lauschte den Gesprächen. Wenn man mich ansprach, tat ich, als wäre ich nicht ganz richtig im Kopf, und daraufhin ließ man mich in Ruhe.«

»Es ist immer gut, wenn man den Dummen spielt«, bestätigte David, »denn dadurch gibt man den anderen ein Gefühl der Überlegenheit.«

»Ich spielte meine Rolle wirklich glaubhaft. Ein Mädchen brachte den Wein an den Tisch … wie hieß sie noch? Richtig, Marie. Ich erregte ihr Mitleid, und sie unterhielt sich mit mir. Ich war davon überzeugt, daß ich von ihr viel erfahren konnte, denn ihr konnte ich Fragen stellen, ohne daß sie Verdacht schöpfte. Ich vertrug mich mit Marie recht gut und brachte sie schließlich dazu, mir von der Vergangenheit und insbesondere der Familie im *château* zu erzählen. Was ich da alles gehört habe, Stiefmutter!«

»Menschen wie mein Vater sind immer von Skandalen umwittert.«

»Er hat auch gar nicht versucht, seine Affären geheimzuhalten. Ich habe von seiner romantischen Heirat mit deiner Mutter und von ihrem Tod erfahren, und das hat mich tief bewegt. Ich habe nicht lockergelassen, und schließlich hat mir Marie erzählt, daß Armand gestorben ist und im *château* begraben wurde. Sein Gefährte war weitergezogen, so daß nur noch drei Frauen im Schloß lebten.

Die Bewohner der Stadt wurden mißtrauisch. Wovon lebten die drei eigentlich? Mademoiselle Sophie war zwar eine Art Invalide, aber sie war eine Aristokratin … Jeanne und die alte Haushälterin waren mit allen Wassern gewaschen. Sie hatten bestimmt ihre Schäfchen ins trockene gebracht … und wieso lebten sie überhaupt mit einer Aristokratin zusammen?

Jemand muß Jeanne darauf aufmerksam gemacht haben, daß die Stimmung umgeschlagen hatte, deshalb beschloß sie, die Gegend zu verlassen, und eines Tages stellten die Leute fest, daß sich im *château* niemand mehr befand. Niemand wußte, seit wann die Frauen fort waren. Ich versuchte herauszubekommen, wo sie geblieben sein konnten; zum Glück wußte Marie Bescheid. Es gab nur zwei Orte, die in Frage kamen. Die Familie der alten Haushälterin, die Tante Berthe hieß, lebte irgendwo in der Nähe auf dem Land. Und Jeanne Fougère stammte aus dem Bezirk Dordogne. Marie erinnerte sich daran, daß einmal jemand aus Périgord gekommen war, Jeanne auf der Straße erblickt und sich nach ihr erkundigt hatte. Als man ihm ihren Namen nannte, meinte er, daß er also doch recht gehabt hätte: Er war davon überzeugt gewesen, daß er sie aus Périgord kannte.

Mehr konnte ich nicht in Erfahrung bringen, also machten wir uns sofort auf den Weg nach Süden. Wir jagten das arme alte Pferd über elend schlechte Straßen, denn wir mußten ja die Städte umgehen. Da uns die Menschen, an denen wir vorüberkamen, kaum beachteten, nehme ich an, daß wir echt wirkten. Charlot sang begeistert die ›Marseillaise‹ und brachte mir dieses Lied sowie das ›Ça ira‹ bei. Das sind die beiden großen Kampflieder der Revolution, und die Bauern halten jeden, der sie beherrscht, für einen guten Patrioten.

Ich will jetzt nicht auf Einzelheiten eingehen, aber ich kann euch versichern, daß wir oft genug gerade noch um Haaresbreite davongekommen sind. Wir haben uns etliche Male beinahe selbst verraten – und sind einem schrecklichen Ende nur knapp entgangen. Einem Aristokraten fällt es sehr schwer, sich nicht herablassend zu benehmen – und Charlot ist in dieser Hinsicht der typische Aristokrat. Ich glaube, daß ich meine Rolle ordentlich gespielt habe – der Dummkopf aus einem Nest im Süden, in dem ein Dialekt gesprochen wird, den kein rechtschaffener Bürger der Republik verstehen kann. Für mich war es leichter als für Charlot, nicht aus der Rolle zu fallen.

Nach vielen Fährnissen, von denen ich euch ein anderes Mal erzählen werde, falls ihr sie hören wollt, fanden wir die Familie der guten Jeanne. In dem kleinen Bauernhaus lebten nur noch ein Bruder und eine Schwester. Sie hatten das juwelenbeladene Paar aufgenommen und versucht, aus Sophie eine biedere kleine Bäuerin zu machen, allerdings ohne allzu großen Erfolg. Und hier saßen die beiden nun fest.

Die Haushälterin war zu ihrer Familie zurückgekehrt, und Jeanne und Sophie waren sich selbst überlassen. Sie stiegen also zu uns in den Wagen. Sophie spielte Charlots Mutter und genoß diese Rolle, während Jeanne Louis-Charles' Frau mimte. Ich blieb allein, was mir zuerst nicht gefiel – aber natürlich ging es nicht anders.«

»Die Tatsache, daß Sophie und Jeanne den Schmuck bei sich trugen, muß euch doch schwere Sorgen bereitet haben«, warf ich ein.

»Ich muß schon sagen, Jeanne ist sehr klug. Sophie hat sich wirklich Mühe gegeben, aber Jeanne war einmalig. Sie kaufte in den kleinen Städten Proviant für uns alle ein und fiel dabei nie aus der Rolle.«

»Trug sie die Unterröcke mit den eingenähten Juwelen, wenn sie eine Stadt aufsuchte?« erkundigte ich mich.

»Vermutlich. Sie erzählte uns übrigens von den Juwelen erst, als wir uns auf dem Schiff befanden, mit dem wir den Kanal überquerten.«

»Was hättet ihr getan, wenn ihr davon gewußt hättet?«

Jonathan zuckte die Schultern. »Was hätten wir schon tun können? Wir hätten sie nie im Stich gelassen, aber wir hätten uns doppelt so viele Sorgen gemacht. Jeanne wußte das und so beschloß sie, uns nicht auch noch damit zu belasten. Irgendwann werde ich euch von unseren Abenteuern erzählen, obwohl ich Wochen dazu brauchen werde – dabei kann ich mich gar nicht an alle erinnern. Als wir endlich Ostende erreicht hatten, erklärte Charlot, daß er nach Frankreich zurückkehren und in die Armee eintreten würde; und natürlich schloß sich Louis-Charles ihm an. Sie überließen es also mir, Sophie und Jeanne heil nach England zu bringen. Als unser Schiff auslief, standen sie am Ufer und sahen uns nach.« Er wandte sich meiner Mutter zu. »Charlot hofft, daß du ihn verstehst. Er kann einfach nicht ruhig in England leben, während in seiner Heimat die Revolution tobt.«

»Ich verstehe ihn«, antwortete meine Mutter.

Jonathans Bericht hatte sie tief berührt, und Dickon beobachtete sie besorgt.

Jetzt erhob er sich und forderte sie auf: »Gehen wir!«

Die beiden sagten gute Nacht und gingen – und ich saß zwischen David und Jonathan.

Eine Zeitlang schwiegen wir. Ich schaute in das Feuer und erblickte in den Flammen Jonathan mit Marie in der Weinstube ... ob es wohl nur bei den Gesprächen geblieben war? Wie merkwürdig, daß mich ausgerechnet diese Frage beschäftigte. Ich sah ihn vor mir, wie er sich in Frankreich herumtrieb und seine Rolle spielte. Er hatte bestimmt den Kitzel der Gefahr genossen ... genau wie sein Vater. David hätte sich ganz anders verhalten. Er hätte nur das Elend, den Jammer und die Sinnlosigkeit gesehen.

Ein Scheit sank funkensprühend in sich zusammen. Jonathan stand auf und schenkte sich etwas Portwein nach.

»David?« fragte er mit der Karaffe in der Hand.

»Nein, danke«, lehnte David ab.

»Claudine?«

Ich schüttelte ebenfalls den Kopf.

»Ach kommt schon, nur ein kleiner Toast auf meine glückliche Heimkehr.«

Er schenkte uns ein, und ich hob mein Glas. »Willkommen daheim.«

Er sah mich an, und in seinen Augen züngelten wieder die mir so wohlbekannten blauen Flammen.

»Du hast sehr viel Glück gehabt«, schloß sich David an. »Willkommen daheim.«

»Ich habe immer Glück, geliebter Bruder.« Dann sah er mich mit gerunzelter Stirn an und fügte hinzu: »Na ja, beinahe immer, und wenn ich einmal kein Glück habe, hole ich doch aus jeder Situation das Beste heraus.«

»Gelegentlich mußt du doch das Gefühl gehabt haben, daß das Spiel aus ist«, meinte David.

»Nie. Du kennst mich ja, ich finde immer einen Ausweg, auch wenn die Situation noch so aussichtslos scheint.«

»Du besitzt ganz schön viel Selbstvertrauen«, warf ich ein.

»Mit gutem Grund, meine liebe Claudine.«

»Kein Wunder, daß deine Berichte Lottie aufgeregt haben«, sagte David. »Die Weinstube, in der du mit dem Mädchen gesprochen hast, muß der *mairie* gegenüberliegen, in der Lottie in jener schrecklichen Nacht gefangengehalten wurde.«

»Ja«, bestätigte ich. »Sie hat uns erzählt, daß der Pöbel die Schenke geplündert hat und daß der Wein über die Straße geflossen ist.«

»Unser Vater hat sie auf viel dramatischere Weise gerettet als ich Sophie und Jeanne«, stellte Jonathan fest.

395

»Du hast sie hierhergebracht, nur das zählt«, widersprach ich.

»Und bin gleichzeitig heil zurückgekehrt. Das sollte dir eigentlich auch etwas bedeuten.«

»Sogar sehr viel.«

Er beugte sich über mich. »Danke, Schwägerin, denn das bist du jetzt. Vorher warst du meine Stiefschwester, nicht wahr? Jetzt bist du beides. *Mon Dieu*, wie es in dem schrecklichen Land heißt, dem ich Gott sei Dank entronnen bin, was sind wir doch für eine komplizierte Familie.«

Wir schwiegen, tranken Portwein und blickten in die Flammen. Mir kam es sehr symbolhaft vor, daß ich zwischen den beiden Brüdern saß.

Ich war sehr beunruhigt; das friedliche Glücksgefühl, das ich in London empfunden hatte, war verflogen, und ich ahnte, daß ich es nie mehr wiederfinden würde.

»Ich bin müde«, erklärte ich, »und werde jetzt zu Bett gehen.«

»Ich komme bald nach«, versprach David.

Ich ging auf mein Zimmer und zu Bett. Es stimmte gar nicht, daß ich müde war, im Gegenteil, ich war hellwach. Ich versuchte, mir die Zukunft vorzustellen, denn Jonathans Haltung und einige zweideutige Bemerkungen, die er gemacht hatte, hatten mich aus meinem inneren Gleichgewicht gebracht.

Es wäre mir lieber gewesen, wenn er nicht heimgekehrt wäre. Nein, das war nicht wahr! Seine Rückkehr hatte mich tiefer erschüttert, als ich zugeben wollte. Und er würde bestimmt eine wichtige Rolle in meinem künftigen Leben spielen. Ich hatte Angst und freute mich gleichzeitig auf die kommenden Tage und Wochen.

Als David ins Zimmer kam, stellte ich mich schlafend.

Er küßte mich leicht und zärtlich, um mich nicht zu wecken.

Ich widerstand dem Impuls, ihm die Arme um den Hals zu legen und den Kuß zu erwidern. Es wäre mir wie ein Verrat an der Gemütsbewegung vorgekommen, die Jonathan in mir ausgelöst hatte.

Stimmen in einem Spukzimmer

Am nächsten Morgen schickte meine Mutter einen Diener nach Grasslands hinüber, um die Schlüssel für Enderby zu holen, da ein auf Eversleigh wohnender eventueller Käufer das Haus am Nachmittag besichtigen wolle.

Der Diener kehrte mit einer Botschaft des Verwalters zurück. Mrs. Trent und ihre Enkelinnen waren in die Stadt gefahren und würden erst im Lauf des Mittags zurückerwartet. Da er nicht wußte, wo die Schlüssel aufbewahrt wurden, konnte er sie uns nicht schicken, aber wenn wir um drei Uhr nachmittags nach Enderby kommen wollten, würde er dafür sorgen, daß uns jemand den Schlüssel dorthin brachte.

Meine Mutter war mit diesem Arrangement zufrieden.

Von Eversleigh brauchte man zu Fuß kaum zehn Minuten nach Enderby. Sophie war gern bereit, hinüberzugehen, und ich begleitete sie und Jeanne, um ihnen den Weg zu zeigen.

»Kurz nach vier wird es dunkel, so daß wir nur eine Stunde zur Besichtigung zur Verfügung haben; Enderby ist ein sehr großes Haus. Aber ihr werdet wenigstens einen Eindruck von ihm bekommen und könnt euch dann überlegen, ob ihr wirklich dort leben wollt. Wir können auch den Schlüssel behalten, und ihr könnt es am nächsten Tag genauer in Augenschein nehmen. Allerdings ist es auch möglich, daß ihr sofort feststellt, daß es nicht dem entspricht, was ihr euch vorgestellt habt.«

»Anscheinend erwarten alle, daß wir zu diesem Schluß gelangen«, meinte Sophie. »Wir werden unsere Entscheidung aber unabhängig von allen Ratschlägen treffen, nicht wahr, Jeanne?«

Jeanne bestätigte, daß Mademoiselle für gewöhnlich selbst entschied, was sie tun wollte.

»Ich werde euch jedenfalls weder zureden noch abraten«, versprach ich.

Ein Novembernachmittag war bestimmt nicht die Zeit, zu der sich Enderby von seiner besten Seite zeigte. Leichter Nebel lag in der Luft, und kleine Wassertröpfchen hingen wie Glasperlen an den Spinnweben auf den Büschen.

Das Haus erhob sich grau, düster und gespenstisch vor uns, und ich warf Sophie einen Blick zu.

Sie starrte es an, aber da die Kapuze ihr Gesicht vor mir verbarg, konnte ich nicht erkennen, was sie empfand.

Dann tauchte Mrs. Trent lächelnd, die Schlüssel in der Hand, aus den Büschen auf.

»Da sind Sie ja, Miss – ach nein, jetzt sind Sie ja Mistress. Ich muß mich erst daran gewöhnen. Nicht mehr Mademoiselle de Tourville, sondern Mrs. Frenshaw.«

»Allerdings. Danke für den Schlüssel.«

Ihre Enkelinnen bogen um die Ecke des Hauses.

»Guten Tag«, grüßte ich.

»Guten Tag, Mrs. Frenshaw«, antworteten die Mädchen.

Dolly sah Sophie fasziniert an, und Sophie erwiderte den Blick. Beide waren entstellt, und das verband sie offenbar.

»Das ist die Dame, die sich für das Haus interessiert, Mrs. Trent«, erklärte ich. »Sie spricht nicht sehr gut Englisch – sie ist die Halbschwester meiner Mutter.«

»Ach, wirklich! Ich sperre Ihnen auf – die Schlüssel werden nicht oft verwendet und gehen deshalb ein bißchen streng.«

Als die Tür offen war, betraten wir die Halle. Sophie holte überrascht Luft und sah Jeanne an.

Ich hatte erwartet, daß die Trents sich jetzt verabschieden würden, aber sie folgten uns ins Haus.

»Mein Gott«, rief Mrs. Trent, »ich habe ganz vergessen, wie groß Enderby ist. Obwohl ich den Schlüssel in Verwaltung habe, komme ich nie hierher. Das ist wohl die Galerie für die Musiker, über die es so viele Geschichten gibt?«

»Allerdings«, bestätigte ich und fügte vielsagend hinzu: »Ich danke Ihnen, Mrs. Trent, daß Sie uns den Schlüssel gebracht haben.«

»Ach, nicht der Rede wert. Ich möchte mich selbst ein bißchen hier umsehen. Die Mädchen wissen recht viel über das Haus, nicht wahr, Kinder? Es hat sie immer schon interessiert.«

»Es nimmt einen richtig gefangen«, bemerkte Evie.

Mit ihrem blonden Lockenhaar, den blauen Augen und den langen dunklen Wimpern war Evie eine kleine Schönheit. Neben ihr wirkte Dolly geradezu unscheinbar; ihr trauriges Gesicht paßte gut in das Haus.

»Es ist viel aufregender als Grasslands«, fuhr Evie fort.

»Ach, wirklich? Spricht man so geringschätzig über sein Zuhause, Evie? Grasslands ist mir tausendmal lieber. Bei uns tauchen wenigstens nicht aus jedem Winkel Gespenster auf.«

Es wäre interessant gewesen, was die Besitzer des Hauses von Mrs. Trents Äußerungen hielten. Mit diesem Gerede würde sie bestimmt keinen Käufer dazu verleiten, Enderby zu erwerben.

»Zum Glück kann Mademoiselle d'Aubigné Sie nicht verstehen, sonst hätte sie das Haus wahrscheinlich schon fluchtartig verlassen.«

Mrs. Trent drückte die Hände auf die Lippen. »Ich und mein loses Mundwerk! Daß ich doch nie den Schnabel halten kann.«

Evie wirkte verlegen, und Dolly ließ ihre Schwester nicht aus den Augen, als fühle sie sich ohne Evie nicht sicher.

»In einigen Zimmern stehen noch ein paar Möbel«, erklärte Mrs. Trent, nicht im geringsten verlegen. »Manches davon ist noch durchaus brauchbar und im Kaufpreis inbegriffen. Natürlich müßte man einiges renovieren lassen.«

Ich ließ sie stehen und folgte Jeanne und Sophie zur Treppe.

»Wollt ihr euch den Rest auch noch ansehen?«

»Natürlich«, sagte Sophie.

»Im ersten Stock ist ein Brett im Fußboden lose«, rief Mrs. Trent uns nach. »Evie ... du weißt doch, wo es ist. Zeig es ihnen.«

Evie folgte Sophie und Jeanne die Treppe hinauf, und Dolly lief hinterher.

Ich sah mich in der Halle um. Ich wollte Sophie bei der Besichtigung nicht stören und hoffte, daß Evie zu uns zurückkommen würde, sobald sie ihnen das lockere Brett gezeigt hatte.

»Das Treppensteigen fällt mir schwer«, erklärte Mrs. Trent. »Was halten Sie von meiner Evie?«

»Sie ist sehr hübsch.«

Mrs. Trent strahlte. »Das stimmt, das kann niemand leugnen. Ich möchte, daß sie einmal eine gute Partie macht. Aber das ist schwierig, weil mich die Leute in der Umgebung nie anerkannt haben. Ich bin zwar gelegentlich eingeladen worden, aber meist hat man mich doch vergessen. Dabei möchte ich so sehr, daß Evie einmal Herrin in einem so großen Haus wie diesem wird.«

Ich fand, daß Evie in der richtigen Umgebung noch viel anziehender wirken würde, allerdings nur ohne ihre Großmutter.

»Sie hat ja noch Zeit«, gab ich zu bedenken.

»Da bin ich anderer Meinung. Sie ist sechzehn und wird demnächst siebzehn, ist also kaum jünger als Sie. Bei Ihnen war es nicht weiter schwierig – einen der beiden mußten Sie schließlich nehmen, gleichgültig welchen. Beide stammen nicht gerade von armen Eltern.«

Sie war wirklich unmöglich.

Evie erschien oben auf der Treppe.

»Hast du ihnen das lockere Brett gezeigt?«

»Ja, Großmutter. Und ich habe ihnen gesagt, wo noch welche sind.«

»In diesem Haus muß viel instandgesetzt werden. Wo ist Dolly?«

»Sie spricht mit der Dame mit der Kapuze.«

»Verstehen sie einander?«

»Nicht sehr gut.«

»Ich werde einmal nachsehen, wie sie zurechtkommen.« Damit stieg ich die Treppe hinauf, während Mrs. Trent und Evie in der Halle stehenblieben.

Warum begriff die Frau nicht, wie zudringlich sie sich benahm? Sie war taktlos und schlecht erzogen. Am liebsten hätte ich ihr gesagt, daß sie kaum einen Mann für ihre Enkelin finden würde, wenn sie sich so unmöglich aufführte. Dann traf ich auf Sophie und Jeanne.

Sie nahmen gerade die Schlafzimmer im ersten Stock in Augenschein.

»Sie sind geräumig«, bemerkte Jeanne, »und man könnte sie hübsch einrichten.«

»Es müßte aber sehr viel getan werden«, wandte Sophie ein.

»Das würde Ihnen bestimmt Spaß machen«, stellte Jeanne fest.

Sie gingen, von Dolly gefolgt, die Treppe in das nächste Stockwerk hinauf. Inzwischen betrat ich das große Schlafzimmer, in dem ein Himmelbett stand. Ich berührte die Vorhänge, die so altersschwach waren, daß sie sich unter meinen Fingern beinahe auflösten. Doch das Holz des Bettes war fest und mit schönen Schnitzereien verziert; und die Kommode an der anderen Wand würde sich sehr gut ausnehmen, wenn sie erst gewachst und poliert war. Ja, es stimmte, in den Zimmern befanden sich noch viele durchaus brauchbare Möbelstücke.

Doch Sophie würde das Haus wohl nicht erstehen. Es war für zwei Frauen einfach zu groß. Hier mußten viele Menschen wohnen, eine fröhliche Familie, die Bälle, Parties und Empfänge gab.

Ich ging weiter in das kleinere Schlafzimmer, in dem ich mir einmal eingebildet hatte, eine Stimme zu vernehmen. Hier befand sich ein kleineres, moderneres Himmelbett, dessen Vorhänge noch brauchbar waren – schwerer blauer Samt; aber sie waren sehr staubig und überall hingen Spinnweben. Ein gespenstisches Zimmer.

In diesem Augenblick hörte ich die hohle Stimme wieder. »Man beobachtet Sie, Mrs. Frenshaw.«

Ich starrte zur Decke hinauf, musterte die Wände – und entdeckte nichts.

»Wer ist da?« rief ich scharf.

Stille, und dann vernahm ich deutlich rasches Atmen und ein leises, entsetzliches Lachen. Jemand machte sich über mich lustig.

Ich ging zur Tür, aber wieder befand sich niemand im Korridor.

Ich zitterte am ganzen Körper. Warum redete ich mir ein, daß ich in diesem Zimmer Stimmen hörte? Weit und breit war niemand zu sehen …

Dolly kam die Treppe herunter.

»Befindet sich Mademoiselle immer noch oben?« fragte ich.

»Ja. Es gefällt ihr.«

»Nein, es interessiert sie nur«, widersprach ich.

Sie schüttelte den Kopf. »Es gefällt ihr; das Haus sagt der Dame zu. Es ist genau das, was sie sich vorstellt.«

»Sie wird sich bestimmt nicht übereilt entscheiden.«

Ich war wieder in das Zimmer getreten, und Dolly war mir gefolgt, so daß ich Gelegenheit hatte, sie genau zu betrachten. Manchmal wirkte sie infolge des halbgeschlossenen Auges beinahe böse – und dabei war sie so zart, so zerbrechlich. Das gesunde Auge war groß, blau und mit dichten Wimpern versehen, ihre Nase war schmal und schön geformt. Ohne die Entstellung wäre sie mindestens so schön gewesen wie ihre Schwester.

»Gefällt Ihnen dieses Zimmer, Mrs. Frenshaw?« fragte sie.

»Nein, mir gefällt das ganze Haus nicht.«

»Ich mag es«, antwortete sie beinahe verzückt. Sie stand mitten im Zimmer und blickte zur Decke hinauf.

Dann hörte ich wieder das rasche Atmen und das leise, spöttische Lachen.

»Wer ist das?« fragte ich.

Dolly sah mich verständnislos an.

»Hast du nicht gehört, wie jemand in der Nähe gelacht hat?«

Dolly schaute mich merkwürdig an. »Ich habe nichts gehört.«

»Es war doch ganz deutlich zu vernehmen.«

Sie schüttelte den Kopf. »Ich habe nichts gehört. In alten Häusern gibt es viele Geräusche. Außerdem, wer sollte es denn sein?«

Ich ging hinaus, denn ich wollte mit dem seltsamen Mädchen nicht mehr in diesem Spukzimmer bleiben.

Als ich schwer atmend im nächsten Stockwerk anlangte, fand ich Sophie und Jeanne in ein Gespräch vertieft.

Jeanne erklärte gerade, was man tun müßte, wie man das Haus einrichten sollte, wie man die Räume nützen könnte.

Das darf doch nicht wahr sein, dachte ich. Sophie interessiert sich ernstlich für Enderby.

Auf dem Heimweg nach Eversleigh war Sophie sehr still. Sie kann es nicht ernst meinen, redete ich mir ein. Aber mich hatte es ja auch immer fasziniert, ein Haus zu besichtigen und mir vorzustellen, wie ich es gestalten würde. Ich durfte auch nicht vergessen, daß Sophie ein nervenaufreibendes Abenteuer hinter sich hatte. Es war ein ganz neues Gefühl für sie, sich in Sicherheit zu befinden, sich in einem fremden Land ein neues Zuhause schaffen zu können.

Als wir ins Haus traten, erwarteten uns meine Mutter und Dikkon bereits.

»Ich bin froh, daß ihr vor Einbruch der Dunkelheit zurück seid«, begrüßte uns meine Mutter. »Lief alles nach Wunsch?«

»Die Trents erwarteten uns mit den Schlüsseln – die Großmutter mit ihren beiden Enkelinnen.«

»Und wie hat dir Enderby gefallen, Sophie?«

Sophie verschränkte die Arme über der Brust. »Es ist sehr interessant.«

»Ja, das kann man nicht leugnen, aber als … Zuhause …«

Sophie sah Jeanne an, und diese verkündete: »Mademoiselle Sophie möchte das Haus morgen noch einmal besichtigen.«

»Du hast dich also nicht abschrecken lassen«, stellte meine Mutter fest.

Sophie schüttelte energisch den Kopf.

»Soll euch Claudine morgen wieder begleiten?«

»Das ist nicht notwendig«, lehnte Sophie ab. »Wir kennen jetzt den Weg und haben den Schlüssel.«

»Ich würde gern mitkommen ... außer, du möchtest lieber allein sein, Tante Sophie.«

Sie lächelte. »Komm nur mit, aber du darfst nicht versuchen, es mir auszureden.«

»Ich würde nicht im Traum daran denken. Aber du kannst doch nicht ernsthaft ...«

Sie drehte sich zu Dickon um. »Ich möchte mit dir besprechen, wie ich zu dem nötigen Geld komme.«

»Ich fahre morgen früh nach London«, erklärte Dickon, »also wäre es vielleicht am besten, wenn wir gleich jetzt darüber reden.«

»Ich begleite dich auf dein Zimmer.«

Er wandte sich an meine Mutter. »Vergiß nicht, daß wir uns morgen früh bei Sonnenaufgang auf den Weg machen, Lottie.«

Meine Mutter nickte, und Dickon und Sophie verließen das Zimmer; Jeanne folgte ihnen.

Meine Mutter sah mich verdutzt an. »Sie denkt doch hoffentlich nicht wirklich daran, Enderby zu kaufen?«

»Es dürfte ihr gefallen haben, und es ist ja in mancher Hinsicht faszinierend. Irgendwie paßt sie dorthin.«

»Ja, ich verstehe, was du meinst. Hoffentlich wird sie dort kein Einsiedlerdasein führen.«

»Besitzt sie überhaupt genügend Geld, um es zu kaufen?«

»Und ob. Dickon hat den Schmuck gesehen, den sie gerettet haben. Er ist phantastisch. Der Graf war einer der reichsten Männer Frankreichs, und seine erste Frau wird ebenfalls ein Vermögen in die Ehe gebracht haben. Dickon behauptet, daß die Juwelen von unschätzbarem Wert sind, und daß Sophie mühelos Käufer für sie finden wird. Natürlich versuchen alle Emigranten zu verkaufen, was sie retten konnten, aber kaum einer dürfte über solch wertvollen Schmuck verfügen wie Sophie. Jeanne ist eine sehr kluge Frau; au-

403

ßerdem muß sie bei ihren Ausflügen in die Stadt mit allen möglichen Leuten gesprochen haben und dadurch besser als die übrigen Bewohner des *château* darüber unterrichtet gewesen sein, was sich da im Land zusammenbraute. Wenn es sich also nur um die Geldmittel handelt, ist Sophie ganz sicher in der Lage, das Haus zu erstehen und dort zu leben. Obwohl wir sie gern bei uns haben, möchte sie selbständig sein, und das kann ich verstehen. Sie will nicht von Dickon abhängig sein. Dickon behauptet, daß Enderby zu einem unglaublich günstigen Preis zu haben ist, weil es schon so lange leersteht und weil es als Spukhaus gilt. Natürlich muß viel restauriert werden, aber es ist trotzdem ein Gelegenheitskauf. Sogar Möbel sind im Preis inbegriffen. Einige von ihnen sind so groß, daß man sie kaum fortschaffen könnte. Angeblich wurden sie an Ort und Stelle angefertigt. Ich weiß nicht, ob das stimmt, aber jedenfalls sind etliche Möbelstücke genauso alt wie das Haus.«

»Ich versuche, mir Sophie und Jeanne allein auf Enderby vorzustellen. Doch sie werden natürlich über Dienerschaft verfügen … und vielleicht Gäste haben.«

»Was für Gäste? Glaubst du wirklich, daß Sophie jemanden einlädt? Ich wäre froh, wenn sie das Haus nicht nimmt. Ich habe es nie gemocht. Ich habe immer gehofft, daß es verfallen würde … daß Dach und Wände zusammenbrechen, Vögel in den leeren Räumen nisten und Ratten und Mäuse dem Gebäude den Rest geben würden.«

»Aber Maman, wie kannst du ihm nur ein solches Schicksal wünschen? Ich weiß, daß es dort spukt, und ich möchte nie in Enderby leben, aber es dem Verfall preisgeben ist so, als würdest du einen Menschen zum Tod verurteilen.«

»Was soll denn das wieder heißen?«

»Ach, ich habe mich da wohl in etwas verrannt … Wie lang wirst du in London bleiben?«

»Solange Dickon dort zu tun hat.«

»In der Bank?«

»Unter anderem.«

»Und wie hängt das mit dem Tod der französischen Königin zusammen?«

»Solche Ereignisse wirken sich auf die Finanzwelt aus, es geht um sehr viel Geld.«

»Dickon ist wohl an sehr vielen Geschäften beteiligt?« Sie lachte.
»Dickon hat bei allen möglichen Geschäften die Hand im Spiel.«

»Verschweigt er vielleicht sogar dir etwas, Maman?«

»Wenn es sich um Geheimnisse handelt, kann er sie mir schwerlich erzählen, nicht wahr? Und ich kann ihn auch schwerlich danach fragen.«

»Das alles ist so mysteriös. Ich weiß, daß Dickon ein reicher Grundbesitzer und Bankier ist und daß er sich auch politisch engagiert hat. Aber wenn ich daran denke, wie er dich aus Frankreich herausgeholt hat ... na ja, er muß auch drüben über viele Kontakte verfügen.«

»Und dafür danke ich Gott, Claudine. Wenn dem nicht so wäre, könnte ich jetzt nicht mehr mit dir sprechen.« Ich schloß sie in die Arme. »Auch ich danke Gott dafür, liebste Maman. Eine Welt ohne dich kann ich mir nicht vorstellen. Bleib immer bei mir.«

»Ich werde immer alles für dich tun, was in meiner Macht steht, mein Liebling.«

Ich löste mich von ihr; sie lächelte unter Tränen.

Dann flüsterte sie: »Seien wir für alles dankbar, was wir haben, Claudine, und kümmern wir uns nicht um Angelegenheiten, die uns nichts angehen. Aber jetzt muß ich mich davon überzeugen, daß die richtigen Kleidungsstücke eingepackt werden.«

»Kann ich dir helfen?«

Sie schüttelte den Kopf.

Als sie fort war, ging ich in den Garten hinaus. Jedesmal, wenn ich daran dachte, wie nahe meine Mutter dem Tod gewesen war, erfaßte mich solches Entsetzen, daß ich allein sein mußte, bis ich mich beruhigt hatte. Es ist vorbei, sagte ich mir, sie befindet sich in Sicherheit, und wir werden nie wieder zulassen, daß sie sich in Gefahr begibt. Dickon wird es zu verhindern wissen. Ich war froh, daß es Dickon gab – meinen mächtigen Stiefvater, der ihr unwandelbare Liebe entgegenbrachte. Er würde immer für sie sorgen, und weil er unüberwindlich war, würde sie sich in seinem Schutz immer in Sicherheit befinden.

Die feuchte Novemberluft kühlte meine Wangen. Inzwischen war es dunkel geworden. Ich wartete ungeduldig darauf, daß die Nächte wieder kürzer wurden, doch bis Weihnachten dauerte es noch eine Weile. Unwillkürlich fielen mir Enderby und die Stimmen ein, die ich dort gehört hatte. Es war immerhin möglich, daß ich es mir eingebildet hatte, weil ich auf Enderby auf solche Erscheinungen gefaßt war. Meine Großmutter Zipporah war in diesem Haus die Geliebte des Grafen geworden, und dabei war meine Mutter gezeugt worden. Das Haus hatte in der Geschichte unserer Familie eine wichtige Rolle gespielt. Meine Großmutter hatte sich verliebt, hatte in Enderby die Ehe gebrochen – und letzten Endes hatte all das zu ihrem gewaltsamen Tod auf dem Hauptplatz einer französischen Stadt geführt.

Und die Stimmen, die zweimal zu mir gesprochen hatten? Dolly hatte behauptet, daß sie nichts gehört hätte. Aber sie wirkte ein bißchen einfältig, und das Lachen war sehr leise gewesen. Ich hoffte, daß Sophie sich doch für ein anderes Haus entscheiden würde, dann würde ich nie mehr in die Nähe dieses Hauses kommen müssen.

Ich mußte wieder hineingehen und mich zum Abendessen umkleiden. Ich nahm an, daß Sophie daran teilnehmen würde, um mit uns über den Hauskauf zu sprechen. Vielleicht würde sie morgen, nachdem sie es überschlafen hatte, anderer Meinung sein. Ob Enderby in der Morgensonne wohl weniger düster wirkte? Doch der Geschmack der Menschen ist verschieden. Was dem einen gefällt, mißfällt dem anderen, was der eine für gut hält, erscheint dem anderen als schlecht.

Als ich an den Büschen vorbeikam, flüsterte eine Stimme: »Claudine!« Eine Hand ergriff mich und zog mich in den Schatten der Sträucher.

»Jonathan!«

»Ich bin dir gefolgt, als du das Haus verlassen hast.«

»Und was willst du von mir?«

»Diese Frage ist unnötig, findest du nicht? Du weißt genau, was ich will, was ich immer gewollt habe. Warum hast du es getan, Claudine, warum?«

Er hielt mich fest und zog mich tiefer ins Gebüsch hinein.

»Laß mich los, Jonathan, ich muß ins Haus zurück.«

»Zuerst wirst du mit mir sprechen.«

»Worüber?«

»Über alles, über die Situation, in die du mich gebracht hast.«

»Ich weiß nicht, wovon du redest.«

Sein Mund preßte sich auf den meinen. Nein, dachte ich, ich muß fort, ich habe Angst vor ihm.

»Du hast meinen Bruder geheiratet.«

»Überrascht dich das? Es war zu erwarten gewesen, außerdem wollte ich es.«

»Du wolltest mich.«

»Nein. Erinnere dich, du hast um meine Hand angehalten und ich habe deinen Antrag abgelehnt.«

»Das war doch nicht dein Ernst.«

»Wenn ich etwas sage, dann pflege ich es ernst zu meinen.«

»Nicht immer. Du zitterst ja.«

»Weil du dich so lächerlich benimmst. Das gefällt mir nicht, und ich will jetzt ins Haus.«

»Aus dir spricht die tugendhafte Ehefrau.«

»Das bin ich und das werde ich auch bleiben.«

»Glaubst du das wirklich?«

»Ich gehe jetzt hinein, Jonathan.«

»Noch nicht. Warum hast du meinen Bruder geheiratet?«

»Weil ich ihn liebe und weil ich ihn zum Mann haben wollte.«

»Du liebst ihn! Was weißt du überhaupt von Liebe?«

»Vermutlich wesentlich mehr als du.«

»Die Liebe hat viele Erscheinungsformen, Claudine, und man sollte auf keine verzichten. Mein Bruder weiß über die griechischen Philosophen besser Bescheid als über die Liebe.«

»Die griechischen Philosophen haben sehr viel von der Liebe verstanden.«

Plötzlich lachte er. »Ich gebe nie auf, das weißt du doch, Claudine.«

Ich zuckte die Schultern; er packte und schüttelte mich.

»Glaubst du, daß ich auf dich verzichten werde, nur weil du verheiratet bist?«

»Von Moral hast du ja nie viel gehalten.«

Er lachte wieder. »Es tut gut, mit dir beisammenzusein. Während der scheußlichen Monate in Frankreich sehnte ich mich nur nach einem: bei dir zu sein. Wenn ich nachts im Gras lag, die Sterne über mir funkelten, und ich wußte, daß der nächste Tag mein letzter sein könnte, dachte ich an dich, sprach mit dir, lachte mit dir ... und wir liebten einander, Claudine.«

»Und was war mit dem Mädchen in der Weinschenke?«

»Aha, du erinnerst dich also an sie. Deine Augen haben gefunkelt, als ich von ihr erzählt habe. Ich konnte sie nur dadurch ertragen, daß ich mir vorstellte, du wärst an ihrer Stelle. Du bist meine Claudine, du warst es seit dem Tag, an dem du auf Eversleigh angekommen bist ... mit deinen französischen Kleidern, deiner französischen Lebensart und der amüsanten Art, wie du Englisch sprachst. Ich habe dich vom ersten Augenblick an geliebt. Jetzt bist du eine ehrbare englische Ehefrau, und ich liebe dich nur noch mehr. Meine Liebe wächst von Tag zu Tag; da kannst du nicht erwarten, daß ich zurücktrete und erkläre: ›Es ist aus, sie ist jetzt die Frau meines Bruders. Lebe wohl, du süße Claudine, du kannst nicht mein werden.‹ O nein, du gehörst mir, Claudine, und niemand wird daran etwas ändern.«

»Einen solchen Entschluß müßten aber beide Beteiligten fassen.«

»Wenn die beiden sich einig sind, ist das nicht weiter schwierig.«

»Leider sind sie sich in diesem Fall keineswegs einig. Es ist geradezu verwerflich von dir, der Frau deines Bruders solche Anträge zu machen. Wie kannst du es wagen, von Liebe zu sprechen – dein Gefühl kann man überhaupt nicht als Liebe bezeichnen.«

»Das hier ist das Vorspiel zur Liebe. Wenn wir einander nicht mit dem Segen der Kirche lieben können, werden wir es eben ohne ihren Segen tun.«

»Und wenn ich meiner Mutter von diesem Gespräch berichte?«

»Wird sie es meinem Vater erzählen.«

»Er würde ganz schön wütend sein.«

»Oder vielleicht nur lachen und sagen: ›Die beiden müssen es miteinander abmachen.‹ Mein Vater hat in solchen Sachen viel Erfahrung.«

»Und was ist, wenn ich es David erzähle?«

»Ja, was würde David wohl dazu sagen? Es muß doch bei den Griechen, den Römern oder den alten Ägyptern einen Präzedenzfall dafür geben. Er würde seine Orakel befragen, und sie würden ihm raten, was er tun soll.«

»Jonathan, du mußt das alles vergessen. Heirate, gründe selbst eine Familie. Du bist ohnehin viel häufiger in London als hier.«

»Ich werde dort sein, wo du dich aufhältst.«

»So hast du allerdings nicht gedacht, als du leichtfertig, ohne uns etwas zu sagen, nach Frankreich abgereist bist.«

Er zog mich an sich. »Ich mußte es tun, Claudine, es war unbedingt erforderlich. Und ich mußte es heimlich tun.«

»Ohne es auch nur deinem Vater mitzuteilen. Du bist einfach verschwunden.«

»Mein Vater hat davon gewußt.«

»Aber er war überrascht.«

»Der Schein trügt oft«, meinte er achselzuckend, und ich dachte: Jonathan und sein Vater befassen sich gemeinsam mit geheimen Tätigkeiten. Sie verbinden ihre Geschäfte mit Spionage für ihr Vaterland. Ich bin nur froh, daß David nichts damit zu tun hat.

»Morgen fahre ich nach London«, erklärte Jonathan.

»Du begleitest also unsere Eltern?«

Er nickte.

»Geheime Aktivitäten?«

Er antwortete nicht darauf. »Ich werde bald wieder zurück sein ...«

»Und hier wird sich inzwischen nichts verändert haben.«

»Das ist nicht notwendig, es kann alles ruhig so bleiben, wie es ist. Du willst mich und ich will dich, und ich werde dafür sorgen, daß wir bekommen, was wir wollen.«

Einige Sekunden lang drückte er mich an sich und küßte mich leidenschaftlich auf den Mund und den Hals. Diese wenigen Sekunden genoß ich, denn er hatte recht, bei David war ich nie so leidenschaftlich erregt.

Dann riß ich mich los und lief ins Haus. Er folgte mir nicht, aber ich hörte sein leises, triumphierendes Lachen hinter mir.

Am nächsten Tag machten sich Dickon, meine Mutter und Jonathan im Morgengrauen auf die Reise nach London.

Jeanne kam in mein Zimmer, um mir zu berichten, daß sie und Sophie Enderby noch einmal besichtigen wollten, und fragte mich, ob ich sie begleiten wolle.

Ich stimmte gern zu, und eine halbe Stunde später gingen wir die Straße nach Enderby entlang. Dieser Weg war etwas länger als der über die Felder, aber es hatte in der Nacht geregnet, und die Straße war trockener.

In der Morgensonne sah das Haus verändert aus. Obwohl ich es noch immer als bedrohlich empfand, zog es mich an, und ich konnte es nicht erwarten, es zu betreten.

»Mir gefällt, daß es abseits liegt«, meinte Sophie. »Hier kann einen niemand beobachten.«

Nein, dachte ich, nur Gespenster.

»Die Halle ist wirklich imponierend«, stellte ich fest. »Hast du vor, hier Bälle zu veranstalten, Tante Sophie? Ich sehe die bunte Schar der Gäste vor mir, und die Musikanten, die auf der Galerie spielen.«

»Nein, ich habe nicht vor, Gäste einzuladen. Dennoch gefällt mir die Halle. Sie wirkt trotz ihrer Größe schlicht.«

Schlicht? Vermutlich hatte sie recht, wenn sie die Halle mit dem *château* verglich, in dem sie ihre Kindheit verbracht hatte.

»Ganz so schlicht ist das Haus aber nicht«, widersprach ich. »Immerhin besitzt es zwanzig Schlafzimmer und im obersten Geschoß noch die Räume für die Dienerschaft.«

»Wir werden wohl einige Diener brauchen«, überlegte Sophie. »Deine Mutter wird uns helfen, sie zu engagieren. Mit der sprachlichen Verständigung wird es für uns ein wenig schwierig werden.«

»Meine Mutter wird euch bestimmt gern zur Seite stehen. Und wenn ich etwas für euch tun kann, mußt du es nur sagen, Tante Sophie.«

»Danke, Claudine. Wir haben wirklich viel Arbeit vor uns. Komm, Jeanne, ich kann es kaum erwarten, mir die Räume in den oberen Stockwerken genauer anzusehen.«

Ich folgte ihnen und bemerkte dabei das geschnitzte Treppengeländer und die Stuckarbeiten an der Decke. Nein, Sophie war nicht die richtige Herrin für dieses Haus. Es verlangte nach einer großen, fröhlichen Familie, die lachte, herumtollte und so fest daran glaubte, daß die Welt in Ordnung war, und die dadurch die unheimlichen Gespenster der Vergangenheit vertrieb.

Dazu war Sophie nicht imstande.

Ich fragte mich, was die gute, praktisch denkende Jeanne von dem Projekt hielt.

Als Sophie sich in einem der Schlafzimmer befand und ich mit Jeanne allein im Korridor stand, beschloß ich, die Gelegenheit beim Schopf zu packen.

»Meine Tante kann doch nicht wirklich entschlossen sein, dieses Haus zu kaufen«, begann ich.

»Doch, sie hat es wirklich vor.«

»Sie müssen ihr diese Idee ausreden. Sie sehen doch, daß es völlig ungeeignet für sie ist.«

»Nein«, widersprach Jeanne, »ich halte es für durchaus geeignet; Mademoiselle Sophie fühlt sich hier glücklich. Das Haus erfordert viel Arbeit, und wir werden lange damit beschäftigt sein. Ich habe immer versucht, sie wieder für die Außenwelt zu interessieren, eine Beschäftigung für sie zu finden. Wenn wir dieses Haus instandsetzen wollen, muß sie Arbeiter beaufsichtigen, mit allen möglichen Leuten sprechen, Stoffe und Möbel aussuchen. Ich habe vor, ein Zimmer nach dem anderen einzurichten, so daß wir einige Jahre für die Renovierung brauchen. Als wir das Haus zum erstenmal betreten haben, habe ich gemerkt, wie sehr es sie gefangennimmt; ich habe sofort gewußt, daß es das ist, was ich für sie brauche.«

Ich war verblüfft, aber natürlich hatte die praktisch denkende Jeanne recht. Sophie brauchte Enderby. Daß es so düster war, sagte ihr vermutlich zu. Ein Haus, das voller Sonnenschein und bereits vollkommen eingerichtet war, hätte ihr nicht gefallen. Sie mochte die etwas bedrückende Atmosphäre, die zu ihrem Naturell paßte – und die viele Arbeit, die es erforderte, machte es wiederum für Jeanne interessant.

»Jeanne!« rief Sophie in diesem Augenblick.

Jeanne lächelte mich an und ging zu ihrer Herrin. Sophie stand vor dem Himmelbett im großen Schlafzimmer.

»Sieh dir nur diese herrliche Schnitzerei an.«

»Sie ist wirklich sehr schön«, bestätigte Jeanne. »Und die Möbel sind im Kaufpreis inbegriffen.«

»Es ist ein Gelegenheitskauf.«

»Es ist ein Hinweis darauf, daß der Besitzer es sehr gern loswerden möchte«, bemerkte ich.

»Welche Farbe sollten deiner Ansicht nach die Vorhänge haben, Jeanne?« fragte Sophie, die ich noch nie so lebhaft gesehen hatte.

»Wir müssen zuerst die gesamte Einrichtung planen«, meinte Jeanne vorsichtig. »Wir sollten nichts übereilen.«

Ich überließ die beiden ihren Beratungen und ging in das kleinere Schlafzimmer, das ich Spukzimmer nannte, das Zimmer mit der unheimlichen Stimme.

Ich lauschte angespannt, aber außer dem Wind, der in den hohen Büschen raschelte, vernahm ich kein Geräusch.

Seit Jonathans Abreise war es wieder ruhiger auf Eversleigh. David freute sich darüber, daß Sophie Enderby kaufen wollte, denn ich hatte ihm erzählt, was Jeanne gesagt hatte, und er fand, sie hatte recht.

»Das Haus könnte für Sophie sehr viel bedeuten«, meinte er. »Sie wird keine Zeit mehr haben, ständig an ihr Unglück zu denken, sondern sich betätigen und auf ihre Leistungen stolz sein.«

Er wollte Enderby noch einmal begutachten, und ich begleitete ihn. Wenn er dabei war, konnte ich mir kaum mehr vorstellen, daß ich hier einmal unheimliche Stimmen vernommen hatte.

»Man könnte den Gesamteindruck vollkommen verändern«, meinte er. »Man muß nur die Büsche wegschneiden, so daß Licht in die Zimmer dringt, und die schadhaften Fußbodenbretter auswechseln, dann ist es ein ganz anderes Haus.«

»Das bedeutet aber sehr viel Arbeit.«

»Genau das braucht Sophie ... eine Aufgabe, die sie ganz erfüllt.«

»Dann hat das Schicksal es gut mit ihr gemeint, als es sie nach Enderby geführt hat.«

»Das Schicksal in Gestalt von Jonathan.«

Als er Jonathans Namen aussprach, erinnerte ich mich an das Gespräch bei den Büschen und erschauerte.

»Ist dir kalt?« fragte David.

»Nein, nein.«

Er legte mir den Arm um die Schultern. »Würdest du nicht gern in diesem Haus wohnen wollen?«

»Ganz bestimmt nicht.«

»Ich habe mir oft darüber Gedanken gemacht, wie es in großen Häusern wie Eversleigh zugeht, in denen viele Generationen einer Familie leben. Die Söhne bringen ihre Frauen dorthin, ihre Kinder wachsen dort auf. Vielleicht magst du das nicht und möchtest dein Leben anderswo verbringen.«

»Daran habe ich noch nie gedacht.« Aber er hatte recht. Jonathan würde unter dem gleichen Dach leben wie wir. Wenn er sich etwas in den Kopf gesetzt hatte, kannte er keine Skrupel, genau wie sein Vater. Ich hatte oft von Dickons wilden Jugendjahren gehört. Er hatte sich nur deshalb gebessert, weil er meine Mutter über alles liebte. Nur diese Liebe – nicht das Ehrgefühl – brachte ihn dazu, ihr treu zu bleiben. Eversleigh war für mich gefährlich, weil ich hier Jonathan so nahe war. Aber wie konnte ich das David beibringen? Außerdem fürchtete ich mich selbst mehr als Jonathan.

»Auf dem Gut gibt es mehrere Häuser«, fuhr David fort. »Zum Beispiel das des Verwalters.«

»In dem ja derzeit ein Verwalter wohnt.«

»Jack Dolland macht seine Arbeit ausgezeichnet; ich weiß nicht, was ich ohne ihn anfangen würde. Es war nur so eine Idee … Mein Vater wäre bestimmt nicht damit einverstanden, aber ich würde es verstehen, wenn du nicht im Haupthaus leben möchtest. Allerdings wohnt deine Mutter dort.«

»Sie würde nichts davon hören wollen, wenn wir ausziehen wollten.«

»Dann bleiben wir; ich glaube auch nicht, daß es im Augenblick durchführbar wäre. Es ist mir nur so eingefallen …«

»Vermutlich hat dich Enderby auf diese Idee gebracht. David, ich liebe Eversleigh, ich habe es vom ersten Augenblick an geliebt. Ich würde es nie freiwillig verlassen.«

»Dann ist die Angelegenheit ein für allemal erledigt. Enderby ist wirklich spottbillig.«

»Die Renovierung wird aber viel Geld verschlingen.«

»Nicht unbedingt; in manchen Zimmern stehen noch sehr gut erhaltene Möbel.«

»Sophie wird also nicht viel kaufen müssen.«

»Und auf dem Dachboden von Eversleigh befinden sich auch noch Möbelstücke. Deine Mutter wird sie begutachten und etliches davon abgeben.«

»Das Ganze ist schrecklich aufregend, und zwar für uns alle, nicht nur für Sophie. Es wird sicher schön, wenn Enderby wieder bewohnt ist.«

Er nickte, und wir schlenderten Arm in Arm durch das Haus. Wenn sich David an meiner Seite befand, sah ich es mit ganz anderen Augen.

Die nächsten Tage verliefen angenehm, obwohl die Euphorie der Flitterwochen endgültig vorbei war. Sophie und Jeanne sprachen stundenlang über Enderby, und ich versprach ihnen, daß Molly Blackett die neuen Vorhänge nähen würde. Wenn ich zuhörte, wie sie über Stoffe, Farben und Muster diskutierten, war ich jedesmal wieder darüber erstaunt, wie sehr sich Sophie gewandelt hatte.

Jonathan, meine Mutter und Dickon blieben eine Woche fort. Das Wetter hatte umgeschlagen; es war nicht mehr so mild. Die Feuchtigkeit und der Nebel waren vom Ostwind vertrieben worden. Dieser Wind im südöstlichen Winkel von England ist berüchtigt, er ist bitterkalt, und obwohl Eversleigh nicht direkt an der Küste liegt, empfanden wir ihn als unangenehm.

Er drehte schließlich nach Norden, und das konnte Schnee bedeuten. Ich war ein wenig besorgt, weil die drei Reisenden dadurch aufgehalten werden konnten, deshalb war ich sehr froh, als ich endlich die Kutsche hörte.

Meine Mutter und ich umarmten einander innig.

»Ich bin froh, daß wir zu Hause sind«, sagte sie erleichtert. »Sieh nur den Himmel an, er wirkt geradezu bedrohlich. Das sind bestimmt Schneewolken.«

»Es ist noch zu früh für Schnee«, widersprach Dickon, »für gewöhnlich kommt er erst nach Weihnachten. Wie ist es dir ohne uns ergangen, Claudine?«

Er küßte mich. Und dann kam Jonathan, hob mich lächelnd hoch, drehte sich mit mir im Kreis und lachte mich an.

»Ich kann mich nicht daran gewöhnen, daß du jetzt eine verheiratete Frau bist – ich sehe dich immer noch als die kleine Claudine aus Frankreich.«

Meine Mutter und Dickon lachten.

Jonathan setzte mich ab und küßte mich auf den Mund. »Du freust dich also darüber, daß wir wieder hier sind?«

»Natürlich.« Ich wandte mich ab und hängte mich bei meiner Mutter ein. »Tante Sophie hat sich entschlossen, Enderby zu kaufen.«

»Ich kann es kaum glauben«, bemerkte meine Mutter.

Daß Jonathan wieder da war, störte natürlich meinen Seelenfrieden. Er beobachte mich unausgesetzt, und ich wich ihm nach Möglichkeit aus, obwohl ich mich immer wieder dabei ertappte, daß ich an ihn dachte.

Sobald meine Mutter sich damit abgefunden hatte, daß Sophie Enderby kaufen würde, machte sie sich eifrig an die Arbeit. Sie ließ Molly Blackett kommen, beteiligte sich an den Beratungen über Vorhänge und dergleichen und sichtete auch die Möbel auf dem Dachboden.

Dickon berichtete, daß es nicht mehr lang dauern würde, bis der Kauf perfekt war. Er hatte ohne Schwierigkeiten einen prachtvollen Diamantring verkauft, und der Erlös deckte den Kaufpreis bei weitem.

Sophie konnte es kaum noch erwarten. Der Schlüssel für Enderby befand sich jetzt bei uns, und sie verbrachte jede freie Minute drüben. Molly Blackett hatte die Maße für die Vorhänge genommen, und Sophie und Jeanne hatten in die Stadt gehen wollen, um die Stoffe zu kaufen. Meine Mutter hatte ihnen geraten, statt dessen nach London zu fahren, wo die Auswahl viel größer war.

Sophie hatte sich zuerst geweigert, aber dann doch nachgegeben.

Es war ungefähr drei Wochen vor Weihnachten. Der Schnee war ausgeblieben, denn der Wind hatte sich unvermittelt wieder gedreht und uns warmes, feuchtes Wetter beschert – wie es um diese Jahreszeit in unserem Teil des Landes eigentlich die Regel ist.

Meine Mutter wollte Sophie und Jeanne nach London begleiten, denn sie mußte selbst noch ein paar Weihnachtseinkäufe besorgen; sie hatten vor, nur wenige Tage fortzubleiben. Im letzten Augenblick entschloß sich Dickon, sie zu begleiten.

Während ihrer Abwesenheit sollte Molly Blackett noch einige Fenster abmessen, die alten Vorhänge abnehmen und nachsehen, ob sie sich vielleicht verwerten ließen; dann sollte sie aufschreiben, was sie an Material brauchte. Ich schlug ihr vor, ihr bei dieser Arbeit zu helfen.

So kam es, daß ich mich an diesem Dezembertag auf Enderby befand.

Ich hatte mich mit Molly für zwei Uhr verabredet; in den beiden Stunden bis zum Einbruch der Dunkelheit konnten wir alles erledigen, was wir uns vorgenommen hatten. David hatte den ganzen Tag auf dem Gut zu tun.

Ich ritt hinüber und wartete im Haus auf Molly.

Es war merkwürdig, allein in Enderby zu stehen. Meine Phantasie ging wieder einmal mit mir durch; ich hatte das Gefühl, daß das Haus mich beobachtete und nur auf eine Gelegenheit wartete, mir etwas anzutun.

Molly war noch nicht da; sie kam zu Fuß von ihrem Haus auf Eversleigh herüber. Ich hatte zuerst draußen auf sie warten wollen, mich aber dann meiner Feigheit geschämt und mich gezwungen einzutreten.

Meine Schritte hallten auf dem Steinboden der Halle wider. Wir wollten einige Fenster im ersten Stock ausmessen. Ich wollte den Raum wiedersehen, in dem ich die Stimmen gehört hatte, und so lief ich die Treppe hinauf in das kleine Schlafzimmer.

Tiefe Stille herrschte überall; aber wenige Augenblicke später hörte ich, wie unten die Tür geöffnet und wieder geschlossen wurde und Schritte durch die Halle kamen.

»Ich bin oben, Molly«, rief ich.

Ich sah mich um. Die blauen Vorhänge waren bereits abgenommen worden und lagen auf dem Fußboden. Sie befanden sich in gutem Zustand, wie Jeanne festgestellt hatte; sie mußten nur geklopft und gebürstet werden; dann würden sie aussehen wie neu.

Ich drehte mich zur Tür um und erstarrte. Vor mir stand Jonathan.

»Was machst du hier?« stieß ich hervor.

»Dich suchen.«

»Molly Blackett wird jeden Augenblick hier eintreffen.«

Er schüttelte den Kopf, schloß die Tür und lehnte sich daran.

»Was soll das heißen?«

»Nur, daß du mit mir statt mit Molly vorliebnehmen mußt.«

»Was erzählst du da – Molly kommt, um die Fenster auszumessen.«

»Sie kommt nicht.«

»Unsinn, wir haben uns hier verabredet.«

»Ihr *hattet* euch hier verabredet.«

»Erkläre mir das deutlicher.«

»Ich habe Molly Blackett eine Botschaft geschickt, in der ich ihr mitgeteilt habe, daß du heute nachmittag keine Zeit hast und du ihr wieder Bescheid geben wirst, wann du sie hier treffen willst. Du hast heute nachmittag etwas anderes vor.«

»Du hast ...«

»Denk nur, ich habe tatsächlich!«

»Du bist wirklich unverschämt. Wie kannst du es wagen, dich in meine Angelegenheiten einzumischen? Wie kannst du es wagen, in meinem Namen eine Botschaft abzusenden?«

»Ich bin von Natur aus wagemutig. Irgendwie mußte ich es schaffen, mit dir allein zu sein. Diese Gelegenheit war ein Geschenk des Himmels.«

»Ich verlasse sofort das Haus.«

Er schüttelte den Kopf.

»Wir müssen miteinander sprechen, wir müssen einen Ausweg finden. Ich liebe dich, Claudine, ich liebe dich seit dem Augenblick, als du nach England gekommen bist. Damals habe ich beschlossen, daß du mir gehören wirst, und an diesem Entschluß halte ich immer noch fest.«

»Ich will nichts davon hören, Jonathan.«

»Du sprichst schon wieder nicht die Wahrheit. Du solltest dich jetzt in einem Spiegel sehen – deine Augen leuchten, deine Wangen glühen. Du weißt genausogut wie ich, daß wir füreinander bestimmt sind. Du kannst nicht gegen das Schicksal ankämpfen, Claudine. Du hättest diese absurde Ehe nicht so überstürzt eingehen sollen, dann wäre alles viel einfacher. So müssen wir uns mit Ausflüchten, Intrigen, heimlichen Zusammenkünften, gestohlenem Glück begnügen.«

»Ich habe keine Ahnung, wovon du sprichst. Ich gehe jetzt.«

Er stand an der Tür und beobachtete mich. Ich war von entsetzlicher Angst und einer Erregung erfüllt, die mir fast den Atem nahm. Wenn ich versuchte, an ihm vorbeizukommen, würde er mich festhalten. Ich wagte den Versuch nicht ... was sollte ich nur tun?

Er sprach weiter. »Warum redest du dir etwas ein, Claudine? Du belügst dich nur selbst. Ich weiß doch genau, daß du dich ebenso nach mir sehnst wie ich mich nach dir.«

»Du bist ein verderbter Mensch.«

Er lachte. »Nein, ich bin verliebt, und ich bin nicht dazu geschaffen, tatenlos zuzusehen, wie sich jemand anderer nimmt, was eigentlich mir gehört.«

»Was heißt hier eigentlich? Hast du vergessen, daß ich mit deinem Bruder verheiratet bin?«

»Das spielt keine Rolle. Du und ich gehören zusammen. David ist ein lieber Mensch ... ein sehr lieber Mensch. Er hätte eine liebe, freundliche Frau heiraten sollen, nicht meine leidenschaftliche Claudine, denn sie ist nicht die Richtige für ihn. Du bist jung und hast keine Ahnung von Liebe, Leidenschaft und den Freuden, die ich dich lehren will. Bei David würdest du sie nie kennenlernen. Er ist zu wohlerzogen und würde nie vom Pfad der Ehrbarkeit abweichen. Ich bin anders. Ich kümmere mich nicht um Konventionen, und du wirst bald auch so denken. Vorschriften sind für Menschen wie David gemacht, nicht für uns.«

»Hör doch endlich auf, so über David zu sprechen. Er ist mein Mann, und ich liebe ihn innig. Ich bin mit meinem Leben sehr zufrieden.«

»Wenn du so pathetisch sprichst, willst du nur dich selbst überzeugen. Du bist nicht zufrieden, du glaubst nur, daß du es bist. Sieh dich doch an. Dein Herz klopft wie wild, und deine Augen leuchten vor Erwartung. Warum vergeuden wir die Zeit mit Worten?«

Er kam näher, und als ich ihm auswich, ergriff er mich und hielt mich fest. Er hob mich hoch, als wäre ich ein Kind.

»Wie du siehst, bin ich wesentlich stärker als du, Claudine.«

»Laß mich sofort wieder runter, Jonathan, ich muß ernsthaft mit dir sprechen.«

Er gehorchte, legte aber dann den Arm um mich und führte mich zum Bett. Dort setzte er sich neben mich und legte mir die Hand aufs Herz. »Wie rasch es klopft«, stellte er fest. »Es klopft für mich.«

»Ich will sofort nach Hause.«

»Ich habe geglaubt, daß du ernsthaft mit mir sprechen willst.«

»Das stimmt. Du mußt mit diesem Unsinn aufhören, Jonathan. Begreifst du denn nicht, daß dein Verlangen unmöglich ist? Wir können nicht im gleichen Haus wohnen. Einer von uns muß Eversleigh verlassen. Für dich wäre es leichter, du bist ohnehin die meiste Zeit in London. Übersiedle doch ganz dorthin, das wäre das beste für uns alle.«

Er lachte. »Dann könnte ich dich ja nicht sehen. Möchtest du mich zu einem Leben in Keuschheit verurteilen?«

»Bitte sprich nicht so.«

»Wovon soll ich denn sonst reden? Vom Wetter? Davon, daß Sophie dieses Haus gekauft hat? Ob es zu Weihnachten schneien wird? Nein, kleine Claudine, ich befasse mich mit wichtigeren Angelegenheiten. Mit dir, meine Geliebte. Ich bin verrückt nach dir, Claudine. Du bist anders als alle übrigen Frauen, du bist noch ein Kind und doch schon eine Frau; du hast noch soviel zu lernen, und ich werde dein Lehrmeister sein. Und du wirst gern bei mir lernen, du wartest ja nur darauf, daß ich dich unterweise.«

»Du kannst nie vernünftig bleiben. Ich gehe jetzt. Es war rücksichtslos von dir, Molly Blackett abzubestellen. Ich erinnere mich an die Szene in der Nähstube ...«

»Ach ja, und das dumme Ding kam zu früh zurück. Aber diesmal sind wir vor ihr sicher.«

»Ich muß gehen.«

Ich stand auf, aber er befand sich sofort an meiner Seite.

»Ich kann dich nicht gehen lassen.«

»Heißt das, daß du mich gegen meinen Willen hier festhalten willst?«

»Mir wäre es lieber, du bliebst freiwillig.«

»Das tue ich auf keinen Fall.«

Er schloß mich in die Arme. »Hör mir zu, Claudine.«

»Ich will nichts hören, ich brauche keine Erklärung, du benimmst dich abscheulich. Ich werde es David und meinen Eltern erzählen.«

»Aber, aber. Du weißt ganz genau, daß du das nicht tun wirst.«

»Anscheinend willst du bestimmen, was ich zu tun oder zu lassen habe.«

»Ich liebe dich, Claudine, wir sind füreinander bestimmt. Ein paar Worte, die du in der Kirche gesprochen hast, können nichts daran ändern. Unser Gefühl wird ewig dauern, so wie es zwischen meinem Vater und deiner Mutter ist. Es war uns vorherbestimmt ... das Schicksal hat es so beschlossen ... nenn es, wie du willst. Es kommt nicht oft vor, daß zwei Menschen genau wissen, daß sie zusammengehören. Bei uns ist es so, und es hat keinen Sinn, wenn du den Kopf in den Sand steckst.«

»Diese Rede hältst du vermutlich jeder Frau, die du herumkriegen willst.«

»Ich habe diese Rede heute zum erstenmal gehalten, denn sie

419

trifft nur auf eine Frau zu. Wehre dich nicht gegen das Unabänderliche, Claudine, sondern akzeptiere es. Und dann suchen wir eine Lösung für unsere Probleme.«

»Anscheinend hältst du mich für genauso verderbt wie dich.«

Er beugte sich zu mir und küßte mich auf den Hals. Ohne daß ich es wollte, erregte mich dieser Kuß heftig. Eigentlich hätte ich mich jetzt umdrehen und davonlaufen müssen, aber Jonathan hielt mich fest – und um die Wahrheit zu gestehen, ich hatte nicht die geringste Lust zu fliehen.

»Bitte laß mich gehen, Jonathan«, bat ich leise.

»Nein.« Das klang endgültig. »Du gehörst mir. Du bist unvernünftig gewesen; du mußt doch längst wissen, daß du David nie hättest heiraten dürfen.«

»Hör auf, ich liebe David. Er ist gut und freundlich, er gibt mir alles, was ich brauche.«

»Du weißt doch gar nicht, was du brauchst.«

»Und du weißt es natürlich.«

»Natürlich.«

Er streifte mir das Mieder von den Schultern, genau wie im Nähzimmer.

»Nein«, rief ich, »nein!«

Aber er hatte mich schon auf das Bett gedrückt.

»Du willst nämlich gar nicht gehen«, stellte er fest und zog die Nadeln aus meinem Haar, so daß es mir lose auf die Schultern herabfiel. Ich protestierte schwach, leise, halbherzig. »Laß mich gehen.«

Dann glitten seine Hände über meinen Körper, und ich versank in einem Nebel der Wollust. Noch nie hatte ich etwas Ähnliches empfunden ... selbst wenn ich gewollt hätte, hätte ich jetzt nicht mehr fortgehen können.

Ich vergaß, wo ich mich befand ... in dem Spukzimmer mit den seltsamen Stimmen. Ich vergaß alles, bis auf die Tatsache, daß ich mit Jonathan beisammen war, daß ich noch nie solche Leidenschaft erfahren hatte und daß ich wünschte, sie würde nie enden. Irgendwo in meinem Unterbewußtsein war mir klar, daß dieser Wahnsinn einmal zu Ende gehen würde und daß ich dann mit der Sünde konfrontiert sein würde, die ich gerade beging; doch ich schob diesen Gedanken beiseite. Nichts zählte außer meinem Verlangen und meinen Gefühlen.

Ich weiß nicht, wie lange ich in dieser Welt der leidenschaftlichen Empfindungen schwelgte. Die Ernüchterung ließ jedoch nicht lange auf sich warten.

Ich riß mich von ihm los, versuchte, meine Kleidung, meine Haare in Ordnung zu bringen. Dieses Zimmer ... dieses verwunschene Zimmer. Waren die Stimmen vielleicht doch eine Warnung gewesen? Hatte mir eine übernatürliche Macht angekündigt, daß ich mich in diesem Raum vergessen würde?

Ich schlug die Hände vors Gesicht und weinte bitterlich.

Jonathan legte mir den Arm um die Schulter. »Nicht, Claudine, sei doch glücklich. Es war wunderbar, nicht wahr? Wir haben die vollkommene Liebe erlebt.«

»Was habe ich nur getan!«

Er ergriff meine Hände und küßte sie. »Mich glücklich gemacht. Dich glücklich gemacht.«

»Und was ist mit David?«

»Er wird es nie erfahren.«

Ich starrte ihn entsetzt an. »Ich muß es ihm erzählen. Ich muß gestehen, was ich getan habe, und zwar sofort.«

»Liebste, du bist reichlich unvernünftig.«

»Ich bin eine verderbte Frau.«

»Nein, du hast dich nur deinem innersten Wesen entsprechend verhalten. Du darfst keine Schuldgefühle haben.«

»Wie kann ich das, wenn ich schuldig geworden bin?«

»Ich habe dich nicht gezwungen – du hast dich genauso danach gesehnt, dich hinzugeben, wie ich.«

»Wenn du nicht hierher gekommen wärst, wenn du ...«

»Wenn du nicht du wärst und ich nicht ich wäre, wäre alles anders. Du bist mit David verheiratet, Claudine, und er ist ein guter Mensch. Du würdest ihn zutiefst verletzen, wenn du ihm erzählst, daß wir einander lieben.«

»Ich liebe ihn.«

»Ja, aber auf andere Art, nicht wahr? Du liebst uns beide. Wir sind Zwillinge, wir sind einander ähnlich, zwischen uns besteht eine ganz besondere Bindung. Weil wir Zwillinge sind, ist es beinahe, als liebtest du nur einen einzigen Mann.«

»Das hilft mir nicht.« Ich versuchte mit zitternden Händen, mein Haar aufzustecken.

421

»Warum hast du es getan?« rief ich. »Warum hast du Molly Blackett diese Botschaft geschickt?«

»Ich mußte diese einmalige Gelegenheit ausnützen.«

»Du hast überhaupt keine Skrupel.«

»O doch, aber was zwischen uns vorgefallen ist, war unvermeidlich.«

»Es darf nie wieder soweit kommen.«

Er küßte mich zärtlich. »Es bleibt unser Geheimnis, niemand wird jemals davon erfahren.«

»Ich muß es aber David gestehen.«

»Damit machst du ihn unglücklich.«

»Wie schade, daß dir das nicht früher eingefallen ist.«

»Hör mir zu, Claudine, was geschehen ist, mußte geschehen, und vielleicht wird es auch wieder dazu kommen.«

»Nie«, rief ich heftig, »nie wieder!«

»Niemand weiß, daß wir uns hier befinden, es bleibt unser Geheimnis. Ich habe mich so verzweifelt nach dir gesehnt, daß ich an nichts anderes mehr denken konnte, und dir ist es genauso ergangen. Das Gefühl, das uns zueinander zog, ist zu stark. Ein Geständnis ändert nichts daran und zerstört nur Davids Glück. Wenn du es für dich behältst, bist du die einzige, die leidet.«

»Vielleicht hast du sogar recht. Aber jetzt muß ich dieses Haus verlassen. Es ist böse, es verändert die Menschen.«

»Vielleicht zeigt es ihnen nur, wie sie in Wirklichkeit sind.«

Ich wollte nur noch fort, wollte allein sein, über das Geschehene nachdenken. Der Schlüssel befand sich zum Glück noch in der Tasche meines Kleides. Ich hatte befürchtet, daß er herausgeglitten und in eine Fußbodenritze gefallen war. Aber er war da, und sein Vorhandensein verlieh mir ein Gefühl der Sicherheit.

Ich lief die Treppe hinunter, und Jonathan folgte mir in die Halle. Auf dem Steinfußboden hallten unsere Schritte um die Wette. Als ich mich umdrehte und einen Blick hinauf zur Galerie warf, hatte ich das Gefühl, daß das Haus befriedigt lächelte.

Endlich standen wir im Freien, und ich versperrte die Eingangstür.

Während wir über die Felder nach Eversleigh zurückgingen, befand ich mich im Geiste immer noch in der wunderbaren Welt, in die Jonathan mich geführt hatte.

Zum Glück kam mir niemand entgegen, als ich auf mein Zimmer ging. Dort angelangt, schaute ich in den Spiegel und meinte fast, ein fremdes Gesicht darin zu erblicken.

Ich war nicht mehr die Frau, die am Nachmittag von hier fortgegangen war. Ich würde nie mehr so sein können wie vorher. Ich hatte gegen eines der Zehn Gebote verstoßen: Du sollst nicht ehebrechen! Und ich hatte es leichtfertig getan, mich vom Augenblick mitreißen lassen. Natürlich hatte ich vorher Angst vor Jonathan gehabt, aber eigentlich war ich davon überzeugt gewesen, daß es nie dazu kommen würde. Ich hatte nicht begriffen, daß leidenschaftliche Sexualität eine überwältigende Macht ist, die die Stimme der Vernunft zum Schweigen bringt, die alle Bedenken zerstreut. Ich hatte nie geglaubt, daß mir so etwas zustoßen könnte.

Meine Großmutter Zipporah hatte auf Enderby einen Mann kennengelernt und sich genauso verhalten wie ich. Sie war eine ruhige, tugendhafte Frau gewesen, ganz anders als ich, denn ich hatte ja um die Begierde gewußt, die Jonathan in mir auslöste und der ich nicht nachgeben durfte. Was hatte es nur mit diesem Enderby auf sich, daß es einen solch schlechten Einfluß auf die Frauen meiner Familie ausübte?

Ich war im Begriff, die Schuld abzuwälzen, das Haus für mein Vergehen verantwortlich zu machen.

Wie hatte es so schnell und ohne Gegenwehr geschehen können? Er hatte mir triumphierend vorgehalten, daß er mich nicht gezwungen hatte, und das war richtig. Ich hatte mich freiwillig hingegeben. Wenn ich nur aufhören könnte, an ihn zu denken. Aber ich liebte ihn – wenn es denn Liebe war, daß ich bewußter lebte, wenn ich mit ihm beisammen war, daß ich mich nach ihm sehnte, daß ich jede Stunde meines Lebens mit ihm verbringen wollte.

Und was empfand ich für David? David war anregend, freundlich und zärtlich. Unsere Beziehung war ruhig, und bis heute nachmittag hatte sie meinen Ansprüchen genügt. Es war sehr angenehm, in seinen Armen zu liegen, aber ich hatte nie die wilde Erregung, die völlige Hingabe erlebt, die ich heute nachmittag kennengelernt hatte.

Mein Schuldbewußtsein überwältigte mich. Wenn ich nur die Zeit zurückdrehen könnte … Ich hätte vor dem Haus warten sollen, dann hätte es mich nicht ins Verderben locken können. Aber nein, ich durfte die Schuld nicht auf das Haus schieben – ich ganz allein war schuld ... und vielleicht auch Jonathan.

Er hatte recht. Was konnte mir ein Eingeständnis meiner Schuld bringen? Wenn ich klug war, versuchte ich, die Erinnerung daran aus meinem Gedächtnis zu löschen; besser, ich benahm mich, als wäre nichts geschehen. Vielleicht gelang es mir im Lauf der Zeit tatsächlich, das Ganze zu vergessen. Aber wie? Dieses einmalige Erlebnis vergessen?

Ich durfte es David nicht erzählen. Es mußte Jonathans und mein Geheimnis bleiben.

Vielleicht würde das schlechte Gewissen Jonathan veranlassen, nach London zu übersiedeln und Eversleigh nur noch gelegentlich zu besuchen.

Vielleicht würde der Verwalter kündigen, so daß David und ich sein Haus übernehmen konnten.

Ich wußte, daß bei mir der Wunsch der Vater des Gedankens war. Jonathan würde nicht übersiedeln, der Verwalter würde nicht kündigen. Ich fragte mich, ob Jonathan noch einmal versuchen würde, mich in eine Falle zu locken. Dabei stellte ich fest, daß ich gern in die Falle gehen wollte. Ich genoß meine Sünde.

Doch vorläufig mußte ich die nächsten Stunden durchstehen und mich normal benehmen, auch wenn ich mir noch so verderbt vorkam.

Ich zog die Haarnadeln aus meinem hastig aufgesteckten Haar, entkleidete mich und ging zu Bett. Heute würde ich Kopfschmerzen vorschützen und nicht zum Abendessen hinuntergehen, denn ich konnte niemandem ins Gesicht sehen.

Als David das Zimmer betrat, fragte er mich besorgt, ob mir etwas fehle.

»Ich habe Kopfschmerzen«, erklärte ich, »deshalb bin ich schon zu Bett gegangen. Wenn ich liege, lassen sie nach.«

Er beugte sich zu mir hinunter und küßte mich zärtlich. Ob ich etwas brauchte? Sollte er mir eine Kleinigkeit heraufschicken lassen?

Ich lehnte dankend ab, ich würde versuchen zu schlafen.

Als David nach dem Abendessen heraufkam, stellte ich mich schlafend.

Um mich nicht aufzuwecken, hauchte er mir nur einen Kuß auf die Stirn, und ich brach beinahe in Tränen aus.

Ich rührte mich nicht – und dachte unaufhörlich an Jonathan und die zauberhaften Augenblicke in dem Spukzimmer.

Am nächsten Tag kehrten meine Mutter, Dickon, Sophie und Jeanne zurück und erzählten begeistert von ihren Einkäufen. Ich hatte Jeanne seit jenem Nachmittag nicht wiedergesehen und mußte meine ganze Selbstbeherrschung aufbieten, um mich vollkommen normal zu benehmen.

Sophie war entzückt von den Stoffen, die sie gekauft hatte, und gab zu, daß die Reise nach London ein guter Einfall gewesen war.

»Hat Molly schon die Maße genommen?« erkundigte sie sich.

Ich erklärte ihr, daß ich noch keine Zeit gehabt hätte, mich mit Molly in Enderby zu treffen.

»Es drängt ja nicht«, meinte meine Mutter, »Jeanne kann genausogut mit ihr hinübergehen.«

An diesem Abend war die ganze Familie beim Essen versammelt, sogar Sabrina, die nur bei besonderen Gelegenheiten herunterkam. Dickons Heimkehr von einer Reise war so ein besonderer Anlaß.

Jonathan war vollkommen unverändert; ich konnte ihm nicht in die Augen sehen.

Enderby war inzwischen in Sophies Besitz übergegangen, und sie konnte jetzt beginnen, Haus und Einrichtung zu renovieren.

»Ich werde dir Tom Ellin schicken«, versprach Dickon. »Er ist ein sehr geschickter Tischler.«

»Wir werden Enderby wohl nicht wiedererkennen, wenn Sophies Pläne erst einmal in die Tat umgesetzt sind«, meinte meine Mutter.

»Mir scheint, uns allen wächst dieses alte Haus allmählich ans Herz«, stellte Jonathan fest.

Er sah mich an, und in seinen Augen tanzten wieder die blauen Flammen.

»David war immer der Ansicht, daß Enderby ganz anders wirken würde, wenn man erst die Sträucher und Bäume entfernt.« Ich wagte noch immer nicht, Jonathans Blick zu erwidern.

»Ich werde die Büsche und Bäume stehenlassen«, bemerkte Sophie. »An Enderby gefällt mir besonders, daß es so abgeschieden liegt.«

Dann kam meine Mutter auf Weihnachten zu sprechen.

»Durch all diese Aufregungen habe ich ganz vergessen, daß das Fest schon bevorsteht.«

»Es wird doch alles so sein wie jedes Jahr?« erkundigte ich mich.

»Wir halten viel von Tradition, nicht wahr, Mutter?« wandte sich Dickon an Sabrina.

Sie lächelte ihn zärtlich an, und er ergriff ihre Hand und drückte sie. Ihr gegenüber benahm er sich immer sanft und freundlich. Ihre uneingeschränkte Bewunderung für ihn fand darin die ihr gemäße Antwort.

»Weihnachtssinger und Punsch«, fuhr meine Mutter fort, »Würzbier und natürlich, wie immer, Gäste. Heuer möchte ich nicht zu viele Leute einladen. Die Farringdons werden wohl über Nacht bleiben müssen. Ihr Haus liegt zwar nicht sehr weit von hier, aber das Wetter …«

»Es ist ein Jammer, daß Weihnachten nicht in den Sommer fällt; dann könnte man ohne Schwierigkeiten reisen«, sagte ich.

»O nein«, widersprach Jonathan. »Die Dunkelheit erhöht nur das Vergnügen. Wenn man aus der Kälte ins Haus kommt, und die Scheite im Kamin knistern, wenn es schneit und die Bäume so malerisch aussehen, wenn alle Gäste gut angekommen sind und es rechtzeitig taut, so daß sie zur vorgesehenen Zeit wieder abreisen können … das alles gehört zu Weihnachten.«

»Du hast vermutlich recht«, gab ich zu. »Weihnachten wäre in einer anderen Jahreszeit nur halb so reizvoll.«

Er berührte meine Hand leicht. »Du wirst feststellen, daß ich oft recht habe, kleine Claudine.«

»Jonathan leidet wirklich nicht an übertriebener Bescheidenheit«, neckte ihn meine Mutter. »Was haltet ihr übrigens von den Farringdons? Sie sind sehr nett, und Harry bürgt auf Parties für gute Stimmung.«

»Ja, Harry sieht gut aus, und mit ihm ist man in angenehmer Gesellschaft«, bestätigte ich.

»Wieso ist er eigentlich noch nicht verheiratet?« überlegte Dickon. »Er ist eine gute Partie, denn als einziger Sohn erbt er einmal das gesamte Vermögen.«

»Selbstverständlich müssen auch die Pettigrews kommen«, fuhr meine Mutter fort. »Damit bist du doch einverstanden, Jonathan?«

Sie sah ihn dabei vielsagend an. Vermutlich hatte sie sich mit Lady Pettigrew darauf geeinigt, daß Millicent entweder Jonathan oder David heiraten würde, und nachdem David mich geheiratet hatte, war nun Jonathan an der Reihe.

»Sogar sehr, Stiefmutter«, lächelte Jonathan.

Es war absurd, es war schändlich, aber ich war eifersüchtig. Ich redete mir ein, daß der Zwischenfall auf Enderby sich nie mehr wiederholen würde, und dennoch ertrug ich es nicht, daß Jonathan eine andere Frau heiraten sollte.

»Wir müssen natürlich auch die Dollands einladen«, warf David ein.

»Natürlich«, stimmte meine Mutter zu. »Emily Dolland ist mir eine große Hilfe, und wir alle schätzen Jack.«

»Er ist ein ausgezeichneter Verwalter«, bestätigte Dickon.

»Leider können wir die Leute von Grasslands nicht ausschließen«, stellte meine Mutter fest.

Niemand antwortete, und sie fuhr fort: »Evalina Trent wäre sehr beleidigt, wenn wir sie nicht einladen. Die kleine Evie wird immer hübscher – ich habe sie neulich gesehen. Sie sieht im Reitkleid nicht nur ganz entzückend aus, sie ist auch eine gute Reiterin. Sie war in Begleitung ihrer Schwester.«

»Die arme Dolly«, bemerkte Sabrina.

»Es wird uns nichts anderes übrigbleiben«, sagte meine Mutter, »obwohl ich auf Evalina Trents Anwesenheit keinen besonderen Wert lege.«

»Sie drängt sich jedem auf«, wandte Dickon ein, »das hat sie schon als junges Mädchen getan.«

»Sie lebt schon sehr lange in der Gegend, nicht wahr, Dickon?« fragte Sabrina.

»Ja, sie ist nach Grasslands gekommen, als ihre Mutter dort Haushälterin war.« Er lachte plötzlich, als erinnere er sich an etwas Amüsantes.

»Sie ist sehr stolz auf ihre hübsche Enkelin«, bemerkte meine Mutter. »Ich frage mich manchmal, ob sie in ihrem Alter noch in der Lage ist, zwei junge Mädchen richtig zu erziehen. Jedenfalls wird uns nichts anderes übrigbleiben, als sie einzuladen. Zum Glück müssen sie nicht bei uns übernachten. – Wann wird Enderby eigentlich soweit sein, daß du dich dort niederlassen kannst, Sophie? Vermutlich erst nächstes Jahr, nicht wahr?«

»Ich möchte sobald wie möglich einziehen.« Sophie lachte etwas nervös. »Ich weiß, das klingt undankbar, denn ihr wart alle so gut zu mir. Aber ich möchte in meinem eigenen Haus leben, das versteht ihr doch.«

»Natürlich verstehen wir dich«, beruhigte sie meine Mutter, »und wir freuen uns für dich, daß alles so gut gegangen ist.«

Gut? dachte ich. Was sie wohl sagen würde, wenn sie wüßte, was zwischen Jonathan und mir vorgefallen ist?

Etwas später traf ich zufällig im Garten mit Jonathan zusammen. »Ich muß dich wiedersehen, Claudine«, bedrängte er mich sofort, »ich muß mit dir allein sein ... so kann es nicht weitergehen.«

»Ich will nicht. Ich vergesse allmählich ...«

»Du kannst es nicht vergessen, es war zu wunderbar. Claudine, wir müssen ...«

»Nein«, wiederholte ich.

»Dann gib wenigstens zu, daß du mich liebst.«

»Ich weiß es nicht. Ich verstehe mich selbst nicht mehr.«

»Doch es war ein wunderbares Erlebnis für dich.«

Ich schwieg.

»Du konntest der Versuchung einfach nicht widerstehen, das weiß ich ganz genau. Für mich gibt es nur eine einzige Frau – dich, und dir muß es mit mir genauso ergehen.«

»Es darf nicht sein. Ich bin Davids Frau.«

»Und meine Geliebte.«

»Die Situation ist unerträglich. So geht es nicht weiter.«

»Es wird immer so weitergehen, solange wir leben.«

»Bitte hör auf.«

»Dann gib es wenigstens zu. Gib zu, daß du mich liebst, daß es wunderbar war, wunderbarer, als du es dir in deinen kühnsten Träumen vorgestellt hast.«

»Ja, du hast recht, es war wunderbar!« schrie ich.

Dann lief ich ins Haus.

Sobald ich dieses Geständnis gemacht hatte, wußte ich, daß es kein Zurück mehr geben würde. Er würde jede Gelegenheit, die sich ihm bot, ergreifen. Und ich würde ihm keinen Widerstand leisten. Ich hatte erst durch Jonathan erfahren, wie ich in Wirklichkeit war. Eine Frau wie ich gab sich nicht mit ruhiger, zärtlicher Zuneigung zufrieden, ich suchte die Leidenschaft, den Rausch der Sinne. Es stimmte, ich wollte sowohl Jonathan als auch David haben. Ich liebte David. Er war so glücklich, ja beinahe überrascht darüber, daß ich ihn liebte, und das machte ihn doppelt liebenswert. Es war schön, etwas zu lesen und dann mit ihm darüber zu sprechen. Er sprach meinen Geist an, doch in meinem Wesen gab es noch andere Seiten. Ich war eine sinnliche, vollblütige Frau. Meine leidenschaftliche Natur verlangte nach Befriedigung, und meine körperliche Begierde war stärker als alle moralischen Hemmungen.

Jonathan kannte mich besser als ich mich selbst. Meine unterdrückte Sinnlichkeit hatte ihn angezogen, er liebte Frauen von meinem Temperament. Durch meine Stellung im Haushalt wäre ich die ideale Ehefrau für ihn gewesen. Er wäre nie auf die Idee verfallen, daß ich so kurz nach seinem Verschwinden David heiraten würde.

Seine Reise nach Frankreich war keiner plötzlichen Laune entsprungen, wie es den Anschein gehabt hatte. Er war an den geheimen Aktivitäten seines Vaters beteiligt. Dickon war früher oft nach Frankreich gereist; er war immer bemüht gewesen, einen plausiblen Grund für seine Reise zu finden, um so ihren wahren Zweck zu verschleiern. Jonathan war also nicht nur deshalb nach Frankreich gefahren, weil er Sophie retten wollte, sondern auch, um Informationen zu sammeln. Daß Charlot unbedingt in seine Heimat zurückkehren wollte, hatte Jonathan eine günstige Gelegenheit geboten. Sobald er seinen Auftrag ausgeführt hatte, wollte er zurückkehren und mich heiraten.

Durch meine übereilte Eheschließung mit David hatte ich Jonathans Pläne durchkreuzt. Wenn ich zurückschaute, fragte ich mich, wieso ich David so schnell mein Jawort gegeben hatte. Vielleicht, weil Jonathans Verschwinden mich verstimmt hatte. Jonathan hatte immer meine Gedanken beherrscht. Wenn ich älter und klüger gewesen wäre, hätte ich meine Gefühle richtig gedeutet, aber in meiner Unschuld sah ich das Leben zu einfach. Wenn ich Davids Frau wurde, hatte ich gedacht, wären alle Konflikte behoben, und wir würden bis zu unserem Tod glücklich miteinander leben.

Jetzt erst erkannte ich, wie ich wirklich war – eine Frau, die viel riskieren würde, um mit ihrem Geliebten zusammenzusein. Mein Ehegelübde, die Grundsätze, mit denen ich aufgewachsen war, mein Schuldbewußtsein ... all das zählte nicht angesichts meines alles beherrschenden Gefühls für diesen Mann.

Es *gab* einfach keine Entschuldigung für mein Verhalten. Das nächste Mal folgte ich Jonathan willig nach Enderby. Wir besaßen den Schlüssel, wir wußten, daß uns niemand stören würde, wir gingen wieder in das Zimmer und liebten uns ... und es war noch überwältigender als beim erstenmal.

Dann meldeten sich meine Gewissensbisse und meine Schuldgefühle wieder. Diesmal war es für mich noch schwerer, weil ich mir nicht einreden konnte, daß ich ahnungslos in die Falle gegangen war. Ich war genauso ungeduldig und leidenschaftlich gewesen wie Jonathan. Ich hatte zugegeben, daß ich ihn liebte und daß meine Heirat ein Fehler gewesen war. Ich war verderbt, lasterhaft – und ich genoß meine Verkommenheit.

Es gab keine Entschuldigung. Ich war liederlich, ich hatte meinen Mann skrupellos betrogen.

Jonathan waren solche Gedanken fremd, obwohl er seinen eigenen Bruder hinterging. »Es mußte so kommen, es war uns vorbestimmt«, stellte er in aller Ruhe fest.

Ich war verärgert – vor allem über mich. Mein Verhalten entsetzte mich. Ich litt Höllenqualen, wenn ich nur an David dachte. Er war immer so ausgeglichen und freundlich, was mich nun aber reizte, denn je gütiger er war, desto verderbter kam ich mir vor.

Hätte ich doch nur mit meiner Mutter darüber sprechen können. Vielleicht hätte sie mir erklären können, warum ausgerechnet ich – die immer so anständig, so pflichtbewußt gewesen war – so weit vom Pfad der Tugend abwich.

Jonathan muß Eversleigh verlassen, beschloß ich schließlich. Wir konnten nicht unter einem Dach leben.

Als wir von Enderby nach Hause gingen, fragte Jonathan: »Morgen?«

»Nein!« rief ich. »Das war das letzte Mal!«

Doch er lächelte nur, und ich wußte, daß ich ihm nicht widerstehen konnte.

Zu meinem Entsetzen stellte ich auch fest, daß es mir nicht mehr schwerfiel, mich nachher vollkommen normal zu benehmen. Ich mußte nicht mehr Kopfschmerzen vorschützen, sondern ich kam zum Abendessen herunter, lachte, unterhielt mich, schmiedete Pläne für Weihnachten und war genauso fröhlich wie alle anderen. Nur wenn Jonathans Blick den meinen traf oder wenn ich David ansah, plagten mich die alten Gewissensbisse.

Die Pettigrews trafen am Tag vor dem Heiligen Abend ein. Sie fuhren in einer großartigen Kutsche vor, auf der das Familienwappen prangte; Lady Pettigrew legte Wert darauf, daß jeder erkannte, wie bedeutend ihre Familie war. Lord Pettigrew war wesentlich ruhiger als seine Frau, und dabei war er derjenige, der das Ansehen der Familie begründet hatte. Er hatte eine Stellung bei Hof inne, die ihn vermutlich so sehr in Anspruch nahm, daß er zu Hause bereit war, sich mit allem einverstanden zu erklären, wenn er nur seinen Frieden hatte.

Millicent war eine gutaussehende, offenbar sehr willensstarke junge Frau. Sie und ihre Mutter gaben ein ehrfurchtgebietendes Paar ab; man sah, daß sie gewohnt waren, ihren Willen durchzusetzen.

Es war offensichtlich, daß sie es auf Jonathan abgesehen hatten. Meine Eifersucht flammte wieder auf. Jonathan war der Sohn eines wohlhabenden und einflußreichen Mannes, und Mutter und Tochter Pettigrew würden sich eine solche Partie nicht so leicht entgehen lassen.

Ich äußerte meine Vermutungen meiner Mutter gegenüber. »Es würde mich nicht überraschen«, lachte sie. »Dickon wäre auch damit einverstanden. Er versteht sich mit Lord Pettigrew sehr gut ... sie haben viele gemeinsame Interessen. Lady Pettigrew ist zwar sehr energisch und Millicent darin ganz ihre Tochter – aber damit wird Jonathan bestimmt fertig ... Fühlst du dich nicht wohl?«

»Nein, wie kommst du darauf?«

»Du siehst etwas deprimiert aus. Bist du müde?«

Sie beobachtete mich besorgt; mir stieg das Blut ins Gesicht. Sie will wissen, ob ich schwanger bin, dachte ich. Dann wurde mir klar, was das bedeuten würde.

»Ich fühle mich ausgezeichnet«, erklärte ich entschieden.

Sie streichelte mich zärtlich. »Manchmal bin ich von Herzen darüber froh, daß nur einmal im Jahr Weihnachten ist.«

Mir wurde täglich deutlicher bewußt, daß ich mich immer tiefer in ein Netz verfing. Ich war auf Millicent eifersüchtig, ich hatte Angst davor, schwanger zu sein und nicht zu wissen, von welchem Mann – ich befand mich in einer beinahe ausweglosen Situation.

Ich mußte mit diesem Verhältnis Schluß machen, ich durfte meiner Leidenschaft nie wieder nachgeben. Ich würde David von nun an eine treue Ehefrau sein und das Intermezzo mit Jonathan in die unterste Schublade meines Bewußtseins verbannen.

Am nächsten Tag trafen die Farringdons ein. Es waren reizende Leute – Gwendoline, John und ihr Sohn Harry, der Mitte Zwanzig war und sehr gut aussah. Er unterstützte seinen Vater bei der Leitung des Gutes, das ungefähr so groß war wie Eversleigh.

Am vierundzwanzigsten Dezember unternahm die Jugend, David, Jonathan, Harry Farringdon, Millicent Pettigrew und ich, am Nachmittag einen kurzen Ausritt. Ich hielt mich zwischen David und Harry, während Jonathan und Millicent die Spitze bildeten. Als ich merkte, daß ich die beiden nicht aus den Augen ließ, rief ich mich streng zur Ordnung. Du mußt damit aufhören, redete ich mir zu, es macht dich nur unglücklich. Du setzt für ein paar Augenblicke der Leidenschaft dein Lebensglück aufs Spiel. Ich sah zu David hinüber, der sich angeregt mit Harry über Probleme unterhielt, die sich bei der Bewirtschaftung eines Gutes ergeben.

Inzwischen war wieder Nebel eingefallen, die Luft war feucht und relativ warm, und wir hatten die Hoffnung auf weiße Weihnachten begraben. Die blasse Wintersonne versuchte, die Wolken zu durchbrechen.

»Weihnachtstag im Sonnenschein – der Herbst bringt goldene Früchte ein«, zitierte David.

»Ich mag diese alten Wetterregeln«, bemerkte Harry. »Sie treffen sehr oft zu.«

»Das ist nicht verwunderlich, denn die Menschen, von denen sie stammen, haben das Wetter jahraus, jahrein beobachtet«, antwortete David.

»In Frankreich wird es doch auch solche Sprüche geben«, wandte sich Harry an mich.

»Vermutlich, aber ich erinnere mich nicht mehr daran.«

Jonathan drehte sich um. »Warum bleibt ihr zurück?« erkundigte er sich. Er lächelte mir übermütig zu, und meine unumstößlichen Vorsätze gerieten ins Wanken.

»Wir haben über Wetterregeln gesprochen«, erklärte ich ihm.

»Weht zu Neujahr der Wind aus Süd – im Frühling alles grünt und blüht«, deklamierte Harry.

»Ich freue mich schon auf den Neujahrsabend«, bemerkte Jonathan.

»Der Westwind bringt uns Milch und Fisch«, fuhr Harry unbeirrt fort, »der Nordwind stürmt und hält uns frisch.«

»Sehr hübsch«, spottete Jonathan.

»Und vermutlich wahr«, fügte David hinzu.

»Hübsch und wahr – eine ideale Kombination«, gab Jonathan ironisch zurück. »Aber wieso befaßt ihr euch jetzt mit dem Wetter?«

»Wenn du mit der Landwirtschaft zu tun hättest, würdest du dich auch damit befassen«, wies ihn David zurecht.

»Ich weiche dem überlegenen Wissen. Wenigstens ist heuer zu Weihnachten nicht alles romantisch verschneit. Ich habe nie verstanden, warum die Menschen solchen Wert auf Schnee zu Weihnachten legen.«

»Es ist doch aufregend, nicht zu wissen, ob man ankommt oder nicht«, warf Millicent ein.

»Reisen macht immer Spaß«, widersprach Jonathan. »Nur die Ankunft entspricht nicht immer den Erwartungen.«

»Für mich steht fest, daß der Aufenthalt hier meinen Erwartungen entsprechen wird«, erklärte Millicent.

»Dann werden es auf jeden Fall fröhliche Weihnachten, denn Lady Millicents Wunsch ist mir immer Befehl«, erklärte Jonathan.

»Es bereitet Ihnen offensichtlich Vergnügen, sich über mich lustig zu machen«, beschwerte sich Millicent.

»Ich liebe Menschen, die mir Vergnügen bereiten.«

»Reiten wir weiter«, rief Millicent. »Wohin?«

»Geradeaus«, rief ich. »Wir kommen bald an Tante Sophies neuem Haus vorbei.«

»Ich würde es mir gern ansehen!«

»Wir haben den Schlüssel nicht bei uns«, bedauerte ich.

»Dann wenigstens von außen. Vielleicht können wir es ja ein andermal besuchen, während wir auf Eversleigh sind.«

»Das läßt sich ohne weiteres einrichten«, versprach ihr Jonathan.

Nach wenigen Minuten hielten wir vor Enderby – dem Haus, das solche Bedeutung für mich hatte, dem Symbol meiner Sünde.

»Es ist ein schönes Haus, es wirkt allerdings ein bißchen düster«, fand Millicent.

»Ich finde, es ist ein sehr interessantes Gebäude.« Jonathan sah mich lächelnd an. »Dir gefällt es auch, nicht wahr, Claudine?«

»Ich muß zugeben, daß es ein sehr ungewöhnliches Haus ist.«

»Es sieht etwas vernachlässigt aus.« Harry hatte es fachmännisch gemustert.

»Sie haben recht«, gab David zu, »aber man sollte nicht glauben, wie solide gebaut diese alten Häuser sind. Wenn man bedenkt, wie lange es leergestanden hat, so befindet es sich eigentlich in ausgezeichnetem Zustand.«

»Merkwürdig, daß sich so lange kein Käufer gefunden hat«, bemerkte Harry.

»Es hat einen schlechten Ruf.«

»Gespenster?« fragte Millicent aufgeregt. »Geräusche bei Nacht? Wie aufregend!«

Und Stimmen in einem Zimmer im ersten Stock, dachte ich, einem Zimmer, das ich nie vergessen werde.

»Mehr gibt es nicht zu sehen«, schloß David. »Wir werden den Schlüssel holen lassen, bevor Sie abreisen, Millicent, und Sie können es dann in aller Ruhe ansehen.«

Ich war froh, daß wir weiterritten.

Als wir an Grasslands vorbeikamen, kehrten Evie und ihre Schwester gerade von einem Ausritt zurück. Wir hielten an.

»Guten Tag«, grüßte ich. »Das sind Miss Evie und ihre Schwester Dorothy Mather. Evie und Dolly, ihr kennt Miss Millicent Pettigrew und Mr. Harry Farringdon noch nicht.«

Der Anblick der Schwestern erschreckte Harry und Millicent ein wenig. Schuld daran war der Gegensatz zwischen Evies Schönheit und Dollys Entstellung.

»Möchten Sie nicht auf ein Glas Wein hereinkommen?« forderte uns Evie auf.

»Es ist spät und bald dunkel«, wehrte ich ab.

»Außerdem ist Ihre Mutter bestimmt nicht auf so viele Gäste gefaßt«, mischte sich David ein.

Harry ließ Evie nicht aus den Augen. »Ich würde gern etwas trinken ... wir müssen ja nicht lange bleiben.«

»Aber ich muß zurück«, widersprach Millicent.

»Also schön«, entschied Jonathan. »Ihr drei bleibt, und ich bringe Millicent nach Hause.«

Wieder diese Eifersucht. Ich ärgerte mich. Es war mir überhaupt nicht recht, Millicent und Jonathan allein zu lassen und Mrs. Trent zu besuchen, aber mir fiel keine passende Ausrede ein.

»*Au revoir*«, rief Jonathan fröhlich.

Millicent lächelte befriedigt – sie war offenbar froh darüber, uns los zu sein. Wir übrigen saßen ab und gingen ins Haus.

Evalina Trent begrüßte uns in der Halle.

»Welch reizende Überraschung!«

Ich stellte ihr Harry vor, und Mrs. Trent überschlug sich beinahe vor Zuvorkommenheit.

»Kommen Sie doch in den Salon«, forderte sie uns auf, »ich lasse uns Wein bringen, und wir können auf Weihnachten anstoßen.«

Wir nahmen also in dem kleinen Salon neben der Halle Platz, tranken Wein und machten Konversation. Harry saß neben Evie und unterhielt sich angeregt mit ihr. Mrs. Trent ließ die beiden kaum aus den Augen, denn Harry hatte sie sichtlich beeindruckt.

»Ich kenne Farringdon Hall«, bemerkte sie, »ein schönes altes Haus. Ich bin einmal in der Kutsche mit meinem Sohn Richard daran vorbeigefahren und habe zu ihm gesagt: ›Das ist ein wirklich feines altes Haus.‹«

Harry war ebenfalls dieser Meinung, gab aber zu, daß er vielleicht voreingenommen war.

»Oh, das sind Sie ganz bestimmt nicht. Das Haus befindet sich seit vielen Generationen im Besitz Ihrer Familie und dadurch ist es zu dem geworden, was es ist. Wir bemühen uns hier in Grasslands auch, aber ich habe zwei Ehemänner verloren …« Sie seufzte.

Ich warf David einen Blick zu, der deutlich besagte, daß wir diesen Besuch sobald wie möglich beenden sollten. Ich ärgerte mich darüber, daß Harry ihn uns aufgezwungen hatte; ich war ständig mit der Frage beschäftigt, worüber sich Jonathan und Millicent im Augenblick wohl unterhielten.

Harry ließ Evie nicht aus den Augen, und ich hörte, wie er sie fragte: »Kommen Sie morgen nach Eversleigh?«

»Ja, wir sind eingeladen.«

»Das freut mich wirklich sehr.«

Endlich gelang es uns, uns von Evalina Trent loszureißen. Ich atmete erleichtert auf, als wir die Straße erreichten. Mrs. Trent hatte ihre Enkelinnen rechts und links von sich aufgestellt und uns zum Abschied nachgewinkt.

Harry hatte ihr Interesse geweckt, denn sogar ein Blinder konnte merken, daß er von Evie beeindruckt war.

Als David und ich allein in unserem Zimmer waren, brachte ich das Gespräch darauf.

»Mrs. Trent macht sich anscheinend Hoffnungen, denn Harry ist eine sehr gute Partie. Sie überlegt bestimmt schon, wie sie erreichen kann, daß er und Evie ein Paar werden.«

»Daraus kannst du ihr keinen Vorwurf machen. Sie muß die beiden Mädchen versorgen, und Grasslands ist kein reicher Besitz.«

»Evalina Trent wird immer versuchen, aus allem das Beste herauszuholen.«

»Das versucht doch jeder von uns, mein Liebling.«

»Du bist wirklich ein netter Mensch, David.«

»Hast du das jetzt erst festgestellt?«

»Ich habe es schon immer gewußt, aber manchmal kommt es mir eben deutlicher zu Bewußtsein. Du nimmst von den Menschen immer nur das Beste an. Vermutlich würdest du das Böse nicht einmal dann sehen, wenn du es direkt vor Augen hast.«

»Ich würde es riechen«, lachte er.

Ich schlang die Arme um ihn, drückte mich an ihn und nahm mir vor, daß ich ihm nie weh tun würde, daß ich nie wieder mit Jonathan allein sein würde. David durfte es nie erfahren ... ich wollte ihm nie Schmerz zufügen.

Dann betete ich um die Kraft, die Gewissensbisse zu ertragen, die ich mir selbst zuzuschreiben hatte.

Als wir nach Hause kamen, saß meine Mutter in ihrem Arbeitszimmer und rief mich zu sich.

»Heute abend kommen die Weihnachtssinger, und wir müssen ihnen heißen Punsch und Kuchen anbieten. Das sollte aber nicht zu lange dauern, so daß wir zeitig zu Bett gehen können, um morgen frisch zu sein. Wir werden morgen natürlich in der Halle essen, und während die Dienerschaft nachher Platz für den Ball schafft, können wir eine Schatzsuche veranstalten. Das macht immer viel Spaß, und das Haus eignet sich vorzüglich dafür. Außerdem ist bald Vollmond, so daß wir keine Kerzen brauchen, wenn

wir die Verstecke suchen. Ich mag es nicht, wenn überall mit brennenden Kerzen herumhantiert wird.«

»Das ist eine gute Idee, Maman. Soll ich dir bei den Hinweisen
helfen?«

»Nein, Dickon und ich machen das. Wenn du mir hilfst, kannst
du ja nicht mitspielen.«

»Wir waren auf Grasslands«, erzählte ich.

»Wieso denn?«

»Harry war schuld daran. Er hatte Evie gesehen und ließ sich
dann nicht mehr davon abbringen.«

Meine Mutter lachte. »Sie hat ihm also gefallen.«

»Und ob. Mrs. Trent war sehr zufrieden.«

»Hoffentlich hat sie es nicht zu deutlich gezeigt.«

»O doch – sie kann gar nicht anders.«

»Die arme alte Evalina Trent. Meine Mutter hat sie nicht leiden
können. Es muß da einmal etwas vorgefallen sein. Ich glaube, sie
kann durchaus sehr unangenehm werden.«

»Das glaube ich auch. Aber für die beiden Mädchen sorgt sie
gut.«

»Mir tut die arme Dolly leid.«

»Evie ist sehr lieb zu ihr, und Dolly hängt natürlich an ihrer
Schwester.«

»Es ist schade, daß sie so entstellt ist. Ich bin neugierig, ob Harrys Interesse für Evie anhalten wird.«

»Wie würden sich John und Gwen Farringdon zu der Grass-
lands-Familie stellen? Harry ist doch eine sehr gute Partie.«

»Sie wünschen sich natürlich etwas Besseres als Mrs. Trents Enkelin, aber wenn Harry es will … Doch ich glaube, wir sind etwas
voreilig.«

Wir lachten. »Zum Glück hört uns niemand«, meinte ich. »Ich
hoffe nur, daß sich morgen alle gut unterhalten.«

»Das hoffe ich auch. Die Schatzsuche wird sie schon in Stimmung bringen; es wird bestimmt ein fröhliches Fest werden. Die
Musiker kommen etwas früher; sie bekommen ihr Abendessen,
während die Schatzsuche im Gange ist, und dann können sie
frisch gestärkt aufspielen.«

Ich küßte sie auf die Wange. »Du denkst doch wirklich an alles.«

Wir saßen nach dem Abendessen noch am Tisch, als die Weihnachtssinger eintrafen. Sie standen mit ihren Laternen vor dem Fenster; nach dem ersten Lied öffneten Dickon und meine Mutter die Tür, und sie stapften in die Halle. Dann sangen sie noch ein paar Lieder, wir applaudierten und stimmten ein. Große Krüge voll Punsch wurden hereingebracht, und die Sänger tranken davon und aßen dazu Kuchen und anderes Backwerk.

Als sie gegangen waren, unterhielten wir uns über vergangene Weihnachtsfeste; meine Mutter erzählte, wie in Frankreich der Heilige Abend gefeiert wird. Um Mitternacht geht alles zur Messe, und man stellt nach der Heimkehr die Pantoffeln an den Kamin, in die dann die Geschenke gelegt werden.

Am Christtag wachte ich, wie immer in letzter Zeit, schuldbewußt auf und dachte an Weihnachten vor einem Jahr, als ich noch ein unbeschwertes, fröhliches Mädchen gewesen war.

»Es muß aufhören«, wiederholte ich mir zum hundertsten Mal.

Wir besuchten die Morgenmesse in der kleinen Kirche im Dorf Eversleigh. Das Wetter hatte schon wieder umgeschlagen, und die Luft war leicht frostig. Nach dem Gottesdienst gingen wir über die Felder heim, und Jonathan begann plötzlich, ein Weihnachtslied zu singen, in das wir alle einstimmten. Er nahm meinen Arm, und obwohl Millicent untergehakt an seiner Seite ging, zog er mich an sich, so daß meine Knie weich wurden; sobald ich ihn neben mir spürte, war ich glücklich.

Ich sah ihn erst wieder, als wir die Gäste begrüßten. Meine Mutter hatte darauf bestanden, daß ich an ihrer Seite die Besucher willkommen hieß.

Die Dollands waren die ersten; sie kamen natürlich zu Fuß. Emily wollte wissen, ob sie sich irgendwie nützlich machen konnte.

»Ich werde Sie später vielleicht benötigen«, meinte meine Mutter, »aber im Augenblick läuft alles wie am Schnürchen.«

Meine Mutter trug ein pfauenblaues Samtkleid, das zu ihren blauen Augen paßte, sie sah wunderschön aus und strahlte förmlich vor Glück. Und doch hatte sie in ihrem Leben viel durchgemacht, bevor sie an Dickons Seite das wahre Glück fand. Vielleicht erging es allen Menschen so, und ich durchlebte gerade die Periode der Schwierigkeiten. Wenn man selbst an seinen Schwierigkeiten schuld ist, sind sie um so schwerer zu ertragen. Ich war nicht gezwungen worden, ich war offenen Auges in diese Situation ge-

438

raten. Und ich hatte eigentlich niemals ernstlich versucht, ihr zu entrinnen.

An diesem Abend trug ich ein kirschrotes Kleid, das David ganz besonders gefiel. Ich hatte es ihm zuliebe angelegt, denn ich hatte das Bedürfnis, ihm jede Freude zu bereiten.

Dann trafen die Trents ein. Evie sah in ihrem Kleid aus blauer Seide und Spitzen entzückend aus, während Dolly, die ebenfalls in Blau erschienen war, schrecklich mager und ungeschickt wirkte. Ich überlegte kurz, ob es nicht besser wäre, wenn sie eine Augenklappe trug. Mir fiel ein Bild der Fürstin von Eboli ein, die ein Auge verloren hatte. Sie trug eine Augenklappe und wirkte damit geheimnisvoll und aufregend.

Mrs. Trent hatte sich in dunkelroten Samt gehüllt. Das Kleid war elegant, und sie sah darin sehr gut aus. Wenn sie nur lernen könnte, ihre Zunge im Zaum zu halten, dachte ich.

»Es war sehr freundlich von Ihnen, uns einzuladen«, säuselte sie gerade. »Sie haben ein wirklich schönes altes Haus. Ich erinnere mich so genau an Eversleigh, ich kenne hier jeden Winkel. Wenn ich hier bin, fallen mir Dinge ein, die ich längst vergessen hatte.« Ihre Augen suchten dabei unablässig den Raum ab – wahrscheinlich nach Harry Farringdon.

Er hatte Evie schon entdeckt – vermutlich hatte er auf sie gewartet – und unterhielt sich jetzt mit ihr. Zum Glück hatten meine Mutter und ich sie bei Tisch nebeneinander gesetzt.

Dolly hielt sich an der Seite ihrer Großmutter, obwohl sie sehnsüchtig zu Evie hinüberschaute. War sie womöglich auf jeden Menschen eifersüchtig, der ihr Evie vielleicht wegnahm?

Sophie war zum Abendessen heruntergekommen. Sie und Sabrina wollten sofort auf ihre Zimmer gehen, sobald die Tafel aufgehoben war – Sabrina, weil sie langen Anstrengungen nicht mehr gewachsen war, und Sophie, weil sie in Gesellschaft von Fremden immer noch gehemmt war und außerdem mit Jeanne beisammen sein wollte.

Der große Tisch sah prachtvoll aus, und es hätte mich interessiert, wie viele Kerzen an diesem Abend in der Halle brannten. Meine Mutter saß an einem Ende des massiven Eichentisches, Dickon am anderen, Jonathan war Millicents Tischherr, David hatte seinen Platz neben Mrs. Trent, und ich saß zwischen Jack Dol-

439

land und Harry Farringdon. Harry unterhielt sich die ganze Zeit mit Evie.

Das Festmahl zog sich ziemlich lange hin. Von allen Seiten wurden Trinksprüche ausgebracht, und es wurde viel gegessen und getrunken. Aber schließlich erhoben wir uns doch, und meine Mutter teilte den Anwesenden mit, daß die Halle jetzt für den Ball ausgeräumt werden mußte und wir uns inzwischen auf Schatzsuche begeben würden.

»Jeder ist auf sich allein gestellt«, erklärte sie. »Keine geheimen Absprachen! Die erste Dame und der erste Herr, die mir die sechs Zettel mit den Hinweisen bringen, bekommen Preise. Sie alle erhalten jetzt von mir den ersten Hinweis, der Sie zum nächsten führt. Wenn Sie ihn gefunden haben, nehmen Sie den Hinweis an sich – für jeden Gast ist einer vorgesehen – und gehen zum nächsten weiter. Sobald alle Anwesenden wieder hier versammelt sind, weil sie entweder den Schatz gefunden oder aufgegeben haben, überreiche ich die Preise. Zum Glück ist die Nacht mondhell, das wird Ihnen die Suche erleichtern.«

Unsere Gäste zerstreuten sich in verschiedene Richtungen, und aus der Dunkelheit hörte man Flüstern und gedämpftes Lachen.

Ich fand den ersten Hinweis mühelos, denn ich wußte, wie meine Mutter dachte, und außerdem hätte ich mich in dem Haus auch mit verbundenen Augen zurechtgefunden. Ich wollte meiner Mutter für das nächste Mal klarmachen, daß die Hausbewohner den anderen gegenüber im Vorteil waren und in Zukunft ein Handikap bekommen mußten.

Ich war die Treppe hinaufgegangen und befand mich in einem Korridor, als eine Hand aus dem Schatten nach mir griff, mich jemand an sich zog und leidenschaftlich küßte. »Jonathan!« flüsterte ich.

»Ich habe auf dich gewartet.«

Die Tür zu einem der Zimmer stand offen. Er zog mich hinein und schloß sie hinter uns.

»Es ist so lange her, seit wir das letzte Mal beisammen waren«, flüsterte er.

»Bitte, Jonathan, wir können nicht hierbleiben.«

»Morgen.«

»Nein, nein, nie wieder.«

Er lachte leise.

»Wie oft hast du das schon gesagt, und wie oft habe ich dir bewiesen, daß du mir nicht widerstehen kannst?«

»Es muß ein Ende haben, ich kann es nicht ertragen.«

»Und ich ertrage es nicht, wenn es ein Ende hat.«

»Wir können jetzt nicht in diesem Zimmer bleiben.«

»Morgen nachmittag, da reiten die übrigen aus. Du bleibst zu Hause und gehst dann nach Enderby. Ich komme ebenfalls hin, in unser Zimmer, da wirst du auf mich warten.«

»Nein!«

»Doch! Um drei Uhr. Ich sehne mich so sehr nach dir, Liebste.«

Ich riß mich von ihm los, denn ich hatte Angst, daß jemand das Zimmer betreten und uns finden könnte – womöglich sogar David. Wir mußten Schluß machen, es war zu gefährlich.

Ich lief die Treppe hinunter zu meiner Mutter, die in der Halle stand und die Dienerschaft beaufsichtigte.

»Erzähl mir nur ja nicht, daß du den Schatz schon gefunden hast.«

»Nein, aber mir ist aufgefallen, daß die Bewohner des Hauses sich den anderen gegenüber im Vorteil befinden, das ist nicht fair. Wir müßten ein Handikap einführen.«

»Damit hast du recht. Bleib also bei mir, du siehst ohnehin erhitzt aus.«

Ich befolgte ihren Rat, denn ich hatte Angst, allein durch die dunklen Korridore zu gehen und Jonathan noch einmal zu begegnen.

Erst jetzt wurde mir klar, wie schrecklich es für mich wäre, wenn David von unserem Verhältnis erfuhr; das durfte niemals geschehen. Ich mußte dieser Leidenschaft entsagen, sie aus meinem Leben verbannen, es war dumm und selbstsüchtig, dieses Risiko einzugehen.

Evie war die erste Dame, die den Schatz fand, und Harry der erste Herr.

»Wenn das keine geheime Absprache war ...«, flüsterte ich meiner Mutter zu.

»Offensichtlich! Sieh nur, wie glücklich Evie aussieht.«

Evie bekam den mit handgemalten Rosen verzierten Elfenbeinfächer und Harry den Zinnkrug. Alle Anwesenden klatschten Beifall, und dann begann der Ball.

Traditionsgemäß eröffneten ihn meine Mutter und Dickon, David und ich folgten ihnen sogleich. Harry tanzte mit Evie, und Jonathan mit Millicent. Ich brachte Menuett und Kotillon mechanisch hinter mich, und trotz meiner Angst und meiner guten Vorsätze erwachte die vertraute Erregung in mir, als es der Tanz verlangte, daß Jonathan mich führte.

»Ich kann den morgigen Nachmittag kaum mehr erwarten«, flüsterte er.

»Ich kann nicht kommen.«

»Du mußt.«

Er lachte, seine blauen Augen leuchteten, und ich nahm ihm übel, daß er nicht von den gleichen Gewissensbissen geplagt wurde wie ich. Unser Verhältnis befriedigte ihn offenbar vollkommen.

Zum erstenmal fragte ich mich, ob er die Gefahr genoß und ob sie sein Verlangen nach mir vielleicht noch steigerte. Machte es ihm vielleicht Spaß, seinen eigenen Bruder zu betrügen, Ehre, Gesittung und Religion zu mißachten? Wahrscheinlich war dies der Augenblick, in dem mein Gefühl für ihn eine Wandlung erfuhr. Ich hatte bis jetzt naiverweise angenommen, daß er das gleiche empfand wie ich – daß ihn die Leidenschaft fortriß, daß er sich aber seiner Schuld bewußt war und die Situation bedauerte, in der wir uns befanden.

Ich war froh, als die Gäste endlich gegangen waren und ich mich in unser Schlafzimmer zurückziehen konnte.

»Du siehst müde aus, Claudine«, stellte David fest.

»Es ist ein langer Tag gewesen.«

»Aber er ist sehr gut verlaufen. Deine Mutter versteht es wirklich, solche Feste zu arrangieren. Bevor sie meinen Vater geheiratet hat, ging es hier anders zu.« Er stieg ebenfalls ins Bett und fuhr fort: »Es ist wunderbar, daß es Menschen wie unsere Eltern gibt, die eine so glückliche Ehe führen.«

»Manchmal streiten sie schon ein bißchen.«

»Das gehört zu einer guten Beziehung. Ich bin so froh, daß sich alles so gut gefügt hat. Nicht nur für deine Eltern, sondern auch für unsere Großmutter war diese Ehe ein Segen.«

Er zog mich an sich.

»Ich hoffe, daß wir im Lauf der Jahre auch so werden wie sie, Claudine.«

Ich klammerte mich an ihn und dachte: Ich würde lieber sterben, bevor ich ihm von Jonathan und mir erzähle.

Er nahm mich zärtlich in seine Arme, meine Wangen waren tränennaß.

»Was ist geschehen, Claudine? Ist etwas nicht in Ordnung?«

»Es ist nichts, David, ich liebe dich nur so sehr.«

Er küßte mich, und noch lange, nachdem er eingeschlafen war, lag ich wach und starrte in die Dunkelheit.

Warum hatte ich es getan? Wie konnte ich nur einen solchen Mann betrügen?

Am nächsten Tag war *Boxing Day*. Der Tradition entsprechend erhielten diejenigen, die uns das ganze Jahr hindurch treu gedient hatten, die ›box‹, ein Behältnis also, welches früher voller Geschenke war, in dem sich heute aber zumeist ein Geldbetrag befand.

Dickon und meine Mutter beschenkten also die Dienerschaft, während David, Millicent, Jonathan, Lord und Lady Pettigrew, Gwen und John Farringdon, Harry und ich nach Enderby gingen – wir hatten Millicent ja versprochen, daß wir ihr das Haus zeigen würden. David hatte den Schlüssel bei sich, und als er aufsperrte und wir die Halle betraten, wurden erstaunte Ausrufe laut. Die Wintersonne fiel durch die Fenster, und das Gebäude machte keinen gar so trübseligen Eindruck mehr; dennoch wirkte es immer noch ein wenig gespenstisch.

»Ist das dort oben die Galerie, auf der es spukt?« fragte Millicent.

»Angeblich«, antwortete David.

»Ich bin froh, daß ich nicht allein hierhergekommen bin – ich würde mich ganz entsetzlich fürchten.«

»Dazu besteht wirklich kein Grund«, lächelte Jonathan. »Mein starker Arm würde Sie jederzeit vor Gespenstern mit klirrenden Ketten und vor stöhnenden Geistern schützen.«

»Bleiben Sie in meiner Nähe«, befahl Millicent.

»Diese Aufforderung war gänzlich unnötig.«

Es war lächerlich – aber ich ärgerte mich darüber, daß er mit Millicent flirtete.

»Das Haus sieht jetzt schon ganz verändert aus«, stellte David fest. »Der Zimmermann ist wirklich ein Künstler. In ein paar Wochen wird hier alles in Ordnung sein.«

»Tante Sophie kann es nicht mehr erwarten einzuziehen«, bemerkte ich.

»Die Arme«, murmelte Gwen Farringdon. »Diese Entstellung! Sie hat ihr ganzes Leben darunter gelitten, nicht wahr?«

»Es war natürlich ein schweres Unglück für sie«, meinte Lady Pettigrew. »Aber solche Heimsuchungen muß man mit Gleichmut ertragen, und sie hat ja das Glück gehabt, diesen schrecklichen französischen Bauern zu entgehen.« Sie sah Jonathan beifällig an. »Jetzt kann sie ihre Zukunft nach ihren Wünschen gestalten – es ist ein Glück, daß Enderby und Eversleigh so nahe beieinander liegen.«

Menschen wie Lady Pettigrew taten das Unglück, das andere betraf, immer sehr leichthin ab, und ich fragte mich, ob sie auch so reagieren würde, wenn ihr einmal etwas zustieß.

Wir stiegen die Treppe hinauf und betraten die Galerie. Die schweren roten Vorhänge waren abgenommen worden um gereinigt zu werden. Dadurch sah es hier heute weniger geheimnisvoll aus als sonst.

Jonathan schlich sich hinter Millicent und sagte plötzlich: »Buh!«

Sie zuckte zusammen, drehte sich um und lächelte ihn an. »Sie sind anscheinend fest entschlossen, mir einen Schrecken einzujagen.«

»Geben Sie zu, daß es mir gelungen ist?«

»Es funktioniert nicht, wenn so viele Leute anwesend sind.«

»Aber wenn sie nicht anwesend wären …«

»Sie meinen, wenn ich mit Ihnen allein wäre? Dieser Fall wird kaum eintreten, nicht wahr?«

»Leider«, meinte er mit geheuchelter Enttäuschung.

So ist er, dachte ich. So benimmt er sich nicht nur mir, sondern jeder Frau gegenüber.

Wir gingen durch die Korridore und öffneten auch die Tür zu dem Zimmer, in dem Jonathan und ich einander so leidenschaftlich geliebt hatten.

»Ein Teil der Einrichtung befand sich immer schon hier, nicht wahr?« fragte Gwen Farringdon.

»Sie war im Kaufpreis inbegriffen«, erklärte David.

»Das ist natürlich ein großer Vorteil.«

»Dieser Raum ist sehr hübsch, und das Bett gefällt mir auch«, meinte Millicent. Zuerst setzte sie sich nur darauf, dann streckte sie sich auf ihm aus.

»Es ist sehr bequem«, stellte sie fest.

»Davon bin ich überzeugt«, murmelte Jonathan, sah mich an und verzog den Mund zu einem kaum merklichen Lächeln.

Ich fand es keineswegs lustig, mir war bitterernst zumute.

Am Ende des Rundgangs kamen wir in die Küche, die sehr geräumig war und deren Boden mit Steinfliesen ausgelegt war.

Einen Augenblick lang waren Jonathan und ich allein, die anderen waren schon weitergegangen.

Er ergriff meine Hand. »Heute nachmittag.«

Ich schüttelte den Kopf.

Er zog mich in seine Arme und küßte mich. Ich wollte mich wehren, es gelang mir aber nicht – sein Zauber wirkte immer noch.

Ich war froh, als wir das Haus verließen und uns wieder an der frischen Luft befanden.

Während wir über die Felder zurückgingen, unterhielten sich alle über Enderby. Allgemein herrschte die Ansicht vor, daß es ein schönes Haus sei und daß es ein Gelegenheitskauf gewesen war.

»Leider haben nicht alle französischen Emigranten das gleiche Los wie Sophie erwischt«, bemerkte Lady Pettigrew.

»Sie hat Glück gehabt, daß sie ihre Juwelen mitnehmen konnte«, sagte Millicent.

»Und daß sie überhaupt mit dem Leben davongekommen ist«, warf Lord Pettigrew ein.

»Das verdankt sie Jonathan«, stellte David fest.

»Wie wunderbar!« Millicent lächelte Jonathan zu.

»Ach, es war ganz einfach«, untertrieb dieser schamlos. »Wir fuhren hinüber und kamen mit Mademoiselle Sophie und ihrer Kammerzofe zurück. Jeanne, das kluge Geschöpf, hatte den Schmuck in ihre Kleider eingenäht und erzählte mir erst davon, als wir uns auf dem Kanal befanden.«

»Tun Sie nicht so bescheiden«, ermahnte ihn Millicent streng. »Sie sind wirklich sehr mutig.«

»Ich bin ein ganz edler Ritter«, antwortete Jonathan, »ich freue

mich über Ihre Bewunderung und kann nicht genug davon bekommen.«

Millicent nahm seinen Arm. Sie erlaubte sich einige Freiheiten,
aber ihre Mutter billigte ihr Benehmen. Die schreckliche Lady Pettigrew war offenbar entschlossen, Jonathan als Schwiegersohn ein-
zufangen.

Ich war beunruhigt und unsicher. Ich wollte Jonathan allein
sprechen und ihm erklären, daß wir unser Verhältnis nicht fortsetzen konnten. Außerdem wollte ich wissen, was hinter dem Ge-
plänkel mit Millicent steckte und ob er womöglich etwas für sie
empfand.

Ich hatte behauptet, daß ich am Nachmittag nicht zu dem Ren-
dezvous kommen würde, aber ich fand allmählich tausend Gründe, um doch nach Enderby zu gehen. Ich wollte nur mit ihm sprechen, redete ich mir ein, denn unsere gefährliche Liebschaft mußte
ein Ende haben.

Oder wollte ich einfach mit ihm beisammen sein? Würde ich
ihm wieder einmal nachgeben, wenn wir uns allein in dem Zimmer befanden und er mich in seine Arme schloß?

Ich sah ihnen nach, als sie fortritten – ich hatte mich mit häuslichen Pflichten entschuldigt. Jonathan befand sich bei der Gruppe.
Er wollte sich so rasch wie möglich von den anderen trennen, nach
Eversleigh zurückkehren und sein Pferd hier zurücklassen, denn
es wäre gefährlich gewesen, es vor Enderby anzubinden, wo jeder
es sehen konnte. Dann würde er rasch hinüberlaufen.

Trotz aller meiner guten Vorsätze machte ich mich auf den Weg.

An der Tür zögerte ich, ich hätte am liebsten draußen gewartet,
aber das war kindisch. Jemand konnte vorbeikommen und mich
sehen. Hatte ich vielleicht Angst vor einem alten Haus? Um mir
das Gegenteil zu beweisen, nahm ich den Schlüssel aus der Tasche,
trat ein und versperrte die Tür hinter mir. Wenn Jonathan eintraf,
würde er eben läuten müssen.

Die Halle hatte sich verändert, und die Galerie sah ohne Vorhänge vollkommen normal aus. Niemand wäre auf die Idee gekommen, daß es dort spukte. Doch Sophie hatte vor, die wuchernden
Büsche nur stutzen zu lassen, so daß die alte Atmosphäre teilweise
erhalten bleiben würde.

Ich ging die Treppe in »unser« Zimmer hinauf. Wie still es war.

Beeil dich, Jonathan, dachte ich.

Dann hörte ich die Stimme wieder, das leise Lachen und das Flüstern:

»Mrs. Frenshaw, denken Sie an das siebente Gebot.« Einige Sekunden lang konnte ich mich nicht bewegen, dann lief ich aus dem Zimmer und die Treppe hinunter. In diesem Augenblick läutete die Glocke. Ich stürzte zur Tür und öffnete sie.

Jonathan trat ein und nahm mich in die Arme. »Was ist los, Claudine?«

»Ich habe die Stimme wieder gehört.«

»Wo?«

»In unserem Zimmer.«

»Wir sind ganz allein in diesem Haus.«

»Ich habe sie deutlich gehört.«

»Dann sehen wir uns einmal um.«

Er legte mir den Arm um die Schulter, und wir gingen hinauf. Weit und breit war keine Menschenseele.

Er sah mich verblüfft an. »Wie hat die Stimme geklungen?«

»Seltsam gedämpft und hallend zugleich.«

»Als würde jemand versuchen, seine Stimme zu verstellen?«

»Ich weiß es nicht. Jemand hat zuerst gelacht und dann gesagt: ›Denken Sie an das siebente Gebot.‹«

»So ein Unsinn!«

»Aber es paßt. Die Stimme … weiß Bescheid.«

»Ich weigere mich, an körperlose Stimmen zu glauben, geliebte Claudine.«

»Ich sage dir, daß ich sie deutlich gehört habe.«

»Dann befindet sich jemand im Haus.«

»Das ist doch nicht möglich.«

»Hast du die Stimme immer nur hier gehört?«

Ich nickte.

»Dann wollen wir nachsehen«, schlug er vor.

Wir durchsuchten alle Zimmer, vom Dachgeschoß bis zur Küche. Wie ich vorausgesehen hatte, waren alle leer.

»Wer sind Sie?« rief Jonathan. »Kommen Sie heraus und zeigen Sie sich.«

Seine Stimme hallte wider, dann herrschte Stille.

»Du siehst selbst, daß niemand da ist«, meinte Jonathan.

»Es spukt hier«, ließ ich nicht locker. »Etwas aus der Vergangenheit verfolgt uns.«

»Das glaubst du doch selbst nicht. Es muß eine logische Erklärung dafür geben.«

»Und zwar?«

»Daß uns jemand einen Streich spielt.«

»Jemand, der über uns Bescheid weiß?«

Er nickte ernst. »Ja, jemand, der über uns Bescheid weiß. Oder aber du hast dir alles nur eingebildet.«

»Ich habe es deutlich gehört.«

»Du nimmst es also nicht auf die leichte Schulter?«

»Nein, aber du tust es, Jonathan, das wird mir immer mehr klar.«

»Für mich bist du das Wichtigste auf der Welt, Claudine.«

Ich schüttelte den Kopf.

»Du hängst sehr an den Konventionen, nicht wahr?« spottete er. »Du bist sehr streng erzogen. Ich habe mich immer darüber amüsiert, wie streng sich die Franzosen nach außen hin geben … und was für Freiheiten sie sich im geheimen herausnehmen. Du bist jedenfalls so erzogen worden, und jetzt plagt dich dein Gewissen. Vermutlich war das die Stimme, die du gehört hast.«

»Mit anderen Worten, ich habe es mir eingebildet.«

»Es wäre möglich.«

»Aber das stimmt nicht!«

»Was war es dann? Wir haben das ganze Haus durchsucht. Außer uns ist niemand hier, das wäre auch gar nicht möglich. Du hast aufgesperrt und die Tür hinter dir wieder versperrt. Gibt es noch einen Schlüssel?«

»Das Fenster!« rief ich plötzlich. »Ich habe dir ja erzählt, daß David und ich einmal durch das Fenster eingestiegen sind.«

»Wo?«

»Irgendwo in der Halle.« Ich sah mich um und entdeckte es.

»Da ist es, siehst du, der Riegel ist zerbrochen. Jeder, der es weiß, kann ohne Schlüssel hereinkommen. Ganz einfach.«

Er sah mich erschrocken an.

»Du glaubst also, daß sich jemand im Haus befunden hat, als du hereinkamst. Aber wie könnte dieser Mensch zu dir gesprochen haben? Du hättest doch hören müssen, wie er die Treppe hinunterläuft und durch das Fenster verschwindet, nicht wahr?«

»Das stimmt.«

»Siehst du – du hast es dir nur eingebildet. Es gibt keine andere Erklärung.«

»Nein. Ich kann gut zwischen Schein und Wirklichkeit unterscheiden.«

»Mit jedem von uns geht die Phantasie einmal durch.«

»Ich habe die Stimme gehört«, wiederholte ich entschieden. »Weißt du, was das bedeutet? Daß jemand unser Geheimnis kennt.«

Er zuckte die Schultern. »Du steigerst dich selbst in eine Panikstimmung hinein, Claudine. Vergiß es. Wir sind hier und wir sind allein. Es war ein schweres Stück Arbeit, von den übrigen loszukommen.«

»Ich nehme an, daß Millicent sich bemüht hat, dich zurückzuhalten.«

»Sie kann sehr zäh sein. Trotzdem habe ich mich losgeeist, weil ich mit dir zusammensein wollte.«

»Ich möchte gehen, Jonathan.«

»Du bist doch gerade erst gekommen!«

»Ich bin gekommen, um dir zu sagen, daß es aus ist.« Er zog die Augenbrauen hoch und sah mich mit gespieltem Entsetzen an.

»Ich kann David nicht weiterhin betrügen«, fuhr ich fort. »Ich werde versuchen, jede Erinnerung an unser Abenteuer zu verdrängen. Du mußt das gleiche tun.«

»Niemals. Das wunderbarste Erlebnis meines Lebens vergessen! Da verlangst du zuviel. Komm, Liebste, du weißt ja, wir haben nicht viel Zeit.«

»Nein«, wiederholte ich. »Ich muß gehen.«

Er zog mich an sich, aber diesmal blieb ich hart. Ich rief mir Davids Gesicht ins Gedächtnis und dachte daran, wie sehr ich ihn liebte.

»Ich gehe nach Eversleigh zurück«, sagte ich. »Ich hätte nie hierherkommen dürfen. Ich könnte es nicht ertragen, wenn David es erfährt; ich möchte mein Glück nicht gefährden.«

»Das fällt dir ein bißchen spät ein, findest du nicht?«

»Ich weiß nicht, ich kann jetzt nicht nachdenken. Ich weiß nur, daß ich dieses Haus nie wieder betreten werde.«

»Diese dumme Stimme hat dich vollkommen aus dem Gleichgewicht gebracht.«

»Sie hat mir Angst eingejagt und mir klargemacht, was ich mir, David und dir angetan habe. Ich habe meinen Mann betrogen – du deinen Bruder.«

»Hören wir doch mit diesem Theater auf, Claudine. Ich liebe dich, ich begehre dich mehr als alles in der Welt. Genügt dir das nicht?«

»Wie könnte es, wenn ich die Frau deines Bruders bin?«

»Fängst du schon wieder damit an! Ich begehre dich, du begehrst mich, wir haben wunderbare Stunden verlebt. Vergiß nicht, du bist eine leidenschaftliche Frau, und du bist endlich erwacht. Hör nicht auf dein dummes Gewissen, das dich nicht in Ruhe läßt. Solange wir uns vorsichtig verhalten, ist alles in Ordnung.«

Ich hörte den leisen Ärger aus seinen Worten heraus. Er war hierhergekommen, weil er seine Begierde befriedigen wollte, und ich hinderte ihn daran. Zum erstenmal sah ich ihn so, wie er wirklich war, und tiefe Verzweiflung überkam mich. Ich hatte meine Ehe wegen eines kurzen Sinnentaumels zerstört.

Ich hatte den Schein für die Wirklichkeit gehalten.

Ich drehte mich um und lief aus dem Haus. Er rief meinen Namen und rannte hinter mir her.

Wir standen zusammen vor der Tür, die ich mit zitternden Händen versperrte. Ich hatte das Gefühl, daß ich damit den Zugang zu diesem Teil meines Lebens für immer verschloß.

Dann lief ich nach Eversleigh zurück und dachte die ganze Zeit: Diese Stimme ... Wessen Stimme? Die Stimme eines Menschen, der mein Geheimnis kennt.

Amaryllis und Jessica

Das neue Jahr hatte begonnen, und ich war seit unserem letzten Gespräch auf Enderby nicht mehr mit Jonathan allein gewesen. Je länger ich ihn mied, desto größer wurde meine Entschlossenheit.

Dann dämmerte mir, daß ich vielleicht schwanger sein könnte, und das erschien mir so katastrophal, daß ich mich zuerst weigerte, über diese Möglichkeit weiter nachzudenken. Natürlich war das dumm, denn wenn mein Verdacht stimmte, dann mußte ich mich der Tatsache stellen. Ich hatte mir zwar immer ein Kind gewünscht – aber woher sollte ich jetzt wissen, wer der Vater war?

Ich hatte angenommen, daß ich mit der Zeit Abstand zu Jonathan gewinnen würde. Aber wenn ich wirklich ein Kind erwartete, war das unmöglich. Es würde mich mein Leben lang an meine Schuld erinnern.

Ich hatte Alpträume. Ich befand mich in diesem unseligen Raum, und die Stimme erinnerte mich immerzu daran, daß ich eine Sünderin war, die gegen die Gesetze Gottes und der Menschen verstoßen hatte.

In den Tagen nach Weihnachten hatte meine Liebe zu David zugenommen, und mir war immer deutlicher geworden, welche Ungeheuerlichkeit ich ihm angetan hatte. Ich hätte alles dafür gegeben, die letzten Monate ungeschehen zu machen.

Wenn man einsieht, wie unvernünftig man gehandelt hat, sucht man verzweifelt nach Erklärungen, die als mildernde Umstände gelten können: Jugend, Unerfahrenheit, Leidenschaft, Sinnlichkeit ... das alles traf auf mich zu, aber dennoch gab es keine Entschuldigung.

Tante Sophie hatte vor, im Februar nach Enderby zu übersiedeln, und meine Mutter bemühte sich, ihr diesen frühen Termin auszureden. Aber Sophie hatte es sich nun einmal in den Kopf gesetzt.

»Es dauert eine Weile, bis ein so großes Haus warm wird«, erinnerte meine Mutter Sophie.

»Jeanne und ich werden bald einige Diener anstellen und ihnen den Auftrag geben, das Haus eine Woche lang tüchtig zu heizen; dann werden wir übersiedeln.«

Ich war davon überzeugt, daß meine Mutter erleichtert sein würde, wenn Sophie aus dem Haus war. Sie fühlte sich ihr gegenüber immer schuldbewußt, und ich wußte aus eigener Erfahrung, wie sehr man unter solchen Gefühlen leidet. Dabei hatte meine Mutter gar keinen Grund dazu.

Sie meinte entschuldigend: »Menschen, die so entstellt sind wie Sophie, neigen manchmal dazu, andere für ihr Unglück verantwortlich zu machen, vor allem, wenn ... Aber du weißt ja, daß sie mit deinem Vater verlobt war, bevor er mich geheiratet hat.«

»Ja, und sie hat sich geweigert, ihn zu heiraten. Aber das liegt alles schon so lange zurück – vergessen denn die Menschen nie?«

»Manche Menschen wollen nicht vergessen, denn sie empfinden eine Art Befriedigung darin, alte Wunden offenzuhalten.«

Ich erschauerte.

»Mir scheint, du fühlst dich nicht ganz wohl, Claudine.«

»Mir geht es ausgezeichnet«, beteuerte ich.

»Ich würde gern Dr. Meadows kommen lassen, damit er dich einmal untersucht.«

»Nein, das ist bestimmt nicht notwendig.« Ich geriet in Panik.

Sie legte mir den Arm um die Schultern. »Gut. Warten wir erst einmal ab.«

Anfang des neuen Jahres fuhr Jonathan nach London.

»Die geheimen Aktivitäten werden immer umfangreicher«, erklärte mir David, als wir in unserem Schlafzimmer allein waren. »Es geht nicht nur um den Krieg, sondern um die allgemeine Lage. Die Ereignisse in Frankreich wirken sich auf alle Länder Europas aus. Kein Monarch fühlt sich in seiner Haut wohl, wenn er an das Schicksal denkt, das die französischen Revolutionäre ihrem König und ihrer Königin bereitet haben. Natürlich fragt sich jeder, ob es auch in anderen Ländern dazu kommen könnte.«

»Glaubst du, daß so etwas auch bei uns möglich wäre?«

»Man befürchtet es, aber ich glaube es nicht so recht. Wir sind nicht so heißblütig wie die Franzosen und haben für Revolutionen nie sehr viel übrig gehabt.«

»Aber es hat auch bei uns Unruhen gegeben, und im vergangenen Jahrhundert sogar einen Bürgerkrieg.«

»Vielleicht erinnern sich die Menschen noch zu gut daran und wollen deshalb nicht, daß sich diese Ereignisse wiederholen.«

»Auch wir haben unseren König geköpft.«

»Und zehn Jahre später einen neuen Monarchen auf den Thron gesetzt. Außerdem hatten wir andere Beweggründe. Glaubst du, daß die Londoner Kaufleute Unruhe brauchen können? Dazu geht es ihnen viel zu gut. Aber die Agitatoren können viel Unheil anrichten, denn es gibt überall Verbrecher und Landstreicher, die nichts zu verlieren haben. Die könnten uns Schwierigkeiten bereiten.«

»Bei uns sind also noch immer Agitatoren am Werk?«

»Ganz bestimmt. Jonathan und mein Vater sind darüber sehr gut unterrichtet, obwohl sie nicht darüber sprechen. Jonathan tritt immer mehr in Vaters Fußstapfen; sie reden mit mir nicht darüber – was ich vollkommen richtig finde. Nur die direkt daran Beteiligten sollen wissen, was los ist.«

»Dein Vater erzählt nicht einmal meiner Mutter etwas.«

»Natürlich kann er niemandem davon erzählen, nicht einmal Lottie. Ich glaube aber, daß er jetzt ihretwegen etwas weniger aktiv ist.«

Dann legte er mir den Arm um die Schultern. »Bist du sicher, daß alles in Ordnung ist, Claudine?«

»In Ordnung?« Ich hoffte, daß man meiner Stimme nicht anhörte, wie erschrocken ich war.

»Manchmal bist du so tief in Gedanken versunken … Fühlst du dich auch bestimmt ganz wohl?«

Ich war nahe daran, ihm alles zu gestehen. Doch Jonathan hatte recht – David durfte es nie erfahren. Er hätte mir wahrscheinlich verziehen, wenn es jemand anderer gewesen wäre – aber sein eigener Bruder!

Ich zwang mich also zu schweigen.

»Deine Mutter möchte, daß du den Arzt kommen läßt«, fuhr er fort.

Ich schüttelte den Kopf. »Mir geht es ausgezeichnet.« Jonathan blieb zwei Wochen in London. Ich war froh, daß ich ihn nicht zu Gesicht bekam, um so mehr, als mein Verdacht sich bestätigt hatte.

Ich war schwanger.

Bis jetzt hatte ich es noch niemandem mitgeteilt. Zeitweise war meine Freude darüber, daß ich ein Kind bekommen würde, größer als alle meine Bedenken, doch dann fiel mir wieder ein, daß ich nicht wußte, wer der Vater war.

Als Jonathan aus London zurückkehrte, wirkte er besorgt – offenbar hatte sich etwas Schwerwiegendes ereignet. Er sperrte sich sofort mit Dickon in dessen Arbeitszimmer ein, und als sie wieder auftauchten, sah auch Dickon sehr ernst aus.

Nach dem Abendessen erkundigte sich Jonathan, wie weit die Arbeiten auf Enderby gediehen waren.

»Im Augenblick wimmelt es dort von Handwerkern«, sagte ich bestimmt.

»Sophie besteht darauf, Anfang Februar einzuziehen«, erwähnte meine Mutter. »Ich halte diese Eile für unvernünftig; sie sollte lieber bis zum Frühjahr warten.«

»Wie steht es mit der Dienerschaft?«

»Jeanne ist dabei, Personal einzustellen. Ich danke dem Himmel für Jeanne, denn sie erledigt beinahe alles selbständig. Hast du in London viel zu tun gehabt?«

»Sehr viel.« Sein Lächeln besagte deutlich: bitte keine weiteren Fragen. Dann wandte er sich an Dickon. »Du erinnerst dich doch an Jennings? Er ist deportiert worden, weil er staatsgefährdende Literatur veröffentlicht hat.«

»Doch nicht deportiert!« rief Dickon.

»Doch, sieben Jahre Botany Bay!«

»Ich halte das Urteil für übertrieben hart.«

»Nicht unter den jetzigen Umständen. Er hat Danton gelobt, auf Verbrechen der Monarchie in Frankreich hingewiesen und ist für die Rechte des Volkes eingetreten. Ludwig und die Königin waren die Bösen und Danton und seine Spießgesellen die Guten.«

»Es bestand also wirklich Grund zur Besorgnis.«

»Und ob. Das Urteil war gerecht. Solche Menschen haben in Frankreich der Revolution den Weg bereitet.«

»Aber Deportation! Das ist hart«, wiederholte Dickon. »Ich hoffe, daß du nicht schon wieder nach London reisen mußt«, schaltete sich meine Mutter ein.

»Im Augenblick bestimmt nicht.«

»Und du, Jonathan?« fragte meine Mutter.

Er zuckte die Schultern und sah mich an. »Ich hoffe, daß ich die Freuden Eversleighs eine Zeitlang genießen kann.«

»Wie schön, daß du dein Elternhaus so schätzt«, sagte meine Mutter lächelnd.

Als wir den Raum verließen, flüsterte ich ihm zu: »Ich muß mit dir sprechen.«

»Wann?« fragte er begeistert.

»Morgen früh reite ich um zehn Uhr aus.«

Am nächsten Morgen verließ ich Eversleigh allein; Jonathan holte mich kurz darauf ein.

»Was ist mit Enderby? Reiten wir doch hin.«

»Nein, ich habe nicht die Absicht, Enderby jemals wieder mit dir aufzusuchen. Außerdem wäre es zur Zeit ohnehin unmöglich –«

»Wohin wollen wir uns also zurückziehen?«

»Ich wollte nur mit dir sprechen, Jonathan.«

»Ich mußte verreisen, das weißt du doch, obwohl ich dich nur ungern verließ. Dringende Geschäfte.«

»Damit hat es nichts zu tun.«

Wir bogen auf ein Feld ein, und ich hielt an.

»Ich bekomme ein Kind, Jonathan.«

Er sah mich erstaunt an.

»Es kommt eigentlich nicht überraschend, nicht wahr?« fuhr ich fort.

»Ist es von David?«

»Woher soll ich das wissen?«

Er starrte mich an, und seine Mundwinkel zuckten.

»Findest du die Tatsache womöglich amüsant?« fuhr ich ihn an.

»Du hast doch nicht den geringsten Grund, dir Sorgen zu machen.«

»Was soll das heißen? Wenn ich nicht weiß, ob das Kind von dir oder von David ist?«

»Du bist verheiratet, und verheiratete Frauen dürfen Kinder bekommen. Ich finde es aufregend.«

»Du hast unsere Beziehung nie ernst genommen, nicht wahr? Für dich war es nur ein Abenteuer, eins von vielen. Mit dem kleinen Unterschied, daß du diesmal ein Verhältnis mit der Frau deines Bruder hattest, was es für dich anscheinend besonders reizvoll machte, nicht wahr?«

Er sah mich nach wie vor schweigend und amüsiert an.

»Was soll ich tun?« fragte ich.

455

»Tun? Willst du wissen, ob du es bekommen sollst?«

»Willst du damit sagen ...? Ganz gleich, wer der Vater ist, es ist immer noch mein Kind.«

»Du hast eine Schwäche für dramatische Szenen, Claudine. Du machst dir Sorgen, und dabei besteht überhaupt kein Grund dazu.«

»Du hältst es für vollkommen selbstverständlich, daß ich mein Kind, dessen Vater vielleicht du bist, David unterschiebe?«

»Solange er es nicht weiß, ist doch alles in Ordnung.«

Ich erkannte immer deutlicher sein wahres Wesen. Und ich hatte den besten Menschen der Welt mit diesem Schürzenjäger betrogen.

»Du nimmst die Situation nicht ernst, Jonathan«, warf ich ihm vor.

»Ich nehme dich sehr ernst, Claudine. Ich will dir nur klarmachen, daß wir keinen Grund haben, uns Sorgen zu machen.«

»Wir haben ihn getäuscht und betrogen! Ich bringe ein Kind zur Welt und rede David ein, daß er der Vater ist – obwohl ich es nicht weiß.«

»Das klingt schon wieder überaus melodramatisch. Aber betrachten wir die Situation einmal leidenschaftslos. Das Kind wird im Wohlstand aufwachsen und den ihm gebührenden Anteil an Eversleigh erben. Wer von uns beiden sein Vater ist, spielt dabei überhaupt keine Rolle.«

Ich wandte mich ab, und er legte mir die Hand auf den Arm.

»Es ist ein Jammer, daß die Handwerker auf Enderby arbeiten. Ich habe während meiner Abwesenheit immer nur an dich gedacht.«

Ich hatte mich verändert und war froh darüber. Er konnte mich nicht mehr beeinflussen, denn ich erkannte zu deutlich sein wahres Gesicht. Oder hatte mich das Kind vielleicht schon verändert?

Es ist vorbei, er hat keine Macht mehr über mich, dachte ich frohlockend, wendete mein Pferd und galoppierte nach Hause.

Ich war meiner Sache jetzt vollkommen sicher, gestand es David aber noch immer nicht. Er würde selbstverständlich verrückt vor Freude sein, und mich würden meine Gewissensbisse doppelt plagen.

Also ging ich zu meiner Mutter. Sie lag in einem pfauenblauen Morgenmantel auf dem Bett und sah wunderschön aus. Ich wunderte mich darüber, daß sie sich auf ihr Zimmer zurückgezogen hatte.

»Ich möchte mit dir sprechen«, begann ich. »Steh nicht auf, ich setze mich zu dir aufs Bett.«

Sie sah mich aufmerksam an. »Ich glaube, ich weiß, was du mir erzählen willst.«

»Wirklich?«

Sie nickte. »Ich vermute es schon seit einiger Zeit und freue mich sehr darüber. Es handelt sich doch um ein Kind, nicht wahr?«

Jetzt nickte ich, und sie begann zu lachen.

»Du findest es komisch?« fragte ich.

»Du wirst gleich erfahren, warum: Ich auch, Claudine.«

Ich starrte sie verständnislos an.

»Ich bin so glücklich, Claudine. Ich habe mich immer danach gesehnt, und jetzt werde auch ich ein Kind bekommen. Ist das nicht wirklich komisch? Mutter und Tochter zur gleichen Zeit.«

Sie hatte sich aufgesetzt und mich an sich gezogen. Einen Augenblick lang wiegten wir uns lachend hin und her. Vielleicht klang in meinem Lachen ein Unterton von Hysterie mit, aber in ihrer Freude überhörte sie ihn wohl.

Wenn ich es ihr nur hätte erzählen können. Geteiltes Leid ist halbes Leid, heißt es ja. Aber es wäre nicht fair gewesen, andere mit den Schwierigkeiten zu belasten, die ich mir selbst eingebrockt hatte. Ich durfte das Glück, das aus ihrem Gesicht strahlte, nicht trüben.

»Natürlich findest du, daß ich dazu zu alt bin, Claudine. Aber das stimmt nicht, ich bin körperlich ohne weiteres fähig, noch ein Kind zu bekommen.«

»Du wirst nie alt werden, du bleibst ewig jung.«

»So spricht eine pflichtbewußte Tochter, die genau weiß, was ihre Mutter gern hört. Und ich muß zugeben, daß ich es gern höre.«

»Wie hat Dickon darauf reagiert?«

»Er ist begeistert – na ja, mit einigen Vorbehalten. Natürlich freut er sich darüber, daß wir ein Kind bekommen, aber genau wie du denkt er daran, daß ich nicht mehr die Jüngste bin. Ich befürchte, daß er mich ununterbrochen umsorgen wird. Er sieht mich jetzt schon so mißtrauisch an, als könnte ich jeden Augenblick zusammenbrechen.«

»Daß er dich so liebt, muß dich doch sehr glücklich machen.«

»Zwischen dir und David ist es doch genauso, ja?«

Ich nickte wortlos, meine Kehle war wie zugeschnürt.

»Ich bin froh, daß du dich für David entschieden hast«, fuhr sie fort. »Jonathan ist seinem Vater zu ähnlich ... David ist ganz anders.«

»Und du hältst Dickon für den vollkommenen Mann.«

»Keineswegs. Ich habe Dickons Schwächen sehr bald entdeckt. Merkwürdigerweise liebe ich ihn um ihretwillen noch mehr. Jonathan erinnert mich sehr an Dickon, als er in demselben Alter war. Millicent und er werden wohl ein Paar werden, die Pettigrews legen großen Wert darauf. Damit werden ihre Bankgeschäfte in einer Hand vereinigt; außerdem ist Lord Pettigrew auch an den anderen Aktivitäten beteiligt. Aber im Augenblick sind wir beide wichtiger. Was sagt David zu der Neuigkeit?«

»Er weiß es noch nicht.«

»Wirklich? Ich bin die erste, die es erfährt?«

»Aber du hast mich nicht als erste ins Vertrauen gezogen«, gab ich vorwurfsvoll zurück.

»Um die Wahrheit zu sagen, ich habe mich ein bißchen geniert – in meinem Alter, mit einem erwachsenen Sohn und einer verheirateten Tochter. Irgendwie kommt es mir ungehörig vor.«

»Das ist doch absurd, Maman.«

»Warte, bis es Dickon erfährt, er wird selig sein. Er wollte immer schon Enkel haben. Wünschst du dir einen Jungen?«

»Mir ist es gleich, ob Sohn oder Tochter.«

»Ich stehe auf dem gleichen Standpunkt; außerdem spielt es bei uns keine Rolle, weil Dickon bereits zwei Söhne hat. Mir wäre eine Tochter beinahe lieber.« Sie sah mich zärtlich an, und ich schloß sie in die Arme. »Mädchen stehen dem Herzen der Mutter näher«, fügte sie hinzu. »Du mußt dich nicht davor fürchten, Claudine. In letzter Zeit habe ich gespürt, daß du unruhig warst, und jetzt weiß ich endlich, warum. Es besteht nicht der geringste Anlaß, Angst zu haben.«

»Nein, nein, ich fürchte mich nicht. Ich muß mich nur an den Gedanken gewöhnen.«

Der Meinung war sie ebenfalls.

Mir fiel es sehr schwer, es David zu erzählen. Wie anders wäre es gewesen, wenn ich davon überzeugt gewesen wäre, daß das Kind von ihm war ... wenn ich nie nach Enderby gegangen wäre, wenn ich ... Aber für solche Überlegungen war es jetzt zu spät.

David ergriff meine Hände und küßte sie.

»Ich habe die ganze Zeit darauf gewartet, Claudine … es ist eine wunderbare Neuigkeit. Du mußt ja überglücklich sein, du hast dir bestimmt ein Kind gewünscht.«

»Natürlich freue ich mich darüber, daß ich ein Kind bekomme.«

»Daß wir ein Kind bekommen.«

Ich fröstelte. Wie schön wäre es gewesen, wenn ich meine Bürde bei ihm hätte abladen können. Aber ich mußte sie mein Leben lang allein tragen.

An diesem Abend wurde auf Eversleigh gefeiert.

Wir brachten sogar Sophie und Sabrina dazu, zum Abendessen herunterzukommen. Letztere sah sehr müde aus; im Winter fühlte sie sich nie besonders wohl und verbrachte die meiste Zeit im Bett.

Als wir alle Platz genommen hatten, stand Dickon auf. »Ich möchte euch etwas mitteilen. Wir müssen auf Neuankömmlinge anstoßen, die bald in Eversleigh erscheinen werden.«

Er machte eine Kunstpause und fuhr dann fort. »Lottie und ich werden ein Kind bekommen – und Claudine und David ebenfalls. Es ist ein wirklich glückliches Zusammentreffen. Ein Kind wäre ein Grund zur Freude gewesen, aber zwei sind ein Grund zum Jubel. Wir werden den besten Wein aus unserem Keller auf das Wohl der beiden Mütter trinken. Gott segne sie, und mögen alle ihre Hoffnungen in Erfüllung gehen.«

Jonathan hob sein Glas und lächelte mir zu.

Sabrina zitterte vor Aufregung, und Sophie hatte die Lippen fest zusammengepreßt. Bestimmt fiel ihr in diesem Augenblick ein, was sie alles in ihrem Leben versäumt hatte.

Sabrina flossen die Tränen über die Wangen.

»Komm, komm, Mutter«, tröstete sie Dickon, »das ist doch kein Grund zum Weinen.«

»Tränen des Glücks, mein geliebter Junge«, antwortete sie. »Das hat dir zu deinem Glück gefehlt – ein Kind von Lottie. Ich hoffe, daß ich meinen Enkel noch erleben werde.«

»Das ist doch Unsinn«, widersprach Dickon. »Natürlich wirst du ihn erleben, ich bestehe darauf, und Lottie behauptet, daß du immer alles tust, was ich will.«

Wir stießen auf die Zukunft an, und in der Küche trank die Dienerschaft auf unser Wohl.

Bei Tisch drehte sich das Gespräch natürlich nur um den erwarteten Nachwuchs. Meine Mutter erzählte, wie mein Bruder und ich zur Welt gekommen waren; sie sprach über die unangenehmen Begleiterscheinungen einer Schwangerschaft, als handle es sich um das Herrlichste, was einer Frau widerfahren kann.

»Ich befürchte, daß wir in den nächsten Monaten noch viel mehr zu diesem Thema erfahren werden«, stöhnte Dickon resigniert.

»Es ist jedenfalls vernünftiger als das Gerede über Revolution und Spione und über arme Menschen, die nur deshalb deportiert werden, weil sie ihre Meinung sagen«, gab meine Mutter zurück.

»Kluge Männer wissen, wann sie zu schweigen haben«, stellte Jonathan fest, »und das gilt auch für kluge Frauen.«

Bei diesen Worten sah er mir lächelnd in die Augen.

Ja, Dickon und er waren einander sehr ähnlich. Dickon hatte seine ganze Kraft dafür eingesetzt, einer der reichsten Männer des Landes zu werden, und war in der Wahl seiner Mittel nicht wählerisch gewesen. Er war sowohl amoralisch wie unmoralisch. Doch es stand mir nicht zu, ihn zu verurteilen. Ich begriff erst jetzt, wie sehr ich David liebte, und dennoch hatte ich ihm das Schlimmste angetan, das eine Frau ihrem Ehemann antun kann.

Die Zeit verging, es war Februar geworden, und trotz der Kälte lag schon eine Ahnung von Frühling in der Luft. Mir war am Morgen immer übel, deshalb stand ich erst gegen Mittag auf; nachmittags ging es mir dann wieder ausgezeichnet. Meine Mutter litt überhaupt nicht unter Schwangerschaftsbeschwerden.

Jonathan hatte offenbar resigniert, denn er stellte mir nicht mehr nach. Ich jedenfalls empfand überhaupt keine Sehnsucht mehr nach ihm.

Vormittags lag ich unglücklich im Bett, versuchte, mich auf die Zukunft zu freuen, doch es gelang mir nicht. Nachmittags, wenn die Übelkeit vergangen war, besserte sich auch meine Stimmung.

Ich ritt oft allein aus, aber ich würde bald damit aufhören müssen und wollte es bis dahin noch genießen.

Jonathan und Dickon steckten oft besorgt die Köpfe zusammen. Manchmal ritten sie nach Farringdon Manor hinüber, wo sie vermutlich mit Lord Pettigrew zusammentrafen. Die Lage auf dem Kontinent veränderte sich ständig, und der Krieg verlief anders, als sie erwartet hatten. Wer hätte auch angenommen, daß ein von einer Revolution erschüttertes Land eine Armee auf die Beine stellen konnte?

In England nahm die Angst vor Spionen und Agitatoren zu; immer mehr Menschen wurden wegen Aufwiegelung, wie es hieß, nach Australien deportiert.

Doch ich mußte mit meinen eigenen Problemen fertig werden, und an diesem Nachmittag beschloß ich, über die Wiesen zu reiten und nach Vorboten des Frühlings Ausschau zu halten. Mein Kind würde im September geboren werden, das meiner Mutter im August, und ich konnte es kaum erwarten, bis es endlich soweit war. Ich war davon überzeugt, daß mein Kind mir helfen würde, mit meinen melancholischen Stimmungen fertig zu werden.

Plötzlich empfand ich das Bedürfnis, das Meer zu sehen; ich erinnerte mich daran, wie Charlot sehnsüchtig über den Kanal geblickt hatte. Wo befand er sich wohl jetzt? Charlot und Louis-Charles kämpften auf französischer Seite gegen die Engländer. Wie stellte sich Charlot dazu? Die Komplikationen in unserem Leben nahmen tatsächlich kein Ende.

Ich roch das Meer bereits; die Möwen kreisten über mir und stießen ihre schrillen Schreie aus; wahrscheinlich waren sie auf Futtersuche. Dann rief plötzlich jemand meinen Namen.

»Mrs. Frenshaw, Mrs. Frenshaw, können Sie hierherkommen?«

Ich trieb mein Pferd in die Richtung, aus der die Stimme kam.

»Wo sind Sie?« rief ich.

»Hier unten.« Am Ufer tauchte eine Gestalt auf, und ich erkannte Evie Mather.

»Ich komme«, rief ich und gab meinem Pferd die Sporen.

In einer kleinen Bucht, die von Felsblöcken eingesäumt war, lag ein ohnmächtiger Mann. Sein Gesicht war blaß, seine Augen waren geschlossen, und die dunklen, lockigen Haare hingen ihm in die Stirn. Es schien, als ob ihn die Flut an Land gespült hatte.

Dolly stand neben Evie und hielt die Pferde.

»Wer ist das?«

Evie zuckte die Schultern. »Ich habe keine Ahnung, wir haben ihn eben erst gefunden. Wir hörten eine Stimme rufen und wollten nachsehen. Dann sahen wir ihn hier liegen.«

Ich stieg ab und kniete neben dem jungen Mann nieder. Meinem Eindruck nach war er noch nicht einmal zwanzig Jahre alt.

»Er dürfte in dem Augenblick ohnmächtig geworden sein, als wir herankamen«, meinte Evie.

»Wir müssen ihn von hier fortschaffen«, stellte ich fest.

»Wir haben uns gerade überlegt, wie wir das bewerkstelligen könnten, als wir Sie sahen.«

»Vielleicht gelingt es uns, ihn auf mein Pferd zu heben, was meinen Sie?«

»Wir könnten es versuchen«, sagte Evie.

»Zu dritt müßte es gehen«, meinte ich. »Wenn Sie ihn bei den Füßen nehmen, packe ich ihn an den Schultern. Und Sie halten inzwischen bitte auch mein Pferd, Dolly.«

Es war nicht leicht, aber wir schafften es. Er lag schlaff über dem Sattel, seine Hände berührten beinahe den Boden.

»Wir werden nicht sehr rasch vorankommen«, meinte ich.

»Aber es würde länger dauern, wenn wir erst von zu Hause Hilfe holen«, bemerkte Evie.

Also saß ich auf, und wir kehrten langsam nach Eversleigh zurück.

So kam es, daß wir Alberic Claremont retteten.

Sobald wir Eversleigh erreicht hatten, brachten wir ihn mit Hilfe der Dienerschaft zu Bett. Er schlug die Augen auf und sah uns benommen an.

»Er ist wahrscheinlich halb verhungert«, mutmaßte meine Mutter. »Wir werden es mit ein bißchen Suppe versuchen. Aber zuerst lassen wir den Arzt kommen.«

Der Arzt traf bald ein und stellte fest, daß der junge Mann sich schnell erholen würde. Er war nicht krank, sondern nur unterkühlt und vollkommen erschöpft. Ein paar Tage Ruhe und nahrhaftes Essen, in kleinen Portionen über den ganzen Tag verteilt, und er würde bald wieder auf den Beinen sein.

Es stellte sich heraus, daß die Diagnose richtig war. Schon am Abend des ersten Tages konnte sich der junge Mann mit uns unterhalten.

Er sprach Französisch, deshalb errieten wir seine Geschichte, bevor er sie uns erzählte. Er war vor dem Terror geflohen und suchte, wie so viele seiner Landsleute, Zuflucht in England.

Sein Vater hatte sein Leben auf der Guillotine gelassen. Er hatte nichts Unrechtes getan; er war nur Verwalter auf einem der großen Güter in Südfrankreich gewesen. Sein Bruder diente in der Armee. Ihn selbst hatten Freunde darauf aufmerksam gemacht, daß er als Feind der Revolution galt, deshalb war ihm nur eine Möglichkeit geblieben – die Flucht.

Er hatte sich als Bauer verkleidet durch Frankreich durchgeschlagen und glücklich die Küste erreicht. Wenn man Geld hatte, gab es genügend Möglichkeiten, den Kanal zu überqueren; er war in einer abgelegenen Bucht in Frankreich an Bord gegangen und in einer ebenso abgelegenen Bucht in England gelandet.

»Waren Sie allein?« erkundigte sich meine Mutter.

Er schüttelte den Kopf. »Wir waren zu dritt, aber ich weiß nicht, was aus den beiden anderen geworden ist. Ich weiß nur, daß sie im gleichen Boot saßen wie ich, und als ich ihnen erklärte, daß ich zu erschöpft sei, um weiterzugehen, ließen sie mich liegen.«

»Sie hätten sich Ihrer annehmen sollen«, warf ich ein.

»Sie hatten Angst, Madame, was durchaus verständlich ist; und so bat ich sie, keine Rücksicht auf mich zu nehmen. Es gibt so viele Emigranten, und Ihre Regierung hat angeblich vor, sie wieder zurückzuschicken.« Er schauderte. »Die zwei befürchteten, daß drei Emigranten auf einmal zuviel sind…«

»Es würde mich interessieren, wohin sie gegangen sind«, überlegte ich.

Er zuckte die Schultern und schloß die Augen.

»Er ist sehr müde«, flüsterte meine Mutter. »Lassen wir ihn schlafen.«

Am nächsten Morgen hatte er sich schon sichtlich erholt. Wir erlaubten ihm dennoch nicht aufzustehen, und er blieb auch sehr gern im Bett.

Er sprach ein bißchen Englisch, aber wir mußten uns auf französisch mit ihm unterhalten. Er erzählte uns, daß er Alberic Claremont hieß und daß er nie nach Frankreich zurückkehren könne. »Sie werden mich doch nicht zurückschicken?« flehte er.

In seinen Augen lag solche Angst, daß meine Mutter leidenschaftlich rief: »Nein, das würden wir nie tun.«

Dickon, der erst spät abends heimgekehrt war, hörte sich die Geschichte an und zeigte kaum Überraschung.

»Sie fliehen zu Hunderten vor dem Terror«, meinte er, »und ich wundere mich, daß nicht mehr bei uns auftauchen. Was für einen Eindruck macht er?«

»Er ist sehr jung«, antwortete meine Mutter, »und dürfte eine gute Erziehung genossen haben. Er hat bestimmt schreckliche Erlebnisse hinter sich, und ich möchte ihn erst fortlassen, wenn er sich vollkommen erholt hat.«

»Wohin will er sich denn wenden?«

»Das weiß ich nicht. Vielleicht hat er Freunde in England. Vielleicht findet er die beiden Männer wieder, mit denen er herübergekommen ist. Ich halte es für verantwortungslos von ihnen, daß sie ihn auf dem Strand liegengelassen haben.«

»Du kennst die Bucht bei dem alten Bootshaus«, warf ich ein. »Es ist ein einsamer Ort. Evie und Dolly Mather haben Monsieur Claremont zufällig gefunden. Das war sein Glück, denn sonst hätte er die Kälte nicht überlebt.«

»Warten wir ab, bis er sich erholt hat«, meinte Dickon.

Sophie hörte uns interessiert zu, als wir ihr erzählten, wie wir den jungen Mann gerettet hatten. Sie besuchte ihn, setzte sich an sein Bett und plauderte französisch mit ihm, und es war nicht zu übersehen, daß sie ihn ins Herz schloß.

Am nächsten Morgen kamen Evie und Dolly herüber und erkundigten sich, wie es dem jungen Mann ging. Ich führte sie in sein Zimmer. Er lag im Bett und sah jetzt ganz anders aus als unten am Strand.

»Sie sind also die jungen Damen, die mich gefunden haben«, stellte er auf französisch fest.

Er sah dabei Evie an, und sie errötete und antwortete auf englisch: »Meine Schwester und ich sind ausgeritten, wie so oft. Ich bin froh, daß gestern der Strand unser Ziel war.«

Er verstand sie nicht sehr gut, und ich mischte mich ein. »Monsieur Claremont spricht nur sehr schlecht Englisch, Evie. Können Sie nicht Französisch?«

Sie wurde rot und stammelte, daß ihre Kenntnisse nicht gerade überragend wären. »Großmutter hat zwar darauf bestanden, daß unsere Gouvernante Dolly und mir Französisch beibrachte, aber wir haben nicht sehr viel gelernt, nicht wahr, Dolly?«

»O doch, Evie, du sprichst es recht gut«, widersprach Dolly.

»Versuchen Sie es doch«, schlug ich vor.

Sie konnte sich mit einfachen Sätzen ausdrücken, und Alberic

Claremont half ihr gern. Er versuchte, Englisch zu sprechen, und sie lachten beide, während Dolly die ganze Zeit über ihre Schwester schweigend beobachtete.

Als die beiden sich verabschiedeten, fragte Evie, ob sie wiederkommen dürfe. Natürlich gestatteten wir es ihr.

»Evie freut sich darüber, daß sie ihm das Leben gerettet hat«, bemerkte meine Mutter. »Niemand steht einem näher als der Mensch, der einem verpflichtet ist, und was könnte wertvoller sein als ein gerettetes Leben?«

»Du wirst in deinen Ansichten Dickon immer ähnlicher.«

»Man paßt sich immer dem Menschen an, mit dem man ständig zusammenlebt.«

»Dennoch, Maman, versuch, du selbst zu bleiben.«

Ein paar Tage später ging es Alberic bereits ausgezeichnet.

Die Familie beriet über sein Schicksal. Was sollten wir mit ihm anfangen? Er war jung, gesund und kräftig und er hatte französisches Geld mitgebracht, aber was nützte ihm das in England? Wohin sollte er sich von hier aus wenden? Was konnte er unternehmen? Würde ihm jemand Arbeit geben? Um diese Zeit waren Franzosen in England nicht gerade gern gesehen.

Sophie war es, die eine Lösung fand.

Sie brauchte Diener und war dabei, welche zu engagieren. Sie konnte Alberic eine Stellung in ihrem Haushalt anbieten. Er konnte vielleicht als Butler oder als Gärtner arbeiten. Es war nicht so wichtig, daß er etwas von der Arbeit verstand, Hauptsache, er hatte eine Stellung. Sie wollte mit ihm sprechen und herausfinden, wofür er sich am besten eignete.

»Auf jeden Fall kann er nach Enderby kommen und so lange dort bleiben, bis er weiß, was er unternehmen will«, meinte sie. »Wenn diese entsetzliche Revolution einmal vorbei ist, wird sich hoffentlich in Frankreich verschiedenes ändern, und dann könnte er zurückkehren.«

Als wir Alberic vorschlugen, daß er vorläufig in Enderby leben und dort die Arbeit verrichten sollte, die seinen Fähigkeiten am ehesten entsprach, stimmte er begeistert zu.

Ende Februar übersiedelte Sophie nach Enderby. Alberic erwies sich als eine große Hilfe, und Jeanne war mit ihm sehr zufrieden.

Er arbeitete unermüdlich und war Sophie so dankbar dafür, daß sie ihm ein Zuhause geboten hatte, daß er bereit gewesen wäre, für sie durchs Feuer zu gehen.

»Ich würde den jungen Mann lieber nicht beim Wort nehmen«, meinte Dickon zynisch. »Doch selbst wenn wir die französische Vorliebe für melodramatische Erklärungen beiseite lassen, so ist er ihr doch sehr verbunden. Sophie hat Leute gebraucht, die ihr dienen, und da er ein gebildeter Mensch ist und der gleichen Nation angehört wie sie, könnte er sich als durchaus nützlich erweisen.«

Anfang März fuhr Jonathan nach London. Ich war immer erleichtert, wenn er sich außer Haus befand; ich begann, mich allmählich sicher zu fühlen. Das in mir heranreifende Leben nahm mich so sehr in Anspruch, daß ich die Vorgänge um mich herum nur flüchtig wahrnahm.

Meine Mutter und ich waren oft beisammen. Da wir beide ruhebedürftig waren, lagen wir häufig nebeneinander in ihrem Bett, und sie erzählte mir aus ihrem Leben, von ihrer Ehe mit meinem Vater, von seinem Tod und vertraute mir an, daß sie die ganze Zeit über eigentlich nur Dickon geliebt hatte.

»Meine Mutter hat in ihrem Leben das Glück erst spät gefunden, und so ist es auch mir ergangen«, meinte sie. »Vielleicht ist es besser so, denn dann schätzt man es erst richtig. Wenn man jung ist, glaubt man an Wunder, man nimmt an, daß man nur mit den Fingern schnippen muß, und schon geschehen sie. Wenn man älter ist, weiß man, daß Wunder etwas sehr Seltenes sind, und genießt sie um so mehr.«

Wir sprachen auch über die Kinderzimmer. »Die beiden Kinder werden wie Zwillinge aufwachsen«, meinte sie. »Aber was ist, wenn eine von uns Zwillinge zur Welt bringt? In der Familie hat es ein paarmal Zwillingsgeburten gegeben. Stell dir nur vor, Claudine, daß wir beide Zwillinge bekommen – vier Kinder auf einmal!«

Ich lachte mit ihr.

Dann bekam Sabrina eine hartnäckige Erkältung und lag sehr schmal und blaß in ihrem Bett.

Dickon verbrachte viel Zeit bei ihr, was sie sehr glücklich machte. Uns war allen klar, daß sie im Sterben lag, und deshalb leisteten ihr meine Mutter oder ich Gesellschaft, wenn Dickon anderweitig beschäftigt war. Sie hielt meine Hand und erzählte von vergangenen Zeiten. Immer wieder erinnerte sie sich daran, wie groß ihre Freude gewesen war, als Dickon meine Mutter aus Frankreich herübergebracht hatte.

»Er liebte sie bereits, als sie noch ein Kind war«, sagte sie. »Aber deine Großmutter war gegen diese Heirat. Sie war davon überzeugt, daß sie richtig handelte, und deshalb wurde uns deine Mutter weggenommen. Dickon heiratete jemand anderen, Lottie ebenfalls; aber jetzt ist alles in Ordnung, sie haben zusammengefunden. Es ist wunderbar, daß diese Verbindung nun Früchte trägt, und ich hätte so gern ihr Kind in die Arme geschlossen. Aber ich befürchte, daß ich es nicht mehr erleben werde.«

»Selbstverständlich wirst du es erleben«, widersprach ich. »Dickon besteht darauf, und du hast immer getan, was er wollte.«

»Er war das Glück meines Lebens. Als sein Vater in der schrecklichen Schlacht von Culloden fiel, glaubte ich, daß für mich alles vorbei sei. Dann erkannte ich, daß ich schwanger war, und damit begann ein neues Leben für mich.«

»Und seither ist Dickon dein Lebensinhalt.«

»Er ist ein wunderbarer Mann, Claudine, und seine Söhne geraten ihm nach. Und jetzt wird er noch einmal Vater – und auch du bekommst ein Kind. Die Familie lebt weiter. Das ist das einzig Wichtige. Wir kommen und wir gehen, wir spielen unsere Rolle, und dann treten wir wieder von der Bühne des Lebens ab. Aber die Familie bleibt bestehen.«

Ich bat sie, nicht so viel zu sprechen, weil es sie zu sehr ermüdete; aber sie fand im Gegenteil, daß es ihr guttat.

Während ich bei ihr saß und ihr zuhörte, wurde mir immer klarer, wie ich mich zu verhalten hatte, nicht nur um meinetwillen, sondern auch aus Verantwortung gegenüber den anderen. Ich konnte nicht wissen, wer der Vater meines Kindes war, aber ich würde von nun an davon überzeugt sein, daß es David war. Ich mußte die Vergangenheit hinter mir lassen und glücklich sein.

Der März war vorbei, und der April kam mild und frühlingshaft.

Sabrina hatte anscheinend den Winter überstanden. Doch wir irrten uns. Eines Morgens brachte ihr die Zofe wie üblich heiße

467

Schokolade ans Bett, aber Sabrina wachte nicht auf. Sie hatte den Frieden gefunden.

Ihr Tod war nicht unerwartet gekommen, dennoch bedrückte er alle. Sabrina hatte still im Hintergrund gelebt, und wir hatten sie oft tagelang nicht zu Gesicht bekommen, aber sie hatte zu uns, in das Haus gehört, und jetzt war sie von uns gegangen.

Dickon war sehr unglücklich. Sie hatte ihn vorbehaltlos angebetet, hatte sein Leben lang seine Tugenden gerühmt und seine Fehler beschönigt und ihm das Gefühl gegeben, daß er der vollkommene Mann war. Meine Mutter tröstete ihn, doch ihr war selbst weh ums Herz.

Jonathan befand sich auf Reisen, und Dickon fand, daß man ihm einen Boten nachsenden müsse, damit er zum Begräbnis nach Hause kam. Ich hatte angenommen, daß er nach London gereist war, doch Dickon schickte den Boten zu den Pettigrews, und Jonathan kehrte in Begleitung von Lord und Lady Pettigrew sowie Millicent zurück.

Sabrina wurde in der Familiengruft beigesetzt; der Priester, der David und mich getraut hatte, hielt in unserer Kapelle den Trauergottesdienst für sie ab.

Zu meiner Überraschung waren auch Harry Farringdon und einige unserer nächsten Nachbarn erschienen, darunter Evalina Trent mit ihren beiden Enkelinnen.

Nach der Beisetzung begaben wir uns alle ins Haus, wo ein kleiner Imbiß serviert wurde. Natürlich drehte sich das Gespräch um die Verstorbene, und alle trösteten sich über den Verlust hinweg, indem sie feststellten, daß Sabrina einen leichten, schönen Tod gehabt hatte.

Harry Farringdon unterhielt sich mit Evie, deren Wangen rosig angehaucht waren. Ich hoffte, daß sich eine engere Beziehung zwischen den beiden entwickeln würde, denn Evie war ein freundliches Mädchen, ganz anders als ihre schreckliche Großmutter, und ich gönnte ihr eine gute Partie.

Nach einiger Zeit wurde ich müde und setzte mich; ich fand, daß unsere Gäste angesichts meines Zustands dafür Verständnis haben mußten.

Leider blieb ich nicht lang allein, denn Evalina Trent gesellte sich zu mir.

»Es tut gut, seinen Beinen ein bißchen Ruhe zu gönnen«, begann sie vertraulich. »Allmählich spüren Sie das Gewicht, nicht wahr? Wie weit sind Sie jetzt – im vierten Monat?«

»Ja.«

»So ein Zufall, daß Sie und Ihre Mutter beinahe gleichzeitig Kinder zur Welt bringen werden.«

»Wir freuen uns schon auf den Nachwuchs.«

Sie sah mich nachdenklich an.

»Sie sind wirklich eine glückliche junge Frau. Sie haben einen guten Mann, und jetzt stellt sich auch das erste Kind ein. Sie sind ein Liebling der Götter, würde ich sagen.«

»Danke.«

»Wenn ich nur etwas mehr für meine Mädchen tun könnte, Mrs. Frenshaw. Ich mache mir solche Sorgen um sie.«

»Wirklich?«

»Sehen Sie sich doch meine Evie an. Bildhübsch ist sie. Sie befindet sich jetzt in dem Alter, in dem sie in die Gesellschaft eingeführt werden sollte, aber ich kann nichts für sie tun.«

»Sie sieht jedoch sehr zufrieden aus.«

»Weil sie ein braves Mädchen ist. Aber ich möchte ihr so gern eine Chance verschaffen.«

»In welcher Beziehung?«

»In der einzigen, die es für sie gibt. Ich möchte, daß sie eine gute Partie macht, daß sie sozusagen versorgt ist.«

»Ich bin davon überzeugt, daß sie heiraten wird.«

»Ja ... aber wen? Ich möchte, daß sie einen gutsituierten Mann bekommt.« Sie beobachtete Harry Farringdon aufmerksam. »Ein wirklich angenehmer junger Mann. Soviel ich weiß, ist er sehr reich.«

»Meinen Sie Harry Farringdon? Ich weiß leider nicht genau über die Vermögensverhältnisse seiner Familie Bescheid.«

»Sie finden, daß ich größenwahnsinnig bin, nicht wahr? Vielleicht haben Sie damit recht. Aber ich denke einzig und allein an Evie. Ich habe sie zu einer wirklichen Lady erzogen, ihr die beste Gouvernante engagiert ... Es war nicht leicht, denn Grasslands ist natürlich nicht Eversleigh. Mein Sohn Richard – möge ihm die Erde leicht sein – war das, was man einen Spieler nennt, und hat viel von dem Vermögen verspielt, das mir mein erster Mann hinterlassen hat. Ich mußte mich einschränken, um durchzukommen, doch ich war entschlossen, Evie eine hervorragende Erziehung angedeihen zu lassen.«

»Das ist Ihnen sehr gut gelungen.«

»Ich möchte, daß ein reicher Mann sie heimführt.«

»Ist das auch Evies Wunsch?«

»Ach, sie hat so romantische Flausen im Kopf. Junge Mädchen träumen von Liebe, nicht von Sicherheit. Finden Sie nicht, Mrs. Frenshaw, daß Mr. Farringdon etwas für Evie übrig hat?«

»Das könnte durchaus der Fall sein.«

»Ich kann in Grasslands keine Bälle und Festlichkeiten veranstalten. Und trotzdem möchte ich ihre Chance wahren.«

»Ich verstehe Sie sehr gut.«

Sie ergriff meine Hand; die ihre war kalt und knochig. Es fröstelte mich.

»Würden Sie mir helfen, Mrs. Frenshaw?«

»Wobei?«

»Evie zu verheiraten.«

»Ich würde Ihnen natürlich gern helfen, aber ich weiß nicht ...«

»Ach, es gibt immer Möglichkeiten. Sie könnten die beiden – na ja, zusammenbringen. Sie verstehen mich schon. Ihnen Gelegenheiten verschaffen. Sie wissen doch, was ich meine.«

»Aber ...«

Sie stieß mich mit dem Ellbogen an. »Ich weiß, daß Sie es tun werden. Sie können ihn einladen ... und dann ist auch Evie zufällig anwesend. Es gibt so viele Gelegenheiten.«

»Ich werde während meiner Schwangerschaft kaum Gäste einladen.«

»Es muß sich ja um keine große Einladung handeln ... er kommt einfach und sieht Evie. Wenn Sie nur wollen, finden Sie bestimmt einen Weg.«

»Ich glaube nicht, daß die beiden meine Vermittlung brauchen.«

»Es hat noch nie geschadet, wenn man ein bißchen nachhilft.« Sie sah mich unverwandt an. »Es gibt einige Gründe, warum Sie mir helfen sollten.«

»Welche Gründe?«

Sie lächelte, und mein Herz schlug plötzlich heftig. Was wollte sie andeuten?

»Das Leben birgt viele Geheimnisse«, fuhr sie fort. »Es passiert so viel, was man nicht für möglich halten würde.«

»Zum Beispiel?« fragte ich scharf.

Sie beugte sich zu mir. »Ich werde es Ihnen demnächst einmal erklären. Dann werden Sie bestimmt für meine Evie tun, was in Ihrer Macht steht.«

Meine Mutter winkte mir, und ich stand auf. »Sie müssen mich jetzt entschuldigen, Mrs. Trent.«

»Gern. Aber vergessen Sie nicht, was ich gesagt habe, ja? Tun Sie für meine Evie, was Sie können – Sie werden es nicht bereuen.«

Ich ging zu meiner Mutter hinüber.

»Ich habe gesehen, daß diese schreckliche Frau dich mit Beschlag belegt«, sagte meine Mutter, »und wollte dich vor ihr retten.«

»Danke, das war lieb von dir.«

In dieser Nacht träumte ich von Mrs. Trent.

Die Farringdons kehrten am nächsten Morgen nach Hause zurück, aber die Pettigrews blieben noch ein paar Tage bei uns.

Zwei Tage nach Sabrinas Begräbnis erfuhren wir, daß Georges Jacques Danton, einer der Anführer der Revolution, hingerichtet worden war.

Dickon grinste amüsiert. »Eine Ironie des Schicksals, daß ausgerechnet das Revolutionstribunal, das er selbst eingeführt hat, ihn zum Tod verurteilt.«

»Das Ende der Revolution ist nicht mehr fern«, bemerkte Lord Pettigrew.

»Robespierre ist noch am Leben.«

»Glauben Sie nicht, daß auch seine Tage gezählt sind?«

»Es wäre wunderbar«, meinte meine Mutter traurig, »wenn das Leben in Frankreich sich wieder normalisieren würde.«

»Selbst dann wird es nie mehr so sein wie früher«, warf Jonathan ein.

Wir waren alle seiner Meinung.

»Die Köpfe rollen schnell«, stellte David fest. »Danton hat die Königin nur um sechs Monate überlebt. Die Revolution ist zu einem Machtkampf ausgeartet, auch wenn einige der Anführer zunächst Idealisten waren. Vielleicht kämpften sie zu Beginn wirklich für die Rechte des Volkes, aber dann kamen sie an die Macht, und als sie ihre Feinde vernichtet hatten, wendeten sie sich gegeneinander, weil sie noch mächtiger werden wollten. Danton hat es bestimmt für unmöglich gehalten, daß er so enden würde.«

»Robespierre ist Danton zwar losgeworden, aber auch er wird an die Reihe kommen«, prophezeite Dickon. »Und damit wird die Revolution ein Ende finden.«

»Die Erfolge ihrer Armee sind erstaunlich«, stellte Lord Pettigrew fest. »Man hört immer öfter den Namen eines jungen Offiziers – ich glaube, er heißt Napoleon Bonaparte. Er hat beachtliches Können bewiesen.«

»Ich habe auch von ihm gehört«, bestätigte Dickon. »Er ist ein Herz und eine Seele mit Robespierre. Wenn Robespierre gestürzt wird, könnte es auch das Ende des unternehmungslustigen Offiziers bedeuten.«

»Man kann nie wissen, wie sich die Ereignisse entwickeln«, fand Lord Pettigrew. »Wir müssen auf etliche Überraschungen gefaßt sein.«

»Sie können nur angenehmer Art sein«, versetzte meine Mutter. »Doch unsere Tischgespräche drehen sich nur noch um die Revolution in Frankreich.«

»Und ich hatte geglaubt, man würde sich mit dem so sehnlich erwarteten Familiennachwuchs befassen«, spöttelte Jonathan.

Meine Mutter und ich hatten für uns beide eine Art Mittagsruhe eingeführt, die wir sehr oft gemeinsam verbrachten. Wir plauderten dann miteinander, und manchmal nickten wir auch ein wenig ein. Diese Stunden der Ruhe waren eine wahre Erholung für uns.

Eines Nachmittags verkündete sie: »Jetzt ist es endlich soweit. Sie wollten es eigentlich schon früher bekanntgeben, haben es aber infolge von Sabrinas Tod aufgeschoben.«

»Wovon sprichst du?« fragte ich.

Sie lachte. »Jonathan und Millicent.«

»Wirklich?«

»Es war zu erwarten, und ich bin froh darüber. Es wird Dickon vom Tod seiner Mutter ablenken. Er wollte immer schon, daß die Pettigrews und die Frenshaws eine Familie werden.«

»Bankgeschäfte?«

»Sie waren Konkurrenten. Vereint werden sie die einflußreichsten Männer Englands sein.«

»Ich verstehe.«

»Du hast David genommen, Jonathan ist übriggeblieben.«

»Du sprichst wie ein Geschäftsmann, Maman, als wäre eine Ehe ein Rechenexempel. Zinsen plus Zinsen ergibt Hochzeit.«

»Damit hast du keinesfalls recht. Jonathan und Millicent mögen einander, und man mußte keinen von beiden zu dieser Verbindung überreden.«

»Die beiden wissen genau, welche finanziellen Vorteile ihnen diese Heirat bringt, und in dieser Beziehung passen sie bestimmt gut zueinander.«

Sie lachte wieder. »Du und David wart ineinander verliebt, aber das ist nicht bei jedem Brautpaar so. Doch das bedeutet noch lange nicht, daß sie eine schlechte Ehe führen müssen.«

»Werden sie nach der Hochzeit hier wohnen?«

»Ich nehme es an. Es ist üblich, daß die Söhne ihre Frauen in das Haus bringen, das ihnen einmal gehören wird. Ich weiß genau, was du jetzt denkst – daß es dann drei Hausherrinnen geben wird. Doch die beiden bisherigen haben sich immer sehr gut vertragen, nicht wahr?«

»Du bist meine Mutter, das macht einen Unterschied.«

Sie wurde nachdenklich. »Millicent ist eine sehr eigenwillige junge Dame. Die Situation ist ungewöhnlich – Zwillingsbrüder, und Eversleigh gehört beiden. Dickon spricht nicht darüber. Offenbar ist er der Meinung, daß nach seinem Tod für beide genug da sein wird. Und Eversleigh wird immer das Heim der Familie sein. Zerbrich dir wegen dieser Heirat nicht den Kopf, Claudine, du wirst sehen, daß alles gutgehen wird. Ich bin ja auch noch da. Außerdem werden sie bestimmt die meiste Zeit in London leben. Das erfordern schon Jonathans Geschäfte. Er ist ohnehin nie längere Zeit hier. Nur vor Weihnachten hat er sich einige Wochen lang auf Eversleigh aufgehalten; das kommt nicht oft vor.«

Wieder empfand ich das Bedürfnis, ihr alles zu beichten. Zum Glück beherrschte ich mich.

»Sie werden ihre Verlobung demnächst bekanntgeben«, fuhr meine Mutter fort. »Wegen Sabrinas Tod werden sie noch eine Weile mit der Hochzeit warten müssen, aber sie können natürlich im Haus der Pettigrews eine Trauung im kleinsten Kreis veranstalten.«

Ich schloß die Augen.

»Du bist müde, nicht wahr? Der Vormittag war anstrengend. Und alle Gespräche haben sich um Danton gedreht – ich kann es gar nicht mehr hören, es werden so viele böse Erinnerungen wach.«

»Denk nicht mehr daran, Maman.« Ich lächelte sie liebevoll an und ermahnte sie, wie sie es so oft mir gegenüber tat: »Es ist schlecht für das Kind.«

Sie drückte mir die Hand, und wir schlossen beide die Augen. Bestimmt weilten ihre Gedanken oft bei dem Augenblick, als Dikkon sie vor dem Pöbel gerettet hatte. Ich hingegen dachte daran, daß Jonathan und Millicent als Ehepaar auf Eversleigh leben würden. Außerdem gingen mir Mrs. Trents Augen nicht aus dem Sinn, als sie mir erklärt hatte, daß ich bestimmt alles für Evie tun würde, was in meiner Macht stand ... Was hatte sie nur damit gemeint?

Der Nachmittag war warm. Ich ging über den Rasen zur Bank am Teich, setzte mich und sah zu, wie sich die Narzissen in der leichten Brise wiegten.

Jonathan war mir gefolgt und legte mir die Hand auf die Schulter. Ich stand auf.

»Nein«, widersprach er. »Setz dich. Ich muß mit dir reden.«

Er drückte mich auf die Bank und setzte sich neben mich.

»Sei doch nicht so nervös«, ermahnte er mich. »Wir tun doch nichts Unrechtes. Schwager und Schwägerin sitzen nebeneinander auf einer Bank und unterhalten sich.

»Ich wollte gerade ins Haus gehen.«

»Und jetzt bleibst du noch eine Weile und plauderst mit mir. Ich muß dir etwas erzählen.«

»Daß du mit Millicent Pettigrew verlobt bist – das weiß ich bereits.«

»Von wem hast du es erfahren?«

»Von meiner Mutter.«

»Glaub ja nicht, daß das einen Unterschied macht.«

»Wieso? Es ist ein großer Unterschied, ob man verheiratet oder ledig ist.«

»Ich habe natürlich an uns beide gedacht. Ich liebe dich immer noch.«

»Meiner Meinung nach hast du nie jemanden anderen geliebt als dich selbst.«

»Meiner Meinung nach müßte jeder, wenn er ehrlich ist, zugeben, daß er sich selbst der Nächste ist.«

»Es gibt auch Menschen, denen etwas an ihren Mitmenschen liegt.«

»Das versuche ich dir gerade zu erklären. Ich habe dich immer geliebt, ich liebe dich, und ich werde dich immer lieben.«

»Hast du denn nicht begriffen, daß es zwischen uns aus ist? Ich habe mich doch deutlich genug ausgedrückt.«

»Du hast dich verändert und bist kühler geworden. Aber das ist so, wenn eine Frau schwanger ist.«

»Du hast überhaupt nichts begriffen. Ich bedauere alles, was geschehen ist, zutiefst. Ich bin schwach, dumm und verderbt gewesen.«

»Du bist wunderbar gewesen, du bist eine leidenschaftliche Frau. Du hast Begierden wie jeder normale Mensch, und es ist nur natürlich, daß du ihnen folgst.«

»Ich bin mit dem Leben, das ich jetzt führe, vollkommen zufrieden und bedaure immer mehr, was wir getan haben.«

»Du hast vergessen, wieviel Freude wir einander geschenkt haben.«

»Du überschätzt das.«

»Aber, aber, Claudine, du bist im Augenblick nur werdende Mutter. Wenn das Kind auf der Welt ist, wird deine wahre Natur wieder durchbrechen, und du wirst zu mir zurückkehren.«

»Was Millicent wohl sagen würde, wenn sie hören könnte, wie ihr Bräutigam die Frau seines Bruders zu einem zärtlichen Stelldichein überreden will.«

»Du hast doch nicht vor, ihr davon zu erzählen?«

»Nein, genausowenig wie ich vorhabe, jemals wieder unter vier Augen mit dir zusammenzukommen.«

»Jetzt kommt wieder deine typisch französische melodramatische Ader zum Vorschein. Das wird sich geben.«

»Du bist ein Zyniker.«

»Nein, ein Realist.«

»Bezeichnest du dein unmögliches Benehmen vielleicht als Realismus?«

»Ich weiß, daß du lieber in einer Phantasiewelt lebst. Du bist ein merkwürdiges Mädchen, Claudine, und vielleicht liebe ich dich eben deshalb so sehr. Du bist ein nüchtern denkender Mensch und kannst trotzdem so unglaublich wirklichkeitsfremd sein. Denk nur an die Stimmen, die du gehört hast.«

»Ich denk oft an sie.«

»Damals haben die Schwierigkeiten begonnen – du leidest an einem schweren Anfall von Gewissensbissen.«

»Diese Krankheit wird dich sicher nie befallen.«

»Merkwürdig, seit wir uns kennen, liegen wir uns ständig in den Haaren. Bis auf die Augenblicke auf Enderby, als du mir bewiesen hast, was du wirklich für mich empfindest. Weißt du es noch?«

»Ich bemühe mich, es zu vergessen. Bitte hindere mich nicht daran.«

Er sah mich aufmerksam an, und diesmal war sein Blick berechnend und überlegend. Natürlich fand er mich wegen meiner immer deutlicher sichtbar werdenden Schwangerschaft nicht mehr sehr attraktiv, aber er war davon überzeugt, daß er die alte Leidenschaft wieder in mir entfachen konnte, sobald mein Kind auf der Welt war. »Du bist noch nicht sehr welterfahren«, meinte er.

»Wenn du welterfahren bist, dann möchte ich es nie werden.«

»Du bist so nachdenklich und mütterlich geworden, das unbeschwerte junge Mädchen ist verschwunden.«

»Es wird nie mehr wiederkehren.«

»Ich kann dir versichern, daß ich es wiederfinden werde.«

»Es würde mich immer noch interessieren, was deine zukünftige Frau dazu sagen würde. Wir könnten sie ja danach fragen, sie kommt nämlich gerade auf uns zu.«

»Da bist du ja«, beschwerte sich Millicent, die uns inzwischen erreicht hatte. »Ich habe dich schon gesucht. Der Nachmittag ist zu schön.« Sie setzte sich neben Jonathan und schob ihren Arm besitzergreifend in den seinen.

Sophie hatte sich auf Enderby eingerichtet und fühlte sich dort sichtlich wohl. Alberic Claremont hatte sich als großer Gewinn erwiesen, und sie war glücklich, daß sie ihn engagiert hatte. Er war fröhlich, verstand es – im Gegensatz zu Sophie –, Freundschaften zu schließen und hatte rasch die Rolle eines Majordomus übernommen. Er übte dieses Amt gemeinsam mit Jeanne aus, die glücklicherweise nichts dagegen hatte, sondern ihn unterstützte.

Jeanne war immer bemüht, Sophie glücklich zu machen, und sie hatte offenbar begriffen, daß der junge Mann es vermochte, Sophies trübe Gedanken zu verscheuchen.

Es gab jemanden, der oft in Enderby zu Besuch weilte, und das war Dolly Mather. Dolly war entstellt, genau wie Sophie, die immer schon eine Schwäche für körperlich behinderte oder verunstaltete Menschen gehabt hatte. Das war nur natürlich, denn in deren Gegenwart konnte sie ihre eigene Entstellung vergessen, während ein schöner Mensch wie meine Mutter ihr besonders deutlich zu Bewußtsein brachte, wieviel ihr das Leben schuldig geblieben war.

Sophie mochte mich und freute sich sogar auf mein Kind. Sie hatte nichts dagegen, daß ich sie besuchte, und als sie einmal in besonders mitteilsamer Stimmung war, erwähnte sie, daß sie oft das Gefühl hatte, ich wäre ihre Tochter.

»Wenn es bei dem Feuerwerk nicht zu dem tragischen Zwischenfall gekommen wäre«, sinnierte sie, »hätte ich deinen Vater geheiratet, und du und Charlot wäret heute meine Kinder.«

Daß meine Mutter wohl auch ihren Teil dazu beigetragen hatte, wollte ihr nicht auffallen, und ich machte auch kein Aufhebens darum.

Sie sprach auch über Léon Blanchard, in den sie sich viel später verliebt hatte und an den ich mich noch erinnerte. Er war als Erzieher von Charlot und Louis-Charles in das *château* gekommen, und wir hatten ihn alle ins Herz geschlossen; ja, zwischen ihm und Sophie war es zu einer kleinen Romanze gekommen. Nachdem er uns aber unter einem Vorwand verlassen hatte, erfuhren wir, daß er in Wirklichkeit ein Agitator war und schuld daran hatte, daß Armand in der Bastille festgesetzt wurde.

Die arme Sophie, das Leben war wirklich grausam mit ihr umgesprungen!

Und jetzt war sie Herrin auf Enderby und betreute gleich zwei vom Schicksal vernachlässigte Menschen: den armen Alberic und die traurige kleine Dolly.

Es war Juli, und ich war schon sehr schwerfällig, ging aber noch immer gern spazieren. Enderby war eines meiner Lieblingsziele, schon deshalb, weil ich mich dort vor dem Heimweg ausruhen konnte.

Als ich eines Tages wieder einmal hinüberging, traf ich vor dem Eingang Evie und Dolly. Ich mußte sofort an Mrs. Trents Andeutungen anläßlich Sabrinas Begräbnis denken und fragte mich, ob Evie mit Harry Farringdon in Verbindung stand. Die Entfernung zwischen den beiden Häusern war groß, und da die Trents und die Farringdons nicht miteinander verkehrten, hörten und sahen die beiden jungen Leute bestimmt nicht viel voneinander. Kein Wunder, daß Mrs. Trent etwas unternehmen wollte.

»Guten Tag, Mrs. Frenshaw«, begrüßte mich Evie. »Dolly besucht Mademoiselle d'Aubigné, die sie eingeladen hat.«

»Und Sie?« fragte ich.

»Sie hat nur Dolly eingeladen.«

Vermutlich ertrug Sophie die Anwesenheit eines so hübschen Mädchens wie Evie nicht.

In diesem Augenblick trat Alberic aus dem Haus. Er verbeugte sich vor uns und sah Dolly an.

»Mademoiselle d'Aubigné wird sich freuen, Madame Frenshaw und Mademoiselle Trent zu begrüßen.«

Dolly führte ihr Pferd in den Stall, Evie verabschiedete sich und ritt davon; ich betrat das Haus.

Sophie saß in einem kleinen Zimmer neben der Halle. Sie trug ein blaßlila Kleid, das mit ihrem dunklen Haar harmonierte, und eine Kapuze in der gleichen Farbe.

»Ich freue mich, daß du mich besuchst, Claudine«, begrüßte sie mich.

»Vor der Geburt meines Kindes werde ich vermutlich nicht mehr oft kommen können, ich ermüde jetzt so schnell.«

»Dann nimm doch Platz und ruhe dich aus.«

In diesem Augenblick kam Jeanne herein und begrüßte mich.

»Sie haben in dem Haus wahre Wunder gewirkt, Jeanne«, lobte ich sie.

»Die Arbeit hat mir sehr viel Freude bereitet.«

»Inzwischen müßte eigentlich alles fertig sein, oder?«

»Wir entdecken immerzu etwas Neues.«

Jetzt kam auch Dolly schüchtern herein, und Sophie begrüßte sie herzlich.

»Setzen Sie sich, Dolly. Alberic, würden Sie uns Limonade bringen?«

»Limonade!« rief ich. »Das ist ja herrlich. Ich weiß noch, daß es in den Straßen von Paris Limonadenverkäufer gegeben hat, bevor ...«

»Bevor sich alles geändert hat.«

Jeanne mischte sich ein. »Ich werde mein Teegebäck holen. Es paßt sehr gut zu Limonade.«

Als sie das Zimmer verlassen hatte, fragte ich Sophie, ob sie sich auf Enderby wohl fühle.

»Ich lebe sehr gern hier«, antwortete sie, »denn jetzt bin ich endlich unabhängig. Auch Jeanne genießt diesen Zustand. Außerdem habe ich hier Freunde.« Sie nahm Dollys Arm, und das Mädchen lächelte verlegen. »Wir unterrichten Dolly in Französisch und Alberic in Englisch. Es ist sehr unterhaltsam.«

Daß Tante Sophie etwas als unterhaltsam empfand, war an und für sich ein Wunder; offenbar halfen Alberic und Dolly ihr genausosehr wie sie ihnen.

Alberic brachte die Limonade.

»Da wir heute Besuch haben, fällt der Unterricht aus«, bestimmte Sophie.

»Mademoiselle freut sich jedesmal, wenn sie Besuch bekommt«, sagte Alberic in stockendem Englisch.

»Sehr gut«, lobte ihn Sophie. Dann bat sie ihn auf französisch, die Limonade einzuschenken, und forderte Dolly auf, das Gebäck herumzureichen, was diese eifrig tat.

»Ausgezeichnet«, lobte Sophie, die sich bereits ein Stück zu Gemüt führte. »Jeanne hat offenbar geahnt, daß wir Besuch bekommen würden. Wie geht es übrigens deiner Mutter, Claudine?«

»Danke, recht gut, obwohl der Tag der Entbindung immer näher rückt.«

»Im August ist es soweit, nicht wahr? Die arme Lottie ist leider nicht mehr die Jüngste.«

»Sie hält sich bestimmt nicht für ›arm‹«, widersprach ich schnell.

»Nein, natürlich nicht. Sie hat ja immer alles gehabt. Wahrscheinlich macht ihr alle ein zu großes Aufheben um das Kind.«

»Die Hebamme wohnt bereits auf Eversleigh, obwohl es eigentlich noch zu früh ist. Aber Dickon hat darauf bestanden. Ich habe ihn noch nie so aufgeregt erlebt.«

Vielleicht hätte ich nicht betonen sollen, wie sehr er meine Mutter liebte, denn solche Dinge hörte Sophie nicht gern. Manchmal hatte ich sogar den Eindruck, daß sie nichts dagegen hätte, wenn meiner Mutter ein Unglück zustieße. Darüber war ich natürlich entsetzt – warum fand sie sich nicht endlich mit ihrem Unglück ab, warum war sie so verbittert?

»Also das erste Kind im August, und das zweite im September – beinahe wie Zwillinge«, fuhr Sophie fort.

»Dadurch werden sie leichter zu betreuen sein, und später können sie auch miteinander spielen«, bemerkte Jeanne. Ich war ganz ihrer Meinung.

Alberic brachte mir noch ein Glas kühle Limonade. Ich trank sie und verabschiedete mich dann, denn ich wollte nicht zu spät nach Hause kommen.

»Wollen Sie sich noch im Haus umsehen, bevor Sie gehen?« fragte Jeanne. »Wir haben einige Veränderungen vorgenommen. Oder sind Sie zu müde dazu?«

»Nein, ich möchte es mir gern ansehen.«

»Ich werde Madame Frenshaw durch das Haus führen«, sagte Jeanne, und ich verabschiedete mich von Sophie, Dolly und Alberic.

Während ich das Zimmer verließ, meinte Sophie: »Jetzt können wir mit dem Unterricht beginnen. Dolly, Sie müssen mehr sprechen, wenn Sie sich in Gesellschaft befinden, Sie haben keinen Grund, schüchtern zu sein.«

Jeanne schloß lächelnd die Tür. »Dieser Unterricht macht ihr viel Spaß. Die kleine Dolly ist eine Maus, und Alberic kann brüllen wie ein Löwe. Sophie amüsiert sich darüber, außerdem machen die beiden gute Fortschritte. Dolly begreift rasch, aber sie muß lernen, ihre Schüchternheit zu überwinden.«

»Es ist wunderbar, daß Sophie eine Aufgabe gefunden hat, die sie ausfüllt.«

»Ja. Die beiden jungen Menschen und das Haus. Endlich hat sich etwas gefunden, das sie in Anspruch nimmt. Darauf habe ich schon sehr lange gewartet.«

»Sie sind ein großartiger Mensch, Jeanne. Sie wissen hoffentlich, wie sehr wir Sie schätzen.«

»Wir verdanken Monsieur Jonathan so viel. Ohne ihn hätten wir

Frankreich nie verlassen können und wären vermutlich heute nicht mehr am Leben.«

»Auf solche Abenteuer versteht er sich«, bemerkte ich kurz angebunden.

»Er ähnelt darin seinem Vater, der ja Madame Lottie aus Frankreich gerettet hat.«

»Ja. Ach, Sie haben die Vorhänge in der Galerie wieder aufgehängt.«

»Ohne sie wirkte die Galerie so leer, und sie waren noch sehr gut erhalten. Mademoiselle d'Aubigné wollte neue Vorhänge kaufen, aber ich habe die alten gründlich gereinigt und ein wenig ausgebessert; jetzt sehen sie wie neu aus.«

»Sie sind ein sehr praktisch denkender Mensch, und die Vorhänge machen sich großartig. Jetzt hat die Galerie wieder etwas Geheimnisvolles an sich.«

»Wollen wir im obersten Stockwerk beginnen?« schlug Jeanne vor.

»Eine ausgezeichnete Idee.«

Wir stiegen die Treppe hinauf.

»Wird es Ihnen nicht zu anstrengend?« erkundigte sie sich besorgt.

»Nein, ich muß nur von Zeit zu Zeit stehenbleiben. Mir geht es sehr gut – ich bin nur ein bißchen schwerfällig.«

»Das werden Sie alles vergessen haben, sobald das Kind auf der Welt ist.«

»Ja, ich kann es kaum mehr erwarten.«

»Sie werden feststellen, daß wir schon viel geschafft haben«, sagte Jeanne. »Aber wir sind noch lange nicht fertig.«

»Sie wollen, daß Mademoiselle d'Aubigné noch lange eine Beschäftigung hat.«

Sie nickte. »Wir sprechen sehr viel über das Haus und entdecken immer wieder etwas, das wir ändern wollen. Das sorgt für Abwechslung.«

»Ich verstehe.«

»Manchmal haben wir neue Vorhänge anfertigen lassen, aber wir haben auch oft die alten verwendet – und auch die alten Möbel. Ihre Mutter hat außerdem etliches aus Eversleigh herüberschaffen lassen, so daß wir gar nicht viel kaufen mußten.«

»Trotzdem ist das Ergebnis sehenswert.«

Wir waren die Treppe wieder hinuntergegangen und befanden uns jetzt im ersten Stock. Sie zeigte mir das große Schlafzimmer mit dem Himmelbett, in das Sophie zunächst eingezogen war. »Sie schläft nicht mehr hier, sondern in einem anderen Zimmer, und ich schlafe in dem benachbarten Raum. Wenn sie mich nachts braucht, muß sie nur an die Wand klopfen. Ich habe ihr einen Schürhaken aus Messing besorgt, der neben ihrem Bett liegt.«

»Sie ist doch nicht krank?«

»O nein, sie ist nur seit der schweren Zeit in Frankreich überaus nervös. Damals haben wir nie gewußt, ob es nicht unsere letzte Nacht sein würde, und ich habe immer in ihrem Zimmer geschlafen. Jetzt ist sie daran gewöhnt, daß ich jederzeit zur Stelle bin, deshalb bin ich auf die Idee mit dem Haken gekommen.«

»Sie denken wirklich an alles, Jeanne. Welches ist denn jetzt Sophies Schlafzimmer?«

»Ich zeige es Ihnen.«

Natürlich war es der Raum, den ich so gut kannte. Da stand das Bett mit den blauen Samtvorhängen, die inzwischen gereinigt worden waren und jetzt heller wirkten. Und dort stand die polierte, glänzende Kommode.

»Also hier schläft sie jetzt«, bemerkte ich.

Jeanne nickte. »Und ich schlafe im Zimmer daneben. Wir haben übrigens eine interessante Entdeckung gemacht.«

»Und zwar?«

»Kommen Sie hierher, zur Tür. Sehen Sie das Loch im Boden, dicht an der Wand?«

»Ja, was ist das?«

»Das Ende eines Rohrs, eine Art Sprechrohr.«

Mein Herz klopfte heftig.

»Fühlen Sie sich nicht wohl, Madame?« fragte Jeanne.

»O doch, mir wurde nur einen kurzen Augenblick schwindlig.«

»Setzen Sie sich auf das Bett, Sie sind wahrscheinlich übermüdet. Ich werde Sie mit der Kutsche heimbringen lassen.«

»Das ist nicht notwendig, mir geht es schon wieder gut. Erklären Sie mir, wozu dieses Sprechrohr dient.«

»Als ich es zum erstenmal bemerkte, fiel mir ein, daß ich etwas Ähnliches schon einmal gesehen hatte. Da sich dieses Zimmer oberhalb der Küche befindet, nahm ich an, daß das Rohr dorthin führt. Vermutlich hatte der Erbauer des Hauses vom Bett aus Anweisungen erteilen wollen.

»Das ist genial«, stammelte ich.

»Als Dolly uns besuchte, bat ich sie, in das Rohr zu sprechen, und ging in die Küche hinunter. Ich hörte ihre Stimme, ging ihr nach und entdeckte das andere Ende des Rohrs: Es mündet in einem Schrank. Als ich Mademoiselle davon erzählte, beschloß sie, in dieses Zimmer zu übersiedeln. So kann sie mit mir sprechen, wenn ich in der Küche beschäftigt bin. Ich habe den Eindruck, daß Sie mir nicht recht glauben, Madame. Wenn Sie gestatten, werde ich in die Küche gehen und zu Ihnen sprechen.«

Ich setzte mich auf das Bett und hörte kurz darauf die Stimme:

»Sie sehen, Mrs. Frenshaw, daß ich nicht übertrieben habe.«

Alles war wieder da: Jonathan und ich in diesem Bett, die Stimme aus dem Rohr. Auch Jeannes Stimme hatte hohl und gespenstisch geklungen, genau wie die andere.

Also hatte sich jemand im Haus befunden ... jemand, der wußte, daß Jonathan und ich in diesem Bett lagen.

Ich hörte die erste Stimme wieder: »Mrs. Frenshaw, denken Sie an das siebente Gebot.«

Jeanne kehrte triumphierend zurück.

»Haben Sie mich gehört?«

Ich nickte.

»Sie hätten mir auch antworten können. Ich bin von dem Haus begeistert, es steckt voller Überraschungen.«

Etwas später ging ich langsam über die Felder nach Eversleigh zurück. Jeanne hatte mich begleiten wollen, aber ich hatte abgelehnt. Mir ging ununterbrochen ein Gedanke im Kopf herum: Jemand hat uns im Haus gesehen; jemand weiß über uns Bescheid.

Der Juli war schwül, und wir konnten es nicht mehr erwarten, bis das Kind meiner Mutter zur Welt kam. Wir machten uns Sorgen ... während sie vollkommen ruhig blieb. Dickon befand sich am Rand eines Nervenzusammenbruchs, ausgerechnet er, der immer so ruhig und selbstbeherrscht war.

Nicht einmal die Nachricht, daß Robespierre hingerichtet worden war, erregte sein Interesse, obwohl er immer prophezeit hatte, daß es so kommen und daß damit die Revolution ein Ende finden würde.

Alle seine Gedanken kreisten um meine Mutter.

Am vierten August kam meine kleine Halbschwester zur Welt, und damit war die Zeit der Sorgen vorbei. Die Geburt ging sehr rasch und glatt vor sich, und wenige Stunden, nachdem die Wehen eingesetzt hatten, hielt meine Mutter eine kräftige, gesunde Tochter in den Armen. Wir hatten alle nervös und gespannt gewartet, und ich werde nie den ersten Schrei des Babys vergessen.

Ich lief zu Dickon, umarmte ihn und traute meinen Augen nicht, als ich seine Tränen sah. Er ging natürlich sofort zu meiner Mutter hinein, und als ich später nachkam, saß er an ihrem Bett und hielt ihre Hand – sie boten ein rührendes Bild.

Beide waren davon überzeugt, daß es noch nie ein so vollkommenes Kind gegeben hatte wie das ihre. Sie bewunderten seine rosigen Zehen – zehn an der Zahl, wie sie strahlend feststellten – und die kleinen Finger mit den winzigen Nägeln. Das verrunzelte Gesicht war für sie der Inbegriff der Schönheit – ihr Glück war vollkommen.

Sie überlegten lange, wie sie ihre Tochter nennen sollten, und schließlich entschied sich meine Mutter für Jessica.

Ich mußte noch einen Monat warten, aber die Zeit verging wie im Flug, obwohl ich nur noch im Garten spazierenging. Doch ich war viel mit meiner Mutter beisammen, und wir unterhielten uns vor allem über Kinder, mit anderen Worten, über Jessicas Vollkommenheit.

Die Hebamme wohnte weiterhin auf Eversleigh, und meine Mutter hatte eine Nurse namens Grace Soper angestellt, die beide Kinder betreuen würde.

In diesen Wochen vergaß ich meine Ängste und Sorgen beinahe; es war, als könnte mich in meiner Schwangerschaft nichts von außen Kommendes rühren. Ich war zwar erschrocken, als ich erkannt hatte, daß ich auf Enderby kein Gespenst gehört, sondern daß sich jemand in dem Haus befunden hatte und daß dieser Jemand jetzt um Jonathans und mein Geheimnis wußte – aber auch dieser Schock war abgeklungen. Ich dachte nur noch an mein Kind.

Endlich war es soweit.

Die Entbindung verlief nicht so schnell und problemlos wie bei meiner Mutter. Ich lag lange in den Wehen, aber auch das ging vorbei, und als ich die Stimme meines Kindes zum erstenmal vernahm, wurde ich von einem unsäglichen Glücksgefühl überwältigt.

»Wieder ein kleines Mädchen!« rief die Hebamme.

Ein Mädchen, frohlockte ich innerlich. In diesem Augenblick war es mir gleichgültig, wer ihr Vater war – wichtig war nur, daß ich eine Tochter hatte.

Jemand legte sie mir in die Arme, und ich hatte den Eindruck, daß sie hübscher war als Jessica. Aber vielleicht sah ich sie auch nur mit den Augen der Mutter. Ihre Haare waren blond, während Jessica dunkelbraunes Haar hatte. Ihr Gesicht war nicht so verrunzelt, und sie erinnerte mich an eine Lilie.

David und meine Mutter standen an meinem Bett, und David bewunderte das Kind, das er für das seine hielt. Meine Mutter betrachtete mich voll Stolz und Zärtlichkeit.

Das ist Davids Kind, dachte ich, es muß so sein. Sicher war ich mir meiner Sache natürlich ganz und gar nicht.

Meine Mutter stellte fest, daß unsere Kinder die schönsten Babys der Welt waren. Und wie wollte ich meines nennen?

Der Name fiel mir plötzlich ein, er paßte genau zu ihr: Amaryllis.

In den nächsten Wochen drehte sich alles ausschließlich um meine Tochter. David teilte meine Begeisterung, und wir waren beide glücklich.

Meine Mutter war dafür, daß wir beide Kinder gleichzeitig taufen ließen, und zwar Ende Oktober. Ich war damit einverstanden, ich hielt es für eine ausgezeichnete Idee.

»Es soll keine große Feier werden«, meinte sie, »dazu liegt Sabrinas Tod zu kurze Zeit zurück. Wir werden nur ein paar Freunde einladen. Ist dir das recht?«

Natürlich war es mir recht, und wir legten das Datum fest.

Wir luden die Pettigrews ein und konnten natürlich die Farringdons nicht ausschließen. Doch meine Mutter fand, daß das genügte. »Die Pettigrews werden ohnehin bald mit uns verwandt sein«, meinte sie, »und die Farringdons sind die besten Freunde, die wir haben. Die Pettigrews werden natürlich über Nacht bleiben, und ich werde auch die Farringdons bitten, erst am nächsten Tag heimzufahren. Die Tage werden immer kürzer, und es ist doch ein weiter Weg.«

Die Babys gediehen, und der Zeitpunkt kam, daß sich die Frage stellte, welches von ihnen das Taufkleidchen tragen sollte, das ein Familienerbstück war.

Ich fand, daß es Jessica zustand, weil sie die ältere war. »Macht es dir bestimmt nichts aus?« fragte meine Mutter.

»Überhaupt nichts, ich halte es nicht für wichtig.«

»Ich werde Molly Blackett beauftragen, Amaryllis ein prächtiges Taufkleid zu nähen.«

Damit war auch dieses Problem gelöst.

Etwa zwei Wochen vor der Taufe besuchte ich Sophie. Sie erzählte mir, daß Alberic auf einige Tage nach London gereist war. Jeanne hatte ausgefallene Wünsche für ihre Näharbeiten gehabt und ihn beauftragt, ihr das Material zu bringen. »Er war schon ein paarmal in London und hat immer alles gut erledigt. Wir entschließen uns nur schwer zu einer Reise, und er kommt jedesmal rasch zurück.«

Wir unterhielten uns eine Weile, und als ich nach Eversleigh zurückging, traf ich in der Nähe von Grasslands Mrs. Trent.

Sie strahlte über das ganze Gesicht, als sie mich erblickte.

»Sie sind es tatsächlich, Mrs. Frenshaw! Wie geht es Ihnen? Sie sehen gut aus – Sie sind seit Ihrer Schwangerschaft hübscher als je zuvor.«

»Das ist sehr freundlich von Ihnen.«

»Und wie geht es dem kleinen Engel?«

»Sehr gut, danke.«

Ich wollte schon weitergehen, als sie mir die Hand auf den Arm legte.

»Kommen Sie doch auf einen Schluck Wein und einen kurzen Plausch herein.«

»Ein andermal gern, aber heute geht es nicht. Ich war auf Enderby und werde daheim schon erwartet.«

»Nur eine kleine Erfrischung. Ich möchte gern ein paar Worte mit Ihnen sprechen.«

Ich erschrak und begann Ausreden zu erfinden, aber sie unterbrach mich.

»Es handelt sich wirklich um etwas Wichtiges, glauben Sie mir.«

Meine Beine zitterten, und mir stieg das Blut in die Wangen.

»Fühlen Sie sich nicht wohl? Sie haben sich doch nicht überanstrengt? Eine Geburt nimmt einen ganz schön her, glauben Sie mir.«

»Mir geht es ausgezeichnet, danke. Aber ich muß –«

»Kommen Sie schon, ich muß mit Ihnen reden. Wenn Sie erst erfahren haben, worum es geht ...«

Sie grinste beinahe, und ich dachte: Sie weiß es!

Ich mußte herausfinden, worum es ging, dieses Katz-und-Maus-Spiel mußte ein Ende haben. Also ging ich mit ihr nach Grasslands zurück.

»Kommen Sie herein, meine Enkelinnen sind gerade fortgegangen, vermutlich nach Enderby. Mademoiselle Sophie ist so gut zu meiner Dolly; sie hat sie offenbar ins Herz geschlossen. Auch Dolly hat sie sehr gern.«

»Ja, ich habe sie einmal auf Enderby getroffen.«

»Es ist schön, daß diese beiden armen Wesen Freundinnen geworden sind. Was möchten Sie trinken?«

»Nichts, danke. Ich habe bei Mademoiselle d'Aubigné etwas zu mir genommen.«

»Dann wollen wir uns jetzt unterhalten.« Sie führte mich in einen kleinen Salon neben der Halle, schloß die Tür und sah mich unverwandt an, sobald ich Platz genommen hatte. »Es geht um meine Evie.«

»Ja?«

»Ich mache mir ihretwegen Sorgen. Sie sieht gut aus, und Mr. Farringdon war auch gern mit ihr beisammen. Aber es entwickelt sich nicht weiter, und warum? Weil sie nie zusammenkommen, und dabei würden sie ein so hübsches Paar abgeben. Er ist sehr nett, vielleicht ein bißchen unentschlossen, aber das macht nichts. Man muß ihm nur ein wenig nachhelfen. Kommt er eigentlich zur Tauffeier?«

»Wir veranstalten keine Feier, Mrs. Trent. Die Kinder werden getauft, und dabei wird nur die Familie anwesend sein.«

»Vermutlich werden die Pettigrews kommen ... Mr. Jonathan ist ja mit Miss Pettigrew verlobt.« Sie weiß doch tatsächlich alles über uns, dachte ich.

»So gesehen, sind sie ja unsere Verwandten«, antwortete ich.

»Und die Farringdons?«

»Die sind die Freunde von Mr. Frenshaw senior und werden vielleicht vorbeikommen.«

»Sie werden bestimmt kommen … und ihren Sohn mitbringen. Wenn er öfter mit meiner Evie zusammenkäme, würde er ihr bestimmt einen Heiratsantrag machen.«

»Dazu kann ich nichts sagen, Mrs. Trent.«

»Ich bin davon überzeugt. Noch nie habe ich einen jungen Mann erlebt, der sich so rasch bis über beide Ohren verliebt hat. Doch, was kommt dann? Er sieht sie eine oder zwei Stunden lang, und dann muß er wieder fort. Er mag sie, denn sie ist wirklich reizend. Wenn sie nur mehr in Gesellschaft käme … Sie verstehen mich doch?«

»Natürlich, aber jetzt muß ich wirklich fort …«

»Laden Sie Evie zur Taufe ein, Mrs. Frenshaw, damit sie wieder mit dem netten jungen Mann zusammentrifft. Ich mache mir solche Sorgen wegen der beiden Mädchen, das können Sie sich gar nicht vorstellen. Ich habe alles getan, was in meiner Macht stand, um ihnen eine ordentliche Erziehung zuteil werden zu lassen, und Sie müssen zugeben, daß es mir bei Evie sehr gut gelungen ist. Sehen Sie, ich bin nicht wohlhabend – so wie Sie. Für mich war es sehr schwierig, ich mußte jeden Penny zweimal umdrehen. Schuld daran war mein Sohn Richard, wissen Sie. Er war immer sehr unternehmungslustig, ist auf und davon gegangen und hat geheiratet, Und dann ist seine Frau bei Dollys Geburt gestorben. Was sollte er mit den beiden Mädchen anfangen – er mußte sie zu mir bringen. Und dann starb er, als Evie noch keine zehn Jahre alt war. Ich bin stolz auf Evie, und ich möchte, daß sie heiratet und gut versorgt ist.«

»Das verstehe ich.«

»Dann laden Sie sie zur Taufe ein, und wenn der junge Mann nach Eversleigh kommt, sorgen Sie dafür, daß Evie jedesmal anwesend ist. Mehr will ich nicht.«

»Für Einladungen ist meine Mutter zuständig.«

»Wenn Sie sie darum bitten, wird sie es Ihnen bestimmt nicht abschlagen.«

»Ich würde Evie einladen lassen, wenn es sich um eine richtige

Feier handelte. Aber nur der engste Familienkreis und die besten Freunde meines Vaters werden zugegen sein.«

»Warum kann denn Evie nicht dabeisein, wenn die Farringdons eingeladen werden? Sie werden mir diesen Gefallen tun, das weiß ich, wenn Sie erst einmal gehört haben, was ich Ihnen zu erzählen habe.«

Mir wurde übel. Jetzt kam es. Sie wollte mich erpressen, denn sie wußte alles. Sie war in dem Haus gewesen und hatte durch das Rohr gesprochen. Jetzt würde sie mir damit drohen, daß sie mein Geheimnis verriet.

»Was wollen Sie mir mitteilen?« fragte ich und hatte das Gefühl, daß meine Stimme von weit her kam.

»Nun ja, jeder von uns hat so seine kleinen Geheimnisse, nicht wahr? Da wir alle schwache Menschen sind, gibt es immer Dinge, die wir vor der Öffentlichkeit geheimhalten. Aber wenn jemandem Unrecht geschehen ist, dann müßten anständige Menschen doch den Wunsch haben, es wieder gutzumachen, nicht wahr?«

Ich lachte gezwungen. »Ich verstehe Sie wirklich nicht, Mrs. Trent.«

»Jungen Leuten muß man vieles nachsehen, denn sie sind heißblütig und tun Dinge, die sie später bereuen. Das sollten wir bedenken, bevor wir über jemanden den Stab brechen.«

»Bitte, Mrs. Trent.«

»Schon gut, meine Liebe, ich komme schon zur Sache. Ich möchte damit ausdrücken, daß meine Evie durchaus ein Recht auf ein schönes Leben hat. Wenn es Gerechtigkeit gäbe, wäre sie bei allen Bällen und Gesellschaften dabei. Sie würde richtig in die Gesellschaft eingeführt werden und dabei jemanden kennenlernen, der ihr ein Zuhause und Geborgenheit bieten würde.«

Sie schweifte schon wieder vom Thema ab, und ich fragte mich, wann sie endlich mit der Drohung und dem Preis für ihr Stillschweigen herausrücken würde.

»Ich erzähle Ihnen das alles, Mrs. Frenshaw, weil Sie eine vernünftige junge Frau sind. Außerdem sind Sie ein gütiger Mensch. Sie würden bestimmt niemanden vorschnell verurteilen, sondern Verständnis für ihn aufbringen.«

»Sagen Sie mir doch endlich, wofür ich Verständnis aufbringen soll.«

»Es liegt lange zurück.«

»Erzählen Sie es mir, Mrs. Trent.«

»Es geschah lange vor Ihrer Geburt, zu der Zeit, als Ihre Großmutter auf Eversleigh lebte.«

Ich atmete auf. Offenbar ging es doch nicht um das, was ich befürchtet hatte, es sei denn, sie kam später darauf zu sprechen.

»Ich lebte mit meiner Mutter auf Eversleigh; sie war dort Haushälterin und betreute den alten Herrn. Ihre Großmutter besuchte ihn und wirbelte einigen Staub auf. Dann kam Mr. Frenshaw hierher – Dickon, der Besitzer von Eversleigh. Damals gehörte ihm Eversleigh allerdings noch nicht, sondern er besaß irgendwo ein kleines Gut. Erst später bekam er Eversleigh und heiratete eine Frau, die ein Vermögen in die Ehe einbrachte. Er wurde ein angesehener Gentleman – aber ich kannte ihn schon, als er beinahe noch ein Junge war. Ich war damals auch noch sehr jung. Wir verstanden uns gut ... Sie wissen sicher, was ich meine ... aber dann kam ich nach Grasslands, Andrew verliebte sich in mich und heiratete mich. Ich hatte ihn auch gern, doch Sie können sich vorstellen, wie in der Nachbarschaft getratscht wurde.«

»Allerdings.« Ich beruhigte mich immer mehr, denn das konnte unmöglich mit mir zu tun haben.

»Die Menschen sind nicht gütig; sie vergessen nie, und die alten Geschichten werden von Generation zu Generation weitergetragen. Meine Mutter mußte Eversleigh mit Schimpf und Schande verlassen, und die Nachbarn fanden, daß sie noch Glück hatte, so billig davonzukommen. Und dann trugen sie mir die Verfehlungen meiner Mutter nach. Andrew benahm sich großartig und hielt zu mir. Als Richard dann unterwegs war, war er der stolzeste Mann der Welt. Ich weiß nicht, ob er Richard wirklich für seinen Sohn hielt. Ich konnte es ihm natürlich nicht gestehen, denn ich hätte ihm damit das Herz gebrochen. Also schwieg ich, und wir waren alle glücklich. Sie verstehen mich doch, nicht wahr?«

»Doch, doch, natürlich.«

»Ich versuche Ihnen beizubringen, daß der Mann Ihrer Mutter Richards Vater war.«

»O nein!«

»O doch!«

»Weiß er ...«

»Vermutlich. Bei Andrew hat es nie geklappt, bei Dickon sofort; und jemand anderen gab es nicht. Aber es war für Andrew, für mich und für Mr. Frenshaw gut, wenn ich dabei blieb, daß es Andrews Kind war.«

»Wer weiß davon?«

»Ich und bestimmt auch Mr. Frenshaw. Und jetzt wissen auch Sie es.«

»Warum erzählen Sie mir dieses Geheimnis, das Sie so viele Jahre für sich behalten haben?«

»Weil ich will, daß Evie zu ihrem Recht kommt.«

»Ich verstehe.«

»Heute würde es allerdings keine so große Rolle mehr spielen, wenn es die Leute erfahren. Mein armer Andrew ist vor vielen Jahren gestorben, und die Menschen beruhigen sich mit der Zeit. Ich möchte nur Evies Zukunft sichern.«

»Das sehe ich ein.«

»Dann werden Sie mir auch helfen, nicht wahr?«

Ich war so erleichtert, daß ich ihr alles versprochen hätte. Schließlich und endlich ging es ihr um das Wohlergehen ihrer Enkelin, und das war nur natürlich.

»Ich habe gewußt, daß Sie ein offenes Ohr für mich haben würden. Wenn Evie in die Farringdon-Familie einheiratet, könnte ich beruhigt sterben, denn ich weiß, daß Evie für Dolly sorgen würde, und damit müßte ich mir keine Sorgen mehr machen.«

Als ich wieder darauf hinwies, daß ich gehen mußte, versuchte sie nicht mehr, mich zurückzuhalten.

Es war leichter, als ich angenommen hatte. Ich erwähnte meiner Mutter gegenüber beiläufig: »Es ist wirklich schade, daß Evie Mather nicht öfter mit Harry Farringdon zusammenkommen kann.«

»Die Liebesgeschichte schläft langsam ein, und ich halte das für richtig. John und Gwen wollen bestimmt nichts mit Mrs. Trent zu tun haben.«

»Sie ist eine schreckliche Frau, aber sie liebt Evie wirklich, und Evie ist ein sehr nettes Mädchen. Wir sollten ihr ein bißchen helfen. Harry kommt zur Taufe – sollten wir nicht auch Evie einladen?«

Meine Mutter verzog das Gesicht. »Ich hätte nichts dagegen, aber dann kommen auch ihre Großmutter und ihre Schwester.«

»Trotzdem möchte ich Evie einladen. Vielleicht könnte ich die Einladung nur für sie aussprechen? Ich könnte ja sagen, daß die Taufe im engsten Kreis stattfindet, daß uns aber Evie als Vertreterin von Grasslands willkommen wäre ... oder so ähnlich.«

»Gegen Evie habe ich nichts einzuwenden«, wiederholte meine Mutter.

Ich dachte darüber nach, was Mrs. Trent getan hätte, wenn ich ihr die Bitte abgeschlagen hätte. Hätte sie den längst vergessenen Skandal wieder aufleben lassen? Meiner Mutter hätten die Jugendsünden ihres Mannes bestimmt nichts ausgemacht. Es lag lange zurück, und mit der Zeit wächst über alles Gras.

Am nächsten Tag ging ich nach Grasslands.

»Wie gesagt, die Taufe findet im engsten Kreis statt, also wenn Evie allein, sozusagen als Vertreterin von Grasslands, kommen könnte ...«

Sie lächelte.

»Ich habe gewußt, daß Sie mir helfen würden.«

Ich war froh, daß ich ihr diesen Dienst erwiesen hatte. Wenn die Geschichte stimmte, verdiente Evie ein bißchen Hilfe – und wenn nicht, um so mehr.

Der Priester, der David und mich getraut hatte, nahm auch die Taufe in unserer kleinen Kapelle auf Eversleigh vor. Es war eine rührende Zeremonie. Jessica sah im Taufkleid, das sich seit über hundert Jahren im Besitz der Familie befand, großartig aus, und Molly Blackett hatte sich bei Amaryllis' Kleidchen selbst übertroffen.

Amaryllis benahm sich großartig, aber Jessica bekam am Taufbecken einen Schreikrampf und hörte erst auf, als sie den Pfarrer bei der Nase gepackt hatte, die er unvorsichtigerweise in ihre Reichweite gebracht hatte.

Davon abgesehen verlief alles reibungslos; die Kinder wurden ins Kinderzimmer zurückgebracht, aus den Prunkgewändern geschält und schlafen gelegt.

Nachdem alle Anwesenden die beiden gebührend bewundert hatten, kehrten wir in die Halle zurück, wo Wein und ein kleiner Imbiß gereicht wurden und wo meine Mutter und ich gemeinsam die Tauftorte anschnitten.

Tante Sophie und Jeanne waren ebenfalls anwesend. Alberic hatte sie herübergebracht. Sophie hatte einen kleinen Wagen gekauft, in dem sie und Jeanne bequem Platz fanden. Der Kutscher saß vorn auf dem Bock.

Ich bestand darauf, daß Jeanne sich zu uns gesellte, was sie nur widerstrebend tat. Alberic ging in die Küche. Er war mit einem unserer Diener befreundet, dem jungen Billy Grafter, der seinen Posten Alberic verdankte.

Es war für gewöhnlich Aufgabe der Haushälterin oder des Butlers, neues Personal einzustellen, und wir hatten Ersatz für den alten Jem Barker gebraucht, der vor einigen Monaten gestorben war. Als Billy Grafter sich um den Posten bewarb, bat der Butler um die Erlaubnis, ihn anstellen zu dürfen, und meine Mutter war sofort damit einverstanden, denn er war jung und aufgeweckt und besaß ausgezeichnete Zeugnisse. Offenbar hatte Alberic Billy bei einer seiner Reisen nach London kennengelernt; er arbeitete damals in einem Gasthaus. Billy stammte vom Land und war froh, daß er die Stadt verlassen konnte.

Alberic und er steckten zusammen. Alberic mußte Sophies Reitpferde bewegen, und da auch in unseren Ställen mehrere Pferde standen, ritten die beiden Männer in ihrer freien Zeit oft gemeinsam aus. Sophie war damit durchaus einverstanden. Sie fand, daß Alberics Englisch dadurch besser wurde, und freute sich, weil er einen Freund gefunden hatte.

Während des Essens beobachtete ich Evie und Harry, die glücklich miteinander plauderten. Eigentlich wunderte ich mich darüber, daß Harry sich nicht mehr bemühte, mit ihr zusammenzukommen. Er konnte doch jederzeit behaupten, daß er uns besuchte, und statt dessen nach Grasslands reiten.

Mrs. Trent war sehr gerissen und wußte genau, daß sie die Farringdons nicht nach Grasslands einladen konnte. Daher mußte Evie den jungen Mann soweit bringen, daß er um ihre Hand anhielt, auch wenn seine Familie darüber nicht begeistert war.

Und genau da lag der wunde Punkt. Hätte Evie aus einer anderen Familie gestammt, wäre sie vermutlich bereits mit Harry verlobt gewesen.

Ich nahm mir vor, Evie zu helfen, denn ich mochte sie. Sie hatte so gar keine Ähnlichkeit mit ihrer Großmutter und ihrer Schwester, sie war ein freundliches, hübsches junges Mädchen.

Jonathan war zur Taufe nach Hause gekommen und benahm sich Millicent gegenüber ganz wie ein verliebter Bräutigam. Doch ich wußte, daß er nur Theater spielte, denn seine Blicke und seine heimlichen Andeutungen verrieten mir unmißverständlich, daß er die Hoffnung noch nicht aufgegeben hatte.

Das erschreckte mich, denn seine sinnliche Anziehungskraft übte noch immer einen unwiderstehlichen Reiz auf mich aus. Ich mußte vorsichtig sein und mich vor ihm in acht nehmen.

Ich verbrachte soviel Zeit wie möglich in Davids Gesellschaft; er war in seinem ganzen Leben noch nie so glücklich gewesen. Er betete Amaryllis an und bildete sich ein, daß sie ihn bereits erkannte. Wenn ich die beiden beobachtete, beruhigte sich mein schlechtes Gewissen, und ich mußte wider Willen an Andrew Mather denken, der sich so sehr über seinen Sohn gefreut hatte, der in Wirklichkeit das Kind eines anderen gewesen war. Aber Amaryllis war Davids Tochter, davon war ich überzeugt – oder versuchte ich nur, es mir einzureden?

Nach der Taufe hatte Alberic Tante Sophie nach Enderby zurückgefahren, denn sie war nur zur Zeremonie herübergekommen. Meine Mutter war darüber erstaunt, wie sehr sie sich verändert hatte. »Seinerzeit im *château* hätte sie ihre Gemächer um keinen Preis der Welt verlassen.«

»Enderby hat ihr sehr gutgetan«, bemerkte ich.

»Enderby, Jeanne und der junge Alberic.«

»Gott sei Dank gibt es jetzt etwas, wofür sie sich interessiert.«

Meine Mutter hatte Evie aufgefordert, zum Abendessen zu bleiben, und Evie hatte dankend angenommen. Die Mahlzeit verlief in einer entspannten und fröhlichen Stimmung, und wir erfuhren in allen Einzelheiten, wie es bei Millicents und Harrys Taufen zugegangen war. Besonders angenehm war es, daß kein einziges Mal die Rede auf die Lage jenseits des Kanals kam.

Nachher unterhielten wir uns noch im Salon, bis alle müde wurden, und meine Mutter vorschlug, daß wir zu Bett gehen sollten. Jemand mußte Evie nach Hause bringen, und Harry machte sich sofort dazu erbötig. Meine Mutter fand, daß David oder Jonathan die beiden begleiten sollten, und David übernahm diese Aufgabe.

Meine Mutter und Dickon gingen in ihr Zimmer hinauf, und ich holte noch ein Buch aus der Bibliothek, das ich dort vergessen hatte. Ich wollte den Raum gerade verlassen, als Jonathan hereinkam, die Tür schloß und sich lächelnd an sie lehnte.

»Ich habe gedacht, daß du schon zu Bett gegangen bist«, sagte ich.

»Nein, ich habe beobachtet, daß du in die Bibliothek verschwunden bist und bin dir gefolgt.«

»Und weshalb?«

»Die Frage ist unnötig. Um mit dir zu sprechen – was du so beharrlich vermeidest.«

»Worüber?«

»Über uns.«

»Es gibt nichts, worüber wir sprechen müßten.«

»Nach allem, was zwischen uns vorgefallen ist! Du kannst doch nicht mit einem Achselzucken darüber hinweggehen.«

»Es war ein Fall von plötzlicher Sinnesverwirrung.«

»Ach komm schon, Claudine. Gar so plötzlich war es wohl nicht – wir haben uns ja oft genug verabredet.«

»Ich gebe zu, daß es schrecklich unrecht von mir war. Bitte vergiß es, Jonathan, damit auch ich es vergesse!«

»Du wirst es nie vergessen, ebensowenig wie ich. Außerdem wird uns unser kleiner Engel im Kinderzimmer stets daran erinnern.«

»Nein«, widersprach ich heftig. »Amaryllis ist Davids Kind.«

Er lächelte boshaft. »Pater semper incertus (Der Vater ist immer ungewiß) … Wie sicher bist du, daß David der Vater ist und nicht ich?«

»Bitte laß mich endlich in Frieden, Jonathan. Wir haben David schreckliches Unrecht angetan, und ich werde alles tun, was in meiner Macht steht, um ihn glücklich zu machen. Willst du mir nicht dabei helfen?«

»Natürlich will ich dir helfen, oder nimmst du an, daß ich ihm von unserer Affäre erzählen werde? Wofür hältst du mich eigentlich?«

Das fragte ich mich auch, denn er jagte mir Angst ein. Wenn er mich mit seinen leuchtenden blauen Augen ansah, empfand ich das überwältigende Bedürfnis, in seine Arme zu fliegen, alles zu vergessen und mich dem köstlichen sinnlichen Rausch hinzugeben, den nur er mir bieten konnte.

Ich zitterte und war davon überzeugt, daß er es bemerkte. Er war in der Liebe sehr erfahren, obwohl ich das, was er Liebe nannte, anders bezeichnet hätte. Was ich für ihn empfand, war jedenfalls bestimmt nicht Liebe, sondern Begierde. Doch wo hörte die Begierde auf und wo begann die Liebe? Ich liebte David, wollte mit ihm beisammensein und ihn nie verletzen, und dennoch hatte ich mein Ehegelübde gebrochen.

Ich legte alle Entschiedenheit, die ich aufbringen konnte, in meine Stimme. »Es ist vorbei, Jonathan. Ich bedaure zutiefst, daß es überhaupt soweit gekommen ist, und weiß nicht, was damals in mich gefahren ist.«

Er trat zu mir und legte mir die Hand auf die Schulter. »Aber ich weiß es.«

Ich trat zurück.

»Du hältst es ebensowenig ohne mich aus wie ich es ohne dich aushalte. Wir sind füreinander bestimmt. Wie schade, daß du dich Hals über Kopf in diese Ehe gestürzt hast.«

»Du wirst demnächst das gleiche tun.«

»Das stimmt nicht – ich gehe diese Bindung aus Vernunftgründen ein.«

»Millicent tut mir leid.«

»Du mußt sie nicht bedauern, sie ist sehr glücklich.«

»Wird sie das auch noch sein, wenn sie erkennt, daß sie mit einem Schürzenjäger verheiratet ist? Einem Mann, der kurz bevor er sie heiratet, eine andere Frau verführen will!«

»Sie ist glücklich, weil die beiden Familien verschmelzen. Du ahnst ja nicht, was das für Folgen haben wird. Millicent ist klug und begreift, daß man selbst beim besten Geschäft zu gewissen Konzessionen bereit sein muß.«

»Du bist so berechnend.«

»Deshalb bin ich auch so erfolgreich.«

»Und ich bin müde. Gute Nacht.«

Er eriff meine Hand.

»Willst du wirklich behaupten, daß du mich nicht mehr liebst?«

»Ich habe dich noch nie geliebt, sondern immer nur begehrt, das habe ich inzwischen erkannt.«

»Jedenfalls war es ein sehr leidenschaftliches Begehren.«

»Ich war jung und unerfahren. Bitte, Jonathan, ich möchte es vergessen. Sobald du verheiratet bist, werdet ihr vorwiegend in London leben. Das ist die beste Gewähr dafür, daß unsere Affäre nie wieder aufleben wird.«

»Willst du das wirklich?«

»Aus tiefstem Herzen.«

»Damit forderst du mich heraus, denn alles, was man nicht erreichen kann, ist viel begehrenswerter als das, was einem in den Schoß fällt.«

»Noch einmal: Laß mich in Ruhe. Gute Nacht.«

Als ich zur Türe ging, sagte er lachend: »Ich gebe nie auf.«

Ich betrat die Halle, und da kamen gerade David und Harry zur Tür herein.

»Wir haben sie sicher abgeliefert«, berichtete David und legte den Arm um mich. »Du siehst müde aus«, stellte er fest.

»Es war ein langer Tag.«

»Die Taufe ist ohne Zwischenfall verlaufen ... na ja, beinahe«, meinte Harry.

»Amaryllis hat sich großartig gehalten; sie hat in ihrem Taufkleidchen einfach süß ausgesehen«, strahlte David.

Harry sah mich lächelnd an. »Der stolze Vater.«

»Evie hat sich recht gut unterhalten«, lenkte ich ab.

»O ja«, bestätigte David. »Sie bedauerte, daß sie schon nach Hause mußte. Oma Trent hat sie erwartet und ist förmlich herausgestürzt, als wir eintrafen. Sie hat uns aufgefordert, noch auf ein Glas Wein hereinzukommen, aber wir haben uns damit entschuldigt, daß es schon sehr spät ist.«

Wir waren während dieses Gesprächs die Treppe hinaufgestiegen, hatten das Zimmer erreicht, in dem Harry untergebracht war, und wünschten ihm jetzt eine gute Nacht.

»Es war ein schöner Tag«, sagte David. »Wollen wir ihn nicht damit beschließen, daß wir einen Blick auf unser Kind werfen?«

Also schlichen wir uns in das Kinderzimmer, traten an die Wiege und betrachteten die schlafende Amaryllis. Davids Gesichtsausdruck rührte mich zutiefst. Nichts ... nichts durfte sein Glück zerstören.

Begegnung in einem Kaffeehaus

Weihnachten lag hinter uns. Wir hatten die gleichen Gäste eingeladen wie vergangenes Jahr, und es waren fröhliche Festtage gewesen. Jonathan und Millicent wollten im Juni heiraten, und zwar im Haus der Pettigrews. Dann würden die Kinder schon so groß sein, daß wir die Reise dorthin mit ihnen unternehmen konnten.

Ich konnte kaum glauben, daß meine Affäre mit Jonathan schon über ein Jahr zurücklag. Ich hatte sie am Christtag des vergangenen Jahres abrupt beendet und sehr bald nachher festgestellt, daß ich schwanger war.

Harry Farringdon hatte Evie noch immer keinen Antrag gemacht, und ich fragte meine Mutter, was sie von dieser Entwicklung hielt.

»Er wirbt nicht sehr eifrig um sie, obwohl Evie eindeutig verliebt ist.«

»Und Harry?«

»Ist offenbar gern mit ihr beisammen.«

»Glaubst du, daß seine Eltern an seiner unentschlossenen Haltung schuld sind?«

»Sie oder Evies Großmutter.«

»Er würde doch Evie und nicht ihre Großmutter heiraten.«

»Nein, aber sie gibt ihm zu denken. Harry ist bestimmt ein vorsichtiger junger Mann.«

»Ich finde, er sollte sich endlich entscheiden.«

»Ich muß sagen, daß du ihm reichlich Gelegenheit dazu verschaffst. Du hast dich zu einer richtigen kleinen Kupplerin entwickelt, Claudine.«

Jonathan fuhr nach London zurück. Der Krieg, bei dem die Franzosen in ganz Europa von Sieg zu Sieg eilten, löste in England Besorgnis aus. Dickon war Jonathan nach London gefolgt, und meine Mutter hatte ihren Mann diesmal nicht begleitet, sondern war bei Jessica geblieben.

Im Januar hatten die Franzosen Utrecht, Rotterdam und Dortrecht eingenommen, und der Statthalter und seine Familie waren in einem offenen Boot nach England geflüchtet. Es war ein Wunder, daß sie die Überfahrt lebend überstanden hatten, denn der Winter war bitterkalt.

Obwohl in jedem Kamin in unserem Haus ein großes Feuer prasselte, schien der Wind durch die Fensterritzen hereinzupfeifen, und es zog überall.

Die französischen Siege bereiteten unseren Politikern große Sorgen. Nach Jonathans Ansicht waren sie vor allem das Verdienst eines genialen korsischen Abenteurers, eines gewissen Napoleon Bonaparte. Man hatte gehofft, daß mit Robespierres Sturz auch diese Siege vorbei sein würden, denn Bonaparte hatte den Tyrannen unterstützt. Doch irgendwie war es ihm gelungen, den Hinrichtungen zu entgehen, die nach Robespierres Tod eingesetzt hatten, und an der Spitze der Armee zu bleiben.

»Offenbar begreift sogar der blutrünstige Pöbel, was er für Frankreich leistet«, bemerkte Jonathan.

Wir sprachen oft über Charlot und Louis-Charles, die vermutlich an diesen siegreichen Feldzügen teilnahmen. Wir hatten noch immer nichts von ihnen gehört.

»Charlot ist am Leben«, beteuerte meine Mutter immer wieder. »Ich spüre es. Wenn er uns nur eine Nachricht zukommen lassen könnte! Aber das ist natürlich nicht möglich, solange sein Land mit ganz Europa Krieg führt.«

Wenn Dickon und Jonathan auf Eversleigh waren, drehten sich die Gespräche ausschließlich um Krieg und Politik. Preußen hatte um eine Anleihe nachgesucht, und die beiden erwogen endlos das Für und Wider dieser Angelegenheit.

Wir froren bis in den Februar, als die Kälte endlich brach und der Schnee schmolz. Doch anschließend setzten schwere Regenfälle ein, und es kam in großen Teilen des Landes zu Überschwemmungen.

Dann schloß die Toskana Frieden mit Frankreich.

»Sie werden nicht die einzigen bleiben«, prophezeite Dickon. David stand auf dem Standpunkt, daß die Revolution jetzt vorbei war und daß wir die Republik anerkennen mußten. »Endlich wird Frieden eintreten«, meinte er. »Die Franzosen haben die Regierung, die sie wollten, und wir müssen uns damit abfinden.«

»Sie haben große Anstrengungen auf sich genommen, und viel Blut ist vergossen worden«, stellte Dickon fest, »und jetzt erkennen sie, daß all das vollkommen unnötig war. Sie haben nur die alten Tyrannen gegen neue ausgetauscht.«

»Der König und die Königin hätten nie von selbst abgedankt«, widersprach Jonathan. »Das Volk wollte sie loswerden und sah in der Guillotine die einzige Möglichkeit dazu.«

Als Schweden Frankreich anerkannte, war klar, welchen Kurs Europa steuerte.

»Wenn es so weitergeht«, prophezeite Dickon, »werden schließlich wir die einzigen sein, die gegen die Franzosen kämpfen.«

Dickon und Jonathan ritten kurz nach dieser Unterhaltung wieder nach London, während meine Mutter auf Eversleigh blieb.

An einem kühlen Märztag ritt ich mit David über das Gut; wir wollten uns davon unterrichten, wie weit die Überschwemmung zurückgegangen war. Ihre Spuren waren überall zu sehen, und etliche Felder standen noch unter Wasser. Ich unterhielt mich, wie immer, mit den Pächtern und erkundigte mich nach ihren persönlichen Anliegen.

David hörte sich geduldig ihre Vorschläge an, denn dadurch entstand ein ausgezeichnetes Verhältnis zwischen ihm und seinen Pächtern. Jonathan hätte nie die Geduld, den guten Willen und die Selbstlosigkeit dafür aufgebracht; er konnte sich nie in die Lage eines anderen Menschen versetzen.

Am Nachmittag saß ich mit meiner Mutter und Molly Blackett im Nähzimmer und besprach, welche Kindersachen angefertigt werden sollten, als einer der Diener hereinkam. »Unten warten eine Dame und ein Herr, Madame, meldete er. »Sie sind, wie sie sagen, Freunde von Mr. Frenshaw. Ich habe sie in die Halle geführt.«

»Ich komme hinunter.«

Meine Mutter erhob sich.

Ich begleitete sie. In der Halle standen ein großer blonder, etwa vierzigjähriger Mann und eine etwas jüngere Dame.

Als der Mann meine Mutter erblickte, ging er mit ausgestreckten Armen auf sie zu.

»Meine liebe Mrs. Frenshaw, ich habe Sie nach Dickons Beschreibung sofort erkannt. Guten Tag. Ich bin James Cardew, und das ist meine Frau Emma. Hat Dickon jemals unseren Namen Ihnen gegenüber erwähnt?«

»Nein, nie.«

»Ich komme aus dem Norden. Dickon hat immer darauf bestanden, daß ich ihn auf Eversleigh besuche, falls ich in die Gegend kommen sollte, und er wäre bestimmt sehr beleidigt, wenn ich es nicht täte. Er ist doch hoffentlich zu Hause?«

»Leider nicht, er befindet sich zur Zeit in London.« Der Mann sah sie verzweifelt an. »Das nennt man wirklich Pech! Ich muß natürlich ausgerechnet dann hereinschneien, wenn Dickon nicht da ist.«

»Er kommt vielleicht morgen schon zurück«, beruhigte ihn meine Mutter. »Darf ich Sie inzwischen meiner Tochter vorstellen?«

Er hatte meine Hand ergriffen und sah mich forschend an. »Sie sind Mrs. Claudine Frenshaw, nicht wahr?«

Ich lachte. »Sie wissen sehr gut über uns Bescheid.«

»Dickon hat meiner Frau und mir viel von Ihnen erzählt.«

Seine Frau war hübsch und hatte lebhafte dunkle Augen.

»Es ist jammerschade, daß mein Mann nicht zu Hause ist«, bedauerte meine Mutter. »Sie werden eine Erfrischung bestimmt nicht ablehnen. Haben Sie schon gegessen?«

»Ja, gerade eben«, antwortete James Cardew. »Aber ein Schluck Wein gegen den Durst würde uns guttun.«

»Dann wollen wir in den Salon gehen, und du, Claudine, veranlasse bitte, daß das Mädchen Wein bringt.« Ich erteilte die entsprechenden Anordnungen und folgte dann den Gästen und meiner Mutter in den Salon. Die beiden Besucher erwähnten gerade, daß sie Eversleigh bereits aus Dickons Beschreibungen kannten und daß es ihnen sehr gut gefiele.

»Haben Sie ihn in letzter Zeit getroffen?« erkundigte sich meine Mutter.

»Ungefähr vor einem Jahr, als ich mich kurze Zeit in London aufhielt.«

»Vermutlich habe ich ihn damals begleitet. Seit mein Kind zur Welt gekommen ist, reise ich nicht mehr soviel.«

»Leider haben wir einander damals nicht kennengelernt. Wie geht es Dickon eigentlich?«

»Ausgezeichnet, danke.«

»Er ist der vitalste Mann, den ich je kennengelernt habe.«

Natürlich freute sich meine Mutter über diese Bemerkung. Dann wurde der Wein gebracht, und sie schenkte ein.

»Köstlich«, rief Emma Cardew. »Ich muß gestehen, daß ich sehr durstig war.«

»Sie haben erwähnt, daß Dickon vielleicht morgen zurückkommt?« bemerkte ihr Mann.

»Ich erwarte ihn zwar morgen, aber man kann nie sicher sein, ob er nicht durch etwas Unvorhergesehenes aufgehalten wird.«

»Ja, ja, es sind unruhige Zeiten. Niemand wird das vermutlich besser wissen als Sie, Mrs. Frenshaw.«

»Wie ich sehe, hat Dickon keine Geheimnisse vor Ihnen.«

»Ich habe mich so gefreut, als ich von den Kindern erfahren habe«, warf Emma ein.

»Sie sind über unsere Familie wirklich auf dem laufenden.«

»Eigentlich habe ich die Information in dem Gasthaus bekommen, in dem wir gegessen haben. Es ist erstaunlich, wieviel die Menschen über ihre Nachbarn wissen und wie gern sie darüber sprechen. Wir erwähnten, daß wir Eversleigh suchen, und daraufhin erzählte man uns von den Kindern. Zwei auf einmal sind ja auch etwas Besonderes.«

»Sind Sie im Gasthaus abgestiegen?«

»Wir haben dort wegen eines Zimmers gefragt, aber es ist nichts frei.«

»Tatsächlich? Um diese Jahreszeit?«

»Na ja, eigentlich hatten sie schon etwas frei, aber Emma wollte es nicht nehmen.«

»Ich bin ein wenig anspruchsvoll«, gab Emma zu. »Was sie uns anboten, war nur ein größerer Schrank.«

»Ich weiß, daß die Zimmer nicht besonders einladend sind«, bestätigte meine Mutter. »Aber in dieser Gegend sieht es mit Unterkünften schlecht aus.«

»Das macht nichts, wir reiten eben in die nächste Stadt. Unsere Pferde stehen in Ihrem Stall; Ihre Reitknechte haben sie sofort hineingeführt. Vermutlich haben sie ihnen auch Futter und Wasser gegeben. Die armen Tiere müssen nach dem weiten Ritt heute müde sein.«

»Sie müssen zum Abendessen bleiben«, lud meine Mutter sie ein.

»O nein, das geht nicht, wenn Dickon nicht anwesend ist.«

»Er würde bestimmt ärgerlich sein, wenn er erfährt, daß Sie nicht einmal bei uns gegessen haben.«

»Wir müssen uns auf den Weg machen«, erklärte Emma langsam. »Wir müssen ja noch ein Nachtquartier suchen.«

»Wenn Sie wollen, können Sie bei uns übernachten«, schlug meine Mutter vor.

Emma und James antworteten gleichzeitig. »Mir fällt ein Stein vom Herzen«, rief Emma.

»Wir können Ihre Gastfreundschaft nicht mißbrauchen«, widersprach James.

»Unsinn«, erwiderte meine Mutter. »Wir haben sehr viel Platz, und Dickon wäre bestimmt nicht damit einverstanden, daß wir Sie weiterziehen lassen. Außerdem kommt er ja vermutlich morgen zurück, und Sie können noch mit ihm sprechen, wenn Sie nicht allzu früh aufbrechen.«

Die beiden strahlten vor Zufriedenheit.

»Würdest du dich bitte darum kümmern, Claudine?« ersuchte mich meine Mutter.

Ich ging in den Aufenthaltsraum der Dienerschaft, teilte ihnen mit, daß wir Besuch hätten, und wies sie an, die Zimmer zurechtzumachen.

»Das Bett im roten Zimmer ist gemacht«, meinte eines der Stubenmädchen. »Ich werde Feuer im Kamin machen und eine Wärmepfanne ins Bett legen.«

Dann besuchte ich noch die Kinder im Kinderzimmer, die friedlich schliefen. Die Nurse erzählte mir, daß Jessica sehr lang und sehr laut geschrien hatte, daß Amaryllis jedoch ein Musterkind sei.

»Ein so friedliches Baby, Mrs. Frenshaw. Jessica ist wesentlich wilder.«

»Können Sie das schon so früh feststellen?«

»Natürlich. Man erkennt sofort nach der Geburt, wie sie veranlagt sind.«

Ich bückte mich und küßte die kleinen Gesichter – das von Amaryllis war von blonden Haaren umrahmt, das von Jessica von dunklen.

Dann verließ ich beruhigt das Kinderzimmer und befahl dem Küchenpersonal, beim Abendessen zwei zusätzliche Gedecke aufzulegen.

James und Emma Cardew waren angenehme Tischgenossen. Sie sprachen sachverständig über Geschäfte, die Situation des Landes und die Lage jenseits des Kanals, doch meine Mutter ging bald zu häuslichen Themen über, denn Dickon und Jonathan sprachen

503

praktisch nur noch über Politik, wenn sie zu Hause waren. Emma erzählte uns von ihren Kindern, einem vierzehnjährigen Jungen und einem sechzehnjährigen Mädchen. Der Sohn würde die Leitung ihres Gutes in Yorkshire übernehmen, sobald er alt genug war, aber im Augenblick hatten sie einen ausgezeichneten Verwalter. James und Emma kamen gelegentlich nach London, um die Wolle ihrer Schafe zu verkaufen.

David interessierte sich für die Schafzucht und stellte deshalb viele Fragen, so daß die Zeit durch angeregte Gespräche wie im Flug verging.

»Es ist immer aufregend, wenn man neue Leute kennenlernt«, meinte meine Mutter, nachdem wir die beiden zum roten Zimmer begleitet hatten, das sehr gemütlich war. Die roten Samtvorhänge waren zugezogen, und im Kamin brannte ein loderndes Feuer.

Als wir allein waren, unterhielten David und ich uns über die Gäste.

»Ich nehme an, daß sie einen großen Besitz haben und vor allem mit Schafzucht ihr Geld verdienen«, meinte David.

»Sie haben sehr viel über uns gewußt. Ob sie wohl über alle ihre Freunde Akten anlegen? Außerdem wundert es mich, daß dein Vater soviel von uns erzählt hat. Das hätte ich nie von ihm erwartet.«

»Er hat sich sehr verändert, seit er mit deiner Mutter verheiratet ist. Aber du hast recht, es sieht ihm gar nicht ähnlich, über seine Familie zu sprechen. Hoffentlich kommt er morgen zurück.«

»Sie würden enttäuscht sein, wenn sie ihn nicht zu Gesicht bekommen.«

David schwieg einige Zeit gedankenverloren, dann sagte er: »Angeblich soll der Krieg bald aus sein.«

»Nimmst du an, daß die Franzosen die Alliierten schlagen werden?«

»Nach dem Frieden mit der Toskana und der Anerkennung durch die Schweden sind wir bald die einzigen, die noch gegen Frankreich kämpfen. Der Krieg kann nicht mehr lange dauern, und wenn er vorbei ist, Claudine, dann holen wir endlich unsere Hochzeitsreise nach. Ich möchte Herculaneum so gern sehen.« Er nahm mich in die Arme. »Bis dahin, Liebste, mußt du dich mit verlängerten Flitterwochen auf Eversleigh begnügen.«

»Flitterwochen gibt es nur am Beginn einer Ehe, und wir sind keine Anfänger mehr.«

»Aber ich liebe dich mehr denn je zuvor.«

Er drückte mich an sich, und es fiel mir schwer, nicht zu rufen: »Ich verdiene dich nicht.« Ich würde diese Schuld mein Leben lang mit mir herumschleppen.

Später, als wir einander ganz nahe waren, dachte ich an einen Gondoliere, der italienische Liebeslieder sang, während wir den Kanal entlangglitten, aber mein Begleiter war nicht David, sondern Jonathan.

Als ich am Morgen durch die Halle ging, bemerkte ich, daß sich die silberne Punschschüssel, die immer auf dem großen Tisch stand, nicht an ihrem Platz befand.

David und ich betraten das Eßzimmer, wo meine Mutter bereits beim Frühstück saß.

»Guten Morgen, meine Lieben«, begrüßte sie uns. »Unsere Gäste sind noch nicht aufgestanden. Sie sind offenbar ziemlich erschöpft.«

»Gestern abend machten sie keineswegs diesen Eindruck«, bemerkte David.

»Was ist mit der Punschschüssel?« erkundigte ich mich.

»Also hast du es ebenfalls bemerkt. Vermutlich hat sie jemand in die Küche genommen, um sie zu putzen.«

Während wir aßen, stürzte einer der Diener herein.

»Etwas Schreckliches ist geschehen, Madame«, meldete er. »Es ist eingebrochen worden.«

»Was?« rief meine Mutter.

»Die Köchin hat bemerkt, daß Silbergeschirr und andere wertvolle Dinge aus der Halle fehlen …«

»Die Punschschüssel!« rief ich.

Als wir in die Halle kamen, war die Dienerschaft schon dort versammelt.

»Es müssen Landstreicher gewesen sein«, vermutete meine Mutter. »Wie sind sie hereingekommen? Wer hat die Türen zugesperrt?«

»Gestern abend waren alle Türen zugesperrt«, versicherte der Butler, »ich überzeuge mich immer persönlich davon. Und heute früh waren die Türen geschlossen, aber nicht versperrt. Das verstehe ich nicht.«

»Merkwürdig«, sagte meine Mutter. »Hat jemand von euch heute nacht etwas gehört?«

Niemand meldete sich.

»Sehen wir lieber rasch nach, was alles verschwunden ist.«

Neben der Halle befanden sich nur wenige Zimmer, darunter der Salon und Dickons Arbeitszimmer. Im Salon war alles unberührt, doch in Dickons Arbeitszimmer bot sich uns ein ganz anderer Anblick. Der Schrank war aufgebrochen worden, und sein Inhalt lag auf dem Boden verstreut. Eine der Schreibtischladen war ebenfalls gewaltsam geöffnet worden.

»Das ist ja schrecklich!« rief meine Mutter.

In diesem Augenblick stürzte ein Dienstmädchen herein und meldete aufgeregt: »Ich habe heißes Wasser ins rote Zimmer gebracht. Als ich angeklopft habe, hat sich niemand gerührt, also habe ich noch einmal angeklopft und bin dann einfach eingetreten. Im Zimmer war niemand, und das Bett ist unbenützt.«

Erschrocken liefen wir alle zum roten Zimmer. Das Dienstmädchen hatte nicht gelogen. Uns war sofort klar, daß die Leute, die wir bei uns aufgenommen hatten, nicht Dickons Freunde waren, sondern sich bei uns eingeschlichen hatten, um uns zu berauben.

Wir sahen in allen Räumen nach, um festzustellen, was sie mitgenommen hatten. Dickons Arbeitszimmer hatte sie offenbar am meisten interessiert. Das beunruhigte uns ganz besonders, denn dort befand sich an sich nichts Wertvolles.

James und Emma Cardew waren eindeutig keine gewöhnlichen Diebe.

Es hatte keinen Sinn, jemanden hinter ihnen herzujagen. Sie waren bestimmt schon weit weg, und wir hatten keine Ahnung, welche Richtung sie eingeschlagen hatten.

»Sie wirkten so vertrauenerweckend«, wiederholte meine Mutter immerzu. »Sie wußten so genau über uns Bescheid. Wenn ich mir vorstelle, daß sie das Haus durchsucht haben, während wir alle friedlich schliefen, läuft es mir kalt über den Rücken. Und was haben sie in Dickons Arbeitszimmer gesucht? Wenn er nur schon zurück wäre.«

Dickon und Jonathan kamen am frühen Nachmittag heim.

Als Dickon erfuhr, was geschehen war, wurde er weiß vor Wut und lief in sein Arbeitszimmer. Jonathan folgte ihm. Kurz darauf erzählte Dickon uns, daß ihm sehr wichtige Papiere gestohlen worden waren. Sein Gesicht war rot, und seine Augen glänzten, wie immer, wenn er aufgeregt war.

»Wie haben sie ausgesehen?« erkundigte sich Jonathan.

Wir beschrieben sie, so gut wir konnten.

»Wir wären nie auf die Idee gekommen«, schluchzte meine Mutter. »Sie haben überhaupt nicht wie Verbrecher gewirkt und so viele Einzelheiten über die Familie gewußt. Ich mußte sie einfach für Freunde halten.«

»Jemand muß ihnen verraten haben, daß Vater und ich heute nicht anwesend sind und wo sich sein Arbeitszimmer befindet«, meinte Jonathan.

»Anders ist es gar nicht möglich«, stimmte ihm Dickon zu. »Sie haben genau gewußt, was ich in meinem Arbeitszimmer aufbewahre. Ich muß sofort nach London zurück, Lottie, und du mußt mich begleiten. Vielleicht kennt zufällig jemand die beiden.«

»Ich mache mich sofort fertig«, sagte meine Mutter rasch. »Es tut mir leid, Dickon, aber wir sind alle auf sie hereingefallen.«

»Euch kann man keinen Vorwurf machen. Sie waren so gut informiert, daß sich jeder hätte täuschen lassen.«

»Sie haben auch etwas vom Silberzeug mitgehen lassen.«

»Damit es nach einem gewöhnlichen Diebstahl aussieht. In Wirklichkeit hatten sie es nur auf mein Arbeitszimmer abgesehen. Aber lassen wir die Dienerschaft in dem Glauben, daß es ihnen um die Wertsachen gegangen ist.«

Meine Mutter nickte.

»Ich möchte in einer Stunde aufbrechen«, erklärte Dickon.

Eine Stunde später reisten Dickon, meine Mutter und Jonathan nach London ab. Die Dienerschaft sprach noch tagelang von nichts anderem als von der Frechheit des diebischen Pärchens.

Die Familienmitglieder, die über die Hintergründe des Diebstahls Bescheid wußten, machten sich Sorgen, und ich fragte mich neuerlich, um was für Aktivitäten es sich bei Dickons und Jonathans »Geschäften« handeln mochte. Natürlich waren sie nicht nur Bankiers, sie führten auch geheime diplomatische Missionen aus – und lebten dadurch gefährlich. Sie waren sehr wohl imstande, sich zu verteidigen, aber durch die Arbeit, die sie zu verrichten hatten, waren sie skrupellos geworden, und ihre Gegner standen ihnen selbstverständlich in nichts nach.

Hoffentlich begab sich Dickon nicht in Gefahr; meine Mutter würde es nicht ertragen, wenn ihm etwas zustieß.

Und Jonathan? Ich versuchte, nicht an ihn zu denken, aber es gelang mir nicht ganz.

Nachdem die drei Reisenden zurückgekehrt waren, ermahnte uns Dickon noch einmal, nichts von wichtigen Papieren zu erwähnen, die gestohlen worden waren, und die Dienerschaft und die Nachbarn im Glauben zu lassen, daß uns nur Wertgegenstände abhanden gekommen wären.

»Ja, wie es im Sprichwort heißt: ›Wenn die Kuh aus dem Stall ist, macht man das Tor zu‹«, spottete ich.

»Ganz richtig«, gab meine Mutter zu. »Aber ich werde dafür sorgen, daß keine Kühe mehr verschwinden.«

»Ist Dickon noch immer so außer sich?«

»Allerdings. Wenn er nur nicht so tief in diese geheimen Angelegenheiten verstrickt wäre. Seine Gegner sind gefährliche, skrupellose Menschen. Dickon hat die Gefahr immer geliebt und ist im Gegensatz zu mir völlig sorglos. Jonathan gleicht ihm in allem. Ich bin froh, daß du dich für David entschieden hast.«

»Und doch bist du mit Dickon glücklich.«

»Ich mache mir um ihn große Sorgen, aber ich möchte keinen anderen als ihn zum Mann haben.«

Glücklicherweise rückte die Hochzeit von Jonathan und Millicent immer näher, und das allgemeine Interesse wandte sich diesem Ereignis zu. Außerdem war für den April noch eine ganz andere Hochzeit geplant: der Prinz von Wales heiratete Prinzessin Karoline von Braunschweig.

»Ich habe geglaubt, daß er mit Maria Fitzherbert verheiratet ist«, sagte ich.

»Das stimmt«, erwiderte David, »aber diese Ehe ist annulliert worden.«

»Weißt du noch, daß wir sie einmal im Theater gesehen haben? Sie waren ein so schönes Paar und so offensichtlich ineinander verliebt.«

»Die Zeiten ändern sich.«

»Und sie lieben einander nicht mehr.«

»Angeblich heiratet er Prinzessin Karoline sehr ungern und würde die Ehe nicht eingehen, wenn er es vermeiden könnte.«

»Diese armen Könige und Prinzen.«

»Da sind wir gewöhnlichen Sterblichen doch viel besser dran. Deshalb sollten wir auch dafür sorgen, daß nichts unser Glück zerstört.«

»Das finde ich auch«, stimmte ich aus vollem Herzen zu.

Meine Mutter schlug vor, daß wir anläßlich der königlichen Hochzeit nach London reisen und den verschiedenen Feierlichkeiten beiwohnen sollten.

»Bei dieser Gelegenheit könnten wir auch gleich Einkäufe erledigen. Wir brauchen ja beide neue Kleider für Jonathans Hochzeit.«

Ich war mit dem Vorschlag einverstanden; Grace Soper war eine so ausgezeichnete Nurse, daß wir ihr die Kinder beruhigt anvertrauen konnten.

»In den letzten Jahren hat sich die Mode sehr geändert«, fuhr meine Mutter fort, »die Kleider sind viel einfacher geworden. Auch daran ist Frankreich schuld, denn die neue Einfachheit ist eine Folge der Revolution. Ich bin froh, daß wir die Reifröcke los sind, man konnte sich in ihnen kaum bewegen. Mir gefällt die hoch angesetzte Taille sehr gut.«

Auch mir gefiel sie, aber ich bezweifelte, ob Molly Blackett imstande war, solche Kleider zu nähen.

»Molly ist eine gute Näherin und wird es versuchen, obwohl ihr die neue, einfache Linie nicht gefällt. Sie bekommt dadurch nicht mehr soviel Arbeit, und außerdem kann man körperliche Mängel viel schlechter kaschieren. Wenn wir die Stoffe schon jetzt kaufen, hat sie reichlich Zeit, die Kleider bis zur Hochzeit fertigzustellen. Wir brauchen auch Spitzen für leichte Schals, denn mit den tiefen Dekolletés friert man leicht. Wie du siehst, werden wir viel Zeit für die Einkäufe benötigen.«

»Ich freue mich schon darauf.«

»Wir werden rechtzeitig reisen. Die königliche Hochzeit findet am Achten statt. Wenn wir am Fünften in London ankommen, können wir unsere Besorgungen vorher erledigen. Bist du damit einverstanden?«

Natürlich war ich einverstanden, und Jonathan und Dickon hatten auch nichts dagegen einzuwenden, so daß wir zu viert in der Kutsche saßen. David wollte inzwischen nach Clavering fahren – ein Gut, das ebenfalls Dickon gehörte – und dort nach dem Rechten sehen; sein letzter Besuch lag bereits einige Zeit zurück.

London faszinierte mich immer wieder. Die Straßen waren voller

Menschen, die es unglaublich eilig hatten. Ich beobachtete die Hausierer, die Balladensänger, die Lavendelfrauen, die Äpfelfrauen, die Kressehändler und was sich hier sonst noch so tummelte. Ich kannte ihre Rufe schon und freute mich, wenn ich einen neuen entdeckte, wie zum Beispiel das Lied der Frau mit den Stecknadeln, die an einer Ecke stand und mit hoher, brüchiger Stimme sang:

»Drei Reihen Nadeln um einen Penny:
kurz, mittel und lang für Jenny.«

Zwischen zwölf Uhr mittags und vier Uhr nachmittags lief der fliegende Pastetenverkäufer zwischen Covent Garden und Fleet Street herum und rief:

»Hammelpastete, der Schlüssel zum Glück,
kauft, Leute, kauft,
ein Penny das Stück.«

Die Leute hielten an und kauften ihm seine Pasteten oder auch etwas Plumpudding ab.

»Schönen Lavendel ich hab,
Kauft ihn mir ab.«

sang die Lavendelfrau.

»Frische Pfannkuchen, frische Pfannkuchen!« rief die Frau, die ihre Ware auf einem Dreifuß erzeugte, unter dem ein Feuer auf einer Lage Ziegeln brannte.

Der Teekuchenmann, der durch die Straßen wanderte und dabei wie ein Jongleur seinen Korb auf dem Kopf balancierte, schwang eine Glocke, um auf sich aufmerksam zu machen.

Ich sah den Kutschen zu, die über die holprigen Straßen rumpelten – Mietwagen, Privatkutschen, Phaetons, Gigs, Kaleschen – und natürlich die auf Hochglanz polierten weinroten Postkutschen, die von vier kräftigen Pferden gezogen wurden. Der Kutscher trug einen Mantel mit riesigen Perlmuttknöpfen und einen breitrandigen Hut und sah so kräftig aus, daß man sich in seiner Obhut vollkommen sicher fühlte.

Und die Geschäfte! Was für ein Vergnügen! Wir wurden ehrerbietig behandelt, man brachte Stühle herbei, damit wir die Stoffe, die man uns vorlegte, in aller Ruhe begutachten konnten.

Und dann die Theater. Die Opernhäuser am Haymarket, in der Drury Lane und am Covent Garden, auch die Lustgärten, die einfach zauberhaft waren.

Mit Dickon und Jonathan waren wir nur selten zusammen, sie hatten immer zu tun. Ich fragte mich, wie sich Jonathan wohl die Zeit vertrieb, wenn er sich allein in London aufhielt – was sehr oft der Fall war, genau wie bei Dickon, bevor er meine Mutter geheiratet hatte. Mein Leben wäre ganz anders verlaufen, wenn ich ihn geheiratet hätte, dachte ich ein bißchen sehnsüchtig.

Doch ich wäre seiner nie sicher gewesen. Jonathan konnte einfach nicht treu sein. Dickon war vermutlich in seiner Jugend genauso gewesen, doch jetzt liebte er meine Mutter wirklich von ganzem Herzen. Meinem Großvater, dem Comte, war es mit meiner Großmutter ebenso ergangen; das Gefühl, das bei einem Mann eine solche Änderung bewirkt, muß sehr stark sein. Leider hatte Jonathan dieses Stadium noch nicht erreicht – wenn er es überhaupt jemals erreichen würde.

Die große Stadt wirkte erregend, und die Vergnügungen, die sie uns bot, brachten mich auf dumme Gedanken. Doch was waren diese Vergnügungen im Vergleich zu Ruhe, Zufriedenheit und dem Bewußtsein, daß man der Liebe seines Mannes vollkommen sicher war?

Wer will schon jeden Abend ins Theater gehen, jeden Tag durch die Lustgärten schlendern und ständig Geschäfte aufsuchen. All das war aufregend, weil ich es nur selten genoß. Was man immer haben kann, verliert schnell an Wert. Ich mußte lernen, mit dem zufrieden zu sein, was ich besaß, und dafür dankbar zu sein.

Meine Mutter und ich ließen uns Zeit für die Stoffe. Seide war sehr teuer geworden, denn sie war hauptsächlich aus Frankreich eingeführt worden, und natürlich war die Erzeugung zurückgegangen, weil sich die Leute nur damit beschäftigten, einander umzubringen. Das gleiche galt für Spitzen. Offenbar gab es kein Volk, das so elegante Spitzen herstellen konnte wie die Franzosen.

Wir besuchten das Haymarket-Theater und sahen *Acis und Galatea* von Händel, ein aufwühlendes Erlebnis. Am nächsten Tag besuchten wir, um des Gegensatzes willen, das Wachsfigurenkabinett von Mrs. Salmon in der Nähe des Temple. Vor der Tür stand die Figur einer alten Frau auf Krücken, die eine Schachtel Streichhölzer in der Hand hielt, und neben ihr war ein Beefeater in seiner prachtvollen Uniform. Sie wirkten so lebensecht, daß die Menschen dicht an sie herantraten, um sich davon zu überzeugen, daß sie nur aus Wachs waren. Die Figuren im Inneren des Kabinetts waren noch außergewöhnlicher. Da waren der König und die Königin Charlotte mit dem Prinzen von Wales, daneben Dr. Johnson, John Wiles und andere bekannte Persönlichkeiten – sie alle sahen beinahe erschreckend lebendig aus. Im nächsten Raum war eine ländliche Szene mit Schäfern dargestellt, die Schäferinnen den Hof machten. Wieder in einem anderen Zimmer schwamm ein Schiff in einem Meer aus Glas. Wir fanden, daß die sechs Pennies Eintritt nicht übertrieben waren für das, was man uns bot, und kauften noch einige Murmeln und Handpuppen in dem Geschäft, das sich in dem Gebäude befand.

»In ein paar Jahren werden sich die Kinder darüber freuen«, meinte meine Mutter.

Sie und Dickon würden der königlichen Hochzeit beiwohnen, denn Dickon hatte Verbindungen zu den höchsten Stellen. Ich freute mich darauf, eine Schilderung der Hochzeit aus erster Hand zu bekommen. Die Hochzeitstorte war bereits in den Buckingham-Palast gebracht worden – sie war so riesig, daß sie in einer eigenen Kutsche befördert werden mußte.

Die Königin würde nach der Zeremonie, die in der Chapel Royal im St.-James-Palast stattfinden sollte, einen sogenannten »Salon« abhalten, zu dem Dickon und meine Mutter eingeladen waren.

Ich gestand meiner Mutter, daß ich sie darum beneidete.

»Ach, diese Zeremonien«, antwortete sie. »Jeder will eingeladen werden, aber eigentlich geht niemand gar so gern hin. Während ich dort stehe und darauf achte, daß ich in Gegenwart der Majestäten ja keinen Fauxpas begehe, denke ich an dich und Jonathan und daran, wie ihr ungestört den Tag genießt.«

Meine Mutter hatte vorgeschlagen, daß Jonathan sich um mich kümmern sollte, während sie und Dickon sich im Palast befanden. »Du wirst bestimmt den Hochzeitszug sehen wollen, und ich möchte nicht, daß du allein unterwegs bist.«

»Ich werde auf sie achtgeben, Stiefmutter«, versprach Jonathan.

»Heute werden sämtliche Gauner und Vagabunden unterwegs sein«, fügte Dickon hinzu. »Bettler und Taschendiebe kommen aus der ganzen Umgebung herbei – ihr müßt äußerst vorsichtig sein.«

»Ihr könnt euch auf mich verlassen«, beteuerte Jonathan.

Ich war in diese Lage gebracht worden, ich konnte nichts dafür, daß ich den Tag mit Jonathan verbringen würde. Ich hatte seinen Schutz unmöglich zurückweisen können. Doch ich wußte genau, daß mich die Aussicht froh stimmte, daher beschloß ich, auf der Hut zu sein.

Ich sah meiner Mutter zu, als sie die Toilette für ihren Auftritt bei Hof anlegte. Sie war sehr schön, und niemand sah ihr an, daß sie bereits einen Sohn hatte, der Soldat war – noch dazu in der französischen Armee.

Als sie in die Kutsche stiegen, ermahnte sie mich noch einmal: »Bleib in Jonathans Nähe, wenn ihr ausgeht. Dann bist du in Sicherheit.«

Wenn sie gewußt hätte!

Jonathan erzählte mir frohlockend, daß er schon genau geplant hatte, was wir unternehmen würden, und daß er mich dafür entschädigen wolle, daß ich keine Einladung zur Hochzeit erhalten hatte.

»Du müßtest derjenige sein, der enttäuscht ist«, widersprach ich. »Ich dachte, daß man dich einladen würde.«

»Es gibt zu wenig Plätze, und deshalb müssen unsere Eltern als Vertreter unserer Familie genügen. Doch ich bin froh darüber, denn ich habe die Absicht, jeden Augenblick dieses herrlichen Tages zu genießen. Wir beginnen ihn zu Pferd.«

»Jonathan«, ermahnte ich ihn ernst, »bitte begreife, daß ich nicht …«

Er unterbrach mich. »Ich werde mich tadellos benehmen – das kann ich nämlich, wenn ich will. Ich werde dir heute beweisen, daß ich gar nicht so übel bin, wie du glaubst; ich werde dir jeden deiner Wünsche erfüllen. Zufrieden?«

»Wenn ich dir nur glauben könnte …«

»Du kannst es, bei meiner Ehre.«

»Diese Tugend hat noch nie zu deinen hervorstechendsten Eigenschaften gehört.«

»Dann muß ich auch dafür den Beweis antreten. Machen wir uns möglichst bald auf den Weg, denn später werden die Straßen hoffnungslos verstopft sein. Schlüpf in dein Reitkleid und verlassen wir das Haus.«

»Jonathan«, begann ich unsicher.

»Ich schwöre dir, daß ich deine Wünsche respektieren werde.«

»Die Idee stammt nicht von mir.«

»Deine Mutter hat es dir aufgedrängt, das weiß ich. Aber komm jetzt, zieh dich um. Es wird ein denkwürdiger Tag werden.«

Als wir durch die Straßen ritten, läuteten die Glocken, und vom Tower hörte man Salutschüsse. Kutschen rollten zum St.-James-Palast, und die Menschen jubelten ihnen zu.

»Nichts fördert den Patriotismus so nachhaltig wie eine königliche Hochzeit«, spottete Jonathan.

»Kaum zu glauben, daß noch vor kurzer Zeit ernsthafte Politiker befürchteten, daß wir Engländer dem Beispiel der Franzosen folgen würden.«

»Sie befürchten es heute noch. Laß dich durch Fahnen und Hurrapatriotismus nicht täuschen.«

Wir bogen in den Hyde Park ein und ritten die Serpentine entlang.

»Stimmt es«, fragte ich, »daß der Prinz diese Ehe nur widerstrebend eingeht?«

»Er tut mir leid, denn die Dame ist nicht sehr anziehend.«

»Sie tut mir leid.«

»Du hältst natürlich zu deinem Geschlecht.«

»Das ist selbstverständlich, wenn der Mann sich vor seiner Braut mit seiner Geliebten brüstet und außerdem eigentlich bereits mit einer anständigen, ehrbaren Frau verheiratet ist.«

»Das Leben kann grausam sein«, seufzte Jonathan. »Ich halte es für besser, wenn wir London verlassen. Reiten wir zum Fluß hinunter; ich kenne da ein Gasthaus, in dem man ausgezeichnet ißt; da die Menschen zur Hochzeit in die Stadt strömen, wird es nicht überfüllt sein.«

Wir ritten eine Zeitlang den Fluß entlang.

»Wo bringst du mich hin?« erkundigte ich mich.

»Zum ›Schwarzen Hund‹. Es ist ein ausgezeichnetes Gasthaus, ich kenne es schon seit langem.«

»Ich möchte nicht allzu spät zurückreiten.«

»Ich habe dir doch schon versprochen, daß ich dich sicher und unversehrt zu deiner Mama zurückbringen werde. Vergiß nicht, ich will dir etwas beweisen und nach diesem Tag mit einem Heiligenschein dastehen. Du sollst zugeben müssen, daß ich nicht der Schurke bin, für den du mich hältst.«

»Ich werde mein Urteil erst fällen, wenn der Tag zu Ende ist.«

Mit seinem blonden Haar und den dunkelblauen Augen sah er ausgesprochen gut aus. Perücken waren glücklicherweise aus der Mode gekommen; kaum jemand trug sie noch. Auch der Puder war der Revolution zum Opfer gefallen. Meine Mutter beanstandete, daß die Menschen Charles James Fox nachahmten und sich nachlässig kleideten. Dickon erklärte ihr, daß sie damit zeigen wollten, daß sie auf der Seite der Revolutionäre standen, während Pitt und die Tories sich weigerten, die neue Mode anzunehmen, und prächtige rote Westen trugen, um zu beweisen, daß sie loyal zur Monarchie standen.

Es war ein schöner, warmer April, einer der lieblichsten Monate des Jahres. Die Vögel sangen, die Knospen an den Bäumen waren gerade aufgesprungen, und ich fühlte mich einfach glücklich. Heute wollte ich meinen Fehltritt vergessen, wollte nicht schuldbewußt, sondern glücklich sein ... nur heute.

»Regen im April bringt der Blumen viel«, zitierte ich zusammenhanglos.

»Hoffentlich wartet der Regen, bis wir den ›Schwarzen Hund‹ erreicht haben.«

Dann kam das Gasthaus in Sicht, es lag etwas abseits von den Häusern eines kleinen Weilers.

»Wir bringen die Pferde gleich zu den Ställen, damit die Stallburschen sie versorgen, während wir essen.

Vom Hof traten wir in den Salon. Es war ein bezaubernder eichengetäfelter Raum, an den Wänden blitzte das Messing, und im Kamin brannte ein Feuer.

Der Wirt eilte händereibend herbei.

»Das ist wirklich eine Überraschung, Sir, Sie ausgerechnet heute zu sehen.«

»Wir sind vor dem Trubel geflohen, Thomas. Das ist die Frau meines Bruders.«

»Guten Tag, Mylady, von Herzen willkommen im ›Schwarzen Hund‹.«

»Danke. Mein Schwager hat mir erzählt, daß es ein ausgezeichnetes Gasthaus ist.«

Er verbeugte sich und wandte sich Jonathan zu. »Und Ihr Vater befindet sich natürlich bei der königlichen Hofgesellschaft?«

»Das ist richtig, doch jetzt möchte ich wissen, wie es Ihrer Frau geht.«

»Ach, Matty wird im Handumdrehen hier sein, wenn sie hört, wer da ist. Aber sie hat nichts auf dem Herd stehen, Sir. Wir können Ihnen nur kaltes Lamm und Roastbeef anbieten.«

»Sie können Matty sofort beruhigen – wir sind wegen des Roastbeefs hier.«

»Da bin ich wirklich sehr erleichtert.« Der Wirt ging zur Tür und rief: »Rate mal, Matty, wer da ist.«

Man vernahm rasche Schritte, und eine rundliche Frau trat ein, die auf dem dunklen Haar eine Haube trug und eine weiße Schürze über ihrem blauem Baumwollkleid.

Jonathan lief zu ihr, hob sie in die Höhe und drehte sich mit ihr im Kreis.

»Sie können es nicht lassen, Sir, nicht wahr?« lächelte sie, so daß sie Grübchen in den Wangen bekam. »Und Sie kommen mit einer jungen Dame daher – ohne Vorwarnung, so daß ich nichts Besonderes für Sie kochen kann.«

»Dann werde ich dich in den Tower bringen lassen und dafür sorgen, daß man dich hängt, ertränkt und vierteilt.«

»So was darf man nicht einmal im Spaß sagen, Sir.«

»Schon gut, Matty, ich werde brav sein, denn heute ist ein ganz besonderer Tag. Wir möchten dein berühmtes Roastbeef probieren, und Thomas hat mir versichert, daß genügend davon da ist.«

»Geben Sie mir fünfzehn Minuten Zeit, Sir, und Sie werden überrascht sein.«

»Gut, du bekommst deine fünfzehn Minuten.«

»Und was möchten Sie inzwischen trinken ... Ale ... oder vielleicht Wein?«

»Ich habe einen ausgezeichneten Tropfen im Keller.« Thomas blinzelte Jonathan verschwörerisch zu.

Jonathan blinzelte zurück. »Wir wollen dir vertrauen, Thomas, aber wenn du uns enttäuschst, schicken wir dich mit Matty in den Tower. Ach, ich habe ganz vergessen ... heute wollte ich mich ja gut benehmen.«

Er setzte Matty wieder ab. Sie war rot geworden und sah ihn bewundernd an. Wirkte er auf Frauen immer so? Ich dachte an Millicent und mich.

Matty machte einen Knicks und lief davon, und einen Augenblick später brachte Thomas den Wein herein und schenkte ihn so ehrfürchtig ein, als handele es sich um göttlichen Nektar.

Jonathan probierte einen Schluck und blickte verzückt zur Decke, während Thomas strahlte.

Anscheinend hatten die beiden Jonathan wirklich ins Herz geschlossen. Oder begrüßten sie alle Gäste so? dachte ich, obwohl ich das eigentlich nicht annahm.

»In der Stadt müssen sich ja die Menschenmassen drängen.« Thomas blickte auf den Wein und schaute dann zu uns her, so als könne er sich nicht entscheiden, wen er mehr bewunderte.

»Alle feiern begeistert die Hochzeit – bis auf den Bräutigam«, lästerte Jonathan.

»Angeblich vergleicht er die Braut mit Mrs. Fitzherbert.«

»Der Vergleich muß natürlich zum Nachteil der Braut ausfallen.«

»Trotzdem ist da immer noch Lady Jersey, seine letzte Mätresse. Wenn Sie mich fragen – Seine Königliche Hoheit weiß selbst nicht, was er will.«

Jonathan lächelte mich an. »Da ist er leider nicht der einzige.«

»Sie haben recht, Sir. Ich gehe jetzt in die Küche und helfe Matty, damit Sie nicht zu lange warten müssen.«

»Beeilen Sie sich nicht, wir fühlen uns sehr wohl.«

Die Tür fiel hinter dem Wirt ins Schloß.

»Es ist ein Glücksfall, daß wir hier allein sind. Für gewöhnlich ist der Raum überfüllt. Es war doch klug von mir, hierher zu kommen.«

»Wirt und Wirtin machen einen sehr guten Eindruck.«

»Sie sind brave, fleißige Leute.«

»Und du kommst oft her?«

»Häufig. Die beiden kennen mich gut. Doch ich muß dir gestehen, daß ich auch mit vielen anderen Wirten von Gasthäusern und Weinstuben auf gutem Fuß stehe.«

»Aha, deine geheimen Tätigkeiten …«

»Du möchtest sehr gern mehr darüber erfahren, nicht wahr, meine liebe Claudine?«

»Ich möchte überhaupt möglichst viel erfahren.«

»Du hast jedenfalls recht. Die Menschen neigen dazu, in Wirtshäusern und Weinstuben zuviel zu trinken, und dann fangen sie an zu erzählen.«

»Ich verstehe. Du bist wirklich ein sehr vielseitiger Mensch.«

»Darin liegt das Geheimnis meiner Anziehungskraft.«

»Die auf Frauen wie Matty wirkt; du behandelst sie mit einer genau berechneten Mischung aus Herablassung und Koketterie.«

»Und hat dir diese Mischung gefallen?«

»Ich habe natürlich erkannt, was du damit bezweckst.«

»Matty war davon begeistert.«

»Und ob. Der große Herr, der im Gasthaus ihres Mannes Geld ausgibt. Davon muß sie ja begeistert sein.«

»Du mußt zugeben, daß es eine originelle Methode ist.«

»Das stimmt. Aber du hast versprochen, dich so zu benehmen, daß du nirgends unangenehm auffällst.«

»Ich kann mich nicht mehr an den genauen Wortlaut meiner Erklärung erinnern, aber ich habe dir versprochen, dir einen neuen Jonathan zu zeigen, den Mann von Ehre.«

»Es wird dir nicht leichtfallen, mich zu überzeugen.«

»Dennoch wirst du, noch ehe dieser Tag zu Ende ist, deine Meinung über mich geändert haben. Ich weiß, daß du mich magst, dich stört nur, daß ich gegen gewisse Moralvorstellungen verstoße, die dir durch deine Erziehung eingebleut wurden. Glaub mir, es geht nur darum, wie man die Regeln auslegt.«

»Für Recht und Unrecht kann es nur eine Auslegung geben.«

»Oberflächlich betrachtet, ja. Es gibt aber Abstufungen von Recht und Abstufungen von Unrecht, und diese hängen ausschließlich von dem Standpunkt ab, von dem aus du diese Probleme betrachtest.«

»Du verstehst es ausgezeichnet, um ein Thema herumzureden und deine Zuhörer zu fesseln, so daß sie nach einer Weile Schwarz und Weiß nicht mehr unterscheiden können.«

»Tatsächlich? Ich habe gar nicht gewußt, daß ich auch dieses Talent besitze. Aber ist das nicht komisch ... wir sind zusammen und unterhalten uns! Und du hast so lange nur das Notwendigste mit mir gesprochen.«

»Wir haben uns darauf geeinigt, daß wir diese Zeit vergessen wollen.«

»Du bringst das Gespräch immer wieder darauf.«

»Dann reden wir eben über etwas anderes ... wie oft kehrst du hier ein?«

Er überlegte. »Etwa einmal im Monat.«

»Und Matty und Thomas sind dir zu Diensten und beobachten die Gäste. Sie belauschen ihre Gespräche und berichten dir alles, was sie für wissenswert halten.«

»Jetzt begeben wir uns auf gefährlichen Boden.«

»Geheime Angelegenheiten. Ich würde gern mehr darüber erfahren.«

»Machst du dir meinetwegen Sorgen?«

»Ich versuche, nicht an dich zu denken.«

»Ich verstehe. Deiner Ansicht nach ist es unklug, an mich zu denken.«

»Du weißt doch, daß ich vergessen will; warum sprechen wir also immer wieder darüber?«

»Du bist darauf zurückgekommen; offenbar beschäftigt es dich noch immer sehr.«

Ich stand auf und besichtigte die Ziergegenstände aus Messing.

»Thomas hat sehr schöne Pferde im Stall stehen«, erzählte Jonathan. »Dieses Gasthaus ist vor allem auf Gäste eingerichtet, die in Kutschen kommen. Nachdem wir gegessen haben, werde ich dich herumführen.«

An den Wänden hingen alte Stiche; während Jonathan mir erklärte, was darauf zu sehen war, kam Matty mit der Suppe herein.

»Hier«, sagte sie, »das wird Sie aufwärmen, bevor Sie sich das kalte Fleisch zu Gemüte führen. Ich habe immer einen Kessel mit Suppe am Feuer.«

Die Erbsensuppe schmeckte köstlich, und auch das Roastbeef, das mit heißem, knusprigem Brot serviert wurde, war ausgezeichnet; ein Obstkuchen kam als Nachspeise.

Ich lehnte mich satt und schläfrig zurück; Jonathan ließ mich nicht aus den Augen.

»Gibst du zu, daß ich dich in ein gutes Gasthaus geführt habe?«

»Die Mahlzeit war ausgezeichnet.«

»Jetzt kannst du dir vorstellen, was uns erwartet hätte, wenn Matty gewußt hätte, daß wir kommen.«

»Es hätte nicht besser sein können.«

519

»Du kennst Matty nicht.«

Während sie abräumte, lobten wir ihre Küche, und Jonathan meinte, daß wir uns noch eine Weile ausruhen würden, bevor wir weiterritten.

Ich war sehr glücklich, obwohl ich wußte, daß ich es nicht sein durfte – aber Jonathan bezauberte mich immer noch. In meinem Geist regten sich leise, warnende Stimmen und erinnerten mich daran, daß es wieder geschehen konnte. Das durfte nicht sein, und dennoch wünschte ich mir, daß dieser Zustand ewig dauern möchte. Ich hatte noch nie bei einem Menschen das Bedürfnis gehabt, die Zeit anzuhalten, damit die Augenblicke endlos währten.

Jonathan erzählte von London und davon, daß er immer mehr Zeit hier verbringen würde, weil sein Vater sich allmählich aus den Londoner Aktivitäten zurückzog.

»Es ist gut, daß wir zu zweit sind und auch noch so verschieden dazu«, stellte er fest. »David ist der Landmann, ich bin der Städter.«

»Das ist das Werk deines Vaters.«

»Glaubst du, daß er uns bewußt so erzogen hat?«

»Er erreicht immer alles, was er will.«

»Hoffentlich hat er mir diese Fähigkeit vererbt.«

»Du verfügst zweifellos ein wenig über dieses Talent.«

»Nur ein wenig?«

»Du bist ja noch jung. Als Dickon in deinem Alter war, wird ihm auch nicht alles in den Schoß gefallen sein. Er wollte zum Beispiel meine Mutter für sich gewinnen und hat sie erst viel später bekommen.«

»Aber er hat sie bekommen.«

»Erst nach Jahren.«

»Es ist ein Glück, daß es überhaupt soweit gekommen ist, denn sonst hätten wir einander nie kennengelernt.« Er stand auf. »Reiten wir weiter, den Fluß entlang. Es gibt am Ufer sehr malerische Stellen. Das gefällt mir so an London – mag es auch wimmeln vor Menschen, man gelangt doch in kurzer Zeit aufs freie Land hinaus.«

Es wurde ein wunderschöner Nachmittag. Wir verabschiedeten uns von Matty und Thomas, besichtigten die Stallungen, stiegen auf unsere ausgeruhten Pferde und machten uns auf den Weg.

Etwa eine Meile vom Gasthaus entfernt erreichten wir eine grasbestandene Stelle am Ufer, wo wir die Pferde an einen Busch banden, uns hinsetzten und den Fluß beobachteten. Ein paar Schiffe fuhren vorbei, sonst war alles still.

Es war friedlich ... alles Böse war weit weg ... ich sah müßig den sich kräuselnden Wellen nach.

Plötzlich fing Jonathan an zu sprechen. »Wir hätten heiraten sollen, Claudine. Es wäre die ideale Ehe geworden. Du weißt es doch, nicht wahr? Wir lieben einander wirklich.«

»Mein Mann muß mir treu sein, und dazu bist du nicht fähig.«

»Wer weiß, vielleicht doch.«

»Nein, es entspricht nicht deinem Wesen.«

»Sieh dir doch meinen Vater an, der unzählige Abenteuer hinter sich hat und jetzt der treueste Ehemann von ganz England ist.«

»Er ist alt und abgeklärt. Du bist noch jung.«

»Möchtest du wirklich, daß ich alt bin, Claudine?«

»Ich möchte –«

»Komm, erzähl mir, was du möchtest. Du möchtest deine voreilige Heirat ungeschehen machen. Du weißt, daß ich derjenige bin, zu dem es dich hinzieht. Du sehnst dich danach, mit mir ein aufregendes, abenteuerliches Leben zu führen.«

»Die Frau, die dich heiratet, wird nicht sehr glücklich sein.«

»O doch! Jedesmal, wenn ich zurückkehre, würden die Flitterwochen von neuem beginnen. Diese Ehe würde nur aus Flitterwochen bestehen.«

»Nein«, erklärte ich entschieden. »So, wie ich jetzt lebe, bin ich glücklicher.«

»Du hast dich einfach mit deinem ereignislosen Leben abgefunden.«

»Du vergißt offenbar, daß du selbst bald Ehemann sein wirst.«

»Ich habe es nicht vergessen.«

»Schämst du dich denn überhaupt nicht? Du würdest Millicent betrügen; du bedauerst das, was zwischen uns vorgefallen ist, überhaupt nicht ...«

»Warum soll ich die aufregendste Erfahrung meines Lebens bedauern?«

»Heb dir diese schönen Worte für leichtgläubige Opfer auf.«

»Heute spreche ich nur die Wahrheit. Ich liebe dich, Claudine, ich habe dich von dem Augenblick an geliebt, als ich dich kennenlernte.«

»Wir haben etwas Entsetzliches getan, Jonathan.«

»Ist es so entsetzlich, zu lieben?«

»Unter diesen Umständen, ja. Ich habe meinen Mann betrogen, und du deinen Bruder. Du mußt doch begreifen, wie verwerflich das ist. Und du schämst dich überhaupt nicht, nicht wahr?«

»Nein.«

»Du findest, daß wir nicht unrecht gehandelt haben?«

»Wir hätten nur dann unrecht gehandelt, wenn man uns auf die Schliche käme.« Er lachte. »Sei nicht so entsetzt, Claudine, so sehe ich es eben. Sünde oder Verderbtheit bestehen darin, daß man andere verletzt. Solange niemand durch unsere Taten verletzt wird, haben wir nicht unrecht getan.«

»Aber wir wissen, daß es unrecht war.«

»Dennoch werde ich es nie vergessen. Ich sehne mich die ganze Zeit über nach dir, nach dem Zimmer, in dem wir uns ganz nahe waren. Ich werde es nie vergessen und auch nie bedauern. Und solange David nichts davon erfährt, haben wir niemandem etwas angetan.«

»Du bist amoralisch und unmoralisch.«

»Vielleicht hast du recht. Trotzdem – wir waren glücklich, und das Glück ist eine seltene Gabe. Ist es eine Sünde, wenn man das Glück ergreift, das sich einem bietet?«

»Wenn man dadurch gegen sein Ehegelübde und gegen die brüderlichen Pflichten verstößt?«

»Noch einmal; wo niemand zu Schaden kommt, besteht kein Grund, etwas zu bedauern. Deine Schwierigkeit besteht darin, daß du dazu erzogen wurdest, bestimmte Konventionen zu befolgen, und daß du sie für unabänderlich hältst. Sie bestimmen, was Recht und was Unrecht ist, und wenn man gegen sie verstößt, beschwört man Gottes Zorn auf sich herab ... oder jedenfalls den Zorn der Verwandtschaft. Doch so einfach ist das nicht. Da ist es schon besser, sich an meine zu halten: Füge niemandem Schmerz zu und mache die Menschen glücklich. Das ist die vernünftigste Einstellung.«

»Begreifst du denn nicht, wie schwer wir uns David gegenüber vergangen haben?«

»Nur, wenn David davon erfährt. Dann haben wir ihm Schmerz zugefügt. Wenn er es nicht erfährt, haben wir ihm auch nichts angetan. Glaub mir, ich habe David noch nie so glücklich erlebt wie jetzt.«

»Es ist unmöglich, mit dir vernünftig zu reden.«

»Ich finde, daß das vielmehr auf dich zutrifft.«

»Übrigens muß ich dir noch etwas erzählen. Jemand weiß über uns Bescheid.«

»Was? Wer?«

»Das weiß ich nicht. Du hast über meine Stimmen gelacht, aber sie waren keine Hirngespinste. Jeanne hat eine Art Sprechrohr entdeckt, das aus unserem Zimmer in die Küche führt. Also hat sich jemand in der Küche von Enderby aufgehalten, als wir uns im Zimmer befanden. Und die Stimme dieser Person habe ich gehört.«

»Das ist doch nicht möglich!«

»O doch! Jetzt bist du überrascht, nicht wahr? Wenn nämlich jemand über uns Bescheid weiß, dann fällt deine ganze schöne Theorie ins Wasser. Was ist, wenn dieser Jemand es David erzählt?«

»Wer könnte das sein?«

»Ich weiß es nicht, aber ich habe Mrs. Trent in Verdacht.«

»Dieses böse alte Weib!«

»Sie hat keine Andeutung darüber gemacht, aber sie hat versucht, mich zu erpressen … nein, mich dazu zu überreden, daß ich Evie und Harry Farringdon zusammenbringe. Sie hat behauptet, daß ihr Sohn Richard Dickons Sohn gewesen ist.«

»Von dieser Vermutung habe ich schon gehört. Mein Vater hat ihr nämlich oft unter die Arme gegriffen. Grasslands war sehr heruntergewirtschaftet, und er hat Geld hineingesteckt. Richard Mather war ein Spieler und hat auch zuviel getrunken. Dadurch hat er die Familie an den Rand des Ruins gebracht. Mein Vater hat sie ein paarmal in schwierigen Situationen unterstützt.«

»Du glaubst also, daß Richard wirklich Dickons Sohn war.«

»Allerdings. Dickon hat immer den Frauen nachgestellt, und die Affäre mit Mrs. Trent muß sich abgespielt haben, als er noch sehr jung gewesen ist. Sie meint jedenfalls, daß sie dadurch gewisse Rechte besitzt … oder vielmehr, daß Richards Töchter Rechtsansprüche haben.«

»Ja, so sagte sie. Sie hat mir nicht gedroht, aber während des Gesprächs machte sie ein paar Andeutungen, aus denen ich schloß, daß sie etwas über mich weiß.«

»Wir werden uns von ihr nichts gefallenlassen.«

»Ich habe für Evie getan, was ich konnte … aber nur, weil sie mir

523

leid tut und weil ich nicht wußte, wie meine Mutter darauf reagieren würde, wenn alte Skandale wieder ausgegraben werden.«

Er ergriff meine Hand.

»Wenn sie dir Schwierigkeiten machen will, dann versuche nicht erst, selbst damit fertig zu werden. Sag es mir – ich werde alles in Ordnung bringen.«

Ich war erleichtert. Seit Jeanne mir das Sprechrohr in Enderby gezeigt hatte, war ich besorgter gewesen, als ich zugeben wollte.

»Danke.«

»Schließlich geht es dabei um dein und mein Geheimnis«, schloß er lächelnd.

»Ich werde deinen Standpunkt nie teilen können.«

»Es wäre aber gut, denn es ist ein sehr weiser Standpunkt.«

»Ich kann es nicht vergessen. Jedesmal, wenn ich Amaryllis ansehe ...«

»Sie ist meine Tochter, nicht wahr?«

»Ich weiß es wirklich nicht.«

»Ich werde sie immer für mein Kind halten, und David wird immer glauben, daß sie seine Tochter ist.«

»David betet sie an, während du kaum jemals an sie denkst.«

»Du weißt so wenig von mir, Claudine. Du könntest dein ganzes Leben damit verbringen, das Labyrinth meines Wesens zu ergründen und Verborgenes ans Licht bringen.«

»Diese Entdeckungsreise werde ich wohl Millicent überlassen.«

»Sie wird es gar nicht erst versuchen. Unsere Ehe stellt für beide Familien die ideale Lösung dar. Seit Jahrhunderten verbünden sich einflußreiche Familien durch Heirat; darauf gründen sich viele unserer Adelsgeschlechter. Kleine Familien entwickeln sich allmählich zu großen, reichen, bedeutenden Familien. Ihr Wahlspruch lautet: ›Reichtum und Macht durch Vereinigung‹.«

»Das klingt so zynisch.«

»Und so vernünftig.«

»Meine Mutter hat nichts in die Ehe mitgebracht. Sie wäre natürlich sehr wohlhabend gewesen, wenn ...«

»Und darüber wäre Dickon entzückt gewesen. Aber er liebt sie so sehr, daß er sie auch ohne einen Penny Mitgift geheiratet hat ... wie ich es auch bei dir tun würde.«

»Dein Vater hat getan, was von ihm erwartet wurde, indem er

deine Mutter geheiratet hat. Sie hat das Eversleigh-Vermögen erheblich vermehrt.«

»Das stimmt, sie hat die Verbindungen zu den Banken und die sich daraus ergebenden Geschäftsbeziehungen in die Ehe mitgebracht. Mein Vater hatte damit seine Pflichten der Familie gegenüber erfüllt und das Recht auf eine Liebesheirat erworben.«

»Du liebst Millicent nicht.«

»Ich mag sie. Sie amüsiert mich. Wir werden heftige Kämpfe austragen, denn sie ist eine sehr willensstarke Dame, die gern Befehle erteilt. Ihre Mutter ist genauso – wenn man Lady Pettigrew betrachtet, weiß man, wie Millicent in dreißig Jahren aussehen wird.«

»Und du hast keine Angst vor dieser Verbindung?«

»Ganz und gar nicht. Ich bewundere Lady Pettigrew. Ich möchte keine sanfte, jammernde Frau haben. Auseinandersetzungen sind viel anregender als ewige Vorwürfe.«

»Vielleicht wird sie dir auch Vorwürfe machen.«

»Zweifellos.«

»Du zeichnest kein sehr vorteilhaftes Bild von dir.«

»Und trotzdem bedeute ich dir etwas, Claudine. Stimmt's?«

»Du bist bestimmt ein faszinierender Mann.«

»Wie schmeichelhaft!«

»Ich habe dich beobachtet, wenn du mit anderen Frauen, mit Millicent oder heute mit Matty beisammen warst, ich habe gesehen, wie dich die Dienstmädchen anschauen … du bist für sie eine sexuelle Herausforderung.«

Er lachte. »Ich mag Frauen. Ich sehe sie gern, und wenn sie klug sind, unterhalte ich mich gern mit ihnen … und ich liebe Wortgefechte.«

Er sah mir in die Augen, und ich dachte: Nein, es darf nie wieder dazu kommen.

»Ich liebe dich, Claudine«, erklärte er ernsthaft, »und ich werde niemals eine andere lieben.«

Er zog mich an sich, und einen seligen Augenblick lang genoß ich diese Umarmung. Ich wollte mit ihm beisammen sein – in dem Zimmer auf Enderby. Der alte Zauber wirkte wieder, und ich wußte, daß er nie erlöschen würde.

»Wir müssen zurückreiten.« Ich löste mich von ihm.

»Es ist noch zu früh, die Straßen werden voller Menschen sein.

Die Zeremonien bei Hof sind noch nicht vorbei. Tausende Diener und Lehrlinge haben heute freibekommen. Wir können irgendwohin reiten ... allein sein ...«

Einen Augenblick lang zog ich es wirklich in Betracht. Dann aber schämte ich mich.

»Nein, nie wieder. Manchmal wache ich nachts auf, weil ich geträumt habe ...«

»Von mir ... von uns«, unterbrach er mich.

»Von uns, und wenn ich aufwache, hasse ich mich dafür. Deine Grundsätze sind nicht die meinen. Du wirst bald heiraten ... wegen deiner Hochzeit sind wir ja nach London gereist. Und ich bin mit David, deinem Bruder, verheiratet, der ein großartiger Mensch ist.«

»Ja, David ist ein großartiger Mensch.«

»Im Augenblick befindet er sich auf Clavering und arbeitet fleißig wie immer. Du hast versucht, mir deine Lebensphilosophie zu erläutern ... sie ist so zynisch. Du ziehst Prinzipien, die für mich überaus wichtig sind, ins Lächerliche.«

»David wird nie Verdacht schöpfen, wird nie an dir zweifeln. Er ist ein vollkommen offener Mensch und schließt von sich auf andere, vor allem auf dich. Er hat sich sein Leben lang an die Regeln gehalten, die ihm anerzogen wurden. Wir sind miteinander aufgewachsen, und ich bin immer der Erfinderische und Abenteuerlustige gewesen. Ich habe für meine alte Nurse spioniert, als sie langsam den Verstand verlor. Sie hatte sich so sehr über den Tod meiner Mutter aufgeregt, daß sie meinen Vater überwachte und hoffte, ihn bei einem Fehltritt, zu ertappen. Sie wollte über jede Frau Bescheid wissen, die ihn interessierte. Mir machte es Spaß. Einmal bin ich sogar ihm und deiner Mutter nach Enderby gefolgt. Dieses Haus taucht immer wieder in unserer Familiengeschichte auf. David ist ein einfacher Mensch ... ich meine nicht geistig. Er ist sehr klug, viel klüger als ich, aber er ist naiv. Er lebt konventionell, denkt konventionell und glaubt, daß alle Menschen so sind wie er. Deshalb würde er dich niemals verdächtigen.«

»Wenn ich erreichen kann, daß er nie von dem schrecklichen Unrecht erfährt, das ich ihm angetan habe, werde ich nie wieder etwas tun, das ihn verletzen könnte.«

»Es ist unklug, ein solches Gelübde abzulegen.«

Ich stand auf, und er trat neben mich.

»Was für ein schöner Tag«, stellte er fest. »Der Fluß, die Stille auf dem Land, und du bist mit mir allein.«

»Reiten wir zurück.«

Er gehorchte widerspruchslos, und als wir die Stadt erreichten, waren die Straßen immer noch voller Menschen.

Im Haus waren nur zwei Diener anwesend, die uns erzählten, daß sie am Abend frei hätten, wenn die anderen zurückkamen.

Es war fünf Uhr.

»Du hast bestimmt keine Lust, zu Hause zu bleiben«, meinte Jonathan, »deshalb schlage ich vor, daß wir noch einmal ausgehen. Sagen wir in etwa einer Stunde? Wir werden ein Boot mieten, und ich werde dich flußabwärts oder -aufwärts rudern, wie es dir gefällt.«

Ich war so froh, daß der Tag noch nicht zu Ende war, denn ich wollte weiter mit ihm beisammensein. Die Tatsache, daß mein besseres Ich in mir gesiegt hatte, gab mir Mut.

»Zieh ein einfaches Kleid an«, riet er mir. »Wir wollen nicht die Aufmerksamkeit der Gauner und Taschendiebe erregen, sondern wie ein Kaufmann und seine Frau aussehen, die die Festlichkeiten genießen.«

Gegen sechs Uhr verließen wir das Haus. Auf den Straßen waren immer noch viele Menschen unterwegs, und die Schenken waren zum Bersten voll. Jonathan ergriff schützend meinen Arm, zog mich an sich und führte mich zum Flußufer, wo wir ein Ruderboot mieteten.

Auf der Themse war reger Verkehr und Jonathan beschloß, einen einsameren Abschnitt des Flusses aufzusuchen. So kam es, daß wir nach Richmond ruderten.

Der Abend war zauberhaft, aber vielleicht hatte ich diesen Eindruck nur deshalb, weil Jonathan mir so nahe war. Das Rudern bereitete ihm keine Mühe. Ich ließ meine Hand ins Wasser hängen und dachte: Ich bin glücklich, ich möchte, daß dieser Abend nie zu Ende geht. Es war doch nicht unrecht, daß ich glücklich war, nicht wahr?

»Diese Bootsfahrt ist doch recht angenehm, findest du nicht?« erkundigte er sich.

»Es gefällt mir sehr gut.«

»Du siehst zufrieden aus, und das freut mich. Der heutige Tag war überhaupt wunderbar.«

»Auch ich habe ihn genossen.«

»Und jetzt kennst du mich ein bißchen besser, glaubst du nicht?«

»Ja, vielleicht.«

»Und gewinne ich bei näherer Bekanntschaft?«

Ich schwieg.

»Willst du meine Frage nicht beantworten?«

»Ich könnte mich nie deiner Denkweise anschließen, Jonathan. Ich könnte nie die gleiche Einstellung zum Leben haben wie du.«

»Du willst also unter Gewissensbissen leiden, obwohl du nicht den geringsten Grund dafür hast.«

»Im Gegenteil, ich habe reichlich Grund dafür.«

»Eines Tages werde ich dich so weit bringen, daß du meinen Standpunkt teilst.«

»Dazu ist es zu spät. Ich bin mit David verheiratet, und du wirst Millicent heiraten. Du kannst dich aber mit der Gewißheit trösten, daß die finanzielle Lage ihres Vaters dir ermöglichen wird, das große Familienimperium, das für dich so wichtig ist, zu erweitern und zu festigen. Wenn du mich geheiratet hättest, wäre es anders gewesen, denn ich besitze überhaupt nichts. Stell dir nur vor, worauf du damit verzichtet hättest.«

»Dann hätte eben David Millicent geheiratet.«

»David und Millicent – o nein!«

»Du hast recht, er wäre nie mit ihr fertig geworden. Nimm das Leben, wie es ist, Claudine. David hat dich, ich habe Millicent, aber du und ich lieben einander. Und auch wenn man im Leben nicht immer alles bekommen kann, was man möchte, kann man doch wenigstens ergreifen, was sich einem bietet.«

»Mir ist noch nie aufgefallen, wie großzügig es von deinem Vater war, daß er einem seiner Söhne gestattet hat, ein mittelloses Mädchen zu heiraten.«

»Es handelt sich dabei um besondere Umstände. Der Einfluß deiner Mutter spielt dabei eine Rolle, außerdem warst du kein gewöhnliches mittelloses Mädchen. Solange einer von uns Millicent zur Frau nahm, konnte der andere dich heiraten.«

»Ich kann nicht glauben, daß das alles nur ein Handel war.«

»Nicht ausgesprochenermaßen, sondern eher andeutungsweise. Aber warum verderben wir uns den Abend mit so unerquicklichen Gesprächen? Gefällt es dir hier, Claudine? Bald werden die Sterne herauskommen. Ich kenne ein sehr nettes Gasthaus in Richmond in der Nähe des Leinpfades.«

»Da spricht der Experte für Landgasthäuser.«

»Man braucht wirklich Talent, um die Lokale zu finden, in denen man gut essen kann.«

»Sind die Wirtsleute ebenfalls deine Freunde?«

»Alle Wirte sind meine Freunde. Siehst du, der erste Stern ist schon da. Venus – wie hell sie leuchtet. Der Stern der Liebe. Und gleich sind wir am Gasthaus, man sieht schon die Lichter. Ich werde anlegen und das Boot festmachen.«

Er hob mich heraus und hielt mich einen Augenblick lang in den Armen. Dann nahm er meine Hand und führte mich hinein. In der Wirtsstube saßen Gäste, tranken Ale und aßen Weißfisch, die Spezialität des Hauses.

Zu meiner Überraschung paßte sich Jonathan der Gesellschaft mühelos an. Wir saßen an einem Tisch, tranken das milde Ale und aßen Fisch.

»Du erlebst so etwas zum erstenmal«, stellte Jonathan fest. »Gefällt es dir?«

»Sehr.«

»Ist der Schauplatz oder dein Begleiter dafür verantwortlich?«

»Vielleicht beides.«

Jemand begann zu singen. Der Sänger hatte ein gute Tenorstimme, aber er hätte dieses Lied nicht ausgerechnet an diesem Tag singen dürfen. Ich kannte es, genau wie die meisten Gäste. Der Autor, William Upton, stammte aus Yorkshire und hatte angeblich an seine Liebste gedacht, als er es verfaßte; aber es paßte so gut auf ein bestimmtes anderes Paar; und aus diesem Grund war es allgemein bekannt.

Der Richmond Hill in dem Lied lag wohl in Yorkshire, aber es gab auch in der Nähe von London ein Richmond, und Mrs. Fitzherbert hatte nicht weit davon, in Marble Hill, gewohnt; außerdem hieß es, daß sie und der Prinz einander auf dem Treidelpfad kennengelernt hatten.

Auf Richmond Hill die Liebste mein
ist schön wie ein Tag im Mai.
Ihr Lächeln strahlt tagaus, tagein,

Ihre Stimme klingt sanft und frei.
O süßes Kind, o schönes Kind,
Nimm hin mein Herz und Will,
Für dich gäb ich die Krone hin,
O Maid von Richmond Hill.

Die letzten Zeilen waren besonders treffend, denn der Prince of Wales hatte sich eine Zeitlang mit der Absicht getragen, um Maria Fitzherberts willen auf die Krone zu verzichten. Doch das war jetzt alles vorbei; er hatte Maria verstoßen, seine neue Frau hieß Karoline von Braunschweig und seine neue Mätresse Lady Jersey.

Einige Gäste stimmten in den Refrain ein, aber die meisten waren verärgert.

Plötzlich stand ein Mann auf, packte den Sänger mit einer Hand an den Jackenaufschlägen und rief: »Du beleidigst die Monarchie.« Dann schüttete er dem überraschten Unglücksraben den Wein aus seinem vollem Krug ins Gesicht.

Es sah aus, als würde es im nächsten Augenblick zu einer gehörigen Rauferei kommen; Jonathan packte mich am Arm und schob mich aus dem Raum.

Als wir im Freien standen, meinte er: »Die Royalisten und die Republikaner können ihre Meinungsverschiedenheiten auch ohne uns austragen.«

»Glaubst du, daß sie wirklich ernst machen?« fragte ich. »Ich würde gern wissen, wie es weitergeht.«

»Sie haben einfach zuviel getrunken.«

»Der Sänger hatte eine angenehme Stimme, und er hat das Lied bestimmt nicht bös gemeint.«

»Es war aber genau der falsche Augenblick dafür. Die Menschen benützen jede Gelegenheit, um die Monarchie schlecht zu machen. Daß jemand am Hochzeitstag des Prinzen über seine Amouren singt, empfand ein Teil der Anwesenden als Majestätsbeleidigung ... oder vielleicht hat der Gentleman, der seinen Wein zweckentfremdet hat, nur Unruhe stiften wollen. Der Gastwirt tut mir leid; er ist ein braver Mann und führt seine Wirtschaft ordentlich.«

Aus dem Wirtshaus drang lautes Geschrei.

»Hier ist das Boot«, sagte Jonathan.

»Du hast mich gerade rechtzeitig hinausgebracht.«

»Ich weiß, wann die Zeichen auf Sturm stehen – außerdem habe ich deiner Mutter versprochen, daß ich auf dich achtgeben werde; ich wollte kein Risiko eingehen.«

Er hatte die Riemen ergriffen und vom Ufer abgestoßen. Ich sah zum Wirtshaus zurück. Ein paar Menschen standen im Freien und stritten miteinander.

»Der Fisch war köstlich«, stellte ich fest.

»Deine Gesellschaft war köstlich, und solange ich sie genieße, sind kleine Fische unwichtig. Es wird heute nacht noch mehr Auseinandersetzungen geben, glaub mir.«

Es war dunkel geworden. Die Sterne leuchteten und am Ufer glitten die schwarzen Büsche vorbei. Ich war glücklich.

Jonathan begann zu singen. Er hatte eine kräftige Tenorstimme, und das Lied war seltsam sehnsüchtig.

Trink mir mit deinen Augen zu
Mein Blick wird Antwort sein.
Hauch' einen Kuß nur in das Glas,
Ich frag nicht nach dem Wein.
Den Durst, der aus der Seele steigt,
Löscht Himmelstau allein.
Doch ich verschmäh den Nektar selbst.
Wär deine Liebe mein.

Und während ich mich im Boot zurücklehnte, sein Gesicht im Sternenlicht betrachtete, seiner Stimme lauschte und die süßen Worte hörte, die Ben Jonson für eine gewisse Celia geschrieben hatte, wußte ich, daß ich Jonathan liebte, und daß nichts … meine Heirat … seine Heirat … etwas daran ändern konnte.

Auch er fühlte es, und vermutlich liebte er mich wirklich – auf seine Art. Wir schwiegen, bis wir Westminster Stairs erreichten. Dort ließen wir das Boot zurück und schlenderten gemächlich nach Hause.

Auf den Straßen ging es immer noch hoch her; die Leute sangen und tanzten, und die Betrunkenen taumelten dazwischen herum. Jonathan behütete mich liebevoll, und ich fühlte mich sicher und glücklich.

Als wir nach Hause kamen, saßen meine Mutter und Dickon bereits im kleinen Salon vor dem Kamin.

»Ich bin froh, daß ihr da seid«, begrüßte uns meine Mutter. »Wir haben schon begonnen, uns Sorgen zu machen, nicht wahr, Dickon?«

»Nur du warst besorgt«, stellte Dickon richtig. »Ich habe gewußt, daß Claudine nichts zustoßen kann, wenn Jonathan bei ihr ist.«

»Es war ein anstrengender Tag«, seufzte meine Mutter. »Seid ihr müde oder hungrig?«

»Wir sind nicht hungrig. Wir haben in einem Gasthaus am Fluß gegessen und sind geflüchtet, als sich eine Rauferei anbahnte.«

»Das war klug von euch«, bemerkte Dickon. »Heute nacht wird es viele blaue Flecken geben.«

»Warum muß ein Festtag immer mit Schlägereien enden?« fragte ich meine Mutter.

»Die menschliche Natur ist nicht für starke Getränke geschaffen«, erklärte Dickon.

Sprach und schenkte uns Wein ein.

»Wir hatten nicht einmal Zeit, unseren Weißfisch ganz zu essen«, erzählte ich.

»Wie schade«, bedauerte meine Mutter. »Trotzdem seht ihr aus, als hättet ihr einen schönen Tag verbracht.«

»Das haben wir auch. Wir sind zum ›Schwarzen Hund‹ nach Greenwich geritten und später sind wir mit einem Boot nach Richmond gerudert.«

»Dadurch seid ihr dem Wirbel entgangen.«

»Das war der Sinn des Ganzen«, bestätigte Jonathan. »Ihr habt euch dagegen am Schauplatz der Ereignisse befunden«, warf ich ein. »Erzählt uns, wie es war.«

»Es war eigentlich eine recht traurige Hochzeit«, berichtete meine Mutter. »Die Prinzessin hat mir so leid getan. Sie ist ungeschickt und häßlich, und ihr wißt doch, daß der Prinz nur das Schöne liebt.«

»Es muß schrecklich sein, in eine Vernunftehe gezwungen zu werden« überlegte ich laut.

»Die Strafe dafür, daß er von königlichem Geblüt ist. Der Prinz genießt alle Annehmlichkeiten, die ihm sein hoher Rang verschafft. Dagegen ist nichts einzuwenden. Aber er muß auch dafür bezahlen«, antwortete Dickon.

»Auf dieser Welt muß man für alles bezahlen«, stellte meine Mutter fest.

»Nicht immer«, widersprach Jonathan. »Es hat Könige gegeben, die ihre Frauen innig geliebt haben und daher beides besaßen: Liebe und königliche Vorrechte. Außerdem ist die Hochzeit für den Prinzen nur eine angenehme Zeremonie, die er über sich ergehen lassen muß. Sein Lebensstil wird sich dadurch nicht allzusehr ändern. Er muß jetzt ein paar Nächte mit seiner Frau verbringen, und sobald sie schwanger ist, hat er seine Freiheit wieder.«

»Er wirkte etwas mitgenommen, nicht wahr, Dickon?« meinte meine Mutter. »Die beiden Herzöge, die neben ihm gingen, mußten ihn stützen, weil er zuviel getrunken hatte.«

»Einen Augenblick habe ich geglaubt, daß er sich weigern wird, der Hochzeitszeremonie bis zum Ende beizuwohnen«, gab Dickon zurück.

»O ja«, stimmte meine Mutter zu. »Der König muß es auch gemerkt haben, denn er stand auf und flüsterte dem Prinzen etwas ins Ohr. Es war nicht zu übersehen, denn das Paar kniete gerade vor dem Erzbischof, und der Prinz war tatsächlich aufgestanden.«

»Er muß sehr betrunken gewesen sein«, sagte Dickon.

»Das stimmt, ich war erleichtert, als es vorbei war. Die Musik war schön, und der Chor hat herrlich gesungen. Nur die Zeilen

Denn gesegnet sind jene, die in der Furcht des Herrn leben.
Die Seligkeit ist dein! Die Seligkeit ist dein!
Wie glücklich werdet ihr sein,

waren schlecht gewählt, denn man sah Braut und Bräutigam deutlich an, daß sie alles andere als sehr glücklich waren.«

»Du hast jedenfalls ein historisches Ereignis miterlebt«, bemerkte ich.

»Ich werde es nie vergessen. Mir ist übrigens aufgefallen, wie zufrieden Lady Jersey ausgesehen hat.«

»Sie hatte befürchtet, daß die Braut des Prinzen eine Schönheit sein werde und er sich in sie verlieben würde«, erklärte Dickon.

»Natürlich wird auch diese Beziehung nicht ewig dauern, der Prinz ist sehr flatterhaft«, sagte Jonathan. »Und eine Dame wie Lady Jersey, deren Jugendblüte vorbei ist, muß damit rechnen, daß es eines Tages aus ist.«

»Es ist sehr schade, daß er Maria verlassen hat«, seufzte meine

Mutter. »Sie war die richtige Frau für ihn, und er dürfte sie wirklich geliebt haben.«

»Das glaube ich nicht, denn dann hätte er sie nicht verstoßen«, protestierte ich scharf.

»Er ist unter Druck gesetzt worden«, erklärte meine Mutter, »aber ich glaube, daß er seit dem Tag der Trennung nicht mehr glücklich gewesen ist.«

»Verschwende dein Mitleid nicht an Seine Königliche Hoheit«, ermahnte sie Dickon. »Er ist durchaus fähig, auf sich aufzupassen.«

»Heute hat er aber nicht diesen Eindruck gemacht«, widersprach sofort meine Mutter. »Erzählt uns von euren Ausflügen.«

Unsere Unterhaltung war von langen Pausen unterbrochen, denn alle waren schläfrig, aber wir wollten den Tag voll auskosten. Die Kerzen flackerten, einige verlöschten, doch niemand dachte daran, sie durch neue zu ersetzen. Die Stimmung war sehr anheimelnd, sehr vertraut. Immer wieder versanken wir in Schweigen, was niemanden störte, denn jeder hing seinen eigenen Gedanken nach, die durchweg angenehmer Natur waren.

Ich rief mir den Tag nochmals ins Gedächtnis zurück. Ich roch den Fluß, ich schmeckte Mattys Roastbeef, ich sah das geputzte Messinggeschirr im Gastzimmer des Wirtshauses und hörte das Wasser sanft ans Ufer schlagen.

Es war ein Tag voller Glück gewesen.

Der Zauber war gebrochen, als das Feuer im Kamin in sich zusammensank.

»Es wird bald ausgehen«, stellte Dickon fest.

»Und es wird langsam kühl«, fügte meine Mutter hinzu.

Sie gähnte und erhob sich. Dann gingen sie und ich zusammen die Treppe hinauf, sie küßte mich vor meiner Tür, ich betrat mein Zimmer und zündete die Kerzen an.

Ich setzte mich vor den Spiegel und betrachtete mich. Bei Kerzenlicht sah ich beinahe schön aus. Kerzenlicht schmeichelt, sagte ich mir, aber ich bemerkte eine Veränderung, meine Züge waren viel weicher geworden, ich strahlte Glück aus. Diesen Tag würde ich nie vergessen.

Während ich traumverloren mein Haar bürstete, dachte ich an das Lied von Jonson. Dann stand ich auf und versperrte meine Tür.

Er würde es bestimmt nicht versuchen, nicht, wenn er meine Mutter in der Nähe wußte. Doch – konnte ich mich darauf verlassen?

Ich versperrte also die Tür, denn wenn er es wagen sollte – in einer solchen Nacht konnte ich meiner nicht sicher sein.

Obwohl wir spät zu Bett gegangen waren, standen wir alle zeitig auf, und als ich herunterkam, saß meine Mutter bereits am Frühstückstisch.

»Guten Morgen, hast du gut geschlafen?« begrüßte sie mich.

»Ich konnte nicht einschlafen, trotzdem bin ich überraschenderweise frisch und munter.«

»Ich werde diesen Tag zwar nie vergessen, aber ich bin trotzdem froh, daß er vorbei ist. Ich sehne mich nach Jessica. Und dir muß es mit Amaryllis genauso ergehen.«

Ich gab zu, daß sie recht hatte.

»Wir könnten übermorgen heimreisen«, schlug sie vor.

»Ja, warum nicht?«

»Falls Dickon es einrichten kann.«

»Hat er etwas gesagt?«

»Er weiß es nicht bestimmt. Aber falls wir es schaffen, möchte ich heute vormittag den Stoffhändler aufsuchen. Ich brauche noch Spitzen, und er hat gesagt, daß er heute eine Lieferung bekommt. Willst du mich begleiten?«

Ich war gern dazu bereit.

»Gut. Sagen wir um zehn Uhr? Wir können zu Fuß gehen, der Laden ist kaum zehn Minuten von hier entfernt.«

»Ich werde pünktlich sein.«

Wir gingen gemeinsam zum Stoffhändler und brauchten eine Zeitlang, bis wir die passenden Spitzen gefunden hatten. Dann kaufte meine Mutter noch Seidenbänder für die Kleidchen der Kinder.

Als wir den Laden verließen, meinte sie: »Und jetzt gehen wir in ein Kaffeehaus und trinken Kaffee und Schokolade. Ich finde Kaffeehäuser interessant.«

Ich war ebenfalls der Meinung, daß sie aus dem Londoner Stadtbild nicht mehr wegzudenken waren. Sie waren viel mehr als nur ein Lokal, in dem man Kaffee oder Schokolade trank.

Man konnte dort speisen, verschiedene Zeitungen studieren, Briefe schreiben und vor allem den Gesprächen der geistigen

Größen Londons lauschen. Jedes Kaffeehaus hatte sein eigenes Publikum. Es gab Kaffeehäuser mit politischem, literarischem, musikalischem Einschlag und weiß Gott was noch, und die Leute kamen dort zusammen und unterhielten sich über ihre Lieblingsthemen. Manchmal befanden sich unter den Gästen auch berühmte Persönlichkeiten. Samuel Johnson hatte seinerzeit im Turk's Head, im Bedford oder im Chesire hofgehalten; Walpole und Addison hatten sich im Kit Cat mit Congreve und Vanbrugh geistige Gefechte geliefert.

Wir entschieden uns für ein Kaffeehaus, das nur wenige Schritte vom Stoffhändler entfernt lag. Es hieß Benbow's – nach seinem Gründer, der beim Glücksspiel ein Vermögen gewonnen hatte. Um diese Tageszeit waren keine Geistesgrößen anwesend, sondern nur Leute wie wir, die eine Tasse Kaffee oder Schokolade trinken wollten.

Als wir das Lokal betraten, begrüßte uns der Besitzer überschwenglich. Er kannte meine Mutter, denn sie und Dickon waren bei ihrem letzten Londoner Aufenthalt hier eingekehrt.

Er führte uns zu unserem Tisch. »Von dieser kleinen Nische aus können Sie bequem alle Anwesenden beobachten«, meinte er mit einem Augenzwinkern.

»Diesmal befinde ich mich in Begleitung meiner Tochter«, sagte meine Mutter.

Der Besitzer verbeugte sich würdevoll vor mir.

Wir tranken bereits die ausgezeichnete Schokolade, als meine Mutter plötzlich ausrief: »O Gott, ich habe die Bänder im Laden liegenlassen.«

»Wir holen sie, sobald wir das Kaffeehaus verlassen«, schlug ich vor.

»Ach nein, ich gehe lieber gleich«, meinte meine Mutter. »Es ist ja nicht weit. Du bleibst inzwischen hier.«

Als sie sich erhob, kam Mr. Benbow auf sie zu.

»Ich muß nur etwas holen, das ich in einem Geschäft vergessen habe«, erklärte meine Mutter. »Meine Tochter wartet inzwischen auf mich.«

»Ich werde in Ihrer Abwesenheit ganz besonders gut auf sie achtgeben.«

Ich lachte. »Ist es denn gar so gefährlich, in Ihrem Kaffeehaus zu sitzen?«

Er zuckte die Schultern. »Nicht eigentlich gefährlich, aber wenn es sich um eine schöne Dame handelt, können die Verehrer sehr zudringlich werden. Ich werde sie unter Einsatz meines Lebens verteidigen.«

»Hoffentlich erweist es sich nicht als notwendig«, lächelte meine Mutter.

Ich trank meine Schokolade und sah mich dabei im Raum um. In diesem Augenblick trat ein Mann ein und nahm Platz. Ich hatte sofort ein merkwürdiges Gefühl; ich war davon überzeugt, daß ich ihn schon einmal gesehen hatte, und zwar in letzter Zeit. Aber wo? Es konnte nur in Frankreich gewesen sein – natürlich, im *château!*

Es war der Erzieher, der für Charlot und Louis-Charles angestellt worden war. Falls ich mich täuschen sollte, sah er ihm jedenfalls erstaunlich ähnlich.

Ich war damals noch sehr jung gewesen, aber der Mann hatte beträchtliche Aufregung in unser Leben gebracht. Er hatte uns sehr plötzlich verlassen, um sich angeblich um seine alte, kranke Mutter zu kümmern. Viel später, als meine Mutter sich in Frankreich in Lebensgefahr befand, erfuhr sie, daß er für die Revolutionäre spionierte und dafür verantwortlich war, daß Armand, der Sohn des Comte, in der Bastille eingekerkert worden war.

Vermutlich hatte ich ihn zu auffällig angestarrt, denn er blickte mich jetzt an. Zum Glück erkannte er mich nicht, denn ich war zur besagten Zeit noch ein kleines Kind gewesen. Ich zerbrach mir den Kopf über seinen Namen, und dann fiel er mir schlagartig ein: Léon Blanchard.

Ich war einigermaßen verwirrt. Was suchte ein ehemaliger Revolutionär und Agitator in Benbow's Kaffeehaus?

Beim nächsten Gast, der hereinkam, hätte ich beinahe überrascht aufgeschrien. Es war Alberic.

Er ging direkt zu dem Tisch, an dem Léon Blanchard saß, nahm ebenfalls Platz und sagte etwas zu ihm. Die beiden unterhielten sich einige Sekunden lang, dann blickte Alberic auf und sah mich.

»Alberic –«, rief ich.

Er stand auf und stammelte verwirrt: »Miss Claudine – ich – erledige hier ... etwas für – Mademoiselle d'Aubigné. Sind – sind Sie – allein?«

537

»Nein, ich befinde mich in Begleitung meiner Mutter. Sie muß in wenigen Minuten zurückkommen.«

Léon Blanchard war aufgestanden und bewegte sich auf die Tür zu.

»Ich muß gehen«, stieß Alberic hastig hervor. »Auf Wiedersehen, Miss Claudine.« Damit folgte er Léon Blanchard auf die Straße.

Sie waren kaum eine Minute fort – ich überlegte immer noch, was ich jetzt eigentlich tun sollte –, als meine Mutter mit den Bändern zurückkehrte.

»Ich habe gerade etwas sehr Seltsames erlebt«, sprudelte ich hervor. »Alberic hat sich hier mit einem Mann getroffen, den ich mit Sicherheit erkannt habe. Es war Léon Blanchard, der Erzieher. Die beiden sind gemeinsam verschwunden – sie haben es sehr eilig gehabt.«

Meine Mutter wurde blaß.

»O Gott«, murmelte sie leise. »Léon Blanchard und Alberic. Das kann nur eins bedeuten. Wir müssen sofort nach Hause fahren und Dickon davon verständigen.«

Glücklicherweise waren Dickon und Jonathan zu Hause.

Meine Mutter berichtete atemlos, was sich ereignet hatte.

Dickon war sprachlos, und Jonathan sah mich ungläubig an. »Bist du sicher?«

»Natürlich bin ich sicher, daß es Alberic war, er hat mich ja auch begrüßt. Der andere Mann ... während ich über ihn nachgedacht habe, ist mir sein Name plötzlich eingefallen.«

»Es klingt logisch«, bestätigte Dickon. »Wir dürfen keine Zeit verlieren. Überlegen wir uns, wie wir vorgehen wollen.« Er sah Jonathan an. »Die beiden werden sich verstecken. Für Alberic muß Claudines Anwesenheit ein Schock gewesen sein, und Blanchard wird befürchten, daß sie ihn erkannt hat. Er hatte offenbar Angst davor, daß Lottie ihn sehen könnte. Vielleicht wird Alberic versuchen, nach Frankreich zu gelangen.«

»Und zweifellos Informationen mitnehmen. Das müssen wir verhindern.«

»Jetzt fällt mir ein, daß Billy Grafter uns seinerzeit von Alberic empfohlen wurde. Das erklärt auch den Besuch der Cardews. Wir sind schrecklich unvorsichtig gewesen.«

»Es hat keinen Sinn, nachträglich darüber zu jammern«, stellte Jonathan fest. »Wir müssen uns überlegen, wie wir vorgehen wollen.«

»Du reitest sofort nach Eversleigh. Alberic wird dort bestimmt verschiedenes in Ordnung bringen müssen, er hat vielleicht sogar auf Enderby Unterlagen zurückgelassen. Außerdem muß er Grafter warnen. Andererseits ist es natürlich möglich, daß er sich bis auf weiteres in London verkriecht.« Er überlegte einen Augenblick. »Ja, Jonathan, du kehrst nach Eversleigh zurück, und ich bleibe hier. Wir müssen die beiden finden, denn durch sie können wir auf die übrigen Agitatoren stoßen. Wie dumm von uns, auf den alten Emigrantenschwindel hereinzufallen. Wann kannst du abreisen?«

»In einer halben Stunde.«

»Nimm Claudine mit.«

»Warum denn?« wollte ich wissen.

»Ich weiß nicht, wie lange ich hier zu tun habe, und Lottie bleibt natürlich bei mir. Es kommt nicht in Frage, daß du dich hier aufhältst, wenn David schon wieder auf Eversleigh ist. Nein, das ist die beste Lösung. Wir müssen rasch handeln. Ich werde mich dieser Angelegenheit persönlich annehmen, denn wir müssen Alberic daran hindern, nach Frankreich zurückzukehren.«

»Ich lasse die Pferde satteln«, sagte Jonathan. »Du mußt in einer halben Stunde reisefertig sein, Claudine.«

Ich war vollkommen konsterniert; meine Mutter half mir beim Packen.

»Es klingt so fürchterlich dramatisch«, bemerkte ich.

»Ich habe es in Frankreich miterlebt. Blanchard und seinesgleichen haben die Franzosen zur Revolution aufgehetzt und sind damit auch für den Tod meiner Mutter verantwortlich. Ich bin ihnen nur dank Dickons Mut und Geistesgegenwart entkommen. Was in Frankreich geschehen ist, darf sich in England nicht wiederholen, und deshalb müssen Männer wie Blanchard und Alberic unschädlich gemacht werden.«

Es kam mir wie ein Traum vor, daß ich erst gestern am Ufer der Themse gesessen und mit Jonathan philosophische Gespräche geführt hatte.

Die Pferde standen bereit. »Ihr solltet heute noch eine möglichst große Strecke zurücklegen«, meinte Dickon. »Dann kehrt in einem

539

Gasthaus ein und ruht euch ein paar Stunden aus, aber seid bei Morgengrauen wieder unterwegs. Wenn ihr Glück habt, erreicht ihr Eversleigh am frühen Nachmittag; er kann auch nicht viel früher dort sein.«

Wir ritten durch die Stadt, am Tower vorbei, und schon befanden wir uns in freiem Gelände. Jonathan sah sehr entschlossen aus, und ich war froh, daß ich eine gute Reiterin war. Die gelöste Stimmung des Vortags war verflogen, und an ihre Stelle war tiefer Ernst getreten. Jonathan würde Alberic festnehmen ... falls dieser nach Enderby zurückkehrte.

Wir ritten den ganzen Nachmittag und hielten nur einmal an, um eine Kleinigkeit zu essen und zu trinken.

Gegen zehn Uhr abends stiegen wir vor einem Gasthaus von den Pferden, die bereits erlahmten. Ob Jonathan wohl genauso müde war wie ich?

Ein einziges Zimmer war frei. Zu jeder anderen Zeit hätte ich dagegen protestiert, aber wir mußten essen und schlafen, wenn wir den langen Ritt durchstehen wollten.

Wir aßen im Gastzimmer des Wirtshauses kaltes Lammfleisch, tranken Ale dazu und gingen dann zu Bett. Ich zog die Stiefel aus, streckte mich angekleidet auf dem Bett aus und schlief sofort tief und fest.

Ein leichter Kuß auf die Stirn weckte mich. Jonathan beugte sich über mich.

»Wach auf«, mahnte er, »wir müssen weiter.«

Erst jetzt fiel mir ein, wo ich mich befand, und ich sprang auf.

»Wir sollten auf das Frühstück verzichten«, meinte Jonathan, »und lieber unterwegs etwas zu uns nehmen.«

Wir gingen zum Stall: Unsere Pferde waren gut versorgt worden und wieder frisch und ausgeruht.

Als wir aus dem Gasthaus ritten, begann Jonathan, laut zu lachen. Ich wollte wissen, was er denn so lustig fand.

»Ich habe immer vorgehabt, eine Nacht mit dir zu verbringen und dich morgens, wenn ich aufwache, neben mir zu spüren. Ich habe es mir oft ausgemalt, und jetzt ist es dazu gekommen, und wir haben nur geschlafen. Du mußt zugeben, daß das komisch ist.«

Der Ritt war lang und anstrengend. Zweimal hielten wir, um

uns zu stärken, vor allem aber, um den Pferden etwas Ruhe zu gönnen. Gegen zwei Uhr nachmittags erreichten wir Eversleigh.

»Zuerst reiten wir zum Stall und holen uns frische Pferde«, beschloß Jonathan. »Dann nichts wie hinüber nach Enderby. Ich möchte, daß du dich nach Alberic erkundigst; verrate niemandem, daß wir unbedingt mit ihm sprechen wollen. Vielleicht hat er in der Umgebung Freunde, ich möchte sie nicht warnen.«

»Glaubst du nicht, daß er längst über alle Berge ist?«

»Es wäre möglich, aber ihm ist dazu nicht viel Zeit geblieben. Er kann keinen großen Vorsprung vor uns haben, selbst wenn er sofort nach dem Zusammentreffen im Kaffeehaus aufgebrochen ist.«

Wir ritten zum Stall, und einer der Knechte trat heraus und begrüßte uns.

»Wir brauchen frische Pferde, Jakob«, verlangte Jonathan. »Beeil dich, wir müssen sofort weiter.«

»Ja, Sir, aber Sie sind doch gerade erst zurückgekommen ...«

»Zerbrich dir nicht den Kopf darüber. Mach die Pferde fertig und kümmere dich dann um diese beiden.«

»Soll ich im Haus Bescheid sagen, daß Sie wieder da sind?«

»Tu das. Befindet sich Billy Grafter in der Nähe?«

»Ich werde nachsehen, Sir.«

»Falls er da ist, sorge dafür, daß er nicht fort kann. Ich muß mit ihm sprechen – aber nicht jetzt.«

»Sehr wohl, Sir.«

»Achte darauf, daß er nicht davonläuft; schließe ihn am besten in einem Zimmer ein.«

Die Dienstboten auf Eversleigh hatten gelernt, Dickon und Jonathan widerspruchslos zu gehorchen.

Zwanzig Minuten später läutete ich auf Enderby, und eines der Dienstmädchen öffnete die Tür.

»Guten Tag, Mabel«, begrüßte ich sie. »Ich würde gern mit Alberic sprechen.«

»Sie haben ihn ganz knapp verfehlt, Mrs. Frenshaw.«

»Wann ist er denn aus London zurückgekommen?«

»Vor kurzer Zeit. Er war nur auf einen Sprung in seinem Zimmer und ist gleich wieder weitergeritten.«

»Wohin?«

»Das weiß ich nicht, Madam.«

Ich lief zu Jonathan und berichtete, während ich aufsaß: »Er ist dagewesen und schon wieder fort.«

»Vermutlich versucht er, nach Frankreich zu gelangen. Du bleibst hier und sorgst dafür, daß Grafter nicht entwischt, während ich Alberic nachreite.«

»Ich bleibe bei dir«, antwortete ich. »Wie willst du ihn denn finden? Er hält sich vermutlich irgendwo an der Küste versteckt.«

»Wir reiten dorthin, wo du ihn gefunden hast. Ist da nicht ein verfallenes Bootshaus in der Nähe?«

»Ja.«

»Vielleicht war er darauf vorbereitet, daß er plötzlich fliehen muß, und hat dort ein Boot versteckt.«

»Und wenn er nicht dort ist?«

»Dann werde ich die Küste entlangreiten. Ich muß verhindern, daß er das Land verläßt.«

»Es gibt dort viele einsame Buchten und Höhlen.«

»Er braucht ein Boot, und das dürfte schwer zu bekommen sein.«

Wir schlugen ein hohes Tempo an und konnten nur miteinander sprechen, wenn wir durch den Weg gezwungen waren, langsamer zu reiten.

Ich roch bereits das Meer und hörte die schrillen Schreie der Möwen. Dann erreichten wir die Bucht, die Stelle, an der Evie und Dolly Alberic gefunden hatten.

Auf dem Meer schaukelte in einiger Entfernung vom Ufer ein kleines Boot auf den Wellen.

»Alberic!« rief ich.

Er kämpfte mit den Riemen und hielt verzweifelt von der Küste weg. Er hatte doch nicht etwa vor, in einem solchen Boot den Kanal zu überqueren? Oder vielleicht doch, es blieb ihm ja kein anderer Ausweg.

Jonathan sah sich hilflos um. Niemand war in Sicht, kein Boot, mit dem wir den Flüchtling verfolgen konnten.

Beinahe hätten wir es geschafft, wir hatten unsere Beute vor Augen – und der Wind entriß sie uns!

Alberic hatte nun die Riemen eingelegt und ließ sich vom Wind treiben. Einige Sekunden lang starrten wir ihm nach. Dann dröhnte neben mir eine laute Explosion. Draußen auf dem Meer sackte

Alberic zusammen, das Boot kenterte plötzlich, und er fiel ins Wasser.

Jonathan hob sein Gewehr und feuerte noch einmal. Das Wasser färbte sich rot.

Wir blickten lange dem Boot nach, das von der Strömung aufs offene Meer hinausgetragen wurde. Von Alberic war keine Spur mehr zu sehen.

Ich drehte mich zu Jonathan um und konnte kaum den brennenden Wunsch unterdrücken, davonzulaufen: Ich hatte zum erstenmal mit angesehen, wie ein Mensch einen anderen tötete; dieses Erlebnis brachte mich völlig aus meinem seelischen Gleichgewicht.

Jonathan hat Alberic getötet, dachte ich. Einen Menschen, mit dem ich gelacht und gescherzt habe, einen fröhlichen, glücklichen, freundlichen Menschen. Der Mann, in dessen Armen ich gelegen habe, hat gemordet.

»Du hast Alberic getötet!« schrie ich Jonathan an.

»Zum Glück ist es mir gelungen. Wenn wir etwas später gekommen wären, hätte ich es nicht mehr geschafft.«

»Wir haben ihn gekannt, Tante Sophie hat ihn sehr gern gehabt ... und jetzt ist er tot.«

Er packte mich an den Schultern und schüttelte mich. »Hör auf, du wirst hysterisch. Ja, er ist tot, und ihm ist recht geschehen. Was glaubst du, wie viele Leute gestorben wären, wenn wir ihm nicht das Handwerk gelegt hätten? Deine eigene Großmutter wurde von seinesgleichen ermordet. Gott sei Dank haben wir rechtzeitig erfahren, wer er in Wirklichkeit war.«

»Du bist wirklich gefühllos.«

»Nur Menschen wie ihm gegenüber. Ob ich ihn oder eine Schlange töte, es bedeutet meinem Gewissen gleich viel.«

Ich wischte mir mit den Händen die Tränen weg.

»Komm schon, Claudine, stell dich nicht so an. Wir waren hinter ihm her ... und nun haben wir ihn.«

Ich sah ihn entsetzt an. »Ich bin schuld daran, begreifst du das denn nicht? Ich habe ihn gesehen, ich habe es euch erzählt, und deshalb ist er jetzt tot. Im Grunde habe ich ihn auf dem Gewissen.«

»Darauf kannst du nur stolz sein. Ein weiterer Spion ist ausgeschaltet. Du hast gute Arbeit geleistet.«

»Ich bin jetzt nicht nur eine Ehebrecherin, sondern auch eine Mörderin.«

Er begann zu lachen. Es kam mir nicht in den Sinn, daß auch seine Nerven überreizt waren. Er hatte gerade einen Mann getötet, den wir alle gut kannten, und er hatte einen anstrengenden Ritt hinter sich. Ich hatte immer geahnt, daß er rücksichtslos sein konnte, doch ich hatte es heute zum erstenmal erlebt.

»Manchmal hasse ich dich«, gestand ich. »Du bist so gleichgültig. Ja, Alberic war am Tod anderer Menschen schuld, ja, er mußte sterben ... aber dich schien es förmlich zu freuen.«

»Ich freue mich, wenn ich eine Aufgabe zufriedenstellend erledigt habe«, antwortete er kalt.

Ich schaute aufs Meer hinaus. »Das Wasser ist noch immer rot gefärbt.«

»Wir warten noch eine Weile. Ich möchte nämlich nicht riskieren, daß er an den Strand gespült und von lieben, kleinen Mädchen gesundgepflegt wird.«

Ich wandte mich ab, aber er faßte mich und drückte mich an sich.

»Du lernst hier etwas über das Leben und über unsere Zeit, Claudine. Ich gebe zu, daß das nicht immer sehr angenehm ist. Aber wir müssen dafür sorgen, daß unser Land gedeiht. Wenn jemand das Wohlergehen unserer Heimat gefährdet, müssen wir ihn töten. So einfach ist das. Es war ein unglaublicher Zufall, daß du dich genau im richtigen Augenblick bei Benbow's befunden und Blanchard wiedererkannt hast. Für uns war es sehr nützlich, daß wir erfahren haben, daß er sich in London aufhält. Aber daß Alberic auch noch hereinkam, war reines Glück.«

»Für dich. Für ihn hat es den Tod bedeutet.«

»Mein Gott, du bist anscheinend fest entschlossen, das Ganze melodramatisch und sentimental zu sehen. Alberic hat mit dem Tod gespielt, ganz bewußt, und er ist vielleicht gar nicht erstaunt gewesen, daß der Sensenmann schließlich gewonnen hat.« Er küßte mich zärtlich. »Es ist vorbei, Alberic stellt keine Gefahr mehr dar. Die Fische werden sich schon seiner annehmen.«

»Bitte sprich von einem menschlichen Wesen nicht auf diese Weise.«

»Arme Claudine, du bist in eine rauhe Gesellschaft geraten. Einen Tag lang hast du zu uns gehört, während des Gewaltrittes hast du dich sehr gut gehalten. Ich war stolz auf dich. Jetzt müssen wir aber überlegen, was wir als nächstes zu tun haben. Wir müssen nach Hause. Grafter wird wohl nicht mehr da sein, denn Alberic hat ihn bestimmt gewarnt. Es würde mich interessieren, was für Papiere er mitgenommen hat – obwohl es keine Rolle mehr spielt, denn sie liegen jetzt auf dem Grund des Meeres. Das Ganze muß unser Geheimnis bleiben. Du hast keine Ahnung, was Alberic zugestoßen ist, vergiß das nicht. Er ist einfach verschwunden. Und falls Billy Grafter ebenfalls fort ist, wird man annehmen, daß die beiden sich gemeinsam aus dem Staub gemacht haben. Je weniger wir darüber sprechen, desto besser.

»Ich werde schweigen«, versprach ich.

»Gut. Ich reite nach London zurück.«

»Sofort?«

»Ja. Daß Blanchard sich in London aufhält, wird zu einiger Unruhe führen. Er ist einer der Männer, die für die Französische Revolution verantwortlich sind. Rate mal, was er hier will.«

»Die Revolution ist inzwischen vorbei, und einige Staaten haben die Republik bereits anerkannt.«

»Die Franzosen hätten nichts dagegen, wenn wir uns die gleichen Probleme aufhalsen würden wie sie. Wir befinden uns ja noch im Kriegszustand mit ihnen. Sobald es morgen hell wird, reite ich nach London. Vermutlich suchen sie Alberic immer noch. Du mußt dich zusammenreißen, Claudine, du darfst kein Wort verraten. Hast du mich verstanden?«

»Ja.«

»Unterdrücke deine sentimalen Regungen. Alberic war ein netter Kerl, aber leider ein Spion, der gegen uns gearbeitet hat, und er hat die Strafe bekommen, die er verdient hat. Vergiß das nie. Wenn sich ihm die Möglichkeit geboten hätte, hätte er mich getötet. Der eine hat eben Glück, der andere Pech.«

»Ich verstehe«, wiederholte ich.

»Gut. Dann reiten wir jetzt erst einmal nach Eversleigh. Ich kehre nach London zurück, und du benimmst dich, als wäre nichts geschehen. Du kannst allen von der aufregenden königlichen Hochzeit erzählen, und daß der Prinz während der Zeremonie gestützt werden mußte, weil er betrunken war. Darüber werden sie lachen. Und du hast keine Ahnung, was Alberic zugestoßen ist.«

Wir saßen rasch auf.

»Und jetzt schnell nach Eversleigh.«

Ich erklärte den Dienstboten, daß meine Mutter noch bei Mr. Dikkon blieb, und daß Mr. Jonathan am nächsten Morgen wieder nach London reiten würde.

Niemand war darüber erstaunt, denn Dickon und Jonathan waren immer gekommen und gegangen, wie es ihnen beliebte.

Wir waren beunruhigt – aber keineswegs überrascht als wir erfuhren, daß Billy Grafter nirgends zu finden war. »Er ist gewarnt worden«, stellte Jonathan fest. »Aber halb so schlimm, er entkommt uns nicht.«

Ich war froh darüber, daß David noch immer auf Clavering weilte. Es wäre mir schwergefallen, mich ihm gegenüber unbefangen zu benehmen.

In dieser Nacht schlief ich tief und traumlos, und als ich aufwachte, war Jonathan bereits fort.

Im Laufe des Vormittags kam einer der Diener von Enderby herüber und richtete mir aus, daß Tante Sophie von meiner Rückkehr erfahren habe und sich freuen würde, wenn ich sie besuchen könnte.

Am Nachmittag ging ich nach Enderby. Jeanne begrüßte mich. »Mademoiselle Sophie muß leider das Bett hüten, sie hat eine schlechte Nacht hinter sich. Sie macht sich wegen Alberic große Sorgen. Er ist gestern aus London zurückgekommen und hat das Haus sofort wieder verlassen. Seither ist er verschwunden.«

»Was kann ihm denn zugestoßen sein?« fragte ich gekünstelt.

»Darüber macht sich Mademoiselle d'Aubigné ja Sorgen. Er hat sie nicht aufgesucht, als er zurückkam, was ungewöhnlich ist. Aber kommen Sie doch herein.«

Tante Sophie lag in dem Zimmer mit den blauen Samtvorhängen und sah genauso melancholisch aus wie damals, als sie bei uns eingetroffen war. Ich begriff jetzt erst, wie sehr sie sich verändert hatte, seit sie auf Enderby lebte. Dolly Mather saß mit einem Buch in der Hand neben dem Bett; sie hatte Sophie offenbar vorgelesen.

»Bleib hier, Jeanne«, bat meine Tante.

Jeanne nickte, schob mir einen Stuhl ans Bett; sie selbst nahm in einiger Entfernung Platz.

»Hast du dich in London gut amüsiert?« erkundigte sich Sophie.

»Ja, es war sehr interessant.«

»Ich mach mir wegen Alberic Sorgen. Ich habe ihn nach London geschickt, damit er etwas für mich erledigt. Er macht seine Sache immer sehr gut.«

»Ich weiß, daß er oft für dich unterwegs ist …«

»Er ist jedenfalls gestern zurückgekommen, war auf einen Sprung im Haus und ist wieder fortgegangen. Seither haben wir ihn nicht mehr gesehen.«

»Und du hast keine Ahnung …«

»Vielleicht hat er in London etwas vergessen und ist deshalb gleich wieder zurückgeritten.«

»Ohne Ihnen Bescheid zu sagen?« warf Jeanne ein.

Sophie lächelte zärtlich. »Er war so stolz darauf, wenn er etwas für mich tun konnte. Falls er etwas vergessen hatte, würde es ihm ähnlich sehen, sofort zurückzureiten. Eine andere Erklärung fällt mir nicht ein. Aber vielleicht kannst du uns helfen, Claudine.«

»Ich?«

»Ja, du wolltest ihn doch gestern sprechen, nicht wahr? Warum?«

Darauf war ich nicht gefaßt.

»Du warst gestern hier, oder?« wiederholte Sophie.

Sophie und Jeanne sahen mich fragend an, während Dollys Gesichtsausdruck undurchdringlich blieb.

»Ach ja, jetzt fällt es mir wieder ein. Es ging um mein Pferd. Die Stute hat eine leichte Kolik, und Alberic hat einmal erwähnt, daß man in Frankreich ein gutes Mittel dagegen kennt. Ich machte mir solche Sorgen, daß ich unverzüglich herüberritt.«

»Sie hätten Ihre Stallburschen fragen sollen«, meinte Jeanne. »Sie wissen doch bestimmt, was in so einem Fall hilft.«

»Nein, es hat sich um ein speziell französisches Mittel gehandelt. Aber inzwischen geht es der Stute wieder besser.«

»Und du hast nicht mit Alberic gesprochen?« wollte Sophie wissen.

»Nein. Angeblich hatte er das Haus kurz vorher verlassen.«

»Wie ich gehört habe, ist auch Billy Grafter verschwunden«, warf Jeanne ein. »Vermutlich steckt er mit Alberic zusammen.«

Wie schnell sich doch Nachrichten unter der Dienerschaft her-

547

umsprachen. Es war nur natürlich, daß sie einen Zusammenhang zwischen Billys und Alberics Verschwinden vermuteten.

»Es sieht ihm so gar nicht ähnlich«, jammerte Tante Sophie.

»Er wird schon bald wieder auftauchen«, beruhigte sie Jeanne. »Er hat hier einen so guten Posten; er will Enderby bestimmt nicht verlassen.«

»Wenn er zurückkommt, werde ich ihn streng zurechtweisen«, beschloß Sophie. »Er hätte mir Bescheid sagen müssen.«

Ich stand auf, küßte Sophie auf die Wange und versprach ihr, sie bald wieder zu besuchen.

Jeanne begleitete mich die Treppe hinunter.

»Er fehlt ihr«, meinte sie, »er versteht es immer, sie aufzuheitern. Er ist ein fröhlicher Mensch, und sie unterhält sich gern mit ihm. Zum Glück ist Dolly jetzt hier – Mademoiselle d'Aubigné gibt ihr Französischunterricht. Das Mädchen lernt überraschend gut – sie ist intelligent, obwohl man es ihr auf den ersten Blick nicht ansieht. Hoffentlich kommt Alberic bald wieder. Ich werde ihm jedenfalls gehörig die Meinung sagen, denn sein Benehmen läßt sehr zu wünschen übrig.«

»Merkwürdig, daß sie einen jungen Diener so sehr ins Herz schließt«, bemerkte ich. »Er ist ja noch nicht lange hier.«

»Sie hat immer eine Schwäche für junge Leute gehabt. Ich war so froh, daß sie sich für ihn interessierte. Er wußte mit ihr umzugehen, denn er ist ebenfalls Franzose. Er weiß ganz genau, wie er sie behandeln muß.«

Ich verabschiedete mich von Jeanne und ging traurig nach Hause. Die arme Sophie würde ihren Alberic nie wiedersehen, und ich war schuld daran.

Das Grab der Selbstmörderin

Am nächsten Tag kam David von Clavering zurück.

Er war glücklich, mich wiederzusehen, und mein Herz flog ihm entgegen. Ich hatte das Gefühl, daß ich ihn hintergangen hatte, weil ich am Tag der königlichen Hochzeit so glücklich gewesen war. Ich wollte ihn dafür entschädigen, daß ich von Jonathan fasziniert war.

Doch jetzt stand eine neue Schranke zwischen uns: das Geheimnis um Alberics Tod, oder, wie ich immer noch nicht umhin konnte zu denken, Alberics Ermordung.

Dennoch fiel es mir nicht so schwer, mein Geheimnis zu bewahren, wie ich angenommen hatte. Offenbar lernte ich andere zu täuschen. Außerdem war David nicht so scharfsinnig wie sein Bruder. Jonathan hätte mich längst durchschaut.

Ich erzählte David von der Hochzeit und was meine Mutter darüber berichtet hatte. Er hatte gerüchteweise gehört, daß der Prinz vollkommen betrunken gewesen war und den größten Teil der Hochzeitsnacht im Kamin des Schlafzimmers verbracht hatte, in den er in seinem Rausch gestolpert war. Seine Braut hatte ihn seelenruhig dort liegenlassen.

»Es wird immer abenteuerlicher«, stellte ich fest. »Ich habe nur gehört, daß er sich weigerte, die Zeremonie bis zum Ende mitzumachen, und daß ihn sein Vater erst dazu überreden mußte.«

»Wieweit stimmen diese Geschichten?« wollte David wissen.

»Unsere Eltern sind der Meinung, daß sie nicht ganz aus der Luft gegriffen sind.«

»Warst du eigentlich enttäuscht, daß du nicht an der Hochzeit teilnehmen konntest?«

»O nein. Jonathan und ich haben einen Spazierritt unternommen. Mutter hat darauf bestanden, daß er mich begleitet, weil sie nicht wollte, daß ich an einem solchen Tag allein unterwegs bin.«

»Damit hatte sie vollkommen recht. In London muß sich viel Gesindel herumgetrieben haben.«

»Allerdings. Wir machten übrigens in einem Gasthaus in der Nähe von Greenwich Rast, und der Wirt servierte uns das beste Roastbeef, das ich je gegessen habe.«

»Der Aufenthalt in London hat dir also Spaß gemacht?«

»Sogar sehr.«

»Und Jonathan ist sofort wieder zurückgeritten?«

»Ja. Meine Mutter weiß noch nicht, wie lange sie noch in London bleiben wird, und die Eltern wollten, daß ich schon zu Hause bin, wenn du wiederkommst.«

»Das ist wirklich sehr rücksichtsvoll von ihnen.« Er küßte mich zärtlich. »Ich habe mich so sehr nach dir gesehnt ... nach dir und Amaryllis.«

Ich liebte ihn innig. Es war also möglich, zwei Menschen gleichzeitig und auf ganz verschiedene Art zu lieben. David war wie ein Schluck kristallklares Wasser, wenn man durstig ist. Jonathan hingegen war wie funkelnder, berauschender Wein.

Wenn ich mir gegenüber ehrlich war, mußte ich zugeben, daß ich sowohl Wasser als auch Wein haben wollte. Lag die Erklärung dafür vielleicht in der Tatsache, daß die beiden Männer, die ich liebte, Zwillinge waren?

David wechselte das Thema und wir kamen auf die Kinder zu sprechen. Die beiden wuchsen rasch heran, und jeder Tag brachte neue Überraschungen. Ich hätte Jonathan leichter vergessen können, wenn Amaryllis' Anblick ihn mir nicht täglich in Erinnerung gerufen hätte.

Am Tag nach Davids Rückkehr tobte ein Sturm, der den Regen waagrecht gegen die Fensterscheiben peitschte. Der Wind war so heftig, daß sich niemand ins Freie wagte, um nicht umgeweht zu werden.

Am nächsten Morgen hatte sich das Wetter wieder beruhigt, die Vögel sangen, und Bäume und Gräser dampften in der Vormittagssonne. Ich beschloß, David zu begleiten, der unseren Besitz inspizieren wollte, und er freute sich darüber, daß er dabei Gesellschaft haben würde. Außerdem wollte er mir von Clavering erzählen.

Als wir im Begriff waren aufzusitzen, kam ein Bote von Enderby atemlos in den Hof gerannt. Jeanne ließ fragen, ob wir hinüberkommen könnten.

»O mein Gott, was ist jetzt wieder geschehen?« seufzte ich. »Bitte reite mit mir hinüber, David, wir müssen ja nicht lang bleiben.«

Ich hatte Angst, daß die Aufforderung etwas mit Alberic zu tun haben könnte, und wollte David bei mir haben.

Jeanne empfing uns mit totenbleichem Gesicht. »Ich bin so froh, daß Sie gekommen sind. Es ist etwas Schreckliches geschehen.«

»Sprechen Sie schon, was ist es denn?«

»Man hat Alberic gefunden.«

»Gefunden?« wiederholte David. »Wo hat er denn die ganze Zeit gesteckt?«

»Er ist tot, Mr. Frenshaw. Das Meer hat seine Leiche an den Strand gespült. Und wir haben uns den Kopf darüber zerbrochen, was mit ihm passiert ist.«

»Ist er ertrunken?« fragte David.

»Nein, er wurde ermordet«, antwortete Jeanne. »Angeblich ist er erschossen worden.«

»Aber wer …«, begann David, dann unterbrach er sich. »Einen Augenblick bitte, meine Frau ist offenbar so erschrocken, daß sie sich nicht ganz wohl fühlt.«

Er hob mich vom Pferd und stützte mich.

»Kommen Sie doch herein«, schlug Jeanne vor.

»Ich halte es auch für vernünftiger, Liebling«, meinte David.

In der kühlen Halle fiel ich auf einen Stuhl, und allmählich verging mein Schwächezustand. Jetzt wußten sie es also – welche Schlüsse würden sie daraus ziehen?

Alberics Tod war das Tagesgespräch. Überall rätselte man darüber, wer ihn getötet haben konnte. Den armen, unschuldigen Alberic, der nur eine kleine Bootsfahrt zu seinem Vergnügen unternommen hatte.

Allgemein wurde angenommen, daß sich sein Freund Billy Grafter bei ihm befunden hatte, denn er war gleichzeitig mit Alberic verschwunden.

Es kam zu einer gerichtlichen Untersuchung, denn es stand zweifelsfrei fest, daß jemand auf Alberic geschossen hatte, obwohl der Tod durch Ertrinken eingetreten war. Der Spruch lautete auf Mord durch eine oder mehrere unbekannte Personen.

Ich ertrug es kaum, mit meinem Geheimnis zu leben. Ich hatte

Alpträume und erwachte nachts immer wieder von meinen eigenen Schreien. Dann nahm mich David in die Arme und beruhigte mich, und ich klammerte mich an ihn.

Bei Tag redete ich mir gut zu und rief mir ins Gedächtnis, was meiner Mutter und meiner Großmutter zugestoßen war. Zipporah, meine Großmutter, war mit der wappengeschmückten Kutsche der d'Aubignés in die kleine Stadt gefahren, und als sie das Geschäft, in dem sie ihre Einkäufe erledigt hatte, verließ, stand sie dem Pöbel gegenüber. Alberics Tod war gerecht, eine logische Folge seiner subversiven Tätigkeit.

Tagsüber glaubte ich, was ich mir einredete. Nachts jedoch plagten mich die schrecklichsten Träume.

Jonathan war zu der gerichtlichen Untersuchung nach Eversleigh gekommen. Ich war nicht dabei, aber er suchte mich auf, sobald alles vorüber war.

»Man sucht Alberics Mörder«, sagte ich. »Und wenn sie –«

Er schüttelte ironisch lächelnd den Kopf.

»Es wird die Rede von Nachforschungen sein, und es wird so aussehen, als wären auch welche im Gange. Aber ich kann dir versichern, daß nichts dabei herauskommen wird, dafür haben wir gesorgt. Wenn es um die Sicherheit unseres Landes geht, muß alles zurückstehen.«

»Das ist alles so ... undurchschaubar.«

Er lachte. »Was hast du denn erwartet? Es liegt in der Natur der Sache. Und wie steht es mit dir? Hast du mit jemandem darüber gesprochen?«

Ich schüttelte den Kopf.

»Nicht einmal mit David? Obwohl er es natürlich billigen würde, er denkt logisch. Aber wenn es nicht unbedingt erforderlich ist, soll man andere nicht mit solchen Dingen belasten.«

»Was ist eigentlich aus Billy Grafter geworden?« erkundigte ich mich.

»Er ist entwischt, aber das macht nichts. Er könnte uns auf die richtige Spur führen, denn wir wissen ja, wie er aussieht. Und wir wissen, daß sich Léon Blanchard in London aufhält oder aufgehalten hat. Ich reite morgen wieder dorthin; wenn ich das nächste Mal wiederkomme, werden mich vermutlich Dickon und deine Mutter begleiten.«

»Nimmt denn das alles nie ein Ende?« fragte ich müde.

»Arme Claudine, das Leben ist sehr kompliziert, nicht wahr?«

»Und ich sehne mich nach einem einfachen, friedlichen Leben.«

»Ach komm, komm, dafür bist du noch zu jung.« Dann küßte er mich rasch. »Au revoir, Geliebte.«

Ich besuchte Tante Sophie.

Jeanne empfing mich. »Sie muß das Bett hüten, es geht ihr nicht gut. Diese Affäre hat sie mehr aufgeregt, als ich für möglich gehalten hätte.«

Sie lag im Bett, die blauen Vorhänge waren zurückgezogen, und sie sah blaß und matt aus.

»O Claudine …«, seufzte sie.

»Jeanne hat mir erzählt, daß es dir nicht gut geht.«

»Dieses Haus trägt Trauer, Claudine.« Ihre Finger zupften unruhig an den Laken. »Warum benachteiligt mich das Leben immer so sehr? Warum wird mir immer alles genommen, was ich ins Herz schließe?«

»Das Leben ist voller Tragödien.«

»In meinem Fall ganz bestimmt. Der arme Junge, der arme, unschuldige Junge.«

Er ist gar nicht so unschuldig, Tante Sophie, dachte ich. Es ist erstaunlich, wie wenig wir von den Menschen wissen, mit denen wir zusammenleben.

»Was hat er denn getan? Er ist zu seinem Vergnügen mit einem Boot aufs Meer hinausgefahren, und irgendein Bösewicht hat ihn erschossen. Kannst du das verstehen? Es ist vollkommen sinnlos.«

»Es ist wirklich kaum zu verstehen, Tante Sophie. Warum ist er deiner Meinung nach hinausgerudert? Er war doch erst kurz vorher aus London zurückgekommen. Du hast angenommen, daß er wieder dorthin geritten ist, weil er etwas vergessen hatte. Aber warum mußte er ausgerechnet zu diesem Zeitpunkt Boot fahren?«

»Vielleicht eine Laune«, meinte sie. »Jeder Mensch hat manchmal Launen. Sein Pferd Prince – wie gern hat er es geritten! – ist allein in den Stall zurückgekommen. Er muß auf Prince an den Strand geritten sein, wo sich sein Boot befand.«

»Hast du gewußt, daß er ein Boot besitzt?«

»Nein, er hat nie davon gesprochen. Er und Billy Grafter dürften

553

es gemeinsam gekauft haben. Die armen Jungen ... die armen, unschuldigen Jungen.«

»Es kommt mir merkwürdig vor, daß sie gerade zu diesem Zeitpunkt beschlossen hatten, gemeinsam hinauszurudern.«

Doch es interessierte Tante Sophie nicht, warum sie diese Bootsfahrt unternommen hatten. Sie sprach nur von ihrem Kummer. Es war besser, wenn ich aufhörte, Fragen zu stellen und Andeutungen zu machen. Mochte sie doch glauben, daß es der junge Mann nach dem Aufenthalt in London nicht erwarten konnte, die frische Seeluft zu atmen.

Tante Sophie fuhr fort: »Ermordet, in der Blüte seiner Jahre. Er war ein schöner, fröhlicher, kluger junger Mann. Seine Anwesenheit hat mich glücklich gemacht.«

»Du tust mir so leid, Tante Sophie.«

»Ach, mein Kind, was weißt du von Einsamkeit? Du hast deinen Mann, deine Tochter ... du bist ein glücklicher Mensch.«

»Aber wir sind ja hier, Tante Sophie, deine Familie liebt dich, meine Mutter ...«

»Deine Mutter war immer vom Glück begünstigt. Zuerst war sie mit Charles de Tourville verheiratet, und jetzt hat sie Dickon zum Mann, der sie anbetet. Ich weiß, daß sie schön ist und daß sie ein gewinnendes Wesen hat, aber es ist so ungerecht, Claudine, so schrecklich ungerecht. Und nur weil dieser junge Mann freundlich ist und mich zum Lachen bringt und ich mich darüber freue, daß er in meinem Haus lebt, muß ihn jemand ermorden.«

Ich sah hilflos zu Jeanne hinüber, die die Schultern zuckte. Es war bestimmt nicht immer leicht, Tante Sophies Selbstmitleid zu ertragen.

Sophie sah mich an. »Ich werde nicht rasten und ruhen, bis ich weiß, wer ihn auf dem Gewissen hat. Und wenn ich es herausbekommen habe, werde ich Alberics Mörder töten.«

»Aber Tante Sophie ...«

»Versuche nicht, mich zu besänftigen, ich will mich nicht besänftigen lassen. Das einzige, was mir geblieben ist, ist Haß, Haß und das Verlangen nach Rache. Sobald ich weiß, wer Alberic getötet hat, werde ich einen Weg finden, es ihm heimzuzahlen.«

Mich fröstelte. Ihre Augen leuchteten fanatisch, sie sah halb verrückt aus, und die Kapuze war ihr vom Kopf geglitten. Ich konnte einen kurzen Blick auf die verrunzelte Haut werfen, die sie sonst sorgfältig vor uns verbarg. Das Blut war ihr in die Wangen gestiegen, und dadurch traten die Narben noch deutlicher hervor.

Ich empfand überwältigendes Mitleid und zugleich schreckliche Angst, denn in meinem Unterbewußtsein war ich davon überzeugt, daß sie mich als Alberics Mörderin bezeichnen würde, wenn sie die Wahrheit erfuhr. Ich hatte zwar nicht selbst geschossen, aber wenn ich nicht von der Begegnung in dem Kaffeehaus erzählt hätte, wäre Alberic noch am Leben, würde Tante Sophie bezaubern und für sein Vaterland gegen England spionieren.

Ich stand auf und sagte, daß ich nun gehen müßte. Als ich Tante Sophie zum Abschied auf die Wange küßte, ergriff sie meine Hände.

»Wenn du jemals etwas erfahren solltest, dann laß es mich wissen«, ermahnte sie mich.

Jeanne begleitete mich hinunter.

»So führt sie sich beinahe die ganze Zeit auf. Manchmal glaube ich, daß es am besten ist, wenn man sie einfach reden läßt. Solange sie auf Rache sinnt, vergißt sie den Kummer über seinen Tod. Irgendwann wird sie sich dann beruhigen und sich mit dem Verlust abfinden. Es bleibt ihr ja nichts anderes übrig.«

Ende Mai war Alberics Tod beinahe schon in Vergessenheit geraten. Zuerst hatten die Leute überraschende Enthüllungen erwartet, und es hieß, daß er in der Gegend Feinde gehabt hätte. Doch die Wochen vergingen, und nichts geschah. Die Menschen warteten darauf, daß auch Billy Grafters Leiche angespült wurde, und waren davon überzeugt, daß sie von Kugeln durchlöchert sein würde. Diese Gerüchte hielten sich vierzehn Tage lang und verstummten dann allmählich. Die Leute fanden sich damit ab, daß der Mord an Alberic niemals aufgeklärt werden würde, und nahmen an, daß Billy Grafter gemeinsam mit ihm ertrunken war.

Meine Mutter kehrte mit Dickon aus London zurück und suchte mich am Abend in meinem Zimmer auf.

»Du darfst dich durch diese Ereignisse nicht verwirren lassen. Er war ein Spion, und wir können es uns nicht leisten, solche Menschen zu verschonen, auch wenn sie noch so nett sind. Glaube mir, Claudine, ich weiß, wovon ich spreche. Ich habe Armand gesehen, als er aus der Bastille kam ... in die ihn solche Spione gebracht hatten. Die Bastille ist schuld an seinem Tod. Menschen wie Alberic sind für den Tod meiner Mutter verantwortlich; sie hätten auch mich umgebracht, wenn Dickon mich nicht gerettet hätte. Nach solchen Erfahrungen begreift man, daß man mit Staatsfeinden kein Mitleid haben darf, und daß man sie möglichst rasch ausschalten muß. Mir tut nur leid, daß du dabei warst.«

»Daran bin ich selbst schuld. Jonathan hatte mir geraten, zurückzubleiben, aber ich habe nicht auf ihn gehört.«

»Und jetzt kommst du nicht darüber weg. Du machst doch nicht etwa Jonathan deshalb Vorwürfe? Er hat nur seine Pflicht getan.«

»Das sehe ich alles ein, es wäre mir nur lieber gewesen, wenn es nicht geschehen wäre.«

»Uns allen wäre es lieber, wenn solche Maßnahmen nicht notwendig wären. David hat mir erzählt, daß du Alpträume hast. Daran ist Alberics Tod schuld, nicht wahr?«

Ich nickte.

»Du wirst darüber hinwegkommen. Auch mir ist es nach der Nacht in der *mairie*, als der Pöbel meinen Kopf verlangt hat, so ergangen. Selbst heute träume ich noch manchmal davon ... Solche Erlebnisse hinterlassen ihre Spuren, und man kann nur eines tun ... über sie hinauswachsen, das heißt, sie als notwendigen Bestandteil der Welt akzeptieren, in der wir leben.«

»Du hast natürlich recht, Maman, und ich werde versuchen, alles zu beherzigen, was du mir erklärt hast.« Sie lächelte. »Und jetzt zur Hochzeit. Ich muß eine ganze Menge mit dir besprechen. Vor allem glaube ich, daß wir die Babys nicht mitnehmen sollten.«

»Das habe ich mir auch schon überlegt.«

»Grace Soper ist überaus tüchtig, liebt die beiden innig und wird von ihnen wiedergeliebt. Die Reise mit den Kindern wäre bestimmt kein Vergnügen, auch nicht der Aufenthalt in einem fremden Haus ... und außerdem bleiben wir ja nur wenige Tage fort.«

Ich war ganz ihrer Meinung.

Dann sprachen wir über unsere Kleider, und ich dachte die ganze Zeit an Jonathan und Millicent, die dem Pfarrer das Ehegelübde nachsprechen würden. Jonathan hatte nicht die leiseste Absicht, es einzuhalten – und wie stand es in dieser Beziehung um Millicent?

Die Hochzeit war auf den ersten Juni festgesetzt. Ein paar Tage vorher reisten wir nach Pettigrew Hall, das sich auf halbem Weg zwischen Eversleigh und London befand.

Meine Mutter und ich saßen in der Kutsche; bei uns befand sich die Zofe meiner Mutter, Mary Lee, die uns beide betreuen würde; außerdem beförderte die Kutsche die Koffer mit der Kleidung für uns alle. David und Dickon begleiteten uns zu Pferd, und da wir zeitig aufgebrochen waren, erreichten wir Pettigrew Hall schon am frühen Abend.

Lord und Lady Pettigrew begrüßten uns herzlich; Jonathan befand sich bereits seit einigen Tagen dort.

Pettigrew Hall war moderner als Eversleigh. Es war vor etwa hundert Jahren errichtet worden, ein Steingebäude mit quadratischem Grundriß und einem Innenhof; Küche und Nebenräume befanden sich im Kellergeschoß. Eine wunderschöne Treppe führte in Spiralen bis ins oberste Stockwerk; sie war so angelegt, daß man von oben genau in die Halle heruntersah.

Der Salon befand sich im Erdgeschoß, und durch seine Glastüren konnte man den schönen Garten bewundern. Auch das Eßzimmer ging auf den Garten hinaus; daneben gab es noch viele Schlafzimmer. Die Räume der Dienerschaft befanden sich im Dachgeschoß. Die Einrichtung war kostbar, und es hingen hier etliche dieser Gobelin-Wandteppiche, die seit etwa hundert Jahren in Frankreich gewebt wurden und allmählich Eingang in englische Landhäuser fanden.

Lady Pettigrew hatte bei der Einrichtung ein wenig des Guten zuviel getan; überall standen Möbel mit Einlegearbeiten herum, die Bett- und Fenstervorhänge waren in auffallenden Farben gehalten, und einige Zimmerdecken waren mit Fresken, die allegorische Szenen zeigten, geschmückt. Sie wollte offenbar in allem und jedem der Welt beweisen, welche bedeutende Persönlichkeit sie war.

Das Zimmer, das man David und mir zugewiesen hatte, befand sich neben dem unserer Eltern. Die Räume waren größer und heller als die auf Eversleigh, ihre hohen Fenster und Marmorkamine waren zauberhaft.

Anläßlich der Hochzeit würden mehrere Besucher in Pettigrew Hall übernachten. Dazu gehörten selbstverständlich die Farringdons, die mit den Pettigrews eng befreundet waren. Lady Pettigrew zeigte uns selbst unsere Zimmer – was bei einer so bedeuten-

557

den Dame nicht gerade alltäglich war; es war ein Zeichen, wie sehr sie sich über die Verbindung zwischen unseren Familien freute. Sie erzählte uns, daß sie es nicht erwarten könne, uns mit den Brownings bekannt zu machen. Sir George, seine Frau Christine und ihre bezaubernde Tochter Fiona waren reizende Menschen, mit denen wir uns bestimmt sofort verstehen würden.

Als wir allein waren, meinte David: »Sie ist tatsächlich eine eindrucksvolle Persönlichkeit, und ihre Tochter dürfte ihr nachgeraten. Aber ich glaube nicht, daß Jonathan genauso unter dem Pantoffel stehen wird wie Seine Lordschaft.«

»Jonathan versteht es sehr gut, sich durchzusetzen«, bemerkte ich.

»O ja, darin ist er groß.«

Es sollte eine Hochzeit großen Stils werden. Lord Pettigrew war ein bedeutender Bankier, der auch großen politischen Einfluß hatte; deshalb verstand es sich von selbst, daß die Heirat seiner einzigen Tochter ein bedeutendes gesellschaftliches Ereignis darstellte.

Und da Dickon ebenfalls sehr angesehen war, gab es viele Menschen, die der Trauung beiwohnen wollten.

Die Zeremonie sollte am Vormittag in der Dorfkirche stattfinden. Danach würden alle Gäste nach Pettigrew Hall zurückkehren, wo der Empfang stattfand. Es wurden sowohl Besucher aus London als auch aus der Umgebung erwartet. Die Farringdons, die Brownings und wir waren die einzigen, die über Nacht blieben, obwohl Lady Pettigrew damit rechnete, daß sie noch ein paar Gäste zum Bleiben überreden konnte.

Als wir am Abend zum Dinner hinunterkamen, waren bereits die Farringdons – Gwen, John und Harry – sowie George und Christine Browning mit ihrer hübschen, etwa achtzehn Jahre alten Tochter Fiona anwesend.

»Sind alle versammelt?« Lady Pettigrew brach wie ein Wirbelwind über uns herein. »Dann wollen wir essen; Sie können eine Stärkung vertragen, denn Reisen macht hungrig. Ich bin froh, daß Sie länger bei uns bleiben, die meisten Gäste werden nur kurz hereinschauen und sich dann wieder verabschieden. Aber ich finde es natürlich schön, daß so viele Leute der Vermählung meiner Tochter beiwohnen wollen.«

John Farringdon murmelte, daß es wirklich ein glückliches Ereignis war.

»Um so mehr, als wir so lange darauf warten mußten«, fügte Gwen hinzu.

»Ach ja, die Umstände ...« rief Lady Pettigrew und machte eine wegwerfende Handbewegung, als wolle sie diese lästigen Umstände beiseite schieben. Natürlich spielte sie auf Sabrinas Tod an, dessentwegen die Trauung aufgeschoben worden war. »Aber jetzt wollen wir hineingehen. George führt Gwen zu Tisch, und John Christine. Jonathan, ich muß dich verärgern, denn du bekommst Claudine, Millicent hat David zum Tischherrn.«

Mich erfaßte wieder die alte Erregung, als mir Jonathan seinen Arm bot. Er grinste mich von der Seite an, als wären wir Verschwörer.

Ich flüsterte ihm zu: »Es tut mir leid, daß ich der Grund für deine Verärgerung bin.«

Er griff meine Hand und drückte sie sanft. »Schon eine kurze Berührung wie diese versetzt mich in den siebenten Himmel.«

Ich lachte. »Du kannst es nicht einmal am Vorabend deiner Hochzeit lassen.«

Als wir endlich unsere Plätze eingenommen hatten, überwachte uns Lady Pettigrew, als wäre sie ein General und wir ihre Untergebenen, ohne deshalb jedoch die Diener aus den Augen zu lassen, die die Speisen auftrugen. Vom anderen Tischende aus beobachtete Lord Pettigrew seine Frau mit einer Mischung aus Verzweiflung und Zärtlichkeit. Wenn Millicent im Lauf der Jahre ihrer Mutter immer ähnlicher werden sollte, würde ihre Ehe ziemlich stürmisch verlaufen, da Jonathan ein ganz anderer Mensch war als sein Schwiegervater.

Die Unterhaltung kam allmählich in Schwung, Lady Pettigrew ertrug es nicht, wenn sie nicht über alles informiert war. Sie griff energisch ein und schaffte es tatsächlich, daß es zu einer allgemeinen Konversation kam.

Natürlich wurde bald über den Krieg in Europa gesprochen, und vor allem über die Siege, die Napoleon Bonaparte errang.

Harry Farringdon, der neben Fiona Browning saß, war offensichtlich von ihr angetan, und ich dachte bekümmert an Evie Mather.

Ich hatte Evie lange nicht mehr gesehen. Mrs. Trent hatte nichts unversucht gelassen, damit Evies Freundschaft mit Harry Farringdon zu einer Ehe führte, doch Harry widmete sich Fiona Browning auf eine Weise, die mich das Schlimmste für Evie befürchten ließ.

»Reverend Pollick will um jeden Preis, daß alles reibungslos abläuft«, dröhnte Lady Pettigrew gerade vom Kopfende des Tisches. »Er nimmt seine Pflichten überaus ernst, und das schätzen wir auch an ihm, nicht wahr, Henry?« Lord Pettigrew murmelte zustimmend. »Er besteht auf einer Probe, die morgen stattfinden wird. Natürlich müssen nur die Hauptakteure daran teilnehmen, aber wenn sich jemand dafür interessiert, ist er in der Kirche willkommen.«

Alle Anwesenden versicherten, daß sie die Probe um keinen Preis versäumen wollten.

»Der Reverend ist wegen der Hochzeit ganz aus dem Häuschen. Er weiß, daß er uns verpflichtet ist; deshalb betrachtet er diese Hochzeit als seinen persönlichen Triumph.«

Dann sprachen wir über frühere Hochzeiten, und Lady Pettigrew bemerkte: »Als nächster sind Sie an der Reihe, Harry.« Worauf alle Harry Farringdon zuprosteten; Fiona errötete. Die Herren blieben noch am Tisch sitzen und tranken Portwein, als Lady Pettigrew ihre Truppe in den Salon führte, wo sie über die Segnungen des Ehestandes sprach und erklärte, wie glücklich sie darüber sei, daß Millicent den Mann bekam, den ihre Eltern für sie ausgesucht hatten.

»Sie waren eigentlich von Kindheit an ein Paar«, meinte sie nachdenklich. »Nicht wahr, Millicent?«

»Wir kennen einander seit unserer Kindheit.«

»Das meine ich ja.«

Ich fragte Fiona, wo sie wohnte und warum ich sie nicht schon früher kennengelernt hatte.

»Wir leben erst seit zwei Jahren im Süden Englands«, erzählte sie. »Wir kommen aus dem Norden, wo mein Vater einige Güter besitzt. Jetzt hat er in Kent, an der Grenze zu Essex, ein weiteres Gut gekauft, auf dem er Schafe züchten will. Er ist auch früher oft nach London gefahren, aber es war doch eine weite Reise. Jetzt ist es für ihn viel leichter.«

»Gefällt es Ihnen hier?«

»Sehr.«

560

Gwen Farringdon beugte sich vor. »Wir haben sie unter unsere Fittiche genommen und sind sehr gute Freunde geworden.«

Das hieß, daß die Farringdons Fiona als Schwiegertochter akzeptieren würden. Evie konnte wohl ihre Hoffnungen begraben.

Millicent erwähnte, daß sie und Jonathan sofort nach der Trauung nach London fahren und die Flitterwochen in der Nähe von Maidenhead verbringen würden. »Die Grenfells – Sie wissen ja, Sir Michael und Lady Grenfell – haben uns ihr Haus für die Flitterwochen zur Verfügung gestellt, aber Jonathan möchte lieber in London bleiben. Ich wäre natürlich gern ins Ausland gefahren … nach Italien, Venedig …«

Mich fröstelte, und ich sagte: »Einen Kanal entlanggleiten, während der Gondoliere italienische Liebeslieder singt.«

Millicent lachte schrill.

»Genauso stelle ich es mir vor.«

»Ihr werdet es nachholen«, tröstete Lady Pettigrew, »wir werden diese schrecklichen Ausländer ja bald besiegt haben.«

»Die Franzosen eilen von Sieg zu Sieg«, warf ich ein.

»Ach, daran ist nur dieser niederträchtige Bonaparte schuld. Wenn es ihn erwischt, ist der ganze Spuk vorbei. Es ist absurd … Revolutionäre überrennen Europa.«

Ich meinte ironisch: »Man sollte Sie zum Oberbefehlshaber ernennen, Lady Pettigrew.«

Alle applaudierten, und Lady Pettigrew gab bescheiden zu, daß das ein ausgezeichneter Einfall wäre.

Dann gesellten sich die Herren zu uns. David setzte sich neben mich, Jonathan, Lord Pettigrew und Dickon waren in ein Gespräch vertieft, und Fiona lächelte Harry an.

»Ich möchte mich bald zurückziehen«, flüsterte ich David zu. »Ich bin müde.«

»Gern, Liebes, die Reise war wirklich anstrengend.«

Meine Mutter trat zu uns. »Du siehst müde aus, Claudine«, stellte sie fest.

Ich war abgespannt, denn die Situation war unerfreulich. Jonathan stand seiner Heirat mit Millicent so zynisch gegenüber, und ich mußte immer wieder an die arme Evie Mather denken.

»Ich werde Lady Pettigrew andeuten, daß wir zu Bett gehen möchten«, sagte meine Mutter.

Offenbar hatten die anderen nur darauf gewartet, daß jemand diese Andeutung machte, denn allseits wünschte man sich nun eine gute Nacht, und die Gesellschaft ging auseinander.

Ich saß vor dem Spiegel, bürstete mein Haar, und David sah mir dabei vom Bett aus zu.

»Was hältst du von der Verbindung zwischen Jonathan und Millicent?« fragte ich.

»Es ist die vollkommene Ehe – die Interessen der Familien werden vereinigt.«

»Das ist jedoch nicht der eigentliche Sinn der Ehe.«

»Aber ein Großteil der Ehen beruht auf praktischen Erwägungen. Und die beiden Hauptbeteiligten wirken recht zufrieden.«

»Hast du Harry Farringdon beobachtet, David?«

»Du meinst mit Fiona Browning?«

»Ja.«

»Sie scheint ihm ganz gut zu gefallen.«

»Kannst du dich daran erinnern, wie er sich Evie Mather gegenüber verhalten hat?«

»O ja.«

»Ich hatte eigentlich angenommen, daß sich daraus eine engere Bindung ergeben würde.«

»Eine Heirat, meinst du?«

»Jedenfalls hat Mrs. Trent so etwas erhofft. Mir tut Evie leid, sie ist ein wirklich nettes Mädchen. Und jetzt sieht es so aus, als würde Fiona ...«

»Darauf würde ich mich an deiner Stelle nicht verlassen. Harry kann sich nie zu einem Entschluß durchringen. In seinem Leben hat es schon viele Mädchen gegeben. Zuerst ist er Feuer und Flamme, aber dann erlischt die Leidenschaft, und er sieht sich nach der nächsten um. Wenn ein Mädchen ihn vor den Traualtar bekommen will, wird sie sich sehr anstrengen müssen.« Er gähnte. »Komm, ich bin müde.«

Weder David noch Dickon wohnten der Probe bei. Ich saß mit Gwen Farringdon in der hintersten Bank, und Fiona und Harry, die zu spät kamen, setzten sich neben uns.

Lady Pettigrew führte das Kommando und focht einen erbitterten Kampf mit Reverend Mark Pollick aus, der sich als äußerst energischer Herr erwies und sehr klare Vorstellungen davon hatte, wer in seiner Kirche das Sagen hatte.

Lord Pettigrew kam mit Millicent herein, Jonathan erhob sich, und sie nahmen vor dem Reverend Aufstellung. Lady Pettigrew befahl Millicent unüberhörbar, sich gerade zu halten und laut zu antworten.

Es war grotesk und absolut überflüssig.

Lady Pettigrew hatte Begleitmusik ausgewählt, die sehr bewegend war. Der Chor stimmte die Hymne an, und in diesem Augenblick ergriff Harry Fionas Hand. Sie blickten einander tief in die Augen.

Du hast verspielt, Evie, dachte ich.

Ich fragte mich, wie sehr sie ihn wohl geliebt hatte. Evie trug ihre Gefühle nie zur Schau, sondern war eher zurückhaltend, so wie ihre Schwester. Vielleicht hatte sie nüchterner gedacht als ihre Großmutter und erkannt, daß die Farringdons nur widerwillig einer Heirat zwischen ihr und Harry zustimmen würden. Wenn Harry jedoch fest entschlossen gewesen wäre, hätten seine Eltern bestimmt nachgegeben. Doch Evie war offenbar vergessen; er hatte nur noch Augen für Fiona.

Während wir ins Haus zurückgingen, sprachen wir über die Probe und lobten die musikalische Untermalung. Lady Pettigrew strahlte vor Zufriedenheit.

Beim Abendessen erhob sie sich und sagte, daß sie uns etwas mitteilen müsse.

»Ein kleines Vögelchen hat mir verraten«, begann sie schelmisch, ganz im Gegensatz zu ihrer üblichen Ausdrucksweise, »daß wir Grund zum Feiern haben.«

Am Tisch ertönten erstaunte Ausrufe.

»Fiona und Harry ... meine lieben Kinder, Gott segne euch. Sie haben es alle erraten ... die beiden haben sich verlobt. Ist das nicht reizend? Die Eltern der beiden jungen Leute sind entzückt, wie Sie sich alle denken können. Auf Ihr Glück, liebe Fiona, und auch auf das Ihre, Harry, denn von nun an werdet Ihr miteinander glücklich sein.«

Alle erhoben die Gläser; Harry und Fiona hielten einander an den Händen und sahen verlegen, aber glücklich drein.

»Offenbar wirken Hochzeiten ansteckend«, lachte Dickon.

»Es war bestimmt die feierliche Zeremonie in der Kirche, die den letzten Anstoß zu ihrem Entschluß gegeben hat«, meinte meine Mutter.

Als die Damen nachher im Salon saßen, während die Herren ihren Port tranken, unterhielt ich mich mit Gwen Farringdon.

»Ich bin so froh«, flüsterte sie. »Fiona ist ein reizendes Mädchen, und ihre Familie ist uns sehr sympathisch. Eine Zeitlang habe ich nämlich Angst gehabt ...«

»Angst?«

Sie beugte sich vor. »Sie erinnern sich doch an das Mädchen, das auf ihn so großen Eindruck gemacht hatte, das mit der schrecklichen Großmutter.«

»Sie meinen Evie Mather.«

»Richtig. John und ich hatten befürchtet ... aber zum Glück liegt es nicht in Harrys Natur, überstürzt zu handeln. Wir waren sehr besorgt, das kann ich Ihnen jetzt gestehen. Na ja, Ende gut, alles gut.«

Millicent trat zu uns. »Was wird hier geflüstert?«

»Wir unterhalten uns über Hochzeiten«, antwortete ich.

»Denn die Tatsache, daß Sie und Jonathan so glücklich sind, hat offensichtlich Harry und Fiona beeinflußt«, fügte Gwen hinzu.

»Er konnte es nicht erwarten, sich zu verloben«, stimmte Millicent zu. »Die Brownings sind genau die richtige Familie.«

»Zweifellos. John und ich freuen uns genauso wie Ihre Eltern.«

»Und von nun an lebten sie glücklich bis ans Ende ihrer Tage«, sagte Millicent vergnügt.

In dieser Nacht schlief ich schlecht. Mir ging Jonathan nicht aus dem Kopf, und ich fragte mich immer wieder, ob vielleicht ein Umstand eintreten könnte, der ihn im letzten Augenblick daran hinderte, Millicent zu heiraten.

Was für ein Unsinn! Er und Dickon wollten diese Heirat, die Pettigrews und Millicent wollten sie – was sollte da noch schiefgehen?

Am Morgen bemerkte ich zu David: »Ich wundere mich darüber, daß dir dein Vater erlaubt hat, mich zu heiraten.«

»Was?« rief er.

»Ich habe nichts in die Ehe mitgebracht. Alles, was wir besaßen, haben wir in Frankreich verloren. Es ist doch merkwürdig, daß er keine Einwände gegen unsere Heirat erhoben hat.«

David lachte. »Selbst wenn er es getan hätte, hätten wir geheiratet.«

»Und wenn er dich enterbt hätte?«

»Wärst du mir immer noch lieber gewesen als mein Erbe.«

Die Hochzeit verlief ohne Zwischenfall. Millicent sah in dem weißen Satinkleid und der Pettigrew-Perlenkette großartig aus, und Jonathan war das Bild von einem Bräutigam.

Während des Empfangs in Pettigrew Hall gab Lord Pettigrew offiziell die Verlobung von Harry Farringdon und Fiona Browning bekannt.

Trinksprüche wurden ausgebracht, Reden wurden gehalten, und schließlich reisten Jonathan und Millicent nach London ab. Die Gäste, die in der Nähe wohnten, brachen auf, und die wenigen, die über Nacht blieben, gingen bald zu Bett. Es war ein wunderbarer, aber anstrengender Tag gewesen, und wir waren alle müde.

Meine Mutter hatte beschlossen, am nächsten Tag nach Eversleigh zurückzukehren. Sie sehnte sich nach Jessica, und auch ich wollte meine Tochter in die Arme schließen.

Als ich mein Zimmer betrat, war Mary Lee bereits damit beschäftigt, meine Sachen zusammenzupacken. Meine Mutter hatte sie beauftragt, mir zu helfen.

»Ich habe nicht viel mitgenommen, Mary«, sagte ich, »ich kann den Rest selbst verstauen.«

Mary arbeitete unbeeindruckt weiter und meinte nur: »Sie werden sich bestimmt freuen, Ihre Tochter wiederzusehen, Madam.«

»Es wird nicht mehr lange dauern, dann können die Kleinen uns auf Reisen begleiten.«

»Es war eine schöne Hochzeit, nicht wahr, Madam?« Ich nickte nur, denn mein Hals war wie zugeschnürt. Schön! Jonathan war zynisch ... realistisch, wie er sagen würde; und wie stand es mit Millicent? Trotz ihrer kühlen, beinahe unbeteiligten Art hatte sie Jonathan mit einem merkwürdig liebevollen Blick angesehen. Er war ein überaus anziehender Mann – war es möglich, daß er Millicents Herz erobert hatte? Und dabei hatte ich angenommen, daß sie das Ebenbild ihrer Mutter war und sich nur durch materielle Vorteile beeindrucken ließ.

»Und dann kam noch die Überraschung mit Mr. Harry und Miss Fiona. Die Dienstboten behaupten, daß Mr. Harry schon oft ein

565

Mädchen verehrt hat, sich aber nie zu dem entscheidenden Schritt entschließen konnte.«

»Jetzt hat er es ja doch getan.«

»Ich würde etwas gern wissen, Madam … es geht um Miss Mather in Grasslands. Eine Zeitlang haben wir angenommen … daß sich daraus etwas entwickeln könnte.«

»Wir haben uns eben geirrt, Mary.«

»Ich frage mich, was Miss Mather jetzt wohl denkt.«

Das fragte ich mich auch. Doch ich wechselte das Thema und teilte Mary mit, daß ich ihre Dienste nicht mehr benötigte, worauf sie das Zimmer verließ.

Am Tag nach der Hochzeit kehrten wir nach Eversleigh zurück.

Meine Mutter und ich begaben uns direkt in das Kinderzimmer. Wie nicht anders zu erwarten war, hatte Grace Soper die Kleinen in unserer Abwesenheit bestens betreut.

Wir spielten mit den Kindern, stellten zum wiederholten Mal fest, daß sie ein ganzes Stück gewachsen und wesentlich intelligenter waren als andere Kinder in diesem Alter.

Ja, es tat gut, wieder zu Hause zu sein – wenn nur meine Lage nicht so kompliziert gewesen wäre. Wenn ich Jonathan nie kennengelernt hätte, wäre alles viel einfacher gewesen.

Natürlich hätte ich gern gewußt, ob Millicent in ihrer Ehe glücklich war, und ob dieses Glück auch anhalten würde. Sie war zwar die typische, selbstbewußte junge Frau, die sehr gut für sich sorgen kann, aber wenn ich mich an Jonathans unwiderstehlichen Charme erinnerte – der so sehr dem seines Vaters ähnelte –, hegte ich gewisse Zweifel.

Ich wandte mich immer stärker David zu, las die gleichen Bücher wie er und sprach mit ihm darüber. Er lehrte mich ein bißchen Archäologie, und wir kamen wieder darauf zurück, daß wir eine Reise nach Italien unternehmen würden, sobald der Krieg zu Ende war.

Kurz nach unserer Rückkehr besuchte ich Tante Sophie, um ihr von der Hochzeit zu erzählen. Jeanne, teilte mir mit, daß sie ihr Zimmer kaum noch verließ. »Alberics Tod hat einen schrecklichen Rückschlag für sie bedeutet.«

»Grübelt sie immer noch darüber nach?«

»Sie spricht täglich von ihm und wird dann richtig böse, weil die Justiz Mörder frei herumlaufen läßt. Aber gehen Sie doch zu ihr hinauf, sie freut sich bestimmt über Ihren Besuch, auch wenn sie manchmal etwas abweisend wirkt. Dolly Mather leistet ihr gerade Gesellschaft.«

»Kommt sie oft hierher?«

»O ja, beinahe täglich. Mademoiselle d'Aubigné hat sie ins Herz geschlossen; ihr tut Dolly so leid. Ich bin froh darüber, denn Dolly lenkt sie doch ein wenig von ihren trüben Gedanken ab.«

»Dann werde ich jetzt hinaufgehen.«

Tante Sophie saß in einem Stuhl neben ihrem Bett. Sie trug einen langen, malvenfarbigen Morgenrock mit Kapuze.

Ich küßte sie auf die Wange und lächelte dann Dolly zu: »Wie geht es Ihnen?«

»Danke, gut.«

»Bring Mrs. Frenshaw einen Stuhl, Dolly«, befahl Sophie, und Dolly gehorchte sofort.

»Es wird dich bestimmt interessieren, wie die Hochzeit verlaufen ist, Tante Sophie«, begann ich. Sie nickte, und ich schilderte die Generalprobe und den Empfang. Dolly hörte mir aufmerksam zu, ohne mich aus den Augen zu lassen. Ihr forschender Blick war mir unangenehm, und ich vermied es, sie anzusehen, denn ohne es zu wollen, fixierte ich immer wieder das halbgeschlossene Auge.

»Es muß sehr aufregend gewesen sein«, bemerkte Tante Sophie. »Du hast in Pettigrew Hall vermutlich nichts Neues erfahren, nicht wahr?«

»Du meinst über den Krieg? Alle Gespräche drehen sich ausschließlich darum.«

»Ich meine über Alberic.«

»Aber Tante Sophie …«

»Ich meine, ob man seinen Mörder gefunden hat. Es ist traurig um unser Land bestellt, wenn unschuldige Menschen erschossen und ertränkt werden und nichts unternommen wird, um den Schuldigen ausfindig zu machen.«

»Sie haben ja versucht …«

»Versucht! Es ist ihnen gleichgültig, denn für sie ist er nur ein armer Emigrant gewesen. Aber eines Tages werde ich herausbekommen, wer ihn ermordet hat … und dann … werde ich denjenigen töten, der den armen, unschuldigen Jungen auf dem Gewissen hat. Ich werde ihn mit meinen eigenen Händen töten.«

Während sie sprach, blickte sie auf ihre Hände hinunter, deren lange weiße Finger Zeugnis davon ablegten, daß sie nie in ihrem Leben körperliche Arbeit verrichtet hatte.

Die arme Tante Sophie sah so hilflos aus, so müde und alt – doch ihre leuchtenden Augen und ihre entschlossene Stimme straften diesen Eindruck Lügen.

»O ja«, fuhr sie fort, »ich werde mich durch nichts davon abhalten lassen. Und ich werde nicht ruhen und rasten, bis diese Verbrecher den gerechten Lohn für ihre Missetat empfangen haben.« Ihre Stimme sank zu einem Flüstern herab. »Es muß jemand aus unserer Umgebung sein ... stell dir das vor! Unter uns befindet sich ein Mörder ... und ich werde ihm die Maske vom Gesicht reißen.«

»Du darfst dich nicht aufregen, Tante Sophie, es ist schlecht für dich.«

»Schlecht für mich! Und was ist gut für mich? Daß ich jemanden verliere, der meinem Herzen nahestand? Daß er mir entrissen wird?«

»Es gibt vieles, das wir nicht wissen«, wandte ich ein. »Ich weiß nur eines: Ein Mord ist begangen worden, und wenn niemand der Gerechtigkeit zum Sieg verhilft, dann werde ich es tun.«

»Aber Tante Sophie ...«

»Du glaubst, daß ich Unsinn rede, nicht wahr? Aber ich weiß, was hier vorgeht, ich habe Freunde, die es mir berichten.«

Jeanne betrat das Zimmer.

»Sie dürfen sich nicht so aufregen, Mademoiselle Sophie«, bat sie.

»O Jeanne ...« Einen Augenblick lang lehnte sich Tante Sophie an Jeanne. »Die Welt ist so schlecht ... kaum liebe ich jemanden, bricht das Unheil über ihn herein.«

»Aber nein«, beruhigte sie Jeanne, »es geschieht auch viel Gutes.«

Über Sophies Kopf hinweg bedeutete mir Jeanne, das Zimmer zu verlassen.

Ich erhob mich. »Ich muß jetzt gehen, Tante Sophie, aber ich werde dich bald wieder besuchen.«

Jeanne folgte mir auf den Korridor.

»Es ist eine fixe Idee«, jammerte sie. »So war sie auch, als damals der Erzieher verschwunden ist. Sie fand, daß das Schicksal ihr gegenüber ungerecht ist und hat kein Wort von dem geglaubt, was man ihr über Léon Blanchard erzählt hat. Sie war davon überzeugt, daß man sie mit Gewalt von ihm trennen wollte. Ihr Zustand hatte sich in letzter Zeit sichtlich gebessert – und dann mußte das Unglück mit Alberic geschehen. Sie steigert sich immer mehr in diese Zwangsvorstellung hinein, und das gefällt mir ganz und gar nicht.«

»Wir sind so froh, daß Sie sich ihrer so liebevoll annehmen.«

»Das werde ich tun, bis Gott eine von uns zu sich beruft. Wenn nur jemand dieses Rätsel lösen könnte, damit wäre ihr sehr geholfen. Wenn der Mörder entdeckt und verurteilt wird, würde Mademoiselle d'Aubigné wieder zur Ruhe kommen.«

Der Juli war heiß und schwül ins Land gezogen. Ich hatte Jonathan seit der Hochzeit nicht mehr gesehen, denn er und Millicent waren die ganze Zeit über in London geblieben.

Eines Morgens begleitete ich David, der einige reparaturbedürftige Pächterhäuser besichtigen wollte.

Der Morgen war grau und neblig, aber wenn die Sonne erst einmal durchkam, würde es heiß werden. Im Wald blühte der Fingerhut, und auf den Feldern malte der Mohn leuchtendrote Flecken in das Gold des Getreides.

David erwähnte, daß bei etlichen Hütten die Dächer schadhaft waren.

»Auf Clavering war es genauso, und ich habe umfassende Ausbesserungsarbeiten veranlaßt. Es sieht aus, als stünden wir auf Eversleigh vor dem gleichen Problem. Es ist schade, daß du mich nicht nach Clavering begleitet hast. Gerrand ist zwar ein ausgezeichneter Verwalter, dennoch sollten wir uns öfter dort sehen lassen.«

»Dickon besucht Clavering überhaupt nicht mehr.«

»Das stimmt, aber er kümmert sich trotzdem darum. Er überprüft die Bücher und die Rechnungen immer persönlich – genau wie für Eversleigh. Aber natürlich liegen seine Hauptinteressen in London.«

»Du meinst seine geheimen Aktivitäten.«

»Ja, und ich bin froh, daß ich nichts damit zu tun habe. Jonathan eignet sich viel besser dafür. Ich finde überhaupt, daß jeder von uns beiden genau den Platz gefunden hat, auf den er paßt, der ihm entspricht.«

»Ich bin ganz deiner Meinung, und ich bin froh, daß dein Platz hier ist.«

»Das größte Glück, das mir jemals begegnet ist, bist allerdings du, Claudine.«

Glaubst du wirklich? dachte ich. Wenn du alles wüßtest, würdest du bestimmt anders sprechen.

»Ich möchte mir Lammings Bridge ansehen«, erklärte David. »Gestern hatte ich den Eindruck, daß sie etwas wackelig ist und gestützt werden muß.«

»Es wäre eine Katastrophe, wenn sie unter einem Reiter oder einem Wagen zusammenbrechen würde.«

»Ja, der Fluß ist an dieser Stelle ziemlich tief. Wir reiten zuerst zu den Pächtern und teilen ihnen mit, daß ich ihnen einen Dachdecker schicken werde. Vielleicht gibt es auch noch andere Reparaturen zu erledigen.«

David hatte es sich zur Gewohnheit gemacht, die Pächter über alle Maßnahmen auf dem laufenden zu halten, so daß sie nie zögerten, mit ihren Problemen zu ihm zu kommen. Dadurch war zwischen ihnen ein vertrauensvolles Verhältnis entstanden. Zu Dickons Zeiten mußte die Situation ganz anders gewesen sein – vermutlich hatten alle Angst vor ihm gehabt.

Ich war stolz auf David – und ich war glücklich. Deshalb durfte ich nie zulassen, daß er unglücklich wurde.

»Und jetzt reiten wir zur Brücke«, meinte David, nachdem er mit seinen Pächtern des langen und breiten verhandelt hatte.

Lammings Bridge war nach dem Mann benannt, der sie vor über hundert Jahren gebaut hatte, Es war kein Wunder, daß sie altersschwach war, denn sie war die ganze Zeit über Wind und Wetter ausgesetzt gewesen und außerdem viel benützt worden.

Wir stiegen ab, banden unsere Pferde an ein paar Büsche, und David prüfte die Festigkeit des Holzes.

»Ja, dieses Brett ist morsch. Es kann leicht ausgewechselt werden, wir dürfen es aber nicht auf die lange Bank schieben.«

Ich lehnte am Geländer und betrachtete die Landschaft. Alles war so friedlich: Trauerweiden hingen ins Wasser, und am Ufer wucherte Huflattich. Plötzlich sah ich im Wasser einen menschlichen Körper liegen, eine Frau, wie es schien.

»David!« schrie ich schrill auf.

Er war sofort neben mir.

»Schau – dort! Was ist das?«

»O Gott«, murmelte er leise. Dann liefen wir über die Brücke und zum Ufer hinunter.

Ich werde diesen Anblick nie vergessen. Sie trieb weiß und blaß im Wasser und schien friedlich zu lächeln: arme, unglückliche Evie.

David zog sie aus dem Fluß und legte sie am Ufer auf den Boden. »Das arme Kind«, murmelte er. »Wie konnte sie nur?«

Wir sahen einander entsetzt an und dachten beide an Harry Farringdon.

»Wir können nichts mehr für sie tun«, stellte David sachlich fest. »Wir müssen den Arzt holen und einen Wagen herschicken.«

»Es ist eine so schreckliche Tragödie«, seufzte ich. »Die arme Evie, die arme Mrs. Trent … und die arme Dolly.«

Wir ritten schnell nach Hause und veranlaßten alles Nötige. Alle waren durch die Schreckensnachricht erschüttert. Sie war so sanft, freundlich und hübsch gewesen; ich sah sie immer noch vor mir, wie sie Harry Farringdon zugelächelt hatte.

Wahrscheinlich hatte sie ihn wirklich geliebt. Mary Lee hatte bestimmt auf Eversleigh erzählt, daß er sich mit Fiona verlobt hatte, und die Dienerschaft auf Grasslands hatte ebenfalls davon erfahren. Evie hatte zweifellos geglaubt, daß Harry es ernst meinte, und als sie erfuhr, daß er eine andere heiraten würde, konnte sie das Leben nicht mehr ertragen.

Ich machte mir Gedanken darüber, wie Mrs. Trent auf Evies Selbstmord reagieren würde, und fragte mich, ob ich sie besuchen sollte. Evie hatte Harry Farringdon in unserem Haus kennengelernt. Uns traf natürlich keine Schuld, aber Mrs. Trent würde uns vielleicht in ihrer Verzweiflung Vorwürfe machen.

Dann erfuhren wir den wahren Grund für Evies Tat – sie war im dritten Monat schwanger gewesen.

Das arme Mädchen! Warum hatte sie nicht jemandem ihr Herz ausgeschüttet? Meine Mutter hätte ihr bestimmt geholfen, genau wie ich. Auch David hätte sich ihrer angenommen … und auch

571

Dickon, der einem solchen Fehltritt immer nachsichtig gegenüberstand. Aber sie hatte es für sich behalten, und jetzt war es zu spät.

Evies Selbstmord war das Tagesgespräch. Ich hielt es für meine Pflicht, Mrs. Trent zu besuchen, obwohl ich es nur widerstrebend tat. Ich hatte weder meiner Mutter noch David gestanden, daß ich nach Grasslands ging, denn sie hätten bestimmt versucht, mich davon abzubringen.

Alle Vorhänge waren zugezogen. Auf mein Klopfen ließ mich ein Dienstmädchen ein und führte mich in ein kleines, an die Halle grenzendes Zimmer. Dann verließ sie mich, um Mrs. Trent von meinem Besuch zu unterrichten.

Nach einer Weile trat Dolly ein. Ihr Gesicht war vor Kummer verzerrt, und sie sah noch entstellter aus als sonst.

»Es tut mir so schrecklich leid, Dolly«, sagte ich.

Ihre Lippen zitterten. »Sie ist fort. Unsere Evie ist für immer fort. Ich werde sie nie mehr wiedersehen. Und dabei hätte sie es nicht tun müssen, wir hätten uns schon um sie gekümmert.«

»Wir hätten uns ihrer angenommen«, stimmte ich zu. »Ich hätte mich ihrer angenommen ... und ich hätte auch ihr Kind betreut.«

»Wie geht es Ihrer Großmutter?«

»Sie ißt nicht und schläft nicht – Evie war ihr ein und alles.«

»Ich weiß. Ich wäre schon früher gekommen, und auch meine Mutter wollte sie besuchen ... aber wir wußten nicht, ob wir willkommen sind.«

»Sie möchte mit Ihnen sprechen.«

»Wenn ich nur wüßte, wie ich sie trösten kann.«

»Für sie gibt es keinen Trost. Aber sie will trotzdem mit Ihnen sprechen.«

»Ist sie bettlägerig?«

»Sie befindet sich oben. Ich werde Sie zu ihr führen.«

Mrs. Trent kam aus ihrem Schlafzimmer, und wir begaben uns in ein kleines Ankleidezimmer, wo wir auf den beiden vorhandenen Stühlen Platz nahmen. Dolly blieb an der Tür stehen. Mrs. Trent trug einen grauen Morgenrock, den sie offenbar über das Nachthemd angezogen hatte. Ihr Gesicht war fleckig und ihre Augen waren verschwollen – sie sah gar nicht mehr so resolut aus wie ehedem.

Ich griff ihre Hände und küßte sie – ehe ich mich's versah – auf die Wange.

»Es tut mir so leid, Mrs. Trent, wir sind alle so bestürzt.«

Sie nickte nur.

»Wenn wir es nur geahnt hätten ... wir hätten bestimmt etwas für Evie tun können.«

»Ich möchte ihn umbringen«, murmelte sie. »Ich möchte ihn zum Fluß schleppen, ihm den Kopf ins Wasser drücken und erst loslassen, wenn er tot ist ... so tot wie sie.«

»Ich kann Ihre Gefühle verstehen.«

»Sie konnte nicht damit fertig werden. Sie wagte nicht, mir unter die Augen zu treten. Ich muß zu streng gewesen sein, sonst wäre sie mit ihrem Kummer zu mir gekommen.«

»So dürfen Sie nicht sprechen, Mrs. Trent. Ich weiß, daß Sie alles für Evie getan hätten.«

»Das stimmt ... aber ich habe immer so streng darauf geachtet, daß sie sich anständig aufführt. Irgendwie muß ich etwas falsch gemacht haben.«

»Sie haben immer alles getan, was in Ihrer Macht stand, Mrs. Trent. Sie dürfen sich keine Vorwürfe machen.«

»Ich mache ihm Vorwürfe«, antwortete sie wild. »Der Drecks-kerl. Er hat sie getäuscht ... hat ihr die Ehe versprochen, und als er sie herumgekriegt hatte, verschwand er auf Nimmerwiedersehen und heiratete eine echte Lady. Dabei war meine Evie auch eine echte Lady.«

»Natürlich, Mrs. Trent.«

Sie preßte die Hände aneinander, als schlössen sie sich um Harry Farringdons Hals.

»Und jetzt will der Reverend – der Vikar – meine Evie nicht in geweihter Erde bestatten lassen. Er behauptet, daß Menschen wie sie nicht neben anständigen Leuten begraben werden können.«

»Nein!«

»Ja! Er steht auf dem Standpunkt, daß Selbstmörder nicht auf dem Friedhof begraben werden dürfen. Er will sie am Kreuzweg einscharren lassen, und das kann ich nicht ertragen.«

»Ich werde etwas unternehmen.«

Sie sah mich hoffnungsvoll an.

»Ich werde mit Reverend Manning sprechen, oder vielleicht wird es mein Mann tun. Machen Sie sich deshalb keine Sorgen, Mrs. Trent. Evie wird ein ordentliches Begräbnis bekommen, das steht fest.«

»Es ist sehr freundlich von Ihnen ... und es steht ihr auch zu. Sie wissen ja, wessen Enkelin Evie in Wirklichkeit ist. Und kein Vikar käme auf die Idee, einem Mitglied des Landadels ein ordentliches Grab zu verwehren.«

Ich war froh, daß ich etwas tun konnte, um sie zu trösten, obwohl nichts in der Welt Evie zurückbringen würde. »Ich gehe direkt zum Vikar und rede mit ihm«, versprach ich ihr. »Machen Sie sich keine Sorgen, Mrs. Trent, er wird bestimmt nachgeben.«

»Danke«, antwortete sie, und in ihren Augen lag ein Schimmer der Entschlossenheit, der früher so charakteristisch für sie gewesen war. »Es steht ihr zu«, wiederholte sie entschieden.

Dolly begleitete mich zur Tür.

Ich suchte den Vikar sofort auf, aber die Aufgabe erwies sich doch schwerer, als ich angenommen hatte. Reverend Richard Manning war mir auf den ersten Blick unsympathisch. Er war überheblich, selbstgerecht und zeigte keine Spur von Mitgefühl oder Takt.

Wir kamen nur selten mit ihm zusammen, denn seine Pfründe gehörte nicht zu Eversleigh. Unsere Familie hatte immer eine eigene Kapelle besessen, und obwohl wir keinen eigenen Pfarrer hatten, der ständig im Haus wohnte, gab es einen Geistlichen, der einen kleinen Pachthof auf unserem Gut besaß und zu dessen Pflichten es gehörte, bei Bedarf den Gottesdienst abzuhalten. Er kam jeden Morgen zu uns herüber und hielt die Morgenandacht.

Daher war Reverend Richard Manning unserer Familie nicht verpflichtet.

Ich teilte ihm sofort mit, daß ich wegen des Begräbnisses von Evie Mather gekommen war.

»Wegen der Selbstmörderin«, stellte er richtig, und ich war über seinen kalten, unpersönlichen Ton empört – er hatte kein Recht, so über Evie zu sprechen.

»Ihre Großmutter ist verzweifelt, weil Sie Evie ein christliches Begräbnis verweigern.«

»Ich habe Mrs. Trent mitgeteilt, daß Evie gemäß den Kirchengesetzen nicht in geweihter Erde begraben werden kann.«

»Warum nicht?«

Er sah mich erstaunt an. »Weil sie gegen die Gebote Gottes verstoßen hat. Sie hat gesündigt, indem sie ein menschliches Wesen getötet hat.«

»Sich selbst.«

»Nach Ansicht der Kirche ist das eine Sünde.«

»Alle Menschen, die auf Ihrem Friedhof begraben liegen, sind also frei von Sünde?«

»Hier liegen keine Selbstmörder begraben.«

»Es gibt bestimmt größere Sünden, als sein Leben zu beenden, weil man es als unerträglich empfindet.«

»Es ist ein Verstoß gegen Gottes Gebot«, wiederholte er überheblich.

»Können Sie denn nicht verstehen, daß es für Evies Familie ein fürchterlicher Schlag ist? Können Sie nicht dieses eine Mal das Gesetz außer acht lassen und Evie das Begräbnis geben, das ihre Familie sich so sehr wünscht? Den Angehörigen bedeutet es sehr viel.«

»Sie können nicht von mir erwarten, daß ich gegen das Gebot Gottes verstoße.«

»Kann es tatsächlich Gottes Wille sein, Menschen, die bereits unendliches Leid tragen, noch größeren Schmerz zuzufügen?«

»Sie treffen nicht das Wesentliche, Mrs. Frenshaw.«

»Im Gegenteil, Sie reden an der Sache vorbei. Können Sie diese Ausnahme nicht aus Menschlichkeit, aus Mitleid machen, wenn ich Sie darum bitte?«

»Sie verlangen doch nicht allen Ernstes, daß ich mich den Vorschriften der Kirche widersetze?«

»Wenn dies die Vorschriften der Kirche sind, dann sind sie grausam, lieblos, gleichgültig … und schlecht. Ich will nichts mit ihnen zu tun haben.«

»Was Sie sagen, Mrs. Frenshaw, grenzt an Gotteslästerung.«

»Ich werde mit meinem Schwiegervater darüber sprechen.«

»Ich bin nicht verpflichtet, meine Handlungen Eversleigh gegenüber zu verantworten. Die Pfründe hat nie zu Eversleigh gehört. Es handelt sich für mich um eine Gewissensfrage.«

»Wenn Ihr Gewissen nur eine Spur von Menschlichkeit enthält, müßten Sie sich jetzt sehr unbehaglich fühlen.«

»Ich muß Sie bitten, mein Haus zu verlassen, Mrs. Frenshaw. Ich habe Ihnen nichts mehr zu sagen.«

»Um so mehr werde ich zu sagen haben.«

Ich ritt wütend heim und lief geradewegs meiner Mutter in die Arme, die mich erstaunt ansah; ich erzählte ihr alles.

575

»O nein!« rief sie. »Nicht das auch noch!«

»Die arme Mrs. Trent ... ihr liegt so viel daran.«

»Das kann ich verstehen.«

»Aber was sollen wir tun? Der Mann ist unerbittlich.«

»Leider haben wir keinen Einfluß auf ihn.«

»Ich weiß, das hat er ausdrücklich betont. Aber ich bin entschlossen, etwas zu unternehmen.«

Ich wartete, bis Dickon einmal allein war. Mein Stiefvater war mir gegenüber immer nachsichtig und freundlich gewesen; wahrscheinlich hatte er seine Gefühle für meine Mutter auch auf mich übertragen.

»Welch unerwartete Ehre, Claudine«, begrüßte er mich.

»Ich möchte etwas von dir«, fiel ich mit der Tür ins Haus.

»Wenn es in meiner Macht steht, einer schönen jungen Dame einen Gefallen zu erweisen, werde ich nicht zögern. Was möchtest du?«

»Ich möchte, daß Evie Mather ein christliches Begräbnis bekommt.«

»Macht dieser alte Schwachkopf Manning vielleicht Schwierigkeiten?«

»Genau.«

»Das war zu erwarten. Es tut mir leid, Claudine, aber da kann ich nichts tun. Ich kann ihm nicht damit drohen, daß ich ihm die Pfründe wegnehme, weil ich diese Pfründe gar nicht zu vergeben habe.«

»Dennoch könntest du etwas unternehmen.«

Er schüttelte den Kopf. »Nein. Wenn er nicht will, können wir ihn nicht dazu zwingen. Die Entscheidung liegt ausschließlich bei ihm.«

»Die arme Mrs. Trent ist verzweifelt.«

»Es ist auch eine scheußliche Geschichte. So ein unvernünftiges Mädchen! Es hat doch immer schon uneheliche Kinder gegeben!«

»Harry Farringdon hat sich auch nicht gerade wie ein Ehrenmann benommen.«

Dickon zuckte die Schultern. »So etwas kommt eben vor. Sie hätte sich denken können, daß er sie nie heiraten würde.«

»Vermutlich hat er ihr die Ehe versprochen.«

»Dann hätte sie ihn festnageln müssen.«

»Du bist nicht sehr zartfühlend.«

»Doch, ich finde nur, daß sie unvernünftig war, das ist alles. Wenn sie zu deiner Mutter gekommen wäre, sie hätte ihr geholfen ... und du bestimmt auch.«

»Begreifst du denn nicht, wie ihr zumute war? Noch dazu bei dieser Großmutter ... du kennst sie ja gut ... sie wollte, daß ihre Enkelin alles erreicht, was ihr selbst versagt geblieben war.«

Er nickte.

»Wir müssen ihr helfen«, drängte ich.

»Der alte Manning wird nie nachgeben.«

»Ich weiß ... aber es bestehen auch andere Möglichkeiten. Dir gehört doch ein Stück Grund auf dem Friedhof. Ich meine den Teil, in dem unsere Familie begraben liegt. Ich möchte, daß auch Evie dort ihre letzte Ruhe findet.«

»Unter den Angehörigen unserer Familie?«

»Gehört sie denn nicht zu uns?«

Er war keineswegs verlegen. »Du beziehst dich vermutlich auf die kleine Affäre zwischen Großmutter Evalina und mir, die schon so lange zurückliegt.«

»Allerdings. Evie könnte gut deine Enkelin gewesen sein.«

»Es wäre möglich.«

»Wenn Richard Mather dein Sohn war, dann hat Evie Anspruch auf einen Platz in unserem Grab.«

Er lächelte plötzlich. »Ich liebe dich, Claudine. Du bist deiner Mutter so ähnlich.«

»Du wirst es also tun?«

»Du weißt doch, daß ich einer schönen jungen Dame noch nie eine Bitte abschlagen konnte.«

»Ich danke dir, Dickon, ich danke dir von Herzen.«

Mir strömten die Tränen über das Gesicht, und er beobachtete mich amüsiert. In diesem Augenblick trat meine Mutter ein.

»Was treibt ihr beiden hier?« fragte sie.

»Deine Tochter hat mich gerade um etwas gebeten, und ich habe es ihr gewährt.«

»Und deshalb weint sie? Was ist los, Claudine, Tränen bin ich bei dir gar nicht gewöhnt.«

Ich küßte sie. »Dickon hat mich gerade so glücklich gemacht.«

Sie sah Dickon verdutzt an.

»Es geht um den alten, scheinheiligen Manning«, erklärte Dikkon. »Er will Evie nicht auf dem Friedhof begraben, weil sie eine Selbstmörderin ist. Dieser Frömmler!«

»Und Dickon hat mir versprochen, daß Evie auf unserem Grund, zwischen den Eversleighs, begraben werden wird«, fuhr ich fort. »Ich bin ja so glücklich – ich laufe sofort zu Mrs. Trent hinüber und erzähle es ihr.«

Auch meine Mutter lächelte. »Ich danke dir, Dickon, du bist einfach wunderbar.«

Als ich auf Grasslands eintraf, führte mich Dolly sofort zu ihrer Großmutter.

»Sie können aufhören, sich Sorgen zu machen, Mrs. Trent«, platzte ich heraus. »Es ist alles in Ordnung.«

»Sie haben mit dem Vikar gesprochen?«

»Bei dem können wir nichts erreichen. Ich habe mit meinem Schwiegervater gesprochen. Evie wird auf dem zu Eversleigh gehörenden geweihten Boden begraben werden.«

»Auf geweihtem Eversleigh-Boden«, wiederholte sie, während sie langsam begriff. »Ich danke Ihnen, Mrs. Frenshaw. Obwohl es ihr ohnehin zusteht.«

»Ich weiß, doch seien wir froh, daß diese Schwierigkeit überwunden ist.«

Sie nickte. »Ich danke Ihnen.« Dann schwieg sie einige Augenblicke, ehe sie fortfuhr: »Ich mache mir solche Sorgen wegen Dolly.«

»Dazu besteht doch kein Grund, Mrs. Trent.«

»Was wird aus ihr, wenn ich einmal sterbe? Ich habe immer geglaubt, daß Evie heiraten und Dolly dann zu sich nehmen würde. Aber das ist nun vorbei.«

»Ich werde mich um sie kümmern, da können Sie ganz beruhigt sein, Mrs. Trent.«

Ich war glücklich, weil es mir gelungen war, ihr ein wenig Trost zu spenden.

Am Tag von Evies Beerdigung regte sich kein Lüftchen; es war sehr schwül, und die bleierne Stille der Natur legte sich auf die Gemüter der Menschen, die sich nur flüsternd unterhielten.

Dickon, meine Mutter, David und ich hatten vor, dem Begräbnis beizuwohnen; Mrs. Trent würde sich bestimmt darüber freuen.

Am Morgen schnitt ich im Garten gerade Rosen für Evies Grab, als ein Mann auf mich zukam. Mein Herz setzte kurz aus, dann lief ich ihm entgegen und rief: »Sie hätten nicht kommen sollen.«

Harry Farringdon stand blaß und verzweifelt vor mir.

»Es war ein fürchterlicher Schock für mich, als ich es erfuhr«, flüsterte er.

»Das kann ich mir vorstellen.«

In diesem Augenblick haßte ich ihn, obwohl er so zerknirscht wirkte. Er war schuld daran, daß Evie nicht mehr am Leben war.

»Es wäre besser gewesen, wenn Sie zu Hause geblieben wären«, bemerkte ich scharf.

»Aber ich habe sie doch gern gehabt.«

»Das war ja Evies Unglück.«

»Wollen Sie damit sagen, daß ...«

»Es wäre besser, wenn Sie das Haus nicht betreten, Harry. Verlassen Sie Eversleigh so rasch wie möglich. Wenn Evies Großmutter Sie zu Gesicht bekommt, wäre sie imstande, sich auf Sie zu stürzen.«

»Ich habe mich nicht so benommen, wie es sich gehört.«

»Das kann man wohl sagen.«

»Stimmt es ... daß sie schwanger war?«

»Ja, sie befand sich im dritten Monat, und diese Schande hat sie offenbar nicht ertragen.«

»Sie glauben doch nicht etwa ... daß ich an ihrem Zustand schuld war?«

Ich sah ihn nur zornig an.

»Nein, Claudine, das stimmt nicht, ich schwöre es. Zwischen uns ist es nie zu ... Intimitäten gekommen.«

»Und das soll ich glauben?«

»Ja, es ist die Wahrheit.«

»Wir wissen alle, daß Sie sich für Evie interessiert haben.«

»Ja, ich habe sie sehr gern gehabt.«

»So gern, daß Sie sie verlassen haben?«

»Wir sind so selten zusammengekommen ...«

»Sie haben Evie gern gehabt, haben bei ihr den Eindruck erweckt, daß Ihre Gefühle ernster Natur sind ... und dann ist es dazu gekommen.«

»Ich habe sie vor Monaten zum letztenmal gesehen. Es kann unmöglich mein Kind sein.«

579

»Sie war so sanft und freundlich – versuchen Sie nicht, sie schlecht zu machen, Harry.«

»Ich hätte alles für sie getan.«

»Das können Sie jetzt nach Evies Tod natürlich leicht behaupten.«

»Sie glauben mir nicht, Claudine?«

Natürlich glaubte ich ihm nicht. Nie war die Rede davon gewesen, daß sie einen weiteren Verehrer hatte. Es gab ja auch niemanden, der in Frage kam. Ich hatte mir vorgestellt, daß Harry heimlich nach Grasslands gekommen war, daß sie einander getroffen hatten, daß er ihr die Ehe versprochen hatte ... die alte Geschichte.

»Zeigen Sie sich hier lieber nicht, Harry«, bat ich ihn noch einmal. »Das Unglück ist nun einmal geschehen, und Sie können Evie nicht wieder zum Leben erwecken.«

»Aber ich habe sie gern gehabt ...«

Ich sah ihn verzweifelt an. »Gehen Sie fort, Harry, man darf Sie hier nicht sehen. Die Trauergäste würden Sie in Stücke reißen. Wir wollen beim Begräbnis keine tragische Szene.«

»Wenn ich Sie nur dazu bringen könnte, mir zu glauben. Ich schwöre Ihnen bei allem, was mir heilig ist, daß das Kind nicht von mir war.«

»Also schön, Harry, aber jetzt verschwinden Sie. Ich bin froh, daß Sie nicht direkt ins Haus gegangen sind.«

Er gehorchte, und während ich ihm nachsah, stellte ich fest, daß meine Hände zitterten. Trotz all seiner Beteuerungen war ich noch immer davon überzeugt, daß er der Vater von Evies Kind war. Es war nur ein Glück, daß ich ihn aufgehalten hatte. Wenn er beim Begräbnis aufgetaucht wäre, wären die Folgen unabsehbar gewesen.

In unserer Kapelle wurde ein einfacher Gottesdienst abgehalten. Danach wurde Evies Leiche im Eversleigh-Wagen auf den Friedhof gebracht und dort zur letzten Ruhe gebettet.

Wir standen schweigend um das Grab herum und hörten die schweren Erdschollen auf den Sarg poltern. Als ich die Rosen hinterherwarf, ergriff Mrs. Trent Dollys Hand und umklammerte sie. Dann wandten wir uns zum Gehen, und da erblickte ich hinter einem Busch Harry Farringdon. Er hatte es doch nicht über sich gebracht, bei dem Begräbnis nicht dabei zu sein.

Der fünfte November

Es war im August, einige Wochen nach Evies Begräbnis. Als ich wieder einmal Blumen auf ihr Grab legte, entdeckte ich einen Rosenbusch, den jemand dort gepflanzt hatte.

Ich mußte oft an Evie denken, denn ich verstand sehr gut, daß sie der Versuchung erlegen war. Das Schicksal sprang mit manchen Menschen hart um und war anderen gegenüber wieder so nachsichtig. Ich hatte schwerer gesündigt als sie, denn ich hatte meinen Mann betrogen, und dennoch war ich dafür nicht bestraft worden.

Das Leben war ungerecht. Wenn Evie sich mir anvertraut hätte, wäre mir bestimmt eine Lösung eingefallen. Wie verzweifelt muß ein Mensch sein, der keinen anderen Ausweg mehr sieht als den Tod.

Ich kam nur noch selten mit Mrs. Trent zusammen. Zuerst hatte ich sie ein paarmal besucht, aber ich führte ihr offenbar ihren Verlust noch eindringlicher vor Augen, deshalb war ich schließlich nicht mehr hinübergegangen.

Tante Sophie war entsetzt. Sie fühlte immer mit dem Unglück anderer und grübelte darüber sogar mehr als über ihr eigenes Los. Jeanne erzählte mir, daß sie unaufhörlich über Evies Tod und über die gemeinen Männer sprach, die Frauen im Stich ließen.

Dolly besuchte Tante Sophie oft.

»Für das arme Kind war es ein schrecklicher Schlag«, berichtete Jeanne. »Sie hat ihre Schwester angebetet. Sie zieht sich noch mehr in sich zurück, als es ohnehin der Fall war, aber sie und Mademoiselle trösten einander wenigstens gegenseitig.«

»Die Zeit heilt alle Wunden«, bemerkte ich.

»Das stimmt. Sogar Mademoiselle und Dolly wird die Zeit über ihr Leid hinweghelfen«, bestätigte Jeanne.

Inzwischen überstürzten sich die Ereignisse auf dem Kontinent, und die Auswirkungen auf England waren nicht abzusehen. Im Juni war der kleine, zwölf Jahre alte Dauphin im Temple von Paris gestorben, und jetzt gab es keinen König von Frankreich mehr. Der arme Junge hatte in seinem ganzen Leben nicht viel Freude erlebt. Es mußte für ihn fürchterlich gewesen sein, von seiner Mutter getrennt zu werden; noch dazu hatte man ihn gezwungen, gemeine, sogar obszöne Beschuldigungen gegen sie zu erheben. Welchen Tod er gestorben war: Wir würden es wahrscheinlich nie erfahren.

Die Welt war sehr grausam geworden.

Infolge der hohen Lebensmittelpreise kam es in einigen Teilen des Landes zu Aufständen. Ich fragte mich, ob Léon Blanchard wohl dahintersteckte. Jonathan hatte recht – Agitatoren mußten ausgeschaltet werden, auch wenn sie so jung waren wie Alberic.

Spanien schloß mit Frankreich Frieden, was in England große Bestürzung hervorrief. Unsere Verbündeten ließen uns der Reihe nach im Stich, weil ihnen klar wurde, daß Frankreich unter der Führung des korsischen Abenteurers Napoleon Bonaparte trotz der Verheerungen der Revolution eine Militärmacht war, mit der man rechnen mußte.

Eines Nachmittags ließ Grace Soper die beiden Kinder auf dem Rasen spielen. Jessica war jetzt ein Jahr alt, Amaryllis noch nicht ganz. Sie krabbelten herum und machten schon die ersten Gehversuche. Es würde nicht mehr lange dauern, bis sie frei herumliefen und überall alles anfaßten.

»Jetzt kommt die Zeit, in der man sie nicht mehr aus den Augen lassen darf«, meinte die Nurse. »Miss Jessica ist überaus eigenwillig. Immerzu will sie irgendein Spielzeug haben und gibt keine Ruhe, bis sie es bekommt. Miss Amaryllis ist das genaue Gegenteil – sie ist immer freundlich und zufrieden.«

Dann legte Grace Soper die beiden in das kleine Bettchen, in dem sie nebeneinander schliefen. Jessica hatte langes dunkles Haar, lange dunkle Wimpern und rosige Wangen und war schon jetzt eine richtige kleine Schönheit. Sie geriet in allem meiner Mutter nach, nur hatte sie dunkle Augen, während die meiner Mutter leuchtend blau waren.

»Wahrscheinlich stammen ihre schwarzen Augen von einem ihrer leidenschaftlichen französischen Vorfahren«, meinte meine Mutter.

»Gelegentlich können auch die Eversleigh recht leidenschaftlich sein«, bemerkte ich.

Meine Mutter pflichtete mir bei. »Amaryllis sieht wie ein kleiner Engel aus«, fügte sie hinzu. Sie hatte recht: Amaryllis hatte blondes Haar und blaue Augen und wirkte beinahe zerbrechlich, was mir gelegentlich Sorgen bereitete. Grace Soper beruhigte mich jedesmal, indem sie mir versicherte, daß Amaryllis zartere Knochen habe als Jessica, aber im übrigen ihrer robusteren Tante in bezug auf Gesundheit nicht nachstand.

Meine Mutter und ich küßten die beiden auf die Stirn, als sie eingeschlafen waren, dann gingen wir ins Haus.

Etwa eine halbe Stunde später hörte ich aus dem Garten entsetzte Stimmen. Ich lief hinunter und stieß auf Grace Soper und meine Mutter, die einander verzweifelt und hilflos anstarrten. »Das kann doch nicht sein«, stammelte meine Mutter, »wie hat es nur geschehen können, und was soll es bedeuten?«

Grace zitterte so heftig, daß sie Mühe hatte zu sprechen.

»Die Babys ...«

Meine Mutter unterbrach sie. »Jessica ist verschwunden.«

Ich schaute ins Bettchen und empfand tiefe Erleichterung, denn Amaryllis lag tief schlafend vor mir. Dann wurde mir erst klar, was geschehen war. Jessica war fort. »Wie war es denn möglich?« rief ich.

»Sie haben geschlafen«, stammelte Grace, »und ich ging ins Haus. Ich war höchstens fünf Minuten weg. Als ich wiederkam ...«

»Sie kann noch nicht weit sein«, meinte meine Mutter.

»Kann sie aus ihrem Bettchen geklettert sein?« fragte ich.

Grace schüttelte den Kopf. »Sie hatten beide das Geschirr um, darauf achte ich immer.«

»Dann gibt es nur die Möglichkeit – jemand hat Jessica geraubt«, stellte ich fest.

Zum Glück war Dickon zu Hause und nahm die Angelegenheit auf seine gewohnt ruhige und überlegte Art in die Hand.

»Das Geschirr kann sich gelockert haben«, meinte er, »und sie ist herausgeschlüpft.«

»Das hätte sie kaum zuwege bringen können«, widersprach meine Mutter. »Jemand muß sie geraubt haben. O Dickon, wer kann nur so etwas getan haben? Und warum? Wir müssen sie finden.«

»Wir werden sie auch finden«, beruhigte Dickon seine Frau.

»Zuerst müssen wir den Garten sorgfältig absuchen. Wenn es ihr gelungen ist, aus dem Bett zu klettern, kann sie in die Büsche gekrabbelt sein. Wir wollen sofort mit der Suche beginnen.«

Inzwischen hatte sich auch die gesamte Dienerschaft im Garten versammelt, so daß schnell alles abgesucht war.

Doch wir fanden nicht die geringste Spur von Jessica.

Ich nahm Amaryllis aus dem Bettchen, denn ich konnte es nicht ertragen, sie aus den Augen zu lassen. Die arme Grace Soper war einem Nervenzusammenbruch nahe und machte sich die bittersten Vorwürfe, obwohl wir ihr versicherten, daß sie keine Schuld traf.

Wir untersuchten auch die Geschirre, die vollkommen in Ordnung waren, so daß nur eine Erklärung möglich war: Jessica war entführt worden.

Dickon nahm an, daß wir demnächst eine Lösegeldforderung erhalten würden.

»Hoffentlich«, betetet meine Mutter, »ich bin ja zu allem bereit, wenn ich nur mein Kind wiederbekomme.«

Dickon führte selbst einen Suchtrupp an und befragte jeden einzelnen Pächter, ob er irgend etwas bemerkt hätte – doch ohne jeden Erfolg.

Ich weiß nicht, wie wir diesen Tag überstanden. Dickon ließ sofort in der Stadt Plakate anschlagen, in denen er für Nachrichten über seine Tochter eine ansehnliche Belohnung aussetzte. Außerdem schickte er Boten zu Pferde in alle benachbarten Städte und in die Häfen.

Es wurde Abend, wir waren alle erschöpft, und es gab praktisch nichts mehr, was wir unternehmen konnten. Doch wir brachten es auch nicht über uns, zu Bett zu gehen, sondern blieben bedrückt im Salon sitzen.

Grace Soper wachte oben im Kinderzimmer an Amaryllis' Bettchen. Dickon wollte uns beruhigen: »Ihr könnt euch darauf verlassen, daß wir morgen früh etwas in Erfahrung bringen werden. Sie warten, bis wir vollkommen demoralisiert sind. Ich kenne diese Kerle – wir werden sicher von ihnen hören.«

Wir blieben die ganze Nacht im Salon sitzen. Meine Mutter hatte sich an Dickon gelehnt und starrte vor sich hin, und von Zeit zu Zeit murmelte er beruhigend, daß wir am Morgen schon klüger sein würden.

»Aber was werden sie meinem kleinen Liebling antun ... Sie muß inzwischen hungrig sein ...«

»Nein, nein, sie werden sie bestimmt gut betreuen. Du wirst schon sehen ...«

Aber auch am Morgen erhielten wir keine Nachricht. Allmählich verbreiteten sich die üblichen Gerüchte, denn überall wußte man von Jessicas Verschwinden. Jemand hatte eine Fremde gesehen, die mit einem Kleinkind eilig über die Hauptstraße der Stadt gegangen war. Dickon und David stellten sofort Nachforschungen an, und als sie die Frau gefunden hatten, stellte sich heraus, daß sie bei Verwandten in der Stadt zu Besuch war.

Ich werde nie den hoffnungslosen Ausdruck im Gesicht meiner Mutter vergessen, als die beiden Männer unverrichteterdinge heimkamen.

»Wie kann jemand nur so grausam sein?« rief ich immer wieder. »Denken sie denn nicht daran, was sie der Mutter damit antun?«

David beruhigte mich.

»Dickon hat recht, sie sind auf Lösegeld aus. Demnächst werden sie uns ihre Forderung zukommen lassen.«

»Das heißt, wir bezahlen die geforderte Summe, und sie geben uns Jessica zurück.«

»Sie wissen, daß mein Vater reich ist, es kann keinen anderen Grund geben. Es wäre ja vollkommen sinnlos, wenn sie Jessica etwas antun.«

Ich schüttelte den Kopf. »Ich verstehe es einfach nicht. Warum quälen diese Leute andere Menschen vollkommen grundlos?«

»Es gibt immer einen Grund, und in diesem Fall ist es das Geld. Du wirst es ja erleben. Dickon wird natürlich bezahlen, was sie verlangen.«

Ich glaubte ihm, aber dennoch war es schwer, das Warten, die Sorge und die Angst zu ertragen.

Meine Mutter sah nur noch wie ein Schatten ihrer selbst aus. Ich brachte sie dazu, daß sie sich hinlegte, und setzte mich an ihr Bett, aber mir fiel nichts ein, womit ich ihr Trost spenden konnte. Sie starrte eine Weile vor sich hin, dann stand sie wieder auf und erklärte, daß sie nicht mehr untätig herumliegen könne; aber es gab nichts, was wir unternehmen konnten.

Ich ging ins Kinderzimmer und spielte ein wenig mit Amaryllis. Ich war so froh, daß ihr nichts zugestoßen war – doch ihr Anblick machte es mir gleichzeitig noch schwerer, Jessicas Verschwinden zu ertragen.

Die arme Grace Soper machte sich weiterhin die schwersten Vorwürfe und beschloß, Tag und Nacht bei Amaryllis zu wachen, damit ihr niemand ein Haar krümmen konnte.

Ein langer Vormittag ging zu Ende, und ein noch längerer Nachmittag brach an. Dickon und David waren unterwegs, stellten überall Nachforschungen an und baten alle Nachbarn um Hilfe. Als sie zurückkamen, zeigte sich sogar Dickon entmutigt. Noch immer hatte niemand eine Lösegeldforderung gestellt.

An diesem Abend begaben wir uns alle in unsere Schlafzimmer, doch keiner von uns konnte ein Auge schließen.

David und ich kamen immer wieder darauf zu sprechen. Es war die zweite Nacht nach Jessicas Verschwinden, und unsere Besorgnis nahm ständig zu. Mir war inzwischen eine Möglichkeit eingefallen, die mich zutiefst erschreckte. Ich hatte sie meiner Mutter gegenüber natürlich nicht erwähnt, fragte aber jetzt David, ob er auch schon daran gedacht hatte.

»Dein Vater hat doch viele Feinde, das ist bei einem Mann in seiner Position unvermeidlich. Außerdem ist er reich, das heißt, daß es auch viele Neider gibt. Vielleicht ist Jessicas Entführung ein Racheakt.«

»Auf diese Idee bin ich auch schon gekommen«, gab David zu. »Er hat überall seine Finger im Spiel ... nicht nur hier, sondern auch im Ausland. Es muß zahlreiche Menschen geben, die ihm etwas Böses antun wollen. Du kannst dich doch an das Paar erinnern, das einmal hier genächtigt hat. Sie haben in seinem Arbeitszimmer ein Geheimdokument gesucht und auch gefunden. Wenn man ein risikoreiches Leben führt, dann muß man auf derlei gefaßt sein; zum Beispiel, daß die Gegner dort zuschlagen, wo man es am wenigsten erwartet.«

»Es wäre also möglich, daß jemand Jessica geraubt hat, bloß um sich an Dickon zu rächen?«

David schwieg einige Augenblicke. Er wollte mich wohl nicht beunruhigen, war aber zu ehrlich, um seine Überzeugung zu verleugnen. Schließlich meinte er: »Es wäre möglich, aber wir sollten nicht gleich das Schlimmste annehmen. Wahrscheinlich ist es Erpressung.«

»Warum stellen dann die Entführer keine Geldforderung? Warum zögern sie?«

»Weil sie uns zermürben wollen.«

»Glaubst du, daß sie Jessica gut behandeln?«

»Ja, das tun sie in solchen Fällen für gewöhnlich. Ein lebendes Kind ist für sie wertvoller als ein totes.«

Schließlich nickte ich vor Erschöpfung ein. Ich hatte einen wirren, entsetzlichen Alptraum: Ich drückte Amaryllis an mich, und jemand versuchte, sie mir zu entreißen.

»Es ist schon gut«, hörte ich Davids Stimme, »alles ist gut.«

»Ich glaube, es ist besser, wenn ich gleich wach bleibe«, meinte ich.

Allmählich wurde es hell, und ein neuer Tag zog herauf. Was würde er uns bringen? fragte ich mich. Plötzlich empfand ich das Bedürfnis, das Haus zu verlassen, frische Luft zu atmen; vielleicht würde ich mich dadurch etwas beruhigen. »Gehen wir in den Garten«, schlug ich David vor.

Er war einverstanden und legte mir einen Mantel um die Schultern. »Es ist kühl, und das Gras ist noch feucht«, sagte er.

Als wir in die Vorhalle traten, sah ich etwas auf dem Boden liegen und traute meinen Augen nicht – Jessica lag in eine Decke gehüllt vor mir.

Ich hob sie auf, sie schlug schläfrig die Augen auf, gähnte und schloß sie wieder.

Ich lief in die Halle. »Jessica ist wieder da«, rief ich immer wieder.

Meine Mutter war als erste bei mir. Sie riß mir die schlafende Jessica aus den Armen und wußte sich vor Freude nicht zu fassen. »Sie ist wieder da, sie ist wieder da!« rief sie selig, und ich befürchtete schon, daß sie vor Glück das Bewußtsein verlieren würde.

Inzwischen waren auch Dickon, Grace Soper und die gesamte Dienerschaft in die Halle gekommen. Dickon nahm meiner Mutter Jessica aus den Armen. »Sie ist vollkommen unversehrt«, stellte er fest.

Meine Mutter entriß sie ihm wieder. »Es geht ihr gut, ihr ist nichts geschehen«, flüsterte sie. »Ich danke dir, lieber Gott.«

Jessica schlug die Augen auf, verzog den Mund zu einem Lächeln, und als sie ihre Mutter erblickte, begann sie zu weinen.

Nachdem sich die erste Freude gelegt hatte, fragten wir uns: Wer war dafür verantwortlich? Und aus welchem Grund hatte er es getan?

Es war offensichtlich, daß man für das Kind gut gesorgt hatte. Wer hatte uns also offenbar grundlos dieser Qual ausgesetzt? Unser Leben war von dieser Ungewißheit überschattet, und die Kinder blieben keinen Augenblick mehr allein. Morgens liefen meine Mutter und ich immer zuerst ins Kinderzimmer und überzeugten uns davon, daß die beiden Kleinen da waren. Grace Soper hatte ihr Bett im Kinderzimmer aufgeschlagen und behauptete, daß sie nur mit einem Auge und einem Ohr schlafe.

Wir stellten außerdem ihre Nichte, ein freundliches, etwa vierzehnjähriges Mädchen, als Hilfskraft an. Sie schlief im angrenzenden Zimmer, dessen Tür offenstand, so daß sie es ebenfalls bemerken mußte, wenn sich jemand ins Kinderzimmer schleichen wollte.

Im September kamen Jonathan und Millicent nach Eversleigh. Sie blieben nur einige Tage und wollten noch Pettigrew Hall besuchen, bevor sie nach London zurückkehrten.

Mich erfaßte wieder das alte Unbehagen, wie stets, wenn Jonathan sich mit mir unter dem gleichen Dach befand. Ich versuchte herauszufinden, ob die Ehe ihn verändert hatte, doch mir fiel nichts Ungewohntes an ihm auf. Millicent war jedoch anders geworden – sanfter und zugänglicher. Offenbar fühlte sie sich in ihrer Ehe wohl. Warte nur, bis du Jonathans wahre Natur entdeckst, dachte ich.

Er war genauso wie früher, unternehmungslustig, vollkommen ungezwungen und setzte sich über alle Konventionen hinweg, wenn er mit mir allein sein wollte.

Die Kinder schliefen in ihrem Bettchen im Garten, wie an dem Tag, an dem Jessica verschwunden war. Grace Soper, ihre Nichte und meine Mutter saßen in der Nähe und plauderten.

Ich schnitt Herbstblumen – rote Astern und späte Margeriten –, als Jonathan plötzlich zu mir trat.

»Welche Freude, dich wiederzusehen, Claudine«, begann er. »Du hast mir gefehlt.«

»Tatsächlich?« Ich blickte nicht von den Blumen auf.

»Freust du dich darüber, daß ich wieder hier bin?«

»Meine Mutter sieht es gern, wenn die ganze Familie zusammen ist.«

»Du weichst meiner Frage sehr geschickt aus – du solltest Diplomatin werden. Aber ich fehle dir doch gelegentlich, Claudine, gib es nur zu.«

»Nicht so oft, wie du denkst«, log ich.

»Belügst du dich selbst genauso wie mich?«

»Lassen wir dieses Thema«, fuhr ich ihn an. »Du bist verheiratet, ich bin verheiratet – aber jeder von uns mit jemand anderem.«

Er lachte laut; meine Mutter blickte lächelnd auf.

»Dennoch lieben wir einander, und daran wird sich nie etwas ändern.«

»Du darfst nicht so sprechen, Jonathan, du bist frisch verheiratet. Stell dir einmal vor, wenn Millicent dich hört. Sie sieht so glücklich aus.«

»Sie ist glücklich, denn sie ja ist mit mir verheiratet. Ob du es glaubst oder nicht, Claudine, ich bin ein vorbildlicher Ehemann.«

»Nach außen hin. Im Augenblick benimmst du dich nicht wie ein verheirateter Mann.«

»Und wer trägt daran die Schuld?«

»Du.«

»Nicht ich allein, auch du.«

Ich wurde zornig. Ich bemühte mich so ernsthaft, die Vergangenheit zu vergessen, und dann genügte ein Blick von ihm und ich wurde wieder von ihr eingeholt. Ich verachtete mich wegen meiner früheren Nachgiebigkeit und auch, weil es mir heute noch so schwerfiel, der Versuchung zu widerstehen. Verwirrt brach ich eine Margerite ab.

»Die Blumen können nichts dafür, Claudine«, scherzte er. »Sie sind nicht daran schuld, daß wir füreinander bestimmt sind und daß du es zu spät erkannt hast. Du solltest jedoch dafür dankbar sein – du hättest sonst nie erfahren, wie vollkommen harmonisch eine Beziehung sein kann, wenn du nicht meine Geliebte geworden wärst.«

»Ich habe seither nie mehr Frieden gefunden.«

»Arme Claudine. Du hättest weiterhin als ahnungsloser Engel

gelebt, hättest vielleicht zu einer stillen Zufriedenheit gefunden und nie erfahren, was es heißt, zu leben. Du hättest dich in deinem kleinen Paradies sicher gefühlt, dich nie einen Schritt in die wirkliche Welt gewagt ... die Welt der Leidenschaft und des Abenteuers, in der man ein reiches, erfülltes Leben führt. Eines Tages aber drang die Schlange in dein selbstgeschaffenes Paradies ein, um das du die Mauern der Ahnungslosigkeit errichtet hattest, führte dich in Versuchung, und du aßest vom Baum der Erkenntnis. Du hast die wahre Lebensfreude kennengelernt, und seither hast du Angst ... Angst zu leben ... Angst zu lieben. Deshalb versuchst du, vor mir zu fliehen, weil du es dir nicht eingestehen willst.«

»Ich muß ins Haus«, erklärte ich.

»Ein Rückzug ist das Eingeständnis der Niederlage.«

»Ich versuche, das Geschehene so gut es geht zu vergessen.«

»Das wird dir nie gelingen.«

»Dennoch versuche ich es.«

»Gestehe dir die Wahrheit ein. Du weißt, daß ich recht habe. Du hast die Frucht vom Baum der Erkenntnis gekostet. Das Leben ist dazu da, daß man es genießt.«

»Ich will meines ehrenvoll genießen.« Damit drehte ich mich um und ging zum Haus.

»Der Nachmittag ist so schön, daß man ihn im Freien verbringen sollte«, meinte meine Mutter. »Bleib doch noch eine Weile bei uns.«

Ich befürchtete, daß sie meine geröteten Wangen und meine funkelnden Augen bemerken würde, deshalb antwortete ich: »Ich werde zuerst noch die Blumen in Vasen stellen, damit sie nicht verwelken. Dann komme ich wieder zu euch heraus.«

Jonathan setzte sich neben meine Mutter und sagte: »Du siehst großartig aus, geliebte Stiefmutter.«

Im Haus kam mir Millicent entgegen, die mich bat, ihr eine meiner Broschen zu leihen; sie hatte den Großteil ihres Schmuckes in London gelassen, brauchte jetzt aber unbedingt für ein bestimmtes Kleid passenden Schmuck; da hatte sie sich an meine mit Granaten und Diamanten besetzte Brosche erinnert und war auf die Idee gekommen, mich für die Zeit ihres Aufenthaltes bei uns darum zu bitten.

»Natürlich«, erklärte ich bereitwillig, »ich bringe sie dir auf dein Zimmer.«

Als ich eintrat, saß sie in einem leuchtendroten Morgenrock, der ihr gut zu Gesicht stand, vor dem Spiegel. Das dunkle Haar fiel offen auf ihre Schultern; sie sah viel hübscher aus als früher.

»Genau die meinte ich«, nickte sie. »Danke, Claudine.«

Ich zögerte, denn in diesem Zimmer schliefen sie miteinander, und dieser Gedanke störte mich. Wenn ich Millicent ansah, war ich von ohnmächtigem Zorn und brennender Eifersucht erfüllt. Es hatte keinen Sinn, mir einzureden, daß mir Jonathan gleichgültig war, daß ich das Vergangene vergessen wollte. Nein, im Gegenteil, ich wollte mich erinnern, ich wollte von den Tagen träumen, in denen ich mein Ehegelübde gebrochen hatte und so glücklich gewesen war.

Warum sollte ich mich selbst belügen? Ich sehnte mich nach Jonathan. Liebte ich ihn? Ich wußte es nicht. Ich liebte David, ich wollte ihn auf keinen Fall verletzen. Es gab Zeiten, da haßte ich mich wegen meiner Verfehlungen. Doch ich war damals wild erregt gewesen, die Welt war mir so herrlich erschienen, ich konnte nicht genug von Jonathans Zärtlichkeiten bekommen – und wenn das alles aus Liebe geschehen war, so liebte ich ihn.

Millicent hielt die Brosche prüfend an ihren Morgenrock.

»Sie ist sehr hübsch, und es ist wirklich lieb von dir, Claudine, sie mir zu leihen.«

»Ich freue mich, wenn ich dir einen Gefallen tun kann.«

»Wir sind etwas überstürzt aufgebrochen. Aber das ist eben Jonathans Art.« Sie lächelte nachsichtig.

»Du siehst trotzdem sehr glücklich aus.«

»Das bin ich auch. Ich hätte es mir nie träumen lassen …«

Sie dachte offenbar an die Nächte mit Jonathan.

»So sollte es ja auch sein.« Ich bemühte mich, möglichst verbindlich zu wirken.

»Es gibt Leute, die unsere Verbindung für eine reine Vernunftehe halten. Und ich muß zugeben, daß unsere Eltern sich wirklich sehr über unsere Heirat gefreut haben.«

»Ja, alle hatten gehofft, daß ihr zueinander finden würdet.«

»Unter diesen Umständen lag ja der Verdacht nahe … Aber es ist Gott sei Dank ganz anders gekommen.«

»Ich freue mich für dich, daß du so glücklich bist.«

»Irgendwie war es auch eine Herausforderung.«

»Das gilt wohl für jede Ehe.«

»Nicht immer. Du und David ... David ist doch vom Wesen her ganz anders als Jonathan. Du weißt immer genau, was er tun wird.«

»David wird immer tun, was er für richtig hält«, antwortete ich etwas steif.

»Die Menschen sind sich nicht immer darüber einig, was recht und was unrecht ist.«

»Na ja, es gibt doch gewisse Grundsätze.«

»Das stimmt, aber David ist berechenbar, während Jonathan der unberechenbarste Mensch der Welt ist.«

»Und du ziehst die Unberechenbarkeit vor?«

Sie griff nach einer Bürste und begann lächelnd, ihr Haar zu ordnen.

»Natürlich, dadurch wird das Leben zu einem Abenteuer, einer Aufgabe, der man sich stellen muß. Du bist dir deines Mannes sicher, und das werde ich mir bei Jonathan wohl nie sein.«

»Willst du wirklich auf eine gewisse Sicherheit verzichten?«

»Ich kann es nicht ändern, so ist Jonathan eben. David hingegen wird immer ein treuer Ehemann bleiben.«

Ich konnte nicht schweigen. »Und du glaubst, daß Jonathan keine ... Affären haben wird?«

Sie wendete sich mir zu und nickte langsam; ihre Augen leuchteten im Kerzenlicht auf.

»Er wird seine kleinen *affaires de cœur* haben, denn er hat sie immer gehabt und wird sich durch die Ehe nicht daran hindern lassen. Das verstehe ich. Nachher wird er um so lieber wieder zu mir zurückkommen.«

Ich verbarg meine Verblüffung nicht. »Ich hätte angenommen, daß du die letzte bist, die ... hm ...«

»Konziliant ist, die bei den Seitensprüngen ihres Mannes ein Auge zudrückt?«

»Deine Mutter ...«

»Jeder vergleicht mich mit meiner Mutter. Ich weiß, daß ich ihr ähnlich bin, aber sie mußte nie mit einer solchen Situation fertig werden. Mein Vater ist ein sehr korrekter Gentleman.«

»Vielleicht hat deine Mutter ihm nie eine solche Freizügigkeit zugestanden.«

Ich hatte das Gefühl, daß ich jetzt gehen sollte, denn das Gespräch nahm eine gefährliche Wendung.

»Mein Vater und Jonathan stellen ausgesprochene Gegensätze dar. Außerdem verhalte ich mich ganz anders als meine Mutter. Kein Mann mit *esprit* würde sich so unterdrücken lassen wie der liebe, arme Papa. Er mag sie bestimmt sehr, er ist ein sehr angenehmer Mensch, und ich liebe ihn von Herzen.«

»Es ist immer eine Freude, mit jemandem zu sprechen, der seinen Eltern so viel Liebe entgegenbringt.«

»Du bist sehr amüsant, Claudine, besonders wenn du so förmlich wirst. Vermutlich macht sich da dein französisches Blut bemerkbar. Ich weiß jedenfalls genau, wie ich mein Leben gestalten werde. Ich werde mich mit den Dingen abfinden, die ich nicht ändern kann, und über Jonathans kleine Amouren hinwegsehen. Nur wenn eine ernstliche Bindung entstehen sollte –«

Mein Herz schlug schneller, und ich fragte mich, ob Jonathan ihr vielleicht von seinem Verhältnis mit mir erzählt hatte. Er hatte mir zwar versichert, daß er schweigen würde wie ein Grab, aber bei Jonathan konnte man nie sicher sein. Millicent hatte ihn ja selbst als unberechenbar bezeichnet.

»Wenn ich eine ernsthafte Rivalin hätte, könnte ich wahrscheinlich …« Sie unterbrach sich, und eine der Kerzen verlöschte mit einem unangenehmen Zischen.

Die nun eingetretene Stille wirkte unheimlich. Ich fühlte mich unsicher und hätte am liebsten den Raum mit dem schönen Himmelbett verlassen, um den Vorstellungen zu entgehen, die ich nicht verdrängen konnte.

»Diese Kerzen«, ärgerte sie sich. »Immerzu gehen sie aus. Ich werde mich darüber beschweren. Aber gleichviel, wir sehen immer noch genug.« Sie brachte das Gesicht nahe an den Spiegel heran, und ihr Spiegelbild blickte mich an. »Wovon sprachen wir eben?« fuhr sie fort. »Ach ja, wenn es eine Frau gäbe, die er wirklich liebt, die für ihn wichtig ist, dann würde ich sie so sehr hassen, daß ich sie vielleicht sogar töten könnte.«

Ich erschauerte.

»Es ist etwas kühl in dem Zimmer«, meinte sie. »Ich werde nach dem Mädchen läuten, damit es Feuer im Kamin macht. Man spürt schon den Herbst.«

»Ich muß mich jetzt umkleiden. Noch einmal vielen Dank für die Brosche.«

Während ich das Zimmer verließ, fragte ich mich: Weiß sie etwas? Sollte das eine Warnung sein? Sie hatte gesagt: »Ich würde sie töten.«

In diesem Augenblick hatten ihre Augen böse und unbarmherzig gefunkelt.

Als sie wieder abreisten, war ich froh, obwohl mir die Tage danach leer und farblos erschienen.

Ich besuchte einige Male Tante Sophie, die immer noch um Alberic trauerte und kaum von etwas anderem sprach. Jessicas Verschwinden war ihr sehr nahegegangen; sie hatte sich eingehend damit beschäftigt. Doch eigentlich faszinierten sie nur Katastrophen; wenn ein zunächst erschreckendes Ereignis ein gutes Ende nahm, verlor sie das Interesse daran.

Dolly Mather leistete ihr so oft es ging Gesellschaft. Ich hatte auch Mrs. Trent auf Grasslands einmal besucht und war über ihr Aussehen entsetzt gewesen. Sie konnte sich nicht damit abfinden, daß Evie tot war, und wütete gegen die Grausamkeit des Schicksals und die Verderbtheit des »Kerls«, wie sie sich ausdrückte. Wenn Harry Farringdon ihr unversehens begegnet wäre, hätte sie vermutlich versucht, ihn umzubringen.

Als ich sie das nächste Mal aufsuchen wollte, teilte mir Dolly mit, daß Mrs. Trent bettlägerig war und sich so schlecht fühlte, daß sie keine Besucher empfangen konnte.

Die Diener auf Grasslands erzählten unseren Bediensteten, daß Mrs. Trent ›etwas seltsam‹ wurde.

David erklärte uns eines Tages, daß er nach London reisen müsse, um Vorräte für das Gut einzukaufen und um mit den Händlern zu sprechen, die unsere Produkte absetzten. Einige unserer Pächter hatten begonnen, Schafe zu halten, und David mußte Abnehmer für die Wolle finden.

»Warum begleitest du David eigentlich nicht?« wollte meine Mutter wissen. »Seit eurer Hochzeitsreise seid ihr nicht mehr gemeinsam in London gewesen. Wenn du mitfährst, wäre es für ihn eine Vergnügungsreise statt einer langweiligen Pflicht. Und ihr hättet das Haus für euch, weil Jonathan und Millicent sich zur Zeit auf Pettigrew Hall befinden.«

Als ich zögerte, drängte sie mich: »Ich weiß, daß du an Amaryllis denkst, und ich achte deine Gefühle. Aber sie befindet sich hier vollkommen in Sicherheit. Wir werden sie genausogut behüten wie Jessica. Du weißt, daß Grace die Kinder keinen Moment aus den Augen läßt. Ich muß ihr immer noch zwanzigmal täglich erklären, daß sie keine Schuld an der Entführung trifft. Hör auf, dir wegen der Sicherheit der Kinder Sorgen zu machen. Wir kommen eine Woche lang ohne weiteres ohne dich aus.«

»Ich würde ja so gerne mitfahren, Maman, aber …«

»Kein Aber. Wenn du zu Hause bleibst, weil du Amaryllis nicht allein lassen willst, bin ich beleidigt. Amaryllis wird Tag und Nacht bewacht werden.«

Ich beschloß also, David bei seiner Fahrt nach London zu begleiten.

Wir nahmen die Postkutsche, was vielleicht die angenehmste Art des Reisens ist, denn die Posthäuser sind besser geführt als jedes Gasthaus, und obwohl man für Essen und Unterkunft verhältnismäßig viel bezahlen muß, sind sie ihr Geld wert.

Wir reisten gemächlich und unterbrachen die Fahrt zweimal. David fand, daß er sich dank meiner Gesellschaft wie auf einer Vergnügungsreise fühlte.

Es war aufregend, die Stadttore zu passieren: In der Ferne sah man den Tower, am Fluß entlang wurde das Treiben immer turbulenter und bunter.

Die Dienerschaft im Haus war auf unser Kommen vorbereitet; meine Mutter hatte einen Boten vorausgeschickt. Ich erinnerte mich daran, wie wir nach unserer Hochzeit hier eingetroffen waren – als ich noch unschuldig war, wie ich meinen Zustand vor meinem Sündenfall bezeichnete. Ich war froh, daß Jonathan auf Pettigrew Hall weilte, denn es fiel mir immer schwerer, mit ihm unter einem Dach zu leben.

David schwelgte ebenfalls in Erinnerungen, wir dinierten bei Kerzenschein, und David war ganz offensichtlich selig; doch gerade bei solchen Gelegenheiten meldete sich mein Gewissen am lautesten.

Dann zogen wir uns in das Schlafzimmer zurück, das sich so sehr von dem auf Eversleigh unterschied – große Fenster, zarte Vorhänge und Queen-Anne-Möbel.

»Du machst mich glücklich, Claudine«, gestand David, »so

glücklich, wie ich es nie für möglich gehalten habe.« Als er mich küßte, bemerkte er die Tränen auf meinen Wangen.

»Tränen des Glücks?« fragte er, und ich nickte, denn wie konnte ich ihm sagen, daß es Tränen der Reue waren? Ich liebte ihn wegen seiner Güte, seiner Sanftmut, seiner Selbstlosigkeit, und mußte dennoch ständig an einen anderen Mann denken, der gewissenlos, gefühllos und gefährlich war, dem mein Geist und mein Körper aber hörig waren, so daß ich nicht aufhören konnte, ihn zu lieben.

Ich versuchte, meine Melancholie abzuschütteln, versuchte nicht zu bedauern, daß ich nicht mit Jonathan im Bett lag, versuchte nicht an ihn zu denken, als David mich umarmte. Doch ich konnte mich nicht von ihm lösen, und hier in London war es noch schlimmer, weil er so viel Zeit in diesem Haus verbrachte.

Am nächsten Tag fühlte ich mich besser und begleitete David, der sich über mein Interesse freute, zu seinen Besprechungen.

Wir passen so gut zueinander, wir verstehen einander, wir vertragen uns ausgezeichnet, dachte ich. Das andere ist Wahnsinn, ist wie eine Krankheit, die ich überwinden muß.

Am nächsten Tag meinte David: »Heute hat es keinen Sinn, geschäftliche Angelegenheiten zu besprechen, weil das Parlament eröffnet wird und die Menschen sich auf den Straßen drängen, um die prunkvollen Kutschen zu bestaunen. Wollen wir uns unters Volk mischen?«

»Ich würde gern den König sehen«, meinte ich, »ich bin neugierig, wie er jetzt aussieht.«

David schüttelte traurig den Kopf. »Er ist längst nicht mehr der lebhafte, eifrige junge Mann, der vor fünfunddreißig Jahren den Thron bestiegen hat.«

»Selbst Könige verändern sich innerhalb von fünfunddreißig Jahren.«

»Er hat natürlich viel mitgemacht. Zum Beispiel die Schwierigkeiten, die ihm der Prinz von Wales bereitet hat.«

»Ja, natürlich. Die morganatische Ehe mit Mrs. Fitzherbert, und jetzt die gespannten Beziehungen zwischen ihm und Prinzessin Karoline.«

»Nicht nur das. Er hat den Verlust der amerikanischen Kolonien nie verwunden, und glaubt, daß es seine Schuld ist.«

»Das stimmt ja auch«, befand ich.

»Er erklärt immer wieder: ›Ich werde mein müdes Haupt nicht zur letzten Ruhe betten können, solange ich den Verlust der amerikanischen Kolonien nicht vergessen kann.‹ Er wiederholt sich immerzu; das ist eine Auswirkung der Geisteskrankheit, unter der er vor sieben Jahren gelitten hat.«

»Aber er ist doch geheilt.«

»Die Ärzte behaupten es zwar, aber manchmal benimmt er sich doch reichlich sonderbar.«

»Du hast mich jetzt richtig neugierig auf ihn gemacht.«

»Dann gehen wir also aus. Leg keinen Schmuck an, nimm nur ein bißchen Geld mit, und dann stürzen wir uns ins Gewühl.«

Als wir das Haus verließen, säumten die Einwohner von London bereits die Straßen, und in der Menge befanden sich auch Gestalten, die mich beunruhigten. Sie sprachen laut, und ich schnappte Worte wie »Hohe Steuern ... niedrige Löhne ... Arbeitslosigkeit ... Brotpreis« auf.

Ich machte David darauf aufmerksam, und er erklärte: »In einer Menge findet man immer wieder solche Menschen. Sie langweilen sich und versuchen, sich ein bißchen Unterhaltung zu verschaffen.«

Wir gingen in ein Kaffeehaus, tranken heiße Schokolade und lauschten den Gesprächen rings um uns. Meist drehten sie sich um das Verhältnis zwischen dem Prinzen von Wales und seiner Frau. Als er von Karolines Schwangerschaft erfuhr, hatte er angeblich gerufen: »Gott sei Dank, dann muß ich nicht mehr mit dieser widerlichen Frau schlafen.«

Allseits wurden Wetten über das Geschlecht des Kindes abgeschlossen und Vermutungen darüber angestellt, ob es seinem Vater oder seiner Mutter ähnlich sehen würde. Der Prinz von Wales war zwar nicht sehr beliebt, aber das hinderte die Menschen nicht daran, sich für seine Privatangelegenheiten zu interessieren.

Dann traten wir wieder auf die Straße hinaus und warteten auf die Kutsche des Königs. Es herrschte ein beängstigendes Gedränge, und David zog mich ein bißchen aus der Menge heraus. Als der König vorüberfuhr, versuchte ich, trotz der großen Entfernung einen Blick auf sein prächtiges Gewand zu werfen. Da fiel plötzlich ein Schuß. Eine halbe Sekunde lang herrschte absolute Stille. Die Kugel hatte das Fenster der königlichen Kutsche durchschlagen. Im nächsten Augenblick brach die Hölle los. Die Leute schrien und zeigten auf das Fenster eines leerstehenden Hauses. Alle Blicke wandten sich dorthin, denn der Schuß mußte von dort gekommen sein.

Der Kutscher der Königs gab den Pferden die Peitsche, und die Kutsche rollte rasch davon. Einige Männer liefen in das leere Haus. David legte mir schweigend den Arm um die Schultern.

»Glaubst du, daß sie den König getroffen haben?« stammelte ich.

»Ich weiß es nicht. Komm, setzen wir uns wieder ins Kaffeehaus.«

Es war das gleiche Kaffeehaus, in dem wir schon vorher gewesen waren. Es war überfüllt, und alle Gäste redeten gleichzeitig.

»Hast du es gesehen? Ist der König tot? Wird der Prinz von Wales jetzt König? Was ist überhaupt geschehen?«

Niemand wußte etwas Genaues, und deshalb erfand jeder seine eigene Geschichte. Die unglaublichsten Gerüchte gingen um – in London herrschte Aufruhr, es gehe zu wie in Paris, die Revolution sei ausgebrochen.

»Bei uns doch nicht«, widersprach jemand. »Uns genügt, was wir von der Revolution jenseits des Kanals wissen.«

»Er ist nicht tot. Er hat das Parlament eröffnet.«

»Eins muß man ihm lassen, er hat Mut.«

»Wer hat geschossen?«

»Angeblich ein Anarchist. Sie haben ihn nicht erwischt.«

»Morgen werden wir genau erfahren, was geschehen ist«, meinte David.

Als wir das Kaffeehaus verließen, kehrte der König gerade von der Eröffnung des Parlaments zurück. Ich war erleichtert, weil ihm nichts geschehen war, aber die Menge war offenbar enttäuscht.

Er tat mir leid, denn er hatte wirklich zeit seines Lebens versucht, seine Pflicht zu tun. Es war nicht seine Schuld, daß ihm ein Amt zugefallen war, für das er infolge seiner Anlagen und seines Geisteszustandes ungeeignet war.

Der Pöbel begann, mit Steinen nach der Kutsche zu werfen, und einer traf den König an der Wange. Er fing den Stein auf und blieb gleichmütig sitzen.

Als die Kutsche vorbei war, beschlossen David und ich, nach Hause zu gehen.

Am nächsten Tag erfuhren wir, daß der König heil in seinen Palast gelangt war und daß er sich über den Schuß weniger aufgeregt hatte als seine Begleitung. »Mylords«, hatte er angeblich erklärt, »ich setze mein Vertrauen in Ihn, der alles lenkt.«

Er behielt den Stein, der ihn getroffen hatte – als Andenken an die Freundlichkeiten, wie er sagte, die ihm an diesem Tag erwiesen worden waren.

»Was bedeutet das alles?« fragte ich David. »Werden sich französische Zustände auch hier breitmachen?«

David schüttelte den Kopf. »Bestimmt nicht, weil die Voraussetzungen ganz anders sind. Aber wir müssen die Agitatoren ausfindig machen und ihnen das Handwerk legen. Ich könnte schwören, daß viele der Leute, die Steine geworfen haben, nur aus der Erregung des Augenblicks heraus gehandelt haben und in Wirklichkeit treue Untertanen Seiner Majestät sind. Sie werden von den Agitatoren aufgehetzt, die wissen, daß Unruhe ansteckend wirkt. Sie halten Brandreden, sie reden der Bevölkerung ein, daß ihr Unrecht geschieht – und ehe man sich's versieht, kommt es zu solchen Ausschreitungen.«

»Kennt man die Agitatoren?«

»Dann hätten wir längst kurzen Prozeß mit ihnen gemacht. Aber sie halten sich sehr geschickt im Hintergrund, lassen die Schmutzarbeit von anderen besorgen und reisen im Land herum, so daß niemand ihre Gesichter kennt.«

Am nächsten Tag wurde eine Belohnung von tausend Pfund für Hinweise ausgesetzt, die zur Ergreifung des Mannes führen konnten, der auf den König geschossen hatte.

»Glaubst du, daß sich jemand melden wird?« fragte ich.

»Es handelt sich um eine große Summe, dennoch bezweifle ich es. Diese Leute sind zu gut organisiert und haben den Anschlag bis ins kleinste geplant, auch den Fluchtweg für den Attentäter.«

Später wurde bekannt, daß Lord Greenville dem Oberhaus einen Gesetzesentwurf ›zur Sicherheit Seiner Majestät‹ vorgelegt hatte. Außerdem schlug Mr. Pitt im Unterhaus Maßnahmen zur Verhinderung von staatsfeindlichen Umtrieben vor.

An diesem Tag trafen Jonathan und Millicent in London ein, und damit war es um meinen Seelenfrieden geschehen.

Wir mußten länger in London bleiben, als wir ursprünglich vorgehabt hatten, denn das Attentat auf den König hatte die Menschen so aus der Ruhe gebracht, daß sie sich nicht mit Geschäften befassen wollten. Der Schuß war am 29. Oktober gefallen, und wir befanden uns am fünften November noch immer in der Hauptstadt.

Jonathan wirkte aufgekratzt und munter, wie immer, wenn ihn ein Abenteuer lockte. Er war offensichtlich nach London gekommen, weil seine geheimen Aktivitäten seine Anwesenheit erforderlich machten.

Millicent war gleichmäßig fröhlich. Ihr war es anscheinend egal, ob sie sich in London oder auf dem Land befand, wenn sie nur mit Jonathan zusammen sein konnte.

Sie erzählte mir, daß sie möglicherweise schwanger war. Es war noch zu früh, um es mit Sicherheit zu sagen, aber sie war davon überzeugt. Natürlich war sie überglücklich.

Der fünfte November ist ein wichtiges Datum in der englischen Geschichte, weil im Jahr 1605 Guy Fawkes an diesem Tag versucht hatte, das Parlament in die Luft zu sprengen und gerade noch rechtzeitig daran gehindert worden war. Obwohl dieses Ereignis schon sehr lange her ist, wird der Tag immer noch im ganzen Land gefeiert.

Jonathan und David waren, jeder für sich, ihren Geschäften nachgegangen. Ich hatte keine Lust gehabt, David zu begleiten, und war zu Hause geblieben. Millicent fühlte sich etwas unwohl und hatte sich hingelegt.

Ich war allein und dachte darüber nach, wie anders es im Haus zuging, seit Jonathan anwesend war. Eigentlich war es gut, daß David und ich bald nach Eversleigh zurückkehren würden.

Dann hörte ich jemand nach Hause kommen; ich nahm an, daß es David war, und wollte ihn begrüßen, stand jedoch unerwarteterweise vor Jonathan.

»Endlich allein«, strahlte er.

»Mach dich nicht lächerlich«, antwortete ich unsicher.

»Ist es denn nicht aufregend, daß wir uns einmal so geben können, wie uns zumute ist? David ist wie ein Wachhund, und Millicent wie ein Schatten, aber beide sind leider im Augenblick nicht zu sehen.«

»Der Schatten könnte jeden Augenblick wieder auftauchen.«

»Wohin gehst du?«

»Auf mein Zimmer, um zu packen. Wir reisen unter Umständen schon morgen ab.«

»So bald nach meiner Ankunft?«

»Vielleicht wegen deiner Ankunft.«

»Hast du immer noch Angst vor mir?«

Ich wandte mich ab.

»Ich gehe aus – begleite mich«, forderte er mich auf.

»Ich kann nicht, ich habe viel zu erledigen.«

»Das können doch die Diener besorgen. Erinnerst du dich an den wunderbaren Ausflug, den wir am Tag der königlichen Hochzeit verbracht haben?«

»Es ist ja noch nicht lange her.«

»Und jetzt heißt es, daß unsere geliebte Prinzessin in anderen Umständen ist. Ich freue mich für den Prinzen, denn es ist ihm vermutlich nicht leichtgefallen, seine eheliche Pflicht zu erfüllen.«

»Er hat sich bestimmt anderweitig getröstet.«

»Hör zu, Claudine, ich möchte ausgehen, mich unter die Menge mischen und beobachten. Komm mit.«

»Suchst du Leute wie Léon Blanchard und Alberic?«

Er fixierte mich aufmerksam. »Du bist in diese Sache verwickelt, Claudine. Es hat damit angefangen, daß du Alberic gesehen und den Mann erkannt hast, mit dem er sich getroffen hat.«

»Ja und?«

»Für mich ist es günstiger, wenn ich den Eindruck erwecke, daß ich mich in Damengesellschaft befinde. Ich möchte wie ein zufälliger Zuschauer wirken und dabei beobachten, was sich abspielt. Du kannst mir dabei helfen, Claudine.«

Erregung erfaßte mich, und ich redete mir ein, daß daran die Aufgabe schuld war, die er mir stellte, nicht die Tatsache, daß ich mit ihm beisammen sein würde.

»Komm schon«, redete er mir zu. »Du hast nichts Wichtiges zu tun, und ein kleiner Spaziergang kann dir nicht schaden. Draußen auf der Straße muß ich mich außerdem gut benehmen, nicht wahr?«

»Also schön, ich komme mit.«

»Tapfere kleine Patriotin«, meinte er ironisch. »Hol deinen Mantel. Ich sage inzwischen Millicent, daß ich ausgehe.«

»Erzähl ihr auch, daß ich dich begleite.«

Er lächelte nur und antwortete nicht.

601

In den Straßen Londons herrschte Unruhe; die Stimmung war gespannt.

»Am Abend wäre es noch günstiger«, meinte Jonathan, »wenn die Freudenfeuer angezündet werden. Wir müssen am Abend noch einmal ausgehen.«

»Glaubst du, daß die anderen mitkommen werden?«

»David vielleicht, und Millicent unter Umständen. Natürlich wäre es schöner, wenn wir beide allein wären.«

»Sieh doch die komische Strohpuppe, wen soll sie darstellen?«

»Ich weiß es nicht – aber es könnte Guy Fawkes höchstpersönlich sein.«

Sechs zerlumpte kleine Jungen trugen die Strohpuppe durch die Straßen und sangen dabei:

Guy, Guy, Guy, hebt ihn, so hoch ihr könnt,
Knüpft ihn an den Laternenpfahl, dann hat das Spiel ein End!

Jonathan gab einem von ihnen eine Münze, und sie zogen grinsend weiter.

»Wen stellt eure Strohpuppe dar?« rief er ihnen nach.

»Den Papst, Mister«, antwortete der älteste Bengel.

»Wie dumm von mir, ihn nicht zu erkennen«, lachte Jonathan. »Die Ähnlichkeit ist unübersehbar.«

Die Jungen starrten ihn an, und wir gingen weiter.

»Die meisten Leute haben keine Ahnung, worum es eigentlich geht«, stellte Jonathan fest, »sie wissen nur, daß es etwas mit den Katholiken zu tun hat. Hoffentlich gehen sie später, wenn sie betrunken sind, nicht auf Angehörige dieses Glaubens los.«

Wir sahen viele Guys – groteske Figuren aus Stroh und Lumpen –, die am Abend, wenn die Freudenfeuer entfacht wurden, lichterloh brennen würden.

In den Straßen ertönte immer wieder das gleiche Lied, und ich sang schließlich mit:

Am fünften November, denkt immer daran,
Verrat und Pulver, ein schrecklicher Plan.
Vergessen wir nie das Attentat,
Guy Fawkes und seinen großen Verrat.

Jonathan zeigte mir auch die Parade der Metzger, die von allen Märkten zusammengekommen waren, durch die Straßen zogen und Markknochen aneinanderschlugen.

Ein Stock und ein Pflock für König Georgs Rock,
Ein Stock und ein Stumpf von Guy Fawkes' Rumpf,
Schreit, Jungens, schreit, jede Glock' erkling,
Schreit, Jungens, schreit, God save the King!

Ich beobachtete sie belustigt und meinte: »Was für ein Unterschied zu dem Pöbel an dem Tag, an dem das Parlament eröffnet wurde.«

»Der Pöbel ist auch heute anwesend«, erwiderte er ernst, »und ist bereit, im richtigen Augenblick in Erscheinung zu treten. Bei solchen Gelegenheiten liegt er immer auf der Lauer.«

»Und du bist wachsam.«

»Wir sollten alle wachsam sein. Doch jetzt genug davon; möchtest du wieder ein Kaffeehaus besuchen und Kaffee oder Schokolade trinken? Wir könnten dabei auch ein paar Neuigkeiten erfahren. Ich kenne ein gutes Kaffeehaus am Fluß – Jimmy Borrows Riverside Inn. Während du etwas zu dir nimmst, kannst du durch das Fenster die Schiffe beobachten.«

»Das würde mir gefallen.«

Er bot mir den Arm, und ich war glücklich wie damals, als wir einen ganzen Tag lang zusammen gewesen waren.

Es war nicht weit zum Kaffeehaus, und als wir eintraten nickte Jimmy Borrows Jonathan wie einem alten Bekannten zu. Sobald wir einen freien Tisch gefunden hatten, ging Jonathan zu ihm hinüber, und sie unterhielten sich eine Zeitlang überaus ernst. Ich wußte ja inzwischen, daß Jonathan einen Teil seiner Informationen von Wirten bezog, und begriff jetzt manche Zusammenhänge besser. Jonathan und sein Vater hatten überall Kontaktpersonen, und dadurch war Dickon auch in der Lage gewesen, meine Mutter sicher aus Frankreich herauszuholen.

Jonathan kehrte an unseren Tisch zurück, kurz darauf wurde die heiße Schokolade gebracht.

»Hier sitzt es sich doch angenehm, nicht wahr?« fragte er. »Wir sollten öfter zusammen sein.«

»Verdirb uns nicht den Tag, Jonathan, bitte.«

»Das würde ich nie wagen.«

»Wir beiden haben schon viel verdorben.«

»Ich habe es dir doch erklärt, und ich habe geglaubt, daß du es endlich begriffen hast.«

»Ach, du beziehst dich auf deine Philosophie. Man ist nur schuldig, wenn man ertappt wird.«

»Mein Standpunkt ist der einzig richtige. Sieh dir doch die Leute an, die am Fluß spazierengehen. Wie zufrieden sie aussehen und wie vergnügt sie sind. Glaubst du nicht, daß auch sie ihre finsteren Geheimnisse mit sich herumtragen?«

»Wie soll ich das wissen?«

»Rate einmal. Siehst du die hübsche Frau, die ihrem Mann zulächelt? Aber ist er überhaupt ihr Mann? Ich hege den Verdacht, daß er ihr Liebhaber ist. Und falls er doch ihr Mann sein sollte, dann ist sie viel zu hübsch, um ihm treu zu sein.«

»Du willst jeden mit deinem Maß messen. Ich bin sicher, daß es auf der Welt auch tugendhafte Menschen gibt.«

»Die Keuschen und Reinen! Zeige sie mir, und ich werde dir die Sünden zeigen, die sie begehen. Vermutlich sind sie selbstgefällig, stolz auf ihre Tugend, verurteilen die nicht ganz so Tugendhaften. Das würde ich nämlich auch als Sünde bezeichnen ... und zwar als viel schlimmere Sünde als die kleine, amüsante Affäre, die zwei leidenschaftlichen Menschen großes Vergnügen bereitet hat.«

Ich sah zum Fenster hinaus, denn eben stieg eine Gruppe Männer aus einem Boot. Sie trugen eine Strohpuppe, und diesmal konnte es keinen Zweifel darüber geben, wen die Puppe darstellte. Sie trug einen Bauernrock und hatte eine Krone auf dem Kopf.

»Das ist der König«, rief ich.

Jonathan, der mit dem Rücken zum Fenster stand, fragte erstaunt: »Was? Wo denn? Er fährt doch jetzt bestimmt nicht den Fluß hinunter.«

»Es ist eine Strohpuppe, die den König darstellt. Und sie wollen sie verbrennen.«

»Das ist eine Frechheit.« Jonathan sprang auf, aber bevor er das Fenster erreicht hatte, rief ich: »Sieh doch, Jonathan, Billy Grafter befindet sich unter ihnen.«

Jonathan befand sich mit einem Satz neben mir. Die Männer standen auf dem Ufer, und einer von ihnen hielt die Strohpuppe fest.

»Heute erwische ich ihn«, rief Jonathan und rannte aus dem Kaffeehaus. Ich folgte ihm auf den Fersen.

In diesem Augenblick blickte Billy Grafter auf und erkannte Jonathan; sein Gesicht verzerrte sich vor panischer Angst. Er drehte sich um, sprang in das Boot und ruderte auf den Fluß hinaus.

Jonathan sah sich um. Mehrere Boote lagen am Ufer, und er zögerte nicht: Er packte mich bei der Hand, stieß mich in eines von ihnen und sprang dann selbst hinein. Billy Grafter ruderte aus Leibeskräften, und weil die Ebbe eingesetzt hatte, kam er gut voran. Aber die Strömung half auch uns.

»Diesmal entkommt er mir nicht«, knurrte Jonathan.

Die Entfernung zwischen uns blieb gleich. Billy Grafter ruderte, als ginge es um sein Leben, was ja vermutlich auch der Fall war.

Ich klammerte mich am Bootsrand fest, denn Jonathan steigerte die Schlagzahl; doch plötzlich tauchte ein Boot neben uns auf.

»Weichen Sie mir aus«, brüllte Jonathan.

»Warum sollte ich, Sie unverschämter Lümmel? Gehört der Fluß vielleicht Ihnen?«

»Aus dem Weg!« schrie Jonathan.

Wir waren Billy Grafter etwas näher gekommen, und Jonathan legte ein noch größeres Tempo vor. Als wir den Flüchtenden beinahe eingeholt hatten, machte der Mann, den Jonathan angeschrien hatte, eine scharfe Wendung und stellte sein Boot vor uns quer. Wir rammten ihn mit voller Wucht und im nächsten Augenblick lagen wir im Wasser. Billy Grafter verschwand in der Ferne.

Jonathan packte mich und brachte mich ans Ufer zurück. Ich hatte ihn noch nie so wütend erlebt.

»Bist du verletzt?«

Ich verneinte keuchend und zitternd. Ich hatte das Gefühl, daß meine Lunge voller Wasser war, mein nasses, schmutziges Kleid klebte an meinem vor Kälte starren Körper.

Jonathan sah genauso mitgenommen aus.

Eine kleine Menschenmenge hatte sich angesammelt, und die Leute beobachteten uns schadenfroh. Als wenn es nicht öfter vorkam, daß ein Boot kenterte!

Jemand holte unser Gefährt an den Strand und riet uns: »Es ist am besten, wenn Sie ins Kaffeehaus zurückkehren, Sir. Der Wirt wird Sie und die Dame mit trockenen Sachen versorgen.«

»Sie haben recht, das ist das Beste«, stimmte Jonathan zu.

»Dann steigen Sie jetzt ins Boot, und ich rudere Sie zurück.«

Die kleine Menschenansammlung begann sich zu zerstreuen. Der Spaß war vorbei.

»Ich habe den ganzen Vorfall beobachtet«, bemerkte unser Helfer. »Es sah aus, als hätte er es absichtlich getan.«

»Das stimmt«, bestätigte Jonathan kurz angebunden.

»Manche Leute spielen anderen eben gern einen Streich. Na ja, wenn Sie sich sofort umziehen, wird das Abenteuer keine Folgen für Sie haben.«

Als wir das Kaffeehaus erreichten, kam Jimmy Borrows bestürzt herausgelaufen.

»Wir sind gekentert«, erklärte Jonathan. »Können Sie uns trockene Sachen leihen?«

»Selbstverständlich, kommen Sie nur herein. In der Gaststube brennt ein Feuer. Aber zuerst die Kleidung. Das nasse Zeug könnte Ihr Tod sein.«

Er brachte jeden von uns in einem Schlafzimmer unter; ich bekam einen Schlafrock, der mir viel zu groß war, und Pantoffeln, die vermutlich einem Mann gehörten. Dennoch war ich froh, daß ich aus meinem nassen Kleid schlüpfen und mich mit einem rauhen Handtuch trockenreiben konnte. Der Geruch des Flußwassers war keineswegs angenehm. Meine Haare waren noch feucht und strähnig, aber meine Wangen hatten Farbe bekommen, und meine Augen blitzten.

Jimmys Frau Meg sammelte meine Kleidungsstücke ein und versprach mir, sie vor dem Feuer zum Trocknen aufzuhängen. Ich sollte nur in die Gaststube hinuntergehen, in der sich mein Begleiter bereits befand, und mich aufwärmen. Jimmy hatte uns Glühwein gebracht, in dieser Situation genau das Richtige.

Jonathan erwartete mich tatsächlich schon in der Gaststube. Er trug ebenfalls einen Schlafrock, nur war ihm der seine zu klein. Sein Zorn war verraucht, und er lachte mich an.

»Da behaupte noch einer, daß es hier nicht gemütlich ist. Trink einen Schluck Glühwein, er ist wirklich vorzüglich. Mrs. Borrows hat uns sogar ein paar Pfannkuchen gemacht.«

Ich trank den wärmenden Wein und schüttelte mein feuchtes Haar aus.

»Er ist mir entkommen, Claudine«, stellte Jonathan ernst fest. »Schuld daran war der Mann in dem anderen Boot – vermutlich ein Freund von Grafter.«

»Du hast eben Pech gehabt.«

»Ich habe mich ungeschickt verhalten, ich hätte sofort schneller rudern müssen, dann wäre das nicht passiert.« Er sah mich unverwandt an. »Du weißt, wie gern ich mit dir zusammen bin, aber mir wäre es lieber gewesen, wenn du heute nicht dabei gewesen wärst.«

»Warum?«

»Weil du dadurch noch tiefer in das Ganze verstrickt wirst. Du weißt, was drüben geschehen ist, du weißt, daß unschuldige Menschen wie deine Mutter und deine Großmutter dabei ums Leben kommen können. In wieviel größerer Gefahr befinden sich dann erst diejenigen, die über bestimmte Informationen verfügen.«

»Du meinst, weil ich jetzt genau weiß, daß Billy Grafter ein Spion ist.«

Er nickte. »Und ich habe dich da hineingezogen.«

»Nein, das habe ich selbst getan, als ich Alberic im Kaffeehaus erkannt habe. Damit hattest du nichts zu tun.«

»Du wirst vorsichtig sein müssen, Claudine. Vermutlich werden sie Billy Grafter aus London abziehen. Sie wissen jetzt, daß wir über seine Anwesenheit unterrichtet sind, und werden befürchten, daß mein Vater oder ich ihn einmal zufällig treffen könnten. Deshalb wird er seine Arbeit woanders fortsetzen.«

»Diese Arbeit besteht darin, daß er die Leute zum Aufruhr anstachelt?«

Jonathan nickte. »Die gleiche Methode, die sie mit solchem Erfolg in Frankreich angewendet haben.«

»Dann waren sie es auch, die auf den König geschossen haben.«

»Wenn sie Erfolg gehabt hätten, wäre ein Fanal gesetzt worden. Ich mache mir deinetwegen Sorgen.«

»Das ist nicht notwendig, Jonathan. Ich kann schon auf mich achtgeben. Auch wenn ich von all diesen Dingen nicht viel verstehe, genügt das Wenige doch, damit ich mich schützen kann.«

Er trat zu mir und ergriff meine Hand.

»Du bist mir sehr teuer.«

»Bitte nicht, Jonathan«, wehrte ich mit zitternder Stimme ab.

Er schwieg eine Weile und sah mich so ernst an wie noch nie. Er war zutiefst erschüttert, nicht nur durch den Zwischenfall und dessen ungünstigen Ausgang, sondern auch, weil er mich in Gefahr wußte.

Der Wein erwärmte mich. Ich sah in die blauen Flammen, die um die Scheite spielten, erblickte in ihnen die seltsamsten Bilder und bedauerte nur eines: daß dieser Augenblick nicht ewig währen konnte.

Wir saßen etwa eine Stunde beisammen, als Meg Borrows hereinkam und meldete, daß unsere Kleider halbwegs trocken waren und wir uns wieder umziehen könnten. Gleichzeitig wollte sie wissen, ob wir noch etwas Glühwein haben wollten.

»Wir müssen uns leider schon auf den Weg machen«, lehnte Jonathan ab, »zu Hause weiß niemand, wo wir uns befinden.«

»Ich lasse Ihre Kleider in die Schlafzimmer bringen«, schlug Meg in ihrer zuvorkommenden Art vor, »und Sie können hinaufgehen, sobald Sie Lust dazu haben.«

Jonathan sah mich an. »Bringen Sie uns noch ein bißchen von Ihrem ausgezeichneten Wein.«

Meg lief hinaus.

»Wir sollten jetzt heimfahren«, meinte ich.

»Nur noch ein Weilchen.«

»Wir sollten ...«

»Geliebte Claudine, wie üblich denkst du nur an das, was wir sollten, und nicht an das, was du möchtest.«

»Sie werden sich fragen, was aus uns geworden ist.«

»Da spielt es keine Rolle, wenn sie sich noch ein bißchen länger fragen.«

Meg brachte den Wein und schenkte ein.

Jonathan sah mich über sein Glas hinweg an. »Diesen Augenblick werde ich nie vergessen. Du und ich, mit feuchten Haaren in Kleidern, die uns nicht passen, wir trinken Wein und fühlen uns wie im Paradies. Das Zeug schmeckt wie Nektar, und ich fühle mich wie Zeus.«

»Die Ähnlichkeit ist unverkennbar.«

»Du findest also, daß ich beinahe ein Gott bin?«

»Der gute Zeus war auch immerzu hinter den Frauen her.«

»Noch dazu in ganz verschiedenen Gestalten ... als Schwan ... als Stier ... unglaublich.«

»Vermutlich hat er angenommen, daß er in seiner eigenen Gestalt zu wenig attraktiv ist.«

»Da bin ich anderer Meinung. In meiner jetzigen Gestalt bin ich unwiderstehlich. Oder beinahe. Mein einziges Handikap ist das langweilige Pflichtgefühl, das allerdings meist den Sieg davonträgt, wenn es sich um eine Dame handelt, die unbedingt tugendhaft leben möchte.«

»Sei doch einmal ernst.«

»Das muß ich ohnehin die meiste Zeit sein. Laß mich doch ein bißchen scherzen. Ich sollte jetzt schon unterwegs nach Hause sein, sollte saubere Kleidung anlegen. Ich bin davon überzeugt, daß unsere Sachen das Bad im Fluß nicht gut überstanden haben. Außerdem muß ich mich meinen Aufgaben widmen. Dir ist gar nicht klar, Claudine, daß ich mich verzweifelt nach ein wenig Zweisamkeit mit dir sehne, daß ich deinetwegen sogar vergesse, die Spur unserer Feinde aufzunehmen. Du bist eine Verführerin.«

»Nein, du bist ein Verführer.«

»Bevor wir das Kaffeehaus verlassen, möchte ich noch eines wissen. Willst du mir eine Frage wahrheitsgemäß beantworten?«

Ich nickte.

»Liebst du mich?«

Ich zögerte. »Ich weiß es nicht.«

»Bist du gern mit mir zusammen?«

»Das weißt du ja.«

»Wirkt das Zusammensein mit mir erregender als alles andere?«

Ich schwieg.

»Schweigen bedeutet immer Zustimmung«, murmelte er. Dann fuhr er fort: »Denkst du jemals an die Stunden, die wir miteinander verbracht haben?«

»Ich versuche sie zu vergessen.«

»Und dabei weißt du im Grunde deines Herzens, daß du sie zwar für Unrecht hältst, aber um nichts in der Welt auf sie verzichten möchtest.«

»Diesen Vortrag habe ich oft genug gehört.«

»Was sollen wir tun, Claudine? Sollen wir unser Leben lang so weitermachen, einander gelegentlich treffen, feststellen, daß unsere Liebe wächst, daß sie nicht erlöschen kann? Glaubst du denn wirklich, daß wir unser Lebenlang ...«

Ich erhob mich. »Ich werde mich jetzt umziehen. Wir müssen zurück.«

Im Zimmer zog ich zitternd meine Kleider an. Sie waren schmutzig und dufteten nicht gerade nach Rosen, aber sie waren wenigstens trocken. Mein Haar war immer noch feucht.

Als ich hinunterkam, war Jonathan bereits angekleidet und erwartete mich. Jimmy Borrows bot uns seinen zweirädrigen Einspänner für die Heimfahrt an, und wir nahmen dankend an. Wir würden zwar einen merkwürdigen Anblick bieten, wenn wir darin saßen, aber so kamen wir am raschesten nach Hause.

Als wir das Haus betraten, tauchte Millicent auf und starrte uns an.

»Hallo, Liebling«, begrüßte Jonathan seine Frau, »der Anblick verblüfft dich, nicht wahr?«

»Was ist denn geschehen?«

»Wir sind auf dem Fluß gekentert.«

»Ihr seid Boot gefahren?«

»Hast du etwa gedacht, daß wir auf dem Wasser gewandelt sind?«

»Was habt ihr um Himmels willen auf dem Fluß getan?«

»Wir sind gerudert, und ein Idiot hat uns gerammt.«

»Ich habe gedacht, daß ihr geschäftlich unterwegs seid.«

»Es hat sich auch um ein Geschäft gehandelt. Jedenfalls sind wir wieder da, und ich brauche dringend trockene Kleidung, denn ich muß sofort wieder weg.«

Ich ging in mein Zimmer hinauf und zog mich um. Als ich an meinem Toilettentisch saß und mich kämmte, klopfte es, und Millicent kam herein. Sie musterte mich mißtrauisch.

»Das muß ein ganz schöner Schreck gewesen sein«, fing sie an.

»Allerdings.«

»Ihr hättet auch ertrinken können.«

»Das glaube ich nicht. Auf dem Fluß waren sehr viele Boote unterwegs.«

»Ich hatte keine Ahnung, daß du mit Jonathan ausgegangen warst.«

»Wir haben uns erst im letzten Augenblick dazu entschlossen. Er wollte mir das Spektakel auf den Straßen zeigen, und da David fort war und du dich hingelegt hattest ...«

Sie nickte. »Dein Kleid dürfte nicht mehr zu retten sein.«

»Das befürchte ich auch.«

Sie zuckte die Schultern und verließ das Zimmer.

Mir war nicht wohl in meiner Haut, denn sie ahnte offenbar etwas; sie war sehr argwöhnisch.

Jonathan ging und blieb den ganzen Tag aus. Als David heimkehrte, erzählte ich ihm von unserem Abenteuer.

»Ich hatte angenommen, daß du heute zu Hause bleiben wolltest, weil du so viel zu erledigen hattest.«

»Ich wollte packen, aber heute ist doch Guy-Fawkes-Tag, und ich hatte Lust, mir das Treiben auf den Straßen anzusehen. Ich war froh, daß Jonathan sich bereit erklärte, mich zu begleiten.«

»Hat es dir wenigstens Spaß gemacht?«

»Die Strohpuppen und das alles schon. Das kalte Bad war weniger angenehm.«

»Ich hatte angenommen, daß Jonathan mit einem Boot geschickter umgehen kann.«

»Schuld daran war so ein Idiot in einem anderen Boot, der direkt in uns hineingefahren ist.«

»Ich hoffe, daß du dich nicht erkältet hast.«

»Bestimmt nicht. Zum Glück war es nicht weit zu einem Kaffeehaus, und der Wirt und die Wirtin liehen uns einstweilen zwei Schlafröcke, bis unsere Kleider trocken waren. Wir fahren doch morgen nach Eversleigh, nicht wahr?«

»Natürlich. Du sehnst dich bestimmt schon nach Amaryllis, und mir geht es ebenso.«

Er war viel leichter zu täuschen als Millicent, die keineswegs überzeugt gewirkt hatte.

Die Nacht brach herein, und ich bewunderte durch das Fenster den Himmel, der im Widerschein der Freudenfeuer rot glühte.

»Es sieht aus, als würde London brennen«, bemerkte ich.

Das letzte Lebewohl

Am nächsten Tag fuhren wir alle nach Eversleigh – alle bis auf Jonathan, der, wie er sagte, in London noch allerlei zu erledigen hatte. Millicent begleitete uns. Jonathan würde beinahe die ganze Zeit außer Haus verbringen, und sie wollte nicht allein bleiben. Da Jonathan versprach, in spätestens einer Woche nach Eversleigh nachzukommen, zog es Millicent vor, mit uns zu reisen.

Zu Hause war alles in Ordnung. Meine Mutter freute sich über unsere Ankunft, denn Dickon absolvierte gerade einen seiner seltenen Besuche auf Clavering. Sie hatte ihn nicht begleitet, weil Jessica an einer leichten Erkältung erkrankt war. Amaryllis war noch hübscher geworden und freute sich sichtlich, mich wiederzusehen, was mich sehr glücklich machte.

Die erste Zeit nach unserer Rückkehr verging in angenehmer Häuslichkeit; am dritten Tag begleitete ich David auf seiner Runde über das Gut. Wenn wir einen der Pächter aufsuchten, führte man uns üblicherweise in die Küche, und die Frauen bestanden dann immer darauf, daß wir ihre selbstgemachten Weine kosteten.

An diesem Tag suchten wir die Penns auf. Jenny Penn, eine große, rundliche Frau, war sehr stolz auf ihre Küche und auf alles, was sie darin herstellte. Doch es gab etwas, das sie noch mehr liebte als das Essen – den Tratsch.

David pflegte immer zu sagen, daß wir von Jenny jederzeit erfahren konnten, wie es um das Gut stand, denn sie wußte genau, was in jedem einzelnen Pächterhaus vorging.

»Was halten Sie von diesem Wein, Mr. Frenshaw?« fragte sie David. »Und wie finden Sie ihn, Mrs. Frenshaw? Ich glaube, daß er besser ist als der letzte, der war ein bißchen zu süß. Ich sage immer zu meinem Len, der Wein muß etwas herb sein. Zu viel Süße kann einen Wein erledigen.«

Wir fanden beide, daß es sich um einen ausgezeichneten Tropfen handelte, worüber sich Mrs. Penn natürlich freute. Als wir schon am Gehen waren, fragte sie: »Was sagen Sie eigentlich zu unserem

Gespenst? Wenn Sie mich fragen – ich halte es für ein Hirngespinst.« Sie stützte die Hände in die kräftigen Hüften. »Ich habe nie an Geister geglaubt.«

»Gespenster?« wiederholte ich. »Davon haben wir nichts gehört.«

»Es soll der junge Mann sein ... der, der ertrunken ist. Jemand hat behauptet, daß man ihn am Strand gesehen hat, als wäre er eben dem Meer entstiegen.«

»Aber er ist doch tot und begraben.«

»Das weiß ich; es handelt sich eben um seinen Geist, Sir. Geister hält es nicht in ihren Särgen. Auch den anderen nicht, der bei ihm war.«

»Was für ein anderer?« fragte ich.

»Der junge Mann, mit dem er befreundet war – der im großen Haus gearbeitet hat. Wie hieß er doch?«

»Billy Grafter?«

»Ja, so hieß er. Er ertrank, als das Boot kenterte. Einige behaupten jetzt, daß sie ihn gesehen haben ... oder vielmehr seinen Geist.«

»Er wurde hier gesehen?« Die Stimme versagte mir.

»Sie sehen ja ganz blaß aus, Mrs. Frenshaw. Sie müssen vor Gespenstern doch keine Angst haben.«

»Wer hat diese Gespenster eigentlich gesehen?« wollte ich wissen.

»Ach, ein paar Leute. Patty Greys Tochter Ada war mit ihrem Bruder unten am Strand, um Treibholz zu sammeln, und die beiden behaupten, daß er da war. Er ist plötzlich aufgetaucht und ebenso plötzlich wieder verschwunden.«

»Es war unvermeidlich, daß solche Gerüchte entstehen«, meinte David. »Der Fall hat großes Aufsehen erregt.«

Wir stellten die Gläser hin.

»Der Wein war ausgezeichnet, Mrs. Penn«, fuhr David fort. »Sie haben recht damit, daß er ein wenig herb sein muß.«

Sie begleitete uns zur Tür.

»Die Penns sind tüchtige Pächter«, bemerkte David, als wir wegritten. »Wenn wir nur mehr Leute von diesem Schlag hätten.«

Doch mein einziger Gedanke war, daß jemand Billy Grafter gesehen haben wollte. War es nur Einbildung, oder bedeutete es, daß er sich tatsächlich in der Gegend herumtrieb?

Wir machten uns Sorgen um Tante Sophie; es ging ihr nicht sehr gut, und meine Mutter war der Meinung, daß wir uns täglich dabei abwechseln sollten, sie zu besuchen.

»Seit Alberics Tod ist sie ein anderer Mensch geworden«, erzählte mir Jeanne. »Und seit die Rede von Gespenstern ist, bildet sie sich ein, daß Alberic zurückkommen und mit ihr sprechen wird ... er wird ihr verraten, wer ihn ermordet hat.«

»Glauben noch mehr Leute daran, daß hier Gespenster umgehen?«

»Ja, vor allem die Dienerschaft. Zwei von unseren Bediensteten behaupten, daß sie Alberics Freund gesehen haben, der mit ihm zusammen ertrunken ist. Deshalb glaubt Mademoiselle d'Aubigné, daß Alberic versucht, sich mit ihr in Verbindung zu setzen, und spricht von nichts anderem mehr. Dolly Mather leistet ihr oft Gesellschaft – sie hat es wirklich nicht leicht. Mrs. Trent hat sich seit Evies Selbstmord sehr verändert. Sie wollte doch sonst immer bei jedem Ereignis dabei sein, aber jetzt geht sie kaum noch aus. Wahrscheinlich bedeutet es für Dolly eine Erleichterung, wenn sie Grasslands für ein paar Stunden verlassen kann. Und Mademoiselle ist gern mit ihr zusammen, weil sie dann mit ihr über Alberic sprechen kann.«

»Ich habe ebenfalls gehört, daß Billy Grafter gesehen wurde.«

»Ja, angeblich ist er triefnaß und leichenblaß aus dem Meer gestiegen.«

»So ein Unsinn.«

»Für Mademoiselle ist die Vorstellung tröstlich, weil sie nun hoffen kann, daß dann auch Alberic wieder zurückkehren könnte.«

»Hat sie ihn tatsächlich so gern gehabt?«

Jeanne sah mich aufmerksam an. »Er hat ihr Interesse erregt, sie fühlte sich in seiner Gesellschaft wohl, er verstand es, sich nützlich zu machen. Es gibt nicht viele Menschen, denen sie soweit vertraute, daß sie sie mit kleinen Aufträgen nach London geschickt hätte. Sie erlaubte ihm, ihre Pferde zu reiten. Vermutlich beruhte ihre Zuneigung vor allem darauf, daß er ebenfalls Franzose war und an allem, was in Frankreich geschah, leidenschaftlich Anteil nahm.«

»Der Umstand, daß er jetzt tot ist, macht ihn ihr um so teurer. Sie wissen genausogut wie ich, daß Tante Sophie gerne leidet. Warum versucht sie denn nie, dem Leben die schönen Seiten abzugewinnen? Sie sondert sich von uns ab, lebt wie ein Einsiedler ...«

»Wir müssen sie so akzeptieren, wie sie ist, und uns bemühen, ihr das Leben erträglich zu gestalten.«

»Sie haben natürlich recht, Jeanne. Möchte Tante Sophie wirklich, daß wir sie besuchen?«

»O ja, sie freut sich immer darauf. Nach dem Mittagessen ruht und meditiert sie gern, aber da Sie um drei Uhr kommen und um fünf Uhr gehen, passen Ihre Besuche gut in Mademoiselles Tageseinteilung. Sie mag es, wenn das Leben nach einem festen Plan verläuft.«

»Ich werde jeden Nachmittag herüberkommen, und wenn ich verhindert bin, wird meine Mutter mich vertreten.«

»Mademoiselle zieht Sie vor, sie denkt viel über die Vergangenheit nach und spricht oft von Ihrem Vater. Sie hat ihn sehr geliebt und hat Ihrer Mutter bis heute nicht verziehen, daß sie ihn geheiratet hat. Für Mademoiselle sind Sie die Tochter, die sie nie gehabt hat.«

Ich ritt also jeden Nachmittag nach Enderby hinüber und achtete darauf, daß ich mich pünktlich um fünf Uhr verabschiedete.

Tante Sophie sprach oft von Alberic. Sie war davon überzeugt, daß Tote manchmal ›zurückkehrten‹, wie sie sich ausdrückte, und sich mit jenen ›in Verbindung‹ setzten, die ihnen nahegestanden waren; und wenn sie ermordet worden waren, verfolgten sie ihre Mörder.

Wenn ich eintraf, saß Dolly Mather oft bereits bei Sophie und blieb auch während meines Besuches. Sie war für Sophie ein echter Trost, denn die Schicksale der beiden waren einander sehr ähnlich: beide waren entstellt, beiden hatte das Leben schlimm mitgespielt, Beide hatten einen geliebten Menschen verloren.

Sie sprachen von Alberic und Evie, und Sophie behauptete jedesmal, daß sie eines Tages zu ihr ›durchdringen‹ würden.

»Und wenn das geschieht«, fuhr sie fort, »wird Alberic den Namen seines Mörders nennen, und dann werde ich alles tun, was in meinen Kräften steht, damit die Bösewichte ... denn vielleicht waren es mehrere Personen ... der gerechten Strafe zugeführt werden.«

Wie hätte sie wohl reagiert, wenn ich ihr erzählt hätte, daß Alberic ein Spion gewesen war, daß er und seinesgleichen die Revolution heraufbeschworen hatten, die ihrem Heimatland soviel Elend gebracht hatte?

Sie hätte mir kein Wort geglaubt.

Wenn ich Enderby verließ, war es immer schon finster. Um diese Jahreszeit wurden die Kerzen in Sophies Zimmer bereits um vier Uhr angezündet. In dieser matten Beleuchtung wirkte das Zimmer eigenartig, und wenn Jeanne gelegentlich durch das Sprachrohr etwas heraufrief, klopfte mein Herz bis zum Hals, denn ich erinnerte mich an die Stimme von einst ... obwohl ich mich eigentlich in Sicherheit wiegen konnte, denn niemand hatte mehr einen Hinweis darauf gegeben, daß er von meinem Geheimnis wußte.

An diesem Nachmittag war Tante Sophie besonders nachdenklich. Dolly hatte sie am frühen Nachmittag besucht. Beide hatten wohl besonders intensiv um ihre Toten getrauert. »Eines Tages werden sie zu uns durchkommen«, hoffte Tante Sophie. »Dolly tut mir so leid, denn sie hat sehr an ihrer Schwester gehangen, und ihre Großmutter ist inzwischen so merkwürdig geworden. Das arme Kind redet sich bei mir ihre Sorgen von der Seele. Das Leben ist wirklich hart ... manchen Menschen widerfährt nur Schlechtes, und andere haben immer Glück. Denk nur an deine Mutter.«

Die arme Sophie kam von dem Gedanken nicht los, daß Mutter immer Glück und sie selbst immer Pech gehabt hatte.

Als ich mich verabschiedet hatte und in die Halle hinunterkam, wurde ich von Jeanne erwartet.

»Ich bin froh, daß ich Sie noch treffe, denn ich möchte Ihnen ein paar Stoffe zeigen. Mademoiselle liebt schöne Kleider, und ich möchte ihr Interesse daran wachhalten. Es bedeutet ja doch eine Ablenkung für sie.«

»Ich sehe sie mir gern an.«

Die Stoffe waren blaßrosa, violett (Tante Sophies Lieblingsfarbe), dunkelrot und hellrot.

Ich fand, daß die blassen Farben Tante Sophie besser standen als die dunklen.

»Ich bin ganz Ihrer Meinung«, stimmte mir Jeanne zu. »Jetzt möchte ich Ihnen noch die dazu passenden Bänder zeigen.«

Ich bewunderte auch noch die Bänder gebührend und verließ daher Enderby etwas später als gewöhnlich.

Ich ritt immer den gleichen Weg entlang, der eine Zeitlang sehr schmal und von dichtem Gebüsch gesäumt war. Er wurde nur selten benutzt, und deshalb konnte ich dort immer einen scharfen

Trab einschlagen. Plötzlich blieb mein Pferd unvermittelt stehen, und ich fiel beinahe aus dem Sattel.

»Was ist denn, Queenie?« fragte ich.

Da die Stute sich weigerte, weiterzugehen, stieg ich ab und schaute mich um. Ich starrte ins Dunkel und bald sah ich, daß ein Mann auf dem Weg lag. Es hatte jemand etwa dreißig Zentimeter über dem Boden eine Schnur quer über den Pfad gespannt. Sie war an den Büschen befestigt und offenbar als Stolperfalle gedacht.

Im gleichen Augenblick hörte ich neben mir eine Bewegung und sah ein Pferd zwischen den Büschen stehen. Es war ganz klar, was geschehen war: Das Pferd war über die Schnur gestolpert und hatte seinen Reiter abgeworfen.

Ich trat zu dem auf dem Boden Liegenden; seine Augen waren geschlossen und er atmete nur flach. In diesem Augenblick stockte mir das Blut in den Adern; der Mann am Boden war Billy Grafter.

Ich hatte das Gefühl, daß ich ihn eine Ewigkeit angestarrt hatte, es konnten aber nur Sekunden gewesen sein. Was tat er hier? Er mußte Freunde in der Gegend haben. Aber wen nur?

Er war sehr blaß und von seiner Stirn tropfte Blut. Ich mußte Hilfe holen.

Dann fiel mir ein, daß er noch nicht lange hier liegen konnte, höchstens fünf Minuten. Ich war länger in Enderby geblieben als sonst – hatte die Falle vielleicht mir gegolten?

Diese Vorstellung ließ mich erschauern. Jemand wollte mich töten, hatte einen Unfall inszeniert ... und Billy Grafter war ahnungslos in die Falle gegangen.

Was sollte ich tun? Ich befand mich auf halbem Weg zwischen Enderby und Eversleigh. Am vernünftigsten war es wohl, wenn ich nach Eversleigh weiterritt, dort gab es genügend Reitknechte, die den Verunglückten holen konnten.

Ich ritt, so schnell ich konnte, und begab mich direkt in die Ställe. »Billy Grafter, der angeblich ertrunken ist, hat einen Unfall gehabt und liegt zwischen Eversleigh und Enderby auf dem Reitweg. Jemand hat eine Schnur über den Weg gespannt, und Grafters Pferd ist darüber gestolpert. Nehmt eine Tragbahre mit, denn er ist bewußtlos.«

Sie starrten mich einige Sekunden lang sprachlos an, dann machten sie sich auf den Weg.

Als ich das Haus betrat, kam mir meine Mutter in der Halle entgegen und sah mich prüfend an. »Was ist denn geschehen? Du siehst aus, als wärst du einem Gespenst begegnet.«

Als ich ihr mein Erlebnis kurz schilderte, schüttelte sie den Kopf. »Das ist doch nicht möglich. Setz dich und erzähle mir alles der Reihe nach.«

Als ich mit meinem Bericht fertig war, meinte sie achselzuckend: »Offenbar ein Dummerjungenstreich!«

Ich hatte ihr nicht erzählt, daß Jonathan und ich Billy Grafter in London gesehen hatten, denn ich mußte vorsichtig sein. Ich war in die Geheimnisse verstrickt, die zum Leben meines Stiefvaters und seines Sohnes gehörten, und ich durfte sie nicht verraten. Mir fiel sogar kurz ein, daß es vielleicht ein Fehler gewesen war, Billy Grafters Namen zu erwähnen – aber andererseits würden unsere Leute ihn ja sofort erkennen.

Die Männer kamen endlich zurück, doch ohne Billy Grafter; sie wagten nicht, mir in die Augen zu sehen.

»Wir haben den ganzen Reitweg abgesucht, Mrs. Frenshaw, haben aber niemanden gefunden.«

»Ich habe ihn doch mit eigenen Augen gesehen ...«

»Nein, Madam, auf dem Reitweg liegt niemand.«

»Und sein Pferd?«

»Wir haben weit und breit keine Spur von einem Pferd entdeckt.«

»Quer über den Pfad war eine Schnur gespannt.«

Sie schüttelten die Köpfe. »Auch die haben wir nicht gefunden.«

»Das ist unmöglich. Ich habe ihn selbst gesehen – er ist bewußtlos auf dem Boden gelegen, und in der Nähe stand das Pferd. Ich habe ihn nur verlassen, um Hilfe zu holen.«

Sie blieben dabei: Auf dem Weg war nichts zu finden.

Die Männer waren überzeugt, daß ich Billy Grafters Geist gesehen hatte, und dieses Gerücht würde sich blitzschnell in der ganzen Gegend verbreiten. Billy Grafters Geist war zurückgekommen, um sich an den Menschen zu rächen, die ihn und seinen Freund Alberic auf dem Gewissen hatten.

Eines war klar: Ich mußte sofort Jonathan eine Nachricht zukommen lassen. Ich hatte Billy Grafter gesehen; daraus ging hervor, daß er sich hier herumtrieb und Komplizen hatte, die ihm halfen, denn allein hätte er nie innerhalb so kurzer Zeit mitsamt seinem Pferd verschwinden können und vielleicht waren diese Komplizen Leute, die Jonathan kannte.

Am liebsten wäre ich selbst nach London geritten, aber das war nicht möglich. Und zu meinem Pech befand sich Dickon nicht auf Eversleigh, sondern auf Clavering, also konnte ich ihn nicht einweihen.

Ich schrieb Jonathan einen Brief, in dem ich berichtete, was sich ereignet hatte. Dann ließ ich einen Reitknecht zu mir kommen, der seit frühester Jugend bei uns diente und dessen Großvater bereits auf unserem Gut gearbeitet hatte. Ich glaubte deshalb, daß ich ihm vertrauen konnte und erklärte ihm also, daß er heimlich fortreiten müsse und daß ich seinen Vater wegen seines Verschwindens schon beruhigen würde.

Da er jung war, lockte ihn der geheime Auftrag, er nahm höchstwahrscheinlich an, daß hinter dem dringenden Brief eine Liebesaffäre steckte. Doch das war mir im Augenblick gleichgültig.

»Reite, so schnell du kannst«, befahl ich ihm. »Und gib meinen Brief nur Mr. Jonathan persönlich, auch wenn du stundenlang auf ihn warten mußt.«

Ich begleitete ihn zum Stall, und als ich dann das Haus betrat, stieß ich beinahe mit Millicent zusammen. Wider Willen errötete ich – schließlich hatte ich soeben ihrem Mann heimlich einen Brief geschickt.

»Vor ein paar Minuten ist der junge Stallknecht aus dem Hof geritten«, begann sie. »Ich habe ihn aufgehalten und ihn gefragt, warum er es so eilig hat. Er hat nur gestottert, daß er etwas für dich erledigen muß.«

»Das stimmt«, gab ich zu, obwohl sie mich dabei mißtrauisch ansah.

»Die Sache mit Grafters Gespenst war sehr merkwürdig«, fuhr sie fort.

»Auch das stimmt«, antwortete ich.

»Ich hätte nie geglaubt, daß ausgerechnet du einmal einem Gespenst gegenüberstehen würdest. Aber jetzt glaubst du wohl endlich an Geister, nicht wahr? Vorher warst du eher skeptisch.«

619

»Ich bin immer skeptisch, bis ich mich selbst von einer Sache überzeugt habe.«

Sie ließ mich nicht aus den Augen, und ich dachte: Warst du es, Millicent? Was weißt du von mir und Jonathan? Sie war eine seltsame Frau, sie glich immer mehr ihrer Mutter und war bestimmt zu Taten fähig, vor denen andere Menschen zurückschreckten.

Kaltes Entsetzen erfaßte mich. Stand vielleicht die Person vor mir, die versucht hatte, mich zu töten? Wußte sie, daß Billy Grafter auf dem Reitweg gelegen hatte, weil sie im Gebüsch darauf gewartet hatte, daß ich daherkam und abgeworfen wurde? Und wenn ja – was wußte sie über Billy Grafter? Und würde sie es noch einmal versuchen, nachdem der erste Anschlag mißlungen war?

Ich mußte mit jemandem über diese Sache sprechen – am besten mit meiner Mutter, denn ihr konnte ich vorbehaltlos vertrauen.

»Maman«, begann ich, »jemand muß die Schnur entfernt und Billy Grafter fortgeschafft haben. Er war verletzt, und diese Person muß ihn jetzt pflegen.«

»Aber wer denn, Claudine?«

»Ich weiß es nicht, aber ich habe Jonathan einen Brief geschickt. Er wird daraufhin bestimmt sofort nach Eversleigh zurückkommen.«

»Hoffentlich. Glaubst du, daß die Schnur für Billy Grafter bestimmt war?«

»Nein, für mich. Ich reite regelmäßig diesen Weg entlang, und zwar immer zur gleichen Zeit. Heute bin ich zufällig länger geblieben, weil Jeanne mir Stoffe und Bänder zeigen wollte, und daher ist Billy Grafter an meiner Stelle verunglückt.«

»Ich habe Angst um dich, Claudine.«

»Mir wird nichts geschehen, denn ich bin jetzt gewarnt. Außerdem wird Jonathan bald zur Stelle sein.«

»Soll ich Dickon zurückrufen?«

»Jonathan wird den Fall bestimmt auch allein lösen können.«

»Bis dahin mußt du sehr vorsichtig sein. Mir sind inzwischen all die seltsamen Dinge wieder eingefallen, die sich hier ereignet haben: die beiden Einbrecher, die sich als Dickons Freunde ausgegeben haben; Jessicas Entführung; ihr Wiederauftauchen; und jetzt dieser Anschlag. Bitte versprich mir, daß du dich künftig in acht nehmen wirst.«

»Diesen Rat werde ich ganz bestimmt befolgen. Glaubst du vielleicht, daß Millicent mehr darüber weiß?«

»Wie kommst du ausgerechnet auf Millicent? Sie beschäftigt sich doch nur mit der baldigen Geburt ihres Kindes. Warum fragst du? Hat sie eine diesbezügliche Bemerkung gemacht?«

»Nein, es ist mir nur zufällig in den Sinn gekommen.«

Zwei Tage später ritt Jonathan in den Hof. Ich sah ihn, winkte ihm vom Fenster aus zu und lief hinunter.

»Claudine!« Er schloß mich in die Arme und küßte mich.

»Ich bin so froh, daß du da bist.«

»Erzähl mir alles genau. Er befindet sich also in der Gegend?«

»Unbedingt!«

Wir gingen in den Salon neben der Halle, und ich berichtete ihm kurz.

»Ich glaube, die Schnur war für mich bestimmt«, schloß ich.

»Grafter und seinen Spießgesellen traue ich so einen Anschlag ohne weiteres zu; wie kommt es aber dann, daß er selbst das Opfer war?«

»Das verstehe ich auch nicht.«

Er überlegte eine Weile. »Offenbar gibt es außer Grafter noch jemanden, der dich aus dem Weg räumen will – aber, wer kann das sein?«

»Es gibt jemanden, der weiß, daß wir seinerzeit auf Enderby zusammengekommen sind. Jemand war im Haus, und dieser jemand hat durch das Rohr zu mir gesprochen. Hältst du es für möglich, daß er es einer dritten Person erzählt hat?«

»Millicent?«

»Ich kann mir nicht vorstellen, daß sie dazu fähig wäre ... aber sie liebt dich wirklich, und sie ist ein sehr entschlossener Mensch. Wenn sie von unserer Affäre erfahren hätte, würde sie mich bestimmt hassen.«

»Das ist doch lange vor unserer Heirat geschehen.«

»Aber sie beobachtet uns. Vielleicht haben wir uns irgendwie verraten.«

Er schwieg ein paar Sekunden, bevor er weitersprach. »Vor allem müssen wir Grafter erwischen. War er schwer verletzt?«

»Das weiß ich nicht – er war jedenfalls bewußtlos.«

»Und dann verschwand er – aber du hattest bereits jemandem von dem Vorfall erzählt.«

»Warum hätte ich es verschweigen sollen. Die Reitknechte hätten ihn doch erkannt, falls sie ihn gefunden hätten.«

Er nickte. »Das Gerede über den Geist kommt uns zustatten. Trotzdem mußt du dich sehr vorsichtig verhalten, Claudine. Ich weiß nicht, warum jemand versucht hat, dich umzubringen, aber ich bin davon überzeugt, daß es nicht Grafters Freunde gewesen sind. Offenbar ist etwas Merkwürdiges im Gang, und du mußt dich daher vorsehen. Ich muß mich in erster Linie um Grafter kümmern, er kann nicht weit weg sein. Sobald ich ihn aufgestöbert habe, werde ich herausbekommen, wo sich die übrigen verstecken. Du mußt dich jedenfalls so benehmen, als wäre nichts geschehen, als glaubtest du ebenfalls an das Gespenst.«

»Gut. Aber jetzt mußt du dich frisch machen, und außerdem ist bald Essenszeit.«

»Ich bin hungrig.« Er lächelte übermütig und fügte hinzu: »Und ich habe auf vielerlei Dinge Appetit.«

Als wir das Zimmer verließen, stand Millicent in der Halle.

»Hallo, Jonathan«, begrüßte sie ihn.

»Da ist ja mein getreues Eheweib.« Er schloß sie in die Arme, und sie sah mich über seine Schulter hinweg mit einem Ausdruck an, den ich nicht zu deuten wußte.

Ich war fest entschlossen, mich an Jonathans Anweisungen zu halten und mich zu benehmen, als wäre nichts geschehen.

Er war jedenfalls sehr fröhlich, und niemand wäre auf die Idee gekommen, daß er einen wichtigen Auftrag ausführte. Er neckte mich sogar, weil ich ein Gespenst gesehen hatte.

»Ich hätte nie geglaubt, daß ausgerechnet dir so etwas zustoßen könnte, Claudine.«

»Es war jedenfalls eine außergewöhnliche Erfahrung«, gab ich zurück.

Dann erzählte er Gespenstergeschichten, aus denen klar hervorging, daß er sich über diesen Aberglauben lustig machte.

David sah ihn erbost an, weil er glaubte, daß Jonathan mich verspottete, aber ich gab ihm lächelnd zu verstehen, daß es mich nicht im geringsten berührte.

»Eines Tages wird Jonathan auch ein Gespenst sehen, und dann wird ihm das Witzemachen schon vergehen«, meinte ich.

Am nächsten Tag besuchte ich Tante Sophie. Sie hatte inzwischen von meiner »Vision« erfahren und unterhielt sich angeregt mit mir darüber.

»Es war der Geist des armen jungen Mannes, der zusammen mit Alberic ermordet wurde«, erklärte sie. »Menschen, die eines gewaltsamen Todes sterben, kommen zurück, um sich an ihren Mördern zu rächen.«

Dolly Mather hörte aufmerksam zu. Gelegentlich erteilte ihr Tante Sophie Anweisungen, wie »Bitte, bring mir doch noch ein Kissen, liebes Kind«, oder »Schieb mir bitte den Schemel näher heran«, oder »Läute bitte dem Diener, damit er Kohlen nachlegt«. Dolly gehorchte jedesmal bereitwillig, ja sogar dienstbeflissen.

Ich erkundigte mich nach ihrer Großmutter, und Dolly erzählte uns, daß sie sich in ihrem Zimmer einschloß und mit niemandem sprechen wollte.

»Es ist sehr traurig«, stellte Tante Sophie fest, die solche Schilderungen immer genoß. »Aber Dolly besucht mich oft, nicht wahr, mein Kind?«

»Ich wüßte nicht, wie ich das Leben ertragen könnte, wenn ich nicht hierher kommen dürfte«, antwortete Dolly.

Ich verließ Enderby zur gewohnten Zeit, und als ich den Reitweg erreichte, stieg ich ab und führte mein Pferd am Zügel. Es war totenstill, und in der Dunkelheit hatte der Ort fast etwas Gespenstisches an sich.

Als ich am nächsten Tag nach Enderby unterwegs war, traf ich Dolly, die mich offensichtlich schon erwartete.

»Ich habe gehofft, daß ich Sie treffen werde, Mrs. Frenshaw«, begann sie. »Mademoiselle d'Aubigné fühlt sich heute nicht wohl und will am Nachmittag ruhen. Jeanne hat mich gebeten, Ihnen auszurichten, daß Sie morgen wiederkommen möchten. Auch ich habe Mademoiselle heute nicht sehen dürfen. Jeanne hat mich sofort weggeschickt.«

»Ich verstehe.«

»Ich würde gern die Gelegenheit zu einem kurzen Gespräch mit Ihnen benützen, Mrs. Frenshaw. Würden Sie mich auf einem kleinen Ritt begleiten?«

»Gern, Dolly.« Ich war überrascht und erfreut, denn es war immer sehr schwierig gewesen, mit Dolly ins Gespräch zu kommen. Vielleicht bot sich mir jetzt eine Gelegenheit, ihr näherzukommen.

»Wohin wollen wir reiten?« fragte ich daher.

»Evie und ich sind immer gern zum Meer geritten.«

»Wenn die Erinnerungen für dich nicht zu schmerzlich sind, bin ich selbstverständlich mit diesem Ziel einverstanden.«

Also machten wir uns auf den Weg zum Strand.

»Ich bin sehr glücklich darüber, daß ich Mademoiselle so oft besuchen darf«, stellte Dolly fest.

»Sie mag dich offensichtlich.«

Sie wurde rot. »Glauben Sie wirklich, Mrs. Frenshaw? Sie hat mich soviel gelehrt ... Französisch und noch vieles mehr. Seit ich Evie verloren habe, ist Mademoiselle mein einziger Trost. Sie ist so mitfühlend und verständnisvoll.«

»Sie ist wirklich ein guter Mensch.«

»Riechen Sie das Meer, Mrs. Frenshaw?«

»Ja, die Brise trägt den Geruch bis hierher; ich mag das gern.«

»Auch Evie mochte das.«

Ich war neugierig, was sie mir eigentlich erzählen wollte, beschloß aber, sie nicht zu drängen. Ich befürchtete, daß sie sich dann wieder in ihr Schneckenhaus zurückziehen würde.

Wir fielen in Galopp; Dolly war eine gute Reiterin und war mir immer ein Stück voraus. Dann sahen wir das Meer; es lag grau und ruhig vor uns; kein Windhauch kräuselte die Oberfläche.

»Reiten wir zum Strand hinunter«, schlug Dolly vor und gab ihrem Pferd die Sporen. Ich folgte ihr und erblickte ein Boot, das sich am Ufer befand.

Dolly galoppierte darauf zu und schaute dann zum Bootshaus hinüber. »Ich glaube, im Bootshaus ist jemand.«

»Vermutlich der Besitzer des Bootes«, meinte ich.

»Sehen wir doch einmal nach. Wir können die Pferde an diesen Felsen binden ... Evie und ich haben es immer so gemacht.«

Ich stieg ab und band mein Pferd an. Dolly stapfte schon auf das Bootshaus zu. »Ist da jemand?« rief sie.

Keine Antwort.

»Werfen wir einen Blick hinein«, sagte sie, stieß die Tür vorsichtig auf und ging hinein. Ich folgte ihr.

Plötzlich fiel die Tür hinter mir zu, und um mich herrschte Dunkelheit. Ich bekam einen heftigen Schlag auf den Kopf und verlor das Bewußtsein.

Als ich die Augen aufschlug, sah ich Dolly, die neben mir auf einem Schemel saß und mich beobachtete.

Ich lag auf dem Fußboden und war an Händen und Füßen gefesselt; mein Kopf schmerzte wild.

»Was ist denn geschehen, Dolly?« stammelte ich.

»Ich habe Sie hierhergebracht, um Sie zu töten, Mrs. Frenshaw«, antwortete sie.

Ich hätte am liebsten gelacht, wenn sie nicht eine Pistole in der Hand gehalten hätte. Sie sah, daß ich die Waffe bemerkt hatte, und fuhr fort: »Ich kann damit sehr gut umgehen – das habe ich gelernt.«

»Was soll das heißen, Dolly? Hast du dir ein Spiel ausgedacht?«

»Ein sehr ernstes Spiel, es heißt ›Der Tod‹.«

»Du willst doch nicht wirklich …«

»O doch, Sie müssen sterben. Sie haben Evie ermordet und werden genauso sterben wie sie.«

»Du bist ja verrückt. Niemand hat Evie ermordet, sie hat Selbstmord begangen.«

»Sie hat Selbstmord begangen, weil die Menschen sie dazu getrieben haben. Das ist Mord, und Mörder müssen sterben.«

»Sei doch vernünftig, Dolly. Wie kommst du auf solche Ideen?«

»Ich werde Ihnen alles erklären. Wir haben Zeit, denn ich werde Sie erst töten, wenn Billy hier ist. Das gehört zur Abmachung.«

»Billy Grafter?«

»Ja.«

»Du bist also mit ihm befreundet?«

Sie nickte. »Er war ja auch Alberics Freund. Er ist übrigens derjenige, der Sie gefesselt hat.«

»Er befindet sich hier?«

»Ja, er erledigt den Mann, und ich erledige Sie. Er hat mir geholfen, und ich helfe ihm. Sie verstehen kein Wort, nicht wahr? Haben Sie Geduld, die Erklärung kommt schon noch.«

Sie streichelte ihre Pistole, und ich dachte: Sie ist verrückt geworden.

»Warum sollten Sie ungestraft sündigen dürfen, während meine Schwester Evie ...« Ihr Gesicht verzog sich, als wollte sie weinen.

»Wir müssen über all das reden, Dolly.«

»Wir reden ja, oder? Sie haben Ehebruch begangen, Sie haben gegen das siebente Gebot verstoßen. Sie waren mit dem guten Bruder verheiratet und haben ihn mit dem bösen Bruder betrogen. Und zwar auf Enderby, als es noch leerstand. Wir haben Sie damals ganz schön erschreckt, als wir durch das Rohr sprachen, nicht wahr?«

»Du warst also die Stimme.«

»Ja, Evie und ich. Sie hatten solche Angst; was haben wir gelacht! Aber dann verliebte sich Evie und behauptete, daß es das Schönste auf der Welt ist ... und dann war das Kind unterwegs. Ich freute mich auf das Kind, ich wollte es aufziehen, aber Evie hat Selbstmord begangen.«

»Wenn sie doch nur mit uns gesprochen hätte, wir hätten ihr geholfen.«

»Sie waren daran schuld, Mrs. Frenshaw. Sie haben Alberic verraten, und der böse Mann hat auf ihn geschossen, so daß er ertrunken ist. Sie beide haben Alberic getötet. Jetzt begreifen Sie überhaupt nichts mehr, nicht wahr? Sie haben geglaubt, daß Harry Farringdon der Vater von Evies Kind war. Sie hat Harry nie geliebt, nur unsere Großmutter wollte, daß sie ihn heiratet. Alberic und Evie haben einander geliebt, und ich sie beide. Sie wollten mich nach Frankreich mitnehmen, ich sollte auf das Kind aufpassen, sie wollten heiraten, und alles wäre wunderbar gewesen. Doch dann kam es ganz anders. Als er aus London zurückkam, erzählte er uns hastig, daß Sie ihn gesehen und ihn an den bösen Mr. Frenshaw verraten hatten, der Ihr Geliebter war. Alberic mußte schleunigst verschwinden, weil Sie beide hinter ihm her waren. Er versprach Evie und mir, daß er uns nachkommen lassen würde. Wir wußten genau, wie wir nach Frankreich gelangen konnten, und wollten nur auf eine günstige Gelegenheit warten. Wir hielten uns im Bootshaus versteckt, als Alberic aufs Meer hinausruderte und Sie und dieser böse Mann an den Strand kamen. Er hat Alberic erschossen, und damit waren alle unsere Pläne zunichte gemacht.«

»Du weißt doch, daß Alberic ein Spion war.«

626

»Alberic war ein wunderbarer Mensch.«

»Menschen wie er haben Frankreich ins Unglück gestürzt.«

»Sie haben nur die Ungerechtigkeit beseitigt. Alberic hat uns alles genau erklärt.«

»Und er hat versucht, in unserem Land das gleiche Chaos zu schaffen wie in seiner Heimat. Er hat gewußt, was für ein Risiko er damit einging.«

»Und meine Schwester ... meine Evie ... hat Selbstmord begangen, weil sie nicht wagte, Großmutter die Wahrheit zu gestehen. Großmutter sprach immer davon, daß Evie eine gute Partie machen müsse, daß sie in Wirklichkeit nach Eversleigh gehörte, daß sie hübsch war, und daß sie bestimmt einen reichen Mann finden würde. Großmutter hat Evie vorgeworfen, daß sie sich nicht genügend um Harry Farringdon bemüht hat.«

»Das Ganze ist eine solche Verkettung von unglücklichen Umständen, Dolly. Nichts davon hätte geschehen müssen.«

»Evie konnte sich nicht damit abfinden, daß sie einen Bastard zur Welt bringen würde.«

»Sie wäre nicht die erste ledige Mutter gewesen.«

»Ihnen hat es jedenfalls nichts ausgemacht.«

»Dolly!«

»Natürlich ärgern Sie sich darüber. Ich ärgere mich auch, denn die arme Evie hat sich umgebracht, während Sie vergnügt weiterleben. Dabei sind Sie die schlechtere, weil Sie einen braven Mann haben. Evie war immer allein und mußte sterben, während Sie Herrin in einem großen Haus sind, von allen geachtet werden, und meine arme Evie ...«

»Das alles tut mir so leid, Dolly. Evie hätte trotz des Kindes glücklich werden können.«

»Wer weiß. Ihnen ist es jedenfalls leichtergefallen, weil niemand etwas davon weiß.«

»Warst du es, die Jessica von Eversleigh entführt hat?«

»Ja, ich wollte sie töten.«

Ich rang entsetzt nach Luft.

»Evies Baby ist ja auch getötet worden. Ich habe Jessica in meinem Zimmer auf Grasslands versteckt. Zum Glück kümmert sich Großmutter kaum noch um mich. Dann habe ich gemerkt, daß ich das falsche Kind gestohlen hatte. Wie hätte ich es auch erkennen sollen? Sie ist ein so süßes kleines Kind.« Sie lächelte. »Sie hat mich angelacht und meinen Finger gepackt und wollte ihn nicht mehr loslassen. Sie war wirklich lieb; da war ich froh, daß ich sie nicht töten mußte.«

»Und die Schnur im Gebüsch?«

Sie nickte. »Sie sind jeden Tag diesen Weg entlanggeritten. Warum geht immer alles gut für Sie aus? Warum mußte Billy dazwischenkommen? Ich habe zugesehen und versucht, ihn zu warnen, aber es war zu spät. Ich hatte keine Zeit mehr, ihn wegzuschaffen, denn ich hörte Sie schon kommen, so ließ ich alles an Ort und Stelle.«

»Du warst also dabei?«

»Ich wollte sehen, wie Sie vom Pferd stürzen.«

»Und als ich fortritt, um Hilfe zu holen, hast du ihn weggeschafft und auch die Schnur entfernt.«

»Es war nicht leicht, denn ich mußte ihn auf sein Pferd heben. Ich habe ihn ins Bootshaus gebracht und ihn dort gepflegt. Er hatte eine Platzwunde auf der Stirn, aber zum Glück war nichts gebrochen. Nach ein paar Tagen war er wieder gesund.«

»Ich hätte nie gedacht, daß du so schlau bist.«

Sie lächelte selbstgefällig. »Billy behauptet immer, daß ich alles verpatze, und er findet, daß die Sache zu wichtig ist, um sie einem Amateur zu überlassen. Deshalb hat er mir geholfen, Sie in meine Gewalt zu bringen, und ich helfe ihm, den Mann zu erwischen. Sie werden beide sterben ... für Evie. Billy findet, daß Sie beide zuviel wissen, deshalb wird er den bösen Mann töten und mir helfen, Sie umzubringen. Dann werden wir Gewichte an Ihre Leichen binden und sie im Meer versenken. Es wird keine Spuren geben.«

»Hast du schon einmal darüber nachgedacht, daß du dann eine gemeine Mörderin bist, Dolly? Ist dir das gleichgültig?«

»Ich bin eine Rächerin, das ist etwas ganz anderes. Wir sind keine gewöhnlichen Mörder. Ich räche Evie, und Billy tut nur seine Pflicht.«

»Ein Gericht wäre anderer Ansicht.«

»Haben Sie Angst, Mrs. Frenshaw?«

»Ein wenig. Ich möchte noch nicht sterben. Und ich bin davon überzeugt, daß du nicht zur Mörderin geschaffen bist, Dolly.«

»Ich werde Sie töten. Ich wäre nur froh, wenn ich es schon hinter mir hätte.«

»Dir ist der Gedanke unangenehm, nicht wahr?«

»Ich habe es mir geschworen … für Evie.«

»Binde mich los, Dolly.«

Sie schüttelte den Kopf. »Dann wäre alles vergebens gewesen. Ich habe es Evie und mir gelobt. Sie haben gegen das siebente Gebot verstoßen und sind straffrei geblieben, während Evie … Sie hat nicht gegen das siebente Gebot verstoßen, denn sie war nicht verheiratet. Sie hat Alberic geliebt. Die beiden hätten geheiratet und wären bis an ihr Lebensende glücklich gewesen … und ich mit ihnen.«

»Du kannst mich nicht töten, Dolly. Die Menschen werden dich nach mir fragen – wirst du einen kühlen Kopf bewahren können? Und wenn dich jemand mit mir gesehen hat und sich herausstellt, daß du der letzte Mensch gewesen bist, der mit mir zusammen war?«

»Uns hat niemand gesehen.«

»Wie kannst du deiner Sache so sicher sein? Und wenn dann unerwartete Fragen an dich gestellt werden?«

»Niemand wird mir unerwartete Fragen stellen, Billy hat es mir versichert. Sie wollen mir nur Angst einjagen.«

»Ich habe keinen Mord begangen.«

»O doch, Sie haben meine süße Evie auf dem Gewissen.«

»Sie hat sich selbst getötet.«

»Wenn Sie das noch einmal sagen, erschieße ich Sie sofort und warte nicht mehr auf Billy.«

»Warum wartest du auf ihn?«

»Weil … weil … Sie dürfen keine Fragen stellen.«

In diesem Augenblick erklang draußen der Ton einer Pfeife.

»Das ist Billy«, rief sie.

Sie verließ das Bootshaus und sprach draußen mit jemandem.

»Ich werde sie beaufsichtigen«, sagte ein Mann. »Sie kann uns nicht entkommen. Nimm ihr etwas weg, das er kennt. Er ist ein mißtrauischer Teufel, er wird bald hier sein.«

»Gut«, antwortete Dolly.

Als sie wieder ins Bootshaus kam, hatte sie die Pistole nicht mehr bei sich.

»Ich brauche einen Ring oder etwas Ähnliches, etwas, das er kennt«, erklärte sie mir.

»Etwas, das wer kennt?«

»Ihr Liebhaber natürlich. Den Sie auf Enderby getroffen haben, mit dem Sie das siebente Gebot gebrochen haben.«

»Wozu brauchst du den Ring?«

»Den werde ich ihm bringen und ihm sagen, wo Sie sich befinden.«

»Dolly!«

»Dann wird er hierherkommen, um Sie zu retten, und Billy wird ihn bereits erwarten.«

»Das kannst du nicht tun, Dolly.«

»Billy und ich helfen einander. Es war seine Idee, und deshalb will er, daß Sie am Leben bleiben, bis er den Mann erwischt hat. Er glaubt nämlich, daß ich ihm vielleicht nicht mehr helfe, Mr. Frenshaw hierher zu locken, wenn ich Sie vorher getötet habe. Aber er irrt sich, denn Mr. Frenshaw muß sterben, weil er an Alberics Tod schuld ist.«

Jetzt erst bekam ich wirklich Angst. Jonathan würde zum Strand reiten, wo Billy Grafter auf der Lauer lag und ihn in aller Ruhe abschießen konnte. Das mußte ich um jeden Preis verhindern, denn ein Leben ohne Jonathan erschien mir unerträglich. In diesem Augenblick wurde mir klar, daß ich Jonathan über alles liebte.

Ich begann, um sein Leben zu kämpfen.

»Bitte, Dolly, hör mir zu. Ihr dürft Jonathan nicht töten, denn er hat nur seine Pflicht getan. Jonathan gehört zu den Männern, die England vor einer Revolution schützen, und Alberic war ein Agitator und ein Spion – Jonathan mußte ihn töten.«

»Alberic war Evies zukünftiger Ehemann.«

»Hör mir doch zu, Dolly …«

»Ich will nichts mehr hören, sonst wird Billy böse. Er will, daß ich mich sofort auf den Weg mache und Jonathan hierherlocke. Was kann ich nur nehmen – ach ja, Ihren Schal mit Ihren Initialen. Er wird ihn bestimmt erkennen.«

»Bitte, Dolly, denk noch einmal darüber nach, worauf du dich einläßt …«

Sie griff lachend den Schal und lief aus dem Bootshaus.

Ich hatte das Gefühl, daß Stunden vergangen waren. Die tiefe Stille wurde nur von dem leisen Rauschen der Wellen unterbrochen, die an den Strand schlugen, und gelegentlich vom schrillen Schrei einer Möwe.

Welche Möglichkeiten blieben mir? Keine. Ich war so gut gefesselt, daß ich mich nicht bewegen konnte. Es war hoffnungslos; Billy Grafter hatte bestimmt bereits Posten bezogen, und Jonathan würde direkt in die Falle reiten.

Ich hätte schlauer sein müssen, hätte mich mehr mit Evie und ihrer Schwester befassen sollen. Ich hätte versuchen müssen herauszufinden, wer hinter dem Attentat auf dem Reitweg steckte. Anscheinend hatten mich meine Gewissensbisse wegen meiner Affäre mit Jonathan für alles andere blind gemacht – und so hatte ich mich vor allem auf Millicent und ihre mögliche Eifersucht konzentriert.

Wie spät war es? Hatte Dolly bereits mit Jonathan gesprochen? Wenn sie ihm den Schal zeigte, würde er ihr alles glauben, was sie ihm vorschwindelte. Vermutlich würde sie behaupten, sie hätte sich hineingeschlichen, wäre aber nicht in der Lage gewesen, mich zu befreien, worauf ich sie gebeten hätte, Jonathan zu Hilfe zu rufen.

Er würde sich solche Sorgen um mich machen, daß er diese Geschichte vorbehaltlos glauben und sofort hierherreiten würde, um mich zu befreien.

Ich verstand Dollys Motive und Gefühle. Die häßliche Schwester, die mit allen Fasern ihres Herzens an ihrer schönen Schwester hing, nur für sie lebte. Dolly hatte sozusagen ein Leben aus zweiter Hand geführt – indem sie sich mit Evie und ihren Erlebnissen identifizierte. Als Alberic in das Leben der beiden Schwestern getreten war, hatte er es von Grund auf verändert – und war dann gestorben. Eine der Folgen seines Todes war Evies Selbstmord.

Ich verstand, daß Dolly das Herz gebrochen war, daß sie vor Kummer beinahe den Verstand verloren hatte. Daß ihr in ihrer Verzweiflung der Gedanke an Mord kam, war beinahe logisch. Und doch war sie nicht fähig gewesen, einem kleinen Kind wie Jessica etwas zuleide zu tun.

Dann dachte ich an die nächsten Minuten und was sie bringen würden. Sobald Billy Grafter Jonathan erschossen hatte, würde Dolly mich töten, und Billy und sie würden unsere Leichen im Meer versenken.

In diesem Augenblick fiel mir etwas Schreckliches ein: Jonathan

631

und ich würden gleichzeitig verschwinden und nie mehr gefunden werden. Die mißtrauische Millicent würde als erste auf die Idee kommen, daß wir miteinander geflohen waren. Und David – was würde David denken?

Bis zu diesem Augenblick war mir diese Konsequenz nicht bewußt geworden, und jetzt erfüllte sie mich mit tiefer Verzweiflung. David würde glauben, daß ich ihn und unser Kind verlassen hatte und mit seinem Bruder irgendwo in wilder Ehe lebte.

»O nein, nein«, stöhnte ich.

Ich hing so sehr an David, daß es für mich unerträglich war, ihm diesen Schmerz zuzufügen. Auf meiner Stirn perlte kalter Schweiß, und ich nahm mir vor, Dolly anzuflehen, meine Leiche im Bootshaus liegenzulassen. Billy Grafter würde ohnehin nach Frankreich fliehen, und David würde wenigstens nicht annehmen müssen, daß ich die Ehe gebrochen hatte. Doch gleichzeitig war mir klar, daß Dolly nie dazu bereit sein würde, weil sie sich dadurch selbst in Gefahr brachte.

Die Zeit verging, und ich lauschte angespannt. Dann hörte ich den Schuß und wußte, daß Jonathan gekommen war.

Es folgten noch einige Schüsse, dann trat Stille ein.

Dolly stürzte mit aufgelöstem Haar und schreckensbleichem Gesicht ins Bootshaus. Sie starrte mich anklagend an und stöhnte: »Billy ist tot, er hat Billy erschossen.«

Mein Herz hüpfte vor Freude. »Und was ist mit Jonathan?« fragte ich.

»Er ist auch tot. Sie liegen beide draußen. Jetzt muß ich Sie töten, obwohl Billy mir nicht mehr dabei helfen kann.«

Ich war wie betäubt – die Hoffnung war also trügerisch gewesen. Billy hatte Jonathan offensichtlich mit dem ersten Schuß nur verletzt, und dieser hatte Gelegenheit gehabt, auf Billy zu schießen.

»Jonathan ist tot«, murmelte ich.

»Billy ebenfalls«, schluchzte Dolly, hob die Pistole und zielte auf mich.

»Sie werden bluten«, stammelte sie, »überall ist Blut, auch der arme Billy ist ganz blutig.«

Dann ließ sie die Pistole fallen und schlug die Hände vors Gesicht. »Ich kann es nicht«, stöhnte sie, »ich habe geglaubt, daß ich dazu imstande bin, aber es geht nicht. Ich habe das Kind ja auch nicht töten können.«

»Ich habe gewußt, daß du nicht fähig bist, einen Menschen kaltblütig zu ermorden, Dolly, ich verstehe dich so gut. Hilf mir, schneide meine Fesseln durch, und ich werde nachsehen, ob vielleicht einer von den beiden noch am Leben ist.«

»Sie sind tot«, murmelte sie.

»Vielleicht nicht, vielleicht können wir sie noch retten.«

Sie zögerte, und ich hielt den Atem an. Von den nächsten Sekunden hing mein Leben ab. Plötzlich nickte sie, holte aus der Tasche ihres Kleides ein Messer heraus und zerschnitt damit die Stricke an meinen Händen und Füßen.

Ich stolperte aus dem Bootshaus und sah Billy Grafter vor mir liegen. Der Sand um ihn war vom Blut rot gefärbt – es bestand kein Zweifel: Er war tot.

Ein Stück weiter fand ich Jonathan. Er lag regungslos im Sand, und sein Gesicht war blaß wie Elfenbein. Er wirkte so anders – so ruhig, so still. Ich beugte mich über ihn und bemerkte, daß seine Brust sich hob und senkte.

»Jonathan, Geliebter, bitte, stirb nicht, bitte …«

Dolly stand neben mir, und in mir regte sich schwache Hoffnung. Vielleicht konnten wir Jonathan noch retten.

»Bitte, Dolly, reite nach Eversleigh«, flehte ich. »Hol Hilfe, erkläre ihnen, daß es einen Unfall gegeben hat, daß Mr. Jonathan schwer verletzt ist. Ich bleibe bei ihm.«

»Das kann ich nicht«, widersprach sie, »sie werden mir Fragen stellen.«

Einen Augenblick lang überlegte ich, ob ich selbst reiten sollte. Aber ich wollte Dolly nicht mit Jonathan allein lassen, weil ich nicht wußte, was ihr alles in den Sinn kommen würde. Außerdem wollte ich bei Jonathan bleiben, mich seiner annehmen.

»Wir müssen Jonathan und Billy helfen, wenn es irgend möglich ist, Dolly«, erklärte ich ihr. »Du bist an diesem Komplott beteiligt, aber du bist keine Mörderin. Wenn es uns gelingt, die beiden zu retten, hast du damit deine Schuld zumindest zum Teil abgetragen. Reite schnell nach Eversleigh und hole so rasch wie möglich Hilfe, bitte, Dolly.«

»Ich tue es.« Damit schwang sie sich auf ihr Pferd und galoppierte davon.

Ich kniete neben Jonathan nieder. »Bitte stirb nicht, Jonathan«, flüsterte ich. »Du darfst nicht sterben, du darfst mich nicht verlassen.«

Er schlug die Augen auf, und seine Lippen bewegten sich. Ich beugte mich zu ihm hinunter, und er flüsterte: »Claudine.«

»Ja, Jonathan, mein Liebling, ich bin bei dir. Ich werde dich nach Eversleigh zurückbringen, und du wirst gesund werden, das verspreche ich dir.«

»Es ist aus.«

»Nein, nein, du bist ja noch jung. Jonathan Frenshaw ist stärker als alle anderen, Jonathan schafft alles, was er sich vornimmt. Nichts ist aus, dein ganzes Leben liegt vor dir.«

»Vergiß nicht«, murmelte er schwach, »lebe glücklich ... schau nicht zurück ... bewahre unser Geheimnis ... wegen Amaryllis ... denk daran.«

Ich küßte ihn auf die Stirn, und die Andeutung eines Lächelns spielte um seine Lippen.

Er versuchte, noch etwas zu sagen ... es klang wie »Sei glücklich.«

Wahrscheinlich wollte er mich an seine Lebensphilosophie erinnern – ich sollte nicht nur an mich, sondern auch an Amaryllis und David denken und den beiden zuliebe mein Geheimnis bewahren, ihr Glück nicht zerstören. Merkwürdigerweise war ich davon überzeugt, daß Dolly uns nie verraten würde – dazu hatte sich inzwischen zu viel ereignet.

»Verlaß mich nicht, Jonathan«, wiederholte ich.

»Liebst du mich wirklich?«

»Von ganzem Herzen.«

Er schloß die Augen.

»Jonathan«, schluchzte ich, »Jonathan.«

Aber er antwortete nicht mehr.

Als sie eintrafen, war er tot.

634

Oktober 1805

Die schrecklichen Augenblicke am Strand, als ich mit ansehen mußte, wie Jonathan starb, lagen lange zurück. Amaryllis und Jessica waren jetzt elf Jahre alt. Wir hatten ihre Geburtstage wie immer gleichzeitig gefeiert. Sie wuchsen gemeinsam auf und standen einander nahe wie Schwestern. Dabei waren sie so unterschiedliche Charaktere – Jessica eine dunkle, wilde Schönheit, deren Temperament zu ihrem Aussehen paßte, und Amaryllis ein blonder, sanfter Engel.

Mein Leben mit David hatte mir soviel Glück beschert, wie ich es nie für möglich gehalten hätte. Natürlich lag gelegentlich ein Schatten darauf, denn mein Geheimnis bedrückte mich immer noch. Manchmal hörte ich im Traum die drohende Stimme durch das Sprachrohr, manchmal sogar am hellichten Tag, wenn ich es am wenigsten erwartete. Aber ich war stets der letzten Worte Jonathans eingedenk und entschlossen, Davids Glück nicht zu trüben. Er mußte davon überzeugt sein, daß wir die glücklichste Ehe der Welt führten.

Natürlich war durch den Zwischenfall am Strand die Wahrheit über Alberic und Billy Grafter an den Tag gekommen. Jetzt wußten alle, daß Alberic ein französischer Spion und Billy Grafter sein Helfer gewesen war. Jonathan war der Held, der sein Leben geopfert hatte.

Dolly und ich waren oft zusammen, und sie hatte mich offenbar liebgewonnen. Sie entwickelte sich allmählich zu einem glücklichen Menschen, und daran hatte auch ihre Großmutter Anteil. Evalina Trent hatte sich verändert. Ich erfuhr nie, wieviel sie wirklich wußte, aber sie hörte auf, so verzweifelt um Evie zu trauern, und widmete sich nun Dolly. Vielleicht hatte sie auch eingesehen, daß ihre ehrgeizigen Pläne für Evie mit schuld an deren Selbstmord gewesen waren. Evie war lieber gestorben, als sich dem Zorn der Großmutter auszusetzen.

Weder Dolly noch ich würden jemals den Tag am Strand vergessen. Ich erzählte ihr einmal von Jonathans Philosophie, die darin bestanden hatte, daß es besser war, Geheimnisse für sich zu behalten, um andere Menschen nicht zu verletzen.

Für Millicent war Jonathans Tod ein schwerer Schlag gewesen, denn sie hatte ihn wirklich geliebt.

»Eine Zeitlang habe ich geglaubt, daß ihr eine Affäre habt«, gestand sie mir einmal.

»Ich bin doch mit David verheiratet«, erwiderte ich erstaunt.

»Das wäre kein Hindernis gewesen, jedenfalls nicht für Jonathan. Ich wußte nur nicht, ob auch du dich darüber hinwegsetzen würdest. Jonathan war einer der attraktivsten Männer, die es je gegeben hat oder geben wird. Man könnte ihn als unwiderstehlich bezeichnen. Er war kein solider Mensch wie zum Beispiel David, dazu hatte er zu viel Abenteurerblut in den Adern. Außerdem mußte er immer seinen Kopf durchsetzen und nahm selten Rücksicht auf seine Mitmenschen. Aber ich habe ihn geliebt.«

Als ihr Kind zur Welt kam, widmete sie sich ihm voll und ganz. Es war ein Sohn, und sie nannte ihn Jonathan, der Tote sollte in ihrem gemeinsamen Kind weiterleben.

Im Lauf der Zeit fand ich meinen Lebensinhalt immer mehr in meiner Familie. Wenn ich mit David und Amaryllis zusammen war, war mein Glück vollkommen.

Dann erhielten wir überraschend Besuch vom Kontinent. Es war ein Mann, der Charlot getroffen hatte; dieser hatte ihm eine Botschaft für meine Mutter mitgegeben. Charlot und Louis-Charles waren jetzt verheiratet und hatten abgemustert. Sie hatten einen Weingarten in Burgund erworben, und sobald wieder Frieden zwischen Frankreich und England herrschte, würden wir alle zusammenkommen. Meine Mutter war außer sich vor Freude, und da wurde mir erst klar, wie tief sie der Verlust ihres Sohnes getroffen hatte.

Die letzten Jahre waren überaus ereignisreich gewesen. Napoleon war Kaiser der Franzosen geworden und hatte beinahe ganz Europa unter seine Herrschaft gebracht. Uns war klar, daß England das nächste Land war, das er angreifen würde; die Drohung einer Invasion durch seine scheinbar unbesiegbaren Armeen hing wie ein Damoklesschwert über unseren Häuptern.

Doch vor wenigen Tagen besiegte Lord Nelson Napoleon bei

Trafalgar, und in ganz England loderten die Freudenfeuer. Nelson, der Nationalheld, war auf seinem Flaggschiff gefallen, das den symbolischen Namen Victory trug.

An diesem Abend gaben wir eine Gesellschaft, und das Gespräch drehte sich nur um den Sieg bei Trafalgar, durch den eine Invasion unwahrscheinlich geworden war.

Meine Mutter brachte einen Trinkspruch auf Lord Nelson aus. »Ich möchte noch jemanden in diesen Toast einschließen«, fuhr sie fort, »nämlich Jonathan Frenshaw. Männern wie ihm, die sich für ihr Vaterland opfern, verdanken wir ein Leben in Frieden und Freiheit. Sie sind die wahren Helden unserer Zeit.«

Ich hatte nie ein wahreres Wort gehört.

Victoria Holt
Pseudonyme: Philippa Carr, Jean Plaidy

Eine Meisterin des historischen Liebesromans

Victoria Holt wurde 1906 als Eleanor Alice Burford Hibberts in London geboren. Ihre Zuneigung zu Büchern entdeckte sie durch ihren Vater, einen englischen Kaufmann. Von ihrer unerschöpflichen Phantasie inspiriert, begann sie unter Pseudonymen zu schreiben.

Victoria Holt, bediente sich der Vergangenheit, um den Leser in ihre Welt der menschlichen Schicksale zu entführen. Hoch über den Dächern von London schrieb die international bekannte Autorin ihre inzwischen zu Weltbestsellern gewordenen Bücher.

Spannungsgeladene Romane entstanden vor einem detailliert geschilderten, historischen Hintergrund. In farbenprächtigen Szenen ließ sie Geschichte lebendig werden. Durch eine Fülle ungewöhnlicher Konflikte gelang es der Autorin in jedem ihrer Bücher, ihre Leser erneut zu fesseln. Ihr Einfallsreichtum und ihre Fähigkeit, menschliche Verhaltensweisen anschaulich und nachvollziehbar zu schildern, ließen Victoria Holts Bücher zu jener Art von Schmökern werden, die man bis zur letzten Seite nicht mehr aus der Hand legt.

Victoria Holt starb 1993 während einer Mittelmeer-Kreuzfahrt.

Verzeichnis lieferbarer Titel

(Stand August 1994)

Die Ashington-Perlen
Die Braut von Pendorric (01/5729)
Die Dame und der Dandy (01/6557)
Die Erbin und der Lord (01/6623)
Fluch der Seide
Die Frau aus dem Dunkel
Die Gefangene des Paschas
Die Gefangene des Throns (01/8198)
Die geheime Frau (04/16)
Geheimnis einer Nachtigall
Das Geheimnis im alten Park (01/8608)
Geheimnis im Kloster (01/5927)
Das Geheimnis von St. Branok
(01/9061)
Die Halbschwestern (01/6851)
Harriet - sanfte Siegerin
Das Haus der tausend Laternen (01/5404)
Herrin auf Mellyn
Im Schatten der Krone (01/8069)
Im Schatten des Luchses
Im Schatten des Zweifels (01/7628)
Im Sturmwind (01/6803)
In der Nacht des siebten Mondes
Der indische Fächer
Die Insel Eden
Die Königin gibt Rechenschaft
Königreich des Herzens (01/8264)
Königsthron und Guillotine
Krone der Liebe (01/8356)
Die Lady und der Dämon
Das Licht und die Finsternis
Lilith
Meine Feindin, die Königin

Die Rache der Pharaonen (04/66)
Sarabande (01/6288)
Der scharlachrote Mantel (01/7702)
Die Schöne des Hofes (01/7863)
Das Schloß im Moor (01/5006)
Der Schloßherr
Der schwarze Schwan (01/8787)
Sommermond (01/7996)
Der springende Löwe (01/5958)
Sturmnacht (01/6055)
Tanz der Masken
Der Teufel zu Pferde
Tochter der Täuschung
Treibsand
Unter dem Herbstmond
Die venezianische Tochter (01/6683)
Verlorene Spur
Das Vermächtnis der Landowers
Zeit des Schweigens (01/8833)
Der Zigeuner und das Mädchen (01/7812)
Das Zimmer des roten Traums (01/6461)

2 bzw. 3 Romane in einem Band:
Die Braut von Pendorric/Die siebente
Jungfrau/Die Rache der Pharaonen (23/6)
Die Erbin und der Lord/Die Dame und der
Dandy (23/67)
Die venezianische Tochter/Die Halbschwe-
stern (23/83)

*Die Bandnummern der Heyne-
Taschenbücher sind jeweils in Klammern
angegeben.*